Regengoden

JAMES LEE BURKE

# Regengoden

Ter nagedachtenis aan James Brown Benbow,
Dan Benbow en Weldon Mallette.

Oorspronkelijke titel *Rain Gods*
© James Lee Burke, 2009
Published by arrangement with Lennart Sane Agency AB.
Nederlandse vertaling © 2010 Verbum Crime, Karst Dalmijn
en Herman van der Ploeg
Foto omslag © Kevin Russ
Omslagontwerp Cunera Joosten
Boekverzorging Michiel Niesen, ZetProducties, Haarlem

ISBN 9789461090010
NUR 305

Meer informatie over Verbum Crime op www.verbumcrime.nl

Daarop riep hij zijn twaalf leerlingen bij zich en gaf hun de macht om onreine geesten uit te drijven en iedere ziekte en elke kwaal te genezen (...). Deze twaalf zond Jezus uit, en hij gebood hun: 'Sla niet de weg naar de heidenen in en bezoek geen Samaritaanse stad. Ga liever op zoek naar de verloren schapen van het volk van Israël. Ga op weg en verkondig: "Het koninkrijk van de hemel is nabij." '

Matteüs 10:1-7

# 1

Aan het eind van een verzengend hete julidag in Zuidwest-Texas reed een jongeman in een auto waarvan alle ramen kapot waren een gehucht aan een viersprong binnen en stopte bij een verlaten blauwwit gepleisterd tankstation dat heel lang geleden – tijdens de Grote Depressie – Pure-benzine verkocht. Nu werd het bewoond door vleermuizen en lag er een wirwar van amarant. Naast het tankstation stond een gereedschapsschuurtje waarvan de vermolmde planken boven op een verroeste pick-uptruck met vier platte, kale banden lagen. Op de kruising bungelde aan een kabel tussen twee palen een verkeerslicht. De plastic behuizing zat vol kogelgaten van .22-geweren. In vroeger tijden was dit plaatsje economisch afhankelijk geweest van een fabriek waar een verdelgingsmiddel tegen kakkerlakken werd geproduceerd, maar die was twintig jaar geleden op last van de milieu-inspectie gesloten.

De jongeman stapte een telefooncel in en wreef met de rug van zijn hand over zijn bezwete gezicht. Zijn spijkerhemd stond stijf van het zout en hing open bij zijn borst. Zijn haar was in een puntvorm geschoren, wat hem een militair uiterlijk gaf. Hij trok een fles zonder etiket uit zijn broekzak en schroefde de dop los. Aan de rechterkant van zijn gezicht zat een gezwollen roze litteken, fel en glanzend, alsof het van plastic was. Het leek eerder alsof het op de huid was geplakt dan dat het echt bij hem hoorde. De mescal in de fles was geel en zat vol spoelwormen die op leken te lichten in de zonsondergang toen hij de fles aan zijn mond zette. In de telefooncel voelde hij hoe zijn hart sneller ging kloppen en hoe het zweet uit zijn oksels in de band van zijn onderbroek stroomde. Zijn wijsvinger trilde toen hij de nummers intoetste.

'U hebt het alarmnummer gebeld, wat kan ik voor u doen?' vroeg een telefoniste.

Het golvende landschap had de kleur van een chocoladekoekje en strekte zich eindeloos ver uit. In de eentonigheid van rotsen, creosootstruiken, gruis en mesquitebomen klonk af en toe het geruis van een windmolen.

'Afgelopen nacht is hier geschoten. Het was een flinke schietpartij,' zei hij. 'Ik hoorde het in het donker en ik heb lichtflitsen gezien.'

'Waar was die schietpartij?'

'Bij die oude kerk. Dat denk ik tenminste. Ik had flink wat op. Ik zag het vanaf de weg. Ik was doodsbang.'

Er viel een stilte. 'Drinkt u nu ook, meneer?'

'Niet echt. Ik bedoel, niet veel. Een paar slokjes van dat Mexicaanse wormendrankje, meer niet.'

'Als u zegt waar u bent, dan zullen we een surveillancewagen sturen. Wilt u wachten tot die wagen er is?'

'Ik heb er verder niks mee te maken. Er komen hier zoveel eikels langs. Er ligt een ontzettende hoeveelheid troep bij de grens. Vuile luiers, beschimmelde kleren, rottende etensresten en tennisschoenen zonder veters. Waarom zouden ze de veters uit hun tennisschoenen halen?'

'Heeft dit met illegalen te maken?'

'Ik zei dat ik schoten heb gehoord. Meer heb ik niet te melden. Mogelijk hoorde ik een hek dichtvallen. Dat weet ik zeker. Ik heb gerammel gehoord.'

'Meneer, waar staat u nu te bellen?'

'Bij die plek waar ik al die schoten heb gehoord.'

'Wat is uw naam, alstublieft.'

'Hoe noemen ze iemand die zo stom is dat hij doet wat hij hoort te doen? Kunt u me daar eens antwoord op geven, mevrouw?'

Hij probeerde de hoorn op de haak te gooien, maar hij miste. De telefoon bengelde heen en weer in de telefooncel terwijl de jongeman met het dikke roze litteken op zijn gezicht wegreed. Door de raampjes zonder glas werd het stof van de weg naar binnen gezogen.

Vierentwintig uur later, bij zonsondergang, kreeg de hemel een turkooizen tint; vervolgens werden de zwarte wolkenlagen boven de horizon verlicht door een rode gloed die deed denken aan een gloeiend fornuis, alsof de koelte van de avond moest worden opgeschort om de hitte van de zon de hele nacht te laten voortduren, tot het ochtendgloren. Aan de overkant van het verlaten tankstation arriveerde een lange man van in de zeventig. Hij droeg een kaki westernbroek, handgemaakte laarzen, een ouderwetse wapenriem en een duifgrijze Stetson. Hij parkeerde zijn pick-up voor een gebouw dat eruitzag als een vervallen Spaanse missiepost. Het dak was ingestort, de deuren waren uit de scharnieren gehaald en naar binnen gedragen, in stukken geslagen en als brandhout gebruikt door daklozen of vernielzuchtige tieners. De enige boom in het gehucht bij de kruising was een reusachtige wilg; zijn schaduw viel over één kant van de kerk en creëerde een vreemd effect van schaduw en rood licht op de gepleisterde muren, alsof het gebouw werd belaagd door een naderende prairiebrand.

In werkelijkheid was de kerk niet door Spanjaarden of Mexicanen gebouwd, maar door een industrieel die de meest gehate man van Amerika was geworden nadat veiligheidstroepen van zijn bedrijf en leden van de milities van Colorado elf kinderen en twee volwassenen hadden vermoord tijdens een mijnwerkersstaking in 1914. Later bekeerde de industrieel zich tot filantroop en humanist en rehabiliteerde hij de naam van zijn familie door overal in het land kerken te laten bouwen. Maar de mijnwerkers kregen hun vakbond niet en deze kerk werd nog maar door weinig mensen in verband gebracht met de twee vrouwen en elf kinderen die zich hadden proberen te verbergen in een ondergrondse kelder terwijl de brandende canvastent boven hun hoofd in vlammen opging.

De lange man droeg een holster met daarin een zwartblauwe revolver met witte greep. Onwillekeurig nam hij zijn hoed af toen hij de kerk binnenliep terwijl hij wachtte tot zijn ogen waren gewend aan de donkere schaduwen tussen de muren. De eiken vloer was opengereten en weggesleept door een aannemer en de harde, hier en daar bultige aarde eronder was groen en koel door het ontbreken van zonlicht. Het rook er naar vocht en naar uitwerpselen van veldmuizen. Het kerkinterieur was bezaaid met koperkleurige hulzen die als gouden tanden over de vloer lagen verspreid.

De lange man ging op zijn hurken zitten. Het leer van zijn wapenriem knarste, zijn knieën kraakten. Met de punt van een balpen pikte hij een huls op. Alle hulzen waren van het kaliber .45. Hij schraapte zachtjes zijn keel en spuwde opzij. Hij kon de geur die door de wind werd meegevoerd onmogelijk negeren. Hij ging rechtop staan, liep de achterdeur uit en staarde naar een veld dat was omgewoeld door een bulldozer. De kaneelkleurige aarde was omgespit en de afdrukken van de stalen rupsbanden van de bulldozer waren duidelijk te zien.

De lange man liep terug naar zijn pick-up en haalde een hark en een schop met lange steel uit de laadbak. Hij liep het veld in en zette het gewicht van zijn been en onderlichaam op het blad van de schop. Hij stuitte op een stuk steen. Hij zette het blad op een andere plek in de grond en probeerde het opnieuw. Deze keer zakte het blad diep de grond in, tot aan de zool van zijn werkschoen, alsof hij wegzonk in aangestampt koffiedik. Toen hij de schop lostrok, steeg er een geur op in zijn neusgaten die hem de keel deed samentrekken om de omhoogkomende gal uit zijn maag tegen te houden. Hij maakte een bandana nat met water uit een veldfles in zijn pick-up, bond die om de onderste helft van zijn gezicht en knoopte hem vast achter zijn hoofd. Toen liep hij langzaam door het veld terwijl hij de steel van de hark in de grond stak. Om de meter, op steeds dezelfde diepte, voelde hij een zachte weerstand, als een zak voer waarvan het jute is verrot en gescheurd. De droge aarde gleed elke keer dat hij de steel uit het gat trok terug. De wind was helemaal gaan liggen. De lucht kreeg een groene tint in het laatste zonlicht en de hemel werd doorsneden door vogels. De stank nam toe en leek nu zelfs uit zijn schoenen op te stijgen en in zijn kleren te trekken. De lange man draaide de hark om, terwijl hij ervoor zorgde dat hij de punt die hij in de aarde had geduwd niet aanraakte en begon aarde weg te schrapen bij een laag stuk dat aan de klauwsporen te zien al door een wild dier was omgewoeld.

De lange man had veel herinneringen aan zijn jeugd die hij zelden deelde met anderen. Het ging om beelden van besneeuwde heuvels ten zuiden van de Jaloerivier en dode Chinese soldaten in uniformen van lappendekens die her en der verspreid op de hellingen lagen, en van F-80-straaljagers die laag onder de bewolkte hemel vlogen om de Chinezen met hun mortieren en automatische wapens te bestoken. De wonden van de dode Amerikanen die achter in de pantservoertuigen lagen opgestapeld hadden geleken op bevroren rozen in de sneeuw.

In zijn slaap hoorde de lange man nog steeds de kille klank van trompetgeschal in de heuvels.

De spinachtige tanden van de hark trokken een lok zwart haar los uit de aarde. De lange man, die Hackberry Holland heette, keek omlaag. Hij schraapte de hark langs de omtrek van de ronde vorm die hij had blootgelegd. Toen schoof, vanwege de rulle aarde om de gestalte heen of doordat dit lijk boven op andere lijken lag, de grond van het gezicht, oren en hals en schouders van het lijk. De wasachtige schittering van een voorhoofd, de grimas die verbazing imiteerde, één oog gesloten, het andere zo scherp zichtbaar als de knikker van een kind. De handpalm omklemde een kluit aarde.

Ze was tenger en klein en haar dunne zwarte blouse was totaal ongeschikt voor dit klimaat. Hij schatte dat ze niet ouder dan zeventien was en dat ze nog had geleefd toen de aarde over haar heen werd geschoven. En ze was Aziatisch, niet Spaans zoals hij had verwacht.

Het volgende halfuur, tot het licht uit de hemel was verdwenen, ging hij door met harken en graven. Het veld was duidelijk door het blad van een bulldozer tot op de harde laag van de ondergrond afgeschraapt. Daarna was de aarde teruggestort, geplet en geëffend alsof er voorbereidingen werden getroffen voor het bouwen van een huis.

Hij liep terug naar zijn truck en smeet de hark en de schop in de laadbak. Toen pakte hij de mobilofoon van de passagiersstoel. 'Maydeen, met sheriff Holland,' zei hij. 'Ik sta achter de oude kerk bij Chapala Crossing. Tot nu toe heb ik de lijken opgegraven van negen slachtoffers van moord, allemaal vrouwen. Bel de FBI en ook de districten Brewster en Terrell en zeg dat we hun hulp nodig hebben.'

'De verbinding viel even weg. Zeg dat nog eens? Heb ik je goed gehoord? Zei je negen moord...'

'Het gaat hier om een massamoord. De slachtoffers zijn allemaal Aziaten. Sommigen zijn nog bijna kinderen.'

'Die vent die het alarmnummer belde, heeft nog een tweede keer gebeld.'

'Wat zei hij?'

'Ik geloof niet dat hij toevallig bij die kerk was. Volgens mij stikt hij van het schuldgevoel.'

'Weet je hoe hij heet?'

'Hij zei dat hij Pete heette. Geen achternaam. Waarom heb je je niet eerder gemeld? Ik had hulp kunnen sturen. Je bent godverdomme te oud voor dit soort onzin, Hack.'

*Op een bepaalde leeftijd accepteer en vertrouw je eindelijk jezelf en laat je de wereld los,* dacht hij. Maar het enige dat hij antwoordde was: 'Maydeen, wil je niet dat soort taal gebruiken via de radio?'

Pete Flores had nooit helemaal begrepen wat het meisje in hem zag. Haar haar was kastanjekleurig geverfd, kortgeknipt en aan de uiteinden met de krultang bewerkt. Ze had een gave huid, en diepliggende blauwgroene ogen die haar dat mysterieuze tintje verleenden dat mannen intrigeerde en ervoor zorgde dat ze haar nog lang nastaarden. Bij het wegrestaurant waar ze werkte gedroeg ze zich met veel elegantie. Haar klanten, voornamelijk vrachtwagenchauffeurs die grote afstanden aflegden, voelden dat aan. Ze respecteerden en beschermden haar.

Ze volgde drie avonden per week college bij een kleine universiteit in de districtshoofdstad. In het afgelopen semester had ze een kort verhaal gepubliceerd in het literaire tijdschrift van de universiteit. Ze heette Vikki Gaddis en bespeelde een grote J-200 Gibson die ze van haar vader, een parttime-countrymuzikant uit Medicine Lodge, Kansas, had gekregen toen ze twaalf was.

Haar hese stem en accent waren niet aangeleerd en klonken niet gemaakt. Af en toe, als ze op haar gitaar speelde en zong in het wegrestaurant, stonden haar klanten op van hun stoelen en krukken en applaudisseerden. Ze trad soms ook op in de nachtclub ernaast, hoewel de eigenaars niet helemaal wisten hoe ze moesten reageren als ze 'Will the Circle Be Unbroken' en 'Keep on the Sunny Side of Life' zong.

Ze sliep nog toen Pete het verveloze houten huurhuis binnenliep dat nog in de blauwe schaduw van een heuvel lag terwijl de zon heet en drukkend als een gebroken eidooier boven de horizon rees en het licht over het dorre land streek. Pete voelde een knallende hoofdpijn opkomen en de binnenkant van zijn katterige hoofd was nog steeds gevuld met de geluiden van de bar aan de weg waar hij eerder was geweest. Hij waste zijn gezicht bij de gootsteen. Het water liep koel uit een kraan die was verbonden met een aluminium reservoir dat op palen achter het huis stond. De heuvel die bijna als een daad van genade de zonsopgang blokkeerde, leek uit roest en sintels te bestaan en was begroeid met struikgewas en mesquitebomen waarvan de wortels nauwelijks diep genoeg groeiden om water te vinden. Hij wist dat Vikki snel wakker zou worden, dat ze gisteravond waarschijnlijk op hem had gewacht en onrustig had geslapen, omdat ze niet wist waar hij bleef. Hij wilde een ontbijt voor haar maken, uit schuldgevoel of om de schijn van normaliteit op te houden. Hij vulde de koffiepot met water. De koele binnenkant van de pot voelde op de een of andere manier aan als een tijdelijk balsem voor de kloppende hitte in zijn hoofd.

Hij deed wat margarine in een koekenpan en nam twee eieren en een plak ham uit de koelbox die Vikki en hij als koelkast gebruikten. Hij brak de eieren in de pan, legde er de ham en een plak zuurdesembrood naast en liet hem heet worden op het gasstel. De geur van het ontbijt dat hij voor Vikki wilde klaarmaken steeg op in zijn gezicht en hij rende de achterdeur uit naar het erf om te voorkomen dat hij op zijn kleren zou braken.

Hij hield zich vast aan de zijkanten van een drinkbak voor paarden. Zijn maag was nu leeg, zijn rug trilde en om zijn hoofd werd een band aangetrokken. Zijn adem was een belediging voor de lucht en de frisheid van de ochtend. Hij meende het geronk te horen en de zuigkracht te voelen van bewapende helikopters en het zware gerommel van een pantservoertuig dat over een verhoging reed, met zand dat wegspoot tussen rupsbanden terwijl een cd met het nummer 'Burn, Motherfucker, Burn' uit de luidspreker brulde. Hij staarde naar het barre land in de verte, maar de enige levende wezens die hij zag waren gieren die hoog op de thermiek dreven en kleine cirkels beschreven boven het hete land en de lucht van sterfelijkheid die opsteeg naar de hemel.

Hij ging naar binnen, spoelde zijn mond en schraapte Vikki's ontbijt op een bord. De eieren waren verbrand aan de randen, de dooiers waren kapotgegaan en gestold en er zaten zwarte vetvlekken op. Hij ging in een stoel zitten en liet zijn hoofd tussen zijn knieën hangen terwijl de keuken om hem heen tolde. Door de gedeeltelijk geopende deur van de slaapkamer, in het blauwe licht en het stof dat opdwarrelde in de tocht, zag hij haar hoofd op het kussen, haar ogen gesloten, haar lippen iets van elkaar terwijl ze ademde. Hij schaamde zich voor de armoedige omgeving waarin ze moest leven. De scheuren in het linoleum zaten vol vuil, het allegaartje aan meubilair was gekocht bij een kringloopwinkel, de muren hadden een misselijkmakende tint groen. Alles wat hij aanraakte, leek zijn mislukking te verergeren. Met uitzondering van Vikki Gaddis.

Haar ogen gingen open. Pete ging rechtop in de stoel zitten en glimlachte gemaakt, wat zijn gezicht iets stijfs en onnatuurlijks gaf.

'Ik was een ontbijt voor je aan het maken, maar ik heb het verprutst,' zei hij.

'Waar ben je geweest, schat?'

'Je weet wel, daarginds,' antwoordde hij, in de richting van de verkeersweg gebarend. Hij wachtte tot ze iets zou zeggen, maar dat deed ze niet. 'Waarom zouden mensen hun sportschoenen weggooien maar wel de veters meenemen?' vroeg hij.

'Wat bedoel je?'

'Op de plekken waar die illegalen oversteken ligt overal rommel en rotzooi. Ze gooien hun oude sportschoenen weg, maar halen er eerst de veters uit. Waarom doen ze dat?'

Ze stond nu op en trok haar spijkerbroek aan over haar onderbroek.

Ze keek naar haar vingers terwijl ze haar broek dichtknoopte op haar platte buik.

'Omdat ze verder niets bezitten, hè?' gaf hij antwoord op zijn eigen vraag. 'Die arme sloebers hebben niets anders dan het woord van de mensensmokkelaar die hen over de grens brengt. Dat is toch een beroerd lot, of niet soms?'

'Wat heb je gedaan, Pete?'

Hij vouwde zijn vingers samen tussen zijn dijen en perste ze zo hard tegen elkaar dat hij het bloed in zijn aderen tot stilstand voelde komen. 'Een vent zou me driehonderd dollar geven om een vrachtwagen naar San Antonio te rijden. Hij zei dat ik me niet druk moest maken over de lading. Hij gaf me een voorschot van honderd dollar. Hij zei dat het gewoon ging om een stel mensen die naar hun familie moesten. Ik heb die vent nagetrokken. Hij is geen drugssmokkelaar. Trouwens, drugssmokkelaars gebruiken geen vrachtwagens om hun dope te vervoeren.'

'Je hebt hem nagetrokken? Bij wie heb je dat gedaan?' zei ze. Ze keek hem aan en liet haar handen langs haar zij vallen.

'Kerels die ik ken, kerels uit de bar.'

Haar gezicht was effen, met slaaprimpels van het hoofdkussen terwijl ze naar het gasstel liep en zichzelf een kop koffie inschonk. De huid van haar blote voeten stak wit af tegen het vuile linoleum. Hij liep de slaapkamer in, pakte de slippers onder het bed vandaan, zette ze neer bij haar voeten en wachtte tot ze ze had aangetrokken.

'Er waren gisteravond een paar mannen hier,' zei ze.

'Wat?' Het bloed trok uit zijn wangen, waardoor hij nog jonger leek dan de twintig jaar die hij was.

'Er kwamen twee mannen aan de deur. Een van hen bleef in de auto zitten. Hij heeft de motor al die tijd laten draaien. Degene die het woord deed had rare ogen, alsof ze niet bij elkaar pasten. Wie is hij?'

'Wat zei hij?'

Pete had geen antwoord gegeven op haar vraag. Maar haar hart ging tekeer en ze gaf toch antwoord. 'Dat het allemaal een misverstand was geweest tussen jullie. Dat je in het donker bent weggerend of zoiets. Dat hij je nog wat geld schuldig is. Hij grijnsde voortdurend terwijl hij praatte. Ik heb hem een hand gegeven. Hij stak zijn hand uit en ik heb hem geschud.'

'Ziet zijn hoofd eruit alsof er een metalen plaat in zit? Glinstert zijn ene oog wel en het andere niet?'

'Dat is hem. Wie is dat, Pete?'

'Hij heet Hugo. Hij heeft een tijdje naast me in de vrachtwagencabine gezeten. Hij had een Thompson in een canvastas. Het magazijn met munitie rammelde, hij pakte het eruit, bekeek het en stopte het terug in de tas. Hij zei: "Dit mooie ding is eigendom van de gevaarlijkste man in Texas."'

'Wát zat er in die tas?'

'Een lichte mitrailleur uit de Tweede Wereldoorlog. We moesten stoppen in het donker. Hij begon via een radiozender te praten. Iemand zei: "Maak er een eind aan. Begin met een schone lei." Ik ben uitgestapt om te pissen, toen ben ik in een irrigatiegeul gesprongen en weggerend.'

'Hij heeft in mijn hand geknepen, echt hard. Wacht even, waarom rende je weg?'

'Heeft Hugo je hand bezeerd?'

'Dat zei ik toch al? Zijn die lui drugssmokkelaars?'

'Nee, veel erger. Ik zit zwaar in de nesten, Vikki,' antwoordde hij. 'Ik heb schoten gehoord in het donker. Ik heb mensen horen schreeuwen. Het waren vrouwen. Misschien waren er ook meisjes bij.'

Toen ze geen antwoord gaf, toen haar gezicht uitdrukkingsloos werd alsof ze naar iemand keek die ze niet kende, wilde hij haar hand onderzoeken. Maar ze liep naar het keukenscherm, met haar rug naar hem toe en haar armen over elkaar. Ze had een intens droevige blik in haar ogen terwijl ze naar het helle licht staarde dat uitwaaierde over het landschap.

# 2

De striptent van Nick Dolan lag halverwege Austin en San Antonio. Het was een opgeknapt victoriaans huis met twee verdiepingen, in de witte verf gezet, gelegen tussen eikenbomen en pijnbomen. Op het balkon en langs de ramen hing kerstverlichting die nooit werd weggehaald. Vanaf de weg zag het eruit als een feestelijk oord; het met grind bedekte parkeerterrein was goed verlicht en het kleine Mexicaanse restaurant ernaast was met het hoofdgebouw verbonden door een overdekte verbindingsgang. Alsof de passanten moesten weten dat Nick niet alleen seks verkocht en dat dit een fatsoenlijk oord was; dat vrouwen en zelfs hele gezinnen welkom waren als ze moe waren van het rijden en een prima maaltijd wilden tegen een redelijke prijs.

Nick had zijn drijvende casino in New Orleans opgegeven. Hij had zijn geboortestad verlaten omdat hij geen trek had in moeilijkheden met de kliek die was overgebleven van de oude maffia, en omdat hij geen zin had om al die corrupte politici te betalen, onder wie de gouverneur, die nu zelf in een federale gevangenis zat. Nick had geen problemen met de wereld, de verdorven aard van de mens of de staat van zondigheid waarin de meesten geboren leken te zijn. Hij verschafte de mensen wat ze wilden, of het nu ging om gokken, drank, vrouwenvlees of de vrijheid van zijn klanten om hun wensen te vervullen in een veilige omgeving, waar ze nooit ter verantwoording werden geroepen voor de lusten die ze verborgen hielden voor de buitenwereld. Maar zodra een vloedgolf van morele verontwaardiging aan de horizon opdook, besefte Nick maar al te goed wie de schuld zou krijgen.

Hij had echter nog een ander probleem behalve de hypocrisie van anderen: hij was onder een ongelukkig gesternte geboren. Hij had een kort en dik jongenslichaam gekregen, met slappe armen, een korte nek, platvoeten en ook nog slechte ogen, zodat hij een dikke ronde bril moest dragen, waardoor hij eruitzag als een goudvis in een kom.

Hij droeg schoenen met steunzolen, sportjasjes met schoudervullingen en dure, smaakvolle sieraden; hij gaf minimaal vijfenzeventig dollar uit aan zijn overhemden en stropdassen. Zijn tweelingdochters gingen naar een privéschool en hadden piano-, ballet- en paardrijles; zijn zoon stond op het punt te gaan studeren aan de universiteit van

Texas. Zijn vrouw speelde bridge bij de countryclub, trainde elke dag in een sportschool en wilde liever niet precies weten hoe Nick zijn geld verdiende. Ze betaalde haar eigen rekeningen met het geld dat ze verdiende met effecten en aandelen. De meeste romantiek was allang uit hun huwelijk verdwenen, maar ze zeurde niet en was een goede moeder. Ze werd algemeen beschouwd als iemand met een goed karakter, dus wat had Nick eigenlijk te klagen? Je moest het leven nemen zoals het was, platvoeten of niet. Nick verzette zich niet tegen de aard van de wereld. Hij was onbesuisd en speelde de rol van bedeesde dwaas als dat nodig was. Hij probeerde niet de meisjes die voor hem werkten te versieren en maakte zichzelf niets wijs over hun zogenaamde loyaliteit. Hallelujachristenen hadden het altijd over 'oprechtheid'. Nicks oprechte kijk op zichzelf en zijn relatie tot de wereld was als volgt: hij was een te zware, kleine, kalende man van gevorderde middelbare leeftijd die zijn beperkingen kende en die zijn grenzen had. Hij woonde in een puriteins land waarvan de inwoners waren geobsedeerd door seks. Iets waar ze altijd giechelig over deden, als kinderen in het zwembad van het YMCA die voor het eerst hun geslachtsdelen ontdekten. En als iemand daaraan twijfelde, zo hield hij zichzelf voor, moesten ze op de vroege avond hun televisie maar eens aanzetten, dan konden ze zien wat voor rotzooi hun kinderen werd voorgeschoteld.

Volgens Nick was financieel mislukken de enige echte zonde in dit land. Aanzien kon je met je chequeboek kopen. Was dat cynisme? Had de familie Kennedy haar fortuin verdiend met de verkoop van bijbels tijdens de drooglegging? Maakten arme sloebers de dienst uit in de Senaat? Waren veel Amerikaanse presidenten afgestudeerd aan flutuniversiteiten?

Maar op dit moment had Nick een probleem dat nooit in zijn leven had mogen komen, dat hij totaal niet had verdiend. De jaren waarin hij was mishandeld door treiterkoppen in de achterbuurten van New Orleans hadden hem moeten vrijwaren voor eventuele zonden die hij later had begaan. De man die dat probleem vertegenwoordigde was zojuist zijn club binnengewandeld en was aan de bar gaan zitten. Hij had een glas mineraalwater met ijs en kersensap besteld en staarde naar de paaldanseressen. De huid van zijn gezicht was net een leren masker en zijn volle lippen leken voortdurend een grijns te onderdrukken. Nick voelde zich tot het uiterste gespannen. De naam van het probleem was

Hugo Cistranos en Nick Dolan was doodsbang voor hem.

Kon Nick maar gewoon via de voordeur zijn club verlaten en naar de veilige haven van zijn kantoor lopen, langs de tafeltjes die vol zaten met universiteitsjongens, gescheiden kantoorpikken en deftige lui die deden alsof ze de club alleen voor de gein bezochten. Hij kon iemand bellen, een overeenkomst sluiten, zich verontschuldigen, een of andere vorm van restitutie aanbieden. Gewoon een kwestie van de telefoon pakken en het doen, wat er ook voor nodig was. Dat was wat zakenmensen deden als ze werden geconfronteerd met onoverbrugbare problemen. Ze pakten de telefoon. Hij was niet verantwoordelijk voor de daden van een maniak. Hij wist eigenlijk niet eens zeker wat die maniak had gedaan.

Dát was het. Als je niet wist wat die zieke klootzak precies had gedaan, hoe kon je er dan de schuld van krijgen? Nick was niet bij die zaak betrokken, hij was gewoon een zakenjongen die probeerde ergens opnieuw te beginnen nadat ze hadden gedreigd zijn escortbureaus in Houston en Dallas, waar veertig procent van zijn geld vandaan kwam, naar de knoppen te helpen.

Loop gewoon het kantoor in, zei hij tegen zichzelf. Negeer de manier waarop Hugo's ogen zich in je gezicht, je hals, je rug boren, negeer hoe hij je kleren en huid afpelt, hoe hij je berooft van je laatste restje waardigheid. Negeer die autoritaire manier van doen, die grijns die stilletjes betekende dat Nick eigendom was van Hugo, dat hij zijn gedachten en zwakheden kende en kon toeslaan wanneer hij wilde. Nick kreeg weer het gevoel dat hij als kleine, dikke jongen had gehad toen hij zijn lunchgeld liet afpakken door de zwarte kinderen op het schoolplein.

De herinnering aan die dagen in een achterstandswijk in New Orleans veroorzaakte een golf van woede in Nicks borstkas, een opleving van strijdlust die ervoor zorgde dat hij een vuist balde. Het vermogen dat in zijn dikke jongenslichaam huisde, verbaasde hem. Hij draaide zich om en keek Hugo vol in het gezicht. Met wijd open ogen liep Nick naar hem toe met een brandende aansteker in zijn uitgestoken arm. Zijn mond werd droog en zijn hart voelde aan alsof het werd aangevreten door spoelwormen. De paaldanseressen, hun lichamen bespikkeld met glitter, hun gezichten onder een dikke laag make-up, veranderden in schemerige, door rook aan het gezicht onttrokken verschijningen van wie hij de namen nooit had gekend, hoewel ieder van die vrouwen naar zijn gunsten dong en hem altijd Nick noemde, op een toon alsof hij een beschermende oom was. Nick Dolan stond er alleen voor. Hij liet zijn rechterhand op de bar rusten maar ging niet zitten. De as van zijn sigaret viel op zijn broek.

Hugo grijnsde en zijn ogen volgden de rookkringels van Nicks sigaret tot aan de gele nicotinevlek tussen zijn wijs- en middelvinger. 'Rook je nog steeds drie pakjes per dag?' zei Hugo.

'Ik ga het met nicotinepleisters proberen,' zei Nick, die Hugo strak bleef aankijken. Hij vroeg zich af of hij net had gelogen of de waarheid had verteld en of hij niet klein, dom en klaaglijk had geklonken.

'Van Marlboro's ga je de kist in. Alleen al door de chemicaliën.'

'Dood gaan we allemaal.'

'Die chemicaliën verdringen de geur van de nicotine, zodat je niet denkt aan de schade die het aanricht in je organen. Vlekken op de longen, vlekken op de lever, dat soort dingen. Het gebeurt in je slaap, zonder dat je het merkt.'

'Ik wilde net naar huis gaan. Had je iets met me te bespreken?'

'Ja, zo zou je het kunnen noemen. Zullen we naar je kantoor gaan?'

'Daar is de werkster aan het stofzuigen.'

'Dat klinkt logisch. Een stofzuiger in een nachtclub op het drukste uur. Geef me de naam van dat schoonmaakbedrijf, dan weet ik dat ik ze nooit moet bellen. Ik loop wel even met je mee naar buiten. Je moet beslist die lucht zien. Overal droge bliksem boven de wolken. Kun je lekker in de open lucht roken.'

'Mijn vrouw wacht op me met het eten.'

'Dat is vreemd, gezien je reputatie dat je altijd zelf de tent sluit en elke cent in de kassa natelt.'

'Bedoel je daar iets mee?'

Hugo nam een slok van zijn mineraalwater en kauwde op een kers. Zijn uitdrukking was bedachtzaam. 'Nee, daar bedoel ik niks mee, Nicholas.' Zijn tong was helderrood. Hij veegde zijn mond af met een papieren servet en bekeek de kleurige vlek die erop zat. 'Ik heb mensen ingehuurd over wie ik je advies wil. Een jongen die moeilijkheden blijkt te veroorzaken.' Hij boog zich naar voren en kneep Nick in zijn schouder, met een gezicht dat overliep van warmte en intimiteit. 'Ik denk dat het gaat regenen. De frisse lucht zal je goeddoen. Dan trekt al die nicotine uit je kleren.'

Buiten was de lucht zoals Hugo had beschreven: het rook naar onweer en naar watermeloenen in een veld bij de altijdgroene eiken aan de uiterste grens van Nicks grondgebied. Nick liep voor Hugo uit naar een open plek tussen een Buick en de grote zwarte suv van Hugo. Hugo legde één arm op het spatbord van zijn voertuig en blokkeerde zo Nicks uitzicht op zijn club. Hij droeg een sportshirt, een geplooide witte broek en gepoetste Italiaanse schoenen. In de gloed van de lampen boven zijn hoofd was zijn stevige onderarm strak en bleek en voorzien van groene aderen.

'Artie Rooney is negen hoeren kwijt,' zei Hugo.

'Daar weet ik niks van,' zei Nick.

Hugo krabde zich in zijn nek. Zijn haar was asblond, met jodiumrode strepen erin. Het was met gel naar achteren gekamd en zijn blinkende hoge voorhoofd deed denken aan de boeg van een schip. '"Met een schone lei beginnen." Wat betekenen die woorden voor jou, Nicholas?'

'Ik heet Nick.'

'Ik wil graag antwoord op mijn vraag, Nick.'

'Het betekent "opnieuw beginnen". Er wordt mee bedoeld dat je ergens mee moet ophouden. Het betekent dus niet dat je compleet door het lint moet gaan.'

'Laat me eens kijken of ik goed begrijp wat jouw visie is. We ontvoeren de Thaise hoeren van Rooney, maken ten minste één van zijn smokkelaars koud en vermoorden een stel hysterische spleetogen op een zandweg. Zodat ik een dodelijke injectie kan verwachten of de volgende veertig jaar in een federale gevangenis mag doorbrengen?'

'Wat zei je daarnet over een smokkelaar?'

Nick voelde iets klapperen in zijn hoofd, een kapot luik dat open- en dichtging, een storing in zijn hersenen of in zijn onderbewuste, een beschadigd mechaniek dat er zijn leven lang voor had gezorgd dat hij te veel zei of dat hem pas de juiste woorden te binnen deed schieten als het te laat was, zodat hij kwetsbaar en alleen achterbleef, overgeleverd aan de genade van zijn tegenstanders. Waarom had hij die vraag gesteld? Waarom had hij zojuist laten blijken dat hij meer wist van wat Hugo had gedaan op een donkere weg met een vrachtwagenlading hulpeloze Aziatische vrouwen, onder wie mogelijk minderjarige meisjes? Nick had het gevoel dat zijn ectoplasma door de zolen van zijn schoenen wegstroomde.

'Ik begrijp er niks van, Hugo. Ik heb geen idee waar we het hier over hebben,' zei hij. Zijn ogen gleden weg van Hugo's gezicht; de woorden voelden als natte as in zijn keel.

Hugo keek weg en trok aan zijn oorlelletje. Zijn mond was samengeperst, zijn vrolijkheid lekte uit zijn neus als lucht die door een rubberen afdichting ontsnapte. 'Jullie zijn allemaal hetzelfde,' zei hij.

'Wie zijn "jullie"?'

'Horen, zien en zwijgen. Jullie huren anderen in om de rotzooi op te knappen. Je bent me negentigduizend schuldig, Nicholas, tienduizend voor elke eenheid die ik voor Artie moest laten verdwijnen. Je bent me ook zevenduizend schuldig aan transportkosten. En nog eens vijfduizend extra aan personeelskosten. De rente is anderhalf procent per week.'

'Rénte? Wat voor rente? Ben je gek geworden?'

'En dan nog iets. Ik heb in een of andere bar vol dronkenlappen een jongen ingehuurd.'

'Wat voor een jongen?'

'Pete Huppeldepup. Wat doet het ertoe? Hij is ontsnapt.'

'Nee, ik heb hier niks mee te maken. Laat mij erbuiten.'

'Het wordt nog iets ingewikkelder. Ik ben bij het stinkhol geweest waar hij woont. Er was daar een meisje. Ze heeft me gezien. Dus zij speelt nu ook een rol. Begrijp je wat ik bedoel?'

Nick liep achteruit weg, zijn hoofd schuddend. Hij probeerde zich te verwijderen uit de gesloten ruimte die het licht uit zijn ogen leek te drukken. 'Ik ga naar huis. Ik ken Artie Rooney al jaren. Ik los dit wel op. Hij is een zakenman.'

Hugo pakte een zakkammetje en haalde dat door zijn haar. 'Artie Rooney heeft me zijn oude Caddy aangeboden om jou op een spoeddieet te zetten. Gedwongen totale onthouding. Vijftien tot twintig pond gewichtsverlies per dag gegarandeerd. Helemaal in je eigen kofferbak, snap je? Weet je waarom hij je niet mag, Nicholas? Omdat hij een échte Ier is, niet zo'n oplichter die zijn naam van Dolinski in Dolan heeft veranderd. Ik kom morgen langs om mijn geld op te halen. In biljetten van vijftig graag, en geen opeenvolgende serienummers.'

Het ging allemaal te snel. 'Waarom heb je dat voorstel van Artie Rooney afgeslagen?' zei Nick, omdat hij iets moest zeggen.

'Ik heb al een Caddy.'

Twee minuten later, toen Nick terugliep naar zijn nachtclub, klonk de dreunende muziek van de vierkoppige band lang niet zo hard als het bonzen van Nicks hart en het raspen van zijn longen terwijl hij lucht naar binnen probeerde te zuigen langs de sigaret in zijn mond.

'Nick, je ziet bleek. Heb je slecht nieuws gehad?' vroeg de barman.

'Alles is prima in orde,' antwoordde Nick.

Toen hij op de barkruk ging zitten, met een tollend hoofd, voelden zijn platvoeten zo opgezwollen dat hij bang was dat de veters van zijn schoenen zouden knappen.

Voordat hij eindelijk naar bed ging, was Hackberry Holland de douchecabine in gelopen. Dat was de enige plek die hem een weldadig gevoel kon geven na zijn ervaring achter de kerk. Hij waste zijn haar, schrobde zijn huid tot die rood was en hield zijn gezicht zo lang mogelijk onder het hete water. Maar de geur van opgegraven lijken had hem tot in zijn slaap achtervolgd en bleef de dag erna om hem heen hangen tot aan de volgende schemering, tot de duisternis inviel. De heuvels flikkerden van de elektrische lading in de lucht, en de claxon van een achttienwieler ergens in de verte klonk als de trompet van een vergeten oorlog.

Federale agenten hadden het meeste werk op de plaats delict gedaan. Ze hadden een veldmortuarium opgezet, sterke lampen neergezet en satellietcommunicatie opgesteld, waarschijnlijk zowel met Mexicaanse autoriteiten als met hun eigen superieuren in Washington D.C. Ze waren beleefd tegen hem, respectvol op hun eigen plichtmatige manier, maar het was duidelijk dat ze hem beschouwden als een curiositeit, of misschien zelfs als niet meer dan een buitenstaander of getuige. Tegen de ochtend, toen alle opgegraven lijken in zakken waren gedaan en waren verwijderd en de agenten alles aan het inpakken waren, liep een man in een pak, met wit haar en dunne rode en blauwe adertjes op zijn wangen naar Hackberry toe en schudde hem de hand alsof hij hem mild wilde stemmen voor de vragen die komen gingen.

'Ik heb begrepen dat u advocaat voor de Amerikaanse burgerrechtenbeweging bent geweest,' zei hij.

'Ooit, lang geleden.'

'Dan bent u behoorlijk van carrière veranderd.'

'Niet echt.'

'Ik heb nog iets niet verteld. Een van onze agenten heeft botten gevonden die lang in de grond hebben gelegen.'

'Misschien zijn ze van indianen,' zei Hack.

'Zo oud zijn ze niet.'

'Misschien heeft de schutter deze plek eerder gebruikt. De bulldozer is hierheen gebracht met een vrachtwagen. Hij is op dezelfde manier vertrokken. Misschien had die dader zijn zaakjes goed voor elkaar.' Maar de FBI-agent die de leiding had over de opgraving, Ethan Riser heette hij, luisterde niet. 'Waarom bent u hier gebleven om al die lijken zelf op te graven? Waarom hebt u niet eerder gebeld?' zei hij.

'Ik ben krijgsgevangene geweest in Korea. Ik heb in Pak's Palace gezeten, en ook nog in een stel andere oorden.'

De agent knikte en zei toen: 'Neem me niet kwalijk, maar ik zie het verband niet.'

'Er liepen kilometers lange rijen vluchtelingen op de wegen. Bijna iedereen liep in zuidelijke richting. De stoeten werden geïnfiltreerd door Noord-Koreaanse soldaten in burgerkleren. Soms kregen onze F-80's het bevel iedereen op de weg te doden. Wij moesten ze begraven. Ik geloof niet dat er ooit ruchtbaarheid aan dat verhaal is gegeven.'

'Bedoelt u te zeggen dat u ons niet vertrouwt?' zei de agent, nog steeds glimlachend.

'Nee meneer, zoiets zou niet in me opkomen.'

De agent staarde naar de lange glooiing van het landschap. De mesquitebladeren bewogen als groen kant in de wind. 'Het lijkt hier wel een maanlandschap,' zei hij.

Hackberry gaf geen antwoord en liep terug naar zijn pick-up. De pijn van een oude blessure verspreidde zich in zijn onderrug.

Eind jaren zestig had hij geprobeerd een Latijns-Amerikaanse vriend uit zijn diensttijd te helpen. Die was tot bloedens toe in elkaar geslagen tijdens een staking van de United Farm Workers en was beschuldigd van geweld tegen een politieman. In die tijd had Hackberry op doordeweekse dagen rond het middaguur al de nodige Jack Daniel's achter de kiezen. Hij was ook kandidaat voor het Congres en worstelde hevig met de stuiptrekkingen van zijn politieke ambities en zijn eigen cynisme. Maar het schuldgevoel, de depressie en het zelfverwijt dat hij had meegebracht uit een krijgsgevangenenkamp op een plek die de Noord-Koreanen 'De Vallei Zonder Naam' hadden gedoopt, lieten zich niet zomaar wegdrukken.

In de gevangenis waar zijn vriend uiteindelijk zou worden vermoord, ontmoette Hackberry Rie Velásquez, die ook lid was van het organisatiecomité van de United Farm Workers. Daarna was hij nooit meer dezelfde. Hij had gedacht dat hij de dood van zijn vriend en de ontmoeting met die vrouw achter zich kon laten, maar in beide gevallen vergiste hij zich. Zijn eerste ontmoeting met haar was meteen antagonistisch, en niet vanwege haar idealen of haar directheid. Het was haar gebrek aan angst dat hem bezighield, en haar onverschilligheid voor de meningen van anderen, zelfs voor haar eigen lot. Erger nog, ze wekte de indruk dat ze hem wilde accepteren als hij haar maar niet vroeg hem of zijn politieke overtuigingen serieus te nemen. Ze was intelligent, had een universitaire opleiding en ze was verbluffend mooi. Hij probeerde altijd een reden te verzinnen om haar te zien.

Hij kwam langs in haar vakbondskantoor, bood haar een lift aan en probeerde al die tijd haar radicalisme te marginaliseren en haar linkse overtuigingen te negeren of verre van zich te houden, alsof het accepteren van ook maar iets daarvan hetzelfde zou zijn als het uittrekken van de draad van een trui, een ondermijning van zijn eigen geloofssysteem. Maar hij verzette zich nooit tegen het feit dat de arme sloebers die zij vertegenwoordigde voor een legitieme zaak vochten en dat ze werden onderdrukt omdat ze een vakbond wilden vormen, zowel door boeren als door de politie.

De politieke bekering van Hackberry Holland vond niet plaats tijdens een vakbondsvergadering of tijdens de solidariteitsmis in een katholieke kerk, en had ook niets te maken met het zien van een verblindend licht op de weg naar Damascus. Een licht ontvlambare politieman was erin geslaagd Hackberry Holland te radicaliseren nadat hij hem met een knuppel op zijn hoofd had getimmerd en een poging had gedaan hem dood te schoppen. Toen Hackberry bijkwam op de betonnen vloer van een lokale cel, zijn hoofd enkele centimeters verwijderd van een afvoerpijp vol gaten die stonk naar urine, twijfelde hij niet langer aan de revolutionairen die bij de deur van de gevangenis nieuwe leden stonden te werven.

Rie was tien jaar geleden gestorven aan baarmoederhalskanker en hun tweelingzonen hadden Texas verlaten, een voor een baan als oncoloog bij een ziekenhuis in Phoenix, de andere als kapitein op een boot in de Florida Keys. Hackberry verkocht de ranch aan de Guadaluperivier waar ze de kinderen hadden grootgebracht en verhuisde naar een streek dichter bij de grens. Als je hem zou vragen waarom hij de groene plek waarvan hij zo hield had opgegeven voor een bestaan in een stoffig niemandsland en een slecht betaald baantje als gekozen sheriff op het platteland waar de straten, stoepen en gebouwen vol zaten met scheuren door de hitte, zou Hackberry geen verklaring kunnen geven. In ieder geval niet een verklaring die hij met anderen wilde bespreken.

De waarheid was dat hij het niet kon opbrengen om 's morgens uit zijn bed te komen, omgeven door de spullen die zij had aangeraakt. De wind die de gordijnen deed opbollen benadrukte slechts de leegte in het huis en zorgde voor een deprimerende sfeer tussen de steun- en kruisbalken en de witgepleisterde muren. De stilte in zijn huis vloog hem aan. Hij kon niet ontwaken tussen die spullen en in afwezigheid van Rie en zijn kinderen, aan wier volwassenheid hij nooit had kunnen wennen, zonder te moeten concluderen dat hij op een verschrikkelijke manier was bestolen en dat die wond in zijn hart nooit zou helen.

Een baptistenpredikant had Hackberry gevraagd of hij God de schuld gaf van zijn verlies.

'God heeft de dood niet uitgevonden,' antwoordde Hackberry.

'Wie dan wel?'

'Kanker is een ziekte die is veroorzaakt door het industriële tijdperk.'

'Volgens mij ben je woedend vanbinnen, Hack. Ik denk dat je moet proberen het een plek te geven. Ik denk dat je het leven van je vrouw moet vieren en niet moet rouwen over iets wat je niet kunt veranderen.'

*Ik denk dat jij je met je eigen zaken moet bemoeien*, dacht Hackberry. Maar hij zei het niet hardop.

Nu de sterren langzaam uitdoofden in de blauwige gloed van de vroege ochtendschemering probeerde hij te ontbijten op zijn veranda en niet te denken aan de dromen die hij had gehad vlak voordat hij ontwaakte. Nee, 'dromen' was niet het juiste woord. Dromen hadden een zekere opeenvolging, met beweging en stemmen erbij. Alles wat Hackberry zich kon herinneren voordat hij zijn ogen opende in zijn kale slaapkamer, was de gruwelijkheid van de wonden van de negen vermoorde vrouwen en meisjes die achter de kerk met een bulldozer waren begraven. Hoeveel mensen wisten wat een .45-patroon voor schade kon aanrichten in menselijk weefsel en botten? Hoeveel mensen hadden ooit gezien wat een salvo van een .45 machinegeweer kon doen met iemands gezicht, schedel, borsten of ribbenkast?

Er waaide een stevige wind uit het zuiden en hoewel zijn gazongras droog en hard was, had het in de vroege ochtend een groenige glans. De vele soorten bloemen in zijn tuin leken door de dauw extra fel gekleurd. Hij wilde niet denken aan de slachtoffers die achter de kerk waren begraven. Nee, dat was ook niet juist. Hij wilde niet denken aan hun doodsangst en hulpeloosheid voordat ze op een rij werden gezet en vermoord. Hij wilde er niet over tobben omdat hijzelf een dergelijke ervaring had gehad toen hij was gedwongen samen met zijn collega-krijgsgevangenen op een besneeuwd stuk grond te gaan staan bij een temperatuur van nul graden en moest wachten tot een Chinese gevangenbewaarder zijn machinepistool van dichtbij in hun borst en gezicht zou leegschieten. Maar door de wispelturige aard van hun wrede beul werd Hackberry gespaard: hij had moeten toekijken hoe anderen stierven. Soms wilde hij dat hij bij de doden in plaats van bij de levenden had mogen horen.

Hij geloofde dat in de ogen van je beul kijken tijdens de laatste seconden van je leven het ergste was wat een mens kon overkomen. Die laatste blik in het gezicht van het kwaad vernietigde niet alleen de hoop, maar ook het laatste greintje geloof in je medemens. Hij wilde redetwisten met de brave zielen die beweerden dat we allemaal van hetzelfde kerngezin afstammen; onze arme, naakte, stuntelende voorouders in de Hof van Eden die, door trots of nieuwsgierigheid, hadden gezondigd door van de verboden vrucht te eten. Maar hij was lang geleden tot de conclusie gekomen dat bepaalde ervaringen met onze medemens genoeg bewijs leverden dat we níét allemaal dezelfde afstamming konden hebben.

Dit waren in ieder geval de gedachten die Hackberry vaak bij het eerste licht in zijn slaap had, hoe dwaas ze ook mochten lijken.

Hij dronk zijn koffie op, dekte zijn bord af met een vel vetvrij papier en zette het terug in de koelkast. Toen hij zijn pick-up achteruit de oprit af reed en de tweebaansweg op reed, hoorde hij de telefoon in zijn huis niet overgaan.

Hij reed de stad in, parkeerde de auto achter de combinatie van gevangenis en kantoor die diende als hoofdkwartier van zijn district en ging naar binnen via de achterdeur. Pam Tibbs, zijn eerste hulpsheriff, zat al achter haar bureau. Ze droeg een spijkerbroek, cowboylaarzen, een kaki uniformhemd met korte mouwen en een wapengordel. Haar gezichtsuitdrukking was neutraal. Haar krullende haren waren dik en mahoniebruin en doorschoten met een beetje grijs dat ze niet verfde. Het raadselachtigste waren haar ogen. Die konden een plotselinge glans krijgen als ze in een welwillende stemming was, genegenheid voelde of diep nadacht, maar je wist nooit waardoor het precies kwam. Ze was politieagente geweest in Abilene en Balveston en was vier jaar geleden hier komen werken om dichter bij haar moeder te kunnen zijn, die toen in een plaatselijk verpleeghuis zat. Pam had in de avonduren een bul van de universiteit van Houston behaald, maar ze sprak weinig over haar achtergrond en gaf anderen het gevoel dat ze op afstand moesten blijven. Dat Hackberry haar onlangs tot zijn eerste hulpsheriff had benoemd, werd niet door al haar collega's op prijs gesteld.

'Goeiemorgen,' zei Hackberry.

Pam bleef hem aankijken en zei niets.

'Is er iets?'

'Een zekere Clawson van de ICE is net weg. Zijn visitekaartje ligt op je bureau.'

'Wat wil hij?'

'Jou te grazen nemen, denk ik.'

'Hoezo?'

'Hij wil weten waarom je niet meteen hulp hebt ingeroepen toen je die lijken hebt gevonden,' antwoordde ze.

'Heeft hij je dat gevraagd?'

'Hij schijnt te denken dat ik de plaatselijke verklikker ben.'

'Wat heb je tegen hem gezegd?'

'Dat hij kon opdonderen.'

Hackberry liep naar zijn kantoor. Door het raam zag hij de vlag wapperen aan de metalen paal in de tuin. Hij zag de zon achter wolken die geen regen beloofden, stof dat op een windvlaag werd meegevoerd door een opgebroken straat met aan beide zijden gepleisterde en stenen gebouwen die niet later dan 1920 waren gebouwd.

'Ik hoorde hem buiten praten terwijl hij mobiel stond te bellen,' zei Pam tegen zijn rug.

Toen hij zich omdraaide, hielden haar ogen zijn blik vast. Ze beet met een hoektand op haar onderlip.

'Zeg het nou maar gewoon, alsjeblieft.'

'Die vent is een lul,' zei ze.

'Ik weet niet wie erger is, jij of Maydeen. Willen jullie ophouden dat soort taal te gebruiken op het bureau?'

'Ik hoorde hem buiten bellen. Ik denk dat ze weten wie die getuige is die meldde dat hij schoten had gehoord. Ze denken dat jij ook weet wie hij is, en dat je hem afschermt.'

'Waarom zou ik iemand afschermen die het alarmnummer heeft gebeld?'

'Heb jij een neef die William Robert Holland heet?'

'Hoezo?'

'Ik hoorde dat Clawson die naam liet vallen. Ik kreeg de indruk dat Holland familie van jou was, en dat hij die beller van het alarmnummer misschien kent. Ik kon het gesprek maar half verstaan.'

'Blijf waar je bent,' zei Hackberry. Hij liep zijn kantoor in en vond het visitekaartje van de medewerker van de ICE, de immigratie- en douanedienst, midden op het vloeiblad van zijn bureau. Aan de bovenkant stond een mobiel telefoonnummer geschreven; het netnummer was 713, Houston. Hij toetste het nummer in op de telefoon die op zijn bureau stond.

'Clawson,' zei een mannenstem.

'U spreekt met sheriff Holland. Het spijt me dat ik u vanochtend ben misgelopen. Waarmee kan ik u helpen?'

'Ik heb uw privénummer gebeld, maar uw antwoordapparaat stond niet aan.'

'Het doet het niet altijd. Wat wilt u weten?'

'Tussen uw ontdekking van de lijken bij de kerk en het moment van uw telefonische melding bestaat een aanzienlijk tijdsverschil. Kunt u dat voor me ophelderen?'

'Ik weet niet of ik begrijp wat de vraag is.'

'Wilde u ze eigenhandig opgraven?'

'We komen personeel tekort.'

'Bent u familie van een voormalige Texas Ranger die...'

'Billy Bob Holland, ja. Hij is advocaat. Ik ook, hoewel ik geen praktijk meer heb.'

'Dat is interessant. We moeten eens praten, sheriff Holland. Ik hou er niet van om pas uren nadat de plaatselijke politie het hele terrein heeft omgewoeld bij een plaats delict te komen.'

'Waarom bemoeit de ICE zich met een moordonderzoek?' vroeg Hackberry. Hij hoorde het touw tegen de vlaggenmast slaan en het klepperen van een vuilnisbak op een stoeprand. 'Kent u de identiteit van de persoon die het alarmnummer heeft gebeld?'

'Ik heb niet de vrijheid om dat nu te bespreken.'

'Neem me niet kwalijk, meneer, maar ik heb de indruk dat u een gesprek verwart met een monoloog. Val mijn hulpsheriffs niet langer lastig.'

'Wát zegt u?'

Hackberry legde de hoorn weer op het toestel. Hij liep terug naar de personeelsruimte van het kantoor. Pam Tibbs keek op van haar papierwerk. Een reep zonlicht viel op haar gezicht. Haar donkerbruine ogen straalden en ze keek hem afwachtend aan.

'Jij rijdt,' zei hij.

De lucht was drukkend en warm toen ze de politiewagen bij het verlaten Pure-tankstation parkeerde, tegenover de gepleisterde muur van de oude kerk. Hackberry stapte uit aan de passagierskant en keek naar de telefooncel bij de muur. De kunststofpanelen waren beklad en bekrast met graffiti, de telefoon zelf was losgemaakt en meegenomen. De zon was achter een wolk verdwenen en de duisternis maakte de heuvels tot een blauwe vlek.

'Heeft de FBI die telefoon meegenomen?' vroeg Pam.

'Ze onderzoeken de telefoon en alle munten erin op vingerafdrukken, en tegelijkertijd houden ze ons overal buiten.'

'Van wie is dat land achter de kerk?'

'Van een consortium in Delaware. Ze hebben het van die mensen van de pesticidefabriek gekocht nadat het terrein was schoongemaakt. Maar ik denk niet dat die hier iets mee te maken hebben.'

'Hoe kwamen de moordenaars aan de bulldozer waarmee ze die lijken hebben begraven? Ze moeten dit gebied enigszins kennen. Zaten er geen vingerafdrukken op de lege hulzen?'

'Nee.'

'Waarom zou iemand al die vrouwen hebben vermoord? Welke smeerlap doet zoiets?'

'Iemand die er net zo gewoon uitziet als jouw postbode.'

De zon kwam achter de wolken vandaan en zette het landschap in een nerveus trillend licht. Haar voorhoofd was vochtig van transpiratie, haar huid gebruind en korrelig. In haar ooghoeken zaten dunne witte lijntjes. Om de een of andere reden zag ze er op dat moment ouder uit dan ze was. 'Daar geloof ik geen bal van.'

'Waar niet van?'

'Dat massamoordenaars in ons midden leven zonder dat ze opvallen, dat het normaal uitziende mensen zijn bij wie een steekje loszit. Ik geloof dat er grote lichtgevende waarschuwingsborden boven hun hoofd hangen. Maar de mensen kijken nou eenmaal niet verder dan hun neus lang is.'

Hackberry keek haar van opzij aan. Haar uitdrukking was neutraal. Maar op dit soort momenten, als Pam Tibbs met iets meer intensiteit haar mening gaf en op iets hogere toon ging praten, leek het of er een gloeiende draad door haar woorden liep. Hij hield zich dan altijd gedeisd, en uit zijn ogen sprak respect. 'Was het dat?' zei hij.

'Ja,' zei ze.

Ze trokken handschoenen van polyethyleen aan en begonnen ieder aan een kant van de weg te lopen. Ze doorzochten het gras en losliggend gravel, lege blikjes voor snuiftabak, verdroogd oud papier, gebroken glas, gebruikte condooms, bierblikjes en whisky- en wijnflessen. Op vierhonderd meter afstand van de telefooncel wisselden ze van kant en liepen ze terug. Daarna liepen ze nog tweehonderd meter door. Pam Tibbs liep een lager gelegen stuk grasland in en pikte een lege platte fles op zonder etiket. Ze stak een vinger in de flesopening en schudde lichtjes. 'De worm zit er nog in,' zei ze.

'Heb je een dergelijke fles eerder gezien?' vroeg hij.

'Bij de bar van Ouzel Flagler. Ouzel houdt het graag eenvoudig. Geen belastingzegels of etiketten, dat geeft maar rompslomp en vervelend papierwerk,' antwoordde ze. Ze stopte de fles in een grote bewijszak.

Ouzel Flagler runde een illegale bar in een houten schuur naast de bakstenen bungalow uit de jaren twintig waar hij samen met zijn vrouw woonde. De bungalow was aan één kant verzakt en in het midden gespleten, waardoor de grote ramen aan weerszijden van de portiek naar de weg leken te staren met een schele blik. Achter het huis lag een breed ravijn en in de geërodeerde wanden ervan waren lagen geel afzettingsgesteente te zien. De beek liep uit in een vlakte waar de lucht trilde van de hitte, met paarse bergen op de achtergrond. Het land van Ouzel was bezaaid met afgedankte bouwvoertuigen en aftandse vrachtwagens die hij overal vandaan haalde en die hij verkocht noch onderhield. Niemand wist waarom hij zoveel roestende rotzooi verzamelde tussen de creosootstruiken.

Zijn langhoorns hadden last van druipende ogen en liepen kreupel. Hun ribben staken uit als spaken, en muggen zwermden rond hun neusgaten, ogen en anus. Herten en coyotes raakten verstrikt in het ingezakte, gebroken prikkeldraad tussen de cederhouten palen. Zijn mescal kwam waarschijnlijk uit Mexico, via de beek achter zijn huis, maar niemand wist dat zeker en het kon ook niemand iets schelen. De mescal van Ouzel was goedkoop en je kreeg er een paard mee buiten westen. Er was niemand aan gestorven, tenminste niet in de afgelopen jaren. De methamfetamine die via zijn terrein werd getransporteerd, was een andere zaak. Mensen die Ouzel aardig vonden, geloofden dat hij een pact met de duivel had gesloten toen hij illegale mescal ging verkopen; ze geloofden dat zijn nieuwe zakenpartners ijskoude moordenaars waren en dat ze Ouzel hadden meegesleurd naar zijn ondergang. Maar het was een last die Ouzel moest dragen, en zeker niet de hunne. Hij keek via de hordeur naar de schuur. Hij droeg een uit de toon vallend wit overhemd van een rokkostuum met pofmouwen, een das in de kleuren van de Amerikaanse vlag en een geperste broek. Maar Ouzels buitenissige kleding verhulde niet dat hij een bolle buik had, smalle schouders en een netwerk van paarse adertjes in zijn hals en op het bovenste deel van zijn borst, veroorzaakt door de ziekte van Bürger, waardoor hij het groteske uiterlijk had van een ineengedoken kraai op een tak.

Het stof waaide van de surveillancewagen van de sheriff en plakte tegen de voorruit. Ouzel stapte naar buiten, dwong zich te glimlachen en hoopte dat hij het gesprek buiten in het zonlicht en de wind kon voeren en niet binnen, waar hij de flessen van de vorige avond nog niet had opgeruimd.

'Ik heb je hulp nodig, Ouzel,' zei Hackberry.

'Zeker, meneer. Zegt u het maar,' antwoordde Ouzel. Hij keek onschuldig naar de in een bewijszakje gestopte mescalfles die de sheriff omhooghield.

'Ik kan hier waarschijnlijk vingerafdrukken op vinden en ze door de database van AFIS laten halen zonder dat ik er veel mee opschiet. Of je kunt me gewoon vertellen dat een vent die Pete heet mescal bij jou heeft gekocht. Als ik de vingerafdrukken van jou en Pete op die fles aantref, zal ik een hartig woordje met je moeten spreken over de gevolgen van liegen tegen een opsporingsambtenaar die bezig is met een moordonderzoek.'

'Willen jullie misschien wat mineraalwater of zo?' vroeg Ouzel.

'De worm in die fles is nog vochtig, dus ik denk dat die fles niet langer dan een paar dagen in de greppel heeft gelegen. We weten allebei dat deze fles uit jouw bar afkomstig is. Help me eens, Ouzel. Het draait allemaal om een zaak die veel groter is dan jij aankunt.'

31

'Die oosterse vrouwen bij Chapala Crossing? Is dat de reden waarom u hier bent?'

'Er waren ook meisjes bij. Ze zijn neergemaaid met een machinegeweer en daarna begraven met behulp van een bulldozer. Ten minste één van hen was mogelijk nog in leven.'

Ouzel leek wakker te schrikken. 'Leefden ze nog?'

'Wat is er met je hand gebeurd?' zei Hackberry.

'Dit?' zei Ouzel. Hij raakte de leukoplast en het verband aan dat rond zijn pols en vingers zat gewikkeld. 'Een joch bij de supermarkt heeft het portier van de auto ertegenaan gesmeten.'

'Hoe heet hij?' zei Pam.

'Pardon?'

'Mijn neef werkt bij de supermarkt. Wou je beweren dat mijn neef misschien jouw vingers heeft vermorzeld zonder iemand er iets over te vertellen?'

'Het is in Alpine gebeurd.'

Een zware vrouw in een zonnejurk die nauwelijks haar reusachtige borsten bedekte kwam uit de achterdeur, keek naar de surveillancewagen en ging weer naar binnen.

'Is de FBI hier geweest?' zei Hackberry.

'Nee meneer.'

'Maar er is wel iemand anders geweest, nietwaar?' zei Hackberry.

'Nee meneer, alleen buren die langskwamen, dat soort dingen. Niemand heeft me lastiggevallen.'

'Die mannen zullen zowel jou als je vrouw doden. Als je hen hebt ontmoet, weet je dat ik de waarheid spreek.'

Ouzel staarde naar zijn eigendommen en naar al die afgebladderde grondverzetmachines, bulldozers, shovels, tractoren en tankwagens die vloeistof op zijn land stonden te lekken. 'Het is hier wel een zooitje, hè?' zei hij.

'Wie is Pete?' vroeg Hackberry.

'Ik heb een fles mescal verkocht aan een jongen die Pete Flores heet. Hij is voor een deel Mexicaans, geloof ik. Hij zei dat hij in Irak heeft gezeten. Hij kwam op een dag binnen in zijn blote bast. Mijn vrouw heeft hem een van mijn overhemden gegeven.'

'Heb je hier een dresscode?' zei Pam.

'Als u hem ziet, moet u maar eens naar zijn rug kijken. Maar zorg dan wel dat u een kotszakje bij de hand hebt.'

'Waar woont hij?' vroeg Hackberry.

'Weet ik niet en het kan me ook niet schelen.'

'Vertel me wie je hand heeft bezeerd.'

'Het wordt een warme, winderige dag, sheriff, met weinig kans op regen. Ik zou willen dat dat niet zo was, maar sommige zaken veranderen hier nou eenmaal nooit.'

'Ik hoop voor jou dat we hier niet hoeven terug te komen,' zei Pam.

Hackberry en Pam stapten in de surveillancewagen. Ouzel wilde weglopen maar toen drong het tot hem door dat Hackberry het raampje aan de passagierskant omlaagdraaide. 'Staat er apparatuur op jouw terrein die nog werkt?' vroeg Hackberry.

'Nee meneer.'

'Kun je mij vertellen waarom je al die troep hier bewaart?'

Ouzel krabde over zijn wang. 'Ach, op sommige plekken is alles wat je er neerzet een verbetering.'

# 3

Vikki Gaddis belde het chauffeurscafé met haar mobieltje en zei tegen haar baas dat ze die avond niet kon werken en dat ze haar baan opzegde. Of ze haar loon kon krijgen, contant misschien? Want ze zou morgenochtend, als de banken opengingen, al onderweg zijn naar El Paso. Dat was overigens een leugen.

De eigenaar, Junior Vogel, liet de hoorn zakken en ving met het microfoongedeelte de drukke geluiden op bij de balie, de tafeltjes en de jukebox en van koks die het belletje luidden bij het serviceluikje als ze dienbladen met maaltijden op de formicabalie schoven zodat de serveerster ze kon meenemen. 'Je verdient minstens vijftig dollar aan fooien. Doe me dit niet aan, Vikki.'

'Ik ben al aan het pakken. Ik kom rond een uur of elf. Junior?'

'Wat?'

'Contant, oké? Dat is belangrijk.'

'Je laat me in de steek, meisje.' Hij hing op, niet boos, maar hij hing toch op. Hij besefte heel goed dat ze zich de komende drie uur druk zou maken over hoe ze haar geld zou krijgen en of hij er wel zou zijn als ze arriveerde.

Nu was het 10:51 uur. Ze reed over de tweebaansweg naar het chauffeurscafé. De wind waaide haar tegemoet door de raampjes zonder glas en het gruis van de weg prikte in haar gezicht terwijl de auto op zijn onderstel schudde. De vloer van de auto was bijna tot enkelhoogte bedekt met troep: etensbakjes van piepschuim, kartonnen bekertjes, vettige doeken, een bus met een verdelgingsmiddel tegen wespen, een kitpistool, oude kranten met zwarte voetstappen erop. Zes weken geleden had een van Pete's vrienden uit het leger, een aan mescaline verslaafde indiaan uit het Pimareservaat in Arizona, hem die auto verkocht voor veertig dollar, zes blikjes cola light en een zakmes. De auto had een geldig kenteken, de accu was goed en minstens zes van de acht cilinders deden het.

Pete had gezegd dat hij hem zou inruilen en dat hij een goede tweedehandsauto voor Vikki zou kopen zodra hij een baantje had gevonden als medewerker op een olieplatform in de Golf van Mexico. Alleen had hij al twee keer eerder zo'n baan gehad, en in beide gevallen had de leiding geconcludeerd dat een man wiens rug eruitzag als rode alligatorhuid en die schreeuwde in zijn slaap waarschijnlijk toch niet zo geschikt was voor werk in een team.

Ze was acht kilometer geleden van de lokale verkeersweg een hoofdweg opgereden. Een voertuig had haar blijkbaar gevolgd naar de hoofdweg of was zomaar uit het niets opgedoken en reed nu al minstens zes of zeven minuten achter haar. Ze reed maar zeventig vanwege de luchtstroom door de ramen en de auto die achter haar bleef hangen had haar allang kunnen inhalen. Ze accelereerde naar negentig, toen naar bijna honderd. De lage, stompe heuvels, bezaaid met donker struikgewas, raasden voorbij. De koplampen, waarvan één iets hoger stond afgesteld dan de ander, werden kleiner en kleiner in de achteruitkijkspiegel en verdwenen toen in een gloed achter het silhouet van een heuvel.

Ze rook de nachtelijke geur van de woestijn, die deed denken aan de geur van gedroogde bloemen tussen de pagina's van een oud boek. Ze zag het gladde oppervlak van een drooggevallen rivierbedding. De modder glansde in het maanlicht, het groen langs de oevers wuifde in het briesje. Ze had de eerste dertien jaar van haar leven in het rode tafelberglandschap van Zuidwest-Kansas doorgebracht, maar ze hield van Texas, van de muziek en van de mensen, en het kon haar niet schelen of anderen daar denigrerend over deden. Ze hield van Pete, of anderen hem nou beschouwden als een droevig en tot ondergang gedoemd product van de oorlog of niet, en ze hield bovendien van het leven dat ze samen zouden kunnen hebben, als haar liefde maar groter was dan de krachten die hem wilden vernietigen.

Als ze dergelijke gedachten had, vroeg ze zich af of ze niet al te hoogdravend en ijdel was, gedreven door trots en haar ego. Ze vroeg zich af of de zwarte wind die geuren van de woestijn en gruis van de weg in haar gezicht blies misschien een waarschuwing bevatte over de aard van zelfbedrog. Getuigde het van ijdelheid dat ze dacht dat ze met liefde het lot van een ander mens kon redden, in het bijzonder het lot van een onschuldige en aardige Texaanse knul die betrokken was geraakt bij een massamoord?

De beelden die die laatste woorden in haar opriepen, maakten haar bijna aan het huilen.

In de achteruitkijkspiegel dook een fel licht op. Een auto met groot licht kwam hard aanrijden over de hoofdweg en reed ver over de doorlopende gele streep in een bocht. De weerkaatsing van de koplampen scheen als een witte vlam in haar ogen. Een Pontiac Trans Am reed haar voorbij en hitte van de weg, uitlaatgassen en stof dreven door de raampjes naar binnen. De ramen van de Trans Am waren dicht, maar desondanks kon ze heel even de gebogen gestalten van twee mannen op de voorbank zien. De chauffeur droeg een hoge hoed. Geen van beiden leken ze naar haar te kijken. Ze had de indruk dat de man op de passagiersstoel zijn hoofd zelfs opzettelijk afwendde. In de verte zag ze de lichten van het chauffeurscafé met de sjofele nachtclub ernaast. Een stel grote zware trucks stond met verlichte cabine naast de dieselpompen geparkeerd. Ze besefte dat ze haar adem had ingehouden toen de Trans Am in de richting van haar bumper had geaccelereerd. Ze liet haar adem ontsnappen. Haar hart zakte terug naar een koude plek onder in haar borstkas.

Toen dook de auto met de ongelijke koplampen weer achter haar op. Maar deze keer zou ze zich niet bang laten maken. Ze nam haar voet van het gas en zag het pijltje van de snelheidsmeter terugzakken naar negentig, tachtig, zeventig, zestig. De auto achter haar maakte aanstalten om in te halen, met een motor die zich zwaar moest inspannen. Toen hij langsreed zag ze dat de bestuurder alleen was. Zijn raampjes stonden half open, wat betekende dat zijn airco uit stond en dat hij zo zuinig mogelijk probeerde te rijden, net zoals zij.

Pete had een lift gekregen naar Marathon, waar hij een verre neef met een autohandel hoopte te kunnen overhalen hem een gebruikte auto op krediet te verkopen. Als dat niet lukte, moest Vikki Pete toch in Marathon ontmoeten, en daarna zouden ze opgaan in de massa van een stad, misschien Houston of Dallas. Of misschien zouden ze naar Colorado of Montana gaan. Alles wat ze bezaten lag in de kofferbak of op de achterbank van de auto, omwikkeld met tape of vastgebonden met touw. Boven op alle dozen op de achterbank lag haar met een patroon van zonnestralen versierde J-200 Gibson.

Het mobieltje dat op de zitting lag rinkelde. Ze klapte hem open en zette hem tegen haar oor. 'Waar ben je?' zei ze.

'Bij de autohandel. We hebben nu een Toyota met honderdduizend op de kilometerteller. De banden zijn goed en er komt geen vettige rook uit. Heb je je salarischeque?'

'Ik ben bijna bij het restaurant.' Ze viel even stil. Voor haar stopte de Trans Am bij de nachtclub. Een vierkantje licht van het chauffeursca-

fé gleed over het gezicht en de schouder van de man op de passagiersstoel. 'Had iemand van die lui bij de kerk een oranje of rode baard?'
'Nee,' zei Pete. 'Wacht even. Ik weet het niet zeker. Een vent in het donker had een baard. Hoezo?'
'Er zijn net een paar kerels gestopt bij het café. De chauffeur draagt net zo'n hoge hoed als de Gekke Hoedenmaker.' Haar banden maakten een knarsend geluid toen ze over het grind van de parkeerplaats reed. 'Ze gluren naar me. Denk na, Pete. Heb je een vent met een oranje baard gezien?'
'Ga daar weg.'
'Ik moet mijn geld hebben. We hebben niks,' zei ze met groeiende irritatie en frustratie.
'Dat geld zal me een rotzorg zijn. Junior kan het ons per post sturen. We redden ons wel.'
'Waarmee?' zei ze. Toen er geen antwoord kwam, keek ze op het schermpje van de telefoon. Ze had geen verbinding meer.

Net voor haar parkeerde de man zijn auto met de ongelijke koplampen bij de ingang van het wegrestaurant en ging naar binnen. Hij was mager, van gemiddelde lengte en droeg een afgedragen colbert, hoewel het zomer was.

Ze parkeerde haar auto naast zijn versleten Nissan en zette de motor uit. De mannen van de Trans Am waren uitgestapt en stonden zich voor de nachtclub uit te rekken en te gapen. In de jaren na 1940 was het een nachtclub geweest. Gekleurde lichtjes vanbinnen schenen door een raam boven de ingang dat was gesneden in de vorm van een champagneglas. Een versleten afdak van canvasdoek hing bij de deur boven een stel platte kalkstenen. Aan weerszijden daarvan stonden twee reusachtige keramische potten met yucca's. Een eenzame palmboom, donker en bewegingloos als een silhouet van karton, stak af tegen een cowgirl van roze en groen neon die een gitaar vasthield en een gelaarsde voet ophief. In de verte, achter de club, lag een geologische verschuiving waar het land leek op te lossen in de duisternis, vlak, reusachtig en adembenemend, alsof een binnenlandse zee in één nacht was verdampt en een schuin aflopende gladde vochtige kuil van klei had achtergelaten.

Had Pete maar nooit werk aangenomen van mannen die geen normaal mens zou vertrouwen. Had hij maar vertrouwd op wat zij samen konden bereiken als ze hun best deden.

De man met de oranje baard droeg een spijkerhemd dat bij de oksels was afgeknipt. Zijn bovenarmen waren vlezig en gebruind, en op één arm zat een tatoeage van een blauw anker in een cirkel van rode en blauwe sterren. Hij schroefde de dop van een flesje bier en toostte ermee naar Vikki voordat hij dronk. Hij haalde de fles van zijn mond, tilde met twee vingers zijn overhemd op en veegde zijn lippen af. 'Beetje winderig in die auto van je, nietwaar?' zei hij.

'Ik heb je kenteken genoteerd. Dat laat ik achter bij mijn chef,' zei ze.

'Ik ga je echt niet lastigvallen,' antwoordde hij glimlachend.

Ze liep naar de voordeur van het wegrestaurant. Een lege thermoskan voor koffie bungelde aan haar vinger.

'Kom, drink iets met ons,' zei hij tegen haar rug.

Junior stond achter de kassa toen ze binnenliep. Hij had het doorgroefde, treurige gezicht van een zuurpruim. Zijn bakkebaarden waren messcherp en staken fel af op zijn wangen. Hij praatte tegen de chauffeur van de Nissan. 'Mijn leverancier is vandaag niet gekomen, dus ik heb een tekort aan melk. Sorry, maar ik kan u niets verkopen.'

'Waar is de volgende winkel?' vroeg de chauffeur van de Nissan. Zijn haar was lang bij de slapen en teruggekamd over zijn hoofd.

'In de stad,' zei Junior.

'Daar is alles gesloten, het is na zevenen.'

'Waarom hebt u geen melk gekocht vóór sluitingstijd?'

'We hadden een pak gekocht uit het koelvak van een Super 8. Maar dat is duidelijk bedorven. Meneer, mijn dochtertje is drie maanden oud. Wat moet ik doen?'

Junior blies zijn adem uit. Hij liep de keuken in en kwam terug met een half pak volle melk dat hij op de balie zette.

'Hoeveel krijgt u van me?' vroeg de chauffeur van de Nissan.

'Twee dollar.'

De chauffeur van de Nissan legde een dollarbiljet op het glazen blad van de balie en begon kwartjes, dubbeltjes en stuivers uit te tellen. Hij haalde alle munten uit zijn broekzak en begon in zijn andere zak te zoeken.

'Laat maar zitten,' zei Junior.

'Ik moet u toch betalen.'

'Bent u christelijk?'

'Ja meneer.'

'Stop het dan maar in de collectebus.'

'God zegene u, meneer.'

Junior knikte. Zijn mond was een strakke streep. Hij keek de man na toen die de deur uit liep en naar het parkeerterrein ging. Daarna richtte hij zijn aandacht op Vikki. 'De volgende,' zei hij.

'Het spijt me dat ik mijn baantje zo abrupt moet opzeggen. Ik weet dat je je handen vol hebt,' zei ze.

'Het is die jongen, hè?'

'Ik heb mijn geld nodig, Junior.'

Hij bekeek de met potlood geschreven cijfers op een stukje papier dat bij de kassa lag. 'Je hebt recht op honderddrieëntachtig dollar en vier cent. Maar je zult genoegen moeten nemen met een cheque. Dat is nodig voor de belastingen en vier andere instanties die ik moet betalen voor jou.'

'Kun je niet ophouden met dat stomme gedoe?'

Hij trok zijn wenkbrauwen op en blies lucht uit via zijn neusgaten. Hij schoof een bonnetjesboekje in haar richting en opende de la van de kassa. 'Ik zag dat die vent met die baard een poging deed om je te versieren,' zei hij terwijl hij het geld uittelde.

'Ken je hem?'

'Nee.'

'Hij is waarschijnlijk dronken.' Ze wilde nog iets anders gaan zeggen. Ze keek over haar schouder. Ze zag de Trans Am naast de nachtclub staan. De twee mannen zaten er niet in en ze waren ook niet op de parkeerplaats.

Junior gaf haar de bankbiljetten en het kleingeld dat hij uit de kassala had gepakt en gaf haar tien dollar extra. 'Daar had je nog recht op uit de fooienpot. Pas goed op jezelf, meisje.'

Ze tilde haar thermosfles op. 'Mag ik?'

'Dat hoef je toch niet te vragen?'

Ze liep achter de balie, opende het tapkraantje boven haar thermosfles en vulde hem met gloeiend hete koffie. Ze sloot en opende haar ogen. Het drong opeens tot haar door hoe moe ze was.

Ze maakte gebruik van de wc en ging naar buiten. De man met de oranje baard zat op de passagiersstoel van zijn auto en at met een plastic vorkje iets Mexicaans uit een piepschuimen bakje. Het portier van de auto hing open, zijn voeten stonden op het grind. De chauffeur was nergens te zien, maar de motor liep. Een sleutelbos hing trillend in het contactslot.

'Ik zat drie dagen geleden nog op een fregat in Fort Lauderdale,' zei de man met de oranje baard. 'Ik ben vier keer achterstevoren de wereld rond gegaan. Dat betekent dat ik acht keer de wereld rond ben geweest. Wat vind je daarvan? Ben jij ooit de wereld rond geweest?'

'Ik wel,' zei Junior vanuit de deur van het wegrestaurant. 'Wil je me over je reizen vertellen? Ik was middelgewichtkampioen van de vloot op de Stille Oceaan. Ben jij een boerenkinkel?'

'Een wat?'

'Een pummel. Let maar eens op wat er gebeurt als je mijn serveerster blijft lastigvallen.'

Vikki stapte in haar auto en keerde hem op de parkeerplaats, maar ze moest wachten tot een grote vrachtwagen voorbij was voordat ze de weg op kon rijden. In haar achteruitkijkspiegel zag ze de man met de hoge hoed op uit de nachtclub komen en in de Trans Am stappen. Hij droeg een spijkerbroek, bretels en een wit T-shirt. Zijn bovenlichaam was lang in vergelijking met zijn benen. De man met de baard sloeg het portier dicht en smeet het bakje van piepschuim en de etensresten uit het raampje.

Vikki trapte het gaspedaal in tot op de vloer, terwijl de veilige elektrische gloed van de halteplaats voor chauffeurs en het wegrestaurant achter haar verdwenen. Een krant wapperde op van het asfalt als een vogel met reusachtige vleugels, vloog door het raam aan de voorkant en vouwde zich om het bovenste gedeelte van de passagiersstoel voordat hij verder de auto in wervelde. Ze sloeg de wirwar aan pagina's plat met een hand en probeerde te zien wie er achter haar reed. Ze zag nu de sets koplampen van verscheidene auto's in haar achteruitkijkspiegel. Ze kon niet zeggen of die van de man met de oranje baard er ook bij was.

Een vrachtwagen haalde haar in, daarna een cabrio met een tienermeisje dat op de rugleuning van de achterbank zat, haar armen uitgespreid in de wind, haar kin omhoog, haar blouse platgedrukt tegen haar borsten, alsof de sterren, de gloed van de woestijn en de warme, nachtelijke liefelijkheid van het moment speciaal voor haar waren gemaakt.

Toen Vikki de volgende bocht had genomen, kaatsten de koplampen van de auto achter haar tegen de zijkant van een heuvel en kon ze de Trans Am duidelijk zien, laag en soepel rijdend op goede banden, met een krachtige, luidruchtige en regelmatige motor. Ze trapte woest op het gas maar haar auto accelereerde niet. De cilinders maakten een knallend geluid en een ballon zwarte olieachtige rook explodeerde uit de uitlaat. Ze had het gevoel alsof ze in een nare droom was beland, alsof ze moest vluchten voor een vijand terwijl ze tot aan haar knieën in de modder stond.

Hoe had ze zo dom kunnen zijn? Waarom was niet de confrontatie met die twee mannen aangegaan waar Junior bij was voor de deur van het wegrestaurant? Ze had zelfs de politie kunnen bellen als het nodig was geweest.

Ze klapte haar mobieltje open op haar dijbeen en probeerde met haar duim het nummer van het restaurant in te toetsen. Een stuk verderop zag ze de Nissan aan de kant van de weg staan, met de achterklep open. De vader van het drie maanden oude meisje zat op zijn knieën en duwde een krik onder de achterbumper.

Ze minderde vaart en stopte achter hem. Hij staarde in haar koplampen. Met zijn witte, verwrongen gezicht, zijn waterige ogen, zijn smalle hoofd en lange neus en ingevette haar was hij als een man die uit de pas liep met zijn eigen tijd, een man voor wie verlies een gegeven was en onbeholpenheid een manier van leven. Ze liet de parkeerlichten branden en zette de motor uit.

De Trans Am reed voorbij. De passagier met de baard stak zijn duimen naar haar op; zijn vriend met de hoge hoed zat stijf over het stuur gebogen.

Maar de chauffeur van de Nissan concentreerde zich op Vikki. Hij keek nog steeds naar haar op, knipperde en tuurde in het duister. 'Wie bent u?' zei hij.

'Ik zag u bij het wegrestaurant. U had melk nodig voor uw dochtertje. Alles in orde?'

Ze torende boven hem uit. Hij had een zakdoek uitgespreid op het grind om op te knielen maar hij had zijn jasje niet uitgetrokken. Hij had de krik alleen onder de achterkant van de auto gezet, maar zo te zien was geen van beide achterbanden lek.

'Ik geloof dat er een bobbel in mijn band zit. Ik hoorde een raar geluid. Dat gebeurt soms als ze op het punt staan te klappen,' zei hij. Hij kwam overeind en klopte zijn knie af. 'Helaas was ik vergeten dat ik geen reserveband heb.' Door het vet in zijn haar leek het of het nat en glanzend op zijn boord hing, alsof hij net een douche had genomen. Er zaten zachte bulten in de huid van zijn gezicht, even groot als de beten van paardenvliegen. Hij keek over zijn schouder naar de lege weg. In de verte weerkaatsten een paar koplampen die op groot licht stonden tegen een heuvel. 'Wij logeren in de Super 8 in de stad. Mijn vrouw denkt waarschijnlijk dat ik ontvoerd ben. Mijn zwager heeft een schoenenwinkel in Del Rio. Ik ga voor hem werken, overmorgen begin ik.' Hij wachtte tot zij iets zou terugzeggen. De sterren waren nevelig, als de damp van droog ijs op zwart fluweel. De wind stak op door een drooggevallen beek achter haar. Ze meende nachtbloeiers te ruiken, water dat over een wit uitgeslagen rivierbedding stroomde, de geur van vochtig slib met hoef- en nagelafdrukken van dieren erin.

'Mevrouw?' zei hij.

Ze kon zich niet concentreren. Wat wilde hij? 'Wilt u een lift naar uw motel?' zei ze.

'Misschien red ik het wel. Ik maakte me zorgen over u.'

'Pardon?'

'Ik had het gevoel dat die kerels in de Trans Am u lastigvielen. Kent u die kerels? Dat waren ze toch, die lui die net voorbijreden?'

'Ik weet niet wie het zijn. Wilt u een lift?'

Wat had hij net gezegd? Hij had gevraagd naar de twee mannen in de Trans Am, maar hij had naar haar gekeken, en duidelijk niet naar hen toen ze voorbijkwamen. Hij leek nu na te denken, met de uitdrukking van een nar die alvast bedenkt welke grappen hij ten koste van iemand anders gaat maken. De koplampen die het silhouet van een heuvel hadden verlicht verdwenen in de duisternis. 'Ik denk dat ik het wel red met die bobbelige band. Maar het was aardig van u dat u bent gestopt. Er zijn niet veel alleenreizende vrouwen die 's nachts zouden stoppen om een man in moeilijkheden te helpen Trouwens, u bent ontzettend aantrekkelijk.'

'Ik hoop dat uw nieuwe baan u zal bevallen,' zei ze. Ze draaide zich om en liep naar haar auto. Ze voelde zenuwtrillingen over haar rug gaan. Toen hoorde ze een geluid dat niet bij de situatie paste, dat niet paste bij alles wat de chauffeur haar had verteld.

Hij had een mobieltje opengeklapt en sprak erin. Ze stapte in haar auto en draaide het contactsleuteltje om. De motor sloeg ongeveer twee tellen aan, maakte toen een hoestend geluid en sloeg af. Ze zette weer het contact aan en drukte pompend op het gaspedaal. De benzinestank van een verzopen carburator sloeg in haar gezicht. Ze zette het contact uit om de accu niet uit te putten. Ze legde haar handen op het stuur en liet ze roerloos liggen. Ze trok een uitdrukkingsloos gezicht zodat hij er niets aan af kon lezen. Hij liep op het raampje toe, liet het mobieltje in de zak van zijn jasje vallen en reikte met zijn andere hand naar een voorwerp dat hij achter zijn rug tussen zijn riem had gestoken.

Ze schroefde de plastic drinkbeker van de thermosfles los en daarna de afsluitdop. Ze goot koffie in de beker terwijl haar hart hevig begon te bonzen toen zijn silhouet haar raampje vulde.

'De mensen noemen mij Prediker,' zei hij.

'Ja, en?'

'Iedereen moet een naam hebben. Ik heet Prediker. Stap even uit, mevrouw. We moeten er snel vandoor,' zei hij.

'Dat had je gedroomd,' zei ze.

'Ik beloof dat ik voor u zal doen wat ik kan. Erover ruziemaken heeft geen zin. Dood gaan we allemaal een keer. Maar u hoeft dat misschien niet vanavond te overkomen. U bent een aardige vrouw. Dat vergeet ik heus niet.'

Ze mikte de koffie zijn richting uit. Maar hij zag het aankomen en stapte snel opzij terwijl hij een arm voor zijn gezicht hield. In zijn andere hand had hij een titanium revolver met zwart rubber op de handgreep. Het wapen was nauwelijks groter dan zijn handpalm.

'Ik neem u niets kwalijk. Maar het is tijd dat u in de kofferbak van mijn auto stapt. Ik heb nog nooit een vrouw geslagen. Ik wil niet dat u de eerste wordt,' zei hij.

Ze staarde recht voor zich uit en dacht na. Wat was ze nou toch vergeten? Ze kon het bijna vastpakken, het was iets magisch, iets wat God of een hogere macht of een dode indiaanse sjamaan in de woestijn haar al ter beschikking had gesteld, als het haar maar lukte die herinnering op te roepen.

'Ik heb u niets te bieden,' zei ze.

'Het was uw eigen keus, mevrouw. Het is uw ongeluk, niet het mijne,' zei hij. Hij trok haar portier open. 'Stap uit en loop met me mee. Niets is ooit zo erg als je denkt.'

Tussen de rommel op de vloer voelde ze de koelte van een metalen busje tegen haar blote enkel. Ze reikte met haar rechterhand omlaag en pakte de bus met antiwespenspray op. De fabrikant garandeerde dat je er vanaf een afstand van zeven meter een wespennest mee kon verdelgen. Vikki hield het spuitgat recht voor het gezicht van de chauffeur van de Nissan en drukte op het plastic knopje.

Een schuimende, loodgrijze en kleverige straal trof zijn mond, neus en beide ogen. Hij schreeuwde en veegde zijn ogen en gezicht af met zijn mouwen. Hij tolde rond en verloor zijn evenwicht terwijl hij probeerde zijn revolver vast te houden en zijn ogen wijd genoeg open te houden om te zien waar zij zich bevond. Ze stapte uit en spoot nogmaals een lading in zijn gezicht, tegelijkertijd achteruit weglopend. Ze raakte de achterkant van zijn hoofd en raakte hem opnieuw toen hij zich probeerde naar haar toe te draaien. Hij kwakte haar tegen de auto en rolde over de grond, stampend met zijn voeten terwijl hij de revolver in het gras liet vallen.

Ze probeerde weer in te stappen, maar hij zat op handen en voeten en graaide naar haar enkels. Zijn ogen zaten bijna helemaal dicht. Ze viel achterover en voelde hoe haar onderarm hard op de revolver terechtkwam. Ze pakte hem op, voelde de koele hardheid ervan in haar handpalm en kwam wankelend overeind. Maar hij haalde opnieuw naar haar uit, tackelde haar, greep haar been vast en probeerde haar met een vuist in haar kruis te stompen.

Ze richtte de revolver omlaag. Het was een Smith & Wesson Airweight .38 met vijf patronen. Het verbaasde haar hoe licht de revolver in haar hand was, terwijl hij toch stevig en troostend aanvoelde. Ze richtte op zijn kuit en haalde de trekker over. Het wapen stootte terug in haar hand en er steeg een vlam op uit de loop. Ze zag de stof van zijn broek bewegen, even kwam er zelfs rook van af. Toen leek het alsof zijn hele broekspijp donker kleurde van het bloed.

Maar de man die zichzelf Prediker noemde gaf het nog niet op. Hij maakte een grommend geluid diep in zijn keel, alsof hij zowel zijn pijn probeerde te verbijten als nieuwe energie in zichzelf probeerde aan te boren. Hij smeet zijn gewicht tegen haar aan en klemde zijn armen rond haar knieën. Ze viel in het gras en sloeg naar zijn hoofd met de revolver. Ze haalde de huid op zijn schedel open, maar het hielp niet. Toen duwde ze de loop in zijn oor. 'Moet ik je hersens uit je kop knallen?' vroeg ze.

Hij liet haar niet los. Ze liet de revolver zakken en richtte op het puntje van zijn schoen, maar ze kreeg haar vinger niet goed om de trekker. Het lukte niet om hem over te halen. Ze wrong haar duim over de haan, spande hem en haalde de trekker over. Er klonk een tweede knal en een straal bloed spoot uit zijn schoenzool. Hij zat op zijn achterste en greep zijn voet met beide handen beet. Zijn mond zakte open, en zijn gepijnigde gezicht was rood als een gekookte kreeft.

Ze stapte in haar auto en draaide de contactsleutel om. Deze keer sloeg de motor aan. Ze schakelde in een lage versnelling en reed langzaam terug naar de verkeersweg.

'Mijn vader was politieman in Medicine Lodge. Hij heeft me leren schieten toen ik tien was. De volgende keer kom je er niet zo gemakkelijk van af, mannetje,' zei ze.

Ze wierp de .38 door het raampje aan de passagierskant en reed over zijn mobiele telefoon heen, die uit elkaar spatte. Toen gaf ze vol gas en spoot weg, met een vettige blauwzwarte rookwolk in haar kielzog.

# 4

Hoe kon iemand zó ontzettend veel pech hebben, dacht Nick Dolan bij zichzelf. Hij had zijn vrouw en dochters en zoon meegenomen naar hun vakantiehuis aan de Comalrivier, niet ver van New Braunfels, in de hoop dat hij genoeg tijd zou kunnen winnen om zich zowel van Hugo Cistranos als van Artie Rooney te ontdoen – vooral van Hugo, die beweerde nog duizenden dollars van Nick te goed te hebben.

Zijn vakantiehuis was witgepleisterd en had een dak met blauwe pannen. Hij had een tuin met een wensput en citroen- en sinaasappelbomen en terrasvormige tuinen en stenen trappen die naar de rivieroever afdaalden. De rivier had een bedding van speksteen, zonder modder. Hij was groen, koud en werd zelfs in augustus nog gevoed door bronnen, en hij lag gehuld in de schaduw van reusachtige bomen die langs de oever groeiden. Misschien kon hij een paar dagen vrij nemen: weg van problemen die hij niet had veroorzaakt en waar niemand hem de schuld van zou geven. Misschien zou al die ellende dan gewoon overgaan. Waarom niet? Nick Dolan had nog nooit opzettelijk iemand kwaad gedaan.

Maar toen hij uit zijn raam keek en een man met een kaalgeschoren, ingevet hoofd uit een ambtelijk ogende auto zag stappen, wist Nick dat de kosmische samenzwering die de bedoeling had zijn leven te verpesten nog steeds in volle gang was en dat het noodlot hem zou blijven achtervolgen, waar hij ook heen zou vluchten.

De overheidsdienaar moest minstens een meter drieënnegentig zijn. Zijn schouders in zijn witte overhemd leken wel van beton, zijn voorhoofd was knobbelig, zijn heldere ogen staken achter achthoekige brillenglazen zonder montuur. Het waren ogen die Nick deden denken aan vreemde wezens uit de ruimte.

De overheidsdienaar liet zijn identificatie al zien toen Nick de deur opende. 'Isaac Clawson, Immigratie- en Douanedienst. Bent u Nick Dolan?' zei hij.

'Nee, ik lijk wel op hem, maar dat ik hier woon is toeval,' antwoordde Nick.

'Ik moet een paar minuten van uw tijd in beslag nemen.'

'Hoezo?'

De zon scheen heet en fel op het gazon en de lucht glinsterde van het vocht. Isaac Clawson veegde met de achterkant van zijn pols het zweet van zijn voorhoofd. In zijn andere hand hield hij een platte, dichtgeritste map waarop de vingers van zijn reusachtige hand lagen uitgespreid als bananenschillen. 'Wilt u iets doen voor uw land, meneer? Of wilt u dat ik het een beetje anders aanpak en u voor de rechter sleep met een dagvaarding?'

'Hoezo, heb ik de sociale premies voor de man die mijn gras maait niet betaald?'

Clawson hield zijn ogen op die van Nick gericht. Zijn fysieke verschijning leek hitte en onderdrukte gewelddadigheid en een beetje testosteron uit te wasemen. Nick rook ook een scherp vleugje deodorant. De formele manier van doen, de stropdas, het witte overhemd en de grote achthoekige brillenglazen leken Nick niet meer dan een povere vermomming voor een bruut.

'Mijn kinderen zijn aan het pingpongen in de speelkamer. Mijn vrouw is bezig met de lunch. Zullen we in mijn kantoor praten?' zei Nick.

Er viel een stilte. 'Dat is prima,' zei Clawson.

Ze liepen via een gang naar een aangebouwde cottage die diende als Nicks kantoor. Beneden op de rivier zag Nick een stel mensen op opgeblazen binnenbanden naar de stroomversnelling drijven. Nick ging in een diepe leren draaistoel achter zijn bureau zitten. Hij staarde afwezig naar de boeken die hij per post had besteld om de planken aan de muur te vullen. Clawson ging pal voor hem zitten, met zijn langgerekte bovenlichaam zo recht als een bezemsteel. Nick voelde de spanning in zijn borst naar zijn keel trekken.

'Kent u Arthur Rooney?' vroeg Clawson.

'Iedereen in New Orleans kent Artie Rooney. Hij had vroeger een detectivebureau. Mensen op het kerkhof kennen Artie Rooney. Omdat ze daar dankzij hem liggen.'

'Maakt Rooney gebruik van Thaise hoeren?'

'Hoe moet ik dat weten?'

'Omdat u in dezelfde bedrijfstak werkt.'

'Ik ben eigenaar van een nachtclub. Ik ben mede-eigenaar van een paar escortbureaus. Als de regering dat niet goed vindt, moeten ze de wet veranderen.'

'Ik heb weinig geduld met mensen als u, meneer Dolan,' zei Clawson.

Hij ritste zijn tas open. 'Kijk hier eens naar. Hoewel ze het onderwerp niet echt recht doen. Je kunt de geur van ontbinding niet op een foto vastleggen.'

'Ik wil ze niet zien.'

'Nou en of u dat wilt,' zei Clawson. Hij stond uit zijn stoel op en legde acht zwart-witvergrotingen van twintig bij vijfentwintig in twee rijen op Nicks bureau. 'De schutter of schutters hebben .45-munitie gebruikt. Dit meisje hier lijkt me een jaar of vijftien. Kijk, en dat meisje is in haar mond geschoten. Hoe oud zijn uw dochters?'

'Ik heb hier niks mee te maken.'

'Misschien niet. Of misschien wel. Maar u bent een pooier, meneer Dolan, net als Arthur Rooney. U verkoopt ziekte en u stimuleert drugsverslaving en pornografie. U bent een parasiet die met staalwol van de aardbol geschrobd zou moeten worden.'

'Zo mag u niet tegen me praten.'

'Nou en of ik dat mag.'

Nick veegde de foto's van zijn bureau en ze vielen op de vloer. 'Donder op. Neem die foto's mee.'

'U mag ze houden. We hebben er nog genoeg. De FBI ondervraagt uw stripteasedanseressen. Ik hoop voor u dat ik geen verhalen te horen krijg die niet overeenkomen met wat u me hebt verteld.'

'Wát zijn ze aan het doen? U bent van de ICE. Wat doet u hier? Ik smokkel geen mensen het land in. Ik ben geen terrorist. Wat wilt u toch van mij?'

Clawson ritste zijn lege tas dicht en keek om zich heen. 'Mooie zaak heb je hier. Het doet me denken aan een Mexicaans restaurant waar ik vroeger vaak at.'

Toen Clawson weg was, zat Nick als verdoofd in zijn draaistoel. Zijn oren tuitten. Toen ging hij naar de badkamer van zijn vrouw en nam een van haar nitroglycerinepillen, omdat hij zeker dacht te weten dat zijn hart op het punt stond het te begeven.

Toen zijn vrouw hem riep voor de lunch, raapte hij de foto's op die de ICE-agent had achtergelaten en propte ze in een bruine envelop die hij in een bureaula wegstopte. Aan tafel in de serre prikte hij lusteloos in zijn eten en probeerde hij van zijn zorgen, angst en somberheid niets te laten blijken.

De grootouders van zijn vrouw waren Russische joden uit Zuid-Siberië. Zijn vrouw en hun zoon en de vijftien jaar oude tweeling hadden het mooie zwarte haar, de donkere huid en een zweem van de Aziatische trekken die hun grootmoeder nog had gehad toen ze al in de zeventig was. Nick bleef naar zijn dochters kijken; in plaats van hun gezicht zag hij de gezichten van de opgegraven vrouwen en meisjes op de foto's, met de vegen lippenstift op de mond van een van de meisjes. In haar haren zaten nog korrels aarde.

'Vind je de tonijn niet lekker?' vroeg zijn vrouw Esther.

'Niet lekker? De tonijn?' antwoordde hij stompzinnig.

'Het eten waar je op zit te kauwen alsof het nat karton is,' zei ze.

'Het smaakt prima. Ik heb tandpijn, dat is alles.'

'Wie was die vent?' vroeg Jess, zijn zoon. Hij was een magere, bleke jongen. Zijn armen waren week, zijn ribben zo zichtbaar als de baleinen van een korset. Hij had een IQ van 160. In het jaarboek van de middelbare school was de enige tekst onder zijn foto 'Lid van het organisatiecomité, laatstejaars en voorzitter van de schaakclub.' Het was een schaakclub met slechts drie andere leden.

'Welke vent?' zei Nick.

'Die vent die eruitzag als een wandelende penis,' zei Jesse.

'Je bent niet te oud voor een draai om je oren,' zei Esther.

'Dat was iemand van de immigratiedienst. Hij wilde iets meer weten over sommige van de Latijns-Amerikaanse werknemers in het restaurant,' zei Nick.

'Heb je de binnenbanden geregeld?' vroeg Ruth, een van de tweeling.

Nick staarde met een lege blik voor zich uit. 'Vergeten.'

'Je hebt beloofd dat je met ons naar de stroomversnelling zou gaan,' zei Kate, de andere helft van de tweeling.

'Het water staat nog hoog. Aan het einde is een draaikolk. Ik heb het gezien. Het is diep op de plek waar die diepe inkeping onder de oever zit. Volgens mij moeten we nog even wachten.'

Beide meisjes keken stug naar hun bord. Hij voelde de ogen van zijn vrouw op de zijkant van zijn gezicht. Maar de teleurstelling van zijn dochters en de impliciete afkeuring van zijn vrouw waren niet wat hem dwars zat. Hij wist dat zijn gebroken belofte maar tot één conclusie zou leiden: de tweeling zou toch naar de stroomversnelling gaan, met jongens van de middelbare school die te oud voor hen waren en die graag bereid waren om binnenbanden mee te nemen en de benodigde hulp te verlenen. In gedachten zag hij het water al wachten op zijn dochters, met wit schuim dat ronddraaide op het donkere, kolkende water.

'Ik regel die binnenbanden wel,' zei Nick. 'Rustig eten, anders krijg je kramp.'

Hij liep terug naar zijn kantoor en sloot de deur. Wat moest hij doen? Hij kon niet eens een manier bedenken om zich veilig van die foto's te ontdoen, tenminste niet bij daglicht. De ICE had zijn naam, Hugo Cistranos cirkelde als een haai om hem heen en zijn geweten speelde op. En hij kon niet één persoon op de hele wereld bedenken die hij om hulp kon vragen.

Hij zat achter zijn bureau met het hoofd in zijn handen. Hoe lang zou het duren voordat Hugo Cistranos voor de deur stond en zijn geld kwam opeisen? Hij zou suggereren dat Nick een lafaard was en hij zou hatelijke opmerkingen maken over zijn rookgewoonten, zijn gewicht, zijn slechte ogen en zijn onvermogen een oplossing te vinden voor de noodlottige gebeurtenis die in gang was gezet door zijn achteloos uitgesproken woorden 'met een schone lei beginnen'.

Rustig afwachten tot het onheil over hem zou neerdalen was idioot. Hij had veel gehoord over mensen die in tijden van tegenslag hun zelfbeheersing verloren. Gelul. Hij bladerde door zijn Rolodex en toetste een nummer in op zijn bureautelefoon.

'Hoe komt u aan dit nummer?' vroeg een stem met een accent uit New Orleans.

'Jij hebt het zelf aan me gegeven, Artie.'

'Dat was dan stom van me.'

'Hugo Cistranos zegt dat jij hem je Caddy hebt aangeboden om mij uit de weg te ruimen.'

'Dat liegt hij. Ik ben heel zuinig op mijn Caddy. Het is een collector's item.'

'Hugo deugt van geen kanten, maar hij is geen leugenaar.'

'Jij kunt het weten. Hugo is jouw werknemer, niet de mijne. Ik huur geen psychopaten in.'

'Ik heb niet gedaan wat jij denkt.'

'O ja? Wat kan dat zijn? Wat zou jij gedaan kunnen hebben, Nicholas?'

Nick hoorde de telefoondraden zoemen in de stilte.

'Wil je het niet zeggen? Ik geloof niet dat mijn lijn wordt afgetapt. Als je niet te biecht durft te gaan bij je oude makker Artie Rooney, wie kun je dan nog wel vertrouwen, Nicholas?'

'Ik heet Nick. Heb je aan Hugo verteld dat mijn achternaam Dolinski was?'

'Is dat dan niet zo?'

'Ja, dat klopt. Mijn grootvader moest zijn naam veranderen om te voorkomen dat hij en zijn familie zouden eindigen in een zeepbakje. Ze moesten van naam veranderen zodat die antisemitische klootzakken in de regering van Roosevelt hun niet de toegang tot het land zouden ontzeggen.'

'Dat is een hartverscheurend verhaal, Nick. Misschien kun je het verkopen als een van die docudrama's? Ging je grootvader niet met schoenveters langs de deuren?'

'Dat klopt, samen met Tennessee Williams. Ze hebben ook samen in de Franse wijk van New Orleans een gaarkeuken gerund. Zijn naam komt voor in een paar boeken over Tennessee Williams.'

Nick hoorde Artie lachen. 'Hebben jouw grootvader en een wereldberoemde countryzanger soep verkocht aan zuiplappen? Beroemde, rijke mensen doen dat vaak,' zei Artie. 'Als je in Houston of Dallas bent, moet je eens langskomen. Het leven is geen lolletje zonder jou. O ja, en zeg tegen Hugo dat ik nog geld van hem krijg. En van jou trouwens ook.'

De verbinding werd verbroken.

Nick besloot dat hij de rest van zijn dag niet zou laten bepalen door angst en paniek. Hij huurde grote dikke binnenbanden in de stad, groot genoeg om een piano op te laten drijven. Hij ging langs bij de bakker en kocht een worteltaart die was bedekt met een witte laag suikerglazuur en versierd met roze en groene bloempjes. Hij nam een grote bak perzikijs mee in een ijstas. Hij trok een paar strandsandalen aan en een rode boksbroek van kunstzijde die op zijn knieën hing en liep met zijn kinderen naar de oever van de rivier. Hij legde een touw door alle binnenbanden zodat ze elkaar niet konden kwijtraken als ze naar de stroomversnellingen zouden drijven.

Nick was de eerste van de keten, en hij had zich in in zijn binnenband genesteld. Zijn huid was zo wit als de buik van een vis. Op zijn neus droeg hij een zwarte Ray-Ban-wraparound. Hij legde zijn nek op het rubber. De warme petrochemische lucht ervan was op de een of andere manier troostend. De stroming kietelde zijn ruggengraat, zijn polsen hingen in het water. Verderop lag een dam die het water door een nauwe opening leidde. Hij hoorde hoe het geluid van de stroomversnelling steeds harder en intenser begon te klinken en hij voelde hoe het rivierwater zijn koers veranderde.

Opeens gleden hij en zijn kinderen met de golven door de nauwe kloof terwijl ze over het witte water en de geisers van schuim dreven. Hun eigen gelukzalige kreten vermengden zich met die van andere drijvers en de zon boven hun hoofd was zo verblindend als de vlam van een booglasser.

De draaikolk bij de diepe inkeping onder de oever verdween achter hen, niet in staat om Nicks gezin te verslinden.

Ze sleepten hun binnenbanden op de zandbanken en betaalden een jongen met een auto om hen stroomopwaarts af te zetten zodat ze nogmaals de rivier konden afzakken. Ze bleven tot zonsondergang in het water en werkten zich als professionele rafters door de stroomversnelling heen. Aan het eind van de dag gloeide Nick van de zon. Zijn haar en zijn te grote boksbroek waren gruizig van het zand. Zijn hart zwol op van trots op zichzelf, zijn kinderen, de dingen die hij bezat en het goede leven dat hij zijn gezin had gegeven.

Ze aten de taart en het ijs op een deken naast de rivier. De zon doofde tot een klein vonkje tussen regenwolken in het westen. Hij rook de geur van spiritus en barbecuevuurtjes op de bries en hij zag lampionnen in de bomen bij de buren. Ergens op een grasveld aan de overkant van de rivier klonk muziek. Het zomerlicht bleef hoog in de lucht hangen, alsof de natuur eigen regels had gemaakt over de zonsondergang. Op de een of andere manier was het seizoen eeuwig geworden. Alle zorgen van Nick leken uit zijn leven verdwenen.

Hij liep met zijn kinderen terug naar de stenen trappen van zijn huis, liep naar zijn kantoor, verwijderde de bruingele envelop met foto's van zijn bureau, pakte een busje spiritus en een pakje lucifers bij zijn barbecuestel. Toen hij terug was bij de rivieroever was de hemel paars en gevuld met vogels die geen plek leken te kunnen vinden om te landen. Hij dacht gas te ruiken tussen de bomen. Het oppervlak van de rivier leek dikker, haar diepten leken kouder. Het blauwgroene grasveld van het huis aan de overkant was nu bezaaid met plastic bierglazen en papieren bordjes. De band speelde nog, als een radio die iemand had vergeten uit te zetten.

De verbrande huid op zijn gezicht en onder zijn oksels deed vervelend pijn. Hij trok de foto's uit de envelop, rolde ze op tot een kegel en spoot spiritus op de hoeken en randen. Toen hij een lucifer afstreek en die bij de vloeistof hield, kroop het vuur snel over de kegel naar zijn vingers. Hij probeerde de foto's brandend te houden zonder ze te laten vallen of zijn hand te bezeren, maar de foto's vielen in het gras. De gezichten van alle vrouwen en meisjes staarden naar hem op. De hitte maakte het papier in het midden zwart en deed de randen van de foto's opkrullen. Haar, weefsel, ogen en tanden losten op in een chemische vlam.

De geur van verbrand haar op de rug van zijn handen sloeg in zijn gezicht en in zijn hoofd zag hij een oven in Zuidwest-Polen: een ijzeren deur die gapend openstond, en in de oven zag hij hoe een briesje voldoende was om de resten van zijn dochters tot as te verkruimelen.

Een latino had het alarmnummer gebeld omdat er een gewonde of dronken man in het duister langs de kant van de weg strompelde.

'Is het een lifter?' vroeg de telefonist van de meldkamer.

'Nee, hij heeft een auto. Hij valt op de grond.'

'Is hij aangereden door een voertuig?'

'Hoe moet ik dat weten? Hij voelt zich niet goed, dat staat wel vast. Hij probeert in zijn auto te stappen. Daar gaat hij weer.'

'Waarheen?'

'Hij viel weer op de grond. O, nee. Dat neem ik terug. Hij staat weer op zijn benen en kruipt zijn auto in. Jezus, er denderde een vrachtwagen rakelings langs hem heen. Die vent wordt nog aangereden.'

'Geef me uw locatie nog eens door.'

De beller noemde het getal op een kilometerpaaltje. Maar kennelijk las hij de cijfers verkeerd op vanwege het slechte licht. De hulpsheriff die kwam kijken trof alleen maar een leeg stuk weg aan. Slechts een amarantstruik tuimelde over de middenstreep van de weg.

Nadat Hackberry Holland de naam van Pete Flores van Ouzel Flagler had gekregen, had hij het elektriciteitsbedrijf gebeld. Hij had te horen gekregen dat P.J. Flores bij hen stond ingeschreven als klant en dat hij woonde aan een zandpad op zo'n vijfentwintig kilometer buiten de stad, in een huis waar de elektriciteit over drie dagen zou worden afgesloten wegens wanbetaling.

Het was 7:31 uur in de ochtend toen Hackberry en Pam Tibbs over een kiezelweg naar een grasloos stuk land reden waar een houten huis in de schaduw van een heuvel stond. De voordeur stond open, de gordijnen waaiden achter de horren. Er stonden geen voertuigen bij het huis of op het erf. Op het waterreservoir zat een kraai. Hij sloeg zijn vleugels uit en steeg op toen Hackberry en Pam Tibbs de veranda op stapten.

'Sheriff Holland hier,' riep Hackberry door de hordeur. 'Ik moet Pete Flores spreken. Kom naar buiten, alstublieft.'

Geen antwoord.

Hackberry liep als eerste naar binnen. De wind leek het binnenste van het huis te vullen op een manier die hem deed denken aan zijn eigen huis toen zijn vrouw was gestorven, alsof er net een vreselijke diefstal had plaatsgevonden die nooit meer ongedaan gemaakt kon worden. Alleen de stilte was gebleven. Hij liep dieper het huis in; zijn laarzen dreunden luid op de plankenvloer. Een half opgegeten boterham met kaas lag op een bord op de keukentafel, met droge kruimels ernaast. Een kraan druppelde in een vuile pan in de gootsteen. Een vuilniszak met een tweede zak eromheen en dichtgebonden met tape, stond aan de achterkant op de veranda, alsof iemand van plan was geweest hem naar de container bij de weg te brengen of hem te begraven en daarbij was gestoord.

Het medicijnkastje en de kast in de slaapkamer waren leeg. De vloer lag bezaaid met kleerhangers. Het toiletpapier was van de houder verwijderd. Hackberry keek door het horraam aan de voorkant en zag een kleine latinojongen op een fiets in de tuin. De jongen was niet ouder dan tien of elf en hij staarde naar het pompgeweer dat aan het dashboard van de surveillancewagen was bevestigd. De fiets van de jongen was oud, had lekke banden en was te groot voor een jongen van zijn leeftijd.

'Weet jij waar Pete Flores is?' vroeg Hackberry terwijl hij de veranda op stapte.

'Is hij niet thuis?' zei de jongen.

'Helaas niet.'

De jongen zweeg. Hij stapte weer op zijn fiets met een nietszeggende uitdrukking op zijn gezicht.

'Ik ben sheriff Holland. Pete helpt me met een zaakje. Weet je waar hij zou kunnen zijn?'

'Nee meneer. Is juffrouw Vikki er ook niet?'

'Nee, op dit moment is er niemand.'

'Wat doet u dan in het huis?'

Hackberry ging op de treden zitten en zette zijn hoed af. Hij deukte het vilt aan de bovenkant uit. Hij hief zijn gezicht naar het zonlicht dat over de heuvel gloorde. 'Hoe heet je?'

'Bernabe Segura.'

'Pete is misschien in moeilijkheden, Bernabe. Wat is de achternaam van juffrouw Vikki?'

'Gaddis.'

'Weet je waar ik haar zou kunnen vinden?'

Het gelaat van het jongetje was troebel, alsof hij keek naar een beeld dat achter zijn ogen lag.

'Luister je, Bernabe?'

'Er waren hier gisteravond een paar mannen. Ze hadden zaklampen. Ze gingen het huis in.'

'Dus kwam jij hier om te kijken hoe het met Pete was?'

'We zouden vandaag pijlpunten gaan zoeken.'

'Je had hier niet in je eentje moeten komen. Waar is je vader?'

'Die heb ik niet.' Bernabe tikte op zijn handvatten. 'Pete heeft me deze fiets gegeven.'

'Waar kan ik juffrouw Vikki vinden, Bernabe?'

Junior Vogel leunde op de bar. 'Ik wist het,' zei hij.

'Wat wist je?' zei Hackberry.

Junior pakte een doekje, veegde zijn handen af en smeet het in de richting van een gele bak die was gevuld met vuile handdoeken en schorten. 'Het ligt aan die rotjongen waar ze mee optrekt. Pete Flores. Wat heeft hij uitgespookt?'

'Niets, voor zover ik weet. We willen alleen wat informatie van hem hebben.'

'Flauwekul. Als die jongen niet dronken is, heeft hij een kater. Ik wist dat ze in moeilijkheden zat toen ze hier vertrok. Ik had iets moeten doen.'

'Ik begrijp u geloof ik niet helemaal.'

'Ze kwam hier om haar loon op te halen. Maar er gebeurden twee of drie dingen tegelijkertijd. Als een slecht voorteken of zoiets. Ik weet niet hoe ik het moet zeggen. Er was een vent die melk wilde kopen voor zijn baby. Toen deden een stel kerels met een Trans Am een poging om haar te versieren. Ik begreep het op dat moment niet helemaal.'

Pam Tibbs keek Hackberry van opzij aan, keek toen naar Junior en daarna weer naar Hackberry. 'We hebben geen idee waar u het over heeft, meneer. Kunt u iets duidelijker zijn?' zei ze.

'Die vent zei dat hij logeerde in de Super 8 en dat hij melk nodig had voor zijn drie maanden oude dochtertje. Ik vroeg waarom hij niet naar de winkel ging. Hij zei dat het na elven was en dat de winkel was gesloten. Dus heb ik hem een pak melk uit mijn eigen koelkast gegeven. Ik vroeg er twee dollar voor. Maar hij had geen twee dollar. Hoe kan iemand op zoek zijn naar melk en door Texas rijden met zijn gezin als hij niet eens twee dollar op zak heeft?

Terwijl ik me met die vent bezighield, komen die twee andere kerels van die Trans Am op Vikki af. Ik heb hier nooit moeilijkheden, maar nu opeens van alles tegelijk, snapt u? Ik laat mijn werknemers niet lastigvallen door dronkenlappen en misdadigers, en zeker Vikki niet. Iedereen weet dat. "Gearrangeerd", dat woord zocht ik. Het was net of het allemaal was gearrangeerd.'

'Hebt u het kenteken van een van die mensen?' zei Hackberry.

'Nee.'

Hackberry legde zijn visitekaartje op de glasplaat van de bar. 'Bel ons als u iets hoort van Vikki of als u een van die kerels opnieuw ziet,' zei hij.

'Wat is er met Vikki gebeurd? U hebt me nog helemaal niets verteld,' zei Junior.

'We weten niet waar ze is. Voor zover we weten bent u de laatste die haar heeft gezien,' zei Hackberry.

Junior Vogel zuchtte, met de rug van zijn hand tegen zijn hoofd gedrukt. 'Ik keek uit het raam en die vent van de melk vertrok eerder dan zij. Die twee griezels in die Trans Am tankten wat benzine en reden later dezelfde kant op. Ik zag het gebeuren en ik heb niks gedaan.'

De hemel was grijs van het stof terwijl ze over de hoofdweg terug naar de stad reden. Pam Tibbs zat achter het stuur.

'Ik heb met mijn neef Billy Bob Holland gesproken,' zei Hackberry. 'Hij is een voormalige Texas Ranger en is nu advocaat in het westen van Montana. Hij kent Pete Flores al sinds hij nog een jochie was. Hij zegt dat Pete de beste knul was die hij ooit heeft gekend. Hij zegt ook dat hij de slimste was.'

'Zo'n knul zit tegenwoordig al gauw in de nesten.'

'Billy Bob zegt dat hij zeker weet dat die jongen niks verkeerds heeft gedaan, althans niet het soort zaken waar wij het over hebben.'

'Mijn vader heeft in Vietnam gezeten. Hij was psychotisch toen hij thuiskwam. Hij heeft zichzelf opgehangen in een gevangeniscel.' Pam keek recht voor zich uit, haar handen in de tien-voor-twee-houding aan het stuur, haar gezicht zo uitdrukkingsloos als een houtsnede.

'Zet de auto even in de berm,' zei Hackberry.

'Hoezo?'

'Die gevangenbewaarder seint naar ons,' antwoordde hij.

De gevangenen kwamen uit een privégevangenis en droegen oranje overalls. Ze stonden in een lange rij in een greppel langs de weg en raapten vuilnis op dat ze in plastic zakken stopten die ze dichtgebonden in de berm achterlieten. Verderop stond een groene bus met plaatgaas voor de ramen. Er stond ook een dieplader met een paardentrailer erachter. Zowel aan de voorkant als aan de achterkant van de rij die langs de wegberm werkte had zich een bewaker te paard geposteerd. Een onbewapende man in een grijs uniform met rode biezen op de boord en zakken stond in de greppel op de politiewagen te wachten. Hij droeg een geelgetinte pilotenbril en een elegante witte strooien cowboyhoed. Zijn uniform was bevlekt met haksel dat van de harde grondlaag woei. Zijn hals en gezicht waren diep gegroefd, als de huid van een schildpad. Noch Hackberry noch Pam Tibbs kende hem.

'Wat is er aan de hand, commandant?' zei Hackberry terwijl hij uit de surveillancewagen stapte. De man droeg een blinkend koperen naamplaatje op zijn borstzak waarop RICKER stond.

'Ziet u die latinojongen daar met al die gotische letters op zijn lijf getatoeëerd?'

'Ja?' zei Hack.

'Hij heeft een bareigenaar aan zijn mes geregen omdat die bareigenaar hem het geld niet wilde teruggeven dat hij was kwijtgeraakt in de condoomautomaat. Raad eens wat hij zojuist daar tussen de stenen heeft gevonden? Ik deed het bijna in mijn broek toen hij het me overhandigde.'

'Wat heeft hij gevonden?' zei Hackberry.

De opzichter haalde een roestvrijstalen revolver uit zijn broekzak. 'Het is een Airweight .38, met vijf patronen. Er zijn twee kogels mee afgeschoten. Maakt u zich geen zorgen. De haan zit op een lege huls.'

Hackberry haalde een balpen uit zijn borstzakje, stak die door de trekkerbeugel en pakte de revolver aan uit Rickers hand. Pam Tibbs pakte een plastic bewijszakje uit de auto en stopte de revolver erin.

'Had ik er met mijn handen vanaf moeten blijven?' zei Ricker.

'U hebt alles goed gedaan. Bedankt dat u ons hebt gewaarschuwd,' zei Hackberry.

'Dat is nog niet alles. Kijk hier maar eens,' zei Ricker. Hij ging hun voor en wees naar een met gras begroeide plek waar tijdens het regenseizoen water van de weg de greppel in stroomde. 'Volgens mij heeft iemand hier behoorlijk veel bloed verloren.'

Over een breed gebied was het gras bespikkeld met bloed en op sommige plekken lagen opgedroogde bloedplasjes in het zand. Pam Tibbs ging op haar hurken zitten en keek naar het gras, de gebroken blaadjes, de kuiltjes en de plekken waar de bloedvegen erop leken te duiden dat er met een lichaam was gesleept. Ze stond op en liep naar de surveillancewagen in de richting van het chauffeurscafé annex *diner* en ging weer op haar hurken zitten. 'Volgens mij zijn hier twee voertuigen geweest, sheriff,' zei ze. 'Ik vermoed dat het slachtoffer ongeveer hier is neergeschoten, dicht bij voertuig een, en toen is versleept, of zichzelf heeft voortgesleept, naar voertuig twee. Maar waarom zou de schutter het wapen hebben weggegooid?'

'Misschien was het niet van hem. Of liever gezegd, niet van haar,' zei Hackberry.

'Wilt u vingerafdrukken van mij en van die latinojongen om ons uit te sluiten als u het wapen onderzoekt?' zei Ricker.

'Ja. En we moeten de plaats delict afzetten. Waarschijnlijk zullen een paar mensen van de FBI later nog met u willen spreken.'

'Wat wil de FBI in godsnaam van mij weten?'

'Hebt u gehoord over die Aziatische vrouwen die zijn vermoord?'

'Heeft het daarmee te maken? Ik heb al genoeg ellende, sheriff.'

'Dat geldt voor ons allebei. Welkom in het nieuwe Amerika.'

# 5

Terwijl hij in bed lag met uitzicht op een kippenren, een afgerasterde kooi met zes geiten en een roestige, kapotte windmolen vol met dode takken die uit een veld met onkruid waren komen aanwaaien, kon de man die Prediker werd genoemd de vrouw niet uit zijn hoofd zetten: de geur van haar angst, zweet en parfum terwijl hij met haar op de grond lag te worstelen, en de uitdrukking op haar gezicht toen ze de .38 afvuurde op de punt van zijn voet, waarna een straal bloed uit de zool van zijn schoen spoot. Haar uitdrukking had niet getuigd van ontsteltenis of medelijden, zoals Prediker had verwacht; ze getuigde van triomf.

Nee, dat was het ook niet. Wat hij op haar gezicht had gelezen was afkeer en walging geweest. Ze had hem verblind door antiwespenspray in zijn ogen te spuiten. Ze had hem zijn wapen afgenomen, van dichtbij op hem geschoten, zijn mobiele telefoon vermorzeld onder haar autoband en hem langs de weg laten bloeden als een aangereden dier. En daar was het niet bij gebleven. Ze had hem ook nog 'mannetje' genoemd en hem laten weten dat hij er nog genadig van af was gekomen. Ze had dat allemaal gedaan met een man die door sommigen werd beschouwd als iemand die slechts één trapje lager stond dan God zelf.

Het verband met de leukoplast op zijn kuit rook naar medicinale zalf en geronnen bloed, maar de pijnstillers die hij had geslikt en de prik door een dierenarts hadden de zenuwen bij de enkel verdoofd. Het gipsverband om zijn voet was iets anders. Het voelde aan als nat cement op zijn huid en de warmte, zweterigheid en wrijving die het veroorzaakte maakten de wond tot een pijnlijke aangelegenheid. Twintig minuten geleden was de elektriciteit uitgevallen en de ventilator op de tafel naast zijn bed werkte niet meer. Nu voelde hij hoe de hitte en de vochtigheid in de muren toenam en hoe het dak van golfplaat uitzette, pingelend als een banjosnaar.

'Doe nog wat ijs op mijn voet,' zei hij tegen Jesus, de latino die de eigenaar van het huis was.

'Het is gesmolten.'

'Heb je het elektriciteitsbedrijf gebeld?'

'We hebben geen telefoon, baas. Als het zo heet wordt als nu hebben we vaak stroomstoringen. Als het koeler wordt gaat de elektriciteit weer aan.' Prediker drukte zijn achterhoofd in het kussen en staarde naar het plafond. De kamer was drukkend heet en het operatieschort dat hij al twee dagen aanhad begon steeds meer te stinken. Als hij zijn ogen sloot, zag hij het gezicht van dat meisje weer voor zich. De seksuele opwinding die ze bij hem losmaakte, vervulde hem zowel met wellust als met wrok. Hugo had hem zijn .45-automatische pistool gebracht. Het was een model uit 1911 – eenvoudig van ontwerp, altijd betrouwbaar, effectief op een wijze die de meeste mensen zich niet konden voorstellen. Prediker tastte met zijn hand onder de matras en voelde de hardheid van het frame van de .45. Hij dacht aan het meisje, aan haar diepliggende ogen en haar kastanjebruine haar waar ze aan de uiteinden krullen in gezet had en aan de manier waarop haar tong en tanden eruitzagen als ze haar mond opende. Dat laatste beeld bleef hem lang voor de geest hangen. 'Zeg tegen je vrouw dat ze een spons moet pakken om me te wassen,' zei hij.

'Ik kan u ook wassen.'

'Denk je soms dat ik een *maricón* ben?' zei Prediker grijnzend.

'Ik zal het haar vragen, baas.'

'Niet vragen. Gewoon zeggen. Hugo heeft je toch genoeg geld gegeven? Voor jou en je gezin en de dierenarts die me met al mijn pijn heeft laten zitten? Jullie hebben toch genoeg betaald gekregen, nietwaar, Jesus? Of heb je meer nodig?'

'Het is *bastante*.'

'Hugo heeft je genoeg gegeven om te zorgen voor de gringo. Bastante betekent toch "genoeg", hè? Hoe moet ik dat opvatten? Genoeg om wat te doen? Me verkopen? Je priester over mij vertellen misschien?' De ogen van Prediker werden wazig en er was een zekere geamuseerdheid in te lezen.

Het haar van Jesus was zo zwart en glanzend als verf en geknipt als het kapsel van een matador. Zijn huid was bleek, zijn handen waren klein en zijn gelaatstrekken broos, als van een Spaanse dichter met tuberculose. Hij was niet ouder dan dertig, maar zijn dochter was minstens tien jaar oud en zijn dikke vrouw had zijn moeder kunnen zijn. Kan je nagaan, dacht Prediker.

Die avond was er weer stroom, maar Prediker kon zijn neerslachtigheid en zijn twijfels over zijn omgeving en zijn verzorgers niet van zich afzetten. 'Jouw naam is een vorm van blasfemie,' zei hij tegen Jesus.

'Is een wát?'

'Probeer volledige zinnen te gebruiken. Laat het onderwerp niet uit je zinnen weg. "Is" is een werkwoord, geen zelfstandig naamwoord. Je ouders hebben je de naam van de Heer gegeven, maar je accepteert geld om een gringo te verbergen en overtreedt de wetten van je land.'

'Ik moet doen wat ik moet doen, baas.'

'Breng me naar buiten. En zet me niet in de stank van die geiten.'

Jesus zette de opvouwbare rolstoel naast het bed en werkte Prediker erin, waarna hij hem de voordeur uit duwde naar de luwte buiten. De .45 van Prediker lag op zijn schoot. Het uitzicht in zuidelijke richting was prachtig. De hemel was lavendelblauw en de woestijnvlakte werd niet ingeperkt door aardse begrenzingen, maar door willekeurige lijnen van licht en schaduw. Weinig mensen zouden een dergelijk uitzicht als een geestelijke troost ervaren, maar Prediker wel. De droge rivierbeddingen waren prehistorisch, de bergkloven bezaaid met stenen die de kleur hadden van verdorde appels, pruimen en abrikozen. Prediker zag hout dat door regen, wind en hitte was gekerfd, vervormd en gehard in gebleekte voorwerpen die nauwelijks van dinosaurusbotten waren te onderscheiden. De woestijn was onveranderlijk, zo allesomvattend als een godheid, sereen in zijn eigen grootsheid, teruggaand tot de tijd van de Hof van Eden, een getuigenis van het design achter de hele schepping, een maîtresse die wenkte naar een ieder die niet bang was haar te veroveren en te gebruiken.

'Heb je ooit van Herbert Spencer gehoord?' zei Prediker.

'Wie?' zei Jesus.

'Dat dacht ik al. Ooit gehoord van Charles Darwin?'

'*Claro que sí.*'

'Het was Herbert Spencer die begreep hoe de maatschappij in elkaar stak, niet Darwin. Darwin was geen socioloog of filosoof. Begrijp je daar iets van?'

'U zegt het maar, baas.'

'Waarom grijns je?'

'Ik dacht dat u een grapje maakte.'

'Denk je dat ik wil dat je het met me eens bent?'

'Nee, baas.'

'Want dat zou namelijk een belediging zijn. Maar zo iemand ben je niet, toch?'

Jesus liet zijn hoofd zakken en sloeg zijn armen over elkaar; zijn gezicht was afgepeigerd van vermoeidheid en door zijn onvermogen om te gaan met de ingewikkelde retoriek van Prediker. Boven de mesa's en de uitgestrekte woestenij in het zuiden had zich een paarse nevel gevormd. Stof steeg op van de harde ondergrond en de creosootstruiken vervaagden in de duisternis. Niet ver weg zag Jesus een coyote verwoed in het nest van een wangzakrat graven terwijl hij het zand naar achteren wierp met zijn nagels en zijn snuit in het hol stak.

'Hebt u familie of mensen die voor u kunnen zorgen, Prediker?' zei Jesus.

Het was een vraag die hij beter niet had kunnen stellen. Prediker hief zijn hoofd als een vis die voedsel zoekt aan het oppervlak van een meer. Er brandde een plotseling, onbestemd lichtpuntje in zijn ogen, als het vlammetje van een lucifer in een vochtige keuken. 'Wek ik de indruk dat ik geen familie heb?'

'Ik dacht dat u misschien wilde dat ik iemand zou bellen.'

'Een man bevrucht een vrouw. De vrouw perst het kind uit haar schoot. Dan hebben we dus een vader, een moeder en een kind. Dat is een gezin. Wou je beweren dat ik anders ben of zo?'

'Ik bedoelde er niets mee, baas.'

'Ga naar binnen.'

'Als het koel is, komen de muggen. Die prikken u helemaal lek, baas.'

Aan zijn gezichtsuitdrukking te zien stond Prediker op het punt zijn zelfbeheersing te verliezen.

'Ik begrijp het, baas. Als u trek hebt: mijn dochtertje heeft speciaal voor u soep en tortilla's gemaakt,' zei Jesus.

Jesus ging via de achterdeur naar binnen en zei pas weer iets toen hij binnen was. Prediker keek toe hoe de coyote een wangzakrat uit zijn hol haalde en moeizaam en met strak aangespannen nekspieren over de harde grond wegliep met de prooi spartelend tussen zijn kaken. De vrouw van Jesus verscheen bij het raam en staarde naar het silhouet van Prediker, met haar vuist tegen haar mond gedrukt. Haar echtgenoot trok haar weg en sloot de gordijnen, hoewel het erg warm was in huis vanwege het gasfornuis in de keuken.

's Morgens bracht een man met een verweerd gezicht, een oranje baard en blauwe tatoeages op zijn bovenarmen een kleine auto voor

Prediker. Daarna vertrok hij met een metgezel in een andere auto. Het dochtertje van Jesus bracht Prediker zijn lunch op een dienblad. Ze zette het op zijn schoot maar ging niet weg.

'Mijn broek ligt op de stoel. Pak een halve dollar uit de broekzak,' zei hij. Het meisje nam twee kwartjes uit zijn broek en kneep haar hand dicht. Haar gezicht was ovaal en bruin, net als dat van haar moeder. Haar haar was donkerbruin met een blauw lint erin. 'Heb u geeneens familie?' vroeg ze.

'Je stelt te veel vragen voor iemand van jouw leeftijd. En iemand zou je eens een grammaticaboek moeten geven.'

'Erg voor u dat u bent neergeschoten.'

Prediker wendde zijn blik van het gezicht van het meisje naar de keuken, waar Jesus en zijn vrouw de afwas deden in een pan met vettig water. Ze stonden met hun rug naar Prediker toe. 'Ik heb een auto-ongeluk gehad. Ik ben niet neergeschoten,' zei hij.

Ze raakte het gips aan met de toppen van haar vingers. 'We hebben nu ijs. Ik zal het op uw voet doen,' zei ze.

Jesus had dus zijn mond voorbijgepraat tegen zijn vrouw en dochter, dacht Prediker. Dus het kleine meisje kon tegen al haar vriendinnetjes zeggen dat een gringo met twee kogels in zijn lijf had betaald om bij hen te logeren.

Wat doe ik? vroeg hij zich af terwijl hij naar het plafond staarde.

Laat in die middag had hij een koortsige droom. Hij vuurde met een Thompson-machinepistool en hield de steun en het cilindrische magazijn opzij gekanteld vast, zodat de terugslag de loop een horizontale beweging zou geven in plaats van een verticale. Hierdoor liep de baan van de afgevuurde kogels parallel met de grond en konden ze niet hoog over de gedaanten heen de duisternis in schieten.

Hij werd abrupt wakker in de warmgele gloed van de kamer en wist niet meer precies waar hij was. Hij hoorde vliegen zoemen en het geluid van een geitenbel. Hij rook de geur van water dat te lang in een veepoel had stilgestaan. Hij pakte een vochtige doek uit een schaal die op zijn nachtkastje stond en veegde zijn gezicht af. Hij ging op de rand van de matras zitten. Het bloed stroomde omlaag in zijn voet en hij wachtte tot de beelden uit zijn droom zijn geest hadden verlaten.

Door de keukendeur zag hij Jesus met vrouw en kind aan hun keukentafel zitten eten. Ze aten tortilla's waarin ze groenten in het zuur hadden gerold; hun gezichten boven hun kom gebogen terwijl er kruimels uit hun mond vielen. Ze deden hem denken aan indianen uit een vroegere tijd die in een grot zaten te eten.

Waarom moest Jesus zijn mond voorbijpraten waar het kind bij was? vroeg Prediker zich af. Misschien was hij toch al van plan om tegen een veel groter publiek te kleppen, misschien wel met *el jefe* en zijn in kaki geklede smerige halfbloedjes in de gevangenis.

Prediker voelde de koelte van zijn .45 die onder de matras vandaan stak. Zijn krukken stonden tegen een houten stoel in de hoek. Door het raam zag hij de geelbruine kleine auto die Hugo voor hem had besteld. De dierenarts kwam die avond weer. De dierenarts en Jesus en zijn vrouw en het meisje zouden op een bepaald moment allemaal in het huis zijn.

Dit stomme gedoe was aan Hugo Cistranos te danken, niet aan hem, dacht Prediker. Net als die toestand achter de witgepleisterde kerk. Het was Hugo die de zaak had verpest. Prediker had de wereld niet gemaakt. Het vermogen van een coyote om een wangzakrat op te graven zat in zijn instinct. Het land waar hij zich nu bevond en dat wel honderd miljoen jaar oud was, was vroeger zee geweest. Het bevatte de gemineraliseerde botten van de zoogdieren, reptielen en vogels die hun uiterste best hadden gedaan om te overleven. Als iemand dat betwijfelde, hoefde hij maar de laadbak van een shovel te laten zakken in een van die oude rivierbeddingen die deden denken aan verkalkte stopverf in het licht van de ondergaande zon.

Tegen de schemering bracht Jesus Prediker zijn avondeten.

'Hoe laat komt die dierenarts?' vroeg Prediker.

'Geen dierenarts. *Es médico*, baas. Hij komt zo.'

'Geef antwoord op mijn vraag. Hoe laat is hij hier?'

'Misschien duurt het nog een kwartiertje. Is het eten naar uw zin?'

'Geef me mijn krukken.'

'Gaat u opstaan?'

Het opgeheven gezicht van de Prediker deed denken aan de scherpe rand van een hakbijl.

'Ik pak ze al, baas,' zei Jesus.

De vrouw van Jesus had de broek, het overhemd, zijn sokken en ondergoed op de hand gewassen, zijn muntgeld, sleutels en zakmes apart gelegd en alles netjes op de houten stoel bij de muur te drogen gehangen. Prediker stommelde moeizaam naar de stoel, pakte zijn kleren en ging op de matras zitten. Toen kleedde hij zich langzaam aan, zonder te denken aan de gebeurtenissen die binnen enkele minuten in het huis zouden plaatsvinden.

Hij had zijn overhemd niet ingestopt en liet het over zijn broek vallen. Door het raam aan de voorkant zag hij de afgebladderde truck van de dierenarts in een grote, witte stofwolk over de groeven in de weg hobbelen. Prediker pakte de .45 van onder de matras vandaan, stopte hem achter zijn rug tussen zijn riem en trok zijn overhemd over de kolf. De dierenarts parkeerde zijn auto aan de achterkant en zette de motor stil. Precies op dat moment bereikte het stof dat zijn truck had opgeworpen de voorkant van het huis en dreef door de hordeuren naar binnen. Prediker hees zich op zijn krukken en baande zich een weg naar de keuken, waar Jesus, zijn vrouw en zijn dochtertje aan de tafel zaten te wachten op de dierenarts, die een bedauwd sixpack coca-cola meetorste.

De dierenarts was ongeschoren en droeg een gerafeld colbertje dat hem te krap zat, een das met vlekken en een wit overhemd waaraan een knoopje bij de navel ontbrak. Hij was bijziend, zodat hij voortdurend zijn ogen samenkneep en zijn voorhoofd fronste. Om die reden beschouwden de dorpelingen hem als een nauwgezet en geleerd man die ieders respect verdiende.

'U ziet er heel goed uit in uw schone kleren, señor. Wilt u niet dat ik uw verband verschoon? Ik heb nog wat extra pijnstillers meegebracht zodat u kunt slapen,' zei de dierenarts tegen Prediker.

Het silhouet van de dierenarts stak af tegen de hordeur. De late rode zon creëerde een aureool rond zijn ongeknipte haar en de stoppels op zijn kaken.

Prediker ging stevig staan en liet zijn rechterhand los van de kruk. Hij bewoog zijn hand langzaam achter zich, zodat hij zijn evenwicht niet verloor. Zijn knokkels raakten het zware frame van de .45 die tussen zijn riem zat gestoken. 'Ik geloof niet dat ik vanavond iets nodig heb,' zei hij.

Ze staarden hem allemaal in stilte aan. Het kale peertje boven hun hoofd gaf een scherp geel licht, waardoor al die verschillende individuen werden verkleind tot de schaduwpoelen bij hun voeten. *Nu, nu, nu*, hoorde Prediker een stem in zijn hoofd zeggen.

'Rosa heeft pindakoekjes voor u gebakken,' zei Jesus.

Was dat de naam van het kleine meisje of van de vrouw? 'Wat zeg je?'

'Mijn dochtertje heeft die koekjes als cadeautje voor u meegebracht, baas.'

'Ik ben diabeet. Ik mag geen suiker.'

'Wilt u niet even gaan zitten? U ziet eruit alsof u pijn hebt, baas.'

De rechterhand van Prediker opende en sloot zich achter zijn rug. Hij zoog zijn onderlip iets naar binnen. 'Hoe ver is het vanaf die landweg naar de hoofdweg?'

'Tien minuten, niet meer.'

Prediker probeerde te slikken en liet zijn handpalm over de kolf van de .45 glijden. Zijn mond werd droog. Toen verdween zijn starende blik en voelde hij hoe een spanningslijn zijn gezicht in tweeën verdeelde. Hij trok zijn portemonnee uit zijn achterzak en strompelde op de krukken naar de keukentafel. Hij goot de inhoud uit over tafel en begon een stel bankbiljetten uit te tellen. 'Hier hebben jullie elfhonderd dollar,' zei hij. 'Geef dat meisje er een opleiding van, koop fatsoenlijke kleren voor haar, laat haar tanden behandelen, stuur haar naar een fatsoenlijke dokter en niet naar een of andere kwakzalver, zorg dat ze goed te eten krijgt en steek in de kerk een kaarsje voor haar op. Als dank voor jullie fijne dochtertje. Duidelijk?'

'Dat dácht ik, baas.'

'En zorg dat ze een grammaticaboek krijgt, en koop er zelf ook een.'

Prediker wurmde zijn portemonnee in zijn zak en liep met bonkende krukken weg. Via de hordeur ging hij naar de tuin. Daar zag hij een paarse en bloedrode hemel die gevuld leek met het gekras van zwarte kraaien.

Hij liet zich achter het stuur van de Honda zakken en startte de motor. Jesus kwam uit de hordeur aan de achterkant van zijn huis, met een blikje coca-cola in zijn hand.

'Sommige mensen weten niet van ophouden,' mompelde Prediker.

'Baas, kunt u even met Rosa praten? Ze huilt.'

'Waarom?'

'Ze heeft u horen praten in uw slaap. Ze denkt dat u naar de hel gaat.'

'Je snapt het niet, hè?'

'Wat niet, baas?'

'Die hel is precies hier, overal om ons heen, in de nevel van deze avond. We zijn al in de hel,' zei Prediker terwijl hij op de donker wordende vlakte wees.

'U bent wel een heel aparte gringo, baas.'

Toen Hackberry Holland op een zaterdagochtend ontwaakte, keek hij door het raam van zijn slaapkamer naar buiten en zag FBI-agent Ethan Riser in zijn achtertuin bewonderend naar zijn bloembedden kijken. Het haar van de FBI-agent was dik en wit als katoen. De haarvaatjes op zijn kaken leken op blauwe en rode draadjes. De regenboogkleurige druppelwolk van Hackberry's automatische tuinsproeier had Risers lichte pak al bevlekt, maar hij concentreerde zich zo intens op de bloembedden dat hij het nauwelijks leek te merken.

Hackberry trok een kakibroek en een T-shirt aan en liep blootsvoets naar de veranda aan de achterkant. Op de grens van zijn land waren populieren geplant als beschutting tegen de wind, en in de schaduw die ze op het gras wierpen zag hij een hinde met haar kalf naar hem kijken; hun ogen waren bruin en vochtig in het halfduister.

'Jullie staan vroeg op, hè?' zei hij tegen de FBI-agent.

'Ik werk ook op zondag. Net als de paus.'

'Wat kan ik voor u doen?'

'Kan ik u op een ontbijt trakteren?'

'Nee, maar komt u binnen.'

Terwijl de agent aan zijn keukentafel zat, zette Hackberry koffie, brak een stuk of zes eieren in een reusachtige koekenpan en legde er twee karbonaadjes bij. 'Houdt u van cornflakes?' zei hij.

'Nee, bedankt.'

Bij het fornuis strooide Hackberry een kom vol met cornflakes, voegde er koude melk aan toe en begon te eten terwijl de eieren stolden en het vlees gaar werd. Ethan Riser liet zijn kin op zijn duim en knokkel rusten en staarde in de verte. Hij probeerde niet op zijn horloge te kijken of zijn ongeduld te tonen. Zijn ogen waren ijsblauw en zijn blik was open, vrij van slinksheid of twijfel. Hij schraapte lichtjes zijn keel. 'Mijn vader was botanicus en Shakespeare-acteur,' zei hij. 'In zijn tuin stond elke bloem die voorkomt in het werk van Shakespeare. Hij las ook Voltaire en geloofde dat hij zijn eigen tuin moest cultiveren en zich van de rest van de wereld moest afzonderen. Een tragisch mens.'

'Wat wilde u me vertellen, meneer?' zei Hackberry. Hij zette zijn kom in de gootsteen.

'Er zaten twee verschillende vingerafdrukken op de Airweight .38 die u van die gevangenbewaker hebt gekregen. Eén stel kwam overeen met de afdrukken van Vikki Gaddis die we in haar huis hebben aangetroffen. De andere set konden we traceren via de database van Californische rijbewijzen. Ze zijn van een vent die Jack Collins heet. Hij heeft geen strafblad. Maar we kennen hem wel. Zijn bijnaam is Prediker. Sorry, luistert u eigenlijk wel?'

'Zodra ik koffie heb gedronken.'

'Op die manier.'

'Suiker en melk?' zei Hackberry.

Ethan Riser sloeg zijn armen over elkaar en keek uit het raam naar de herten tussen de populieren. 'Ik doe met u mee,' zei hij.

'Vertel verder,' zei Hackberry.

'Graag. Hij wordt Prediker genoemd omdat hij denkt dat hij de linkerhand van God is, de brenger van de dood.' Ethan Riser wachtte. Zijn agitatie begon zichtbaar te worden. 'Dat maakt geen indruk op u?'

'Hebt u ooit een psychopaat gekend die níét geloofde dat hij van kosmisch belang was? Wat deed die vent voordat hij de linkerhand van God werd?'

'Hij werkte als ongediertebestrijder.'

Hackberry schonk koffie in twee kopjes en probeerde zijn grijns te onderdrukken.

'Vindt u dat grappig?' zei Riser.

'Ik?'

'U zei dat u in Pak's Palace hebt gezeten. Ik heb wat onderzoek gedaan. Dat was een baksteenfabriek waar majoor Pak Amerikaanse soldaten aan de dakspanten hing en ze urenlang met stokken sloeg. Was u een van hen?'

'Wat doet dat ertoe? Het is verleden tijd. De meeste van die kerels zijn niet teruggekomen.' Hackberry schraapte de eieren en het vlees uit de koekenpan en deed ze op een bord. Hij zette het bord op tafel, met een hardere klap dan hij had bedoeld.

'We hebben gehoord dat die Prediker zich in de grensstreek verhuurt als moordenaar. We hebben gehoord dat hij geen gevangenen maakt. Het is daar een ware oorlog. Er worden meer mensen gedood in Coahuila en Nuevo León dan in Irak, wist u dat?'

'Zolang het niet in mijn district gebeurt, interesseert het me niet.'

'Het kan u maar beter wel interesseren. Misschien heeft Collins Pete Flores en dat meisje Gaddis al vermoord. Als zijn reputatie klopt, komt hij terug om zijn sporen uit te wissen. Hoort u wat ik zeg, sheriff?'

Hackberry blies op zijn koffie en dronk ervan. 'Mijn grootvader was een Texas Ranger. Hij heeft John Wesley Hardin uit zijn zadel gemept, hem met de kolf van zijn pistool neergeslagen en hem in de gevangenis gesmeten.'

'Wat betekent dat?'

'Rotzooi met de verkeerde mensen en je krijgt een hoop ellende, dát betekent het.'

Ethan Riser nam hem nauwlettend op, bijna op het onbeleefde af. 'Ik heb gehoord dat u een stijfkop bent. Ik heb gehoord dat u denkt dat u uw gang kunt gaan binnen uw eigen gebiedje.'

'Uw ontbijt wordt koud. Ik zou het maar opeten.'

'Luister. Na elf september zijn U.S. Immigration and Customs Enforcement samengegaan met de Douanediensten en is ICE opgericht. Het is een van de meest effectieve en succesvolle handhavingsinstanties van Binnenlandse Zaken. Het merendeel van hun agenten zijn professioneel en goed op hun gebied. Maar er loopt hier één kerel rond die helemaal losgeslagen is.'

'Die Clawson?'

'Juist ja, Isaac Clawson. Jaren geleden waren er twee seriemoordenaars die uit het noorden van Oklahoma kwamen. Ze deden invallen in Kansas, de thuisbasis van Toto en Dorothy en de *yellow brick road*. Ik zal niet beschrijven wat ze deden met de meeste van hun slachtoffers want u zit nog te ontbijten. Clawsons dochter werkte 's nachts in een avondwinkel. Die kerels ontvoerden haar en haar verloofde uit de winkel en sloten ze op in de kofferbak van een auto. Uit louter sadisme staken ze de auto in brand. Zijn dochter en haar verloofde zijn levend verbrand.'

'Wilt u beweren dat Clawson doorgedraaid is?'

'Laat ik het zo zeggen: hij werkt graag alleen.'

Hackberry had zijn mes en vork neergelegd. Hij staarde door de openstaande achterdeur naar de populieren. De hemel was donker en er waaide stof op uit een veld. De toppen van de populieren bewogen op de wind.

'Alles goed, sheriff?'

'Natuurlijk, waarom niet?'

'Zat u in het legerkorps bij de Chosin?'

'Ja.'

'Ons land is mannen en vrouwen als u veel verschuldigd.'

'Mij niet,' zei Hackberry.

'Ik moest hier vanochtend komen, ik kon niet anders.'

'Dat weet ik.'

Ethan Riser stond op om te vertrekken. Bij de deur bleef hij nog even staan. 'Mooie bloemen hebt u,' zei hij.

Hackberry knikte en gaf geen antwoord.

Hij wikkelde de onaangeraakte karbonades in folie en legde ze in het vriesvak. Toen zette hij een grijze vilthoed met zweetband op. In zijn achtertuin schraapte hij de eiresten van het bord voor zijn jachthond, voor de twee boerderijkatten die geen naam hadden en voor een buidelrat die onder het huis nestelde. Hij liep terug naar de keuken, pakte een zak mais uit de vriezer, liep naar de populieren en strooide het mais in het gras voor de ree en haar kalfje. Het gras stond hoog en groen in de luwte van de bomen, wuivend op de wind uit het zuiden. Hackberry ging op zijn hurken zitten en keek naar de etende herten. Er viel een schaduw over zijn gezicht en de doffe glans in zijn ogen was als de gloed van een uitdovend vuur.

# 6

Nick Dolan had het gevoel dat hij was ontsnapt aan een blikseminslag. Hugo Cistranos was niet bij de club opgedoken en was hem ook niet gevolgd naar zijn vakantiehuis bij de Comalrivier. Misschien was Hugo een praatjesmaker en een hasjkikker en zou hij vanzelf verdwijnen. Misschien zou Hugo worden verteerd door zijn eigen kwaadaardigheid, als een kaarsvlam die verzuipt in zijn eigen was. Misschien zou Nick eindelijk loskomen van de kosmische krachten die ervoor hadden gezorgd dat hij het grootste deel van zijn leven in een tredmolen had gelopen.

Nick woonde net buiten de stadsgrenzen van San Antonio in een buurt van vrijstaande huizen met elk een kleine duizend vierkante meter eigen grond. De meeste huizen waren gebouwd van steen en de tuinen waren omringd door dikke groene heggen en stoepen die in de schaduw van bomen lagen. De parkeerregels waren strikt; vrachtwagens, opleggers, campers en zelfs aangepaste voertuigen voor gehandicapten mochten 's nachts niet langs de straten of op de opritten worden geparkeerd. Maar Nick gaf minder om de deftige, quasi idyllische kwaliteiten van zijn buurt dan om zijn door klimrekken afgescheiden tuin en patio die hij eigenhandig achter zijn huis had aangelegd.

De hoge palmbomen waren overgebracht uit Florida, met hun kluiten in natte jute gewikkeld. Ze werden in gaten geplant die waren bemest met dode aasvis en vleermuizenguano. De wijnranken die zich door de klimrekken slingerden waren afkomstig van het oude huis van zijn grootvader in New Orleans. De tegels waren ontdekt tijdens de bouw van een viaduct en waren door een vriendelijke aannemer naar het huis van Nick gebracht. Op vier tegels stonden zeventiende-eeuwse Spaanse familiewapens gegraveerd. Zijn heggen bloeiden van de lente tot december. In het midden van zijn patio stonden een bamboetafel met een glazen blad en bamboestoelen, alles in de schaduw van orchideebomen uit Hongkong die in doormidden gezaagde roodhouten tonnen waren gezet.

Als het koeler begon te worden, zat Nick, gehuld in luchtige witte tenniskleding, graag aan die tafel met in zijn hand een glas gin-tonic met ijs en een schijfje sinaasappel op de rand om daar een boek te lezen. Een bestseller waar hij in zijn vriendenkring goede sier mee kon maken. Er stond die avond een briesje, de lavendelkleurige hemel lichtte op door het onweer en in de zojuist gesnoeide toppen in zijn heg zaten bloemen als talloze roze en paarse ogen tussen de bladeren verscholen. Nick had die dag maar negentien sigaretten gerookt, een record. Hij had veel om dankbaar voor te zijn. Misschien had hij zelfs een toekomst.

Te midden van de vele geuren van zijn beschutte stukje grond dreigde hij in te dommelen en het boek gleed bijna uit zijn hand.

Hij deed zijn ogen open en zijn hoofd ging met een ruk omhoog. Hij veegde de slaap uit zijn gezicht en vroeg zich af of hij een nachtmerrie had. Hugo Cistranos torende boven hem uit, grijnzend, zijn onderarmen dik en geaderd alsof hij zojuist nog met een halter had gewerkt. 'Zo te zien ben je aardig bruin geworden bij de rivier,' zei hij.

'Hoe ben je in mijn tuin gekomen?'

'Door de heg.'

'Ben je gek geworden? Hoe durf je hier zomaar te komen?'

Nick voelde de huid op zijn schedel samentrekken. Hij was er wéér ingetrapt, hij had zich weer schuldig en medeplichtig gevoeld over dingen die hij niet had gedaan, waarmee hij onbewust toegaf dat Hugo en hij een bepaalde relatie met elkaar hadden, een relatie die was gebaseerd op gezamenlijke ervaringen.

'Ik wilde je niet in verlegenheid brengen bij de club. Ik wilde je gezin niet alarmeren. Wat kan ik anders doen, Nicholas? We zitten behoorlijk diep in de shit.'

'Ik ben je geen geld schuldig.'

'Oké, je bent het schuldig aan mijn onderaannemers. Noem het zoals je wilt. De rente loopt door. Mijn belangrijkste onderaannemer is Prediker Jack Collins. Een godsdienstfanaat die dat karwei achter de kerk heeft uitgevoerd. Niemand weet wat er in zijn hoofd omgaat en niemand vraagt ernaar. Ik heb net een Honda bij hem afgeleverd en zijn medische onkosten betaald. Die kosten komen ook allemaal voor jouw rekening, Nicholas.'

'Ik heet geen Nicholas.'

'Geen probleem-o, Nick-o. Weet je waarom ik de medische onkosten van Prediker moest betalen? Omdat een of andere slet twee kogels in zijn lijf heeft geschoten.'

Hugo legde een kleurenfoto van tien bij dertien op het glazen tafelblad. Nick keek omlaag naar het gezicht van een meisje met diepliggende ogen en kastanjebruine krullen. 'Heb je dat snoepje ooit gezien?' vroeg Hugo.

Nick voelde zijn schedelhuid weer samentrekken. 'Nee,' antwoordde hij.

'En deze vent?' zei Hugo. Hij schoof een andere foto naast die van het meisje. Een soldaat in het uniform van de Verenigde Staten van Amerika, met op de achtergrond een Amerikaanse vlag.

'Die persoon heb ik ook nog nooit gezien,' zei Nick die zijn best deed om niet meteen weer naar de foto van het meisje te kijken.

'Dat zei je wel héél snel. Kijk nog eens.'

'Ik weet niet wie het zijn. Waarom laat je me die foto's zien?'

'Dat zijn twee jongelui die heel wat mensen in de problemen kunnen brengen. Ze moeten uit de weg worden geruimd, Nick. Bovendien zijn er mensen die betaald moeten worden. Dat betekent dat ik op het punt sta je zakenpartner te worden, Nick. Ik heb hier de papieren. Vijfentwintig procent van de club en het Mexicaanse restaurant en verder niks. Het is een koopje, makker.'

'Sodemieter op, Hugo,' zei Nick. Zijn gezicht trilde van de vermetelheid van zijn eigen woorden.

Hugo opende een geelbruine map, bladerde resoluut door een dikke stapel documenten alsof alles al was beslist, sloot de map en legde hem op tafel. 'Rustig aan, drink je glas leeg en steek een sigaret op. Bespreek het met je vrouw. Er is geen haast bij.' Hij keek op zijn horloge. 'Ik zal een chauffeur sturen voor de papieren. Laten we zeggen morgenmiddag rond drie uur. Oké, makker?'

Nick had gehoopt dat hij het meisje dat Vikki Gaddis heette nooit meer terug zou zien. De regels waar hij zich als beheerder van een striptent en als de eigenaar op afstand van escortbureaus in Dallas en Houston altijd aan had gehouden, waren onveranderd: je betaalde je belasting, je beschermde je meisjes en je misbruikte hen nooit of te nimmer.

Nicks leefregels hadden ervoor gezorgd dat hij nooit problemen had met de belastingdienst en dat hij door zijn werknemers op handen werd gedragen. Ongeveer anderhalf jaar geleden had hij een advertentie geplaatst in de kranten van San Antonio. Hij zocht muzikanten die wilden spelen in het Mexicaanse restaurant dat hij onlangs naast zijn nachtclub had geopend. Vijf dagen later, toen hij buiten op het snikhete parkeerterrein stond, kwam Vikki Gaddis aanrijden in een walmend oud wrak. Eerst dacht hij dat ze een baan zocht als paaldanseres, maar toen drong het tot hem door dat ze de advertentie niet had gezien. Wel had ze gehoord dat hij een folkzangeres zocht.

'Je vergist je,' zei Nick. 'Ik heb een Mexicaans restaurant geopend. Ik wil de klanten vermaak bieden tijdens het eten. Iets Mexicaans.'

Hij zag de teleurstelling in haar ogen, een vage trek van wanhoop rond haar mond. Haar gezicht was vochtig en glom van de hitte. Vanaf de grote weg klonk het geluid van zware vrachtwagens met ronkende motoren en sissende remmen. Nick veegde met de achterkant van zijn pols langs zijn neus. 'Loop even mee naar het restaurant, dan kunnen we praten,' zei hij.

Nick had al een *mariachi*-band van vijf personen gehuurd, compleet met sombrero's en met brokaat bestikte *vaquero*-kostuums, mannen met bierbuiken en snorren, jongens met koperen trompetten die de pannen van het dak konden blazen. Hij zat niet verlegen om een Engelse folkzangeres. Terwijl hij en het meisje de gloed van de zon verruilden voor de koelte van de airco van het restaurant en het meisje haar gitaar tegen haar heup zwaaide, werd hij zich opeens bewust van zijn sluimerende neiging tot overspel.

Ze droeg een witte korte broek, een lichtblauwe blouse en sandalen en toen ze voor zijn bureau ging zitten, boog ze zich net iets te ver voorover. Hij vroeg zich af of ze een spelletje met hem speelde.

'Zing je Spaanse liedjes?' zei hij.

'Nee, ik doe veel nummers van de Carter Family. Hun muziek heeft een comeback beleefd nadat Johnny Cash met June was getrouwd. Daarna is die interesse weer weggezakt. Ze hebben een stijl van gitaarspelen ontwikkeld die "hakken en plukken" wordt genoemd.'

Nick begreep er niets van; zijn mond hing open in een scheve grijns. 'Zing je als Johnny Cash?'

'Nee, de Carters hebben veel invloed gehad op andere mensen, zoals Woody Guthrie. Wacht, ik zal het laten horen,' zei ze. Ze klapte haar gitaarkoffer open en haalde er een verweerde Gibson uit. De koffer was gevoerd met paarsroze fluweel dat glansde met een maagdelijk licht dat Nicks verwarde gedachten over het meisje en het web van verlangen en behoeften waar hij in terechtkwam nog vergrootte.

Ze stak een plectrum op haar duim en begon een lied te zingen over bloemen met smaragdgroene dauw en een bedrogen minnaar die wegkwijnde op een plek die ouder was dan de tijd. Terwijl ze de akkoorden speelde, keek hij naar haar witte handpalm om de hals van de gitaar. Ze drukte een bassnaar in net voordat ze hem aansloeg en liet hem dan weer los, waardoor een verschuivende, resonerende noot in de klankkast ontstond. Nick was als betoverd door haar stem, de manier waarop ze haar kin hief tijdens het zingen, de spieren in haar keel.

'Dat is prachtig,' zei hij. 'Zei je nou dat die lui van Carter van invloed zijn geweest op Woody Herman?'

'Niet helemaal,' antwoordde ze.

'Ik heb al een band, maar kom anders over een paar weken terug. Als het met hen niks wordt...'

Ze borg haar gitaar op. 'Kunt u nog een serveerster gebruiken?' vroeg ze.

'Ik heb er al twee te veel. Ik moest de zussen van de kokkin aannemen, anders zou ze vertrekken.'

Het meisje klikte de sloten van haar koffer dicht en sloeg haar ogen op. 'Bedankt voor de vriendelijke ontvangst,' zei ze.

Hij probeerde uit alle macht zijn koele houding vol te houden. 'Luister, ik heb hiernaast nog een zaak. Als ik je beledig, mag je me slaan. De verdiensten zijn goed, de meisjes die voor me werken hoeven niets te doen wat ze niet willen, ik smijt donkenlappen en botte kerels eruit. Het moet een nette club blijven, hoewel er af en toe wat schooiers binnenkomen. Ik zou wel iemand kunnen gebruiken om...'

'Wat bedoelt u precies?'

'Dat ik nog een stuk of twee vacatures heb. Misschien zit je erg krap en kan ik je zolang helpen totdat je een baan als zangeres hebt gevonden.'

'Ik ben geen danseres,' zei ze.

'Dat weet ik wel,' zei hij. Zijn gezicht voelde klein, strak en verhit aan. 'Ik wou je gewoon laten weten hoe mijn situatie was. Ik heb maar beperkte middelen. Ik heb zelf kinderen.' Hij stotterde en zijn handen trilden onder zijn bureau. Zijn woorden klonken hemzelf onzinnig in de oren.

Ze stond op, reikte naar de greep van haar gitaarkoffer. Over de achterkant van een van haar dijen streek een gouden streep licht.

'Juffrouw Gaddis...'

'Zeg maar Vikki.'

'Ik dacht dat het misschien een goeie daad was. Ik wilde je niet beledigen.'

'Volgens mij bent u een aardige man. Het was prettig u ontmoet te hebben,' zei ze. Ze glimlachte naar hem en op dat moment zou Nick bereid zijn geweest zijn vingers stuk voor stuk door een cirkelzaag te halen om weer vijfentwintig te kunnen zijn.

Nu hij tussen het groen zat van de met wijnranken begroeide klimrekken die nog door zijn grootvader waren geplant, een eerlijk en fatsoenlijk man die schoenveters van deur tot deur had verkocht, probeerde hij zichzelf ervan te overtuigen dat het meisje op de foto niet Vikki Gaddis was. Maar ze was het wel en hij wist het. En hij wist ook dat haar gezicht de rest van zijn leven in zijn dromen zou terugkeren als Hugo haar vermoordde. En die soldaat? Nick had het langwerpige blauw-zilveren embleem van de infanterie op zijn borst herkend. Nick voelde tranen in zijn ogen opwellen, maar hij wist niet of ze voor hemzelf waren, voor de Thaise vrouwen die met een machinepistool waren neergemaaid door een zekere Prediker Collins of voor Vikki Gaddis en haar vriend.

Hij ging midden op zijn grasveld liggen, zijn armen en benen uitgespreid in de vorm van een grote X. Hij had het gevoel dat een gewicht zo zwaar als het aambeeld van een smid op zijn borst rustte.

Toen Hackberry van achter het raam van zijn bureau een glimmende, zilverkleurige auto door de straat zag scheuren die stof en oude kranten deed opdwarrelen en toen hij de zon koperkleurig op de voorruit zag spiegelen, was het alsof hij een sein had ontvangen dat zijn middag verstoord zou worden door een dronkenlap, een buitenstaander die geen snelheidsborden kon lezen óf iemand van de regering die moeilijkheden kwam veroorzaken.

De man die uit de auto stapte was even lang als Hackberry. Zijn gesteven witte overhemd zat strak om zijn atletische gestalte en zijn gladgeschoren hoofd glom in de gele middagzon. Een donkergetinte man met een kapsel als een Apache uit de negentiende eeuw zat voorovergebogen op de achterbank, met beide armen tussen zijn benen alsof hij probeerde zijn enkels beet te pakken. De ogen van de man met de donkere huid waren nauwe spleetjes, zijn lippen waren paars. Snoof hij tabak of had hij gevochten? In zijn nek had hij acnelittekens. Hackberry zette een strohoed op en stapte naar buiten in de schaduw van het zandstenen gebouw dat zowel politiebureau als gevangenis was. De man met het kaalgeschoren hoofd toonde zijn legitimatie.

De intensiteit van de blik in zijn ogen en zijn starre aangezichtsspieren deden Hackberry denken aan de trilling van een strakgespannen banjosnaar. De man zei: 'Isaac Clawson, ICE. Ik ben blij dat ik je tref. Ik hou er niet van om een lokale ambtenaar achterna te jagen in zijn eigen district.'

'Waarom zit Danny Boy Lorca geboeid in je auto?'

'Kent u hem?' zei Clawson.

'Ik heb net zijn naam genoemd.'

'Ik bedoel, weet u iets over hem?'

'Ongeveer één keer per maand loopt hij van de kroeg naar de cel om zijn roes uit te slapen. Hij laat zichzelf binnen.'

'Hij is het drinkmaatje van Pete Flores. Hij zegt dat hij niet weet waar Flores is.'

'Laten we maar eens met hem gaan praten,' zei Hackberry. Hij opende het achterportier van de sedan en boog zich naar binnen. De geur van urine steeg op in zijn gezicht. Op de rechterslaap van Danny Boy zat een schaafplek, als bij een stuk fruit dat over een rasp was gewreven. Er zat een donkere plek in zijn gebleekte spijkerbroek, alsof er een natte handdoek in zijn kruis had gelegen.

'Heb je Pete Flores nog gezien?' zei Hackberry.

'Een week of twee geleden, denk ik.'

'Hebben jullie samen mescal gedronken?'

'Hij zat te eten in het wegrestaurant van Junior, bij die vierbaansweg. Daar werkt zijn vriendin.'

'We denken dat er mannen zijn die hem kwaad willen doen, Danny. Je zou Pete een dienst bewijzen als je ons hielp hem te vinden.'

'Ik heb hem niet meer gezien sinds die keer die ik net noemde.' Danny Boy's ogen gleden weg van Hackberry en vestigden zich op Clawson. Toen keek hij weer terug.

Hackberry kwam overeind en sloot het portier. 'Volgens mij vertelt hij de waarheid.'

'Hebt u soms paranormaal contact met dat soort lieden?'

'Met hem wel. Hij heeft geen enkele reden om te liegen.'

Clawson zette zijn grote achthoekige bril af en veegde de glazen schoon met een doekje. Hij staarde de straat af, met een diepe frons tussen zijn ogen. 'Kunnen we even naar binnen gaan?'

'Het staat daar blauw van de sigarettenrook. Wat heb je met Danny Boy gedaan?'

'Niks. Hij is dronken. Hij is gevallen. Toen ik hem oppikte, probeerde hij me te slaan. Maar ik heb hem niet geslagen.' Clawson opende het achterportier en gebruikte een sleuteltje om Danny Boy los te maken van de ring op de vloer. Hij stak zijn vingers onder Danny's arm en trok hem van de achterbank af. 'Wegwezen,' zei hij.

'Wilt u dat ik blijf, sheriff?' zei Danny Boy.

'Heb ik niet gezegd dat je moest gaan?' zei Clawson. Hij gaf Danny Boy een duw en trapte hem tegen zijn kont.

'Ho ho,' zei Hackberry.

'Wat, ho ho?' zei Clawson.

'Rustig aan, meneer Clawson.'

'Het is agent Clawson.'

Hackberry ademde door zijn neusgaten. Hij zag Pam Tibbs bij het raam van hun kantoortje staan. Hij wendde zich tot Danny Boy. 'Ga naar Grogan's en drink een paar glazen op mijn rekening,' zei hij. 'Niet meer dan een paar, Danny.'

'Ik hoef geen drank. Ik ga iets eten en dan naar huis. Als ik iets hoor over Pete, zal ik het u laten weten,' zei Danny Boy.

Hackberry draaide zich om en liep terug naar zijn kantoor. Hij negeerde de aanwezigheid van Clawson. Hij hoorde de vlag wapperen in de harde wind en de ketting die tegen de metalen paal tikte.

'We zijn nog niet klaar,' zei Clawson. 'Gisteravond heeft iemand twee keer het alarmnummer gebeld vanuit een telefooncel in San Antonio. Ik zal u een gedeelte laten horen.'

Hij viste een kleine recorder uit zijn broekzak en klikte erop. De stem op de opname klonk als iemand die dronken was of een spraakgebrek had. 'Zeg tegen de FBI dat ze achter een meisje aan zitten dat Vikki Gaddis heet. Ze gaan haar en een soldaat vermoorden. Het heeft te maken met die Thaise vrouwen die zijn vermoord.' Clawson klikte de recorder uit. 'Kent u die stem?' zei hij.

'Nee,' zei Hackberry.

'Volgens mij had de beller een potlood tussen zijn tanden en was hij bovendien bezopen. Herkent u iets van een accent?'

'Volgens mij is hij niet van hier.'

'Goed, nog wat informatie. Een van onze forensisch specialisten heeft extra zijn best gedaan op de sectie van die Thaise vrouwen. Ze hadden heroïne in hun maag, ballonnen vol, de puurste variant die ik ooit heb gezien. Sommige ballonnetjes waren opengescheurd in hun maag voordat ze stierven. Ik vroeg me af of u door een opslagterrein in plaats van een kerkhof hebt lopen baggeren.'

'Baggeren?'

'Taal was nooit mijn sterkste vak op school. Wilt u dit serieus aanpakken of niet?'

'Ik geloof niet dat die plek achter de kerk een opslagterrein was. Dat lijkt me niet logisch.'

'Wat is dan wel logisch?'

'Ik heb gehoord van uw persoonlijke tragedie, meneer. Ik kan me uw innerlijke woede heel goed voorstellen. Maar u houdt op hier in dit district mensen te beledigen of te mishandelen. We zijn hier klaar.'

'Hoe durf je te praten over mijn privéleven? Hoe durf je over mijn dochter te praten, klootzak?'

Precies op dat moment kwam Maydeen Stolz, de telefoniste, naar buiten om een sigaret op te steken. Ze droeg het uniform van een hulpsheriff en had dikke armen, grote borsten en brede heupen. Haar lipstick deed denken aan een geplette roos op haar mond. 'We mogen van Hack niet binnen roken,' zei ze met een glimlach van oor tot oor terwijl ze diep inhaleerde.

Prediker Jack Collins betaalde de taxichauffeur voor de rit van het vliegveld naar de kantoorflat die tegenover Galveston Bay stond. Maar hij ging niet meteen naar binnen. Hij staarde over de Seawall Boulevard naar de golven die uitrolden op het strand. Elke golf bevatte zand, vergeelde planten, dode schelpdieren, zeewier vol kleine krabbetjes en reusachtige kwallen.

Er brak een onweersbui los boven de zuidelijke horizon: een grote wolk van groen gas, vol geluidloze, vorkvormige bliksems. De lucht had de kleur van blinkend koper: de luchtdruk was abrupt gedaald. Prediker proefde het zout en rook de garnalen die door de golven op het strand waren geworpen tussen de dode blauwe kwallen. De vochtige lucht was helder als geblazen glas. Binnen een minuut waren zijn onderarmen en gezicht nat en werd zijn huid koel van de wind.

Prediker opende een glazen deur waarop de woorden REDSTONE SECURITY SERVICE stonden. Een receptioniste keek op van haar bureau en schonk hem een vriendelijke glimlach. 'Zeg tegen de heer Rooney dat Jack er is om hem te zien,' zei hij.

'Hebt u een afspraak, meneer?'

'Hoe laat is het?'

De receptioniste wierp een blik op een grote ouderwetse klok, eentje met een wijzerplaat met Romeinse cijfers. 'Het is dertien minuten voor vijf,' zei ze.

'Dat is het tijdstip waarop ik met de heer Rooney heb afgesproken. Zegt u dat maar tegen hem.'

Haar hand ging onzeker naar de telefoon en viel toen stil.

'Dat was een flauw grapje. Mevrouw, deze krukken worden er niet comfortabeler op,' zei Prediker.

'Momentje.' Ze pakte de telefoon van de haak en drukte op een knop. 'Meneer Rooney, Jack is hier voor u.' Er viel een stilte. 'Die heeft hij niet gegeven.' Weer een stilte, deze keer langer. 'Meneer, wat is uw achternaam?'

'Mijn volledige naam is Jack Collins; zonder tweede voorletter.'

Nadat de receptioniste de informatie had doorgegeven, leek de stilte in de kamer even luid te klinken als de golven die op het strand rolden. Toen legde ze de telefoon terug op de haak. Wat ze eventueel dacht bleef verborgen achter haar ogen. 'De heer Rooney zegt dat u naar boven kunt komen. De lift is aan uw linkerhand.'

'Heeft hij gezegd dat u iemand moest bellen?' vroeg Prediker.

'Ik weet niet of ik u goed begrijp, meneer.'

'U hebt u van uw taak gekweten, mevrouw. Maakt u zich geen zorgen. Maar ik zou liever niet horen dat de volgende lift achter me aan komt met een ongewenste persoon erin,' zei Prediker.

De receptioniste staarde ongeveer drie tellen recht voor zich uit, pakte haar tasje op en liep de voordeur uit. Haar jurk wapperde heen en weer over haar kuiten.

Toen Prediker de lift uit stapte, zag hij een man in een beige pak en een roze western- overhemd in een draaistoel achter een reusachtig bureau tegen de achtergrond van een glazen wand met uitzicht over de baai. Op zijn bureau stond een grote plastic pot met groene en blauwe zuurstokken die in cellofaan waren gewikkeld. Zijn heupen puilden uit boven zijn broekriem, zodat het leek of hij wegsmolt in zijn draaistoel. Hij had zandkleurig haar en een kleine Ierse mond met neergebogen mondhoeken. Zijn huid was bespikkeld met levervlekken, waarvan sommige donker waren, bijna paars rond de randen, alsof hij ziekte uitwasemde door al zijn poriën. 'Kan ik iets voor u doen?' zei hij.

'Mogelijk wel, ja.'

Op het strand beneden kwamen zwemmers uit het water, hun binnenbanden met zich meetorsend. Een badmeester op zijn hoge stoel blies op zijn fluit en wees met zijn vinger naar een driehoekige vin die met een ongelooflijke snelheid door de golven scheerde.

'Mag ik gaan zitten?' zei Prediker.

'Ja meneer, gaat uw gang,' zei Arthur Rooney.

'Moet ik u Artie of meneer Rooney noemen?'

'Wat u wilt.'

'Werkt Hugo Cistranos voor u?'

'Vroeger. Toen ik nog een onderzoeksbureau had in New Orleans. Maar nu niet meer.'

'Volgens mij wel.'

'Pardon?'

'Ben ik niet duidelijk genoeg?'

'Hugo Cistranos werkt niet meer voor me. Dat zei ik toch? Waar gaat dit over, meneer Collins?' Artie Rooney schraapte zijn keel alsof het laatste woord in zijn keel was blijven steken.

'Weet u wie ik ben?'

'Ik heb van u gehoord. Uw bijnaam is Prediker, klopt dat?'

'Ja, meneer, sommige mensen noemen me vaak zo. Vrienden enzo.'

'We zijn net naar dit kantoor verhuisd. Hoe wist u dat ik hier zat?'

'Kwestie van een paar telefoontjes. Kent u dat liedje "I Get Around" van de Beach Boys? Zelf kom ik ook overal, hoewel ik op krukken loop. Ik ben beschoten door een vrouw.'

'Wat rot voor u.'

'Andere mensen en ik zitten nu opgescheept met de rotzooi. Kennelijk is het allemaal veroorzaakt door een mannetje dat een nachtclub runt waar hoeren van middelbare leeftijd met grote tieten werken. Kennelijk wil die vent het geld dat hij moet dokken niet betalen. Hij heet Nick Dolan. Weet u wie ik bedoel?'

'Ik ken Nick al vijfendertig jaar. Hij had een drijvend casino in New Orleans.'

Prediker beet op een nagel en peuterde een stukje huid van zijn tong. 'Ik heb zitten denken over dat mannetje, die met die nachtclub ongeveer halverwege Austin en San Antonio. Waarom zou iemand als hij een stel Aziatische vrouwen laten doodschieten?'

Artie Rooney had zijn benen over elkaar geslagen. Eén hand had hij krampachtig op de rand van zijn bureau gelegd. Zijn buik puilde over zijn riem. 'Hebt u het over die grote slachtpartij bij de grens? Daar weet ik niks van, meneer Collins. Eerlijk gezegd weet ik niet zo goed wat ik daarmee aan moet.'

'Ik ben geen meneer, dus hou op mij zo te betitelen.'

'Ik wilde niet onbeleefd zijn of u beledigen.'

'Hoe komt u erbij dat u bij machte zou zijn mij te beledigen?'

'Pardon?'

'Mankeert er iets aan uw oren? Waarom denkt u dat u zo belangrijk bent dat uw mening mij iets zou kunnen schelen?'

Rooneys ogen dwaalden af naar de liftdeur.

'Ik zou maar liever geen hulptroepen verwachten,' zei Prediker.

Rooney pakte zijn telefoon en drukte op een knop. Na een paar tellen legde hij de hoorn neer zonder dat hij iets had gezegd en leunde achterover in zijn stoel. Hij liet zijn elleboog rusten op de leuning van zijn stoel, met zijn kin op zijn duim en wijsvinger. Zijn hart klopte zichtbaar in zijn keel. Er zat een bloedeloos wit randje om zijn neusgaten, alsof hij koude lucht inademde. 'Wat hebt u met mijn secretaresse uitgespookt?'

'Een klein Mexicaans meisje aan de andere kant van de rivier zei dat ik misschien naar de hel zou gaan. Wilt u dat ik u vertel wat ik heb gedaan?'

'Met dat meisje? Hebt u iets met dat meisje gedaan? Is dat wat u beweert?' Rooneys hand leek even voor zijn mond te zweven. Toen liet hij hem in zijn schoot zakken.

'Volgens mij hebt u die Dolan op de een of andere manier genaaid. Ik weet niet precies hoe, maar de vieze sporen die u hebt achtergelaten zijn duidelijk. U bent me een hoop geld schuldig, meneer Rooney. Als ik naar de hel ga, of eigenlijk ben ik daar al, hoeveel denkt u dan dat mijn ziel waard is? Leg uw hand niet nóg een keer op die telefoon. U bent me een half miljoen dollar schuldig.'

'Hóéveel?'

'Ik heb een gave. Ik zie altijd wanneer iemand laf is. En ook wanneer iemand liegt. Voor u gelden beide kwalificaties.'

'Wat moet dat allemaal? Laat me met rust.'

Buiten op het strand haalde een moeder die tot haar heupen in het water stond haar kind uit de golven en rende er de glooiing mee op. Haar jurk bolde op; haar gezicht stond paniekerig.

'Niet opstaan. Als u opstaat wordt het allemaal nog veel erger,' zei Prediker.

'Wat doet u met dat ding? Godallemachtig, man.'

'Mijn ziel gaat naar het hellevuur vanwege u. En u durft Gods naam aan te roepen? Leg uw hand op het vloeiblad en sluit uw ogen.'

'Ik zorg dat u uw geld krijgt.'

'Op dit moment gelooft u werkelijk wat u zegt. Maar zodra ik weg ben, zullen uw woorden zijn als as in de wind. Spreid uw vingers en druk ze hard op het bureau. Doe het. Doe het nu. Of ik haal dit ding over uw gezicht en daarna over uw keel.'

Met zijn ogen stijf dicht gehoorzaamde Artie Rooney de man die op krukken boven hem uitrees. Toen zette Prediker Jack Collins het snij-vlak van zijn kappersmes op Rooneys pink en drukte het met twee handen naar beneden.

# 7

Nick had gehoord over mensen met black-outs, maar hij wist nooit precies wat zoiets inhield. Hoe kon iemand geen herinnering hebben aan zijn daden? Volgens Nick gebruikten mensen het woord 'blackout' vaak maar als een smoesje.

Maar toen Hugo Cistranos uit zijn achtertuin was vertrokken met de mededeling dat hij tot drie uur de volgende middag had om vijfentwintig procent van zijn stripteaseclub en restaurant op iemand anders naam te zetten, was Nick naar beneden gelopen, naar de speelkamer. Hij had de deur vergrendeld zodat de kinderen hem niet zouden zien en had zich lam gezopen.

Toen hij de volgende ochtend wakker werd op de vloer, ziek, trillend en stinkend naar zijn eigen ingewanden, herinnerde hij zich dat hij rond middernacht een tekenfilm had gezien en dat hij met een deurslot had gehannest. Had hij geslaapwandeld? Hij stond onderaan de trap en keek omhoog. De deur zat nog op slot. Godzijdank hadden noch zijn vrouw noch zijn kinderen hem dronken gezien. Nick vond niets zo erg als liederlijk gedrag voor het oog van je vrouw en kinderen.

Toen zag hij zijn autosleuteltjes op de pingpongtafel en kreeg hij heldere momenten in zijn hoofd, als scherven van een spiegel die voor zijn ogen weer één geheel begonnen te vormen. Elke flard bevatte een beeld dat groter en groter werd en hem met vrees vervulde: Nick rijdend in een auto, Nick in een telefooncel, Nick in gesprek met de meldkamer van het alarmnummer, koplampen die heen en weer zwaaiden voor zijn voorruit, andere auto's die boos claxonneerden.

Was hij ergens heen gereden om het alarmnummer te bellen? Hij ging naar boven om te douchen, zich te scheren en schone kleren aan te trekken. Zijn vrouw en kinderen waren weg en in de stilte hoorde hij de droge varenbladeren van zijn palmbomen tegen de dakranden tikken. Vanuit het badkamerraam zag hij hoe het zonlicht in het zwembad golfde en weerkaatste als de blauwwitte gasvlam van een toorts. De hele buitenwereld leek oververhit, scherpgerand, een tuin van cactussen en doornstruiken die niet naar bloemen rook maar naar teer en dieselgas.

Wat had hij de vorige avond gedaan?

Hugo verraden? Zichzelf verraden?

Hij zat aan zijn ontbijttafel en nam aspirine en vitamine B die hij wegspoelde met sinaasappelsap, zo uit het pak. Zijn voorhoofd voelde vettig van het zweet. Hij liep naar zijn kantoor in de hoop soelaas te vinden in de koele atmosfeer en eenzaamheid van zijn boekenplanken en mahonie meubelen, de donkere gordijnen voor de ramen en het tapijt waar je twee centimeter in wegzakte met je voeten. Een felrode digitale 11 knipperde op het antwoordapparaat van zijn telefoon- en faxlijn. Het eerste bericht was van zijn vrouw Esther: 'We zijn in het winkelcentrum. We hebben je laten slapen. We moeten praten. Ben je midden in de nacht op pad gegaan? Wat is er in godsnaam met je aan de hand?'

De andere berichten waren van het restaurant en de club.

'Cheyenne zegt dat ze niet tegelijkertijd met Farina wil paaldansen. Ik kan die trutten niet aan, Nick. Kom je naar de zaak?'

'Uncle Charley's Meats heeft net zeventig pond bedorven kippenvlees bezorgd. Dat is de tweede keer deze week. Ze zeggen dat het onze eigen schuld is. Ze hebben alles uitgeladen maar we hebben het niet meteen naar binnen gebracht. Ik kan het niet in de vriezer stoppen want dan stinkt de hele keuken ernaar.'

'Nogmaals met mij. Ze trekken elkaar de haren uit het hoofd in de kleedkamer.'

'Die vent van de inspectie was hier. Hij zegt dat we een derde gootsteen moeten installeren. En hij beweert dat hij een dode muis heeft gevonden in de afvoerpijp van de vaatwasser.'

'Nick, er waren hier gisteravond een paar kerels waar ik moeilijkheden mee heb gehad. Een van hen had tatoeages van de marine en een baard met de kleur van een brandmelder. Hij zei dat hij voor ons ging werken. Ik heb ze eruit geschopt, maar ze zeiden dat ze terug zouden komen. Het leek me dat je dat wel zou willen weten. Wie is die eikel?'

'Hé, met mij. Er ligt wat cocaïne op de spoelbak in het vrouwentoilet. Ik had Rabbit de wc's brandschoon laten maken. Farina was er tien minuten geleden. Toen ze eruit kwam, leek het alsof ze koolzuursneeuw onder haar neus had gestopt. Nick, op geschifte hoeren passen staat niet in mijn profielschets. Ze wil je privénummer. Wil je dat ik haar dat geef? Ik kan dit soort problemen niet aan.'

Nick drukte de wisknop in en wiste alle berichten, zowel de afgeluisterde als de niet-afgeluisterde.

Het was zeventien minuten voor een. De chauffeur van Hugo zou om drie uur die middag bij het huis zijn om de getekende documenten mee te nemen die Hugo Cistranos tot zijn zakenpartner zouden maken. De vijfentwintig procent eigendom die aan Hugo werd overgedragen zou natuurlijk alleen maar de eerste stap zijn. Ze gingen hem helemaal leegtrekken. Nick zat in het donker. In zijn oren klonk een geluid dat leek op wind in een tunnel.

Hij had nooit iemand verteld over de angst die hij had gevoeld op het schoolplein in de Ninth Ward. De zwarte kinderen die zijn lunchgeld van hem afpakten, die hem op de grond smeten, die het speciaal op hem gemunt leken te hebben. Alsof ze herkenden dat hij iets had wat anders en zwakker was, iets wat ze in zichzelf wilden bestrijden door hem te vernederen en te dwingen zijn lunchuur en de rest van de middag hongerig door te brengen, allemaal om zich op die manier van hun eigen frustratie te bevrijden.

Maar waarom moesten ze altijd hem hebben? Omdat hij joods was? Omdat zijn grootvader een Ierse naam had aangenomen? Omdat zijn ouders hem naar de synagoge lieten gaan in een buurt vol simpele zielen die er na het zien van de film *The Passion of the Christ* heilig van overtuigd waren dat zijn volk schuldig was aan godsmoord?

Mogelijk.

Of misschien roken ze de angst die aan hem kleefde, als een barracuda die het bloedspoor van een gewonde prooivis ruikt.

Angst, dacht hij droevig. Altijd maar overal bang voor zijn. Dat was het verhaal van zijn jeugd geweest. En zo was het nog steeds.

Hij toetste het 06-nummer van zijn vrouw in op de telefoon op zijn bureau.

'Nick?' klonk haar stem door de speaker.

'Waar ben je?' zei hij.

'Nog steeds in het winkelcentrum. We gaan zo lunchen.'

'Zet de kinderen af bij de countryclub en kom naar huis. We halen ze later wel op.'

'Wat is er aan de hand? En waag het niet tegen me te liegen.'

'Ik moet je laten zien waar bepaalde dingen liggen.'

'Wat voor dingen? Waar heb je het over?'

'Kom naar huis, Esther.'

Nadat hij had opgehangen vroeg hij zich af of zijn smeekbede even dringend was als hij had geklonken. Hij zat in een diepe, gecapitonneerde leren stoel en liet zijn voorhoofd tegen zijn vingertoppen rusten. Drieëntwintig jaar geleden, toen hij en Esther elkaar hadden ontmoet, had het geregend. Ze wachtte op de tram onder de gietijzeren galerij op de hoek van Canal en St. Charles Avenue, voor de Pearl. Daar werkte ze als nachtkassier. Overdag studeerde ze verpleegkunde aan de universiteit van New Orleans. Er zaten regendruppels in haar haar en in de neongloed van de ramen van het restaurant deed ze hem denken aan een veelkleurig sterrenbeeld.

'Het stormt bij Lake Ponchartrain. Je moet daar uit de buurt blijven,' had hij tegen haar gezegd.

'Wie bent u?' had ze geantwoord.

'Ik heet Nick Dolan. Heb je van me gehoord?'

'Ja, u bent een gangster.'

'Nee, dat is niet waar. Ik ben een gokker. Ik run een casino voor Didoni Giacano.'

'Dat zei ik. U bent een gangster.'

'Ik vind "witteboordencrimineel" beter klinken. Accepteer je een lift van een witteboordencrimineel?'

Ze had te veel lippenstift op en toen ze haar mond samentrok en haar ogen nadenkend op Nick richtte, zwol zijn hart en hapte hij naar lucht.

'Ik woon net voorbij Prytania, niet ver van de bioscoop,' zei ze.

'Dat dacht ik al. U bent beslist een dame uit een van de betere wijken,' zei hij. Toen drong het tot hem door dat zijn auto in de garage stond en dat hij een taxi naar zijn werk had genomen. 'Ik heb mijn auto niet bij me. Ik zal een taxi bellen. Kunt u me een kwartje lenen? Ik heb geen kleingeld bij me.'

Het was 13:26 uur toen Nick Esther de oprit op hoorde rijden. Ze deed de voordeur open. 'Waar ben je?' riep ze.

'In mijn kantoor.'

'Waarom zit je in het donker?' zei ze.

'Heb je de voordeur afgesloten?'

'Dat weet ik niet meer. Ben je gisteravond ergens heen geweest? Heb je jezelf in de nesten gewerkt? Ik heb de auto bekeken. Er zitten geen deuken in.'

'Ga zitten.'

'Is dat een pistool?' zei ze. Haar stem ging omhoog.

'Dat lag hier in mijn bureau. Esther, ga zitten. Toe. Luister naar me. Alles wat we bezitten zit in dit koffertje. Het is allemaal op alfabet. We hebben zes vermogensrekeningen bij Vanguard, wat belastingvrije dingetjes bij Sit Mutuals en twee buitenlandse rekeningen op de Kaaiman-eilanden. Alle staatsobligaties hebben een korte looptijd. De rente staat op dit moment laag, maar volgend jaar zal de benzineprijs ervoor zorgen dat de certificaten minder waard worden en zal de rente stijgen, en dan kun je goede deals sluiten.'

'Volgens mij heb je een zenuwinstorting.'

Hij stond op uit zijn stoel en nam haar beide handen in de zijne. 'Ga zitten en luister naar me zoals je nog nooit naar me hebt geluisterd. Nee, nee, niks zeggen, Esther. Alleen luisteren.'

Ze ging op de grote vierkante roodleren hocker zitten die bij de leren stoel stond en keek naar zijn gezicht. Hij ging weer zitten en boog zich naar voren, met zijn ogen op haar schoenen gericht. Hij hield haar handen nog steeds vast.

'Ik ben met een stel kwaadaardige kerels in zee gegaan,' zei hij. 'Geen gewone misdadigers, maar lieden die geen grenzen kennen.'

'Wat voor lieden?'

'Eén was een klusjesman die het vuile werk opknapte voor de Giacanos. Hij heet Hugo Cistranos. Hij heeft voor Artie Rooney gewerkt. Hij is een huurling van de ergste soort. Hugo is zoiets als een virus. Geld is besmet met ziektekiemen. Als je zaken doet, kom je soms in aanraking met die ziektekiemen.'

'Wat heeft die vent te maken met het restaurant of de nachtclub?'

'Hugo heeft iets gedaan wat heel erg is, iets waarvan ik niet had gedacht dat zelfs hij ertoe in staat zou zijn.'

'Wat heeft dat met jou te maken?' onderbrak ze hem. Misschien kwam haar dat al te goed uit, wilde ze niet echt weten bij hoeveel smerige zaakjes Nick was betrokken.

'Als ik dat vertel, ben jij medeplichtig. Hugo zegt dat het door mij kwam. Hij zegt dat ik hem heb opgedragen het te doen. Hij probeert me te chanteren. Hij zou me kunnen vermoorden, Esther.'

Ze begon sneller te ademen, alsof zijn woorden de zuurstof in de kamer verbruikt hadden. 'Beweert die Hugo dat hij iemand heeft vermoord in opdracht van jou?'

'Meer dan een.'

'Meer dan...'

'Ik moet het deze middag afhandelen, Esther. Om drie uur.'

'Zou iemand je kunnen vermoorden?'

'Dat is mogelijk.'

'Dan zullen ze mij ook moeten vermoorden.'

'Nee, zo moet je niet denken. Je moet de kinderen meenemen en naar de rivier gaan. Hugo heeft geen reden om jou of hun iets aan te doen. We moeten hem geen enkele reden geven om dat te doen.'

'Waarom wil hij je vermoorden als hij van plan is je te chanteren?'

'Omdat ik hem geen stuiver ga betalen.'

'Wat ben je nog meer van plan, Nick?'

'Dat weet ik niet precies.'

'Ik zie het aan je gezicht. Daarom heb je dat pistool.'

'Ga naar de rivier met de kinderen.'

'Ze zullen door mijn bloed moeten waden als ze mijn gezin iets willen aandoen. Begrijp je dat?' zei ze.

Precies om drie uur liep Nick naar de stoeprand en wachtte. De buurt om hem heen lag in de schaduw van regenwolken die voor de zon waren geschoven. Een blauwe Chrysler kwam de hoek om en naderde hem langzaam. De banden knarsten van de steentjes die in het loopvlak zaten, als de nagels van een wild dier. Het gezicht van de chauffeur werd aan het oog onttrokken door de donkergroene weerspiegeling van bomen in de voorruit. De Chrysler stopte bij de stoep en de chauffeur, een man met een woeste oranje baard, draaide het raampje aan de passagierskant omlaag. 'Hallo,' zei hij.

'Ik heb geprobeerd Hugo te bellen en je deze rit te besparen, maar hij neemt zijn mobieltje niet op,' zei Nick. 'Heb je een ander nummer van hem?'

'Ik moet een stel getekende contracten oppikken,' zei de chauffeur, de vraag negerend. Hij had paardentanden en zijn gelaatskleur was hoogrood, als bij iemand die voortdurend last had van zonnebrand. Zijn polsen rustten op de spijlen van het stuur. Hij droeg gepoetste puntige laarzen en een bedrukt overhemd met lange mouwen dat in een witte golfbroek zonder riem zat. Zijn borsthaar groeide door tot de gesteven boord van zijn overhemd. 'Je hebt niet getekend, hè?'

'Inderdaad. Ik heb geen contracten getekend,' zei Nick.

De chauffeur staarde in het niets, klapte zijn mobiele telefoon open en toetste een nummer in. 'Met Liam. Hij wil je spreken. Nee, hij heeft ze niet. Hij heeft niet gezegd waarom. Hij staat hier voor zijn huis. Daar ben ik nu. Hugo, praat met die vent.'

De chauffeur boog opzij en reikte Nick de telefoon aan door het raampje, glimlachend, alsof ze bevriend waren en gezamenlijke belangen hadden. Nick legde de telefoon tegen zijn oor en liep zijn tuin in, tussen twee bomen die zwaar waren van de citroenen. Hij voelde de vochtigheid en de hitte uit het gazongras opstijgen in zijn gezicht. Hij hoorde gezoem van een hommel dicht bij zijn hoofd. 'Ik heb geen nee gezegd tegen je aanbod, maar ik heb even tijd nodig voor ik alles kan regelen.'

'Het is geen aanbod, Nicholas. "Aanbod" is niet het goede woord.'

'Je hebt de naam van die Prediker laten vallen. Hij is toch degene die mij angst moet aanjagen? Als hij een rol speelt, moet hij er ook bij zijn.'

'Waarbij?'

'Bij het overleg. Ik wil hem ontmoeten.'

'Als je Jack Collins ontmoet, ben je voor je het weet voer voor de wormen.'

'Wil je beweren dat je die vent niet in de hand kunt houden? Moet ik vijfentwintig procent van twee zaken geven om veilig te zijn voor iemand die jij niet in bedwang kunt houden?'

'Je geeft me niks. Je bent me meer dan honderdduizend schuldig. Ik ben dat zelf weer aan andere mensen schuldig. Als je niet betaalt, komt de rekening bij mij terecht. Ik ga niet de rekening van andere mensen betalen, Nick.'

'Was jouw chauffeur afgelopen nacht bij mijn club?'

'Hoe moet ik dat weten?'

'Een vent die aan zijn beschrijving voldoet is eruit gegooid. Hij had een woordenwisseling met mijn manager. Hij beweerde dat hij er kwam werken. Wil je nou overleg of niet? Je hebt die Collins een religieuze gek genoemd. Als ik de kans krijg zal ik hem dat vertellen.'

Er viel een lange stilte. 'Misschien heeft je vrouw je vanochtend gepijpt en ben je er nu van overtuigd dat je géén armzalige schoft bent. Maar de waarheid is anders, Nick. Je bent nog steeds een armzalige schoft. Maar ik zal Prediker bellen. En ik zal de voorwaarden voor overdracht laten herzien. Vergeet die vijfentwintig procent. De nieuwe afspraak wordt ieder de helft. Als je moeilijk doet, wordt het zestig veertig. Je mag raden voor wie die veertig is.'

Hugo hing op.

'Alles geregeld?' zei de chauffeur van de Chrysler door het raampje.

Pete en Vikki hadden precies zestien mijl over een donkere weg gereden toen de krukas van de auto die Pete van zijn neef had gekocht op het asfalt viel. Vonken vlogen op onder het chassis terwijl de auto zijwaarts weggleed in aarde die opspatte als zachte kalk.

Toen Pete belde, zei de neef dat er geen garantie op de auto zat en dat zijn autobedrijf geen klachten accepteerde van mensen die spijt hadden van hun aankoop. Hij zei ook dat hij en zijn vrouw die ochtend vroeg zouden vertrekken voor een ontspannen weekje in Orlando.

Vikki en Pete haalden twee koffers, Vikki's gitaar en een tas met boodschappen uit de auto en gingen met hun duim omhoog langs de weg staan. Een met talloze lichtjes versierde vrachtwagen denderde voorbij, daarna een camper, een bus met gevangenen en een benzineslurper die vol zat met Mexicaanse dronkenlappen. De bovenste helft van de auto was weggesneden met een gasbrander. Het volgende voertuig was een ambulance, gevolgd door een surveillancewagen van een sheriff, beiden met loeiende sirene.

Twee minuten later verscheen een tweede politiewagen. Het zwaailicht knipperde, maar de sirene stond uit. Hij was aan komen rijden uit zuidelijke richting, met een rij lage bergen op de achtergrond. De sterren staken nevelig en heet af tegen een blauwzwarte hemel. De surveillancewagen leek vaart te minderen, misschien tot zo'n vijfenzestig of zeventig kilometer per uur. Hij zoefde langs hen en de chauffeur hield een microfoon bij zijn mond terwijl hij hen ondertussen bleef aankijken.

'Hij geeft een melding door over ons,' zei Pete.

'Misschien belt hij om een sleepauto,' zei Vikki.

'Nee, we hebben een probleem.' Pete zette grote ogen op en veegde zijn mond af. 'Zie je wel, hij stopt.'

De surveillancewagen stopte in de rechterberm en bleef staan met stationair draaiende motor. De voorwielen waren naar de wegkant gedraaid, het binnenlicht was aan.

'Wat doet hij?' zei Vikki.

'Hij heeft waarschijnlijk een beschrijving van ons op zijn klembord. Ja hoor, daar komt hij.'

Ze staarden als verdoofd naar de naderende koplampen van de surveillancewagen, met tranende ogen en hevig kloppend hart. De lucht leek vol met stof en insecten. Het oppervlak van de weg was nog warm van de zonsondergang en rook naar olie en rubber. Toen, om onduidelijke redenen, maakte de surveillancewagen een U-bocht en reed hij weer naar het noorden. De achterveren zakten in bij het optrekken.

Ze staken over naar de andere kant van de weg en begonnen te lopen terwijl ze over hun schouder keken. De verlaten auto met al hun bezittingen verdween steeds verder in de duisternis. Een halfuur later stopte een zwarte man in een tuinbroek zonder overhemd. Hij zei dat hij op weg was naar huis, honderdtien kilometer naar het zuidwesten. 'Dat is precies de kant waar wij ook heen gaan,' zei Pete.

Ze betaalden een week vooruit bij een motel aan een zijweg. Het motel leek op een decorstuk uit een jaren vijftig Hollywoodfilm. Route 66: een roze boog over de weg, beschilderd met rozen; een *diner* in de vorm van een Airstream-trailer met een blikken replica van een raket erop; een rond loketgebouw in de vorm van een uitpuilende cheeseburger; een drive-in- bioscoop en een minigolfbaan die vol lag met rotzooi en amarant, met een leeg huisje erbij dat onder de vogelpoep zat; een rood-groen-paarse oorlogsverentooi van neon hoog op de façade van een bier-en-steakhuis; drie Cadillacs die met hun neus rechtop in de grond stonden, met hun vinnen in de wind.

'Niet gek,' zei Pete. Hij ging op de rand van het bed zitten en keek door het zijraam naar het landschap. Hij had zijn schoenen en zijn shirt uitgetrokken. In het zachte ochtendlicht zag de huid op zijn schouder en aan een kant van zijn rug eruit als de stof van een lampenkap die is gerimpeld door de hitte.

'Pete, wat moeten we doen? We hebben geen auto, we zijn bijna blut en waarschijnlijk worden we in heel Texas gezocht door de politie,' zei Vikki.

'Tot nu toe hebben we het toch goed gedaan?' Pete begon te praten over zijn vriend Billy Bob Holland, een voormalige Texas Ranger die een advocatenpraktijk had in het westen van Montana. 'Billy Bob helpt ons wel. Toen ik klein was, bracht mijn moeder vaak mannen mee naar huis, meestal diep in de nacht. De meesten daarvan waren behoorlijk waardeloos. Een van die kerels was nog waardelozer dan de rest van het stel. Op een avond sloeg hij zowel mijn moeder als mij in elkaar. Toen Billy Bob daar achter kwam, reed hij met een paard de kroeg in, smeet een lasso om die kerel en sleepte hem over de veranda naar het parkeerterrein. Daar gaf hij hem een pak op zijn donder.'

'Die advocaat van jou kan geen vluchtelingen helpen. Hij kan je alleen maar aangeven.'

'Dat zou Billy Bob nooit doen.'

'We moeten jouw uitkering incasseren.'

'Dat lijkt me wel een probleem, of niet?' Pete stond op en steunde met een arm tegen de muur. Hij staarde uit het raam. Zijn bovenlichaam had de vorm van een V. 'Dat geld had gisteren al moeten komen. Die cheque ligt gewoon in de brievenbus. De overheid stuurt dat soort dingen altijd rond dezelfde tijd van de maand.'

'Ik kan Junior vragen of hij het wil ophalen en opsturen,' zei ze.

'Junior beschouwt me niet bepaald als een lid van zijn fanclub.'

Vikki zat achter het bureautje bij de televisie. Ze staarde uitdrukkingsloos naar hun armzalige kamer – het behang met vochtplekken, de airconditioning die ratelde bij het kozijn, de sprei die ze niet aan durfde te raken, de douche die onder de schimmel zat. 'Er is een andere manier,' zei ze.

'Ons zelf aangeven?'

'We hebben niks verkeerds gedaan.'

'Dat heb ik al geprobeerd. Dat lukt niet,' zei hij.

'Heb je geprobeerd ons aan te geven?'

'Ik heb een 800-nummer van de overheid gebeld. Ze hebben me doorverbonden met een aantal kantoren en uiteindelijk met een vent van de Immigratie- en Douanedienst. Hij zei dat hij Clawson heette.'

'Waarom heb je me dat niet verteld?'

'Het liep niet erg goed. Hij zei dat hij me wilde ontmoeten, alsof dit iets tussen hem en mij was en wij maatjes waren of zoiets. Hij had een stem als een robot. Weet je wat het is met mensen die praten als een robot? Ze willen niet dat je weet wat ze denken.'

'Wat heb je tegen hem gezegd, Pete?'

'Dat ik bij de kerk was toen het schieten begon. Ik heb hem verteld dat de vent die me driehonderd dollar heeft betaald om de vrachtwagen te rijden, Hugo heette. Ik heb hem verteld dat ik het verdomd laf vind van mezelf dat ik ervandoor ben gegaan toen al die vrouwen zijn vermoord. Hij zei dat ik me moest komen melden en dat ik een verklaring moest afleggen, dat ik bescherming zou krijgen. Toen zei hij: "Is juffrouw Gaddis bij u? Haar kunnen we ook helpen."

Ik zei: "Zij heeft hier niks mee te maken." Hij zegt: "We weten van die mensen bij het truckerscafé, Pete. We denken dat ze haar hebben vermoord of dat zij een van hen heeft neergeschoten. Misschien is ze dood en ligt ze ergens boven de grond. Je moet doen wat je moet doen, soldaat." '

Pete ging weer op het bed zitten en stak een arm door zijn overhemd.

De spieren van zijn rug spanden zich als een zweepkoord.

'Wat heb je gezegd?'

'Ik zei dat hij kon opdonderen. Als mensen proberen je een schuld-gevoel aan te praten, is dat omdat ze proberen je te manipuleren. Het betekent ook dat ze je bij de eerste gelegenheid in de steek zullen laten.'

'Kan de FBI een telefoongesprek traceren?' vroeg ze.

'Ze kunnen nagaan welke zendmast het dichtst in de buurt is. Waar-om?'

'Ik ga Junior bellen.'

'Dat lijkt me een slecht idee. Junior maakt veel heisa, maar Junior zorgt vooral goed voor zichzelf.'

'Je krijgt maar dertig procent invaliditeitsuitkering. Nauwelijks genoeg om de huur van te betalen. Wat moeten we doen? En dan te bedenken dat dit allemaal is begonnen in een bar waar je zat te drinken met idioten die hun hersens verpesten met mescal. Voor driehonderd dollar heb je ons leven in handen gelegd van een stel levensgevaarlijke idioten.'

Ze zag aan zijn gezicht hoe gekwetst hij was. Ze wendde zich af, met gesloten ogen; tranen persten zich tussen haar wimpers door. Uit on-macht over het feit dat ze zelfs haar tranen niet kon bedwingen, begon ze met haar vuisten op de bovenkant van haar dijen te slaan.

Die middag, toen Pete sliep, liep Vikki over de weg naar een telefooncel om Junior collect te bellen. Ze vertelde hem over de cheque met de uit-kering en over hun wanhopige financiële situatie. Ze vertelde hem ook dat de man aan wie Junior melk had verkocht, had geprobeerd haar te ontvoeren en mogelijk te vermoorden.

'Misschien is dat meer informatie dan ik wil krijgen,' zei hij.

'Meen je dat? Die vent was in jouw *diner*. Er was ook een vent met een oranje baard. Volgens mij hoorde hij er ook bij.'

'Ligt die cheque in de postbus voor het schuurtje waarin jullie woon-den?' zei Junior.

'Je weet waar we woonden. Hou je niet van den domme.'

'De sheriff is hier geweest. En ook mensen van de FBI. Ze hielden er rekening mee dat je dood was.'

'Dat ben ik niet.'

'Heb je die vent die hier melk heeft gekocht neergeschoten?'

'Help je ons of niet?'

'Ben ik dan niet medeplichtig of een handlanger of zoiets?'

'Je zit me vreselijk te stangen, Junior.'

'Geef me je adres.'

Ze aarzelde.

'Denk je dat ik van plan ben je aan te geven?' zei hij.

Ze gaf hem het adres van het motel, de naam van de stad en de postcode. Bij elk woord dat ze sprak had ze het gevoel dat ze een deel van een wapenrusting uittrok.

Nadat ze had opgehangen, liep ze naar de bar en vroeg de barman om een glas water. De ruime zaak was een combinatie van een steakhouse en een biertent. Het was er koel en donker, met grote elektrische ventilatoren die zachtjes zoemden. Aan de wanden van ontschorste en gladgeschuurde boomstammen hingen koppen van opgezette dieren.

'Ik heb er wat ijs en een schijfje citroen in gedaan,' zei de barman.

'Bedankt,' zei ze.

'Je ziet er behoorlijk moe uit. Ben je hier op bezoek?'

Ze nam grote slokken van het koude drankje en slaakte een diepe zucht. 'Nee, ik ben hier voor filmopnamen. Hebt u misschien nog een serveerster nodig?'

Pam Tibbs liep van de meldkamer naar het kantoor van Hackberry en tikte met een knokkel op de deurstijl terwijl ze naar binnen liep.

'Wat is er?' zei Hackberry, opkijkend van de foto's die hij uit een geelbruine envelop had gehaald.

'Er is bonje bij Juniors *diner*.'

'Stuur Felix of R.C. erheen.'

'Het heeft te maken met die agent van de Immigratiedienst, die Clawson.'

Hackberry maakte een zuigend geluid tussen zijn tanden.

'Ik ga er wel heen,' zei Pam.

'Nee.'

'Zijn dat de foto's van de Thaise vrouwen?' zei ze. Toen hij geen antwoord gaf, zei ze: 'Waarom kijk je er steeds naar, Hack? Bid voor die arme vrouwen en hou op jezelf te kwellen.'

'Sommigen van hen dragen donkere kleren. Sommigen droegen waarschijnlijk de beste kleren die ze hadden. Ze waren niet gekleed voor een warm land. Ze dachten dat ze ergens anders heen gingen. Niets op die plaats delict is logisch.'

Pam Tibbs staarde naar de straat en naar de schaduwen van wolken die over de cementen en gepleisterde gebouwen en over de kapotte stoepen bewogen. Ze hoorde dat Hackberry opstond uit zijn stoel.

'Is Clawson nog steeds bij het wegrestaurant?' vroeg hij.

'Wat denk je?' antwoordde ze.

Het kostte hun maar tien minuten om bij het wegrestaurant te komen. Hun zwaailichtbalk stond aan, de sirene uit. Isaac Clawsons huurauto stond geparkeerd tussen het wegrestaurant en de aangrenzende nachtclub. Beide achterportieren stonden open. Junior zat met handboeien om op de achterbank, met zijn polsen op zijn rug. Clawson stond buiten de auto mobiel te bellen.

'Hack?' zei ze.

'Hou erover op.'

Ze stopte achter de auto van Clawson en zette de motor uit. Maar ze deed het portier niet open. 'Die vent heeft je een klootzak genoemd. Dat zal hij nooit meer herhalen waar ik bij ben,' zei ze.

Hackberry zette zijn hoed op, stapte het kiezelzand op en liep naar Isaac Clawson. In het zuiden zag hij warme luchtstromen boven de harde grond trillen. Stofhozen wervelden in de wind. In de verte tekende de bergkam zich af tegen een smetteloos blauwe hemel.

Hij droeg een katoenen overhemd met lange mouwen en manchetten met drukknoopjes. Dat droeg hij altijd op kantoor, ongeacht welk seizoen het was, en hij voelde dat hij al natte plekken onder zijn oksels begon te krijgen.

'Wat is het probleem?' zei hij tegen de agent van de Immigratiedienst.

'Er is geen probleem,' antwoordde Clawson.

'Wat heb jij te vertellen, Junior?' zei Hackberry.

Junior droeg een witte broek en een wit T-shirt en hij had nog steeds zijn keukenschort voor. Zijn bakkebaarden, geschoren in de vorm van een vlam, parelden van het zweet. 'Hij denkt dat ik weet waar Vikki Gaddis is.'

'Is dat zo?' vroeg Hackberry.

'Ik heb een *diner*. Ik bemoei me niet met het leven van jongelui die in moeilijkheden zitten.'

'Ik hoor van iedereen dat jouw interesse in Vikki die van een gewone werkgever oversteeg,' zei Clawson. 'Ze is blut, op de vlucht en ze heeft geen familie. Volgens mij ben jij de eerste bij wie ze hulp zou zoeken. Wil je dat ze doodgaat? De beste manier om dat te bereiken is stommetje te blijven spelen tegen ons.'

'Ik stel die seksuele verdachtmakingen niet op prijs. Ik heb een gezin. Let op uw woorden,' zei Junior.

'Kan ik u even spreken, agent Clawson?' zei Hackberry.

'Wat u kunt doen is opdonderen,' antwoordde Clawson.

'Kunnen we misschien een beetje beleefd blijven?' zei Pam Tibbs.

Clawson keek haar aan alsof hij haar nu pas opmerkte. 'Pardon?'

'Onze afdeling werkt samen met de uwe, nietwaar?' zei ze.

'Nou en?' zei Clawson.

Pam keek weg en haakte haar duimen achter haar wapenriem. Haar mond was een strakke streep, haar ogen stonden neutraal. Hackberry liep de schaduw in, zette zijn hoed af en depte zijn voorhoofd met zijn mouw. Clawson krabde aan zijn neus en liep hem toen achterna. 'Goed, zeg het maar,' zei hij.

'Arresteert u Junior?' zei Hackberry.

'Volgens mij liegt hij. Wat zou u doen?'

'Ik zou hem het voordeel van de twijfel geven, in ieder geval voorlopig.'

'Het voordeel van de twijfel? U hebt negen dode vrouwen en meisjes gevonden in uw district en u geeft iemand die mogelijk steun verleent aan voortvluchtige medeplichtigen het voordeel van de twijfel? Dat moet ik even verwerken.'

'Door iemand als Junior te vernederen voor het oog van zijn klanten en werknemers krijgt u niet wat u wilt. Doe een beetje rustig aan. Ik zal later wel met hem praten. Of u kunt terugkomen en dan praten we samen met hem. Hij is geen slechte vent.'

'U schijnt een lange staat van dienst te hebben in de kunst van het compromissen sluiten, sheriff Holland. Ik heb uw dossier bekeken dat bij het ministerie voor Veteranenzaken ligt.'

'Werkelijk? Waarom dan?'

'U was krijgsgevangene in Noord-Korea. U hebt informatie gegeven aan de vijand. U bent in een van de kampen gestopt voor krijgsgevangenen die bereid waren samen te werken met de vijand.'

'Dat is een leugen.'

'O ja? Ik had een andere indruk.'

'Ik heb zes weken in een gat in de grond gezeten. Het was winter en ik zat onder een rioolrooster dat was gemaakt in Ohio. Dat wist ik omdat ik de belettering op het ijzer kon lezen. Ik kon de belettering lezen omdat een stel bewakers elke avond door het rooster pisten, zodat de modder van de letters werd afgespoeld. Ik heb die weken onder het rooster doorgebracht met alleen een helm om in te kakken. Ik heb ook gezien hoe mijn beste vrienden met een machinegeweer dood werden geschoten en hoe hun lijken in een open latrine werden gesmeten. Maar ik weet niet of het materiaal dat u bij het ministerie hebt gevonden dergelijke details bevatte. Bent u tijdens uw onderzoek dergelijke details tegengekomen?'

Clawson keek op zijn horloge. 'Mijn geduld is zowat op,' zei hij. 'Het is tegen beter weten in, maar ik zal uw man loslaten. Ik kom terug, daar kunt u op rekenen.'

'Wacht even, arrogante eikel,' zei Pam Tibbs.

'Zeg dat nog eens?' zei Clawson.

'Niet zo onbeleefd, anders zal ik je mores leren,' zei Pam.

Hackberry zette zijn hoed op en liep weg. Een van zijn wangen blies hij bol.

Aan de overkant van de weg, bij een kraampje waar watermeloenen werden verkocht, zat een man. Hij had een zwarte spijkerbroek aan, ongepoetste spijkerschoenen, brede bretels en een grauw versleten T-shirt van de Grateful Dead, en hij zat aan een houten tafel. Het was vijfendertig graden in de schaduw. De wind blies onder het canvas afdak boven zijn hoofd. Naast hem, op de zitting van de bank, lag een omgekeerde hoge hoed. Hij sneed het vruchtvlees uit een watermeloen en at van het lemmet van zijn mes terwijl hij het tafereeltje bij de auto van Isaac Clawson gadesloeg.

Toen de mensen aan de overkant waren vertrokken, zette hij zijn hoed op en liep hij weg van het meloenenkraampje om te bellen met zijn mobieltje. Met zijn brede heupen, lange bovenlichaam en korte benen leek hij een beetje op een boomstronk. Een moment later liep hij terug naar de tafel, pakte de stukken meloen in een vochtige krant en stopte alles in een afvalbak. Uit de bak wolkte een zwerm zwarte vliegjes in zijn gezicht, maar dat leek hem nauwelijks te deren, alsof hij oude vrienden ontmoette.

# 8

De saloon was oud, gebouwd in de negentiende eeuw. Het oorspronkelijke bewerkte plafond was nog aanwezig en de lange bar waaraan John Wesley Hardin en Wild Bill Longley hadden staan drinken, werd nog steeds gebruikt. Prediker Jack Collins zat achter in de zaak tegen de wand, achter de biljarttafel, onder een houten ventilator. Door een zijraam zag hij een groepje bananenbomen met op de bladeren vochtdruppels die zwaar en flonkerend waren als kwik. Hij keek toe hoe de ober hem zijn eten bracht dat door een luikje achter de bar was aangereikt. Toen deed hij ketchup, zout en peper en hete saus op de hamburger, de pakjespuree en de blik sperziebonen waaruit zijn lunch bestond.

Hij keek even toen de voordeur openging en Hugo Cistranos de saloon binnenkwam. Hugo stapte uit het verblindende middaglicht en liep naar het tafeltje van Prediker. Maar het gelaat van Prediker was uitdrukkingsloos. Uit niets bleek dat hij de dingen die om hem heen gebeurden opmerkte, zelfs niet dat zijn eten werd gebracht of dat Hugo bij de bar twee tapbiertjes had besteld die hij nu op het tafeltje zette.

Hugo ging zitten. 'Warm buiten,' zei hij. Hij nipte van zijn bier en schoof het andere glas naar Prediker.

'Ik drink niet,' zei Prediker.

'Sorry, dat was ik vergeten.'

Prediker ging door met eten en vroeg Hugo niet of hij ook wilde bestellen.

'Eet je hier vaak?' zei Hugo.

'Als ze de speciale aanbieding hebben.'

'Is dat wat je nu eet?'

'Nee.'

Hugo vroeg niet verder. Hij keek naar de lege pooltafel onder een kegel van licht, de keuen in hun rek, het krijtje, het gebarsten rode vinyl van de zitjes, een wandkalender van drie jaar geleden met een foto van de Alamo erop, en naar de vaste drinkers aan de bar die somber over hun bierglazen zaten gebogen. 'Je bent een bijzondere vent, Jack.'

Prediker legde zijn mes op de rand van zijn bord en keek Hugo onderzoekend aan.

'Ik bedoel, ik ben blij dat je met me wilt samenwerken om het probleem dat ik heb met Nick Dolan op te lossen,' zei Hugo.

'Dat heb ik niet gezegd.'

'Niemand wil dat je iets tegen je zin doet. Zeker ik niet.'

'Dus ik moet met de eigenaar van een nachtclub praten?'

'Dolan wil je ontmoeten. Jij bent de aangewezen persoon, Jack.'

'Ik heb een schotwond in mijn voet en een in mijn kuit. Ik loop mank. Kan een gesprek met een mankepoot ervoor zorgen dat Dolan je betaalt wat hij schuldig is? Kun je dat niet zelf afhandelen?'

'We nemen vijftig procent van zijn nachtclub en zijn restaurant. Tien procent daarvan krijg jij, Jack. Dat is voor de achterstallige betaling die ik jou schuldig ben. Later hebben we het nog over de escortbedrijven die Nick bezit in Dallas en Houston. Vijf minuten praten, dan staat zijn handtekening onder die bezitsoverdracht. Hij is een dikke kleine Jood die zich groot houdt tegenover zijn vrouw. Neem van mij aan dat het hem dun door de broek zal lopen als hij jou ziet. Laten we wel wezen: jij weet hoe je iemand de stuipen op het lijf moet jagen, Jack.'

Hugo strooide zout over zijn bier en slurpte van het schuim. Hij droeg een Rolex en een gestreken sportshirt met een afbeelding van een diamant erop. Hij was net naar de kapper geweest en zijn wangen gloeiden van de aftershave. Hij leek de strakke mondhoeken van Prediker niet op te merken.

'Waar praten we?' vroeg Prediker.

'Ergens in een rustig restaurantje. Of in een park. Wat maakt het uit?'

Prediker sneed een stukje van het vlees, prikte een paar sperziebonen op zijn vork en haalde het geheel door de puree. Toen legde hij zonder een hap te nemen zijn vork neer en keek naar de rij drinkende mannen aan de bar, in elkaar gezakt op hun kruk, met hun silhouetten als kromgetrokken wasknijpers op een waslijn.

'Hij is van plan ons neer te knallen,' zei Prediker.

"Nicholas Dolan? Waarschijnlijk trekt hij een luier aan voor hij met ons gaat praten.'

'Je hebt hem bang gemaakt en je wilt hem nog banger maken?'

'Dat is niet zo moeilijk bij Nick Dolan.'

'Waarom gebruiken politiemensen munitie met zachte punt?' vroeg Prediker.

'Weet ik veel.'

'Omdat een gewonde of angstige vijand de ergste vijand is die je kunt hebben. De man die jou doodt is degene die je strot eruit rukt voordat je erop verdacht bent. Neem het meisje dat me verblindde met wespenspray en twee kogels in me heeft gepompt. Spreekt dat verhaal niet voor zichzelf?'

'Ik wou je mee laten profiteren van een goeie regeling, Jack. Maar alles wat ik zeg lijkt verkeerd te vallen.'

'We gaan zeker met Dolan praten. Maar niet wanneer hij het verwacht, en niet omdat jij zijn bedrijven wilt overnemen. We gaan met Dolan praten omdat jij de zaak hebt verknald. Volgens mij waren Arthur Rooney en jij van plan mij een kunstje te flikken.'

'Arthur en ik? Hoe kom je dáár bij.' Hugo schudde zijn hoofd en nipte van zijn bier, met neergeslagen ogen. Zijn wimpers waren lang als van een meisje.

'Ik heb Rooney een bezoekje gebracht,' zei Prediker.

Een glimlachje schoot over Hugo's gezicht. De huid rond zijn mondhoeken werd wit. 'Echt waar?'

'Hij heeft een nieuw kantoor daar in Galveston, aan het water. Heb je hem niet gesproken?' Prediker pakte zijn vork op en schoof de hap vlees, sperziebonen en puree in zijn mond.

'Ik heb mijn contact met Artie allang verbroken. Hij is een oplichter en een pooier, net als Dolan.'

'Ik had de indruk dat jij die Aziatische vrouwen niet ontvoerd hebt voor Dolan. Je liet Dolan dat denken zodat je hem kon chanteren en zijn bedrijven kon overnemen. Het was van meet af een opzetje van jou en Rooney.'

'Jack, luister. Ik probeer jou je geld terug te geven. Wat moet ik doen om je vertrouwen te winnen? Je kwetst me behoorlijk.'

'Hoe laat gaat die nachtclub van Dolan dicht?'

'Rond een uur of twee 's nachts.'

'Doe een dutje. Je ziet er moe uit,' zei Prediker. Hij begon weer te eten, maar zijn maaltijd was koud geworden en hij schoof zijn bord opzij. Hij pakte zijn krukken en maakte aanstalten om op te staan.

'Wat heeft Artie je verteld? Geef me een kans om me te verdedigen,' zei Hugo.

'De heer Rooney lag met zijn neus in het tapijt. Die had niet echt veel meer te melden. Pik me op om kwart over een vannacht.'

Pete Flores droomde niet elke nacht. Hij kon zich in ieder geval niet herinneren dat hij elke nacht droomde. Hoe het ook zij, elke ochtend werd hij bevangen door het idee dat hij de enige toeschouwer was geweest in een bioscoop waar hij naar een film had moeten kijken waarvan hij de inhoud niet kon bepalen en waarvan de beelden later zouden terugkomen, op klaarlichte dag, even onverwacht als een raam dat opeens explodeert.

De spelers in de film die hij gedwongen moest zien, waren mensen die hij had gekend en anderen die weinig meer waren dan vage gestalten, soms met een baard, hun hoofd gewikkeld in geruite doeken, gedaanten die als een tic aan de rand van zijn gezichtsveld opdoken en vervolgens verdwenen achter een muur die opeens niets meer was dan een muur, waarachter een gezin had kunnen zitten eten.

Pete had gelezen dat het onbewuste een herinnering bevat aan de geboorte – het verlaten van de baarmoeder, de handen van de verloskundige die het wezentje het verblindende licht in trekken, de doodsangst als de pasgeborene ontdekt dat hij niet zelf kan ademen, en dan de levensreddende klap die ervoor zorgt dat er zuurstof in zijn longen komt.

Ook in de film die Pete zag, kwamen al die zaken voor. Alleen vond de geboorte plaats in de geschutskoepel van een pantservoertuig en waren de handen die hem ter wereld hielpen de handen van een sergeant die onder het stof zat en die een embleem van de Eerste Cavalerie op zijn mouw had. Hij trok Pete uit een vlammenzee die hem levend roosterde. Buiten het voertuig knielde de sergeant neer en greep Pete's hand terwijl hij probeerde hem weg te slepen.

Maar zelfs toen brokstukken steen Pete's billen en rug troffen en kogelriemen van een machinegeweer explodeerden in zijn voertuig, wist hij dat de kwelling voor hem en zijn sergeant nog niet voorbij was. De hadji achter het raam zag eruit alsof hij jute om de onderste helft van zijn gezicht had gewikkeld. In zijn handen had hij een AK-47 met twee aan elkaar gekoppelde, halfronde magazijnen die uit de geweerlade staken. De hadji bestookte de straat met een spervuur van kogels en hield zijn wapen boven zijn hoofd om een betere hoek te verkrijgen. De loop ging wild op en neer terwijl de kogels afketsten op het voertuig en de sergeant op ten minste drie plaatsen werd geraakt, zodat hij boven op Pete viel terwijl hij nog steeds diens hand vast had.

Toen Pete de derde dag in het motel wakker werd, was de kamer koud van de airconditioner, blauw in het vroege ochtendgloren, rustig in de stilte van de woestijn. Vikki sliep nog. Ze had het laken en de sprei tot aan haar wang opgetrokken. Hij zat op de rand van het bed en probeerde zich te herinneren waar hij was. Hij huiverde in zijn ondergoed, met zijn handen tussen zijn knieën geklemd. Hij staarde door de jaloezieën naar een bruine berg in de verte die afstak tegen een lavendelkleurige hemel. De berg deed hem denken aan een uitgedoofde vulkaan, zonder enige hitte, morsdood, een geologische formatie die massief, voorspelbaar en onschuldig was. Geleidelijk verdwenen de beelden van een derdewereldstraat die was bezaaid met stukken gele en grijze steen, vuilnis, dode honden en een pantservoertuig waar slierten zwarte rook uit kwamen uit zijn geest, en werd de kamer weer gewoon de plek waar hij was.

In plaats van haar huid aan te raken, waardoor ze wakker zou worden, hield hij een hoekje van Vikki's pyjamajasje tussen zijn vingertoppen. Hij keek hoe de airconditioner de haartjes in haar nek bewoog, de manier waarop ze door haar mond ademde, de manier waarop haar wangen kleurden terwijl ze sliep, alsof de warmte van haar hart zich stilletjes door haar hele lichaam verspreidde.

Hij wilde niet drinken. Of in ieder geval wilde hij die dag niet drinken. Hij schoor zich, poetste zijn tanden en kamde zijn haar in de badkamer, met de deur dicht. Hij trok een schone spijkerbroek, een schoon katoenen overhemd en zijn laarzen aan, zette zijn strohoed op en liep met zijn thermosfles naar het café bij het verkeerslicht.

Hij deed vier theelepels suiker in zijn koffie en at toast met zes plastic kuipjes jam. Op een reclame voor Corona-bier aan de muur stond een Latijns-Amerikaanse vrouw met een sombrero en een Spaanse blouse. Ze hing achterover op een canapé in een paradijselijke tuin. Naast haar rezen marmeren zuilen op en op de achtergrond zag je een paarse berg met een besneeuwde top. Aan het einde van de toonbank stond een Mexicaanse vrouw van negentig kilo met een achterwerk als een wastobbe over een koelkist gebogen. Ze zette er flesjes bier in, een voor een, en wendde telkens haar gezicht af als ze een flesje neerzette. Ze veegde haar handen af aan een theedoek, haalde het gebruikte bord van de toonbank en zette het in een gootsteen met vettig water.

'Ontploffen die flesjes wel eens?' vroeg hij.

'Dat kan, als de leverancier ze in de zon laat staan of als ze te veel geschud worden. Maar dat is mij nog niet overkomen. Wil je nog koffie?'

'Nee, bedankt.'

'Het tweede kopje is gratis.'

'Ja mevrouw, dan graag. Dank u.'

'Je doet er veel suiker in, hè?'

'Soms.'

'Zal ik je thermosfles vullen?'

Hij was vergeten dat hij die had meegenomen, hoewel hij pal naast zijn elleboog stond. 'Bedankt, dat hoeft niet,' zei hij.

Ze scheurde een bonnetje van een bloc en legde die omgekeerd neer bij zijn kopje. Toen ze wegliep, voelde hij zich vreemd alleen, alsof een script hem voortijdig uit zijn handen was gerukt. Hij hoorde de flessen tegen elkaar rinkelen in de koelkist toen ze weer aan het werk ging. Hij rekende de koffie en toast af bij de kassa en staarde bij de voordeur naar het door de zon verlichte landschap en de droge bergen die uit Centraal-Azië leken te zijn overgebracht en aan de zuidelijke rand van de Verenigde Staten geplakt.

Hij liep terug naar de toonbank. 'Het wordt een hete dag. Misschien moet ik maar een van die flesjes meenemen voor bij de lunch,' zei hij.

'Ze zijn nog niet koud,' zei de Mexicaanse vrouw.

'Ik zet hem wel boven op de airconditioner in het motel,' zei hij. 'Doe me er trouwens maar twee.'

Ze stopte twee natte flessen in een papieren tas en gaf ze aan hem. De bovenkant van zijn overhemd was losgeknoopt en de vrouw keek naar de gerimpelde huid op zijn schouder. 'Heb je in Irak gezeten?'

'Afghanistan. Ik was maar drie weken in Irak.'

'Mijn zoon is omgekomen in Irak.'

'Wat erg voor u.'

'Het is halfzeven 's ochtends,' zei ze, terwijl ze naar de flessen in zijn hand keek.

'Ja mevrouw, dat klopt.'

Ze wilde nog iets zeggen, maar in plaats daarvan draaide ze zich om en ging ze door met haar werk, met neergeslagen ogen.

Hij liep terug naar het motel en bleef staan bij de receptie. Buiten hoorde hij een grote vrachtwagen schakelen bij het verkeerslicht, een metalig, knarsend geluid. 'Is er post voor ons?' vroeg hij aan de receptionist.

'Nee meneer,' zei de receptionist.

'Hoe laat komt de post?'

'Rond een uur of tien, net als gisteren.'

'Dan kom ik later wel terug,' zei Pete.

'Ja meneer. Om tien uur is de postbode beslist geweest.'

'Iemand anders kan de post niet verkeerd hebben weggelegd, in een fout vakje of zo?'

'Als ik iets vind met uw naam erop, beloof ik dat ik het naar uw kamer zal brengen.'

'De afzender is Junior Vogel.'

'Ik zal het onthouden, meneer.'

Buiten stond Pete in de schaduw van het motel en keek naar de adembenemende gebogen lijnen van het landschap, de rode, oranje en gele kleuren van de rotsen, de knoestige bomen en het struikgewas waarvan de wortels zich in de steenachtige grond moesten boren om water te vinden. Hij sloeg een mug dood in zijn nek en keek ernaar. De mug was opgezwollen van het bloed en liet een vlek in zijn handpalm achter ter grootte van een munt van tien dollarcent. Pete veegde het bloed af aan zijn spijkerbroek en begon over de tweebaansweg te lopen die eruitzag als een verdwaald stuk van de oude Route 66. Hij liep langs de midgetgolfbaan en de verlaten drive-in-bioscoop, en passeerde nutteloos geworden ijzeren palen zonder speaker, rij na rij, omhuld door het geluid van de wind en tuimelende amarantstruiken.

Hij liep een minuut of twintig door en kwam via een lange hellende weg uit op een plateau waarop drie zandstenen platte rotsen als bruine koekjes op elkaar gestapeld lagen. Hij klom op de rotsen en ging zitten. Zijn benen bungelden in de vrije ruimte. Hij zette de tas met de twee flessen bier naast zich. Hij keek toe hoe een stuk of vijf buizerds rondcirkelden, hoog in de lucht. De veren van hun uitgespreide vleugels bewogen in de warme lucht die van de harde grond opsteeg. Beneden zich zag hij hoe een gordeldier zich tussen de creosootstruiken een weg baande naar zijn hol. Het gewicht van het deinende, gepantserde rugschild boven zijn kleine pootjes gaf hem iets onhandigs.

Hij viste zijn Zwitserse legermes uit zijn broekzak. Met zijn duim en wijsvinger trok hij het korte lemmet tevoorschijn dat diende als schroevendraaier en als flessenopener. Hij trok het natte papier van de bierflessen af en zette een flesje, dat parelde van het vocht en dat glinsterde in het amberkleurige zonlicht, op de rots. Hij hield het andere flesje in zijn linkerhand en haakte de opener onder de kroonkurk. Onder hem liep het gordeldier zijn hol in om even later weer op te duiken met twee jongen. Alle drie tuurden ze naar het verblindende licht.

'Wat gaan jullie doen vandaag?' vroeg Pete.

Geen antwoord.

Hij maakte de fles open en liet de kroonkurk van de stenen in het zand rollen.

Hij voelde hoe het schuim over de rand van de fles liep en over zijn vingers, de rug van zijn hand en zijn pols stroomde. Hij keek achterom en zag het scherm van de drive-in-bioscoop en verderop in de straat het steakhouse en het biercafé waar Vikki onder een valse naam zwartwerkte als serveerster. Hij veegde zijn mond af met zijn hand en proefde de zoutige smaak van zijn zweet.

Aan de voet van de platte rotsen leek de glimmende bronzen kroonkurk steeds heter af te steken tegen de grijsheid van het zand. Het was de enige rommel die hij zag liggen. Hij klom van de rotsen af, met het flesje bier in zijn hand, raapte de kroonkurk op en stak hem in zijn zak. De gordeldieren keken op. Ze staarden naar hem met onverbiddelijke, doordringende kraaloogjes.

'Zijn jullie bevriende manschappen of leden van de republikeinse garde? Zeg wie je bent of ik knal jullie neer.'

Nog steeds geen antwoord.

Pete reikte naar de fles bier die op de rotsen stond en liep naar het hol. Het volwassen gordeldier en zijn twee jongen schuifelden snel naar binnen.

Hij ging op zijn hurken zitten, met een fles in elke hand. 'Weet je wat,' zei hij. 'Wezens die in zo'n hete omgeving wonen kunnen een paar biertjes waarschijnlijk beter gebruiken dan ik. Ik trakteer, jongens.'

Hij goot het eerste flesje leeg in het hol, haalde de kroonkurk van het tweede flesje en deed daarmee hetzelfde. Het schuim liep in lange slierten het omlaag lopende hol in. 'Alles goed daarbinnen?' vroeg hij, terwijl hij zijn hoofd schuin in het hol stak. 'Dat zal ik maar als een "ja" beschouwen. Oké, hou jullie stalen helmen op en blijf laag in positie.'

Hij schudde de laatste druppels uit, stak beide flesjes in zijn zak en liep terug naar het stadje. Hij besefte dat hij iets had gedaan dat hem nieuwe mogelijkheden bood. Misschien zou het hem zelfs lukken een nieuw leven op te bouwen.

Precies om tien uur in de ochtend liep hij naar de receptie. De postbode vertrok net. 'Is er iets bij voor Gaddis of Flores?' zei hij.

De postbode grijnsde gegeneerd. 'Dat mag ik niet zeggen. Er was een hele stapel post voor het motel vanochtend. Vraag binnen maar.'

Pete opende en sloot de deur. Ergens achterin klonk een elektronisch belgeluid. De receptionist kwam door een doorgang waar een gordijn voor hing. 'Hoe maakt u het?' zei hij.

'Dat weet ik niet precies.'

'Sorry, er zat niks voor u bij.'

'Het moet erbij zijn.'

'Ik heb echt goed gekeken.'

'Kijk dan nog een keer.'

'Er zit niks bij. Ik wou dat het zo was, maar het is niet zo.' De receptionist keek Pete onderzoekend aan. 'Uw huur is vier dagen vooruitbetaald. Zo erg kan het toch niet zijn?'

Die avond nam Vikki haar met zonnestralen versierde Gibson mee naar het werk en zong ze drie liedjes mee met de band. Ook de volgende morgen lag er geen post voor haar of Pete bij de receptie. Pete gebruikte de betaaltelefoon bij het steakhouse om Junior Vogel thuis te bellen.

'Je hebt Vikki beloofd dat je mijn cheque zou oppikken en hem naar ons zou doorsturen,' zei hij.

'Ik weet niet waar je het over hebt.'

'Verdomde leugenaar, wat heb je met mijn cheque gedaan? Heb je hem in de bus laten liggen? Vertel op.'

'Waag het niet me hier nog eens te bellen,' zei Junior en hing op.

Om twee uur 's nachts zag Nick Dolan hoe de laatste vaste klanten zijn nachtclub verlieten. Hij vroeg zich altijd af waar ze heen gingen na al die uren drinken en kijken naar halfnaakte vrouwen die hun kunsten vertoonden op enkele centimeters van hun grijpgrage handen. Zorgden hun fantasieën ervoor dat ze 's ochtends hitsig en hard wakker werden, onbevredigd, met een vaag gevoel van schaamte, misschien zelfs boos op de vrouwen die de bron waren van hun afhankelijkheid en wanhoop? Of zonnen ze op een verdorven uitstapje?

Was er een verband tussen zijn werk en geweld tegen vrouwen? Zes straten verwijderd van zijn nachtclub, een kwartier na sluitingstijd, was een tippelaarster verkracht en mishandeld door twee mannen. De daders waren nooit gevonden.

Maar uiteindelijk begon het onderwerp hem te vervelen en was Nick opgehouden na te denken over zijn vaste klanten of zich zorgen te maken over hun daden in het verleden of heden, net zoals een slager niet nadenkt over de voorgeschiedenis van de opengesneden en bevroren witte karkassen die aan vleeshaken in zijn vriezer hangen. Nicks favoriete lijfspreuk was en bleef: *Nick Dolan heeft de wereld niet geschapen.*

Nick dronk een glas melk bij de bar terwijl zijn danseressen, barmeisjes, barmannen, uitsmijters en portiers goedenacht zeiden en een voor een naar buiten liepen, naar hun auto's en hun privélevens, waarvan hij vermoedde dat die weinig verschilden van het leven van wie dan ook, als je het drugsgebruik van de meisjes even niet meerekende. Hij sloot de achterdeur af, stelde het alarm in en deed de voordeur achter zich op slot. Hij bleef voor de club staan en liet zijn blik over het parkeerterrein glijden. Hij zag af en toe een auto op de vierbaansweg en de grote, met sterren bezaaide hemelkoepel erboven. De wind die door de bomen waaide was zacht, de wolken werden verlicht door de maan; er hing zelfs een belofte van regen in de lucht. Het automatische .25-pistool dat hij uit zijn bureau had gepakt zat lekker in zijn broekzak. De enige auto op het parkeerterrein was de zijne. Om de een of andere reden kwam deze nacht hem eerder voor als een lentenacht dan als een nacht aan het einde van de zomer: een tijd voor een nieuw begin, een seizoen van tropische regenbuien en boerenmarkten, honkbaltrainingskampen en een tapijt van blauwe lupine en *Indian paintbrush* net boven de verhoging bij de weg.

Maar voor Nick was de lente om een andere reden bijzonder. Hoe afgestompt hij ook was geworden, de lente deed hem nog steeds denken aan zijn jeugdige onschuld en de onschuld die zijn kinderen met hem hadden gedeeld.

Hij dacht aan de grote, groene wilg die over de Comalrivier achter zijn land hing, en hoe zijn kinderen hadden genoten van het zwemmen tussen de overhangende bladertakken terwijl ze zich vastgrepen aan een tak, precies op de rand waar de stroomversnelling begon. Ze daagden Nick uit om ook een duik te nemen; hun gezichten drukten een en al respect en affectie uit voor de vader die hun geborgenheid gaf.

Kon hij het lot van die Thaise vrouwen maar ongedaan maken. Wat zei de stem van Jahweh? 'Ik ben de alfa en de omega. Ik ben het begin en het einde. Ik maak alle dingen nieuw.' Maar Nick betwijfelde of de negen vrouwen en meisjes met hun monden vol zand hem zo gemakkelijk zouden vergeven.

Hij stak het parkeerterrein over om naar zijn auto te lopen en zag hoe de boomtoppen bewogen op de wind en hoe de maan als een zilveren schijf achter de wolken stond. Zijn gedachten waren één grote chaos. Toen hoorde hij achter zich het geluid van een brullende motor en banden die een knarsend geluid maakten door het grind totdat ze een hardere ondergrond bereikten. Voor hij zich kon omdraaiden stond de SUV van Hugo naast hem. Hugo zat in de passagiersstoel; een jongeman met een hoge hoed op zat achter het stuur.

'Stap in, Nick. Kom met ons ontbijten,' zei Hugo, die het raampje naar beneden had laten zakken.

Een man die Nick niet kende zat achterin. Naast hem stond een paar krukken.

'Nee, bedankt,' antwoordde Nick.

'Je moet echt instappen, hoor. Echt,' zei Hugo. Hij stapte uit en opende het achterportier.

De man die achterin bij het andere portier zat, keek Nick aandachtig aan. Zijn haar was ingesmeerd met crème. De scheiding liep als een keurige grijze lijn over zijn schedel, zoals bij een acteur uit de jaren veertig. Zijn hoofd was smal, zijn neus lang, zijn mond klein en strak. Hij had een keurig opgevouwen krant op schoot; zijn rechterhand stak net in de vouw. 'Ik zou het op prijs stellen als u met me wilde praten,' zei de man.

De wind was gaan liggen en het geruis in de bomen was opgehouden. De lucht leek drukkend, vochtig, als natte wol op de huid. Nick voelde zijn hart in zijn oren kloppen.

'Meneer Dolan, steek uw hand niet in uw zak,' zei de man.

'Bent u degene die ze Prediker noemen?' vroeg Nick.

'Sommige mensen noemen me zo.'

'Ik ben u geen geld schuldig.'

'Wie zegt van wel?'

'Hugo.'

'Dat is Hugo, niet ik. Wat hebt u in uw zak, meneer Dolan?'

'Niks.'

'Niet liegen.'

'Wat?'

'En ook niet hypocriet doen.'

'Ik weet niet wat u bedoelt.'

'U kunt nu met me praten, of u komt Bobby Lee en mij later tegen.'

'Wie is Bobby Lee?'

'Hij daar is Bobby Lee,' zei Prediker. Hij wees naar de chauffeur. 'Mogelijk is hij een afstammeling van de generaal. Je hebt tegen Hugo gezegd dat je me wilde spreken. Haal jezelf niet omlaag door te doen alsof je dat niet hebt gezegd.'

Nick hoorde geschetter in zijn hoofd. 'Dus nu heb ik u ontmoet. Ik ben tevreden. Ik ga nu naar huis.'

'Ik vrees van niet,' zei Prediker.

Nick had het gevoel alsof hij aan een wurgpaal stond en de band om zijn borst werd geklemd die het bloed uit zijn hart perste. *Je moet het nu onder ogen zien, nu Esther en de kinderen er niet bij zijn*, zei een stem in zijn hoofd.

'Zei u iets?' vroeg Prediker.

'Ja, ik heb vrienden. Sommigen daarvan werken bij de politie. Ze komen hier soms. Ze eten gratis in mijn restaurant.'

'En wat hebben wij daarmee te maken?'

Nick had geen antwoord. Hij wist niet eens meer precies wat hij had gezegd. 'Ik ben geen misdadiger. Ik heb hier niets mee te maken.'

'Het is best mogelijk dat we vrienden kunnen worden. Maar u moet eerst met me praten,' zei Prediker.

Nick klemde zijn kaken op elkaar, stapte in de suv en hoorde hoe het portier achter hem werd dichtgeslagen. De jongen met de hoge hoed reed de auto de weg op. De kracht van de motor drukte Nick tegen de zitting en maakte het hem onmogelijk om zijn gordel vast te maken. Prediker bleef hem aankijken met zijn nieuwsgierige, lichtbruine ogen, als iemand die een woestijnrat in een kooi bestudeert. Nick tastte met zijn hand langs de automatische .25 in zijn zak.

Prediker klopte met zijn knokkels op zijn gipsverband. 'Ik ben onvoorzichtig geweest,' zei hij.

'O ja?' zei Nick. 'Hoezo dan?'

'Ik heb een jonge vrouw onderschat. Ze zag eruit als een schoolmeisje, maar ze heeft me een lesje in nederigheid gegeven,' zei Prediker.

'Waarom wilde u me spreken?'

'Jullie proberen mijn bedrijven af te pakken.'

'Zie ik eruit als een restauranthouder of als de uitbater van een stripteasetent?'

'Er zijn ergere dingen.'

Prediker keek naar het landschap dat voorbij gleed. Hij sloot zijn ogen, alsof hij ze even rust wilde gunnen. Even later deed hij ze weer open en hij boog zich naar voren, misschien omdat hij een bekend punt zag. Hij krabde met een vinger over zijn wang en keek weer naar Nick. Toen leek hij een besluit genomen te hebben. Hij tikte tegen de rug van de stoel van de chauffeur. 'De weg naar links,' zei hij. 'Rij over het veerooster en volg de onverharde weg. Je ziet een schuur, een vijver en een houten huis. Het huis is leeg. Als je een auto ziet, of lichten die branden, moet je omdraaien.'

'Begrepen, Jack,' zei de chauffeur.

'Wat is er aan de hand?' zei Nick.

'Je wilde praten, dus gaan we praten,' zei Hugo vanaf de voorstoel.

'Haal dat pistool met twee vingers uit je broekzak en leg het op de zitting,' zei Prediker. De helft van zijn rechterhand lag nog steeds in de gevouwen krant op zijn schoot. Zijn lippen waren ietwat geopend, hij knipperde niet met zijn ogen, zijn neus wees omlaag.

'Ik heb geen pistool. En als ik er wel een had, zou ik het niet aan u geven.'

'Bent u iemand die niet luistert?' zei Prediker.

'Ik luister wel, anders zou ik hier niet zijn.'

'U was van plan Hugo en mij onverwachts neer te schieten, als u daar de kans toe kreeg. U hebt me niet met respect behandeld. U hebt me behandeld alsof ik een stommeling ben.'

'Ik heb u nooit eerder gezien. Hoe zou ik gebrek aan respect voor u kunnen hebben?' antwoordde Nick, de vooronderstelling van Prediker negerend.

Prediker zoog aan een tand. 'Bent u gehecht aan uw gezin, meneer Dolan?'

'Wat denkt u?'

'Geef antwoord op mijn vraag.'

'Ik heb een fijn gezin. Ik werk hard om de kost te verdienen. Daarom zit ik niet verlegen om dit soort ellende.'

'Bent u een trouwe echtgenoot?'

'Dit is idioot.'

'Ik wil geloven dat u een goede huisvader bent. Ik denk dat u van plan was Hugo en mij te vermoorden, zelfs als dat betekende dat u zelf de kogel zou krijgen. U zou bereid zijn te sterven voor uw gezin, of niet soms?'

Nick had het gevoel dat hij in een val werd gelokt, maar hij wist niet hoe. Prediker zag de verwarring op zijn gezicht.

'Dat maakt u tot een gevaarlijk man,' zei Prediker. 'Dat brengt mij in een moeilijke positie. Dat had u niet moeten doen. En u had me ook niet moeten betuttelen.'

Nick, die steeds wanhopiger werd, zag dat de chauffeur naar hem keek in de achteruitkijkspiegel. Hij trok zijn vingertoppen een paar centimeter terug van de .25 naar de rand van zijn broekzak. Hij wierp een blik op de rechterhand van Prediker, die deels in de opgevouwen krant stak. De krant wees iets omhoog en was precies op Nicks ribbenkast gericht.

De suv draaide van de ventweg af, reed door een open plek tussen een rij dennen en hobbelde over een veerooster om uit te komen op boerenland vol onkruid en houten palen zonder afrastering. Nick zag maanlicht glinsteren op een vijver en daarachter een donker huis met vee op het erf. Hij sloeg zijn armen over elkaar en stopte zijn handen in zijn oksels om het trillen te laten ophouden. Bobby Lee keek weer in de spiegel naar Nick. In elk van zijn wangen zat een deukje, alsof hij het speeksel uit zijn mond opzoog.

'Ik wist dat het zover zou komen,' zei Nick.

'Ik begrijp niet wat u bedoelt,' zei Prediker.

'Ik wist dat een van jullie klootzakken me uiteindelijk zou doden. Jullie zijn allemaal hetzelfde – zwarte etterbakken uit de wijk Desire, Italiaanse eikels uit het centrum van New Orleans. Nu is het een Ierse psychopaat die zich uitslooft voor Hugo Cistranos. Niemand van jullie heeft zelf talent of hersens. Ieder van jullie is een kuddedier, altijd bezig met het zoeken naar manieren om hardwerkende mensen te bestelen.'

'Moet je die vent horen. Niet te geloven,' zei de chauffeur tegen Hugo.

'Ik steel niet, meneer Dolan,' zei Prediker. 'Maar u wel. U steelt de onschuld van jonge vrouwen en buit ze uit. U hebt een zaak waarin geld wordt verdiend aan de lusten van ontaarde mannen. U bent een etterende puist in de ogen van God, wist u dat, meneer Dolan? En trouwens, u bent ook een gruwel in de ogen van uw eigen ras.'

'Het jodendom is geen ras, het is een religie. Dat bedoel ik nou. Jullie zijn allemaal dom. Dat is jullie grootste gemene deler.'

Bobby Lee had de koplampen al gedoofd en liet de auto tot stilstand komen bij een vijver. De opening van de opgevouwen krant op de schoot van Prediker wees nog steeds in de richting van Nick. Nick had het gevoel dat hij moest overgeven. Hugo trok de achterdeur open en liet zijn hand langs Nicks benen glijden. Zijn gezicht was zo dichtbij dat

Nick de adem van de man op zijn huid kon voelen. Hugo viste de automatische .25 uit Nicks broekzak en richtte hem op de vijver.

'Een mooi ding,' zei hij. Hij ontgrendelde het magazijn en trok de slede naar achteren. 'Bang om hem door te laden, Nicholas?'

'Het zou me niet geholpen hebben,' zei Nick.

'Wil je het hem laten zien?' zei Hugo tegen Prediker.

'Wat laten zien?' zei Nick.

Prediker smeet de krant op de grond en stapte uit aan de andere kant terwijl hij de krukken achter zich aan trok. De krant was opengevouwen op de grond gevallen. Er zat niets in.

'Pech gehad, Nicholas,' zei Hugo. 'Hoe voelt het om te verliezen van iemand die een handvol lucht vasthield?'

'Bobby Lee, doe de achterklep open. Hugo, geef me dat pistool van hem,' zei Prediker.

'Ik regel dit wel,' zei Hugo.

'Net zoals je achter die kerk hebt gedaan?'

'Rustig aan, Jack,' zei Hugo.

'Geef me dat pistool, zei ik.'

Nick voelde een golf van misselijkheid door zijn hele lijf trekken, alsof hij systematisch was vergiftigd, alsof zijn bloed zich in zijn maag had opgehoopt en al zijn spieren slap en week waren geworden. Heel even zag hij zichzelf door de ogen van zijn kwelgeesten: een kleine, meelijwekkende, dikke man die zo grauw was geworden als karton en wiens haar glansde van het zweet, een klein corpulent mannetje dat een zure stank van angst uitwasemde.

'Loop met me mee,' zei Prediker.

'Nee,' zei Nick.

'Ja,' zei Bobby Lee. Hij duwde een .45 hard tussen Nicks schouderbladen en schroefde de loop in zijn weke vlees.

De koeien op het omheinde terrein van de boerderij hadden glimmend groene vlaaien rond de vijver achtergelaten. In het maanlicht zag Nick dat de koeien naar hem keken, met heldere ogen; hun koppen waren omgeven door een wolk van vliegjes. Een niet gemolken koe met een gezwollen uier die deed denken aan een geaderde ballon, gaf loeiend uiting aan haar ongemak.

'Loop naar de boerderij, meneer Dolan,' zei Prediker.

'Dus dit is dan het einde?' zei Nick.

Maar niemand gaf antwoord. Hij hoorde Hugo rommelen in de kofferruimte van de SUV. Hij sloeg een paar grote vuilniszakken los en spreidde ze uit op de bekleding.

'Mijn gezin zal niet weten wat me is overkomen,' zei Nick. 'Ze zullen denken dat ik hen heb verlaten.'

'Kop dicht,' zei Bobby Lee.

'Zo praat je niet tegen hem,' zei Prediker.

'Hij is steeds brutaal tegen je, Jack.'

'De heer Dolan is een dapper man. Behandel hem niet alsof hij minder dan dat zou zijn. Zo is het ver genoeg, meneer Dolan.'

Nick voelde de huid op zijn gezicht samentrekken en zijn benen begonnen aan de achterkant onbedwingbaar te trillen. Hij begon de controle over zijn sluitspier te verliezen. In de verte zag hij een rij populieren aan de rand van een niet omgeploegde akker. De wind golfde door sorghum die geel was geworden door de droogte. Een vallende ster liet een kortstondig spoor in de lucht achter. Hoe was hij, een jochie uit New Orleans, hier beland, op dit afgelegen, godverlaten stuk land in Zuid-Texas? Hij sloot zijn ogen en een tel lang zag hij zijn vrouw staan onder de zuilengalerij op de hoek van St. Charles en Canal Street. Er zaten regendruppels in haar haar en de melkachtige witheid van haar huid stak af tegen de oude, ijzeren, groen geverfde tram die roerloos op de rails stond.

'Esther,' hoorde hij zichzelf fluisteren.

Hij wachtte op het pistoolschot waarmee een .25-patroon in zijn schedel geboord zou worden. In plaats daarvan hoorde hij niets anders dan het loeien van de koe in het duister.

'Wat zei u?' vroeg Prediker.

'Hij zei niets,' zei Bobby Lee.

'Hou je mond. Wat zei u, meneer Dolan?'

'Ik zei "Esther". Zo heet mijn echtgenote, de vrouw die nooit zal weten wat er met haar man is gebeurd. Ellendeling.'

Nick hoorde het golfplaten dak op de boerderij klepperen in de wind.

'Wat is er, Jack?' zei Bobby Lee.

'Zweert u bij God dat uw vrouw zo heet?' zei Prediker.

'Ik zou haar naam niet door het slijk halen door erover te zweren tegen een man als u.'

'Laat hem niet zo'n toon tegen je aanslaan, Jack.'

Nick hoorde hoe Prediker door zijn neus ademde.

'Geef me zijn pistool. Ik doe het wel,' zei Bobby Lee.

'Haal de auto,' zei Prediker.

'Wat doe je?' vroeg Bobby Lee. Hij was langer dan Prediker en zijn hoge hoed stak af tegen de maan, zodat hij nog groter leek.

'Ik doe niks.'

'Niks?'

'We laten deze kerel met rust.'

'Ik snap het niet.'

'Esther zei tegen koning Ahasveros dat als hij haar volk wilde doden, hij ook haar zou moeten doden. Op die manier is ze de dienstmaagd des Heren geworden. Weet je dat niet?'

'Nee, en ik wil ook geen tijd verspillen aan dat Bijbelse geouwehoer.'

'Dat komt omdat je ongeletterd bent. Die onwetendheid is niet jouw schuld.'

'Jack, die vent weet te veel.'

'Ben je het niet met me eens?' zei Prediker.

'Dit is een foute zet, man.'

Nick hoorde de wind en een geluid dat deed denken aan sprinkhanen die tegen de zijkant van de boerderij tikten. Toen zei Bobby Lee: 'Nou goed dan, laat ook maar.'

Nick hoorde hoe Bobby Lees voetstappen zich verwijderden en daarna klonken de stemmen van Bobby Lee en Hugo samen bij de suv. Prediker schuifelde langzaam op zijn krukken naar hem toe, tot Nick de crème in zijn haar kon ruiken.

'Zorg goed voor je vrouw,' zei Prediker. 'En voor je kinderen. Ik wil je nooit meer zien. Begrepen?'

Maar de mond van Nick trilde zo hevig, van angst of van de verlossing van angst, dat hij geen woord kon uitbrengen.

Prediker smeet Nicks .25 in de vijver. De steeds groter wordende kringen van de plons rimpelden door de kattenstaarten. Prediker stommelde terug naar de suv. Zijn schouders werden omhoog gedrukt door de krukken, alsof hij een vogelverschrikker was waarvan de stokken scheef stonden. Nick staarde sprakeloos naar zijn drie ontvoerders, alsof ze voor eeuwig waren gevangen in een zwart-witbeeld uit een film noir uit de jaren veertig – de brenger des doods in silhouet, klossend over de verschroeide aarde terwijl Hugo en Bobby Lee naar Nick keken met een blik alsof ze inzagen dat er een nieuwe, gevaarlijk ingewikkelde persoon in hun leven was opgedoken.

# 9

Junior Vogel had tegen zijn kok gezegd dat hij met zijn vrouw ging lunchen. Maar hij kwam niet thuis, ook die avond niet. Junior was een gematigd mens, lid van de Kiwani's, lekenassistent in zijn kerk en niet geneigd tot grillig gedrag. Die avond belde zijn vrouw het alarmnummer. Tegen de ochtend was zijn vrouw ervan overtuigd dat hij was ontvoerd.

Om 7:16 uur in de ochtend rapporteerde een vrachtwagenchauffeur die een lading hooibalen vervoerde dat hij meende dat hij het wrak van een auto had gezien op de bodem van een steil ravijn, net naast een tweebaansweg ongeveer vijftien kilometer ten zuiden van Juniors huis. De vangrail in de berm was kapot. Aan de ontvelde bast en de afgerukte bladeren van de mesquitebomen die uit de rotsen groeiden was te zien waar het voertuig omlaag was gestort.

Hackberry Holland en Pam Tibbs parkeerden de surveillancewagen langs de kant van de weg in een parkeerhaven en daalden voorzichtig af in de drooggevallen beek. Sintels en kiezels schoten onder hun schoenen weg, het stof steeg op naar hun gezicht. De verongelukte pick-uptruck was kennelijk over de kop geslagen. Het dak van de cabine was ingedeukt, de voorruit was verbrijzeld. De auto was tot stilstand gekomen in een droge bedding met rotsblokken waar vlinders naar vocht zochten.

De chauffeur zat nog achter het stuur. De airbags waren niet opgeblazen.

Hackberry wurmde zich tussen een rotsblok en het portier aan de chauffeurskant. De chauffeur had ronde schouders en hing tegen het stuur aan. Zijn onverzorgde haar krulde over zijn boord. Het leek net of hij sliep. De ochtend was nog koel en de pick-up lag in de schaduw, maar de geur in de cabine was al zo sterk dat je ogen ervan gingen tranen.

Pam liep vanaf de andere kant om de voorkant van de auto heen, trok wegwerphandschoenen aan en staarde naar het dashboard en de glassplinters die erop lagen te schitteren. Ook de ogen van Junior Vogel leken naar het dashboard te staren, alleen hadden ze geen uitdrukking. Zijn voorhoofd was voorover geknakt alsof hij voor een laatste maal diep in gedachten was verzonken. Een bromvlieg kroop over een van zijn wijd uitlopende bakkebaarden.

'De airbags zijn uitgeschakeld. Junior had toch kleinkinderen?' zei Pam.

'Ja.'

'Denk je dat hij achter het stuur in slaap is gevallen?' vroeg ze.

'Zou kunnen. Maar hij werd op klaarlichte dag vermist.' Pam keek langs de helling van de beek omhoog naar de kapotte vangrail. 'Er is daar ook geen bocht. Misschien is z'n trekstang afgebroken.'

'De afrit naar zijn huis is bijna vijftien kilometer terug. Wat deed hij hier?' zei Hackberry.

Boven hen stopte een ambulance langs de weg. Twee verplegers stapten uit, gingen bij de vangrail staan en keken omlaag. Hun gezichten staken klein en rond af tegen de blauwe lucht.

'De chauffeur is dood. Er zijn geen passagiers. Laat ons even een paar minuten ons werk doen, oké?' riep Hackberry naar boven.

'Goed,' zei een van hen.

Zijn adem inhoudend en met een zakdoek voor zijn mond stak Hackberry zijn arm in de auto om het contact uit te schakelen. Maar dat was al gebeurd. Aan de contactsleutel hing een konijnenpoot aan een kettinkje.

'Moet je kijken, Hack,' zei Pam. Ze stond nu achter het voertuig. 'Er zit een grote deuk in de bumper. Er zit helemaal geen stof op die deuk. Op de rest van de bumper zit een laagje modder.'

'Denk je dat iemand tegen de achterkant van Junior is aan gereden en hem door de vangrail heeft geduwd?' zei Hackberry.

'Junior was er een meester in om agressie op te wekken,' antwoordde ze. 'Twee weken nadat hij de leiding kreeg over het picknickcomité van zijn kerk was de halve gemeente bereid zich tot de islam te bekeren.'

'Het contact staat uit,' zei Hackberry. Hij had een stap achteruit gedaan, maar hield de zakdoek nog steeds voor zijn mond.

'Volgens mij is de doodsoorzaak een gebroken nek,' zei Pam. 'Het is mogelijk dat hij lang genoeg bij bewustzijn is geweest om het contact uit te zetten om brand te voorkomen. Dat zou ik in ieder geval wel hebben gedaan.'

'Nee, er is hier iets raars aan de hand,' zei Hackberry. Hij ademde een teug frisse lucht in en opende het portier. 'Overal op de voorzijde van zijn overhemd zitten glassplinters, maar op de veiligheidsgordel zit bijna niets.' Hij betastte met zijn wijsvinger de binnenzijde van het mechanisme waarmee de gordel automatisch werd opgerold als je de gesp indrukte. 'Er zit glas in de gleuf. Deze gordel is losgemaakt en daarna weer aangetrokken.'

'Heeft iemand Junior uit de auto gehaald en hem daarna weer teruggezet?'

Hackberry liep naar de achterkant van de pick-up en bekeek de beschadigde bumper. Hij schraapte zijn keel, spuwde naar opzij en wachtte tot een briesje de lucht om hem heen had schoongeblazen. 'Wij dachten dat Junior misschien wist waar Vikki Gaddis was,' zei hij. 'Misschien heeft iemand anders hetzelfde gedacht.'

'Heeft iemand hem aangehouden op de weg, hem mishandeld om informatie los te krijgen en daarna zijn nek gebroken?' zei Pam.

'Misschien is dat de reden waarom Junior langs zijn huis is gereden zonder af te slaan. Hij wilde zijn vrouw niet in gevaar brengen.'

Een reeks kleine steentjes druppelde omlaag de beek in. Pam keek op naar het gat in de vangrail. 'Daar zijn R.C. en Felix, en de lijkschouwer. Wat wil je doen?'

'We behandelen het als een moord.'

Hackberry liep naar de andere kant van de pick-up, trok het portier aan de passagierskant open en zocht achter de zitting. Het handschoenenkastje hing open, maar zo te zien was er niet in gerommeld. Toen zag hij een duidelijke rechthoekige inkeping; iemand had met een schroevendraaier het slotje geforceerd.

Waarom zou iemand een schroevendraaier nodig hebben om het dashboardkastje open te maken als de sleutel in het contactslot stak?

Hackberry probeerde het contactsleuteltje op het handschoenenkastje, maar het paste niet.

Hij liep verder de beek in en klom op een platte rots vanwaar hij goed kon zien hoe de pick-up door de vangrail naar beneden was geschoven. De twee hulpsheriffs die net waren aangekomen, R.C. Bevins en Felix Chavez, hielpen de lijkschouwer omlaag te klauteren. Hackberry ging op zijn hurken zitten en duwde zijn hoed terug op zijn hoofd. Zijn knieën kraakten en de kolf van de .45-revolver in zijn holster prikte in zijn ribbenkast. Een windvlaag blies door de bodem van de drooggevallen beek en een wolk zwarte vlinders vloog op uit de bedding. De zon was al een rode bal die opsteeg boven de heuvels, maar de beek lag nog in de schaduw. De stenen voelden nog koel aan en de naastgelegen woestijn werd bijna sfeervol.

Misschien was dat de geschiedenis van de aarde, dacht hij. Het leven op aarde werd gekenmerkt door pijn, onmenselijkheid en massa-moord, maar de littekens ervan waren even tijdelijk en betekenisloos als stuivend zand. De meest schrijnende expressie van het menselijk lij-den – de kreet van een stervende – duurde niet langer dan een echo die wegzonk achter de rand van een onmetelijke vlakte. Hoe kon een pro-ces van miljoenen jaren eindigen in stilte en onzichtbaarheid?

Hij stond op en propte zijn overhemd strak in zijn broek. Verder-op, nog geen zeven meter van hem vandaan, lag een beige envelop in een rommelige stapel drijfhout. Het deed hem denken aan een stapel elandgeweien aan de rand van een jagerskamp. Hij klauterde van de rots af en pakte de envelop. Het was een vensterenvelop die ruw was opengescheurd, waardoor de afzender grotendeels onleesbaar was ge-worden. De envelop was leeg, maar uit de overgebleven leesbare druk-letters in de linkerbovenhoek viel de afzender nog op te maken.

'Wat heb je gevonden?' vroeg Pam.

'Een envelop van het Department of Veterans Affairs.'

'Denk je dat die in het handschoenenkastje van Junior heeft gelegen?'

'Ik vermoed van wel. Het sleuteltje zat in het contact, maar er was geen sleuteltje voor het handschoenenkastje.'

Pam stak haar duimen in haar wapenriem. Haar ellebogen staken zijwaarts uit. Toen krabde ze over haar onderarm terwijl ze naar de verongelukte pick-up keek. 'Junior is naar het huis van Pete en Vik-ki gereden om de cheque met Pete's invaliditeitsuitkering op te halen. Maar hij heeft hem niet doorgestuurd,' zei ze, meer tot zichzelf dan tot de sheriff. 'Waarom niet?'

'Waarschijnlijk uit angst.'

'Of omdat hij soms een gemene, zelfzuchtige klootzak kon zijn,' zei ze.

'Hoe staat het ermee, sheriff?' schreeuwde een van de verplegers van boven.

'Kom maar naar beneden,' antwoordde hij, precies op het moment dat de zon boven de rand van de beek verscheen en het scherpe opper-vlak ervan voorzag van een gloed die de schaduwen in enkele secon-den wegbrandde.

Vijf uur later liep lijkschouwer Darl Wingate het kantoor van Hack-berry binnen. Vroeger had hij als forensisch patholoog bij het leger gewerkt. Hoeveel vaardigheden of kennis hij ook had opgedaan, in zijn eigen leven paste hij niets van die kennis toe. Hij rookte, at slecht, dronk te veel, kon totaal niet overweg met vrouwen en leek een religie te maken van cynisme en botheid. Hackberry vroeg zich vaak af of Darls lichtzinnige houding ten opzichte van moraliteit en zijn eigen gezondheid gespeeld was of dat hij een van die mensen was die nergens meer in geloofden.

'Hebben jullie een tand in de auto aangetroffen?' zei Darl.

'Nee.'

Darl had een stoel bijgetrokken en zat aan de andere kant van het bureau. Hij had een gezicht als een karikatuur, met een kloofje in zijn kin en een dun snorretje. Zijn wangen waren een tikje hol, het gevolg van zijn leeftijd of van een ziekte die hij voor iedereen verzweeg. Hackberry merkte dat zijn adem naar pepermunt rook en vroeg zich af hoe laat Darl die ochtend zijn eerste glas had genomen.

'Vogel had een gapend gat op de plek waar een tand had moeten zitten. Hij was niet afgebroken. Er zaten diepe verwondingen aan de binnenkant van zijn lippen,' zei Darl.

'Is hij gemarteld?'

'Heb je al geluncht?'

'Nee.'

'Hoeveel wil je horen voordat je gaat eten?'

'Zeg het nou maar, Darl.'

'Er zaten veel verwondingen op de penis en testikels. Waarschijnlijk toegebracht met een metalen instrument. Waarschijnlijk met dezelfde tang die iemand voor zijn mond heeft gebruikt. De doodsoorzaak was een hartverlamming.'

'Was zijn nek niet gebroken?'

'Zijn nek was inderdaad gebroken, maar hij was al dood toen dat gebeurde.'

'Weet je dat allemaal zeker?'

Darl stak een sigaret in een gouden pijpje maar stopte alles toen weer weg, alsof hij zich opeens herinnerde dat roken in het gebouw niet mocht van Hackberry. 'Misschien heeft hij zijn eigen tand getrokken,' zei hij. 'Of misschien heeft het stuur hem in zijn gezicht geraakt en een wond aan de binnenkant van zijn mond veroorzaakt maar niet aan de buitenkant. Of misschien zijn zijn genitaliën verbouwd door de airbag die niet is opgeblazen. Wil je weten wat ik echt denk?'

'Zeg het maar.'

'Dat wat die vent ook voor informatie had, hij die heeft gegeven, tenzij hij voor die tijd al dood was. Ik hoop dat dat is gebeurd. Ik hoop dat hij is weggezakt in een groot zwart gat. Ik moet roken. Ik ga even naar buiten.'

'Ik moet iemand bellen. Ga mee lunchen.'

'Ik heb al gegeten.'

'Ga toch maar mee lunchen,' zei Hackberry.

Nadat Darl naar buiten was gelopen, belde Hackberry FBI-agent Ethan Riser. 'Ik heb een gewetensprobleem. Ik zal het u voorleggen. U ziet maar wat u ermee doet,' zei hij.

'Wat is dat voor een groot probleem?' zei Riser.

'Junior Vogel is gisteren waarschijnlijk van de weg geplukt en doodgemarteld. Jullie man van ICE, die Clawson, wilde hem arresteren, maar ik heb hem overgehaald om hem vrij te laten.'

'Had Clawson contact met Vogel?'

'Wist u dat niet?'

'Ik heb niet altijd de gelegenheid om rechtstreeks met Clawson te spreken.'

Hackberry verbaasde zich over de wonderlijke hoeveelheid speelruimte die je kon creëren door bureaucratische taal te gebruiken. 'Volgens mij had Junior de cheque van Pete Flores in zijn bezit,' zei hij. 'Ik denk dat hij die naar Pete wilde doorsturen. We hadden rekening moeten houden met die cheque. Dat geldt voor jullie, maar ook voor mij en mijn medewerkers.'

'Wij hielden er ook rekening mee.'

'Pardon?'

'Clawson had daar een andere agent op gezet. Ze hebben het verknald.'

'Weet u zeker dat dat alles is?' zei Hackberry.

'Kunt u dat toelichten?'

'Volgens mij heeft jullie man, die Clawson, ernstige psychiatrische problemen. Volgens mij zou hij geen opsporingsambtenaar mogen zijn.'

'Niks "jullie man". Hij is onze man niet.'

'Fijn met u gesproken te hebben, meneer,' zei Hackberry, en hij legde de haak rustig terug op de telefoon.

Prediker Jack Collins had ooit gelezen dat paarden, neurologisch én optisch, twee schermen in hun hoofd hebben waardoor ze tegelijkertijd twee brede en afzonderlijke beelden van hun omgeving kunnen zien. Voor Prediker was dit geen opmerkelijke ontwikkeling in de evolutie van een soort.

Hij had zelf ook altijd twee schermen in zijn hoofd gehad: een waarop mensen af en aan liepen en dat hij naar believen bekeek of negeerde; en het andere scherm, waarop hij zelf deelnemer was – dat scherm had draaischijven en knoppen waarmee hij de verkeersstroom kon terugdraaien of wijzigen en waarmee hij beelden die er niet hoorden kon vernietigen of uitvegen.

Hij had een duistere gave, maar het was toch een gave, en hij was er sinds zijn adolescentie van overtuigd dat zijn rol in de wereld voorbeschikt was en dat het niet aan hem was te twijfelen aan de ongeziene hand die zijn ziel al voordat hij was verwekt had geschapen.

Een vloerventilator achter in de saloon deed de zoom van zijn broek opwaaien en koelde de huid bij de rand van het gips. Vanaf de plek waar hij zat, met zijn wijsvinger door het oor van een witte mok zwarte koffie, deed de lange, pijpenla-achtige vorm van de saloon denken aan de levensloop van een mens: vanaf de moederschoot tot de laatste pagina van zijn levenskalender. Het vroege zonlicht scheen op de ramen met een licht dat deed denken aan de elektrische lampen die de nieuwgeborene verblindden in de verloskamer. De saloon was ooit een danshal geweest en de vloer met de vierkante tegels lag er nog, belopen door honderden, zo niet duizenden, die nooit omlaag keken en dus niet zagen dat hun leven evenzeer was vastgelegd als de wiskundige patronen op de vloer.

De enige lichtbron in het gebouw die nooit van vorm veranderde, was de felgele kegel van het lichtpeertje onder een metalen kap boven de biljarttafel. Het verlichtte de mahoniehouten randen en de leren pockets en het groene laken van de tafel en viel over de armen, benen, nekken en schouders van de spelers die zich over de tafel bogen. Prediker vroeg zich af of niemand van hen ooit besefte dat ze eruitzagen als dwazen die zich over hun eigen doodskist bogen, zoals ze daar stonden met hun spijkerbroeken strak over hun billen gespannen en de geslachtsdelen tegen het hout gedrukt, de rechterarm gespannen om de keu als een speer tegen de witte bal te stoten.

De ober bracht Prediker zijn tweede rondje koffie in een blauwe emaillen pot met witte stippen. De ober liet de pot op tafel staan naast een schoteltje met zes suikerklontjes erop. De twee schermen in

Predikers hoofd waren nu uitgeschakeld, zoals vaak het geval was bij zonsopkomst, en op momenten als deze vroeg hij zich af of de stilte onderdeel was van een groter ontwerp of dat het een teken was van goddelijke verlatenheid.

Toen Elia zich inspande om de stem van God te horen, werd hij op een ochtend wakker en zag hij dat een engel hem 's nachts had voorzien van een kruik water en een koek die op gloeiende stenen was gebakken. Maar de stem van Jahweh was niet te vinden in een aardbeving, in de wind en zelfs niet in een vuur. Dat zei het Schrift. De stem zou fluisterend spreken bij de ingang van een grot, een grot die Prediker zou binnengaan als de tijd rijp was.

Maar hoe zou hij die stem herkennen? Hoe zou hij weten dat het niet gewoon de wind was die door een gat in de aarde blies?

De deur van de nooduitgang ging plotseling open. Prediker maakte een schrikbeweging met zijn hand en morste koffie. Bobby Lee stond afgetekend tegen het zonlicht in de steeg. Hij droeg een met verzinknagels verstevigde oranje werkbroek, een wit T-shirt en een hoge hoed. Zijn brede bretels zaten strak in het vlees van zijn deltaspieren en hij had zich niet geschoren.

'Ik wilde je niet laten schrikken,' zei hij. Bobby Lee veegde zijn neus af met de rug van zijn hand en bekeek het interieur van de saloon. 'Wat een zooi. Hoe kun je hier eten?'

'Doe dat niet nog een keer, zo plotseling achter me opduiken,' zei Prediker.

'Zijn we een beetje prikkelbaar vanochtend?'

Prediker veegde met een papieren servetje de koffie van zijn hand. 'Stop wat geld in de jukebox,' zei hij.

'Wat wil je horen?'

'Denk je dat me dat iets kan schelen?'

Bobby Lee wisselde bij de barman en stopte acht kwartjes in de jukebox. Daarna ging hij tegenover Prediker zitten.

'Vertel op,' zei Prediker.

'Het was een smerig karweitje. We moesten hem achtervolgen en hem uit zijn auto halen.'

'Ga door.'

Bobby Lee haalde zijn schouders op. 'Hij wilde niks vertellen. Liam liet hem weten welke keuzes hij had. Ik denk dat die vent Liam niet geloofde.'

'Kun je iets duidelijker zijn?'

'Die vent is dood. Volgens mij kreeg hij een hartaanval.' Bobby Lee zag dat Prediker zijn ogen samenkneep. 'Het was zijn eigen schuld, Jack. Hij werkte niet mee.'

Prediker pakte een suikerklontje dat hij in zijn koffie liet vallen. Ondertussen bleef hij Bobby Lee voortdurend aankijken.

'Ik dacht dat je suikerziekte had,' zei Bobby Lee.

'Dat heb je verkeerd gedacht. Maak je verhaal af.'

De blik in de ogen van Bobby Lee leek zich naar binnen te keren, alsof hij zijn geheugen raadpleegde; alsof hij zich afvroeg of hij zich vergiste, of dat Prediker tegen hem loog. Toen kwam de scherpte in zijn blik weer terug. 'Die vent zei iets over een Siesta-motel in een stadje bij de grens. Het was moeilijk te verstaan wat hij zei.'

'Sprak hij niet dezelfde taal als jij en Liam?' zei Prediker.

'Het kwam door wat Liam aan het doen was.'

'Wat deed hij dan?'

'Jack, je hebt ons op pad gestuurd om informatie los te krijgen. We hebben de truck van die vent op klaarlichte dag door de vangrail geduwd. We moesten onze auto parkeren en in een canyon omlaag klauteren. We hadden een paar minuten om ons werk te doen en ons uit de voeten te maken.'

'Uit de voeten te maken?'

'Echoot het hier? Het probleem ligt niet bij Liam en mij.'

Er viel een stilte. 'Wie is het probleem dan wel?' zei Prediker.

'Je maakt je er zorgen over dat dat dat meisje weet wie je bent, maar die Jood laat je glippen. Ondertussen heeft niemand van ons nog geld gezien. Ik niet, Liam niet, Hugo niet, jijzelf niet. Begrijp jij daar iets van?'

'Vertel me eens, waarom zou die Joodse man al die vrouwen willen vermoorden? Hij is een souteneur. Souteneurs vermoorden hun vrouwen niet,' zei Prediker.

Het eerste nummer van de jukebox was afgelopen. Bobby Lee zweeg totdat het volgende was begonnen. 'Ik wist niet wat jij en Hugo achter de kerk gingen doen. Ik denk dat je een fout hebt gemaakt, Jack. Maar daar moet je mij niet de schuld van geven. Ik wil alleen mijn geld. Ik denk dat ik terugga naar Florida en dat ik nog een paar colleges binnenhuisarchitectuur ga volgen in Miami-Dade. Ik hoef nog maar één semester. Dan heb ik mijn diploma.'

Prediker liet zijn ogen onderzoekend over Bobby Lees gezicht glijden. Ze leken in zijn hoofd binnen te dringen en zijn gedachten te doorzoeken.

'Waarom staar je me zo aan?' vroeg Bobby Lee.

'Zomaar.'

'Ik zal eerlijk zijn. Hugo en ik denken dat je aan het afglijden bent. Misschien moet je hulp zoeken bij een psycholoog of zoiets.'

'Wat hebben jullie gedaan met die restauranteigenaar?'

'Ervoor of erna?' Bobby Lee zag dat het gezicht van Prediker verhit raakte. 'Liam heeft zijn nek gebroken en we hebben hem weer in de gordels van zijn auto gehesen. Niemand heeft ons gezien. Het zal beschouwd worden als een ongeluk.'

'Heb je iets uit de auto meegenomen?'

'Nee,' zei Bobby Lee. Hij schudde zijn hoofd met een effen blik in zijn ogen.

'Denk je niet dat een lijkschouwer zal zien dat de nek van die man is gebroken na zijn dood en dat zijn lichaam is verplaatst?'

Bobby Lee stopte een luciferhoutje in zijn mond, haalde het er weer uit en keek om naar de jukebox. Hij legde zijn gevouwen handen op tafel en bestudeerde zijn vingers. De huid op zijn gezicht had de structuur van gekookt varkensleer.

'Wilde je nog iets zeggen?' vroeg Prediker.

'Ja. Wanneer krijgen we ons geld?' antwoordde Bobby Lee.

'Wat heb je uit de auto van die man meegenomen?'

'Wat?'

Prediker maakte zijn hand los van zijn koffiekop en stak een vinger op. 'Ik ben tot nu toe je vriend geweest, Bobby Lee, maar ik duld geen leugens. Denk zorgvuldig na over je antwoord.'

De zijkant van het gezicht van Bobby Lee trilde alsof er een insect over zijn huid kroop.

Op zaterdagochtend was Hackberry bezig met het planten van rozenstruiken in de schaduw van zijn huis. Hij zette de wortelkluiten in diepe gaten die hij tussen koffiedik, compost en zwarte aarde had uitgegraven. Toen zag hij de auto van Pam Tibbs van de rijksweg afdraaien en onder de houten boog boven zijn oprit door rijden. Ze had de hele nacht dienst gehad en droeg nog steeds haar uniform. Hij nam aan dat ze op weg was naar huis, waar ze woonde met drie katten, een twintig jaar oud renpaard en een volière vol gewonde vogels.

Toen ze uitstapte, hield ze een zak houtskool in haar ene hand en een plastic zak vol met etenswaren in de andere. 'Is het niet te laat om nu nog rozen te planten?' vroeg ze.

'Op mijn leeftijd is alles laat,' zei Hackberry.

'Ik heb worstjes, aardappelsalade, bonen, sla en broodjes, als je trek hebt in een vroege lunch,' antwoordde ze.

Hij stond op, nam zijn strohoed af en depte zijn voorhoofd met zijn mouw. 'Is er gisteravond iets gebeurd dat ik moet weten?'

'We hebben een Mexicaan gearresteerd die opium bij zich had en drieduizend dollar aan contant geld. Volgens mij werkt hij als koerier voor Ouzel Flagler. Hij is al de derde die we deze maand hebben gearresteerd.'

Aan de achterkant van het huis stond een verveloze picknicktafel met in het midden een parasol. Ze legde de houtskool en het eten op de tafel en stak haar handen in haar achterzakken. Ze keek naar Hackberry's schuur, de populieren en naar de moestuin, die vol stond met tomaten. Haar handboeien waren om de achterkant van haar riem bevestigd en het uiteinde van een gummiknuppel stak uit haar broekzak. Hij wachtte tot ze verder zou praten, maar ze zei niets.

'Voor de dag ermee, Pam,' zei hij.

'Isaac Clawson was een uur geleden op het bureau. Hij probeert je zo zwart mogelijk te maken, Hack.'

'Wat zou dat?'

'Je bent te aardig. Mensen misleiden je.'

'Ga je voor me opkomen?'

Ze draaide zich om en hield zijn blik vast. 'Misschien moet íémand dat doen.'

Hij drukte met zijn duim een deuk uit de bovenkant van zijn hoed en zette hem weer op zijn hoofd. Een lachje krulde in één mondhoek en zijn ene oog was iets meer toegeknepen dan het andere. 'Heb je iets kouds te drinken in die zak?'

'Ja,' antwoordde ze.

Hij trok het flesje coca-cola dat ze had meegenomen open en nam een grote slok. De cola was ijskoud en deed pijn in zijn keel, maar hij bleef slikken. Ondertussen keek hij naar twee blauwe gaaien in zijn moerbeiboom. Hij voelde dat Pam hem van opzij aankeek. Hij nam het flesje van zijn mond. 'Je bent een aardig mens,' zei hij.

Haar gezicht leek zachte trekken te krijgen in de schaduw, als een bloem in de namiddag. Toen hoorde hij een stem, even duidelijk als het geluid van de vogels in de bomen: *Niet nog méér zeggen.*

Ze sloeg haar armen over elkaar. 'Heb je aanmaakblokjes?' vroeg ze.

'In het schuurtje,' antwoordde hij.

Het moment was voorbij, als een lucifer die opvlamt, opbrandt en dooft. Hij ging verder met het werk in de tuin. Pam maakte vuur in zijn grill en legde een kleed over de picknicktafel, waarna ze de worstjes, broodjes en papieren bordjes en plastic vorkjes uitstalde.

Twintig minuten later reed Isaac Clawson de oprit op. Hackberry liep naar het hek, rolde één mouw op en voelde aan zijn zonnebril in zijn zak. Hij keek Clawson niet direct aan; zijn gezichtsuitdrukking was neutraal en hij had zijn rug naar Pam gekeerd. Clawsons montuurloze achthoekige glazen trilden van het licht. Zijn gladgeschoren hoofd glom en de botten van zijn schedel tekenden zich af bij zijn slapen. Zijn ogen gleden weg van Hackberry's gezicht en richtten zich op Pam, die op een beschaduwd plekje worstjes omdraaide op de grill.

'Werkt u ook wel thuis?' zei hij tegen Hackberry.

'Wat is de aard van uw bezoek, meneer?' zei Hackberry.

'Bezoek?'

'Wilt u een hotdog?'

'Nee, ik wil een man oppakken voor de moord op Junior Vogel.' Met twee vingers viste Clawson een kleurenfoto uit zijn borstzakje. 'Kent u deze man?'

De foto was niet genomen in een arrestantenkamer en leek op de foto die werknemers dragen ter identificatie. De man op de foto had ogen die ver uit elkaar lagen, een bovenlip die te dicht bij zijn neus zat en een volle, oranje baard, als een zeeman.

'Wie is het?' vroeg Hackberry.

'Hij heet Liam Eriksson. Gisteren hebben hij en een vrouw geprobeerd de cheque met de invaliditeitsuitkering van Pete Flores te incasseren bij een bank van lening in San Antonio. Ze hadden beiden gedronken. Toen de bankbediende de cheque mee naar achteren nam, zijn ze ervandoor gegaan. Beiden zijn door een beveiligingscamera geregistreerd. We hebben een duimafdruk van Eriksson op de balie gevonden. Eriksson had een bibliotheekkaart met de naam van Flores erop.'

'Wat was het bedrag van die cheque?'

'Driehonderdzesenvijftig dollar.'

'Heeft hij voor driehonderdzesenvijftig dollar het risico genomen dat hij herkend zou kunnen worden als medeplichtige in een moordzaak?'

'Wie zegt dat die lui slim zijn? Ze zijn alleen met meer dan wij. U hebt nog geen persverklaring uitgegeven dat de dood van Vogel een moord was?'

'Nog niet.'

'Wat weet zijn familie?'

'Dat anderen mogelijk bij zijn dood waren betrokken.'

'Laten we dat zo houden. Eriksson was een regelmatig prostitueebezoeker. Misschien is hij nog bij de vrouw die op de beveiligingsvideo stond. Als we die vrouw vinden, vinden we hem waarschijnlijk ook, tenzij hij weet dat hij is herkend bij een moordonderzoek.'

'Wie is die vrouw?'

'De bankbediende zei dat hij haar niet kende. Op de beelden van de beveiligingscamera staat alleen haar achterhoofd.'

'Hoe komt u aan die foto van Eriksson?'

'Hij heeft in Irak gewerkt voor een particuliere beveiligingsfirma. Hij werd ervan verdacht dat hij in het wilde weg op auto's van burgers had geschoten. Er was een video van zijn verrichtingen op CNN te zien. Auto's die uit hun rijstrook schoten en tegen andere auto's op botsten. Zijn bedrijf heeft de video teruggehaald voordat hij kon worden aangeklaagd.'

'Ik zal een deel van deze informatie aan de vrouw van Junior moeten vertellen.'

'Waarom?'

'Omdat ze het recht heeft dat te weten,' zei Hackberry.

'En hoe zit het dan met de rechten en de veiligheid van de burgers?'

'Weet u wat de theologische definitie van een leugen is, volgens de katholieken? Anderen geen toegang geven tot kennis waar ze recht op hebben.'

'Volgens mij is het hier een gekkenhuis in de openlucht.'

'Mag ik die foto van Eriksson hebben? Of in ieder geval een kopie?'

'Later misschien.'

'Later?'

Hackberry hoorde de voetstappen van Pam achter zich op het gazongras.

'Waarom sodemieter je niet op?' zei ze tegen Clawson.

'Rustig aan,' zei Hackberry.

Clawson zette zijn bril af, poetste de glazen met een tissue en zette hem weer op terwijl hij een rimpel in zijn neus trok. 'Kunt u mij vertellen waarom u mij zo vijandig bejegent?' vroeg hij Pam.

'Toen uw dochter en haar verloofde zijn ontvoerd en vermoord, werkte ze als avondbediende in een winkel,' zei Pam. 'Wist u niet hoe gevaarlijk het is voor een vrouw om in een avondwinkel te werken? Verdiende u niet genoeg geld om beter voor haar te zorgen? Moet iedereen de prijs betalen voor uw schuldgevoel, agent Clawson? Als dat zo is, is het wel erg vervelend.'

Clawson trok wit weg. 'Waag het niet over mijn dochter te praten,' zei hij.

'Verberg je dan niet achter haar, vervelende eikel.'

'Sheriff, hou dat gekke wijf uit mijn buurt.'

'Nee. U moet uw gemak houden,' antwoordde Hackberry.

Maar het was te laat. Hackberry zag hoe Pam Tibbs haar gummiknuppel uit haar zak trok. Ze liet het veerkrachtige, met leer verzwaarde uiteinde langs haar pols glijden en klemde haar vingers om het houten, met leer omwikkelde handvat. In één beweging stond ze bij Clawson. Voordat Hackberry haar arm omlaag kon slaan, mepte ze de gummiknuppel tegen Clawsons slaap. Ze gaf de zwaai extra kracht met een polsbeweging en striemde zijn schedel open. Over zijn witte overhemd spatte een rode streep.

Zijn bril viel van zijn gezicht en kletterde op een tegel. Hij had wijd open ogen van ontzetting, zijn blik was troebel. Zijn mond hing open en zijn lippen vormden een grote ronde O. Hij hief zijn onderarm om de tweede slag af te weren, maar ze raakte hem op de elleboog en daarna achter het oor. Zijn knieën knikten en hij greep zich vast aan het hek om te voorkomen dat hij helemaal op de grond zou zakken.

Hackberry sloeg zijn armen om Pam heen en hield haar handen tegen haar lendenen gedrukt. Hij tilde haar op en droeg haar een eind dieper de tuin in. Ze verzette zich, schopte met haar hakken tegen zijn schenen, trok aan zijn polsen om zijn handen los te wrikken en stootte met haar achterhoofd tegen zijn gezicht.

Clawson leunde met één hand tegen het spatbord van zijn auto en hield zich overeind. Hij deed verwoede pogingen een zakdoek uit zijn zak te trekken om het bloed te stelpen dat in stroompjes over zijn voorhoofd en wenkbrauwen stroomde.

'Hou op Pam, of ik smijt je in de paardendrinkbak. En dat meen ik,' zei Hackberry.

Ze stonden weer in de schaduw. De wind ruiste door de moerbei-boom en op het grasveld voelde het plotseling koel en rook het naar de vochtige aarde die hij bij zonsopgang had omgespit met een hooivork. Hij voelde hoe de stijfheid uit haar rug verdween en hoe haar handen zich ontspanden boven op de zijne.

'Ben je uitgeraasd?' zei hij.

Ze gaf geen antwoord.

'Heb je gehoord wat ik vroeg?'

'Genoeg. Laat me los,' zei ze.

Hij zette haar neer, legde zijn handen op haar schouders en draaide haar naar zich toe. 'Je hebt ons zojuist zwaar in de nesten gewerkt,' zei hij.

'Dat spijt me.'

'Ga naar binnen. Ik zal proberen de schade beperkt te houden.'

'Niet namens mij.'

'Pam, voor één keer: hou je mond en luister naar me.'

Ze sloot en opende haar ogen alsof ze uit een droom ontwaakte. Toen liep ze naar de tafel, ging op de bank zitten, legde haar handen op haar knieën en staarde voor zich uit. Een zuchtje wind speelde met haar haar.

Hackberry ging naar binnen, pakte een verbanddoos en een hand-vol theedoeken uit een keukenkastje en liep weer naar buiten. Clawson zat op de passagiersstoel van zijn auto. Het portier stond open en zijn voeten rustten op het grind van de oprit. Hij was mobiel aan het bellen. De zakdoek die hij in zijn linkerhand gepropt hield was bijna helemaal rood. Hij klapte zijn telefoon dicht en liet hem op de zitting vallen.

'Hebt u een ambulance gebeld?' vroeg Hackberry.

'Nee, ik heb mijn vrouw gebeld. Ik heb vanavond een afspraak met haar in Houston.'

'Ik zal u naar de eerste hulp brengen.'

'U bent bij de marine geweest, sheriff. Doe wat u moet doen. Dit is niet gebeurd. Ik ben uitgegleden op de metalen trap van het motel.'

Hackberry wachtte of hij nog meer ging zeggen.

'U hebt me gehoord,' zei Clawson.

'Weet u het zeker?'

'We pakken die lui die die Aziatische vrouwen en Junior Vogel heb-ben vermoord. Niets mag dat doel in de weg staan. Zegt u maar tegen uw hulpsheriff wat ik heb gezegd.'

'Nee, dat moet u zelf doen.'

'Laat haar hier komen,' zei Clawson.

'U kunt haar niet commanderen.'

Clawson kuchte en drukte zijn zakdoek tegen een diepe snee waaruit het bloed tussen zijn wenkbrauwen door stroomde. 'Geen punt.'

'Laten we eerst eens kijken hoe het met uw hoofd is gesteld, beste kerel,' zei Hackberry.

# 10

Nick Dolan nam een paracetamol en spoelde hem weg met een half glas water. Hij nam Esther mee naar zijn bureau en sloot de deur achter zich. Nu de donkere fluwelen gordijnen gesloten waren en de airconditioning zo laag stond afgesteld dat het ijskoud was, kreeg zijn kantoor iets geïsoleerds, alsof hij de video kon terugspoelen en alle fouten ongedaan kon maken die hij had gemaakt tijdens zijn reis van het schoolplein in de Ninth Ward tot de dag dat hij zich had ingekocht bij een escortbureau en te maken kreeg met mensen als Hugo Cistranos.

Hij vertelde Esther alles wat er tijdens zijn ontvoering was gebeurd – de rit in de suv over de weg naar de verlaten boerderij, Prediker Jack Collins die naast hem zat, Hugo Cistranos, de man uit New Orleans die het vuile werk opknapte en die vreemde jongeman met de hoge hoed die voorin zat, de wiegelende maan onder het oppervlak van een vijver met groene koeienvlaaien langs de oevers. Toen vertelde hij Esther dat de man die Prediker werd genoemd hem op het laatste moment had gespaard vanwege haar naam.

'Denkt hij dat ik iemand uit de Bijbel ben?' zei ze.

'Wie zal zeggen wat er omgaat in de hoofden van krankzinnigen?' zei Nick.

'Je laat iets weg. Er is iets wat je achterhoudt.'

'Nee, dat is alles. Dat is alles wat er is gebeurd.'

'Hou op met liegen. Wat hebben die mannen in jouw naam gedaan?'

'Ze hebben niks in mijn naam gedaan. Ik heb hun nooit opgedragen te doen wat ze hebben gedaan.'

'Ik heb zin om je te slaan, zo hard dat mijn vuisten ervan gaan bloeden.'

'Ze hebben negen vrouwen uit Thailand vermoord. Het waren prostituees. Ze waren de grens over gesmokkeld door Artie Rooney. Ze hebben hen neergeschoten met een machinegeweer en met een bulldozer begraven.'

'Mijn god, Nick,' zei ze met overslaande stem.

'Ik had er helemaal niks mee te maken, Esther.'

'Ja, dat had je wel.' Toen zei ze het nogmaals. 'Ja, dat had je wel.'

'Hugo zou de vrouwen in Houston afleveren. Dat was alles.'

'Alles? Moet je jezelf horen. Waarom liet je je in met mensen die prostituees het land in smokkelen?'

'We zijn deelgenoot in een paar escortbureaus. Het is legaal. Het gaat om gastvrouwen. Misschien gebeuren er ook nog andere dingen, maar dat is een zaak tussen volwassenen. We leven in een vrij land. Het is gewoon een bedrijf.'

'Heb jij een escortbureau?' Toen hij geen antwoord gaf, zei ze: 'Nick, wat heb je ons aangedaan?' Ze zat nu stilletjes in de leren stoel te huilen. Haar lange haar hing in haar gezicht. Haar onthutsing, angst en ongeloof en de zwarte sluier haar die haar van de rest van de wereld scheidde deden hem denken aan de vrouwen die stonden opgesteld voor het machinegeweer van Prediker. Zijn lippen begonnen te trillen.

'Zal ik iets voor je inschenken?' zei hij.

'Zeg niets meer tegen me. Raak me niet aan. Blijf bij me uit de buurt.'

Hij torende boven haar uit, zijn vingers een paar centimeter verwijderd van haar kruin. 'Ik wilde niet dat iemand iets zou overkomen, Esther. Ik wilde kijken of ik Artie kon terugpakken vanwege een hoop dingen die hij me heeft aangedaan toen ik nog klein was. Het was stom.'

Maar ze luisterde niet naar hem. Haar hoofd was voorovergebogen, haar gezicht volledig aan het zicht onttrokken. Haar rug beefde in haar blouse. Hij haalde een doos tissues uit zijn bureau en zette die op haar schoot, maar hij viel van haar knieën zonder dat ze het opmerkte. Daar stond hij in zijn donkere, koude kantoor. De ijskoude luchtstroom van de airco streek over zijn kale hoofd, zijn buik hing over zijn broekriem, en toen hij met zijn hand over zijn mond wreef, merkte hij dat zijn vingers naar nicotine roken. Als hij zich ooit in zijn leven kleiner had gevoeld, kon hij zich dat niet herinneren.

'Het spijt me,' zei hij, en hij wilde weglopen.

'Wat zijn die gangsters nu van plan?'

'Er was een getuige, een soldaat die in Irak heeft gezeten. Hij en zijn vriendin zouden kunnen getuigen tegen Hugo, de jongeman met die hoge hoed en die vent die ze Prediker noemen.'

'Gaan ze hen vermoorden?'

'Ja, als ze hen vinden wel.'

'Dat kunnen we niet laten gebeuren, Nick,' zei ze. Ze hief haar hoofd op.

'Ik heb in een dronken bui de FBI gebeld. Het heeft niks opgeleverd.

Wil je dat ik de gevangenis in draai? Daar bereik je toch ook niks mee? Die kerels vermoorden die jongelui toch wel.'

Ze staarde met holle ogen in het niets. Door de vloer heen hoorden zij en Nick de kinderen koprollen maken op het tapijt van de woonkamer. Bij elke buiteling dreunden de muren van het huis tot in de fundering. 'We mogen dat niet op ons geweten hebben,' zei ze.

Het motel was een overblijfsel uit de jaren vijftig, een utilistisch gebouw met grote rode en beige kunststof raamkozijnen. De trappen met hun metalen leuningen deden denken aan een gevangenis. De buurt bestond uit pakhuizen, failliet verklaarde bedrijfjes en troosteloze bars die zich niet meer dan één neonreclame konden veroorloven.

Over het zwembad lag het hele jaar een plastic zeil en het gras rond het gebouw was geel en droog. De bladeren van de palmbomen tikten droog in de wind. Positief was wel dat er hier geen hoeren werkten, net zomin als er speed werd gekookt op de kamers. De natriumlampen op het parkeerterrein beschermden de auto's van de gasten tegen rondtrekkende dievenbendes. De kamertarieven waren laag. In San Antonio kon je het slechter treffen op motelgebied. Maar het motel en de omgeving hadden één onmiskenbaar kenmerk: de rechte lijnen en hoeken en de afwezigheid van mensen gaven je het gevoel dat je in een toneeldecor stond, gemaakt voor gasten die acteur van beroep waren.

Prediker zat in het donker in een makkelijke stoel en staarde naar de televisie. Het scherm vertoonde slechts geruis, het volume stond op zijn hoogst. Maar de beelden op het scherm in Predikers hoofd hadden niets te maken met de televisie in zijn kamer. In het hoofd van Prediker was het 1954. Een kleine jongen zat in de hoek van een goederenwagon die permanent stond afgerangeerd op een spoor in het midden van de smalle strook land tussen Texas en Oklahoma. Het was winter. De wind was vol van grauw gruis en stof en kloofde wangen en lippen, droogde je handen uit en zorgde voor een gebarsten huid rond de duimnagels. Een deken over een touw deelde de goederenwagon in tweeën. Aan de andere kant van de deken was Edna Collins aan het neuken met een donkere spoorwegarbeider terwijl er buiten twee anderen stonden te wachten, met hun handen in de zakken van hun canvasjas gestoken en hun slappe hoeden laag over de oren getrokken tegen de wind.

Voor de ramen van het motel van Prediker hingen rode gordijnen en de lantaarns op het parkeerterrein leken er een patroon van vlammen op te etsen. Hij hoorde voetstappen op de stalen trap; toen gleed een schaduw langs zijn raam en tikte iemand voorzichtig op de jaloezieën.

'Wat kan ik voor u doen?' zei Prediker. Hij bleef naar de televisie kijken.

'Ik heet Mona Drexel, Prediker. We hebben elkaar al eerder ontmoet,' antwoordde een stem.

'Die naam zegt me niets.'

'Liam is een soort klant van me.'

Hij draaide zijn hoofd langzaam om en keek naar haar schaduw op het matglas. 'Liam wie?'

'Eriksson.'

'Kom binnen,' zei hij.

Zodra ze binnen was, rook hij de geur van sigaretten die in haar kleren hing. De kleur en de krullen ervan maakten dat haar haardos die zich aftekende tegen het buitenlicht leek op een suikerspin. De laag make-up op haar gezicht deed Prediker denken aan een onvoltooid beeld van klei: de slappe huid onder de kaak, de mond een beetje scheef, de aanblik van de oogschaduw en rouge; het was even treurig als gênant.

'Mag ik gaan zitten?' zei ze.

'Je bent nu toch binnen?'

'Ik heb gehoord dat er mogelijk mensen op zoek zijn naar Liam omdat hij met een uitkeringscheque naar zo'n leenbedrijfje is gegaan waar ze auto's als onderpand nemen. Ik wilde niet dat mijn naam daarbij betrokken werd, want ik heb er niet echt veel mee te maken en we zijn ook niet echt vrienden. Kijk, we hadden wat gedronken samen en hij had die cheque en hij wilde nog wat feesten, dus ging ik met hem mee, maar om de een of andere reden ging het niet door en Liam zei dat we daar weg moesten en hij dacht dat u kwaad zou zijn, maar dat ontging me allemaal en ik had er niks mee te maken. Ik wou het gewoon ophelderen en ervoor zorgen dat er geen misverstanden zouden ontstaan. Aangezien we elkaar al eens ontmoet hebben dacht ik dat u het niet zo erg zou vinden dat ik langskwam om uw mogelijke vragen te beantwoorden.'

'Waarom zou ik je vragen willen stellen?'

'Een paar mensen zeiden tegen me dat ik dit moest doen. Ik wilde u niet storen bij het tv-kijken.'

Toen keek ze naar de ruis op het scherm. Ze zat op de rand van het bed, buiten adem en met haar handen op haar schoot, en wist niet goed wat ze verder moest zeggen. Ze zette een voet op de andere zoals kleine meisjes doen en beet op haar lip.

'Ik ben vies van de spreien in motels,' zei ze met een onzeker glimlachje. 'Er zit allerlei DNA op, niet dat ik bedoel dat het hier erger is dan ergens anders, zo zijn alle motels, met vieze mensen die alles smerig achterlaten. En het kan ze niks schelen dat andere mensen later ook nog gebruik van die dingen moeten maken.'

De zijkant van het gezicht van Prediker was roerloos; het oog dat ze kon zien leek op een knikker die in talkpoeder was geduwd. 'Mona Drexel is mijn toneelnaam,' zei ze. 'Mijn echte naam is Margaret, maar ik ben mezelf Mona gaan noemen toen ik op het toneel in Dallas stond. Geloof het of niet, het was een club die ooit eigendom is geweest van Jack Ruby. Maar u mag me noemen zoals u wilt.'

'Waar is Liam nu?'

'Daarom ben ik hier. Dat weet ik niet. Misschien kan ik erachter komen. Ik wil alleen niet dat iemand het slachtoffer wordt of dat iemand denkt dat ik ze tegenwerk. Kijk, ik ben vóór mensen, ik ben tégen niemand. Dat is een groot verschil. Ik wil gewoon dat iedereen dat weet.'

'Dat begrijp ik,' zei hij.

'Kunt u de televisie iets zachter zetten?' zei ze.

'Weet je wat ik doe voor de kost?'

'Nee.'

'Wie heeft je verteld dat ik in dit motel logeerde?'

'Liam zei dat u er soms logeerde als u in de stad was. Dat geluid staat echt heel hard.'

'Dus dat heeft Liam verteld?'

'Ja,' zei ze. 'Ik bedoel, ja, meneer. Hij zei het terloops.'

'Weet je hoe Liam aan die cheque is gekomen?'

'Nee, dat heeft hij me niet verteld. Ik praat niet over persoonlijke zaken met klanten.'

'Heel verstandig.'

'Ja, hè?' zei ze. Ze sloeg haar benen over elkaar en trok met haar mond alsof ze probeerde te glimlachen. Ze keek naar het gezicht van Prediker in de witte gloed van het televisiescherm. Hij knipperde niet met zijn ogen; geen spier in zijn gezicht vertrok. Haar eigen gelaat werd ook uitdrukkingsloos.

'Ik heb klanten die vrienden worden,' zei ze. 'Als ze met me bevriend zijn geraakt, zijn het geen klanten meer. Maar ik heb ook vrienden die altijd vrienden zijn geweest. Die worden nooit klant. Dat zijn vrienden vanaf het begin, begrijpt u?'

'Nee,' antwoordde hij.

'Ik kan met iemand bevriend zijn. Ik moet geld verdienen, maar ik geloof in de waarde van vriendschap.' Ze sloeg haar ogen neer. 'Wij zouden ook vrienden kunnen zijn, als u wilt, bedoel ik.'

'Je doet me aan iemand denken,' zei hij. Voor het eerst keek hij haar recht aan.

'Aan wie?' vroeg ze. Haar stem klonk schor.

Hij keek haar aan zoals nog nooit iemand haar had aangekeken. Ze voelde het bloed uit haar hoofd en hart wegtrekken naar haar maag.

'Iemand die nooit in de buurt van kleine kinderen had mogen komen,' zei hij. 'Heb jij kinderen?'

'Gehad. Een jongetje. Maar hij is gestorven.'

'Het is beter dat sommige mensen niet leven. Ze kunnen beter dood zijn voordat hun ziel verloren is gegaan. Dat betekent dat sommigen van ons hen moeten helpen op een manier die ze niet leuk vinden, op een manier die op het moment zelf heel verschrikkelijk kan lijken.' Prediker greep in het duister en trok een stoel met een rechte leuning naar zich toe. Erop lagen zijn portemonnee, een klein automatisch pistool, een reservemagazijn en een scheermes.

'Meneer, wat bent u van plan?' zei ze.

'Je hebt begrepen wat ik zei.' Hij glimlachte. Hij bedoelde het niet als een vraag maar als compliment.

'Liam wilde een feestje bouwen. Hij had de cheque. Ik ben met hem meegegaan.' Haar adem stokte, de kamer begon wazig te worden. 'Ik heb een moeder in Amarillo. Mijn zoon ligt daar begraven op het baptistenkerkhof. Ik was van plan haar vandaag te bellen. Ze is doof, maar als ik schreeuw weet ze wie ik ben. Ze is zevenennegentig en ze kan ook niet meer goed zien. We praten nog steeds met elkaar. Ze weet niet wat ik doe voor de kost.'

Prediker hield iets in zijn hand, maar ze kon het niet opbrengen om te kijken wat het was. 'Als u me laat gaan, zult u me nooit meer terug zien,' ging ze door. 'Ik zal nooit tegen iemand vertellen waarover we hebben gepraat. En Liam zal ik ook nooit meer zien.'

'Dat weet ik,' zei hij. Het klonk bijna vriendelijk.

'Toe meneer, niet doen.'

'Kom dichterbij.'

'Dat wil ik niet.'

'Het moet, Mona. We kiezen niet zelf het moment van onze geboorte of het uur van onze dood. Er zijn maar weinig momenten in het leven waarop we beslissingen nemen die werkelijk iets betekenen. De werkelijke uitdaging is dat we ons lot moeten accepteren.'

'Niet doen,' zei ze. 'Alstublieft, niet doen.'

'Kniel neer, als je wilt. Dat is goed. Maar niet smeken. Wat je ook doet in deze wereld, je moet nooit smeken.'

'Niet in mijn gezicht, meneer. Alstublieft niet.'

Ze zat op haar knieën, met tranen in haar ogen. Ze voelde hoe zijn hand de hare greep en haar arm ophief, zodat haar bleke pols met de groene aderen erop te zien was. De harde ruis van het televisietoestel leek haar hoofd in bezit te nemen, haar ogen te verblinden en haar trommelvliezen te doorboren. Haar nagels staken in haar handpalm. Ze had verhalen gehoord van mensen die het in een warm bad deden. Men zei dat die mensen geen pijn voelden en dat ze gewoon in slaap vielen terwijl het water om hen heen rood kleurde. Ze vroeg zich af of het waar was. Toen voelde ze hoe hij met zijn duim haar vingers terugvouwde.

'Wat doet u?' zei ze.

'Loop het volle zonlicht in. Ervaar de witheid ervan en laat je erdoor overweldigen. Als je er weer uit komt ben je pure geest geworden en hoef je nooit meer bang te zijn.'

Ze probeerde haar hand los te trekken, maar hij bleef hem vasthouden.

'Heb je me gehoord?' zei hij.

'Ja meneer,' zei ze.

Hij legde vijf biljetten van honderd dollar in haar hand en vouwde haar vingers eroverheen. 'De Greyhound naar Los Angeles vertrekt morgenvroeg. Je zit zo in Albuquerque en dan zul je merken wat ik bedoel. Ga naar het westen, de zon tegemoet door een prachtig landschap, een oord dat er precies zo uitziet zoals de wereld was op de dag dat Jahweh het licht schiep. De persoon die je was toen je deze kamer binnenliep bestaat dan niet meer.'

Onder aan de trap verloor ze een schoen, maar ze liep niet terug om hem op te rapen.

Tijdens de rit naar de lommerd in San Antonio sprak Hackberry niet meer over Pams aanval op ICE-agent Isaac Clawson. Ze zaten in Hackberry's pick-up en het golvende landschap schoot voorbij. Waar de weg door de kalkachtige heuvels sneed waren lagen afzettingsgesteente te zien, en in de namiddag was de zon een oranje wafel achter een sluier van stof.

Uiteindelijk zei ze: 'Wil je niet weten waarom ik Clawson heb geslagen?'

*Je bent hem met een gummiknuppel te lijf gegaan omdat je vol woede zit*, dacht hij. Maar dat was niet wat hij zei. 'Dat is mijn zaak niet. Als het maar niet nog een keer gebeurt.'

'Mijn vader begon psychotische aanvallen te krijgen toen ik zo'n acht of negen jaar oud was en we in de Panhandle woonden,' zei ze. 'Soms keek hij uit over een veld groene tarwe en zag hij mannen in zwarte pyjama's en met kegelvormige hoeden op door het olifantsgras lopen. Hij is behandeld in het marineziekenhuis van Houston en mijn moeder verbleef daar om hem te kunnen bezoeken. Ze bracht mij onder bij een vriend van de familie, een politieman die door iedereen vertrouwd werd.'

'Weet je zeker dat je hierover wilt praten?' zei hij terwijl hij een zilveren tankauto inhaalde. De geelgetinte zonnebril verborg de uitdrukking in zijn ogen.

'Die smeerlap heeft me verkracht. Ik heb het tegen een leraar op school verteld. Ik heb het tegen een dominee verteld. Ze staken een preek tegen me af. Ze zeiden dat die agent een geweldige man was en dat ik geen verhalen over hem moest verzinnen. Ze zeiden dat mijn vader krankzinnig was en dat ik me dingen verbeeldde door de ziekte van mijn vader.'

'Waar is die vent tegenwoordig?'

'Ik heb geprobeerd hem te vinden, maar ik geloof dat hij dood is.'

'Ik droomde altijd van een Chinese bewaker die sergeant Kwong heette. Op de dag dat ik informatie prijsgaf over twee medegevangenen, ontdekte ik dat ik de achtste man was die dat deed. Mijn nagels waren veranderd in gele klauwen en mijn baard zat vol met restanten van de vissenkoppen die ik uit mijn etenskom likte. Mijn kleren en schoenen zaten onder een dikke laag van mijn eigen uitwerpselen. Ik dacht altijd dat Kwong en zijn bevelvoerend officier, iemand die Ding heette, me niet alleen fysiek hadden gebroken maar ook mijn ziel hadden gestolen. Maar ik besefte dat ze in werkelijkheid waarschijnlijk hun eigen ziel hadden verloren, voor zover ze ooit een ziel hadden gehad.

Op een bepaald moment had ik geen controle meer over wat ik deed of wat zij mij aandeden.'

'Droom je er niet meer over?'

Hij keek door de voorruit naar het stof en de rook die werden veroorzaakt door spontane brandjes en zag hoe de heuvels wazig werden in de opstijgende hete lucht. Heel even dacht hij dat hij trompetgeschal hoorde klinken uit een vallei zonder naam.

Ze keek uit het zijraam en zag het landschap voorbijglijden.

Het leenkantoor was gevestigd op een hoek waar drie straten die ooit koepaden waren geweest bij elkaar kwamen. Het had zich ontwikkeld tot een soort financieel centrum voor mensen die weinig waardevols bezaten, afgezien van hun wanhoop.

Naast het leenkantoor was een borgstellingsbureau. Naast het borgstellingsbureau was een pandjeshuis. Verderop in de straat bevond zich een saloon met een bar met een spiegel. Je kon er een maaltijd eten. Voor de klanten waren het pandjeshuis, de borgsteller en het leenkantoor even onmisbaar als de lucht die ze inademden. Het kon maar weinig mensen iets schelen, als ze het al wisten, dat John Wesley Hardin en Wild Bill Longley ooit stamgasten van die saloon waren geweest.

Hackberry parkeerde de auto in de steeg achter het leenkantoor en ging via de zijdeur naar binnen. Hij zette zijn hoed af en wachtte tot de medewerker vrij was voordat hij naar de balie liep. Latijns-Amerikaanse en blanke arbeiders zaten aan schrijftafels formulieren in te vullen. Een bebrilde vrouw hield toezicht, alsof het ging om geestelijk gehandicapten. Hackberry legde zijn identificatie geopend op de balie en legde er een foto van Liam Eriksson naast. 'Ken u die man?' zei hij tegen de beambte.

'Ja meneer. De FBI is hier al geweest om navraag te doen over hem. Ik ben degene die de politie heeft gebeld,' zei de beambte. 'Hij kwam aanzetten met een gestolen cheque.'

'Had hij een vrouw bij zich?'

'Ja meneer, maar ik heb niet zo op haar gelet. Hij was degene die de cheque had.'

'U weet niet wie die vrouw was?'

'Nee meneer,' antwoordde de beambte. Hij had keurig zwart haar, een snor en een diepbruine huid. Hij droeg een grijze broek, een blauw overhemd en een gestreepte das.

'Werkt u hier al lang?'

'Ja, bijna vijf jaar.'

'Krijgt u hier veel cheques van de overheid?'

'Af en toe.'

'Maar niet veel,' zei Hackberry.

'Nee meneer, niet veel.'

'Die vrouw hebt u nooit eerder gezien?'

'Niet dat ik weet. Ik bedoel, dat weet ik vrij zeker.'

'Vrij zeker dat u haar niet kent of vrij zeker dat u het niet meer weet?'

'Er komen hier zoveel mensen.'

'Waren die Eriksson en die vrouw dronken?'

De medewerker keek Hackberry aan met een wezenloze blik.

'Eriksson is de echte naam van de man die deed alsof hij Pete Flores was. Waren hij en de vrouw dronken?'

'Ze waren behoorlijk in de olie,' zei de beambte. Voor het eerst toonde hij iets van een glimlach.

'Gebruikte Eriksson een bibliotheekpasje als identificatie?'

'Ja meneer, dat is juist.'

'Waarom nam u de cheque mee naar achteren?'

'Om hem aan mijn manager te laten zien.'

'Na vijf jaar hier moest u uw manager raadplegen? U wist niet dat die cheque gestolen was, een cheque waarmee een dronkenlap met een bibliotheekpasje kwam aanzetten? Moest u uw manager erbij roepen? Is dat wat u zegt?'

'Inderdaad.'

'Er is geen reden waarom Eriksson een geschiedenis zou hebben met een firma als de uwe. Dat betekent dat hij waarschijnlijk met die vrouw is meegekomen. Ik vermoed ook dat ze een hoer was en een lokvogel en dat ze hier regelmatig kwam met klanten. Ik denk dat u liegt dat u barst, makker.'

'Het zou kunnen dat ik haar een of twee keer heb gezien,' zei de bediende. Hij wendde zijn ogen van Hacks gezicht af.

'Hoe heet ze?'

'Ze noemt zich "Mona", geloof ik.'

Hackberry trok aan zijn oorlelletje. 'Waar woont Mona?'

'Waarschijnlijk overal waar een vent zit met een fles, twee glazen en wat geld. Ik weet niet waar ze woont. Ze is geen slecht mens. Waarom laat u haar niet met rust?'

'Vertel dat maar aan de man die doodgemarteld is door Liam Eriksson,' zei Hackberry.

De bediende maakte een wanhoopsgebaar. 'Zit ik in de nesten?'

'Mogelijk,' zei Hackberry. 'Ik zal erover nadenken.' Hij legde zijn visitekaartje op de toonbank. 'Bel ons als u ons iets nuttigs kunt vertellen.'

Hackberry en Pam begonnen hun zoektocht naar de vrouw die Mona heette volgens een achterwaarts patroon. Ze begonnen aan het uiteinde van de straat en werkten een stel schimmige bars af waar niemand enig geheugen voor feiten of namen leek te bezitten. Daarna keerden ze om en werkten ze zich straat voor straat door een wijk met tweedehandswinkels, verblijven voor daklozen en schimmige bars waar, net als in gevangenissen, de tijd niet werd gemeten in termen van de buitenwereld en waar de vaste klanten geen vergelijkingen hoefden te maken.

Hackberry wist niet of het lag aan de dranklucht of de afgestompte en lusteloze uidrukking op de gezichten van de eeuwige drinkers aan de bar, maar toen hij de voordeur van een saloon opende, moest hij meteen denken aan zijn eigen langdurige flirt met Jack Daniel's, als een dwangneuroot die stukjes glas opraapt met zijn vingertoppen.

Eigenlijk was 'flirt' niet het goede woord. Hackberry's ervaring met door houtskool gefilterde whisky was een liefdesaffaire geweest die de intensiteit had van een seksuele verhouding. Hij had erover gedroomd, hij was 's morgens dorstig wakker geworden. Het eerste glas van de dag had zich ontwikkeld tot een religieus ritueel: hij kneusde een takje munt in het glas, goot drie vingerdiktes Jack op geschaafd ijs, deed er een halve theelepel suiker bij en zette het glas twintig minuten in de vriezer. En ondertussen deed hij alsof zijn leven niet door whisky werd bepaald. Bij het eerste slokje sloot hij zijn ogen en voelde hij de bevrijding en de innerlijke sereniteit die hij alleen maar kon vergelijken met het gevoel dat morfine hem ooit in een marineziekenhuis had bezorgd.

'Niet veel geluk, hè, kemosabe?' zei Pam. Ze liepen een saloon binnen die een oude dansvloer met geruite tegels had en een lange bar met een voetstang met een grote vergeelde spiegel in een mahoniehouten lijst erachter.

'Hoe noemde je me?' vroeg Hackberry.

'Dat is een grapje. Herinner je je de Lone Ranger nog en zijn maat Tonto? Tonto noemde de Lone Ranger altijd "kemosabe".'

'Zo noemde Rie, mijn tweede vrouw, me ook altijd.'

'O,' antwoordde Pam. Ze wist duidelijk niet wat ze verder moest zeggen.

Hackberry opende zijn penninghouder en legde de foto van Liam Eriksson op de bar zodat de barman hem kon zien. 'Heb je die vent hier ooit gezien?' zei hij.

De barman droeg een hemd met korte mouwen en een tropisch motief. Zijn dikke onderarmen waren dichtbegroeid met zacht haar en vlak boven zijn pols zat een groen-rode tatoeage van een aardbol en een anker, het teken van de marine. 'Nee, ik kan niet zeggen dat ik hem ooit heb gezien.'

'Kent u een vrouw die Mona heet, mogelijk een prostituee?'

'Hoe ziet ze eruit?'

'Middelbaar, roodachtig haar, rond de een meter zeventig lang.'

De barman legde zijn armen op de bar en staarde naar het met verf geblindeerde raam. Hij schudde zijn hoofd. 'Ik kan niet zeggen dat ik me iemand herinner die er zo uitziet.'

'Ik zag uw tatoeage,' zei Hackberry.

'Hebt u ook bij de marine gezeten?'

'Ik zat bij de First Marine Division.'

'In Korea?'

'Ja, inderdaad.'

'Hebt u meegevochten bij Chosin of de Punchbowl?'

'Ik was de derde week van november 1950 in het Chosin Reservoir.'

De barman trok zijn wenkbrauwen op en keek weer naar het geblindeerde raam. 'Wat is dat voor gedoe over die Mona?'

'Er is helemaal geen gedoe. We hebben alleen wat informatie nodig.'

'Er is een vrouw die in het Brazoshotel woont, ongeveer vijf zijstraten van hier richting centrum. Ze is een hoer, maar meer een alcoholiste dan een hoer. Ze heeft haar beste tijd wel gehad. Misschien is zij de vrouw die u zoekt. Willen jullie iets van me drinken?'

'Mineraalwater met ijs?' zei Pam.

'Doe maar twee glazen,' zei Hackberry.

Noch Hackberry noch Pam zag de man die alleen achterin aan een tafeltje zat, diep in het duister achter de biljarttafel. De man hield een krant op en leek hem te bestuderen bij het schaarse licht van een zijraampje. Zijn krukken stonden uit het zicht tegen een stoel. Hij liet zijn krant pas zakken toen Hackberry en Pam de saloon hadden verlaten.

Het Brazoshotel was gebouwd van rode zandsteen en dateerde uit de jaren tachtig van de negentiende eeuw. Het leek een vergeten herinnering aan victoriaanse elegantie te midden van de bouwvallen van de eenentwintigste eeuw. In de lobby stonden palmen in potten en er lag versleten tapijt. De meubels kwamen uit een tweedehandswinkel, en ze hadden een handgeschakelde telefooncentrale met losse stoppen in de kinken. Achter de antieke receptie bevond zich een loketkast met kamersleutels en postvakjes.

Een gezette Mexicaanse vrouw met een korte nek stond achter de receptie. Ze sprak met een grote glimlach op haar gezicht. Hackberry liet haar de foto zien van Liam Eriksson.

'Ja, die heb ik gezien. De afgelopen dagen niet, maar ik hem een paar keer hier gezien als hij in de lobby zat of de trap op liep. De lift werkt hier niet altijd, dus dan nam hij de trap.'

'Heeft hij hier een kamer gehuurd?' vroeg Hackberry.

'Nee, hij kwam hier om zijn vriendin te bezoeken.'

'Mona?' zei Hackberry.

'Dat klopt, Mona Drexel. Kent u haar?'

'Ik ben naar haar op zoek. Is ze er nu?'

'Bent u sheriff? Waarom hebt u geen revolver?'

'Ik wil de mensen niet bang maken. Welke kamer heeft juffrouw Drexel?'

'Kamer 129. Maar ik heb haar al een paar dagen niet meer gezien. Kijk, haar sleutel ligt in het vakje. Ze laat haar sleutel altijd achter als ze het hotel verlaat. Soms drinkt ze een beetje te veel en ze wil hem niet verliezen.'

'Mag ik die sleutel even hebben?'

'Kan dat wel, de kamer binnengaan van iemand die er niet is?'

'Als u ons toestemming geeft is het in orde,' zei Hackberry.

'Zeker weten?'

'Misschien ligt ze wel ziek op haar kamer en heeft ze hulp nodig.'

'Ik zal de deur voor u openmaken,' zei de Mexicaanse vrouw.

Gedrieën namen ze de lift naar boven. Toen de Mexicaanse vrouw de sleutel in het slot stak en hem wilde omdraaien, legde Hackberry zijn hand op de hare. 'Vanaf nu nemen wij het over,' zei hij bijna fluisterend.

Voordat de vrouw kon antwoorden, legde Pam haar handen op de schouders van de vrouw en leidde haar weg bij de deur. 'Het is wel goed,' zei ze terwijl ze een revolver van onder haar overhemd tevoorschijn haalde. 'Fijn dat u ons hebt geholpen. Blijf uit de buurt.'

Hackberry draaide de sleutel om en duwde de deur open. Hij zorgde dat hij iets achter de deurstijl bleef.

De kamer was verlaten. De kast was leeggeruimd, de laden van de commode stonden open en waren leeg. Pam stond in het midden van de kamer en beet op de nagel van haar duim. Ze stopte de revolver terug in de clip aan haar riem en trok haar overhemd eroverheen. 'Wat een verspilling van onze tijd,' zei ze.

Hackberry liep de badkamer in en kwam terug. In de donkere ruimte tussen een schrijftafeltje en het bed zag hij een prullenmand die vol zat met kranten, snackwikkels en gebruikte papieren doekjes. Hij pakte de prullenmand op en keerde hem om op de sprei. Gebruikte wattenstaafjes, plukjes haar, stof en verfrommelde papieren zakdoekjes vielen op de sprei tussen de andere rommel. Nadat Hackberry alles had doorzocht, waste hij zijn handen in de badkamer. Toen hij terugkwam stond Pam over het schrijftafeltje gebogen en bekeek de voorkant van een exemplaar van *Time* dat ze onder de lamp had gelegd.

'Dit zat onder het kussen. Moet je kijken,' zei ze.

Het tijdschrift was twee maanden oud en op het postetiket stonden de naam en het adres van een schoonheidssalon. Op het omslag stonden een stuk of vijf telefoonnummers. Pam tikte met een vinger op een notitie aan de onderkant van het omslag die twee keer was omcirkeld.

'PJC, Traveler's Rest 209,' las ze hardop.

'Prediker Jack Collins,' zei Hackberry.

'Precies. Misschien hebben we die klootzak nu te pakken,' zei ze.

Ze belde Inlichtingen en vroeg om het telefoonnummer en het adres van het Traveler's Rest. Ze schreef de informatie op in haar aantekeningenboekje en hing op. 'Het is hier maar drie kilometer vandaan.'

'Prima werk, Pam. Kom, we gaan.'

'En Clawson dan?'

'Hoezo?'

'We moesten ons onderzoek toch met hem coördineren?'

Hackberry gaf geen antwoord.

'Ja toch, Hack?' zei ze.

'Ik ben niet helemaal zeker van die Clawson.'

'Eerst geef je me een uitbrander over die vent en nu heb je opeens reserves?'

'Een van zijn collega's vertelde me dat Clawson alleen werkt. Ik nam

aan dat dat betekent dat hij op eigen houtje werkt. Zo werken wij niet.'
'Die vent had me kunnen laten ontslaan, en hij had er ook nog voor kunnen zorgen dat ik in de gevangenis belandde. Als je hem nu wilt bedonderen, doe ik daar niet aan mee.'

Hackberry klapte zijn telefoon open en toetste het nummer van Clawson in. 'Met sheriff Holland,' zei hij. 'We denken dat we weten waar Jack Collins zit. We hadden gewoon geluk. Een barman kende de vrouw die bij Eriksson was in dat leenkantoortje. We zijn nu in haar hotel. Zo te zien is ze vertrokken.' Hackberry gaf Clawson het adres en kamernummer van het motel waar Prediker Jack Collins mogelijk verbleef.

'Weet je vrij zeker dat hij daar is?' zei Clawson.

'Nee, helemaal niet. We hebben een adres op het omslag van een tijdschrift gevonden. We weten niet hoe lang geleden dat is opgeschreven.'

'Ik ben bij de rivier,' zei Clawson. 'Ik dacht dat ik Eriksson op het spoor was, maar het werd niks. Ik moet versterking regelen. Onderneem niets voordat ik terugbel.'

Hackberry klapte de telefoon dicht en keek Pam aan.

'Wat nou weer?' zei ze.

'We mogen niks doen zolang hij ons niet heeft teruggebeld.' Hij staarde haar aan, ietwat afwezig.

'Wat wilde je nog meer zeggen?' zei ze.

'Herinner me eraan dat ik niet meer naar je moet luisteren.'

'Nog iets?'

'Laat Clawson maar barsten. Wij pakken Jack Collins op,' zei hij.

Isaac Clawson parkeerde zijn auto op een halve straatlengte van het Traveler's Rest motel, zette een hoed op, trok een regenjas aan zodat zijn halfautomatische pistool in de holster niet opviel en liep het laatste stukje. De schemering was bijna ingevallen en de wind blies door de straten. Stof wolkte omhoog. Precies op het moment dat een enkele regendruppel op zijn gezicht viel, hoorde hij het gerommel van de donder. De daling van de luchtdruk, de plotselinge afkoeling en de regendruppel die hij wegveegde met zijn hand en bekeek – het leek zo ongewoon en onverwacht na een week van extreme hitte dat hij zich afvroeg of die weersverandering soms een verandering in zijn leven aankondigde.

Maar het was dom om zo te denken, hield hij zichzelf voor. De grote, onherroepelijke verandering in zijn leven was de nacht geweest waarin twee hulpsheriffs aan de deur van zijn huis in een buitenwijk waren verschenen, hun hoed hadden afgezet en hem in voorzichtige bewoordingen hadden proberen te vertellen dat een jonge vrouw van wie ze vermoedden dat ze zijn dochter was, met haar verloofde in de kofferbank van een brandende auto was achtergelaten. Vanaf dat moment wist Isaac dat de gebeurtenissen van zijn toekomstige leven zijn stemming konden veranderen, zijn wereldbeeld of de mate van woede waarmee hij een uur voor het ochtendgloren wakker werd, maar dat hij nooit meer het geluk zou kennen dat hij ooit als vanzelfsprekend had ervaren.

Het enige waardoor hij nog enigszins van die nacht in Tulsa zou kunnen loskomen, was als hij de kans kreeg iemand af te maken die hij in verband kon brengen met de twee klootzakken die zijn dochter hadden vermoord.

Hij keek op zijn horloge. Het was 19:19 uur en de straatlantaarns op de parkeerplaats van het motel waren aangegaan. Een regenbui vloog over de stad, banen zonlicht staken door de wolken heen en de lucht rook naar natte bloemen, bomen en de geur van regen op warm beton in de zomer.

Hij keek op naar de lavendelblauwe tint van de lucht en opende zijn mond. Een regendruppel viel op zijn tong. Wat dwaas om dit te doen. Net een kind dat voor het eerst de lente meemaakt, riep hij zichzelf tot de orde.

De motelbediende was een miezerig ventje, gekleed als cowboy. Hij droeg een zwart overhemd met rozen erop genaaid en een grijze streepbroek. De pijpen waren gestoken in Mexicaanse hoge laarzen met rode en groene bloembladeren. Bij zijn ooghoek zat een vleeskleurige pleister.

Clawson wilde zijn legitimatie pakken maar legde in plaats daarvan zijn hand op de balie. 'Hebt u een niet-roken-kamer voor twee personen?' vroeg hij.

'Wilt u een groot tweepersoons bed of een iets kleinere maat?'

'Mijn vrouw en ik zouden graag kamer 209 hebben, als die vrij is. We hebben daar gelogeerd op de dag dat onze zoon afstudeerde.'

De pleister van de receptionist zat los en hij drukte hem stevig aan met de achterkant van zijn pols. Hij keek op zijn computerscherm. 'Die kamer is bezet. Ik kan u 206 geven.'

'Dat moet ik even met mijn vrouw overleggen. Het afstuderen van onze zoon is een erg dierbare herinnering.'

'Dat begrijp ik,' zei de receptionist.

'Hebt u uw oog bezeerd?'

'Ja, met een stokje. Beetje onhandig.'

Nadat Isaac Clawson naar buiten was gegaan, keek de receptionist in de spiegel. De pleister op zijn gezicht zat bijna helemaal los, zodat je de tatoeage van twee blauwe tranen in zijn ooghoek kon zien. Hij drukte de pleister nogmaals vast en pakte de telefoon. Hij toetste slechts drie cijfers in.

Clawson pakte een gratis winkelkrantje uit een rek en hield dat boven zijn hoofd toen hij de parkeerplaats op liep, zogenaamd om met zijn vrouw te overleggen. Toen liep hij om het motel heen, ging naar binnen via een tochtdeur in het midden van het gebouw en liep de trap op. De wolken waren paars in het westen, de zon als een gele roos ertussen begraven, de hemel vol regenvlagen. Zijn vader zei bij dit weer altijd dat het kermis was in de hel. Waarom dacht Isaac juist nu aan dergelijke dingen, aan zijn jeugd, zijn familie? Waarom had hij het idee dat zijn leven snel ingrijpend zou veranderen?

Bij een kruising van de I-35 met de I-10 was een verkeersopstopping van acht auto's. Een tankwagen was geschaard en had zijn lading chemicaliën over zes rijbanen verspreid. Hackberry had zijn magnetische zwaailicht op het dak van de cabine van zijn truck gezet en probeerde via de berm naar een afrit bij een winkelcentrum te rijden. Hij gaf zijn mobiele telefoon aan Pam. 'Probeer Clawson nog een keer te bellen,' zei hij.

Ze kreeg Clawsons voicemail. Ze klapte de mobiele telefoon dicht maar liet hem op schoot liggen. 'Moeten we de plaatselijke politie om versterking vragen?' vroeg ze.

'Voor Clawson?'

Ze dacht erover na. 'Nee, ik denk niet dat hij dat erg op prijs zou stellen.'

'Hou je vast,' zei Hackberry.

Hij reed de greppel in, hard stuiterend over de bodem. Gras en modder spatten op onder de banden toen hij de greppel aan de andere kant uit reed. Hij reed tegen het verkeer in door de berm en stak een andere greppel over naar een oprit van de I-10 waar geen verkeersopstopping was. De truck bonkte op de schokbrekers. Pam hield zich met één hand vast aan het dashboard.

'Alles in orde?' zei Hackberry.

'Wat denk je dat Clawson van plan is als hij eerder dan wij bij Collins komt?' vroeg ze.

'Misschien heeft hij al een team ter ondersteuning. Probeer Ethan Riser te bellen. Zijn nummer zit in mijn telefoon.'

'Wie?'

'Die FBI-agent.'

Pam probeerde het nummer van Riser maar ze werd meteen doorgeschakeld naar zijn voicemail. Ze liet een boodschap achter.

'Sorry dat ik een preek tegen je afstak over Clawson. Ik had niet gedacht dat hij zou proberen ons te gebruiken,' zei Pam.

'Wil je mijn revolver aangeven? Hij ligt op de achterbank.'

De revolver, holster en de riem met patroonhouders zaten in een bruine papieren zak. Pam trok de zak van het wapen en de riem die om de holster zat gevouwen en legde ze op het tapijt onder het dashboard. Het wapen was een op maat gemaakte nieuwe versie van een doubleaction .45-revolver. Hij was zwartblauw met witte handgrepen, een koperkleurige trekkerbeugel en een loop van negentien centimeter. Het wapen had een volmaakte balans en de precisie en dodelijke trefzekerheid ervan waren onbetwist.

'Je hebt er in functie nog nooit mee geschoten, hè?' zei ze.

'Wie heeft je dat verteld?'

'Niemand.'

Hij keek haar aan.

'Ik wist het gewoon,' zei ze.

Ze reden op een verhoogde snelweg en raasden langs een buurt met pakhuizen, doorgangen waarin groepjes bananenbomen groeiden en huizen met tuinen vol vuilnis. Tegen een regenachtige, zonverlichte, mauvekleurige hemel die Hackberry deed denken aan de Oriënt zag hij een gebouw van drie verdiepingen met op het dak een neonreclamebord met de naam Traveler's Rest.

Toen Isaac Clawson op de eerste verdieping kwam, drong het tot hem door dat de nummers op de kamerdeuren een probleem vormden. De nummering was niet opeenvolgend; sommige kamers lagen in een alkoof, in de overdekte passage en sommige kamers hadden helemaal geen nummer. Op de buitengalerij stond een schoonmaakkar tegen de leuning. Een Latijns-Amerikaanse werkster zat voorovergebogen op een bankje naast de kar. Ze droeg een soort schort en at een boterham. Ze droeg een hoofddoekje dat onder haar kin was vastgeknoopt en fijne regendruppels waaiden in haar gezicht.

De palmbladeren klapperden in de wind en sloegen tegen de stammen. Clawson liep voorbij kamer 206, de kamer die hem door de receptionist was aangeboden, en zag dat de volgende kamer geen nummer had. De kamer die daarna kwam had nummer 213 en die daarnaast nummer 215. Hij besefte dat om de een of andere reden oneven nummers aan de ene kant van de passage lagen en even nummers aan de andere.

Behalve 206.

'Waar is 209?' vroeg hij aan de poetsvrouw, die haar mond vol brood en kaas had.

'*Lo siento mucho, señor, pero no hablo inglés.*'

Waarom leer je dan niet wat *inglés* als je in dit land wilt wonen? zei hij in zichzelf.

Hij liep de andere kant op en kwam na de passage terecht in een stuk met even nummers. Aan de andere kant van het gebouw, met zijn hand in zijn jas, zijn duim geklemd achter de kolf van zijn halfautomatische pistool, bleef hij staan en keek uit over de stad. Ergens daarbuiten lag het Alamo waar zijn vrouw en hij hun dochtertje mee naartoe hadden genomen toen ze negen was. Hij had niet geprobeerd haar uit te leggen wat daar werkelijk was gebeurd: de duizenden Mexicaanse soldaten die de muren bestormden op de dertiende dag van het beleg, de wanhoop van de honderdachttien mannen en jongens die in het fort zaten en die wisten dat dit hun laatste ochtend op aarde was, de kreten van de gewonden die in de kapel werden doodgestoken met bajonetten. Waarom zou je een kind blootstellen aan de wreedheid die een groot deel van de menselijke geschiedenis kenmerkte? Waren mannen als Bowie, Crockett en Travis niet gestorven opdat kinderen zoals zijn dochter veilig konden zijn? Dat was in ieder geval wat Clawson wilde geloven.

Hoe kon hij toen hebben geweten dat de dood van zijn kind veel erger zou zijn dan de dood van de Texanen in de missiepost? Clawson merkte dat zijn ogen vochtig werden. Hij had een hekel aan die emoties. Zijn wroeging wegens het feit dat hij niet beter op zijn dochter had gepast had hem altijd verlamd en had hem ook tot slachtoffer gemaakt

van de mannen die zijn dochter hadden gedood, mannen die nog ge-
executeerd moesten worden, die goed te eten hadden, goede medische
voorzieningen genoten en die naar de televisie keken terwijl zijn dochter en haar verloofde op het kerkhof lagen. Ondertussen verbleven zijn
vrouw en hij dagelijks in de Hof van Gethsemane.

Theologen beweerden dat woede een kankergezwel was en dat haat
een van de zeven hoofdzonden was. Ze hadden ongelijk, dacht Clawson. Woede was een elixer dat verdriet, passiviteit en slachtofferschap
uit de stofwisseling wegbrandde; woede ontstak vuren in de onderbuik;
het stompte je geweten af zodat je je met een ijzeren vizier op iemand
kon storten en er niet aan hoefde te denken dat zijn voorouders, net als
jijzelf, een stamboom hadden die terugging tot een savanne in Meso-
potamië.

Via de galerij liep hij terug naar het centrale gedeelte van het gebouw.
De schoonmaakster zat nog steeds naast haar kar en keek de andere
kant op. Toen ontdekte hij waarom hij kamer 209 niet had kunnen vinden. De blikken cijfers op de deur van wat kamer 206 leek te zijn, zaten
vast met drie spijkertjes. Maar de spijkertjes aan de onder- en bovenkant waren verwijderd of losgeraakt door het voortdurend dichtslaan
van de deur. Die 6 was eigenlijk een 9 die op z'n kop hing.

Het gordijn voor het raam was dichtgeschoven. Clawson probeerde
zonder succes door een hoekje van de jaloezieën te gluren. Toen zag hij
dat de deur op een klein kiertje stond, nauwelijks meer dan een centimeter. Hij legde zijn linkerhand op de deurklink en maakte zijn halfautomatische pistool los in de holster. Achter hem hoorde hij de wielen
van de schoonmaakkar stroef over de galerij rijden. Hij duwde de deur
open, trok zijn wapen dat hij op de vloer gericht hield en tuurde in het
duister van de kamer.

Het bed was opgemaakt, de televisie stond aan, uit de badkamer
klonk het geluid van een stromende douche. 'Immigratiedienst,' zei hij.

Maar er kwam geen antwoord.

Hij liep over de vloerbedekking en langs de televisie. Het licht viel
flikkerend op zijn pols en hand en op zijn matzwarte wapen. De badkamer was een en al stoom; het douchegordijn van dik plastic kon het
water aan de andere kant slechts met moeite tegenhouden.

'Immigratiedienst,' herhaalde hij. 'Draai die douche uit en zet je beide
handen tegen de muur.'

Weer kwam er geen antwoord.

Hij greep de rand van het gordijn en trok het terug over de stang. De stoom sloeg hem in zijn gezicht.

'Je moet een kamer niet binnenlopen zonder huiszoekingsbevel,' zei een stem achter hem. 'Nee, nee. Niet omdraaien. Je kunt maar beter voor je kijken, makker.'

Clawson stond doodstil, zijn wapen zijwaarts van zich af houdend. De stoom van de douche maakte zijn kleren vochtig en zijn nek brandde. Maar op het moment vlak voor hij werd gewaarschuwd dat hij zich niet mocht omdraaien, had hij over zijn schouder een gedaante met een capuchon gezien die afstak tegen de ruisende regen. In zijn linkerhand hield hij een vernikkeld pistool.

'Gooi je wapen in de ladekast,' zei de stem.

'Heeft die cowboy bij de receptie me verlinkt?'

'Je hebt jezelf verlinkt door hier zonder ruggensteun te komen. Je hebt je bezondigd aan trots en arrogantie, beste vriend. Maar dat hoeft nog niet te betekenen dat het afgelopen is. Dat wil zeggen dat je niet moet luisteren naar de gedachten die je nu hebt. Dit hoeft niet te eindigen zoals jij denkt.'

De handgreep van het halfautomatische pistool voelde vochtig aan in Clawsons hand. Vochtdruppels parelden op zijn gezicht en liepen in zijn ogen en boord. Hij hoorde een geluid in zijn hoofd dat leek op het bulderen van de zee, of op het loeien van vlammen uit de benzinetank van een brandende auto.


Tegen de tijd dat Hackberry de parkeerplaats van het motel op reed, was de zon volledig verdwenen en was het onweer heviger geworden. Het donderde in de lucht alsof iemand stroken golfijzer van een schuurdak trok.

'Niet te geloven. Wat een plensbui,' zei Pam.

'Bel Clawson nog een keer,' zei Hackberry.

'Dat heeft geen zin. Ik denk dat hij in de stront zit.'

Hij keek haar aan.

'Goed, ik doe het al,' zei ze.

Hij stopte voor het motel terwijl ze belde. Hij zag een man, gekleed als een cowboy, achter de balie staan.

'Geen gehoor,' zei Pam.

'Nou, laten we maar eens kijken hoe het leven eruitziet in een Traveler's Rest,' zei Hackberry. Hij stapte uit de auto en gordde zijn wapenriem om. Hij stond achter het geopende portier zodat het niet opviel. Door het voorraam van het motel zag hij de receptionist de telefoon opnemen, waarna hij naar een achterruimte liep. Toen Pam en hij het kantoor in liepen, klonk een elektrische bel.

'Kom zo bij u,' zei een stem uit een achterkamer.

Door zich opzij te buigen kon Hackberry zien dat de receptionist voor een spiegel stond. Hij had net een pleister bij zijn ooghoek losgetrokken. Hij rolde hem op tussen zijn vingers en gooide hem in een prullenbak. Toen trok hij de wikkel van een nieuwe pleister los en plakte die met een paar stevige duimdrukken tegen zijn huid. Hij haalde een kam door zijn haar, veegde met een knokkel langs zijn neusgaten en keerde met een glimlach op zijn gezicht terug naar de receptie. Zijn ogen zakten omlaag naar de revolver op Hackberry's heup. 'Wat kan ik voor u doen?' vroeg hij.

Hackberry klapte zijn legitimatie open. 'Is hier een FBI-agent geweest die Isaac Clawson heet?'

'Vandaag?'

'Het afgelopen uur.'

'Een federale agent? Nee, meneer, niet dat ik weet.'

'Kunt u me zeggen wie er in kamer 209 logeert?'

De receptionist boog zich over zijn computer, met een serieuze uitdrukking op zijn gezicht. 'Zo te zien is dat een heer die contant heeft betaald. Voor vijf dagen vooruit. Ik zou zijn registratiekaart moeten opzoeken.'

'Kunt u beschrijven hoe hij eruitziet?'

'Ik geloof niet dat ik hem heb ingecheckt. Ik kan hem niet een-twee-drie voor de geest halen.' De receptionist raakte zijn neus aan. Zijn ogen dwaalden van Hackberry naar de parkeerplaats en een palmboom die wiegde in de wind. 'Jullie moeten dat weer meegebracht hebben. We kunnen het gebruiken,' zei hij.

'Kent u een hoer die Mona Drexel heet?'

'Nee, meneer. We staan niet toe dat hier hoeren komen.'

'Hebt u een man gezien met een kaalgeschoren hoofd en een achthoekige bril? Iemand die eruitziet als een gewichtheffer?'

'Vandaag? Ik heb niemand gezien die er zo uitzag.'

'Weet u wie Prediker Jack Collins is?'

'Ik ken een paar predikers, maar niet iemand met die naam.'

'Ik heb gehoord dat de A.B. voor het leven is. Klopt dat?'

'Pardon?'

'Die blauwe tranen bij uw oog, onder die pleister.'

'Ja meneer. Ik heb problemen gehad in mijn jeugd.'

'Maar het lidmaatschap van de Arische Broeders duurt levenslang, is dat juist?'

'Nee meneer, voor mij niet. Ik heb dat allemaal achter me gelaten.'

'Hebt u vastgezeten in Huntsville?'

'Ja meneer.'

'Geef me de sleutel van kamer 209. Pak die telefoon niet op zolang wij hier zijn. Als hij rinkelt, laat hem dan maar rinkelen. Als u tegen me hebt gelogen, zult u wensen dat u weer in die gevangenis zat.'

De receptionist moest even gaan zitten toen Hackberry en Pam het kantoor uit liepen.

Isaac Clawson was altijd van mening geweest dat iemands leven werd bepaald door niet meer dan twee of drie keuzes, die op het moment zelf meestal van weinig belang leken. Hij had zich ook afgevraagd hoeveel gedachten iemand kon hebben in minder dan een tel, vooropgesteld dat zijn adrenalinegehalte hem niet al de das om had gedaan.

Maar had hij op dit moment in zijn leven wel een werkelijke keus? Wat was de hoofdregel voor een willekeurige wetsdienaar die te maken kreeg met een gewapende tegenstander? Die vraag was gemakkelijk te beantwoorden. Je gaf nooit je wapen af. Je hield vol, je hield je vijand aan de praat, je toonde lef, je vuurde een regen van kogels af zodat iedereen met een beetje gezond verstand uit de buurt zou blijven. En als dat allemaal mislukte, accepteerde je dat je zelf werd neergeschoten.

Hoe had Shakespeare het gezegd? 'Waarachtig, ik maak me er niet druk over. Een mens kan maar eenmaal doodgaan, wij zijn God een dood verschuldigd. En hoe het ook gaat, hij die dit jaar sterft is er volgend jaar vanaf.' Ja, zo zat het. Door je sterfelijkheid te accepteren liep je dwars door haar schaduw naar het licht aan de andere zijde.

Maar de les van Shakespeare en de principes die Isaac Clawson in Quantico en bij minstens vijf andere trainingsprogramma's had geleerd waren hier niet helemaal van toepassing. Als hij in kamer 209 geëxecuteerd werd, zou zijn moordenaar vrijuit gaan en nieuwe moorden begaan. Er zou waarschijnlijk geen gerechtelijk bewijs zijn om de dood van Clawson aan Prediker Jack Collins te koppelen. Clawson had alleen gewerkt, geheel in lijn met het idee van zijn collega's dat hij een opgejaagde man was die op het punt stond een zenuwinzinking te krijgen. Misschien zouden sommige collega's en superieuren zelfs blij zijn dat Jack Collins een agent uit de weg had geruimd met wie niemand goed raad wist.

Als Isaac nog één seizoen de kans kreeg, kon hij Jack Collins en de anderen die de Thaise vrouwen en meisjes hadden vermoord opsporen en ze een voor een elimineren. Elke dood zou op de een of andere manier een vergelding zijn voor de dood van zijn dochter. Zelfs zijn ergste critici moesten toegeven dat niemand bij de ICE toegewijder en succesvoller was dan hij als het ging om het opsporen van mensensmokkelaars die zich langs de zuidgrens van de Verenigde Staten ophielden.

'Laatste kans, makker,' zei de stem achter hem.

'Denk je dat je zomaar een federale agent kunt neerknallen en daarna de stad uit komt? Ze zullen je moeten oppikken met een pincet.'

'Volgens mij hebben ze tot nu toe nog niks laten zien.'

'Ben jij die vent die ze Prediker noemen?'

'Je hebt het Vierde Amendement geschonden. Voor iemands hotelkamer gelden dezelfde rechten als voor iemands huis. Jullie houden je niet aan je eigen grondwet. Daarom verdienen jullie ook geen respect. Ik zeg dat jullie allemaal hypocrieten zijn. Jullie kunnen allemaal de pest krijgen.'

Isaac Clawson maakte een halve draai en zwaaide met uitgestrekte arm zijn halfautomatische pistool in het rond. De regen sloeg door de deuropening in zijn gezicht. De gedaante die hij aan één kant van de deur tegen de muur zag staan, leek iemand die hier niet hoorde, iemand zonder relatie met de gebeurtenissen die zich rondom hem voltrokken. Het was de schoonmaakster, althans degene die hij had aangezien voor een vrouw, met een hoofddoekje om en een schort voor. In haar linkerhand lag een met nikkel beslagen derringer met dubbele loop, met haar rechterhand steunde ze zwaar op de leuning van een stoel, alsof ze pijn had.

Isaac wist zeker dat hij een patroon had afgevuurd. Dat moest wel. Zijn vinger had zich strak om de trekker gekromd. Hij had geen spier vertrokken; zijn ogen stonden wijd open. Hij had de knal moeten horen en de klap in de muis van zijn hand moeten voelen en de loop omhoog moeten zien gaan door de terugslag, terwijl de uitgeworpen huls rinkelend op de vloer viel.

In plaats daarvan had hij een fel puntje licht uit de vuurmond van de derringer zien komen. De helle lichtkring deed hem denken aan vuur dat zich een weg baande door oververhit metaal dat de gloeiende hitte niet meer kon weerstaan.

Hij voelde dat een vinger zijn voorhoofd aanraakte en hij zag handen die zich naar hem uitstrekten uit een koel vuur dat op de een of andere manier onschuldig was gemaakt, alsof de vlammen waren ontdaan van hun hitte en slechts schaduwen konden werpen. En hij wist dat hij deze keer iets goeds had gedaan, dat hij zijn dochter en haar verloofde uit de brandende auto kon trekken en de wreedheid en het lijden dat de wereld over hen had uitgestort ongedaan kon maken.

Maar toen hij de handen van zijn dochter wilde pakken, besefte hij dat zijn leven altijd gekenmerkt zou blijven door ontoereikendheid en onvermogen. Het waren de handen van zijn dochter die de zijne vastgrepen, niet andersom. Ze kwamen tevoorschijn uit een witte schittering, gleden hoger langs zijn polsen en grepen ze beet met bovenmenselijke kracht. Ze trokken hem naar een plek waar weerstand, woede en zelfs de wens om keuzes te maken miljoen jaren geleden in het niets waren opgelost.

Isaac viel met opengesperde ogen op de vloer. Prediker Jack Collins keek even naar hem, legde zijn handen op de poetskar en sjokte over de galerij naar de trap aan de andere kant van het gebouw.

# 11

Hoeveel pillen Artie Rooney ook slikte, het kloppen van zijn hand ging niet over. Ook kon hij niet loskomen van de angst die zich door de bodem van zijn maag vrat. Noch kon hij de naam Jack Collins uit zijn hoofd zetten. Die naam bleef maar door zijn hoofd spoken, als hij 's morgens wakker werd, als hij zat te eten en als hij een nummertje maakte met zijn hoeren.

En nu dacht hij eraan tijdens zijn gesprek met Hugo Cistranos, hier, in zijn elegante kantoor aan de kust. Zijn hulpeloosheid was even tastbaar als de geur van angst die uit zijn oksels opsteeg. Hij kon niet geloven dat Jack Collins nog maar een paar weken geleden een naam zonder gezicht was geweest. Als iemand die naam had genoemd, zou hij verveeld hebben gegaapt.

'Wil Jack een half miljoen van je?' zei Hugo, die nonchalant onderuitgezakt zat in een witte leren stoel. Hij droeg een golfbroek, een shirt met opdruk en Romeinse sandalen. Zijn haar had rode plukken en glansde van de gel.

'Hij zegt dat het mijn schuld is dat hij zijn ziel heeft verloren,' zei Artie.

'Jack heeft geen ziel. Hoe kan hij je dan verwijten dat hij haar kwijt is?'

'Omdat hij gek is?'

Hugo inspecteerde de rug van zijn handen. 'Jij hebt gewoon toegelaten dat Jack je vinger afsneed. Dat kan ik moeilijk geloven, Artie.'

'Hij wilde mijn keel doorsnijden. Hij hield het scheermes vlak voor mijn oog.'

Hugo kreeg een filosofische uitdrukking op zijn gezicht. 'Ja, ik denk wel dat Jack tot zoiets in staat is. Moet vreselijk zijn geweest. Wat heb je in het ziekenhuis gezegd?'

Artie stond op achter zijn bureau en hield zijn gewonde hand vast. Driehonderd mijl ten zuidoosten van Galveston ontstond een orkaan die per uur in intensiteit toenam. Door de reusachtige glazen wand die uitkeek op het strand zag hij een strook groenachtig kobalt langs de zuidelijke horizon en de gladde, leerachtige ruggen van pijlstaartroggen in de deinende, door de wind opgezweepte golven met hun gele schuimkragen. Hij kon Hugo Cistranos wel schieten.

'Je hebt toch aan niemand verteld wat er is gebeurd, hè?' zei Hugo. 'Dat was waarschijnlijk de juiste keus. Moet moeilijk zijn om al die dingen te accepteren; ik bedoel, zo'n gluiperige godsdienstfanaat die je kantoor binnenkomt en je bureau verandert in een hakblok. Ik krijg kippenvel als ik eraan denk.'

'Collins zit achter ons aan,' zei Artie.

'Wie bedoel je met "ons"?'

'Jij hebt die zwendel bedacht, Hugo. Het was jouw idee om de hoeren van die Rus te ontvoeren. Je hebt Nick Dolan het idee gegeven dat hij die meiden van mij had gegapt en je hebt hem ervan overtuigd dat hij ook verantwoordelijk was voor die massamoord. Vanaf het begin is deze hele nachtmerrie jouw opzetje geweest.'

Hugo schudde ontkennend met een vinger. 'O, nee. Je wist dat de maag van die meiden vol zat met witte heroïne en jij dacht dat je zowel de wijven als de heroïne van die Rus kon jatten. Je was hebzuchtig, Artie. Ik laat me daar niet de schuld van geven, beste vriend.'

'Ik heb niet gezegd dat je ze moest vermoorden.'

'Wanneer heb je me ooit verteld dat ik iemand niét moest vermoorden? Herinner je je nog die seksfreak die rondhing bij jullie huis in Metairie? Waarom heb je nooit meer iets over hem gevraagd, Artie? De *Times-Picayune* had een groot artikel over lichaamsdelen die rondslingerden op een picknickplaats. Heb je de link nooit gelegd?'

De uitdrukking op het gezicht van Artie Rooney deed denken aan die van een kogelvis met een haak in zijn bek. Hugo nam een pepermuntje uit de grote doorzichtige plastic pot op Arties bureau. Hij staarde nadenkend naar het strand en het water dat tegen de punt van een golfbreker opspatte. 'Het is jammer van die hoeren. Maar ze hadden in Thailand kunnen blijven als ze hadden gewild. Die seksvakanties van Japanse zakenlieden zijn een goudmijn. Wat er is gebeurd spijt me. Maar we hadden geen keus. De ballonnen knapten in hun maag en ze schreeuwden dat ze naar een ziekenhuis wilden. "Hé jongens, pomp even de maag leeg van die negen hoeren van mij. Ze hebben stuk voor stuk vijftien ballonnetjes onversneden witte heroïne ingeslikt. En als je toch bezig bent, laat ze dan ook vertellen over die mensensmokkelaar die we hebben omgelegd en begraven op federaal grondgebied." '

'O, wat zijn we weer geestig.'

'Artie, we zijn allemaal stront. Jij, ik, Prediker Jack, je secretaresse, de gezinnen daar op het strand. Denk je dat als wij door die bulldozer waren begraven, dat die Aziatische meiden dan wierook voor ons verbrand zouden hebben in een boeddhistische tempel? Ze zouden make-up zijn gaan kopen bij de Walmart.'

Artie staarde mat naar de Golf en de waarschuwingsvlaggen voor de orkaan die strak wapperden in de wind. Toen drong het tot hem door: Hugo praatte te veel, te handig. Hij vulde de lucht met woorden ten koste van Artie, om het gesprek te domineren. 'Je bent bang voor hem,' zei hij.

'Ik heb eerder met Prediker gewerkt. Ik respecteer zijn grenzen, ik respecteer zijn talenten.'

'Zijn grenzen? Heb je naar *Dr. Phil* zitten kijken of zoiets? Zonet noemde je Collins nog een gluiperige godsdienstfanaat. Ik denk dat je zit te leuteren. Ik denk dat je een of andere confrontatie met hem hebt gehad.'

Hugo sloeg zijn benen over elkaar, haalde het cellofaan van zijn pepermuntstaafje en zoog bedachtzaam zijn wangen naar binnen. 'Leuk geprobeerd, maar je schiet er niks mee op. Je moet eens een tijdje in de bibliotheek gaan zitten, Artie. Je kennis over geschiedenis wat opfrissen. Infanteriesoldaten worden niet tegen de muur gezet. Officieren wel. Infanteristen krijgen altijd een tweede kans. Je verband lekt.'

'Wat?'

'Je maakt vlekken op je shirt. Je moet naar het ziekenhuis. Wat heb je met die vinger gedaan? Als je hem op ijs bewaart, kunnen ze hem misschien weer aannaaien.'

Arties telefoon ging over. Hij pakte de hoorn op met zijn goede hand. 'Ik zei toch dat ik niet gestoord wilde worden,' zei hij.

'De heer Nick Dolan en zijn vrouw willen u spreken.'

'Wat doen zíj hier?'

De secretaresse gaf geen antwoord.

'Stuur ze weg. Zeg maar dat ik de stad uit ben,' zei Artie.

'Ik geloof niet dat ze van plan zijn weg te gaan, meneer Rooney,' fluisterde de secretaresse.

Artie liet een stilte vallen terwijl hij Hugo strak bleef aankijken. 'Zeg dat ze even moeten wachten,' zei hij. Hij legde de hoorn terug op het toestel. 'Ga naar de vergaderzaal en blijf daar.'

'Hoezo?' zei Hugo.

'Heb je Esther Dolan ooit ontmoet?'

'Wat is er met haar?'

'Je hebt Batgirl tot leven gewekt, idioot.'

Toen Nick en Esther de kamer binnenkwamen, zat Artie Rooney achter zijn bureau. Hij droeg een kobaltblauw pak, een blauw met goud gestreepte das en een glanzend zijden overhemd. De rug van zijn draaistoel stond naar achter en zijn handen hingen losjes over de armleuningen. Een leider die zich op zijn gemak voelde.

'Lang geleden, juffrouw Esther,' zei Artie. Het was de traditionele manier waarop een gentleman, een vriend van de familie, een vrouw in New Orleans aansprak.

Esther gaf geen antwoord en keek hem doordringend aan.

'We moeten helderheid krijgen over een aantal zaken,' zei Nick.

'Ik ben altijd blij oude vrienden te zien,' zei Artie.

'Wat is er met je hand gebeurd?' zei Nick.

'Een ongelukje met mijn elektrische heggenschaar.'

Ook als hij tegen Nick sprak, bleef Arties aandacht gericht op Esther, die een strakke paarse jurk droeg met een motief van groene bloemen. 'Ga zitten. Ik heb wat garnalen en een karafje wodka-martini in de koelkast. Alles goed, juffrouw Esther?'

'We hebben geprobeerd contact op te nemen met Hugo Cistranos,' zei Esther. 'Hij is van plan een jonge vrouw en haar vriend, een ex-soldaat, te doden.'

'Hugo? Dat is nieuw voor mij.'

'Schei uit met die flauwekul, Artie,' zei Nick.

'Ben je naar Galveston gekomen om me te beledigen?' zei Artie.

'Nick heeft me alles verteld,' zei Esther. 'Over die gangsters die voor jou werken en hoe ze Nick bijna hebben vermoord bij een boerderij. Hij heeft me ook verteld over die oosterse meisjes.'

'Weet je dat wel zeker? Ik weet echt niet waar je het over hebt.'

'Ze zijn vermoord omdat jij ze de Verenigde Staten wilde binnensmokkelen. Het waren plattelandsmeisjes die zijn neergemaaid met een machinegeweer door een van die beestachtige huurlingen van je,' zei Esther.

'Ik ben gedeeltelijk eigenaar van een aantal datingbedrijfjes. Misschien ben ik daar niet heel erg trots op. Maar ik moet zorgen voor brood op de plank, net als iedereen. Jouw echtgenoot is daar ook bij betrokken, juffrouw Esther. En beweer niet dat ik iemand heb vermoord.'

'Nick heeft zojuist al zijn belangen bij wat jij "datingbedrijfjes" noemt van de hand gedaan.'

Artie keek Nick aan. 'Hoor ik dat goed? Heb je Houston en Dallas verkocht?'

'Nee, niet verkocht. Ik ben eruit gestapt,' zei Nick.

Artie ging rechtop zitten en schoof zijn armen op het vloeiblad van het bureau. Hij nam een pil uit een blikje, stopte hem in zijn mond en slikte hem door met een half glas water. Spanning en zorgvuldig verbeten pijn leken langzaam uit zijn gezicht weg te trekken. 'Ik heb geen contact meer met Hugo. Het zou kunnen dat hij in New Orleans is. Misschien geef ik er hier ook de brui aan en ga ik er zelf heen.'

'Hou je die moordenaar bij die jongelui weg of hoe zit dat?' zei Esther.

'Geen insinuaties graag, juffrouw Esther. Als je probeert de boel af te breken, krijgt Nick zelf het dak op zijn kop, en jij misschien ook,' zei Artie.

'Sla niet zo'n toon aan tegen mijn vrouw,' zei Nick.

'Weet je nog die keer in het Prytania Theatre toen we je ondersteboven met je kop in een ladekast hielden?' zei Artie.

'Zal ik je hand eens in je eigen la tot moes pletten?' zei Nick.

'Je hebt New Orleans overleefd omdat we je met rust lieten, Nick. Didoni Giacano heeft ooit gezegd dat je moeder waarschijnlijk leed aan een schimmelinfectie en dat jij niet te vertrouwen was. Ik heb tegen Dee-Dee gezegd dat hij dat goed had gezien, maar dat je ook laf en hebzuchtig was en dat je daarom alles zou doen wat hij zei, tot de dood erop volgde. Dus in zekere zin heb ik jou geholpen bij je carrière. Ik denk dat je me best een beetje dankbaar mag zijn.'

'Heeft Dee-Dee dat gezegd over mij en mijn familie?'

Artie wees naar de glazen wand achter hem. 'Zie je dat noodweer aankomen?' zei hij. 'Katrina heeft het grootste gedeelte van de Ninth Ward weggespoeld. Ik hoop dat deze orkaan van koers verandert en dat hij New Orleans treft, net als Katrina. En dat ie het karwei afmaakt. En ik hoop dat jij daar dan bij bent, Nick. Ik hoop dat jij en jouw soort van de aarde verdwijnt. Zo denk ik erover.'

Esther boog zich voorover in haar stoel, met haar handen gevouwen in haar schoot. Uit haar gezicht bleek dat er iets tot haar was doorgedrongen. 'Je hebt Nick gewoon bedrogen, hè?' zei ze.

'Waarmee?'

'Met het smokkelen en vermoorden van die meisjes. Je maakte op de een of andere manier misbruik van Nick. Omdat je hem wilde afpersen.'

'Ik zal je eens iets nieuws vertellen. Jouw echtgenoot is een pooier. De huizen die je bezit, de auto's waarin je rijdt, de countryclub waar jullie lid van zijn, dat is allemaal betaald door het geld dat hij met zijn hoeren verdient. Die vrouwen van wie jij denkt dat het onschuldige sletjes zijn die hun kleren uittrekken in de club, doen lapdances en trekken kerels af in achterkamertjes. Je bent een slimme vrouw, juffrouw Esther. Je bent met Mighty Mouse getrouwd. Waarom zou je de schijn ophouden?'

Ze stond op uit haar stoel. Haar handen hield ze om haar tasje geklemd. 'Mijn echtgenoot is een goede man,' zei ze. 'Ik zal niet toelaten dat je hem iets aandoet. Als je het waagt mijn gezin nog eens te bedreigen, zal ik je een hoop last bezorgen.'

'Juist. Jammer dat jullie zo snel weg moeten,' zei Artie. Hij nam nog een pijnstiller uit het blikje.

'Als je die soldaat of zijn vriendin iets aandoet, bellen we de FBI,' zei Nick. 'Ik weet wat je me kunt aandoen, Artie. Dat doet er niet toe. Ik wil het bloed van die twee niet op mijn geweten hebben.'

'Wat zeg je daarvan, ordinaire gangster?' zei Esther. 'Had je het over mensen martelen? Wacht maar tot je zelf in een gevangenis zit vol met perverselingen. Ik hoop dat je duizend jaar krijgt.'

Toen ze waren vertrokken, deed Artie de deur van de vergaderzaal open. Hugo rookte een sigaret en keek naar de golven die op het strand sloegen.

'Kon je het verstaan?' vroeg Artie.

'Genoeg,' antwoordde Hugo. Hij drukte zijn peuk uit in een asbak op de vergadertafel. "Hoe wil je het aanpakken?'

'Moet ik dat nog zeggen?'

'Ik kan veel, maar ik ben niet alwetend.'

'Opruimen die troep. Al die lui die we niet kunnen gebruiken. Die soldaat en zijn wijf. Prediker Jack Collins. Iedereen die ons kan verraden. Dus ook die dikke kleine smous en zijn vrouw en als het nodig is ook zijn kinderen. En als ik zeg "opruimen", dan bedoel ik dat het grondig moet gebeuren. Begrepen?'

'Geen punt, Artie.'

'En als je de kans krijgt...'

Hugo wachtte.

'Knal die Esther er dan eentje dwars door haar mond,' zei Artie. 'En ze mag best weten waar die kogel vandaan kwam.'

Jaren geleden, in een bibliotheek in Waycross, Georgia stuitte Bobby Lee Motree op een boek met de titel *My Grandfather Was the Only Private in the Confederate Army*. De titel trok zijn aandacht en al bladerend probeerde hij erachter te komen waar die titel op sloeg. Hoezo, een grootvader die de enige soldaat was in het leger van de Confederatie? Maar even plotseling was zijn interesse ook weer verdwenen, deels omdat zijn enige interesse in geschiedenis zich beperkte tot zijn bewering dat hij afstamde van misschien wel de grootste strateeg in de Amerikaanse geschiedenis, een veronderstelling die hij baseerde op het feit dat hij Robert Lee heette, net zoals zijn vader, een kruimeldief en parttime-caddie die aan zijn einde kwam toen hij lag te slapen op het onderstel van een trein.

Nu, tijdens een zonsondergang die op de een of andere manier iets over zijn leven leek te beweren, stond hij bij zijn auto, niet ver van een berg met puntige rotsen waarvan de kale hellingen steeds donkerder werden. De wind was warm en rook naar creosoot en stof en naar de teer van het wegdek die in de hitte was gesmolten. In de verte zag hij drie buizerds hoog boven de harde aarde cirkelen, met het silhouet van hun uitgestrekte vleugels tegen de achtergrond van een gele zon die hem deed denken aan licht achter groezelige vitrage. Hij klapte zijn mobiele telefoon open en toetste een nummer in.

Toen aarzelde hij en schoof hij zijn duim van de beltoets. Bobby Lee voelde zich niet goed. Hij zag gekleurde spikkels achter zijn oogleden, alsof zijn denkkracht achteruitging, alsof zijn ongerichte gedachten zijn grootste vijand waren geworden.

Hij dronk uit een blikje warm geworden mineraalwater dat hij uit zijn suv had gepakt. Had hij iets opgelopen? Was het maar waar. Zijn wereld stortte in. Hij had Prediker altijd bewonderd om zijn professionalisme en zijn onzichtbaarheid, en om de manier waarop hij een legende was geworden, een eenmans-moordbedrijf zonder ooit deel te worden van het systeem. Maar Prediker had toegestaan dat Hugo die Aziatische wijven had neergemaaid, en nu had hij ook nog een federale agent om zeep gebracht. Iemand zou dat op zijn brood krijgen. Hugo? Mooi niet. Prediker? Jack zou nog liever doodgaan dan dat hij zich zou laten arresteren. Dus wie bleef er over?

Over het antwoord dacht Bobby Lee niet graag na. De rest van het team bestond uit Liam Eriksson en hijzelf, en Liam was al in ongenade gevallen bij Jack omdat hij die cheque had gestolen en geprobeerd had hem te verzilveren toen hij zich met dat hoertje had bezopen. Liam en Bobby Lee waren in feite gewoon werknemers die hier en daar wat buit pakten, wat geld opzij legden voor een beter leven en wachtten op het juiste moment om ermee te kappen. Zij waren geen religieuze maniakken zoals Jack, en ze waren ook niet als Hugo, die mensen doodschoot voor de kick. Voor Liam en Bobby Lee was het gewoon werk. Maar werknemers kon je ontslaan en vervangen. Iemand die het daar niet mee eens was, moest het publiek bij een *ultimate fight* maar eens goed bekijken.

Bobby Lee herinnerde zich zijn eerste moord. Hij was toen twintig en het was gebeurd in Alligator Alley, tussen Fort Lauderdale en Naples. Voor vijfduizend dollar had hij een Cubaan koud gemaakt die de dochter van een maffialid uit New Jersey had verkracht. Aanvankelijk had Bobby Lee gedacht dat hij er moeite mee zou hebben om iemand uit de weg te ruimen tegen wie hij persoonlijk niets had, maar dat bleek niet zo te zijn. Hij trakteerde het slachtoffer op een paar drankjes in Lauderdale, vertelde hem dat hij een visstek had in de Everglades, liet hem die met wier vol gegroeide inham bij maanlicht zien en knalde twee .22-patronen met holle punt, *pang, pang*, zo snel ging het, achter zijn oor. En daar lag hij dan opeens, met zijn gezicht naar beneden in het water, met zijn armen uitgestrekt en een luchtbel in zijn jasje alsof hij de onderwaterbodem bestudeerde, terwijl de brulkikkers tekeergingen in de nacht.

Maar wat moest Bobby Lee nu doen? Al dat gedoe over trouw en kameraadschap vergeten en Prediker laten stikken? Dat was ook geen prettig idee. Als Bobby Lee professioneel wilde boksen in Florida, waar hij zich weer wilde laten inschrijven in Miami-Dade, en waar hij af en toe een los klusje kon doen als hij geld nodig had, moest zijn reputatie ongeschonden blijven. En als je Prediker in de steek liet, moest je de rest van je leven op je hoede zijn.

Bobby Lee klapte zijn mobieltje weer open en drukte op de herhaaltoets.

'Waar zat je?' zei de stem van Prediker.

'Ik ben dwars door het grootste gedeelte van twee counties gereden.'

'Denk eens na over wat je net zei. Dat is een contradictie.'

'Wat?'

'Wat heb je gevonden?'

'Niks. Maar ik heb een idee.'

'Hoezo, "niks"?'

'Zoals ik al zei. Ik heb geen Siesta-hotel kunnen vinden. Volgens Junior dinges logeerden dat meisje en die militair in dat hotel.'

'Bel me terug via een vaste lijn.'

'Jack, de CIA zit niet achter ons aan. Die hebben het veel te druk met achter soepjurken aan zitten.' Bobby Lee zweeg. Zijn ergernis over Prediker groeide. Hij had de neiging om de mobiele telefoon op het asfalt te smijten en hem te vermorzelen onder zijn voet. 'Ben je nog steeds kwaad op Liam omdat hij heeft geprobeerd de cheque van die militair in te wisselen?'

'Wat denk je zelf?'

'Ik vind dat je Liam nog een kans moet geven. Hij doet zijn best.'

'Waarmee?'

'Luister, ik zal je later terugbellen. Ik heb een plan.'

'Je hebt twee dagen langs de grens gezworven. Noem je dat een plan?'

'Heb je ooit een junk gekend die langer dan een dag op reis ging?'

'Wat bedoel je?'

'Er is geen verschil tussen een junk en een dronkenlap. Een rat gaat naar zijn hol. Die militair is een alcoholist en ik heb gehoord dat hij regelmatig bij de AA langsgaat. Volgens Hugo heeft hij een roze litteken op zijn gezicht dat zo dik is als een regenworm. Ik vind hem wel, dat garandeer ik je. Ik heb de hulpdienst van de AA gebeld en een overzicht van de vestigingen in de regio gekregen. Jack, hoor je me nog?'

Was de verbinding gewoon weggevallen of had Prediker opgehangen? Bobby Lee drukte op de sneltoets, maar zijn telefoontje werd direct doorverbonden met de voicemail. Hij sloot en opende zijn ogen. De berg die hij voor zich zag, deed hem denken aan een duistere vulkanische kegel die afkoelde in de avondzon.

Er waren weinig twaalfstappengroepen in de regio, of in ieder geval maar weinig die meer dan één keer bij elkaar kwamen, en de volgende dag vond Pete Flores dat hij toch maar mooi had geboft toen hij een lift kreeg naar een groep die de Sundowners heette. De groep kwam bij elkaar in een fundamentalistische kerk die een kleine vijftig kilometer was verwijderd van het motel waarin Vikki en hij logeerden. De kerk was een gebouwtje van witte planken met een torentje zonder klok op de nok van het dak en een blauw neonkruis boven de ingang. Aan de achterkant lag een werkplaats en daarnaast was een kerkhof met graven die bedolven waren onder plastic bloemen en groen uitgeslagen jampotjes. Zelfs met de ramen wijd open was het niet te harden in het gebouw; het was net een oven. Pete was vroeg naar de bijeenkomst gekomen, en liever dan in de hitte te blijven liep hij naar buiten om op de treden aan de achterkant te gaan zitten. Hij keek naar de vreemde chemisch-groenige kleur aan de westelijke hemel. De zon scheen nog zo fel als een gaslamp. De lagen afzettingsgesteente van het mesa-achtige landschap kleurden grijs, geel en roze boven de schemering die inviel boven de woestijngrond. Pete had het gevoel dat hij op de bodem van een reusachtige verdroogde kom zat die in prehistorische tijden uit klei was gebakken. Als de regen het land tot leven probeerde te wekken, kwam er een bijna dierlijke geur vrij.

De man die naast Pete op de treden ging zitten droeg een smetteloos wit T-shirt en een keurig gestreken werkbroek. Hij rook naar zeep en aftershave en zijn donkere haar was strak bijgeknipt in zijn nek. Zijn dikke, halvemaanvormige wenkbrauwen waren keurig verzorgd en de gleuf in zijn kin glom nog van een scheerbeurt. Hij had een kaal kruintje. Hij staarde in zuidelijke richting naar de woestijn, waarbij zijn mond een grauwe spleet vormde zonder enige uitdrukking. De blik in zijn ogen was dof. Hij trok met zijn lippen een sigaret uit een pakje, tikte er nog een tweede uit en gaf die aan Pete.

'Nee bedankt, ik rook niet,' zei Pete.

'Heel verstandig,' zei de man. Hij stak zijn sigaret aan en blies de rook beleefd naar de zijkant. 'Ik ben voor het eerst. Hoe is het hier?'

'Weet ik niet. Ik ben hier ook voor het eerst.'

'Hoe lang heb jij al niet meer gedronken?'

'Een paar dagen, meer niet. Ik heb een penning gekregen voor vierentwintig uur.'

'Vierentwintig uur droogstaan kan al verdomd moeilijk zijn.'

'Werk je hier in de buurt?' vroeg Pete.

'Ik heb pijpleidingen gelegd tussen Presidio en Fort Stockton, nou ja, tot vorige maand dan. Ik heb aan mijn tijd in het leger een handicap overgehouden, maar mijn baas was nogal een harde. Volgens hem stelde die tijd in de Zandbak niks voor.'

'Heb je in Irak gezeten?'

'Twee keer.'

'Mijn tank is opgeblazen in Bagdad,' zei Pete.

De ogen van de man dwaalden naar het lange, dikke litteken dat als een roze regendruppel over de zijkant van Pete's gezicht liep. 'Ben je gaan drinken na je terugkeer?'

Pete keek naar de donker wordende kleuren van de hemel, en naar de heuvel die als een bochel afstak tegen een vuur dat net achter de horizon brandde. 'Het zit in mijn familie. Ik geloof niet dat de oorlog er veel mee te maken had,' zei hij.

'Dat is heel eerlijk van je.'

'Hoe lang sta jij al droog?'

'Een paar jaar, min of meer.'

'Heb jij een penning voor twee jaar?' zei Pete.

'Ik ben niet zo dol op die penningen. Ik volg het programma op mijn eigen manier.'

Pete vouwde zijn handen en gaf geen antwoord.

'Heb je vervoer?' zei de man.

'Ik heb een lift gehad van een man die onzettend naar bier stonk. Ik heb hem gevraagd met me mee te gaan, maar hij zei dat Jezus' eerste wonder was dat hij water in wijn veranderde en dat zijn navolgers er ook niet schijnheilig over deden. Ik begreep dat niet helemaal.'

'Heb je trek in koffie met gebak na de bijeenkomst? Ik trakteer,' zei de man in de werkbroek.

Tijdens de bijeenkomst vergat Pete het gesprek met de man die hij op de traptreden aan de achterkant van de kerk had gehad. Een vrouw vertelde dat ze sinds ze droog stond, ineens dingen begon te herinneren uit een black-outperiode. Haar stem klonk gespannen toen ze de groepsleden vertelde dat ze mogelijk een dodelijk auto-ongeluk had veroorzaakt. Toen ze haar verhaal had gedaan, bleef het stil in de ruimte. De mensen die in de banken en op de klapstoeltjes zaten staarden mat voor zich uit of hadden hun ogen neergeslagen. Iedereen wist dat het verhaal van die vrouw zijn of haar verhaal had kunnen zijn.

Na de bijeenkomst hielp de man met de werkbroek met het opstapelen van de stoelen en de afwas. Hij wierp een blik in de richting van de vrouw die mogelijk iemand had doodgereden. 'Dat mens praat zichzelf nog eens de gevangenis in,' zei hij zachtjes tegen Pete.

'Wat je hier hoort en wie je hier ziet blijft binnenskamers. Dat is de afspraak,' zei Pete.

'Iemand die dat gelooft heeft heel wat meer vertrouwen in mensen dan ik. Laten we wat gaan eten, dan breng ik je daarna naar huis.'

'Je weet niet hoe ver dat is.'

'Ach, ik heb toch niks beters te doen. Mijn vriendin heeft mijn truck gepikt en is ervandoor gegaan met een bijbelverkoper met één been,' zei de man. Hij staarde over de kerkbanken heen naar de vrouw die had gesproken over haar alcoholverleden. Er stonden diepe rimpels op zijn voorhoofd. De vrouw stond bij het raam. Haar aandacht was op iets in de duisternis daarbuiten gevestigd en haar handen lagen op het raamkozijn alsof ze niet bij haar armen hoorden. 'Zo zie je maar weer,' zei hij.

'Wat bedoel je?' zei Pete.

'Die vrouw daar, die heeft opgebiecht dat door haar schuld iemand dood is die misschien helemaal niet bestaat. Zo te zien beseft ze nu pas dat ze haar puinhoop alleen maar groter heeft gemaakt.'

Pete gaf geen antwoord. Tien minuten later reed hij naar een restaurant met de man in de werkbroek, die vertelde dat hij Bill heette, en bestelde een stuk taart en een glas ijsthee.

'Heb je een vriendin?' zei Bill.

'Gelukkig wel,' antwoordde Pete.

'Volgt zij ook het AA-programma?'

'Nee, zij is normaal. Ik heb nooit begrepen wat ze in me ziet.'

'Waar wonen jullie?'

'In een goedkoop motel een stuk verderop.'

Bill leek te wachten of Pete nog meer zou zeggen.

'Ik heb zitten denken,' zei Pete. 'Over die vrouw bij die bijeenkomst van net.'

'Die halvezool?'

'Zo zou ik haar niet willen noemen.'

Bill pakte de rekening, controleerde haar en keek geërgerd in de richting van de serveerster.

'Ze was bereid iets op te biechten dat ze mogelijk niet gedaan had,' ging Pete verder. 'Of als ze het wel heeft gedaan, was ze bereid het toe te geven, iets waardoor ze misschien wel in de gevangenis terechtkomt. Voor haar maakte dat geen verschil. Ze wil alleen maar vergiffenis voor alles wat ze fout heeft gedaan in haar leven. Ik geloof niet dat ik zoveel moed en nederigheid in me heb.'

'Dat wijf kan niet optellen,' zei Bill met de rekening in zijn hand. 'Ik zie je buiten. Kom, we smeren 'm. Ik ben toe aan een dutje.'

Pete wachtte op de parkeerplaats, kauwde op een rietje en keek naar de sterren. Venus twinkelde boven een zwarte berg in het westen. Wat had Bill ook alweer gezegd over de penning die je kreeg als je twee jaar droogstond? Dat hij er niet zo dol op was? Dat was raar. Dat was zoiets als een Medal of Honor weigeren omdat je geen zin had om tijd te besteden aan het zoeken naar een paar sokken die bij je kleren passen.

'Klaar?' zei Bill toen hij uit het café kwam.

Pete haalde het rietje uit zijn mond en keek Bill aan in de gloed van een bier-neonreclame.

'Is er iets?' zei Bill.

'Nee, we kunnen,' zei Pete.

'Je hebt me nog steeds niet verteld waar je woont.'

'Bij het rode verkeerslicht moet je afslaan in oostelijke richting en dan een heel stuk doorrijden.'

'Ik dacht dat je zei dat je verderop woonde, niet naar het oosten,' zei Bill met een geforceerd glimlachje.

'Ik kan de windstreken geloof ik niet zo goed uit elkaar houden. Ons huis ligt zo ver in de rimboe dat we het zonlicht moeten laten aanvoeren met een vrachtauto,' antwoordde Pete. 'Echt waar.'

Bill was stil toen ze in oostelijke richting reden door een hard en droog landschap dat was bezaaid met mesquite, oude banden en schroot dat glinsterde als mica in het maanlicht. Hij stopte een pepermuntje in zijn mond en zoog erop. Hij keek Pete van opzij aan terwijl de suv schokkend door de gaten in de weg reed. 'Hoe ver nog?'

'Een kilometertje of tien.'

'Wat voor werk doe je hier in godsnaam?'

'Ik schuur en bewerk palen voor omheiningen voor iemand.'

'Interessant. Ik wist niet dat er hier zoveel hout voorhanden was.'

'Dat is mijn werk.'

'En wat doet je vriendin?'

'Ze heeft een internetbedrijfje.'

'Wat verkoopt ze dan? Hagedissenstront?'

'Ze verdient er goed mee.'

Bill reed voorbij de zoveelste kilometerpaal. Tussen twee heuvels in lag een verlicht huis met een tankauto die op het erf stond en een windmolen aan de achterzijde. Paarden stonden roerloos in een afgerasterd weiland waar het gras tot op de bodem was afgegraasd.

'Momentje,' zei Bill. Hij deed een greep deed naar iets wat naast Pete lag.

'Wat doe je?'

'Ik pak mijn Beretta. Zie je die prairiehaas daar op de weg? Moet je opletten.'

Bill zette de auto stil in de berm en stapte uit. Hij staarde naar het dichte struikgewas dat in een droge greppel bij een dammetje met een duiker groeide. De bladeren leken op dikke groene knoppen. In het volle maanlicht stonden cactussen met gele en rode bloemen. Een 9mm-halfautomatisch pistool bungelde in Bills rechterhand. 'Wil je er eentje schieten?' zei hij.

'Waarom?'

'Soms, als het warm is geweest, krijgen ze wormen. Maar als je ze goed schoonmaakt vanbinnen en de huid er goed afstroopt en ze een nacht lang ophangt, zodat alle hitte eruit kan ontsnappen, kun je ze veilig eten. Kom, stap uit.'

Pete opende het portier van de suv en stapte op het gruis. Hij voelde de warme wind in zijn gezicht en hij rook iets dat leek op gedroogde mest. De weg was verlaten in beide richtingen. Aan de overzijde van de grens dacht hij bij de onderkant van een heuvel elektrisch licht te zien.

'Loop achter me aan,' zei Bill. 'Jij mag de eerste keer schieten. Hij duikt zo op uit die struiken. Dat doen prairiehazen altijd. Ze zijn niet slim genoeg om te blijven zitten waar ze zitten, zoals een katoenstaartkonijn. Heb jij als kind nooit op konijnen gejaagd?'

Pete nam zijn rietje uit zijn zak en stopte het in zijn mond. 'Niet vaak. Wij hadden zo'n schrale grond bij de boerderij dat de konijnen hun eigen eten mee moesten brengen.'

Bill grijnsde. 'Kom, we jagen hem eruit. Bang voor ratelslangen?'

'Nooit zo bij stilgestaan.'

'Ben je bang dat ik je ga verkrachten?'

'Wat?'

'Flauw grapje. Maar je gedraagt je wel een beetje als een rare flikker.'

'Wat bedoel je daarmee?'

'Dat bedoel ik nou. Je bent veel te gespannen, man. Volgens mij moet je nodig eens goed gepijpt worden.'

Bill leek zijn interesse in het gesprek te verliezen. Hij bukte zich en pakte een stok. Hij bestudeerde de struik met de knoopachtige bladeren in de greppel en smeet de steen er zo hard in dat het geluid ver te horen was. 'Zag je hem wegrennen? Ik zei toch dat hij er zat.'

'Ja, je had gelijk.'

Bill draaide zich om en keek Pete aan. Hij hield zijn pistool omlaag gericht langs zijn dij, met de veiligheidspal verschoven. Hij blies zijn ene wang bol en daarna de andere, als iemand die zijn mond spoelt. 'Ja, je bent een beetje een engerd, Pete. Moeilijk te doorgronden, volgens mij. Ik wil wedden dat je heel wat van die geitenneukers hebt neergeknald, of niet dan?'

Pete probeerde zich te herinneren of hij tegen Bill had gezegd hoe hij heette. Het was mogelijk, misschien bij die bijeenkomst of later, in het café. *Denk na, denk na, denk na*, zei hij tegen zichzelf. Hij voelde de huid op zijn schedel verkrampen. 'Ik moest maar eens op huis aan. Ik zou je graag voorstellen aan mijn vriendin.'

'Ze zit op je wachten, hè?'

'Ja, het is een prima meid.'

'Ik benijd je. Zeker weten,' zei Bill. Hij staarde in zuidelijke richting naar de duisternis, zonder te laten blijken wat hij dacht. Toen trok hij het magazijn los en stak het pistool in zijn zak. Hij haalde de kogel uit de kamer, schoof de losse patroon boven in het magazijn en duwde met de muis van zijn hand het magazijn terug in de houder. 'Snel' zei hij. Hij gooide het wapen naar Pete.

'Waarom deed je dat?'

'Ik wou weten of je wel oplette. Je schrok, hè?'

'Een beetje wel,' antwoordde Pete. 'Je bent een rare snuiter, Bill.'

'Niet als je me beter leert kennen,' zei Bill. 'Nee, ik zou niet willen beweren dat ik een rare snuiter ben. Stop dat pistool maar terug in het handschoenenkastje.'

Acht kilometer verderop werd het landschap vlakker. De maan stond aan de horizon als een enorme vlekkerige witte ballon. Voor zich zag Pete een inrit, een felverlichte winkel en een tankstation. 'We zijn nog zo'n drie kilometer van het pad dat naar mijn huis loopt,' zei hij. 'Ik kan daar uitstappen als je wilt.'

'Wie a zegt moet ook b zeggen. Ik breng je helemaal thuis.'

'Ik moet iets opbiechten, Bill.'

'Heb je iemand doodgereden met je auto tijdens een black-out?'

'Dat ik niet zo'n AA-penning heb voor een langere periode is omdat ik wil drinken.'

'Nu, bedoel je?'

'Nu, gisteren, vorige week, morgen, volgende maand. Als ik de pijp aan Maarten geef, zit het er dik in dat de begrafenisondernemer een krat bier op mijn borst moet zetten om me in de kist te houden.'

'Wat wil je daarmee zeggen?'

'Je weet wat ze zeggen: beter diep gezonken dan niet geklonken. Stop even daarginds bij die winkel.'

'Weet je het zeker?'

'Ja hoor. Jij ook wat?'

'Een of twee koude biertjes gaan er wel in. Ik ben niet zo streng in de leer. Maar wat vindt je vriendin er van?'

'Ze klaagt niet. Je mag haar vast.'

'Dat geloof ik graag,' zei Bill.

Hij parkeerde de suv bij het tankeiland en stapte uit om benzine te tanken terwijl Pete de winkel in liep. De lucht was stroperig en warm en het rook er naar verbrande diesel. Honderden motten zaten opeen gehoopt tegen de hoog aangebrachte lampen. Pete pakte twee pakjes peperoniworst uit een rek en twee kartonnetjes grote blikken bier uit de koeling. Op de zilverblauwe blikken zat een laagje condens en hij voelde door het karton heen dat ze goed koud waren. Hij zette het bier op de toonbank en wachtte terwijl een andere klant iets afrekende. Hij tikte met zijn nagels op de bovenkant van een kartonnetje en keek om zich heen in de zaak, alsof hij iets was vergeten. Toen schoof hij zijn broekriem recht, trok een gezicht en vroeg de pompbediende waar de wc was. De pompbediende gaf met een oogbeweging aan dat hij achter in de winkel moest zijn. Pete knikte 'dank je wel' en liep tussen de schappen naar de achteruitgang, uit het zicht van het raam aan de voorkant.

Een paar tellen later was hij buiten in de duisternis. Hij rende tussen een paar grote vrachtwagens door die op een kaal, besmeurd stuk grond achter de dieselpompen stonden. Hij liet zich in een greppel glijden en rende verder de nacht in. Zijn hart bonsde en een zwerm insecten vloog op tegen zijn gezicht en verstopte zijn mond en neusgaten. De bliksemflitsen in de wolken deden hem denken aan het flikkerend licht van artillerievuur achter de horizon voordat het dreunende geluid de aarde deed trillen.

Hij kroop door een betonnen duiker die uitkwam op de noordkant van de tweebaansweg, krabbelde overeind en begon te rennen. Hij doorkruiste een stuk harde grond bedekt met kronkelige slibsporen en kiezelstenen die als schaaldieren onder zijn schoenen knerpten.

Geografisch gezien had hij een hoek van vijfenveertig graden ge-maakt ten opzichte van het Fiesta-motel waar Vikki op hem wacht-te. Hemelsbreed moest het ongeveer zeventig kilometer zijn. Met een beetje geluk, als hij de hele nacht door bleef rennen en lopen, kon hij tegen het ochtendgloren bij het motel zijn. Terwijl hij voortsnelde over het land, zag hij zijn eigen schaduw voor zich uit in het licht van de bliksem. Het deed hem denken aan een wanhopige soldaat die pro-beert een spervuur te ontwijken.

# 12

Toen Hackberry Holland ten zuiden van de rivier de Jaloe gevangen werd genomen door de Chinezen en in een gesloten goederenwagen vol verkleumde landingstroepen werd gestopt, probeerde hij tijdens het langdurige transport naar het krijgsgevangenenkamp in de Vallei Zonder Naam net te doen alsof hij deel uitmaakte van een groots, historisch epos. Op een dag, later, zou hij terugdenken aan zijn avonturen alsof het ging om scènes uit *Oorlog en vrede*. Hij zou de kroniekschrijver zijn die twee keizerrijken had zien botsen op een besneeuwde vlakte. Later zou dat strijdtoneel een reputatie krijgen die vergelijkbaar was met Gallipoli, Austerlitz of Gettysburg. Je kon het slechter treffen.

Maar hij merkte al snel dat je grote, historische gebeurtenissen niet opmerkt als je er middenin zit. Er stonden geen majestueuze legers achter rijen bij toerbeurt vurende kanonnen, misschien nog eerder met de bedoeling te pronken met hun technische perfectie dan om de vijand te doden. Je zag geen vaandels wapperen in de wind, geen munitiewagens en karren voor gewonden die in stelling werden gebracht, geen schitterend gekleurde uniformen, pluimen op de helmen van de officieren of reflecterend zonlicht op blanke sabels. Je zag en onthield alleen het kleine stukje grond dat je eigen plek was, waar zich geluiden en beelden opdrongen die je niet uit je dromen kon weren.

Je herinnerde je lege hulzen op de bodem van een loopgraaf, noodverbanden die stijf stonden van het bloed, bevroren aardkluiten die op je stalen helm neerdaalden, het suizende geluid van een antitankgranaat die van richting verandert en vlakbij inslaat. Je herinnerde je het schudden van de goederenwagen, de ongeschoren kaken van de mannen die je aanstaarden van onder hun opgeslagen capuchons; je herinnerde je het aangezicht van de honger in een keet waar een paar vissenkoppen en een kwak rijst als een feestmaal werden beschouwd.

Toen Hackberry was teruggekeerd uit San Antonio, na de schietpartij waarbij Isaac Clawson was omgekomen, trok hij zijn laarzen uit op de verandatreden aan de achterkant van zijn huis en liep hij op zijn sokken naar binnen. Hij kleedde zich uit in de badkamer en bleef onder de douche staan tot het hete water in de tank op was. Daarna droogde hij zich af, trok schone kleren aan en nam zijn mand met schoenpoetsspullen mee naar de veranda. Met een tuinslang, een blikje Kiwi-schoensmeer, een borstel en een poetslap verwijderde hij het bloed van Isaac Clawson van de zool en rand van zijn rechterlaars.

Hij was de motelkamer binnengestormd waarin Isaac Clawson was gestorven, zonder te weten wat hij aan de andere kant van de deur zou aantreffen, en was midden in een plas van Clawsons bloed gestapt. Hij liet besmeurde voetafdrukken achter op de vloerbedekking en op het grit van de buitengalerij die de sporen droeg van de vele mensen die hier voor weinig geld onderdak hadden gevonden.

De absurditeit, de vunzigheid en de schande van dat moment zouden hem nooit meer loslaten. Later, na de komst van een journalist en een fotograaf, had iemand een handdoek over Clawsons hoofd en gezicht gelegd. De handdoek was niet groot genoeg om zijn gelaat helemaal te bedekken, wat het tafereel iets onwaardigs gaf; het leek de misère die hem door de wereld was aangedaan alleen maar te vergroten.

De dader, waarschijnlijk Prediker Jack Collins, was ontkomen. In zijn kielzog bleven de sporen achter van de ultieme misdaad die anderen nu moesten opruimen. Hackberry zou die details voor altijd in verband blijven brengen met de dood van Isaac Clawson. En hij zou nooit het gevoel kwijtraken dat hij, doordat hij in het bloed van Clawson was gestapt, had bijgedragen aan diens bezoedeling.

Hackberry pakte een tweede poetslap om het water van zijn schoen te deppen. Toen ze droog en schoon waren en zacht aanvoelden, trok hij zijn schoenen weer aan en stopte de poetslappen, zijn schoenborstel en het blikje schoensmeer in een papieren zak die hij doorweekte met aanmaakvloeistof en verbrandde in de ijzeren afvalemmer bij zijn gereedschapsschuurtje. Daarna ging hij op de treden zitten en keek naar de zon die opkwam boven de populieren aan de rand van zijn terrein.

In de schaduwen zag hij een damhinde met twee kalfjes naar hem kijken. Twee minuten later reed de surveillancewagen van Pam Tibbs de oprit op. Ze drukte op de bel.

'Ik zit hier, aan de achterkant,' riep Hackberry.

Ze kwam de hoek om lopen en droeg in haar ene hand een thermosfles en in de andere een papieren zak met donuts. 'Heb je wat kunnen slapen?' vroeg ze.

'Genoeg.'

'Kom je naar het bureau?'

'Waarom niet?'

'Heb je al gegeten?'

'Ja, ik geloof van wel. Ja hoor, zeker weten.'

Ze ging een trede lager dan hij zitten, schroefde de dop van de thermosfles en maakte met een plofje de zak donuts open. Ze schonk koffie in de thermosbeker, wikkelde een donut in een servetje en gaf hem beide. 'Soms maak ik me zorgen over je,' zei ze.

'Pam, ik ben hoger in rang dan jij. Dat betekent dat we niet op al te persoonlijke voet met elkaar om kunnen gaan.'

Ze keek op haar horloge. 'Tot acht uur kan ik verdomme doen wat ik wil. Wat dacht je daarvan? Mag ik een kopje uit de keuken halen?'

Ze had de hordeur al geopend en was naar binnen verdwenen voor hij iets kon zeggen. Even later was ze weer terug, schonk haar kopje vol en ging naast hem zitten. 'Clawson is er zonder back-up op afgegaan. Zijn dood is niet jouw of mijn schuld.'

'Dat heb ik ook niet gezegd.'

'Maar je hebt het wel gedacht.'

'Jack Collins is ontsnapt. We waren waarschijnlijk minder dan honderd meter van hem vandaan. Maar hij heeft het motel en het parkeerterrein verlaten en waarschijnlijk is hij ook nog uit San Antonio vertrokken, en dat allemaal terwijl ik de hele plaats delict met het bloed van een ICE-agent liep te besmeuren.'

'Maar dát zit je toch niet dwars?'

Toen hij met zijn ogen knipperde, als een cameralens die snel open- en dichtklikt, zag hij de gezichten van de Aziatische vrouwen op de executieplek achter de kerk naar hem opstaren, met zandkorrels op hun lippen, in hun neusgaten en in hun haar.

'Het ballistisch onderzoek heeft uitgewezen dat alle vrouwen zijn gedood met hetzelfde wapen,' zei hij. 'Vermoedelijk was er maar één schutter. Volgens de FBI komt Collins het meest in aanmerking als mogelijke dader. Hij is tot een dergelijke massamoord in staat. We hadden Collins kunnen uitschakelen.'

'Dat lukt ons nog wel. En anders is de FBI er ook nog.'

Hackberry keek naar de hinde en haar kalfjes tussen de populieren. Hij voelde dat Pam hem van terzijde opnam. Hij dacht aan zijn tweelingzonen, aan zijn overleden vrouw en aan het nachtelijke geluid van de wind die door het gras van het weiland wuifde. Pam verschoof haar voet een beetje en tikte met haar schoen tegen de zijkant van zijn laars. 'Hoor je wat ik zeg, Hack?'

Hij voelde een zware vermoeidheid door zijn lichaam trekken. Hij legde zijn handen om zijn knieën en draaide zijn hoofd naar haar toe. De uitdrukking in haar ogen sprak boekdelen. 'Ik ben te oud,' zei hij.

'Te oud waarvoor?'

'Voor de dingen die jonge mensen doen.'

'Zoals?'

'Oké, jij wint. Zullen we het over iets anders hebben?'

'Je bent een koppige, eigenwijze kerel. Daarom moet er iemand voor je zorgen.'

Hij stond op en voelde een pijnscheut in zijn rug. 'Ik moet in een vorig leven verschrikkelijke zonden hebben begaan,' zei hij.

Ze nipte van haar koffie en sloeg haar ogen naar hem op. Hij zuchtte en liep naar binnen om zijn hoed en zijn wapen te pakken en naar het bureau te gaan.

Drie dagen later, om vijf uur in de namiddag, belde Ethan Riser Hackberry op zijn werk en vroeg hem of hij iets kwam drinken.

'Waar ben je?' vroeg Hackberry.

'In het hotel.'

'Wat doe je hier?'

'Ik zoek versterking.'

'Kan de FBI zijn problemen niet alleen oplossen?'

'Ik heb gehoord dat je van Jack Daniel's houdt.'

'Het juiste woord is "hield", verleden tijd.'

'Laten we afspreken in die bar verderop in de straat,' zei Ethan Riser.

Een huizenblok verwijderd van de gevangenis, achter het Eat Café, lag een saloon met een bord boven de bar dat de klant waarschuwde: U STAAT OP DE HARDSTE VLOER VAN HEEL TEXAS, DUS U KUNT HIER MAAR BETER NIET VOOROVERVALLEN. De vloer was gemaakt van oude spoorbielzen die zwart waren geworden door dieselolie, creosootolie en as en rook van prairiebranden en die met roestige spijkers waren verbonden met dwarsbalken. De bar zelf had een voetrail over de volle lengte, met drie kwispedoors keurig eronder geschoven. Boven op de bar stonden een kom hardgekookte eieren en een pot varkenspoten in het zuur. Ook stond er een pot waarin in een urinegele vloeistof een opgerolde ratelslang met zijn tanden tegen het glas aan lag. De lichten achter de bar hadden kapjes van groen plastic en een ventilator met houten bladen draaide langzaam aan het plafond. Ethan Riser stond helemaal achter bij de bar. In zijn ene hand had hij een kegelvormig glas bier, in zijn andere een leren beker.

'Wat is er?' zei Hackberry.

Ethan Riser schudde vijf pokerdobbelstenen in de leren beker en liet ze over de bar rollen. 'Is het echt waar dat uw grootvader John Wesley Hardin in de bajes heeft gesmeten?'

'Hij heeft hem in de boeien geslagen, vastgebonden aan een kar en hem persoonlijk naar de gevangenis gebracht, nadat hij hem eerst met een lasso van zijn paard had getrokken.'

'Weet u hoe Hardin is gestorven?'

'Hij was aan het dobbelen in de Acme-saloon in El Paso. Hij zei: "Je moet een carré van vier zessen verslaan" tegen de man naast hem. Toen hoorde hij dat iemand de haan van een revolver spande achter zijn hoofd voordat de kogel zijn schedel binnendrong.'

'Ik wou dat ik vier zessen kon gooien, maar zoveel geluk heb ik niet,' zei Riser. 'Ik heb te maken met een ontsnapte psychopaat met wie sommigen een deal willen sluiten, ondanks het feit dat die idioot een FBI-agent heeft vermoord.'

'Jack Collins?'

'Die mensen met, of onder, wie ik werk denken dat Collins ons kan helpen iemand te grazen te nemen die we al heel lang wilden oppakken. Josef Sholokoff, een Rus. Ooit van hem gehoord?'

'Nee.'

'Volgens mij vergissen mijn collega's zich op twee punten. Volgens mij is Collins iemand die het vuile werk opknapt en die wordt gebruikt en afgedankt als een papieren zakdoekje. Ik geloof niet dat hij banden heeft met echt belangrijke mensen. Ten tweede geloof ik niet in het sluiten van deals met moordenaars van federale agenten.' Riser zag de uitdrukking in Hackberry's ogen: een kortstondig vleugje teleurstelling. Dat zorgde ervoor dat Riser leek te heroverwegen wat hij zojuist had gezegd. 'Oké, ik geloof ook niet in het sluiten van deals met kerels die weerloze vrouwen neermaaien.'

'Waarom vertelt u me dit allemaal?'

'Omdat u slim bent en niet voor de landelijke overheid werkt. Omdat u veel ervaring hebt en omdat het u niet veel kan schelen wat mensen van u denken of wat u overkomt.'

'U weet het aardig te brengen, meneer Riser.' Hackberry wenkte de barman. Hij leunde op zijn ellebogen en wachtte tot Riser verderging met zijn verhaal. Uit zijn ooghoek zag hij dat het bier in Risers glas doodsloeg.

'We denken dat we een doorbraak hebben in het Big Bend-natuurpark,' zei Riser. 'Er was een vent die wat opschudding veroorzaakte in een winkel. De winkelmedewerker heeft het gemeld. Die vent had benzine getankt voor zijn SUV en zijn maatje was naar binnen gegaan om bier te kopen. Maar dat maatje liet het bier op de toonbank staan en is er als een haas vandoor gegaan via de achterdeur.'

De barman zette een glas met ijs en mineraalwater en schijfjes citroen voor Hackberry neer.

'Drinkt u dat?' vroeg Riser.

'Vertel verder over die vent.'

'Hij kwam de winkel binnen en wilde weten waar Pete was gebleven. De winkelmedewerker zei dat hij dat niet wist. Die vent noemde hem een leugenaar en trok een halfautomatisch pistool uit zijn overall. De winkelmedewerker heeft het alarmnummer gebeld en de sheriff heeft de handgreep aan de slang van de benzinepomp onderzocht op vingerafdrukken. En met resultaat. Die vent met dat halfautomatisch pistool is Robert Lee Motree, ook wel bekend als Bobby Lee Motree. Hij heeft zes maanden dwangarbeid verricht in Broward County wegens illegaal wapenbezit. Hij heeft ook gewerkt voor een bedrijf dat privédetectivewerk doet. De eigenaar daarvan heet Arthur Rooney. Zegt die naam u iets?'

'Ja, maar ik dacht dat Rooney een paar escortbureaus runde in Houston of Dallas,' zei Hackberry.

'Dat is dezelfde vent. Rooney is door Katrina uit New Orleans verdreven. Zijn hoofdkantoor staat nu in Galveston.' Riser leek te aarzelen, alsof zijn woorden hem naar een gebied leidden waar hij zich nog onzeker voelde.

'Ik luister,' zei Hackberry.

'Rooney is op zijn hoede, maar we hebben afluisterapparatuur in de woning van zijn huidige maîtresse geplaatst. Hij heeft vanuit haar appartement een huurmoordenaar gebeld die Hugo Cistranos heet. Zo te horen zijn Rooney en Cistranos van plan Jack Collins uit de weg te ruimen.'

'Waarom?'

'Dat zal ik je vertellen. Collins heeft Rooneys vinger afgesneden met een scheermes, op Rooneys eigen bureau.' Riser begon te lachen.

'Welke rol speelt die Rus in dit alles?'

'Dat weten we niet zeker. Hij heeft veel macht in Arizona, Nevada en Californië. Hij bezit hele netwerken van hoeren en pornostudio's en hij maakt veel gebruik van de koeriersdiensten van criminele motorbendes om zijn opium en speed vanaf de grens te vervoeren. Hebben jullie hier veel te maken met witte heroïne?'

'Niet veel. Dat is iets voor de betere kringen. Verslaafden met geld kunnen het roken zonder zich zorgen te maken over naalden en aids.'

'Volgens de DEA is er vorige week een lading ter waarde van twee miljoen afgeleverd door een tweemotorig vliegtuigje dat op de snelweg is geland.'

'Bedank hun maar dat ze dat ook aan ons hebben verteld.'

'Als je op zoek was naar Vikki Gaddis en Pete Flores in Big Bend, waar zou je dan beginnen?'

'Daar zou ik even over na moeten denken.'

'Je hebt het niet zo op ons, hè?' Riser dronk van zijn bier en veegde zijn mond af.

'Ik heb niks tegen jullie. Maar ik vertrouw jullie voor geen cent,' zei Hackberry.

Die avond at Hackberry in zijn eentje ergens achter in een wegrestaurant. Zijn Stetson lag omgekeerd op de stoel naast hem. Arbeidersfamilies stonden in de rij bij de saladebar en countrymuziek klonk vaag door de klapdeurtjes van de aangebouwde hal aan de achterkant van de zaak, bij de balie waar ook de kassa stond. Hij zag Pam Tibbs binnenkomen met een atletisch uitziende man die was gehuld in sportkleding. Hij droeg gepoetste schoenen. Zijn donkere haar was nat achterovergekamd, met plukjes blond erin. Zijn gezicht was zongebruind en straalde zelfvertrouwen uit, zonder sporen van zorgen of ouderdom. Pam droeg een paarse rok, zwarte pumps en een zwart topje met een gouden kruisje aan een ketting; ze was net naar de kapper geweest en ze zag er niet alleen aantrekkelijk uit maar ook tien jaar jonger, zoals vrouwen eruit kunnen zien als ze van iemand houden. Toen ze Hackberry zag wiegelde ze met haar vingers naar hem en liep de lounge in met haar vriend.

Tien minuten later kwam ze terug door de klapdeuren en ging ze tegenover Hackberry zitten. Hij rook haar parfum, plus een vleugje bourbon met ijs en kersen in haar adem. 'Kom bij ons zitten,' zei ze.

'Wie is "ons"?' vroeg hij, zich afvragend of ze de lichte wrevel in zijn stem zou opmerken.

'Mijn neef en ik. Zijn vrouw komt ook zo,' zei ze terwijl ze haar vingers op tafel spreidde. Het lukte haar niet helemaal om haar verbazing over zijn reactie te verbergen.

'Nee dank je, ik moet naar huis.'

'Hack?'

'Toe nou.'

'Hoezo, toe nou?'

Hij voelde haar voet tegen de zijne onder tafel. 'Doe eens rustig,' zei ze.

'Pam...'

'Ik meen het. Doe jezelf een lol. Mensen kunnen niet voortdurend alleen zijn.'

'Je bent mijn eerste hulpsheriff. Gedraag je ernaar,' zei hij. Hij wierp een blik opzij om te controleren of iemand hem had gehoord.

'En als ik dat al doe?' zei ze. Ze schoof dichterbij.

'Ik wil graag dooreten.'

'Je maakt me kwaad. Soms kan ik je wel slaan.'

'Ik ga wat salade halen.'

'Dan wordt je schnitzel koud.'

Hackberry dacht dat het heel goed mogelijk was dat hij de oorzaak van raadselachtige hersenbloedingen had ontdekt.

Toen hij die avond thuiskwam, ging hij op een klapstoeltje in de tuin zitten, onder een hemel met jagende onweerswolken. Het was geen rationele daad. Het was al laat, de populieren aan de rand van zijn terrein stonden krom in de wind, de lucht was gevuld met droge deeltjes die als insecten in zijn gezicht prikten. Gele droge bliksem flitste boven zijn hoofd en trilde in de lucht, maar zonder geluid. Hoewel hij het grasperk die ochtend kletsnat had gespoten, voelde de grond onder zijn voeten zo hard als baksteen aan. Een stuk of vijf herten hadden zich in een groepje verzameld tussen de bomen, alsof ze een donderbui verwachtten. Toen drong het tot hem door dat die herten daar om een andere reden stonden. Op een verhoging net boven zijn stuk land zag hij de silhouetten van vier coyotes over de heuveltop wegsluipen. Toen de bliksem de hemel erachter verlichtte, zag hij het geelgrijs van hun vacht, de eigenaardige manier waarop ze hun kop lieten hangen, de kaken los met een glimp van een prooi tussen hun tanden.

Was dit waar het allemaal om draaide? vroeg hij zich af. Het ene wezen dat het andere doodde? Of erger nog, het roofdier met de scherpe tanden en met ogen aan de voorkant die het grazende dier met ogen aan de zijkant verscheurde? Moesten de zachtmoedige dieren altijd het slachtoffer worden van coyotes, wolven, poema's en uiteindelijk de jagende mens?

Wat was het toch dat hem dwarszat bij Ethan Riser? Het feit dat die man gewoon kon drinken, zonder problemen? Dat hij een organisatie vertegenwoordigde die macht had over bijna de hele wereld? Of het feit dat Hackberry weigerde te aanvaarden dat de Ethan Risers van deze wereld het systeem draaiende hielden en dat ze, ondanks al hun gebreken en fouten, onzettend veel goeds deden?

Nee, dat was het ook niet. Sommige mensen dreven af en pasten in geen enkel hokje meer. Zo eenvoudig was het. Prediker Jack Collins was een van hen. Hij was waarschijnlijk een psychopaat die zelf dacht dat hij normaal was, iemand die er, zelfs als zijn geest in een andere dimensie vertoefde, altijd van overtuigd zou blijven dat het de wereld was die fout zat, niet hij. Maar er waren ook mannen en vrouwen die het tegenovergestelde waren van Jack Collins. Mensen met een politiepenning of een priesterboord, mensen die brandende gebouwen beklommen of zich om slachtoffers bekommerden in eerstehulpposten van het leger. Anders dan Jack Collins stond dit soort mensen nooit stil bij het feit dat ze anders waren of dat ze, door hetgeen ze hadden meegemaakt, anders waren geworden dan de rest van de mensheid.

Paulus had geschreven dat er wellicht engelen onder ons woonden. Misschien doelde hij op dat clubje goede mensen. Maar voor een van die mensen zichzelf feliciteerde, moest hij zich bewust zijn van de tol die voor dat lidmaatschap betaald moest worden. Als iemand, uit vrije wil of door gebeurtenissen waarover hij geen controle had, tot eerdergenoemde club ging behoren, kon hij zeker zijn van één permanente consequentie: hij stond alleen. Isolement en eenzaamheid zouden hem vergezellen tot aan het graf.

De grootste ironie was dat die keuze voor het goede vaak automatisch samenviel met seksuele onthouding, niet zozeer als spirituele keus maar als gevolg van de omstandigheden. En degenen die seksuele onthouding als een genade beschouwden waren meestal dezelfden, meende Hackberry, die vierentwintig uur per dag gefolterd werden in een ijzeren maagd, mensen wier vlees werd gemarteld door de ijzeren pinnen van hun onderdrukte verlangens.

Hij leunde naar voren op zijn klapstoeltje en rekte zijn onderrug. Zijn ischias voelde alsof zijn ruggenwervel vlam vatte.

Hij zag hoe de surveillancewagen afsloeg en zijn oprit opreed. Hij hoorde de deurbel, maar nam niet de moeite op te staan en open te doen. Toen Pam Tibbs om de hoek van het huis opdook, zag hij dat ze haar uitgaanskleding had verwisseld voor een spijkerbroek en een kaki uniformoverhemd. Ze droeg haar wapengordel, handboeien, gummiknuppel en pepperspray.

'Wat doe je hier?' zei hij.

'Ik heb deze maand elke zaterdag nachtdienst,' zei ze.

'Dat is geen antwoord op mijn vraag.'

'Zit je altijd om een uur 's nachts in je eentje in de tuin?'

'Soms komt mijn rugpijn opzetten en dan moet ik wachten tot het over is.'

Ze stond voor hem en keek omlaag, met gekrulde haarslierten langs haar wangen. Haar ogen lichtten op in het duister. Hij hoorde haar ademen en zag haar borsten op een neer gaan onder haar overhemd. 'Wil je dat ik ontslag neem?' vroeg ze.

'Nee, ik wil alleen dat je bepaalde feiten accepteert.'

'Zoals?'

'Jij bent nog een jonge vrouw. De wereld behoort jou toe. Verwar sympathie, bewondering of vriendschap niet met liefde.'

'Wie denk je wel dat je bent om mij te vertellen wat ik moet vinden?'

'Ik ben goddomme je meerdere.'

'Je vloekt anders nooit, Hack. Ga je daar nu mee beginnen?'

'Zoals ik al eerder zei: ik ben oud. Je moet me met rust laten, Pam.'

'Dan moet je me wegjagen,' zei ze. 'Eerder ga ik niet weg.'

Ze ging dichter bij zijn stoel staan, dichter dan betamelijk was. Hij stond op, torende boven haar uit. Hij rook de gloed van haar lijf en de warme geur van haar haren. Ze legde beide handen op zijn heupen en drukte haar kruin midden tegen zijn borst. Hij kreeg een droge mond en voelde dat hij een erectie kreeg.

'De beste vrouwen worden altijd verliefd op de verkeerde mannen,' zei hij. 'Daar hoor jij ook bij, meisje.'

'Noem me niet zo.'

'Je dienst is al begonnen,' zei hij.

Hij liet haar daar staan, liep zijn huis in en deed de deur achter zich op slot.

# 13

Liam Eriksson had zijn camper geparkeerd op een zanderig, laaggelegen terrein waar het zonlicht door mesquitebomen werd gefilterd. Een glinsterende, groene vloeistof met de stroperigheid van kruipolie stroomde door de met kiezelstenen bezaaide bedding van de kreek. In het struikgewas langs de oevers dansten mugjes en paardenvliegen. In de verte lag een lange strook droge, vlakke grond die glinsterde als zout en nog verder daarachter lag een keten van blauwe heuvels. Bobby Lee Motree zat op een rotsblok, trok een flesje Mexicaans bier uit een emmer met ijs en wipte de kroonkurk eraf.

'Ik snap niet waarom je zo'n mooi wapen in stukken gaat zagen,' zei hij.

'Zaken zijn zaken. Waarom zou je daar sentimenteel over doen? Bovendien heb ik hem gevonden, dus het kan me geen reet schelen,' antwoordde Liam.

Liam stond bij de achterdeur van zijn camper en streek met zijn duim langs het blad van een metaalzaag. Hij droeg een strohoed met een slappe rand die aan het hoofddeksel van een vrouwelijke tuinier deed denken, een korte broek met grote klepzakken en bergschoenen met dikke profielzolen. Nadat het incasseren van de cheque in San Antonio was mislukt had hij zijn oranje baard afgeschoren. De onderste helft van zijn gezicht leek nu op schuurpapier. Of misschien op de huid van een net opgegraven lijk, dacht Bobby Lee.

'Je had je baard beter kunnen laten zitten. Of bijknippen of hem een kleurspoeling geven,' zei Bobby Lee.

'Zit je iets dwars?'

Ja, dat was zo. Maar hoeveel kon hij Liam precies laten weten? Bobby Lee beet op zijn lip en dacht erover na.

Liam grijnsde, daarbij de gaten tussen zijn tanden tonend, en klemde een pompgeweer vast in een bankschroef die met bouten aan het chassis van zijn camper was bevestigd. Hij had een deel van de kolf weggeschraapt tot er een pistoolhandgreep overbleef en had het hout gladgeschuurd. Hij zette het blad van de metaalzaag dwars op het pompgeweer en begon te zagen.

'Ik denk dat ik weet waar dat soldaatje woont,' zei Bobby Lee.

'Hoe weet je dat?' vroeg Liam, nog steeds grijnzend.

'Hij leidde me naar het zuiden en daarna ver naar het oosten. Ik denk dat hij precies in de tegenovergestelde richting woont, op ongeveer dezelfde afstand.'

'Je bent altijd goed geweest in het ontcijferen van dingen, Bobby Lee. Zit waarschijnlijk in je bloed,' zei Liam. 'Je bent niet voor niets familie van Robert E. Lee.'

Hield Liam hem voor de gek? Bobby Lee trok zijn ogen samen tot spleetjes. Nou goed, ik zal het erop wagen, dacht hij. 'We hebben samen heel wat klussen gedaan.'

'We hebben d'r heel wat afgeslacht, maatje. En mooi dat ze ons nooit te pakken hebben gekregen,' zei Liam.

'Maar dat klusje dat we nu onderhanden hebben, begint ingewikkeld te worden.' Bobby Lee liet zijn woorden in de lucht hangen.

Liam hield op met zagen, maar sloeg zijn ogen niet op. Hij veegde de gleuf in de loop schoon met een oliedoek. 'Heeft dit iets te maken met dat telefoontje dat je van Hugo hebt gekregen?'

'Hugo zei dat we dat meisje en die soldaat uit de weg moesten ruimen. Daarna nemen we Nick Dolan en zijn vrouw te grazen, met speciale instructies voor die vrouw. En daarna maken we Prediker koud.'

Liam begon weer te zagen, met zijn rug naar Bobby Lee. 'Ik neem aan dat ik dat laatste niet goed heb verstaan.'

'Jack heeft Artie Rooney een vinger afgesneden. Nu wil hij hem afpersen voor een half miljoen. Hugo zegt dat het tijd wordt dat Jack het tijdelijke met het eeuwige verwisselt.'

Liam draaide zich om. 'Prediker afmaken? Meen je dat echt? Je bent toch niet weer aan de LSD?'

'Ik neem je in vertrouwen, Liam. Ik vind het ook niet leuk dat het zo gaat. Maar Prediker is aan het afglijden. Volgens mij komt dat door die toestand achter die kerk.'

'Ja, kijk, dat was door niemand gepland. Als dat iemands schuld was, dan toch vooral die van Hugo.'

'Doe je mee of niet, Liam?'

'Prediker om zeep helpen? Dat is net zoiets als de dood zelf vermoorden.'

'Hij heeft een zwakte. Heeft iets te maken met suiker. Snoep of gebak. Ik snap het niet. Maar er is iets aan de hand met hem. Een hoer die ik nog ken van vroeger zei dat Jack ooit bijna is gestorven vanwege iets dat hij had gegeten.'

'Ben je zó bang voor hem?' Zonder een antwoord af te wachten ging Liam behoedzaam verder met het afzagen van de loop. De spieren op zijn rug spanden zich terwijl hij werkte.

Bobby Lee voelde een bloedvat kloppen in zijn slaap. Hij nipte van zijn bier voor hij iets zei. 'Wil je nog iets toevoegen aan die laatste woorden?'

'Waarom zou ik dat willen?'

'Omdat ik er een beetje moeite mee heb.'

'Ik had het over mezelf. Prediker jaagt me de stuipen op het lijf. Hij is boosaardig en wreed en bovendien krankzinnig.'

Bobby Lee wilde iets terugzeggen, maar dit keer hield hij zijn mond. Hij trok nog een flesje bier open, dronk eruit en besefte donders goed dat hij zijn problemen had verergerd door Liam in vertrouwen te nemen. Hij had Liam ten overstaan van Prediker verdedigd, en dit was wat hij ervoor terugkreeg. Liam was niks beter dan al die andere ratten in het vak. En bovendien was hij meedogenloos. Dat had hij wel bewezen toen hij aan de slag ging met die eigenaar van het wegrestaurant, hoe heette die vent ook alweer, Junior Rotmof of zoiets. Nu moest Bobby Lee zowel met Prediker als met Liam rekening houden, plus het feit dat hij nog geen geld had gezien, plus het feit dat Prediker een fbi-agent had neergeknald, zodat je er zeker van kon zijn dat je de politie zwaar op je dak kreeg.

Liam was klaar met zijn werk en smeet de afgezaagde geweerloop over de kreekbedding tussen een massa zandstenen keien. Hij luisterde hoe de loop rinkelend het ravijn in rolde. Hij begon een stel patronen in het magazijn te stoppen die hij met zijn duim induwde tot de magazijnbuis vastzat. 'Ik heb de jachtpatronen er al uitgehaald,' zei hij. 'Vijf hele zware. Wil je eens wat zien? Dit is echt niet mis.'

Hij mikte op een prairiehaas die over de harde grond rende. Hij volgde hem met de afgezaagde punt van de loop, terwijl hij één oog gesloten hield. Toen maakte hij een knallend geluid met zijn mond en liet het geweer zakken. Hij grijnsde en sloeg Bobby Lee op de schouder zodat die bier knoeide op de voorkant van zijn overhemd. 'Rustig aan, geniet van de tijd die je hebt,' zei Liam. 'Dat is mijn filosofie. Het leven is een feest, ja toch?'

Bobby Lee dronk uit zijn flesje en sloeg Liam gade met de omzichtigheid waarmee hij een opgerolde slang in de schaduw van een struik zou benaderen.

'Je hebt een goed woordje voor me gedaan toen Prediker me te grazen wilde nemen,' zei Liam. 'Dat vergeet ik niet. We zijn maatjes. Trek 's een flesje bier voor me open.'

Op maandagochtend bij zonsopgang, toen Hackberry zijn truck parkeerde en naar binnen wilde lopen, zat Danny Boy Lorca op zijn hurken achter de gevangenis. Danny Boys huid had de donkere, smoezelige kleur van iemand voor wie het de normaalste zaak van de wereld was om buiten te koken boven een houtskoolvuurtje, iemand die kreupelhout opruimde en verbrandde voor de kost of die land bewerkte dat zwartgeblakerd was door bosbranden. Zijn dikke haar, geknipt in de stijl van de Apaches, leek niet zozeer ongewassen als wel dof en vol as. De littekens van messengevechten in de gevangenis van jaren geleden lagen als dode wormen op zijn handen en onderarmen. Hij tekende met een puntige stok een afbeelding in het zand.

'Wat heb je daar, Danny Boy?' vroeg Hackberry.

'Een gezicht dat ik in een droom heb gezien.'

'Wilde je me ergens over spreken?'

Danny Boy stond op. Hij droeg een spijkerbroek die zo strak zat dat hij op zijn lichaam leek geverfd, en een veelkleurig katoenen overhemd met lange mouwen die met paarse ophouders om zijn bovenarmen waren opgestroopt. Zoals hij daar zat, had hij de vorm van een reusachtige banaan. 'Pete Flores heeft me gebeld. Hij wil dat ik een auto voor hem regel. Vikki Gaddis en hij willen naar Montana.'

'Kom binnen.'

'Ik sta al drie dagen droog. Ik blijf een tijdje uit de gevangenis,' zei Danny Boy, zonder overeind te komen. De hemel in het westen was metalig blauw, tussen duisternis en het eerste licht in. Boven de horizon hingen lagen staalkleurige wolken die misschien wel uit stof of nevel bestonden. Danny Boy snoof de lucht op en staarde naar de hemel alsof hij zojuist heel even de donder had horen rommelen zonder dat hij wist waar het vandaan kwam.

'Ik dacht dat we vrienden waren,' zei Hackberry. 'Ik dacht dat je me vertrouwde. Denk je dat ik je iets aan zal doen?'

Danny Boy keek Hackberry aan met lodderige ogen. Hackberry kon zich niet herinneren dat hij Danny Boy ooit had zien glimlachen. 'Pete zei dat hij was ontsnapt aan een vent die hem wou vermoorden. Ergens bij Big Bend. Hij zei dat die vent bij een AA-bijeenkomst was in een kerk. Als Pete een auto te pakken kan krijgen, rijdt hij er rechtstreeks mee naar Montana.'

'Waar is Pete nu?'

Danny Boy schudde zijn hoofd als om aan te geven dat hij dat niet wist of het niet wilde zeggen.

'En Vikki?'

'Ze werkt als serveerster en speelt in een restaurant of club. Ik heb tegen Pete gezegd dat ik geen geld heb, maar hij kan maar beter geen auto stelen. Hij zegt dat hij niet de schuld wil krijgen van die moord op die oosterse vrouwen.'

'Dat zal niet gebeuren, dat beloof ik.'

'Afgelopen nacht heb ik gedroomd van regen. Ik werd wakker en dacht dat de druppels op mijn dak vielen. Maar het waren sprinkhanen die tegen de windmolen en de horren vlogen. U zegt dat Pete niet de schuld zal krijgen van die moorden. Maar Pete was erbij toen die vrouwen werden vermoord. Mensen als Pete krijgen het moeilijk in de gevangenis. Ze proberen hun eigen gang te gaan en raken in de problemen. Hij zal heel lang in Huntsville moeten zitten.'

'Niet als het aan mij ligt.'

Maar Danny Boy had zijn belangstelling voor het gesprek verloren, net zoals hij jaren geleden het geloof in de beloften van de meeste blanken had verloren. Hij staarde naar het gezicht dat hij in het zand had getekend. Het Apachekapsel, het brede voorhoofd, de vierkante kaak en de kleine ogen leken sprekend op hemzelf. Hij bewoog de zool van zijn schoen heen en weer over de tekening en wreef hem terug in de aarde.

'Waarom deed je dat?'

'Hij is een van die oude regengoden. Ze leefden hier met een groepje toen dit een immens grote vallei vol mais was. Maar de regengoden zijn vertrokken. En ze komen heus niet meer terug.'

'Hoe weet je dat?'

'Dat heeft geen nut. We geloven er niet meer in.'

Om acht uur in de ochtend riep Hackberry Pam Tibbs in zijn kantoor.

'Ja?' zei ze.

'Ik weet ongeveer waar Vikki Gaddis en Pete Flores zouden kunnen zijn. Mijn rug speelt weer op, dus jij moet rijden,' zei hij.

'Je moet naar de dokter,' zei ze. Ze sloeg haar ogen neer. 'Sorry.'

'Ik vertrouw op jou omdat je slim bent, Pam. En dat bedoel ik niet betuttelend.'

'Je hoeft jezelf niet te rechtvaardigen.'

Hij liet het maar gaan. 'We komen vanavond laat terug of anders morgen. Haal de spullen die je nodig hebt uit je kastje.' Toen merkte hij dat hij toch moest reageren op haar opmerking. Waarom zat ze hem de hele tijd dwars? 'Ik wéét dat ik mezelf niet hoef te rechtvaardigen. Ik wilde alleen maar... Laat maar zitten.'

'Wat?'

'Niks. Wil je een aspirientje voor me pakken? Neem het hele doosje maar mee.'

Om halfnegen reden Hackberry en Pam Tibbs met honderddertig kilometer per uur over de vierbaansweg. Het zwaailicht knipperde, de sirene stond uit. Hackberry zat achterovergeleund op de passagiersplek, half in slaap, met zijn Stetson schuin over zijn ogen. Zijn lange benen had hij voor zich uit gestoken.

Waar moet je in de staat Texas zoeken naar een vrouw die gitaar speelt?

Overal.

Waar moet je zoeken naar een vrouw die 'Will the Circle Be Unbroken' zingt voor een bier drinkend publiek?

Ergens waar ze waarschijnlijk nog vaak zullen terugdenken aan die herinnering.

Hackberry wist dat zijn onderneming vermoedelijk dwaas was. Hij bevond zich in een gebied dat buiten zijn jurisdictie viel en probeerde jonge mensen te redden die noch hem noch zijn bureau vertrouwden, en het systeem dat hij vertegenwoordigde al evenmin. Cassandra had de gave gekregen dat ze de toekomst kon voorspellen, maar ze werd haar leven lang door niemand geloofd en door iedereen verworpen. De aanhoudende zorg van veel senioren, namelijk het idee dat ze alles al hadden meegemaakt maar dat ze de door hen geleerde lessen niet konden doorgeven, was enigszins vergelijkbaar met het zware lot van Cassandra; alleen waren de zorgen en de bitterheid van ouderen niet het onderwerp van homerische heldendichten.

Hackberry verschoof in zijn stoel, trok zijn hoed dieper over zijn gezicht en probeerde zijn sombere stemming kwijt te raken. De surveillancewagen reed over een hobbel en dwong hem zijn ogen te openen. Het drong nu pas tot hem door hoe ver weg Pam en hij nu waren. Hij zag de vorm van de bergen in het zuiden, en de gebouwen, de jonge aanplant en de met beleid ontworpen wijken van een kleine stad aan beide zijden van een lange geologische glooiing die eruitzag alsof het land plotseling naar de hemel was opgetild.

'Je was in slaap gevallen,' zei Pam.

'Waar zijn we?'

'Niet ver van die avondwinkel waar Bobby Lee Motree die winkelmedewerker bang maakte met zijn halfautomatisch pistool. Heb je zijn politiefoto al van de FBI gekregen?'

'Dat komt nog wel een keer. Ze hebben zelf ook de nodige problemen.'

'Waarom praat je het goed?'

'Omdat er veel fatsoenlijke mensen werken.'

'Ze zijn vast dol op hun oma en nog vriendelijk voor dieren ook.' Ze keek hem van opzij aan. Haar zonnebril verhulde de uitdrukking in haar ogen, haar mond was een neutrale streep.

'Mijn grootvader was lid van de Texas Rangers,' zei Hackberry. 'Hij en een paar van zijn vrienden deden een inval in Mexico nadat Pancho Villa de rivier was overgestoken en een stel burgers had vermoord. Mijn grootvader en zijn vrienden overvielen een trein die vol zat met soldaten van Villa. De Texanen hadden een Lewis-machinegeweer te pakken gekregen. Ze kregen een paar van die arme donders te pakken in een afgekoppelde veewagon die de heuvel af rolde. Mijn grootvader zei dat hun bloed tussen de planken door spoot en zich verspreidde op de wind als water uit een schoonmaakspuit in het slachthuis.'

'Ik snap niet wat je bedoelt.'

'Mijn grootvader was een eerzaam wetsdienaar. Hij heeft dingen gedaan die zwaar op zijn geweten drukten, maar je kunt iemand niet veroordelen op een episode of gebeurtenis in zijn leven, en je kunt iemand ook niet categorisch veroordelen. Ethan Riser is een fatsoenlijk man.'

'Het is te merken dat je advocaat van een burgerrechtenorganisatie bent geweest.'

Hackberry haalde zijn hoed weg en trok een kam door zijn haar. Hij voelde zijn wapenriem tegen zijn heup schuren. 'Even dimmen, Pam. Oké?'

'Wat zei je?'

'Dat moet die avondwinkel zijn, daarginds,' wees hij.

Ze parkeerden de auto en stelden zich voor aan de assistent-bedrijfsleider. Hij had het manische voorkomen en gedragspatroon van een gestoorde. Zijn beschrijving van Bobby Lee Motree was niet erg bruikbaar. 'Je vergeet algauw hoe mensen eruitzien als ze met een pistool voor je neus staan te zwaaien,' zei hij.

'Hebt u de bewakingsvideo toevallig bewaard?' zei Hackberry.

'Die heeft de FBI meegenomen.'

'Hebt u Pete Flores ooit gezien?'

'Wie?'

'Die jongeman die het bier op de toonbank liet staan en ervandoor ging. Met dat lange litteken op zijn gezicht.'

'Nee meneer. Maar ik kan u wel dít over hem vertellen. Die vent kan er goed de sokken in zetten.'

'Hoezo?'

'Nadat die mafkees met dat pistool was weggereden, ging ik de achterdeur uit om te kijken waar die jongeman met het litteken was gebleven. Ik zag hem aan de andere kant van de weg in het maanlicht, met het overhemd uit zijn broek wapperend, in noordelijke richting rennen. Ik zag hem over een spoorweghek springen alsof hij vleugels had.'

'Heb je het kenteken van die mafkees genoteerd?' vroeg Hackberry.

'Daar zat modder op.' De assistent-bedrijfsleider haalde een honkbalknuppel tevoorschijn en legde hem op de toonbank. 'De volgende keer dat ik die vent tegenkom, mep ik zijn kop vierkant de ruimte in. Mogen die lui van de FBI hem mooi zonder hoofd meenemen.'

Hackberry en Pam stapten in de surveillancewagen. De airco stond aan, de zon was wit en stond recht boven hen. 'Waar gaan we nu heen?' vroeg Pam.

'Danny Boy Lorca zei dat Pete hem had verteld dat hij iemand had ontmoet bij een AA-bijeenkomst die hem had geprobeerd te vermoorden,' zei Hackberry. 'Hoeveel AA-bijeenkomsten worden er gemiddeld gehouden op een avond in een landelijk gebied als dit?'

'Niet veel. Een of twee of zoiets.'

'Ben je ooit naar zo'n bijeenkomst geweest?'

'Mijn moeder wel.'

'Laten we terugrijden naar het vorige stadje.'

Ze reed de weg op. Van onder de achterband spatte grind op. 'Ik heb je nooit zien drinken,' zei ze.

'Wat wil je daarmee zeggen?'

'Ik dacht dat je ooit misschien AA-bijeenkomsten hebt bijgewoond.'

'Nee, ik drink gewoon niet meer. Als mensen me ernaar vragen, is dat wat ik zeg. "Vroeger dronk ik, maar nu niet meer."'

Ze keek hem van opzij aan. De zonnebril verborg de uitdrukking in haar ogen. 'Waarom ben je gestopt?'

Zijn speeksel smaakte naar koperen munten. Hij draaide het raampje naar beneden en spuwde. Hij veegde zijn mond af en staarde naar het voorbijsnellende landschap. Het gras op de heuvelflanken was bruin en wuifde in de wind. Bij een afslag stond een veewagen geparkeerd bij een informatiebord met historische uitleg. Het vee loeide vanwege de hitte. 'Ik ben gestopt omdat ik niet zo wilde worden als de rest van mijn familieleden.'

'Zit alcoholisme in je familie?'

'Nee, maar het vermoorden van mensen wel,' zei hij. 'Ze hebben indianen vermoord, Mexicanen, gangsters, uit het Duitsland van keizer Wilhelm gevluchte soldaten... Iedereen die ze maar te pakken konden krijgen, werd overhoop geschoten.'

Ze concentreerde zich op de weg en was heel lang stil.

Bij een kruising van de interstate en de provinciale weg belde Hackberry in een telefooncel met de regionale hulplijn van de Anonieme Alcoholisten. De vrouw die antwoordde zei dat er op de avond waar Hackberry naar vroeg één bijeenkomst was geweest, in een witte houten kerk iets ten noorden van de kruising vanwaar Hackberry belde.

'Er zijn een paar bijeenkomsten voor mensen die vroeg opstaan. Ik heb ook een rooster voor Terlingua en Marathon, als u het niet erg vindt om een stuk te rijden,' zei ze.

'Nee, die bijeenkomst in die kerk lijkt me wel wat. Dat is de enige hier in de buurt die op dinsdagavond wordt gehouden, klopt dat?'

'Inderdaad.'

'Met wie kan ik daar praten?'

'Met ieder van de aanwezigen.'

'Nee, ik bedoel nu meteen.'

'Bent u van plan te gaan drinken?'

'Ik werk bij de politie. Ik ben bezig met een onderzoek naar een meervoudige moord... Hallo?'

'Ik denk even na over wat u net hebt gezegd.' Er viel een korte stilte. 'Ik weet voldoende. Bedankt voor het bellen van de hulplijn van de AA. Tot ziens.' De verbinding werd verbroken.

Hackberry en Pam reden door het stadje en vonden de kerk aan de oostelijke kant van de verkeersweg. Een forsgebouwde kerel timmerde dakspanen vast. Hij had zijn spijkerhemd helemaal dichtgeknoopt vanwege de felle zon en bij zijn oksels zaten donkere zweetplekken. Hij zat schrijlings op de nok van het dak en klampte zich vast met zijn knieen. Pam en Hackberry stapten uit de surveillancewagen en keken naar hem op. Ze moesten een hand voor hun ogen houden tegen het verblindende licht.

'Bent u de pastor?' riep Hackberry naar boven.

'Vanochtend nog wel.'

'Ik ben op zoek naar een jongeman die Pete Flores heet. Het is mogelijk dat hij hier een AA-bijeenkomst heeft bijgewoond.'

'Dat zou ik niet weten,' zei de man.

'Hoezo niet?' vroeg Hackberry.

'We gebruiken hier geen achternaam.'

'Ik heb een foto van hem. Mag ik even naar boven klauteren?'

'Dat heeft weinig nut, lijkt me.'

'Waarom niet?'

'Ze mogen de kerkruimte gebruiken, maar ik ben zelf niet bij die bijeenkomsten. Ik weet dus niet wie daar allemaal komt.'

'Geef me die foto, Hack. Ik klim die ladder wel op,' zei Pam.

'Nee, het lukt wel,' zei Hackberry. Hij pakte de ladder beet en klom voorzichtig omhoog. Hij lette er goed op dat hij zo neutraal mogelijk bleef kijken, ondanks de vlammende pijnscheuten in zijn onderrug. Hij viste de foto die hij van Ethan Riser had gekregen uit zijn zak en overhandigde hem aan de pastor. Die bekeek de foto nauwkeurig. Zijn onverzorgde haar zat met natte zwarte punten in zijn nek geplakt.

'Nee, ik heb die man nooit in mijn kerk gezien. Wat heeft hij uitgespookt?'

'Hij is getuige geweest van een misdaad en verkeert mogelijk in gevaar.'

De pastor keek nogmaals naar de foto en gaf hem zonder verder commentaar terug aan Hack.

'U zei dat u hem nooit in uw kerk hebt gezien.'

'Dat is juist.'

'Maar misschien wel ergens anders?'

De pastor pakte de foto nogmaals. De inspanning van zijn zithouding op het schuin aflopende dak begon zich op zijn gezicht af te tekenen. 'Het zou kunnen dat ik een jongeman heb gezien bij een tankstation of in het café. Maar hij droeg geen uniform. Hij had een litteken op zijn gezicht. Het zag eruit als een sliert roze was. Daarom weet ik het nog. Maar de soldaat op deze foto heeft geen litteken.'

'Denk goed na, eerwaarde. Waar hebt u hem gezien?'

'Dat weet ik gewoon niet meer. Het spijt me.'

'Hebt u ooit iets gehoord over een vrouw hier in de buurt die graag countryspirituals zingt in nachtclubs of biertenten?'

'Nee, meneer. Maar uw werk lijkt me geweldig interessant. Laat het me weten als u ooit met mij van baan wilt ruilen.'

De frustratie van Bobby Lee over hoe alles was afgelopen en over de wispelturigheid van Liam dreigde een kritiek stadium te bereiken. Het was Liams camper die het op de snelweg had begeven, zodat ze een sleepwagen hadden moeten bellen die hen naar een achterlijk gat had gebracht waar ze maar één restaurant en één garage hadden. Het was Liam geweest die plastic vuilniszakken had laten rondslingeren in zijn camper, zodat de monteur had gevraagd of ze van plan waren al voor het jachtseizoen was geopend op herten te gaan jagen. Het was Liam die maar door bleef zeiken over hoe Bobby de zaak had verkloot in die avondwinkel. De blik in zijn ogen was star en stompzinnig, als van een debiel. Zijn paardentanden waren zo groot dat ze nauwelijks in zijn mond pasten.

Ze zaten achter in het restaurant op een bankje tussen schotten. De dichtgeritste sporttas van Liam, met schone kleren, scheergerei en het geweer met de afgezaagde loop erin stond bij zijn voet onder de stoel. Ze zaten te wachten tot de zwager van de monteur hen naar het motel zou brengen waar de suv van Bobby Lee onder de carport stond, honderd kilometer verderop.

'Als jij die sukkel in de winkel niet had laten schrikken met je pistool, hadden we dit probleem niet gehad,' zei Liam. 'Dan hadden we jouw auto kunnen gebruiken in plaats van die van mij. Ik heb vorige week nog tegen je gezegd dat ik problemen had met de versnellingsbak. Weet je niet hoe je informatie moet loskrijgen van een suffe eikel zonder hem met een pistool te bedreigen?'

'Ik heb mijn pistool niet getrokken. Hoor je wat ik zeg? Hij viel onder mijn riem uit. Maar dat deed ik niet expres, Liam. En kunnen we er nu over ophouden?'

De serveerster kwam met de bestelling en vulde hun water bij. Ze zwegen zolang zij bediende. Ze zette een mandje met verpakte crackers tussen hen in, pakte een zout- en peperstelletje van een andere tafel en zette dat naast het mandje. Bobby en Liam wachtten. Ze boog zich over hen heen en het leek alsof ze met haar enorme schouders en brede heupen de ruimte om hen heen deed slinken.

'Willen jullie nog iets?' vroeg ze.

'Nee, zo is het goed,' zei Bobby Lee.

'Doe mij maar wat saus voor bij het vlees,' zei Liam.

Bobby Lee zat zich in stilte te verbijten totdat de serveerster terugkwam met een flesje saus en weer vertrok.

'Waar maak jij je zo druk over?' vroeg Liam.

'Zet die hoed af.'

'Hoezo?'

'Het is geen gezicht. Net een dameshoed.'

Liam propte een hele snee witbrood in zijn mond en kauwde hem met open mond weg.

'We moeten iets afspreken, Liam. Ik vertrouwde jou toen ik je vertelde dat Prediker maar beter koud gemaakt kan worden. Ik moet weten of we daarover op dezelfde golflengte zitten. Ik wil niet dat je de hele tijd op me zit te vitten.'

'Jij kunt de waarheid niet verdragen, dat is jouw zwakke punt.'

Buiten stond de zon rood aan de horizon, met een bruine stralenkroon van het stof dat van de heuvels opsteeg. Bobby Lee had het gevoel alsof iemand een opwindsleuteltje onder in zijn nek had gestoken en zijn zenuwen strak als pianosnaren had gespannen. Hij wilde aan zijn eten beginnen, maar legde toen zijn vork neer en staarde met een lege blik naar zijn bord.

Hij had het helemaal verkeerd aangepakt. Liam was niet te vertrouwen en je kon hem dus ook niks toevertrouwen; hij was een zeikerd die zijn vrienden altijd van alles de schuld gaf. Maar als Liam zijn maatje niet was, wie was het dan wel? Wie van hen gedroeg zich als een taalfrik? Wie deed dit werk niet in de eerste plaats voor het geld maar onder invloed van de vreemde visioenen die hij in zijn kop had?

'Zo te zien zit je diep na te denken,' zei Liam.

'Jij denkt dat ik het voor ons hebt verpest in die vierentwintiguurswinkel, dat ik het anders had moeten aanpakken, dat ik die soldaat had moeten laten gaan en dat ik niet eens die winkel in had moeten gaan.'

'Ik dacht dat je erover wilde ophouden.'

'Ik wil gewoon dat je je voorstelt wat jij in mijn plaats gedaan zou hebben, Liam.'

'Als dit allemaal achter de rug is, gaan we lekker van bil. Ik heb nog een paar kortingsbonnen uit het tijdschrift *Screw*.' Liam wachtte op een reactie en grijnsde als een idioot.

Bobby Lee keek Liam in de ogen. Ze waren van een doorschijnend soort blauw, alsof het morele vacuüm dat erin besloten lag er zorgde voor een apart soort helderheid, met pupillen als dode insecten achter glas. Het waren de ogen van een man voor wie er geen andere werkelijkheid was dan zijn eigen vingertoppen.

'Als dit allemaal achter de rug is, ga ik weer naar de universiteit. Mijn zus heeft een huis in Lauderdale. Ik trakteer haar kinderen op een uitje naar Orlando,' zei Bobby Lee.

'Dat zegt iedereen, maar zo werkt het niet. Zie je jezelf al in Miami Beach schoenen verkopen aan oude kerels met stinksokken?'

'Ik volg een opleiding voor binnenhuisarchitect.'

Maar Liam luisterde niet. Zijn aandacht werd getrokken door een man en een vrouw die in een zitgedeelte bij de ingang van het restaurant zaten.

'Niet meteen omdraaien, maar kijk zo eens naar die John Wayne daar,' zei hij. 'Echt waar, man. Van opzij lijkt hij precies op John Wayne. En Calamity Jane heeft hij ook nog bij zich. Zeker om onderweg mee de koffer in te duiken. Wie durft er nog te beweren dat wildwestfilms achterhaald zijn?'

# 14

De airconditioning stond op volle kracht aan in het restaurant, en de onderkant van de ramen was beslagen. Hackberry en Pam zaten dicht bij de toog bij de ingang. Gezinnen zaten aan de warme maaltijd in het gedeelte achter in de zaak, dat van het voorste gedeelte was gescheiden door een rek met plastic klimplanten erop. Uit een bus met kerkgangers die voor de zaak stopte, stroomde een menigte pubers naar binnen die zich verspreidde over de lege zitjes. Arbeiders dronken bier aan de toog en keken naar een honkbalwedstrijd op een flatscreen die hoog aan de wand hing. Toen de zon achter de heuvels zakte, werd het interieur van het restaurant verlicht door een warme rode gloed die niets afdeed aan de koelte maar slechts de sfeer van welwillendheid en avondlijke knusheid verhoogde.

Hackberry deed een hand voor zijn mond, geeuwde en staarde naar de menukaart. De letters waren wazig voor zijn ogen.

'Hoe gaat het met je rug?' vroeg Pam.

'Wie heeft er iets over mijn rug gezegd?'

'Rugpijn vreet energie. Dat is te zien aan iemands gezicht.'

'Wat je in mijn gezicht ziet, zijn te veel verjaardagen.'

'Weet je dat we vandaag tweehonderdvijftig vierkante kilometer Texas hebben bestreken?'

'Komende nacht doen we misschien wel twee keer zoveel.'

'Volgens mij zitten ze in Mexico.'

'Hoezo?'

'Daar zou ik zelf ook heen gaan.'

'Dat geldt misschien wel voor Vikki Gaddis, maar niet voor Pete.'

De serveerster kwam terug om hun bestelling op te nemen en ging weg. Pam zat stijfjes op het bankje, met haar schouders tegen de rugleuning. 'Vikki schijt bagger, maar Pete houdt z'n pik recht? Omdat ie een soldaat is? Wou je godverdomme beweren dat meisjes zich niet als soldaat kunnen gedragen?'

'Pete is een van die beklagenswaardige mensen die nooit zullen accepteren dat ze door hun land zijn gebruikt en daarna zijn uitgespuugd als ouwe kauwgom. En kun je iets minder grof in de mond zijn?'

Ze krabde op een plekje tussen haar ogen en keek uit het raam. Het insigne op haar kaki uniformhemd glom.

Terwijl ze op hun eten wachtten, voelde Hackberry de vermoeienissen van de afgelopen dag op hem afstormen als een losgelaten boerderijhond. Hij nam drie aspirientjes tegen zijn rugpijn en sloeg de mensen in het restaurant terloops gade. Afgezien van de televisie aan de wand en de gekoelde lucht had het tafereel zich rond 1945 kunnen afspelen. De mensen waren hetzelfde, met hun fundamentalistische religieuze overtuigingen en hardnekkige vaderlandsliefde, hun vage, egalitaire arbeidersinstincten, soms op het randje van nativisme. Voor een buitenstaander waren ze onmiddellijk herkenbaar als verstokte 'jacksonians'. Het was het Amerika van Whitman en Jack Kerouac, van Willa Cather en Sinclair Lewis, een onwaarschijnlijke versmelting van gigantisch grote tegenstellingen.

Als iemand Hackberry Holland zou vragen hoe zijn jeugd was geweest, zou hij die vraag eerder met een beeld dan met een verklaring beantwoorden. Hij zou een zaterdagmiddaguitstapje beschrijven naar een honkbalwedstrijd met zijn vader, die geschiedenisleraar was. Het plein voor de rechtbank was omzoomd met verhoogde houten stoepen met tuiringen die roestig waren als de spuigaten van een schip. Een grauwgele houwitser uit de Eerste Wereldoorlog stond in de schaduw van een reusachtige eik op het grasveld bij de rechtbank. De bazaar, een bakstenen gebouw met één verdieping met aan de voorkant een overdekte houten galerij, had een popcornautomaat. De gemorste pofmais lag op straat als graan dat uit een silo was gestroomd. In de naastgelegen woonwijk stonden schaduwrijke bomen en bungalows en negentiende-eeuwse witte houten huizen met veranda's met schommelbanken. Elke namiddag om vijf uur suisde de krantenbezorger vliegensvlug met zijn fiets over de stoep om de krant met grote precisie op de treden van de veranda te mikken.

Maar belangrijker dan dat nostalgische Amerikaanse moment was de tint van het licht na een regenbui met zonneschijn; goud en zacht, doorspikkeld met het diepe groen van de bomen en gazons. De regenboog die vanuit de hemel op het honkbalveld neerdaalde leek het naieve geloof te bevestigen dat dit seizoen en zijn jeugd eeuwig zouden duren.

Hackberry dipte een taco in een kommetje rode saus en stopte hem in zijn mond. Hij dronk van zijn ijsthee. Een stel kinderen uit de bus dromde langs zijn tafeltje, op weg naar de toiletten. Toen waren ze weg en bleef zijn blik rusten op een man achter het klimplantenrek. Zijn gezicht kwam hem bekend voor, maar toch kon Hackberry hem niet plaatsen. De man droeg een tuinhoed en de brede rand onttrok zijn gelaatstrekken aan het oog. De serveerster die de tafeltjes achter in het restaurant bediende liep voortdurend heen en weer achter het klimplantenrek, zodat het zicht van Hackberry nog meer werd belemmerd.

Hackberry kneep de vermoeidheid uit zijn ogen en rechtte zijn rug.

'Stamt die rugpijn uit je tijd als krijgsgevangene?' vroeg Pam.

'Je zou kunnen zeggen dat ik die pijn nog niet had toen ik naar Korea ging, en wel toen ik terugkwam.'

'Heb je een uitkering gekregen?'

'Die heb ik niet aangevraagd.'

'Hoe komt het dat ik wist dat je dat zou zeggen?'

'Omdat jij alwetend bent,' zei hij met een grijns.

Ze duwde haar knokkels tegen de onderkant van haar kin en probeerde niet te lachen, maar toen gaf ze het op. Ze bleef hem in de ogen kijken terwijl er rimpeltjes rond haar ogen kwamen en een lach over haar gezicht gleed.

De serveerster kwam met hun Mexicaanse eten. Ze had beide borden vast met een doek terwijl de hete damp in haar gezicht sloeg. 'Voorzichtig, de borden zijn heet,' zei ze.

Liam bestelde een dessert terwijl hij het decolleté bekeek van de serveerster die zich over hun tafeltje boog en de vuile borden wegnam.

'Heb je zin om later vanavond nog een nummertje te maken?' zei hij nadat de serveerster was vertrokken.

Bobby Lee negeerde Liams voorstel. 'Wat ik niet begrijp is waarom we dat motel niet hebben gevonden,' zei hij. 'Het is toch een Siesta-motel?'

'Ik heb op internet gezocht. Er is hier nergens in de buurt een Siesta-motel. Wil je vanavond nou nog een potje rampetampen of niet?'

'Ik wil die soldaat en dat wijf van hem vinden en onze opdracht uitvoeren en daarna wil ik naar huis.'

'Je bedoelt nadat we ook met Prediker hebben afgerekend?'

'Dat zei ik niet.'

'Misschien is dat wel slim.'

'Hoezo?'

'Hij en Hugo vangen altijd de meeste centen. Waarom heeft iemand die gestoord is recht op meer poen?'

'Prediker is op een hele speciale manier slim. Dat wil nog niet zeggen dat hij gestoord is,' zei Bobby Lee.

'Begin je nu te twijfelen?'

'Wij zijn soldaten. We voeren onze opdrachten uit,' zei Bobby Lee. Hij pakte het zoutvaatje op en keek ernaar.

'Jij bent heel veel, Bobby Lee, maar je bent beslist geen soldaat.'

'Verklaar je nader.'

'Wat studeerde je ook alweer? Binnenhuisarchitectuur? Daar word je vast heel goed in.'

Bobby Lee stopte een lucifer in zijn mond. 'Ik moet pissen,' zei hij. Hij liep naar de toiletruimte, zeepte zijn handen en onderarmen in, waste zich, maakte een kommetje met zijn handen en plensde water in zijn gezicht. Toen hij in de spiegel keek moest hij slikken. Zijn kale plek leek naar buiten toe groter te worden. Zijn wenkbrauwen vormden een enkele streep over zijn voorhoofd, wat maakte dat zijn hoofd samenge-perst leek, alsof er een zwaar gewicht op rustte. Het vel onder zijn kaak begon uit te zakken; in zijn stoppelbaard zaten grijze spikkels. En hij was pas achtentwintig.

Dit hele gedoe deugde niet. Erger nog, hij was compagnon van Liam Eriksson geworden, die hem zojuist nog belachelijk had gemaakt. Bob-by Lee ging op de toiletpot zitten en keek naar de staafjes die aanduid-den hoe sterk het signaal van zijn mobiele telefoon was. Hij toetste het nummer van Prediker in.

'Ja?' zei de stem van Jack.

'Jack, blij dat je er bent, kerel.'

'Wat is er aan de hand, Bobby Lee?'

'Waar ben je?'

'Zoals de Beach Boys zingen, "*I get around...*" '

'Ja ja, dat nummer ken ik.'

'Heb je nieuws voor me?'

'Wou even contact opnemen.'

'Heb je problemen met Liam?'

'Hoe weet je dat?'

'Je hebt veel talent, Bobby Lee. Van de zeven hoofdzonden is afgunst de enige die geen verlichting brengt.'

'Ik kan je niet volgen.'

'Wellust, toorn, hoogmoed, traagheid, hebzucht en onmatigheid gaan allemaal gepaard met een zekere mate van voldoening. Maar iemand die afgunstig is, kent geen verlichting. Het is als wanneer een vent ontstopper drinkt omdat iemand anders witte wijn op tafel heeft staan. Maar van één ding kun je zeker zijn. De man die jou benijdt, zal je uiteindelijk te grazen nemen.'

'Is Liam jaloers op mij?'

'Ach, wat weet iemand als ik er nou helemaal van?'

'Veel. Jij weet veel, Jack.'

'Is er iets aan de hand, jongen?'

'Ik kan het heus wel zelf oplossen.'

'Zo mag ik het horen.'

'Tot kijk, Jack.'

Bobby Lee klapte zijn mobiele telefoon dicht en staarde naar de binnenzijde van de wc-deur. Hij stond vol met afbeeldingen van geslachtsdelen die in de verf waren gekrast. Even vroeg hij zich af of die tekeningen niet precies overeenkwamen met wat zich afspeelde in Liams geest. Hoe had hij kunnen overwegen in zee te gaan met een dombo als Liam en een beroeps als Jack te verraden? Jack mocht dan een religieuze halvegare zijn, hij was geen Judas, en dat waren Hugo en Liam wel. Een vinger van Artie Rooney afsnijden was misschien al te extreem, maar met Jack wist je tenminste altijd waar je aan toe was.

En wat betekende dat voor Bobby Lee?

Antwoord: koel en kalm blijven, rustig meedeinen met de muziek. Na een tijdje zou dit allemaal voorbij zijn en zou hij vis vangen in de Keys, gefrituurde schelpdieren eten, bier drinken en kijken naar een rode zon die smeltend wegzakte in het water achter Mallory Square.

Toen hij terug wilde lopen naar zijn zitje, wierp hij een blik door het houten klimplantenrek dat de zaak in tweeën verdeelde. Plotseling drong het tot hem door dat hij naar het stel keek over wie Liam het had gehad. De vrouw droeg een spijkerbroek en een kaki uniformoverhemd en ze had een insigne op haar borst. De lange man die volgens Liam op John Wayne leek zat tegenover haar, met zijn Stetson ondersteboven op de zitting. Hij was druk in de weer met zijn mes en vork. Zijn profiel stak bij de ondergaande zon af tegen het buitenlicht. Bobby Lee zag ook de witte kolf van de blauwzwarte revolver die aan zijn wapenriem hing.

Bobby Lee wist meteen wie die lange man was. Hij had zowel hem als de vrouwelijke hulpsheriff bij het wegrestaurant gezien waar Vikki Gaddis werkte, samen met een vent die waarschijnlijk van de FBI was, misschien wel dezelfde die door Prediker later uit de weg was geruimd. Ze hadden alle drie gesproken met de eigenaar van het wegrestaurant, en Junior Huppeldepup had handboeien om. Die lang vent heette Holland, ja dat was zijn naam, Holland, de sheriff van het district, een belangrijke jongen in Dipshit, Texas, en die vrouw was zijn hulpsheriff. En nu waren ze allebei hier, minder dan vijftien meter verwijderd van de plek waar Bobby Lee en Liam zaten.

Bobby Lee liep rechtstreeks terug naar de toiletruimte, dook een hokje in en belde het nummer van Liam.

'Ben je in de plee gedonderd?' vroeg Liam.

'Die vent bij de ingang, die volgens jou op John Wayne leek, dat is de sheriff.'

'Wat?!'

'Je kon zijn wapenriem niet zien, onder de tafel. Hij heet Holland. Ik zag hem de baas van Vikki Gaddis ondervragen, die vent van het wegrestaurant. Die hulpsheriff was daar ook bij. Met iemand die zo te zien van de FBI was. Volgens mij was dat dezelfde kerel die door Prediker om zeep is geholpen in dat motel in San Antonio. Ik heb zijn foto in de krant gezien.' Bobby Lee hoorde Liam ademen in zijn mobieltje.

'Ze hebben ons nog niet in de gaten,' zei Liam. 'We lopen samen naar buiten, heel rustig en kalmpjes.'

'Ze zitten verdomme vlak naast de kassa.'

'Zorg voor een afleidingsmanoeuvre.'

'Moet ik mijn lul uit mijn broek halen?'

'Heb je lucifers bij je?'

Bobby Lee trok de natte keukenlucifer tussen zijn lippen vandaan. 'Hoezo?'

'Sticht een brandje in de prullenbak.'

'Luister, Liam...'

'Schiet op,' zei Liam en hij verbrak de verbinding.

Niet goed, dacht Bobby Lee. Hij voelde zijn hart in zijn keel kloppen.

Een andere man kwam de toiletruimte binnen en ging luidruchtig in een urinoir staan wateren. Bobby Lee kamde zijn haar in de spiegel totdat de man klaar was en weer naar buiten ging. Hij keek naar de prullenbak, die uitpuilde van de gebruikte papieren doekjes. Het papier was vochtig en zou smeulen als bladeren op een herfstdag.

Maar waarom? Zodat allerlei nooddiensten en brandweermannen en nog meer agenten naar het restaurant zouden komen terwijl Liam en Bobby Lee discreet probeerden weg te komen, zonder voertuig, zonder middelen om de stad te verlaten, met een sporttas bij zich? En de helft van de mensen in het restaurant zou zich kunnen herinneren dat ze Bobby Lee naar de plee hadden zien gaan vlak voordat de brand uitbrak.

Juist.

Bobby Lee stapte via de achteruitgang de warmte van de avond in, waar de geur hing van het afkoelende land. Een regendruppel viel op zijn wenkbrauw.

Liam stond er nu alleen voor, zei hij tegen zichzelf. Het was beter dat Liam afrekende en rustig de deur uit liep dan dat ze het gezamenlijk zouden doen, want dan liepen ze twee keer zoveel risico om herkend te worden. Dat was toch een goed plan? Alleen iemand als Liam kon op het idee komen om in benarde omstandigheden een brandje te stichten om de aandacht af te leiden.

Bobby Lee liep om het gebouw heen in de richting van het reparatie-schuurtje aan de overkant van de straat. Hij wierp een zijdelingse blik door het raam op het zitje waar de sheriff en zijn hulpsheriff nog zaten te eten. Hij zag hoe de sheriff opstond, zijn hoed pakte en hem weer te-ruglegde op de zitting. De sheriff zei iets tegen zijn hulpsheriff. Hij had een vriendelijke uitdrukking op zijn gezicht, rustig. Toen liep hij achter een groepje kinderen aan dat zich naar de toiletruimtes begaf.

Bobby Lee hoefde geen twee keer na te denken over de mogelijkheid die zich nu opeens voordeed. Hij klapte zijn mobieltje open en drukte op de herhaaltoets. De adrenaline klopte in zijn oren, zijn hart bonsde in zijn ribbenkast.

'Wat nou weer?' zei Liam.

'De sheriff heeft je gezien. Hij loopt nu jouw kant op. Maak als de so-demieter dat je daar wegkomt,' zei hij. Bobby Lee schakelde zijn tele-foon uit. De tonen van het afsluitingssignaal klonken op uit zijn hand. Hij stak haastig de straat over in de schaduw van een geaderde rots-wand. Een bijtende, teerachtige lucht walmde hem tegemoet.

Ten minste acht of negen jongens waren tegelijk opgestaan en hadden koers gezet naar de toiletruimtes. Ze liepen pal voor Hackberry, zodat hij besloot even te blijven wachten tussen een zitje en een tafel terwijl een jonge dominee probeerde de jongens in het gareel te krijgen. Hackberry keek achter zich naar zijn eigen zitje. Pam was opgestaan met de rekening in haar hand en stond uit te rekenen hoeveel fooi ze zou geven. Ze legde vier dollar en wat kleingeld op het tafeltje. Ze zag er knap uit, zoals ze daar afgetekend tegen de ruit stond in de late zon die over de punten van haar haar streek, met haar gespierde schouders in haar kaki uniform, haar iets te brede achterwerk en haar verchroomde .357 hoog op de rechterheup. Toen ze in de gaten kreeg dat hij haar gadesloeg, bloosde ze en zag ze er ineens kwetsbaarder uit dan normaal.

Hij knipoogde en stak zijn duim omhoog, maar hij wist eigenlijk niet waarom hij dat deed.

De gebeurtenissen en beelden van de momenten daarna waren caleidoscopisch van aard en leken te ontstaan zonder oorzaak, coherentie of logische volgorde. De jochies in de herentoiletten gedroegen zich nog steeds als een wanordelijke bende, maar op die onschuldige manier waarop alle jongens zich wanordelijk gedragen tijdens een uitje. Een slome man met appelwangen die was gekleed in een zilverkleurig westernpak schepte gehaktballetjes op de borden van zijn kleinkinderen. Een arbeider aan de bar veegde bierschuim van zijn kin en vroeg of de serveerster een andere tv-programma wilde opzetten. Een vrouw hield haar glas water tegen het licht en keek naar de dode vlieg die erin dreef. Een dominee met een lavendelkleurig halsboordje at een steak en dipte elke hap in een klodder ketchup die hij met zwarte peper had bestrooid; zijn vrouw zei tegen hem dat hij zat te schrokken. Bij de dessertbar was een tienermeisje van streek omdat ze de opscheplepel in een bak met warme vla had laten vallen.

En Hackberry Holland, die op weg was naar de toiletruimte en zich tussen de tafeltjes met etende gasten door wurmde, zag vanuit een ooghoek een man met een strooien zomerhoed die een sporttas naast zijn voet openritste. Tussen een kluwen van onderbroeken, overhemden en sokken trok hij iets tevoorschijn dat vijfenzeventig centimeter lang was. Hackberry keek ongelovig toe, alsof hij getuige was van een slowmotionfilm die losstond van de werkelijkheid. Hij zag dat het voorwerp een pompgeweer met een afgezaagde loop was. Kennelijk was dat afzagen nog niet zo lang geleden gebeurd, want de plek waar de loop was afgezaagd glansde als nieuw. Losse patronen kletterden uit de sporttas en rolden over de vloer.

Zijn volgende gedachten flitsten in minder dan een tel door zijn hoofd, zoals een kogel de ruimte in schiet en verdwijnt:

Waar had hij het gezicht van die man eerder gezien?

Misschien op een foto.

Alleen had die man op de foto een oranje baard, zo'n baard die je soms zag bij Scandinavische zeevaarders.

Was dit dan hoe het zou eindigen, met een schot uit de vuurmond van een geweer en een lichtknal in de schedel, lang voordat het geluid van de knal tot hem zou doordringen?

Hackberry smeet een tafel omver. Etenswaren en borden kletterden op de vloer. Hij wierp de tafel in de richting van de man met de zomerhoed, die zijn geweer had geheven en op Hackberry's borstkas mikte. Het eerste schot blies een regen van splinters en flarden roodgeruit tafelkleed over Hackberry's schouder, linkerarm en broek.

Niemand in de ruimte verroerde zich. Iedereen was verdoofd en zat als verstard in elkaar gedoken, alsof een supersone knal hen tijdelijk doof had gemaakt. Hackberry trok zijn revolver op het moment waarop hij hoorde hoe de schutter zijn wapen doorlaadde. Het tweede schot ging hoog over hem heen, boven de rand van de tafel uit. Het glas uit het raam aan de voorkant spatte uit elkaar en scherven kletterden op het parkeerterrein. Pas toen begonnen er mensen te schreeuwen. Sommigen doken onder tafel of zochten dekking achter de schotten van hun zitjes. Iemand trapte een deur van de nooduitgang open, waarna er een alarmbel ging loeien. De jongens uit de bus hadden zich in de toiletruimte geperst. Hun gezichten stonden strak van angst.

Hackberry zat op zijn hurken achter de tafel. Een houten paal en een verbogen vork of lepel drukten tegen zijn knie. Hij richtte zijn revolver door een spleet tussen de tafel en de houten paal en schoot twee keer in de richting van de schutter. De .45-revolver sloeg omhoog in zijn hand. Hij vuurde nogmaals en zag de vulling van een zitje als kippenveren in het schemerlicht opdwarrelen. Hij hoorde hoe de schutter hanneste met het herladen van zijn geweer en hoe een lege huls met een rinkelend geluid op een hard oppervlak viel en wegrolde.

Hackberry greep de houten paal beet en trok zich overeind terwijl de pijn als een boom omhoogschoot in zijn rug. Hij zocht rennend dekking achter de schotten van het laatste zitje in de rij waar de schutter stond. Hij vuurde blindelings nog een kogel op hem af. Zijn laarzen kwamen met een dreunend geluid op een houten oppervlak terecht.

Er daalde een absolute stilte neer in het restaurant, alsof alle lucht uit de ruimte was weggezogen. Hackberry kwam half overeind en richtte zijn revolver op de plek waar de schutter had gestaan. De sporttas lag nog op de vloer. Geen spoor meer van de schutter en de patronen die naast de tas op de vloer waren gevallen.

Hackberry rechtte zijn rug, met zijn wapen nog steeds voor zich uit wijzend. De hamer helemaal gespannen, de korrel op het uiteinde van de loop trilde licht door de spanning waarmee hij het wapen omklemde. Hij keek achterom. Waar was Pam? Het raam achter haar zitje was kapot geschoten. Een van de met vinyl beklede zitplaatsen van het zitje en de glasscherven die uit het kozijn staken zaten onder de rode spatten. Hackberry veegde met zijn vrije hand zijn mond af, sperde zijn ogen open en probeerde helder na te denken. Wat was de officiële aanduiding voor een situatie als deze? Verdachte heeft zich verschanst in afgesloten ruimte? Met dergelijke klinische taal kon je de realiteit van dit moment niet vangen.

'Geef je over, makker. Er hoeven hier geen doden te vallen,' zei hij.

Afgezien van een hoestgeluid, het gesmoorde gesnik van een vrouw en een geluid alsof iemand een vastzittend raam probeerde open te wrikken bleef het stil.

'Hij is de dames-wc's in gelopen,' zei een jongen met kroeshaar en met een korte broek aan van onder de tafel waar hij zat.

Rondom de ingang van de damestoiletten was een houten hekje geplaatst om de wc-deur aan het zicht te onttrekken. Hackberry liep schuin naar de deur toe. Bestek en glasscherven knarsten onder zijn schoenen. Door de openingen van het latwerk hield hij zijn blik strak op de deur gericht.

Was Pam getroffen? De tweede lading uit het jachtgeweer was dwars door de zitplek gegaan waar zij de fooi stond uit te tellen.

'Hij heeft een meisje gegijzeld. Niet naar binnen gaan,' klonk een stem achter een omgevallen stoel.

Het was de dominee met de lavendelkleurige halsboord. Hij bloedde uit zijn wang en hals; in de muis van zijn hand glinsterden glassplinters. Zijn vrouw zat op haar knieën naast hem. Ze had hem bij zijn arm vastgegrepen. Haar rug was gekromd.

'Hebt u hem gezien?' vroeg Hackberry.

'Hij heeft het meisje bij haar nek gegrepen en haar met zich meegesleurd,' zei de dominee.

'Kunt u de voordeur bereiken?' vroeg Hackberry.

'Jazeker,' antwoordde de dominee. 'Dat lukt wel.'

'Als ik het damestoilet in duik, moet u opstaan en zoveel mogelijk mensen meenemen. Wilt u dat voor me doen, dominee?'

'Gaat u daar naar binnen?'

'We halen dat meisje veilig naar buiten. Als u buiten bent, moet u uitkijken naar mijn hulpsheriff. Ze heet Pam Tibbs. Vertel haar precies wat u tegen mij hebt gezegd.'

'Wie is die man met dat geweer?'

'Hij heet Eriksson. Mijn hulpsheriff weet wie dat is. Toe maar, eerwaarde.'

'U zei "we".'

'Pardon?'

'"U zei "we halen dat meisje naar buiten". Hoezo "we"?'

Even later was Hackberry bij de deur terwijl de dominee en zijn vrouw een groep van twaalf tot vijftien dicht opeengepakte mensen naar de voorzijde van het restaurant begeleidden. Hackberry drukte zich met zijn rug plat tegen de muur en hield de loop van zijn revolver omhoog. Hij zag het avondrood door het vernielde raam naar binnen schijnen en hoorde in de verte sirenes. 'Hoor je dat geluid, Eriksson?' zei hij.

Even bleef het stil. 'Hoe heb je me herkend?'

'Ik heb je niet herkend. Als je niet op me had geschoten, was ik gewoon langs je heen gelopen.'

'Dat lieg je.'

'Waarom zou ik liegen?'

Eriksson gaf geen antwoord. Hackberry dacht eraan dat er aanvankelijk een tweede man bij Eriksson had gezeten, iemand die er waarschijnlijk tussenuit geknepen was en Eriksson de kastanjes uit het vuur liet halen.

'Je maatje heeft je in de steek gelaten, kerel,' zei Hackberry. 'Waarom zou jij voor alles opdraaien? Stuur dat meisje naar buiten, daar houden ze bij justitie later rekening mee. Je hebt beveiligingswerk gedaan in Irak. Dat telt ook. Neem een goeie advocaat, en met nog wat geleuter erbij over posttraumatische stress ga je misschien zelfs vrijuit. Dat is heel wat beter dan een kogel uit een .45 in je donder.'

'Jij gaat dienen als mijn chauffeur om hier weg te komen. Jij rijdt mij naar Mexico. En anders gaat dat meisje eraan.'

'Ik zal zien of ik iets kan regelen.'

'Jij regelt niks. Je doet gewoon wat ik zeg.'

'Hoe wou je dat aanpakken? Moet ik met een auto achterom komen en jou en het meisje laten instappen?'

'Leg je wapen op de vloer en schuif het met je voet naar me toe. Daarna kom je naar binnen, met je handen in je nek.'

'Dat lijkt me geen goed idee, Eriksson.'

'Of zie je liever haar hersens in de toiletpot drijven?'

Hackberry hoorde de stem van een huilend meisje. Of beter gezegd, de stem van een kind dat zoveel angst had dat het huilen was overgegaan in een amechtig happen naar lucht, als bij iemand die door een beroerte is getroffen. 'Wees nou verstandig en laat haar gaan, man,' zei Hackberry.

'Wil je haar hebben? Schop je wapen naar me toe en kom hierheen. Anders zijn je kansen verkeken. Denk je soms dat ik je voor de gek hou? Steek je kop om de deur.'

Hackberry hoorde een zoevend geluid, dat hij associeerde met wind onder een blauwzwarte hemel die waaide over uitgestrekte besneeuwde heuvels en ijs dat versplinterde onder het gewicht van duizenden oprukkende Chinese soldaten.

'Ik zal het makkelijk voor je maken,' zei Eriksson. Hij deed de deur van de toiletruimte op een kier open, zodat Hackberry even naar binnen kon kijken. Eriksson hield het meisje vast in de nek van haar T-shirt, terwijl hij het pompgeweer met de afgezaagde loop tussen haar schouderbladen drukte. 'Ik heb niks te verliezen,' zei hij.

'Dat geloof ik heus wel,' zei Hackberry. Hij deed een stap achteruit, klapte de cilinder van zijn revolver open en liet de vier lege hulzen en de twee nog niet afgevuurde patronen in zijn handpalm rollen, waarna hij ze op de vloer smeet. Hij ging op zijn hurken zitten, legde zijn revolver op de vloer en schoof hem met één voet in de richting van de toiletruimte.

'Kom ook deze kant op,' zei Eriksson.

Toen bevond Hackberry zich opeens in de afgesloten ruimte en staarde hij naar het op hem gerichte geweer.

'Ga jij maar, kleine meid,' zei Eriksson. 'Ik was echt niet van plan je pijn te doen of zo, ik deed alleen maar alsof.'

'Je hebt me wél pijn gedaan,' zei ze. Met één hand pakte ze haar bezeerde schouder vast.

'Donder op, kleine sloerie,' zei Eriksson. Hij deed de deur achter haar op slot, zonder Hackberry een moment uit het oog te verliezen. 'Ik ben je mooi te slim afgeweest, eikel.'

Hackberry sloeg zijn ogen neer, wendde zijn blik af van het gezicht van Eriksson en staarde wazig naar een vlekje op de wand. Of was het een stukje rode lucht dat in een damestoilet helemaal niet zichtbaar had mogen zijn?

'Heb je gehoord wat ik zei?' vroeg Eriksson.

'Je bent snugger,' zei Hackberry.

'Als je dat maar weet.'

Op dat moment leek het tot Eriksson door te dringen dat er iets niet klopte, dat hij iets niet had gezien of opgemerkt in de ruimte om hem heen, dat er, ondanks al die jaren waarin hij zijn vijanden had verslagen en de gebeurtenissen naar zijn hand had weten te zetten, nu iets vreselijks was misgegaan. 'Pak je mobieltje,' zei hij.

'Hoezo?'

'Wat nou, hoezo? Zeg tegen je collega's dat ze uit de buurt van dit gebouw moeten blijven. Laat ze een auto naar de achterkant sturen.'

'Je krijgt geen auto.'

'Als ik geen auto krijg, krijg jij een lijkwagen. Het is maar wat je wilt.'

'Jij gaat hier weg met handboeien om.'

Eriksson pakte zijn eigen mobieltje uit zijn zak en wierp hem Hackberry toe. Hij stuiterde tegen Hackberry's borst en viel op de grond. 'Raap hem op en bel die lui, sheriff,' zei Eriksson.

'Ik zei dat je snugger was. Een snugger iemand kan luisteren. Luister naar wat ik zeg en draai je niet om. Nee, nee, hou je ogen op mij gericht. Ik zou me niet omdraaien als ik jou was.'

'Ben je seniel of zo? Ik heb je onder schot.'

'Als je je omdraait, gaat je kop eraf,' zei Hackberry. 'Blijf recht voor je uit kijken. Ga op je knieën zitten en leg je wapen op de vloer.'

Erikssons mond zakte open. Zijn lippen waren droog, met een dun laagje speeksel erop. Hij pakte zijn geweer steviger vast. Hij tuitte zijn lippen en streek erover met zijn tong voordat hij sprak. 'Dit ding heeft een heel gevoelige trekker. Wat er ook gebeurt, jij krijgt altijd de volle laag.'

'Geloof me nou, Eriksson. Verroer je niet, loop niet achteruit en draai je niet om. Als je een van die dingen doet, ben je er geweest. Daar kun je zeker van zijn. Niemand wil dat dat gebeurt. Maar het is jouw keus. Laat je geweer met je linkerhand op de loop zakken en leg hem op de vloer. Daarna doe je een stap opzij.'

'Volgens mij ben je een behoorlijk goeie acteur, sheriff, maar ik ge-loof ook dat je maar een eind weg lult.'

Eriksson stapte achteruit, buiten het bereik van Hackberry. Hij draai-de zijn hoofd naar een achterraampje van matglas dat was opengewrikt met een bandenlichter. Heel even was zijn pompgeweer niet meer recht op Hackberry's borst gericht. Buiten schoof een reusachtige oranje stofwolk voor de zon langs.

Erikssons doorschijnende blauwe ogen waren vol licht. Er leek een zenuwtrekje over zijn gezicht te gaan net voor het moment dat hij Pam Tibbs ontwaarde, iets achter het kozijn van het raam. Haar kaki uniformoverhemd was bespikkeld met tacosaus. Ze hield haar ver-chroomde revolver met beide handen voor zich uit. Op dat moment haalde ze de trekker over. Een .357-patroon met zachte punt boorde zich in het hoofd van Eriksson en vloog er aan de andere kant weer uit.

# 15

Prediker Jack Collins woonde in verschillende huizen, waarvoor hij nooit een eigendomsakte of huurovereenkomst had getekend. Een van die huizen lag ten zuiden van de oude Highway 90, met zicht op de Del Norte Mountains. Dertig kilometer afgelegen weerbarstig woestijngebied dat leek te bestaan uit vergruizelde stenen die met elkaar waren verbonden door de wortels van struikgewas, mesquite en cactussen met bloedrode bloemen.

Op de berg achter zijn gepleisterde huis stond een stel oude telegraafpalen waarvan de bedrading op de grond hing als slierten zwarte spaghetti. Achter de palen lag de gapende opening van een ondergrondse rotskelder die werd gestut met houten palen en dwarsbalken, stuk voor stuk ingezakt of zodanig vermolmd door insecten dat ze licht als kurk waren geworden.

Op een door sterren verlichte nacht zat Prediker bij de ingang van de grot te kijken hoe de woestijn langzaam een grijze, blauwe en zilveren tint kreeg die hij uit de hemel omlaag leek te trekken, alsof hemel en aarde samenwerkten om de woestijn af te koelen en hem te veranderen in een kunstwerk van tin. Toen merkte hij dat er een briesje in zijn gezicht waaide dat over zijn armen en schouders in de diepte van de rotskelder achter zijn rug stroomde.

De ondergrondse kelder was eigenlijk helemaal geen echte ondergrondse kelder, en het was ook geen mijn. Het was een diepe, spiraalsgewijs omlaag lopende rotsgrot die waarschijnlijk miljoenen jaren geleden door water was uitgesleten. De grot leidde naar de andere kant van de berg of naar een nog veel dieper liggende spelonk. Misschien hadden kolonisten van lang geleden de wanden en de plafonds gestut met houten balken, maar Prediker was ervan overtuigd dat de grot zelf niet door mensenhanden was ontstaan.

Hij bracht veel avonden door op een tuinstoeltje voor de ingang van de grot. Hij vroeg zich af of de echo van de wind in de grot tot hem sprak en of de woestijn niet een oude wijngaard was die onvruchtbaar was geworden door de ongelovigheid van de mensheid jegens Jahweh. Paradoxaal genoeg gaf die gedachte hem troost. De verdorvenheid van de wereld gaf hem op de een of andere manier een groter gevoel van verbondenheid, maakte hem in zijn eigen ogen tot een acceptabeler mens en verkleinde tegelijkertijd zijn eigen zondigheid. Maar Prediker had één probleem dat hem bleef achtervolgen: hij had de dood van die oosterse vrouwen veroorzaakt en hij had toegekeken hoe Hugo's bulldozer de aarde had omgewoeld en dichtgegooid. Hij zei tegen zichzelf dat hij had gehandeld als een man Gods die de wereld bevrijdde van bezoedeling. Je zou zelfs kunnen zeggen dat hij het morele verval en de ziekten had weten te voorkomen die hoorden bij een leven als prostituee in een ontaard land.

Maar Prediker had weinig succes met zijn verdediging achteraf van de massa-executie van de hulpeloze en doodsbange vrouwen die hem elke avond opwachtten in zijn slaap. Toen Bobby Lee Motree bij Predikers huis in de woestijn aankwam, was Jack heel blij met die afleiding.

Hij zette twee tuinstoeltjes voor de grot en trok koude flesjes cocacola open voor hen beiden. Hij keek hoe Bobby Lee zijn flesje naar binnen klokte terwijl hij ondertussen één nieuwsgierig oog op Prediker hield gericht. Bobby Lee droeg een strak zittend, mouwloos T-shirt, een hoge hoed en een bruine spijkerbroek met gele stukken canvas op de knieën gestikt. Hij was vol zelfvertrouwen en blij dat hij weer in de gratie was bij Prediker; hij luchtte zijn hart en vertelde hoe Liam was doodgeschoten door de vrouwelijke hulpsheriff in het restaurant en hoe die geniepige smeerlap van een Rooney tegen Hugo had gezegd dat ze iedereen uit de weg moesten ruimen: de soldaat en zijn vriendinnetje, die Joodse kerel en zijn vrouw en misschien zelfs zijn kinderen en ten slotte ook nog Prediker zelf.

'Als je Artie Rooney al niet meer kunt vertrouwen, wie dan nog wel? Ons beroep is niet meer wat het is geweest. Waar zijn de normen en waarden gebleven?' zei Prediker.

'Zo denk ik er ook over,' antwoordde Bobby Lee.

'Dat was een grapje.'

'Ja, dat begreep ik wel. Ik merk het altijd meteen als je een grapje maakt.'

Prediker ging niet verder op het onderwerp door. 'Vertel nog eens hoe die Holland Liam in de gaten kreeg. Dat snapte ik niet helemaal.'

'Hij heeft hem gewoon herkend, meer niet.'

'Hoewel Liam zijn baard had afgeschoren, in een druk restaurant zat, de sheriff hem nooit eerder had gezien en geen reden had om te verwachten dat Liam daar zou zijn?'

'Ik snap het ook niet. Er gebeuren nou eenmaal gekke dingen.'

'Maar de sheriff herkende jou niet?'

'Ik zat op de plee, ik moest schijten.'

'Hoe heb je dan tijdens al dat schieten kunnen ontsnappen als je op de plee zat?'

'Het was één grote chaos. Ik ging op in de vluchtende mensenmassa.'

'En je bent gewoon weggewandeld, een vent zonder auto, een vent die iedereen een paar minuten daarvoor nog bij Liam had zien zitten?'

'De meesten scheten zeven kleuren stront van angst. Waarom zouden ze op mij letten?'

'Misschien heb je gewoon geluk gehad.'

'Het is gegaan zoals ik zei.'

'Jonge mensen kunnen niet geloven dat ze ooit doodgaan. Dus hebben ze een soort zelfvertrouwen dat oude mannen zoals ik niet hebben. Daar komt jouw geluk vandaan, Bobby Lee. Jouw geluk is een illusie die voortkomt uit een illusie.'

Bobby Lee begon zich duidelijk steeds slechter op zijn gemak te voelen. Hij verschoof op zijn stoel, keek naar de sterren en de glinsterende woestijn en de groenige kleur net boven de horizon. 'Is dat gat achter ons zo'n plek die door de pioniers als opslagplaats werd gebruikt om eten te bewaren en zo?'

'Misschien loopt hij wel door tot aan het midden van de aarde. Op een dag zal ik dat te weten komen.'

'Soms kan ik je echt niet volgen, Jack.'

'Mijn oom heeft gevochten in de Stille Zuidzee. Hij zei dat hij een hele berg had opgeblazen, die boven op een stel Jappen terechtkwam die zich niet wilden overgeven en die zich in grotten hadden verschanst. Hij zei dat je hen 's nachts kon horen: net honderden bijen die onder de grond zoemden. Ik wil wedden dat je ze nog steeds kunt horen als je je oor op de grond legt.'

'Waarom praat je over dat soort dingen?'

'Omdat ik twijfel aan je eerlijkheid, en omdat je me begint te irriteren.'

'Ik zou me nooit tegen jou keren. Je moet me een beetje vertrouwen,' zei Bobby Lee. Zijn ogen waren groot en rond en hij knipperde niet. Zijn pupillen waren verwijd, als inktdruppels in het duister.

'Bobby Lee, óf je hebt Liam in de steek gelaten, óf die Holland is een heel speciaal iemand, van het soort dat niet rust voor hij je huid op een schuurdeur heeft gespijkerd. Welk van de twee is waar?'

'Ik heb Liam niet in de steek gelaten. Hij was mijn vriend,' antwoordde Bobby Lee. Hij legde zijn handen op zijn knieën en hief zijn gezicht op naar de hemel. Met zijn ongeschoren kaken leek het net of er korrels zwarte peper en zout in zijn poriën waren gewreven. Prediker keek hem lange tijd aan, totdat het gezicht van Bobby Lee begon te trillen en zijn ogen gingen glanzen. 'Als je me wilt blijven kwetsen en beledigen, ga je gang. Ik ben hier gekomen omdat je mijn vriend bent. Maar jij zit me voortdurend te stangen,' zei Bobby Lee.

'Ik geloof je, jongen,' zei Prediker.

Bobby Lee schraapte zijn keel en spuwde. 'Waarom doe jij het?' vroeg hij.

'Wat bedoel je?'

'Ons soort werk. We zijn huurmoordenaars. We brengen mensen om het leven, helpen ze naar de andere wereld. Een beroeps doet het voor het geld. Het is niet persoonlijk. Jij bent een professional, Prediker, maar jij doet het niet voor het geld. Dat is iets waar niemand je ooit naar vraagt. Waarom doe je het?'

'Waarom wil je dat weten?'

'Omdat jij de enige bent met wie ik kan praten.'

'Zie je die gloed boven het land? Dat komt door de botten die in de grond zitten. In al die alluviale aarde en lava en afzettingsgesteenten zitten miljoenen dode dingen die energie uitstralen om de weg voor onze voeten te verlichten.'

'Ga door.'

Prediker plukte een mug uit zijn hals en kneep hem fijn tussen zijn duim en wijsvinger. Hij veegde het bloed af met een tissue. 'Dat is alles. Je stelde een vraag en ik heb hem beantwoord.'

'Ik snap het niet. Het pad voor onze voeten verlichten of zoiets?'

'Niet tobben, jochie. Ik moet alles over die Holland weten. Ik wil weten wat hij in Big Bend te zoeken had. Ik wil weten hoe hij Liam heeft herkend.'

'Ik ben maar in mijn eentje. Door jou zijn we hier allemaal in verzeild geraakt, Jack. Hoe kan ik nou alles oplossen?'

Prediker gaf geen antwoord. In de wind zag zijn gezicht er sereen en stil uit, alsof het met warm water was gewassen. Zijn mond hing een beetje open en zijn tanden waren zichtbaar. In zijn ogen lag iets duisters waar zelfs Bobby Lee van moest slikken, alsof Prediker een geest aan de horizon zag die voor niemand anders te zien was. 'Je bent toch niet boos op mij, hoop ik?' zei Bobby Lee met een flauw glimlachje.

'Op jou? Ik beschouw je als mijn zoon, Bobby Lee,' antwoordde Prediker.

Bobby Lee vertrok voor het eerste ochtendlicht en Prediker maakte een ontbijt voor zichzelf op een gasstelletje. Hij at het van een blikken bord op de treden van zijn veranda aan de achterzijde van het huis. Toen de rode vingers van de dageraad zichtbaar werden boven de vlakte in het oosten pakte Prediker zijn krukken en liep hij de helling af naar een mesa die nog in de schaduw lag. Hij liep een drooggevallen beekbedding in en strompelde door een laagliggend terrein van zachte klei die bij elke stap barstte en wegzonk onder zijn gewicht. Hij meende rotstekeningen te zien in de steenlagen boven zijn hoofd en hij was ervan overtuigd dat hij zich bevond in een alluviale waterloop die waarschijnlijk met groen bedekte velden had bevloeid toen een agrarische maatschappij nog in harmonie leefde met de dieren en hun primitief vervaardigde messen niet werden gebruikt om het bloed te vergieten van hen die het paradijs noodgedwongen hadden moeten verlaten.

Maar de gedachten van Prediker Jack aan een naburig paradijs brachten zijn gemoed niet tot rust. Toen hij achteromkeek deden de trechtervormige afdrukken van zijn krukken in de droge rivierbedding hem denken aan de pootafdrukken van een coyote. Zelfs het voetspoor dat hij achterliet was kronkelend en onduidelijk, alsof hij een tijdelijk, voorbijgaand en gewichtloos wezen was dat het niet waardig was om een volledig mens te zijn.

Hij beschouwde zichzelf graag als een verheven iemand die leefde in de oude traditie van de Bijbelse legenden, maar de waarheid was anders. Hij was vanaf de dag van zijn geboorte een zware last voor zijn moeder geweest, en hij was ook voyeur geweest bij haar avontuurtjes met mannen. Nu had hij lustgevoelens voor de vrouw die hem zowel fysiek als intellectueel te slim af was geweest en die er bovendien nog in was geslaagd een .38-patroon in zijn kuit en een in zijn voet te schieten. De herinnering aan haar geur, aan de warmte van haar huid en haar, aan haar speeksel en lippenstift op zijn huid veroorzaakte een erectie waarvoor hij zich schaamde.

Ze was niet alleen aan hem ontkomen, maar indirect had ze er ook voor gezorgd dat Liam Eriksson was gedood. En bovendien had ze er een sheriff bij gehaald die Holland heette, waarschijnlijk zo'n stijfkop van het platteland die je als professional maar beter uit de weg kon gaan of die je, indien nodig, tegen betaling door iemand anders om zeep liet brengen.

Prediker keerde in een kringetje lopend terug op zijn schreden en stommelde richting zijn huis. De heuvels en mesa's waren roze in het licht van het ochtendgloren. De lucht rook zoet en de bladeren van de mesquitebomen streken vochtig langs zijn broek, polsen en handen. Hij wilde de ochtendlucht diep in zijn longen voelen en alle angst en depressie die hem in de aarde leek vast te schroeven van zich afschudden, maar het had geen zin: nooit eerder in zijn leven had hij zich zo alleen gevoeld. Toen hij zijn ogen sloot, meende hij een goederenwagon op een rangeerspoor te ontwaren. Zijn moeder zat op een krukje in de geopende schuifdeur en was bezig wortelen en uien te snijden die ze in een pan liet vallen. Later die avond zou ze die pan op het vuur zetten om soep te maken. Zijn moeder hief haar gezicht naar het zonlicht en glimlachte naar hem.

Misschien werd het tijd om alle twijfel en zelfkritiek aan de kant te zetten. Je kon altijd baas over je eigen ziel worden, als je dat echt wilde. Je hoefde het lot niet zonder meer te aanvaarden. Dat had Mozes ook niet gedaan. David evenmin. Werd het niet tijd om zijn reis naar een Bijbels verleden voort te zetten en een zoon te worden op wie zijn moeder trots kon zijn? Ongeacht de wandaden die hij namens Artie Rooney had verricht, ongeacht de nachtmerries waarin oosterse vrouwen vergeefs hun handpalmen opstaken tegen een wapen dat zijwaarts wegtrok tijdens het vuren, alsof het een eigen wil had die sterker was dan de zijne?

Het antwoord was te vinden in het boek Esther. Het verhaal was drie-entwintighonderd jaar voor zijn geboorte geschreven en had al die eeuwen op hem liggen wachten. Nu kon hij het verhaal in stappen om de rol op zich te nemen die hem toekwam en die hem nu door een onzichtbare hand werd aangereikt. Hij zoog de frisse ochtendlucht diep in zijn longen, en de stekende pijn in zijn borst was scherp als een glasscherf.

Om vijf uur 's ochtends werd Nick Dolan wakker; regendruppels kletterden tegen de bananenbladeren onder zijn raam. Heel even dacht hij dat hij in zijn grootvaders huis in New Orleans was. Zijn opa had in een *shotgun*-huis gewoond in een zijstraat van Napoleon Avenue – zo'n huis waarin alle vertrekken en deuren in elkaars verlengde liggen, zodat je via de voordeur een kogel door de achterdeur kunt schieten – met een puntdak en plafondhoge ramen waarvan je de luiken in het orkaanseizoen met een veerslot kon sluiten. Er stond een pecannotenboom in de achtertuin met een slingertouw; de grond onder de takken was zacht, schimmelig en groen door de geplette notendoppen. Zelfs op het heetst van de dag bleef de tuin in diepe schaduw en waaide er een zacht windje. Elke zomermiddag om drie uur verzamelden de kinderen zich daar in afwachting van de Sno-Ball truck met schepijs.

Het huis van zijn opa was een veilige plek, heel anders dan Nicks buurt in de Ninth Ward, waar Artie Rooney en zijn broers samen met hun vrienden het leven voor Nick tot een dagelijkse hel hadden gemaakt.

Nick zat op de rand van het bed en legde zijn hand zachtjes op Esthers heup. Ze lag met haar gezicht naar de muur en de schaduwen van het maanlicht dat binnenstroomde vielen over haar donkere haar en bleke huid. Hij schoof haar nachtpon wat omhoog, haakte zijn vinger achter het elastiek van haar slipje en trok die zover naar beneden dat hij haar billen kon kussen, iets wat hij altijd deed voordat hij de liefde met haar bedreef. Hij voelde de sterke nachtelijke lichaamswarmte door haar nachthemd heen en hoorde haar regelmatige en kalme ademhaling tegen de muur. Noch zijn hand noch zijn lippen leken haar wakker te maken of op te winden. Hij vroeg zich af of haar diepe slaap geveinsd was, of dat ze in haar droom was teruggekeerd naar een tijd toen hij hun geluk nog niet had verkwanseld voor succes in de seksindustrie.

Hij schoot zijn slippers en kamerjas aan, at een kom Grape-Nuts en dronk een glas koude melk. Om zes uur schakelde hij het inbraakalarm uit, waarna hij de voortuin in liep om de krant te halen. Het was een koele, vochtige ochtend die rook naar het water uit de tuinsproeiers, naar het sint-augustinusgras dat Nicks Mexicaanse tuinlieden gisteren nog laat gemaaid hadden en naar de nachtbloeiers die Esther voordurend bemestte met koffiedik, vleermuizenguano, vissenbloed en zwarte modder uit een moeras dat grensde aan Lake Charles. Dat alles zorgde voor een vruchtbare geur die Nick deed denken aan een dodenakker in Louisiana, die zo diep in de schaduw lag dat het zonlicht er nooit doordrong.

Genoeg over kerkhoven, zei hij tegen zichzelf, en hij liep met de dik-

ke, opgerolde krant het huis weer in. Ook wilde hij niet blijven stil-
staan bij zijn kwelgeesten op het schoolplein, zijn persoonlijk falen en
het financieel debacle waarop hij aankoerste. Hij wilde bij Esther zijn,
zich koesteren in haar omhelzing, wilde de gloed van haar dijen voelen, de geur van haar haar in zijn gezicht, het ritme van haar adem op
zijn wang. Dat was toch niet te veel gevraagd! Waaraan had hij het verdiend dat de schikgodinnen tegen hem samenspanden? Hij trok het
plastic regenhoesje van de krant en vouwde hem open op de ontbijttafel. Het hoofdartikel ging over de moord op een jonge moeder en haar
twee kinderen. De hoofdverdachte was een ex-vriend. Het gezicht van
de vrouw kwam hem bekend voor. Had ze gewerkt in zijn club? Ja, dat
was best mogelijk. Maar wat dan nog? Wat was erger: steuntrekker zijn
met alle vernedering en armoede die ermee gepaard ging, of als lid van
de tietenbrigade aardig wat poen scoren met een paar uur capriolen
maken rond een paal?

Nick kende de diepere oorzaak van zijn onbehagen. Zijn geld was
zijn zelfbevestiging geweest: zijn bescherming tegen de wereld, zijn ge-
noegdoening voor elke keer dat hij opzij was geschoven als hij in de rij
op school of voor de bioscoop stond, of jankend hun tuin was in gejaagd door het legertje straatratten dat beweerde dat ze de dood van Jezus vergolden. Een groot deel van Nicks inkomen was verdwenen en
een paar riskante speculaties met grondstoffen en hypotheken zouden
spoedig de rest van zijn kapitaal in rook doen opgaan.

De spijkerwonden in Nicks polsen en handen hadden echter andere oorzaken. Hoewel Esther het niet met zoveel woorden toegaf, zou
ze hem zijn betrokkenheid bij de dood van de Aziatische vrouwen
vermoedelijk nooit vergeven, ondanks het feit dat hij bijna evenzeer
slachtoffer was als zij. Zo zag hij het in elk geval.

Een schaduw viel over de ontbijttafel. Nick draaide zich verschrikt
om in zijn stoel, waarbij hij zijn glas melk omstootte.

'Wil je havermoutpap?' vroeg Esther.

'Ik heb al ontbeten,' antwoordde hij.

'Waarom ben je nu al op?'

'Onrust, denk ik.'

'Ga weer slapen.'

'Wil je dat?'

'Wat?'

'Nog wat slapen?'

'Ik zal theezetten.'

Nick onderdrukte een geeuw. 'Misschien kunnen we allebei nog wel wat slaap gebruiken,' zei hij, 'het is nog maar tien over halfzeven. Als we nu eens een dutje deden, dan ontbijten we daarna. Hoe lijkt je dat?'

'Om halfacht begint mijn aerobicles.'

'Dat is belangrijk. Zorg maar dat je hem niet mist. Laten ze ook mannen toe? Net wat ik nodig heb, een beetje op en neer springen en zweten op het ritme van gouwe ouwen of zoiets.' Hij strekte zijn vingers en duwde ze tegen zijn slappe buik. Toen deed hij het nogmaals, nu harder.

Ze keek hem verwonderd aan, vulde een pan met water en zette hem op het gas. 'Weet je zeker dat je geen pap wil?'

'Ik ga op dieet. Ik moet wat aan mijn fysiek doen; misschien moet ik me laten ombouwen nu ik toch bezig ben.'

Nick ging naar boven, poetste zijn tanden, trok een wit overhemd aan en deed een stropdas om, meer om zijn onafhankelijkheid van zijn seksuele en emotionele behoefte te bewijzen dan als voorbereiding op het werk in het restaurant, dat pas om elf uur opening. Vervolgens daalde hij weer af en liep hij opzettelijk door de keuken. Zonder aandacht aan Esther te schenken nam hij een pak sinaasappelsap uit de koelkast, duwde de punt van zijn tong tegen zijn tanden en floot een liedje.

'Waar ga je heen?' vroeg ze.

'Naar beneden: een paar rekeningen voldoen nu er nog geld op de bank staat. Zeg maar tegen de kinderen dat ik ze straks met de auto naar het zwembad breng.'

'Waarom doe je zo lullig tegen me?' zei ze.

'De bloemperken ruiken naar vuilnisemmers met visafval. We moeten de onkruidspuit met lysol vullen en alle perken afsproeien.'

'Moet je jezelf eens horen. Heb je de krant gezien? Een hele familie is uitgemoord en jij hebt het over stank in de tuin. Besef wat voor geluk je hebt gehad. Waarom moet je zo grof doen in je eigen keuken? Een beetje respect graag.'

Nick drukte de palmen van zijn handen tegen zijn slapen, daalde de halve trap af en ging zijn ijzig koude kantoor binnen. Hij ging in het donker achter zijn bureau zitten en legde zijn hoofd op de onderlegger. Zijn goudkleurige stropdas hing als een maiskolf van zijn keel en zijn slappe armen lagen als brooddeeg aan weerskanten van zijn lichaam.

Nu en dan tilde hij zijn hoofd op en liet hij het met een klap neerkomen op het vloeiblad.

'Ik kon het niet helpen dat ik jullie hoorde praten. Misschien moet je een voorbeeld nemen aan de papen. Het celibaat heeft zo zijn voordelen,' klonk een stem uit de duisternis.

Nicks hoofd kwam met een ruk omhoog. 'Godallemachtig!' zei hij.

'Het leek me een goed moment om samen eens een paar dingen te bepraten.'

'Het alarm stond aan. Hoe is het je gelukt binnen te komen?' De man zat in de gecapitonneerde leren stoel, twee wandelstokken lagen over zijn schoenen.

'Door die zijdeur daar. Ik kwam binnen vlak voor jullie naar bed gingen. Ik heb twee of drie boeken van je doorgebladerd, deed een hazenslaapje in deze stoel hier en heb gebruik gemaakt van je wc. Je mag de zaak hier wel eens opruimen. Ik moest in de kast zoeken naar schone handdoeken.'

Nick pakte de hoorn van de telefoon en de kiestoon vulde de kamer.

'Ik ben hier gekomen om jouw leven en dat van je vrouw en kinderen te redden,' zei Prediker. 'Als ik hier om een andere reden was geweest… Nou ja, dat hoef ik je niet uit te leggen. Maak jezelf niet belachelijk en leg de hoorn neer.'

Nick legde hem weer op de haak. Zijn hand om het zwarte ding zag er vreemd wit en zacht uit. 'Gaat het om geld?'

'Ik zing geen twee liedjes voor één cent. Je bent niet doof en dom ben je ook niet. Als je een van tweeën simuleert, hou ik het voor gezien. Dan is het lot van je gezin jouw verantwoordelijkheid, niet die van mij.'

Nicks vingers op de onderlegger trilden. 'Het heeft te maken met Artie Rooney en die Aziatische meisjes, hè? Was jij de schutter? Hugo zei dat degene die schoot een halfgare godsdienstfanaat was. Dat sloeg op jou, of niet soms?'

Het gezicht van Prediker bleef onbewogen. Zijn vette haar was netjes achterovergekamd en zijn voorhoofd glansde in het halfduister. 'Rooney is van plan om jou en mevrouw Dolan te laten vermoorden, en je kinderen misschien ook. Als de schutter dicht genoeg bij haar kan komen, wil hij haar door de mond schieten. Mij wil hij ook laten vermoorden. Wat dat aangaat hebben we het een en ander gemeen. Maar als je liever wilt dat ik wegga, dan hoef je het maar te zeggen.'

Nick voelde hoe zijn mond droog werd, zijn ogen begonnen te tranen en zijn billen zich samenknepen van schrik en angst.

'Gaan we op de gevoelige toer?' vroeg Prediker.

'Waarom zou je je iets gelegen laten liggen aan mij?'

'Ik ben een gezondene. Ik ben degene die is gezonden.' Prediker hield zijn hoofd schuin. Zijn glimlach had iets deemoedigs, wat hem bijna innemend maakte.

'Waar heb je het in vredesnaam over?' Nick veegde zijn neus af met de achterkant van zijn pols. Hij verwachtte geen antwoord, en hij vertikte het nog langer te luisteren naar een gek.

'Kijk je wel eens naar die tv-programma's over getuigenbescherming en dat soort dingen?'

'Dat doet iedereen. Veel meer is er niet op tv.'

'Wil je in een containerwoning wonen in Phoenix, in de zomer, met zand en rotsen als tuin en bikers met getatoeëerde swastika's als buren? Want dat is het enige wat erop zit, als je niet met me wilt samenwerken. Artie Rooney doet als het zo uitkomt zaken met een zekere Josef Sholokoff, een Rus. Zijn mensen komen uit de ergste gevangenissen van Rusland. Zal ik je vertellen wat ze hebben gedaan met een Mexicaans gezin uit Juárez, in het bijzonder met de kinderen?'

'Nee, dat hoef ik niet te horen.'

'Daar kan ik je geen ongelijk in geven. Ken je een man die luistert naar de naam Hackberry Holland?'

'Nee… Wie? Holland? Nee, ik ken niemand die zo heet.'

'Maar die naam moet je toch wat zeggen. Je bent hem tegengekomen in de krant. Hij is sheriff. Je hebt vast over de dood van die ICE-agent in San Antonio gelezen. Holland was daar.'

'Ik heb je al gezegd, ik ken die man, die Holland, niet. Ik ben restauranthouder. Ik ben verzeild geraakt in de escortbusiness, maar dat werk doe ik niet meer. Ik ga binnenkort failliet. Ik ben geen crimineel. Criminelen gaan niet failliet. Die vragen geen faillissement aan. Ze hoeven niet toe te zien hoe hun gezin op straat wordt gezet.'

'Heeft die ICE-agent jou ondervraagd? Is Holland bij je langs geweest?'

'Bij mij? Nee, ik bedoel, misschien is die man van de immigratie- en douanedienst bij me langs geweest. Maar ik ken niemand die Holland heet. Jij zegt iets maar één keer tegen anderen, maar anderen moeten het tien keer tegen jou zeggen, hè?'

'Ik denk dat sheriff Holland me te grazen wil nemen. Als dat gebeurt, kun jij het ook wel schudden, want ik ben de enige die tussen jou en Artie Rooney en zijn Russische zakenpartners staat.'

'Ik heb fouten gemaakt, maar ik ben geen dief. Je moet ophouden me bij je leven te betrekken.'

'Wou je me vertellen dat ík een dief ben?'

'Nee, absoluut niet.'

'Je hebt een pistool in je bureaula liggen, een Beretta 9mm. Je kunt het wapen zo pakken, het op me richten en me nogmaals voor leugenaar uitmaken. Wat weerhoudt je?'

'Als je inderdaad mijn pistool hebt gevonden, heb je alle kogels eruit gehaald.'

'Misschien. Misschien ook niet. Open die la en pak het ding. Je merkt het vanzelf aan het gewicht.'

'Het spijt me als ik iets heb gezegd wat ik niet had moeten zeggen.'

Prediker boog zich naar voren in zijn stoel. Hij droeg een bruin pak met een licht streepje. Het gips was van zijn been. 'Je verlaat met je vrouw en kinderen voor een tijdje de stad. Overal waar je komt betaal je contant. Een creditcard is een elektronische voetafdruk. En geen telefoontjes naar je restaurant, advocaat of vrienden. Art Rooney zou je telefoon kunnen aftappen. Ik geef je een mobiel nummer waarop je me kunt bereiken. Ik ben nog de enige met wie je praat.'

'Ben je gek geworden? Dit is de arrogantie ten top!' Nick trok de zijla open van zijn bureau en keek naar het pistool dat erin lag.

'Iemand die gek is, is psychotisch en heeft een verwrongen beeld van de wereld. Wie van ons is hier de realist? Degene die tussen de roofdieren weet te overleven of iemand die voorgeeft dat hij een toegewijde huisvader is, terwijl hij leeft van hoeren en het leven van zijn gezinsleden in de waagschaal stelt?'

Ze keken elkaar recht in de ogen. Nick deed zijn best om niet weg te kijken.

'Had je nog wat?' vroeg Prediker. 'Pak het pistool.'

'Breng me niet in verleiding.'

'Heb je er wel eens mee geschoten?'

'Nee.'

'Pak het en richt het op me. Hou het met beide handen vast. Dan houden je vingers op met trillen.'

'Denk je dat ik het niet durf te pakken?'

'Laat maar zien.'

Nick liet zijn hand op de la rusten. Het stalen frame en de geblokte greep van de 9mm voelden solide, hard en geruststellend aan toen hij zijn vingers eromheen legde. Hij pakte het wapen uit de la. 'Het weegt licht. Je hebt de patroonhouder eruit gehaald.'

'Zoiets heet een magazijn. Het ding voelt licht aan omdat je bang bent; de adrenaline geeft je kracht die je anders niet hebt. Het vuurmechanisme heeft een tweezijdige veiligheidspal. De rode stip betekent dat het feest kan beginnen.'

'Ik wil dit niet.'

'Vooruit, doe het, kleine vetzak. Kleine Joodse vetzak.'

'Hóé noemde je me?'

'Dat is niet mijn benaming. Hugo noemt je zo. Hij noemt je ook "dat michelinmannetje". Leg je duim over de haan en span hem. En neem dan mijn gezicht op de korrel.'

Nick legde het wapen op de onderlegger en liet het los. Hij ademde hoorbaar door zijn neus; zijn handpalmen waren vochtig en hij voelde hoe zijn mond zich vulde met een smaak die aan dikke zure melk deed denken.

'Waarom kun je het niet?' vroeg Prediker.

'Omdat er geen kogels in zitten. Omdat ik hier niet ben om jou te amuseren.'

'Dat is helemaal niet de reden waarom je het niet doet. Druk de knop bij de trekkerbeugel in.'

Nick pakte het pistool en drukte om het magazijn verwijderen. Het ding viel van het frame en kwam met een klap op het bureaublad terecht. De laadveer was helemaal ingedrukt door de messing patronen.

'Trek de slede naar achteren. Nu zie je een kogel in de kamer zitten. De reden dat je het pistool niet op me richtte, is dat je geen moordenaar bent. Maar anderen zijn dat wel en denken geen seconde na over de misdaden die ze begaan. Dat zijn de mannen tegen wie ik je gezin wil beschermen. Sommigen van ons worden anders gemaakt in de baarmoeder. Zulke mensen mag je niet onderschatten. Ik ben een van die mensen, maar er zijn toch verschillen denk ik. Het dringt toch wel tot je door wat ik zeg? Of ben je niet alleen immoreel, maar ook nog onnozel?'

'Nee, je zorgt ervoor dat ik graag die rotkop van je romp zou schieten.'

De deur boven ging open en licht stroomde over de trap. 'Wie is daarbeneden?' klonk de stem van Esther. Voor iemand haar vraag kon beantwoorden, daalde ze de trap af met een lege pan in haar hand. Ze staarde naar Prediker. 'Wie ben jij?'

'Een vriend.'

'Hoe ben je mijn huis binnengekomen?'

'De zijdeur was open. Ik heb dat al uitgelegd. Waarom gaat u niet zitten?'

'Je bent een van hen, hè?'

'Een van wie?'

'Een van die gangsters die ons leven verknallen.'

'U vergist zich.'

'Hij was net van plan weg te gaan, Esther,' zei Nick.

'Je bent een van die mannen die mijn man ontvoerd hebben,' zei ze.

'Zo zou ik het niet willen noemen.'

'Lieg niet.'

'Let op uw woorden, dame.'

Ze deed een paar passen naar hem toe. 'Je bent hier vanwege die Aziatische vrouwen, die prostituees, die illegalen of wat ze ook waren. Jij bent degene die het gedaan heeft.'

'Wat heb ik gedaan?'

'Hen vermoord. Jij was het, of niet soms?'

'Waarom zegt u dat?' Predikers mond trilde een beetje en zijn woorden bleven in zijn keel steken.

'Je ogen zijn leeg. Alleen een bepaald soort mensen heeft zulke ogen. Iemand die het licht achter zijn eigen ogen geweld aandoet. Iemand die heeft geprobeerd om Gods vingerafdrukken van zijn ziel te boenen.'

'Wil je niet zo'n toon tegen me aanslaan, vrouwspersoon.'

'Noem je mij "vrouwspersoon"? Een hondendrol van het trottoir noemt me "vrouwspersoon"? In mijn eigen huis?'

'Ik kwam hier om...'

'Kop dicht, jij waardeloze gangster,' zei ze.

'Godallemachtig! Je mag niet tegen me spreken alsof...' begon hij.

Ze sloeg de roestvrijstalen pan, die nog aangekoekt was met havermout, met een zwaai tegen zijn gezicht. Het geluid weergalmde als een koperen bekken door het vertrek. Voor hij zich kon herstellen van de schok, trof ze hem opnieuw, ditmaal op het hoofd. Toen hij probeerde zijn armen op te heffen, daalde een regen van slagen neer op zijn nek, schouders en ellebogen. Met beide handen om het handvat geklemd maakte ze houwbewegingen alsof ze een boomstronk te lijf ging.

Nick kwam achter zijn bureau vandaan. 'Esther!'

Toen Prediker zijn armen liet zakken, zwaaide ze opnieuw en de pan trof hem recht boven zijn oor. Terwijl het bloed uit zijn haar lekte, kwam hij overeind en strompelde naar de zijdeur. Hij rukte de deur open en daalde moeizaam de korte betonnen trap af naar de tuin, waarbij hij de hogere treden als steun gebruikte, zodat zijn handen onder de vogelpoep kwamen te zitten.

Esther pakte zijn wandelstokken en liep achter hem aan de tuin in, door de citrusbomen, mirte, waaierpalmen en hibiscus. Hij liep in de richting van de straat en probeerde haar voor te blijven. Af en toe keek hij over zijn schouder; zijn scherpe gezicht trilde en zijn gebrekkige bewegingen leken op die van een landkrab. Ze gooide hem zijn wandelstokken naar zijn hoofd. 'Pak aan, anders heb je nog een reden om terug te komen,' riep ze.

Prediker viel door de heg, smakte tegen het trottoir en zag hoe Bobby Lee iets verderop zijn auto startte. Op dat moment passeerde een sproeiwagen, die hem van top tot teen nat spatte. De oostelijke hemel was blauw als het ei van de roodborstlijster, met aan de onderkant wat karmozijnrode en purperen wolkenstrepen. De kleuren waren majestueus, de koninklijke kleuren van David en Salomo, alsof de hemel zelf had samengespannen om de draak te steken met zijn hoogdravendheid, zijn dwaze trots en de ijdele hoop dat hem ooit verlossing ten deel zou vallen.

# 16

Zaterdagochtend vroeg liep Hackberry naar zijn schuur en veegde de insecten van de extra watertank die hij voor zijn stamboekfoxtrotters had, een vos die Missy's Playboy heette en een palomino met de naam Love That Santa Fe. Vervolgens draaide hij de tapkraan helemaal open. Hij liet het water stromen tot het over de aluminium randen liep en vrij was van insecten en stof. Het voelde nu koud aan en had een lichtgroene tint van het hooi dat erin dreef. De foxtrotters, beide hengsten, waren nog veulens. Ze besnuffelden hem vrijmoedig en porden met hun neus in zijn zakken op zoek naar iets lekkers, waarbij hij hun zware, warme, naar gras ruikende adem tegen de zijkant van zijn gezicht voelde. Soms trokken ze een handschoen uit zijn zak of hapten ze de hoed van zijn hoofd en draafden ermee weg. Maar deze ochtend waren ze niet speels; in plaats daarvan bleven ze de wei af staren, bewegingloos, met hun oren naar achteren en hun neusgaten opengesperd in de noordenwind.

'Wat is er, jongens? Is er een poema in de buurt?' zei Hackberry. 'Jullie zijn toch te groot om je druk te maken over dat soort beesten.'

Hij hoorde zijn mobiel rinkelen in zijn kaki uniform. Terwijl hij het ding openklapte, keek hij naar het houten hek aan het noordeinde van het weiland, maar zag alleen maar een eenzame eik omlijst door de opkomende zon en een verlaten schuur van overnaadse planken, waarin zijn buurman hooi bewaarde. 'Al wakker, Hack?' klonk een stem.

'Wat is er aan de hand, Maydeen?'

'Ik kreeg net een telefoontje. Een of andere mafkees die je wil spreken, maar zijn naam niet wil zeggen.'

'Wat wil hij?'

'Hij zei dat je in gevaar bent. Wat voor gevaar dan, vroeg ik hem. Hij zei dat me dat toch niet interesseerde. Hij zei dat hij een mobiel gebruikte die hij van een zwerver had gekocht, zodat ik hem onmogelijk kon traceren.'

'Wat heb je tegen hem gezegd?'

'Ik heb gezegd dat ik de boodschap door zou geven. Kan ik hem je nummer geven, als hij nog een keer belt?'

'Ja, mij best.'

Een halfuur later – Hackberry was net bezig zijn bloemperken te sproeien – ging zijn mobiel opnieuw. 'Ja?' zei hij. Aan de andere kant bleef het stil.

'Bent u dezelfde man die eerder naar mijn kantoor gebeld heeft?'

'Ja.'

'Wilt u me zeggen wat er aan de hand is?'

'Jack Collins heet hij. Hij wordt ook wel Prediker genoemd.'

'Wat is er met hem?'

'Collins heeft de Thaise vrouwen vermoord. Hij heeft banden met Hugo Cistranos en Arthur Rooney. Hij denkt dat hij een Bijbelse figuur is.'

'Wilt u me zeggen dat u in gevaar bent?'

'Over mezelf maak ik me geen zorgen.'

'Probeert Collins uw gezin kwaad te doen?'

'U heeft het helemaal mis. Hij denkt dat hij ons beschermt. Collins zegt dat Arthur Rooney van plan is ons te vermoorden.'

'Wij kunnen u helpen, maar dan moet u wel meewerken. Laten we ergens afspreken.'

'Nee, ik bel juist omdat...'

'Ik luister...'

'Omdat ik niet wil dat uw bloed aan mijn handen kleeft. En ook niet dat van die Aziatische vrouwen. Ook wil ik niet dat die soldaat en zijn vriendin iets overkomt. Ik heb niets van dit alles gepland.'

*Dat doet niemand, vriend,* dacht Hackberry.

'Hebt u een tijdje geleden 911 gebeld en geprobeerd de FBI te waarschuwen over Vikki Gaddis en haar vriend?'

'Nee.'

'Ik denk van wel. Ik heb de bandopname van uw stem gehoord. Volgens mij bent u een goed mens. Er is geen enkele reden om bang voor ons te zijn.'

'Artie Rooney zegt dat hij mijn vrouw door haar mond wil schieten. Ik ben geen goed mens. Ik ben de oorzaak van dit alles. Ik heb gezegd wat ik wilde zeggen. U zult nooit meer iets van me horen.'

De lijn was dood.

Hackberry belde Maydeen. 'Probeer Ethan Riser te pakken te krijgen. Zeg tegen hem dat ik denk dat we sterke aanwijzingen tegen Jack Collins hebben.'

'Ethan?'

'De FBI-agent. Zeg dat hij me thuis moet bellen.'

'Is er iemand die het op jou gemunt heeft, Hack?'

'Waarom zou ik een bedreiging voor iemand zijn?'

'Omdat je zo weerbarstig bent als een betonblok en het nooit opgeeft, en omdat alle klootzakken dat weten.'

'Maydeen, wil je alsjeblieft...' Hij schudde zijn hoofd en verbrak de verbinding.

De hele dag wachtte Hackberry op een telefoontje van Ethan Riser. Hij haalde op kantoor het bakje met inkomende post leeg, reed een vrouwelijke gevangene van de gevangenis naar het ziekenhuis, lunchte, speelde poolbiljart in het café, gaf een advertentie op voor een bewaker van een ploeg gedetineerden die aan de weg moest werken – acht dollar per uur, geen extra's, mag geen strafblad hebben – en keerde terug naar huis om warm te eten.

En nog altijd was er geen telefoontje van Ethan Riser.

Hij deed de vaat, zette alles weg en ging daarna op de veranda zitten. Avondnevel steeg op van het land en een purperen waas vormde zich aan de hemel. Af en toe bespeurde hij regen in de lucht, een vleugje ozon, een vlaag koelere wind, een scheurend geluid in een zwarte wolkenformatie aan de horizon. Wanneer hij zijn ogen inspande, meende hij dat hij het boven een verafgelegen heuvel zag weerlichten.

Vanwaar hij zat kon hij zowel de zuidelijke als noordelijke grens van zijn bezit zien: de omheinde weiden die hij bevloeide met een beregeningsinstallatie; de machineloods waar hij zijn tractor had staan; zijn stal met vier boxen; zijn zadelkamer met hoofdstellen, bitten, zadels, teugels, kopstukken, gevlochten touw, paardenvliegenspray, wormspuiten, hoevenkappers en paardenvijlen; de populieren die hij had geplant om de wind te breken; zijn bleke, kortgemaaide gazon, dat eruitzag als een golfgreen in een woestijn; zijn bloemperken die hij voortdurend wiedde, met mulch bedekte, bemestte en elke morgen met de hand besproeide.

Hij kon elke centimeter van de wereld zien die hij had geschapen om zich schadeloos te stellen voor zijn eenzaamheid en zichzelf ervan te overtuigen dat de aarde een fantastisch oord was, waard om voor te vechten.

Maar misschien was het aanmatigend van hem om te concluderen dat zijn bezit van de ranch meer dan vluchtig was. Zei Tolstoj niet dat het enige lapje grond waar een mens recht op had zijn graf is? En stond in het evangelie volgens Matteüs niet: 'Hij laat zijn zon immers opgaan over goede en slechte mensen en laat het regenen over rechtvaardigen en onrechtvaardigen?' Net over de grens was een moreel krankzinnigengesticht waar drugsdealers vanuit suv's hele gezinnen uitmoordden; waar mensensmokkelaars al het spaargeld van Mexicaanse boeren stalen die gewoon in de Verenigde Staten wilden werken; waar elke verse aardhoop op het platteland een massagraf kon bevatten.

Was de mogelijkheid van een degeneratie naar een apenmaatschappij altijd in ons aanwezig gebleven? Hackberry had Amerikaanse soldaten zichzelf zien verkopen in een gevangenenkamp ten zuiden van de Jaloerivier. De koopprijs was een warme hut geweest om in te slapen, een extra bol rijst en een gewatteerde jas met luizeneieren in de zomen. Een bezoek aan een willekeurige grensplaats liet er weinig twijfel over bestaan dat honger het beste afrodisiacum was. Er zou niet veel voor nodig zijn om hier dezelfde maatschappij te laten ontstaan, dacht Hackberry. De ineenstorting van de economie, het systematisch verspreiden van angst en de dreiging van veronderstelde buitenlandse vijanden zouden vermoedelijk voldoende zijn om die tot stand te brengen. Maar hoe het ook zij, zijn huis, zijn ranch, de dieren erop en hijzelf zouden stof worden in de wind.

Hij stond op van zijn rieten stoel en leunde met zijn schouder tegen een van de gedraaide houten deurposten op de veranda. De zon was nu een rode vonk tussen twee heuvels, en opnieuw dacht hij naderende regen in het zuiden te ruiken. Hij vroeg zich af of alle oude mannen heimelijk zochten naar een verjonging van de natuur in elke bliksemtak die stil pulseerde in een onweerswolk, in elke regendruppel die een warm oppervlak raakte en je eraan herinnerde hoe goed de zomer kon zijn of hoe waardevol elke dag was.

De ringtone van zijn mobiel verstoorde zijn gemijmer.

'Ja?' zei hij.

'Met Ethan. Ik heb me laten vertellen dat je problemen met anonieme bellers had.'

'Herinner je je die vent die 911 belde over Vikki Gaddis? Ik durf mijn hoofd erom te verwedden dat hij uit New Orleans of omgeving komt.'

'Ben je expert in dialecten?'

'Op de band klonk het alsof de beller een potlood tussen zijn tanden had. De man die mij belde had een accent zoals in de Bronx of Brooklyn, maar toch weer niet helemaal. Een dergelijk accent hoor je alleen in New Orleans en omstreken. Ik denk dat dit dezelfde vent is die belde toen hij dronken was.'

'Jouw medewerker op het bureau zei dat deze man je kan helpen aan een aanknopingspunt met betrekking tot Jack Collins.'

'De beller zei dat Collins overmatige belangstelling voor me had. Ik hecht daar weinig geloof aan; wel heb ik het idee dat de beller wordt verteerd door schuldgevoelens en banden heeft met Arthur Rooney.

'Ik denk dat je Collins onderschat, sheriff. Uit alles wat we van hem weten blijkt dat hij zichzelf als het slachtoffer beschouwt, niet als de dader. Ken je het verhaal van Lester Gillis?'

'Wie?'

'Baby Face Nelson, een lid van de Dillinger-gang. Hij had altijd de foto's, adressen en kentekennummers van lokale en federale agenten bij zich. Op een keer passeerde hij twee agenten in hun auto, maakte een U-bocht, drukte hen van de weg en doorzeefde beiden met kogels. Volgens mij is Collins ook zo'n type, alleen nog gekker. Wat zeg je hiervan: Baby Face Collins kreeg de laatste sacramenten toegediend en liet zich door zijn vrouw in een deken gewikkeld voor een kathedraal neerleggen. Hij wilde het niet koud krijgen.' Riser begon te lachen.

'Arthur Rooney komt uit New Orleans, hè?' zei Hackberry.

'Ja, uit de Ninth Ward, de wijk die het hardst getroffen werd door Katrina.'

'Kun je me de namen geven van zijn oude zakenpartners?'

'Ja, ik denk van wel.'

'Je denkt?'

'Er zijn bepaalde richtlijnen waar ik me aan moet houden.'

'Willen je collega's nog steeds Jack Collins gebruiken om bij die Rus te komen, die eh...'

'Josef Sholokoff.'

'Dus ik heb beperkte toegang tot jouw bronnen, ook al ben ik misschien het doelwit van de vent met wie jouw collega's een deal willen maken.'

'Zo zou ik het niet willen zeggen.'

'Ik wel. Vertel je collega's maar dat ze zijn lijk kunnen ondervragen als Jack Collins hier zijn gezicht laat zien. Tot kijk, meneer Riser.' Hackberry drukte zijn mobiel uit en moest zichzelf inhouden om het ding niet over zijn windmolen heen weg te slingeren.

Toen hij een uur later uit het raam keek, zag hij hoe Pam Tibbs de doorgaande weg verliet, onder zijn poort doorreed en haar pick-up voor het huis parkeerde. Ze stapte uit en leek te aarzelen voor ze het tegelpad door zijn tuin op liep. Ze droeg oorbellen, merkjeans, laarzen en een magentakleurige zijden overhemdblouse met lovertjes.

Hij liep de veranda op. 'Kom binnen,' zei hij.

'Ik wilde je niet storen,' zei ze.

'Ik was niet bezig het wiel uit te vinden.'

'Ik heb van Maydeen twee kaartjes voor de rodeo gekregen. We kunnen misschien het laatste uur bijwonen, of anders gaan we gewoon naar de kermis.'

'Is alles goed met je?'

'Ja hoor. Niets aan de hand.'

Hij liep de tuin in; in de nevels van zijn sproeiers waren regenbogen te zien in de gloed van het verandalicht. Ze keek op naar zijn gezicht, met een verwachting die hij niet goed kon duiden. Hij krabde aan de bovenkant van zijn voorhoofd. 'Ik heb heel lang over Korea gedroomd,' zei hij. 'Een enkele keer ga ik daar nog naar terug. Zo zit een mens nu eenmaal in elkaar. Als bepaalde dingen die we doen of zien geen litteken op onze ziel achterlaten, dan is er iets mis met onze menselijkheid.'

'Met mij is alles goed, Hack.'

'Zo werken de dingen niet, meisje.'

'Doe niet zo kleinerend.' Toen hij niet reageerde, zette ze haar handen op haar heupen en staarde in de duisternis. Haar ogen vochten met een emotie die ze niet van plan was ter discussie te stellen, misschien zelfs niet erkende. 'Eriksson keek in mijn gezicht, net voor ik hem doodschoot. Hij wist wat er zou gebeuren. Ik weet dat ze de term doodsangst bezigen voor dat soort situaties, maar dat was het niet. Hij zag de andere kant.'

'Van wat?'

'Het graf, het laatste oordeel, de eeuwigheid, of hoe ze het ook mogen noemen. Het was alsof hij dacht: het is voor altijd te laat.'

'Eriksson deelde de kaarten en kreeg wat hij verdiende. Je hebt mijn leven gered, Pam. Zorg ervoor dat een schoft als hij je leven niet vergalt.'

'Je kunt tamelijk onverbiddelijk zijn, Hack.'

'Nee, dat ben ik niet. Eriksson was een huurmoordenaar.' Hij legde zijn hand om haar nek. 'Hij maakte gebruik van de weerloosheid van mensen – van het beste wat in hen is – om hen zo tot zijn slachtoffers te maken. Wij zijn de kinderen van het licht. En ik overdrijf niet.'

Haar ogen dwaalden over zijn gezicht, alsof ze bang was dat er spot of onoprechtheid school in zijn woorden. 'Ik ben geen kind van het licht. Helemaal niet.'

'Voor mij wel,' zei hij. Hij zag haar slikken, zag haar lippen wijken. De handpalm voelde warm en vochtig in haar nek. Hij trok hem weg en haakte zijn duimen in zijn zakken. 'Ik vind het echt heel leuk om naar die rodeo te gaan, en ook om op de kermis gekonfijte appels en karamelpopcorn te kopen. Met mensen die niet van rodeo's en plattelandskermissen houden, is iets mis.'

'Word maar woedend op me als je dat wilt,' zei ze. Ze sloeg haar armen om hem heen en drukte haar gezicht tegen zijn borst en haar lichaam tegen zijn lendenen. Hij rook het parfum achter haar oren, de aardbeienshampoo in haar haar en de zoete geur van haar huid. Hij zag de wieken van de windmolen glinsteren in het licht van de sterren en de ontkoppelde roterende schacht machteloos draaien; de gietijzeren pijp stond droog en afgetekend boven de aluminium tank. Hij kneep zijn ogen stevig dicht en liet zijn wang op Pams hoofd rusten.

Ze stapte van hem weg. 'Komt het omdat je vindt dat bepaalde mensen niet samen horen te zijn – omdat ze de verkeerde leeftijd, kleur of sekse hebben, of omdat hun bloedverwantschap te groot is? Denk je er zo over, Hack?'

'Nee,' antwoordde hij.

'Maar wat is het dan? Komt het omdat je mijn baas bent? Of ligt het gewoon aan mij?'

Het komt omdat het oneervol is voor een oude man om met een jonge vrouw te slapen die een vaderfiguur zoekt, dacht hij.

'Wat zei je?'

'Ik zei niets. Ik zei, als ik je nu eens mee uit eten nam. Ik zei dat ik blij ben dat je langskwam. Ik zei, kom, we gaan naar de kermis.'

'Oké, Hack. Als je dat vindt. Ik wil niet...'

'Wat wil je niet?

Ze glimlachte en haalde haar schouders op.

'Wat wil je niet?' vroeg hij nogmaals.

Ze bleef glimlachen, met haar geveinsde vrolijkheid haar berusting verbergend. 'Ik rijd,' zei ze.

Nadat ze hem die avond thuis had afgezet, zat hij nog lange tijd in zijn slaapkamer met de lampen uit. Daarna ging hij met zijn kleren aan op de beddensprei liggen en staarde naar het plafond. Het weerlicht flikkerde op zijn lichaam. Buiten hoorde hij zijn paarden rennen in het weiland. Opgeslokt door de wind klonk het geluid van hun hoeven zwaar, alsof ze waren omwikkeld met flanel. Hij hoorde zijn vuilnisbak ratelen op de oprit, omvergeblazen door de wind of losgetrokken van de elastieken band door een dier. Hij hoorde bomen zwiepen, wilde dieren lopen door de tuin en het 'ploing' van de gladde draad toen een hert door de achterafscheiding ging. Vervolgens hoorde hij iets dat niet op zijn plaats was: het geluid van een automotor dat vanaf de hoofdweg niet zo duidelijk door kon klinken.

Hij ging overeind zitten, schoot zijn laarzen aan en ging naar de veranda. Een auto had het asfalt verlaten en was de zandweg op gereden achter de noordelijke grens van zijn terrein. De lichten waren uit, maar de motor draaide nog. Hackberry liep terug naar zijn slaapkamer, haalde zijn geholsterde revolver onder zijn bed vandaan, maakte de knip van het bandje om de haan los en liet de holster van de loop op de sprei glijden. Daarna ging hij opnieuw naar buiten en liep door de tuin naar de paardenwei. Missy's Playboy en Love That Santa Fe stonden roerloos bij hun waterbak en keken naar het noorden. Een stofwolk dreef over hen heen.

'Rustig maar, jongens, rustig. We zullen eens kijken wat voor vlees we in de kuip hebben,' zei Hackberry, die tussen ze door liep met de witte greep van de .45 in zijn linkerhand.

Toen Hackberry het hek aan de noordkant van zijn weiland bereikte, zette de bestuurder de auto zonder duidelijke noodzaak in de versnelling en beschreef een cirkel, met de lichten nog steeds uit. Dode boombladeren en nog niet geoogste sorghum werden bijeengeharkt onder het chassis. Vervolgens reed hij op zijn gemak het asfalt op en vervolgde zijn rit. Bij het passeren van een groep eiken in een bocht deed hij zijn koplampen aan.

Hackberry liep terug naar het huis, legde zijn revolver op het nachtkastje en viel geleidelijk aan in slaap. Hij droomde van een rodeostier die uit de box de arena in kwam gestormd. Het beest steigerde, bokte en draaide om zijn as, en de botten van de berijder leken te breken onder zijn huid. Plotseling werd de berijder gelanceerd, terwijl zijn pols nog vastzat met een *suicide wrap*. Zijn lichaam werd door de modder gesleept, tegen de planken geslingerd en ten slotte op de hoorns genomen.

Zonder helemaal uit zijn droom te ontwaken, vloog Hackberry's hand naar zijn revolver en omklemde de witte kolf.

Prediker beschouwde zichzelf als een lankmoedig iemand, maar Bobby Lee Motree kon een ware beproeving zijn.

'Holland is een oude man,' zei Bobby Lee, die belde met zijn mobiel. 'Als kandidaat voor het Congres stond hij bekend als een dronkenlap en een rokkenjager, iemand die elke vrouw wilde naaien die hij tegenkwam. Toen hij een Mexicaanse vakbond van landarbeiders ging vertegenwoordigen, besloot hij zich wat ethischer te gaan gedragen, waarschijnlijk omdat hij alles wat hij had ondernomen al had verknald. Zijn eerste vrouw dumpte hem en plunderde zijn bankrekening. Zijn tweede vrouw was organisator van communistische activiteiten of zoiets. Ze stierf aan kanker. De man is een loser, Jack.'

Prediker zat achter zijn gepleisterde huis in de schaduw aan een kaarttafel en keek toe hoe een hagedis over de top van een grote grijze rots kroop. Over de tafel lag een schoon kleedje met erbovenop een gedemonteerd Thompson-machinegeweer. Naast de onderdelen stond een blik wapenolie, en naast het blik lagen een reinigingsborstel en een witte lap die geel was van de olievlekken. Terwijl hij praatte, raakte Prediker de geoliede loop van de Thompson aan en bestudeerde hij de ragfijne afdrukken die zijn vingers achterlieten op het staal.

'Luister Jack, iets wat niet gebroken is, lijm je niet,' zei Bobby Lee. 'Die man kon niet eens zijn eigen boontjes doppen. Als dat kutwijf van een hulpsheriff niet was opgedoken, had Liam hem kapot geschoten.'

'Niet zo grof alsjeblieft.'

'We hebben het over het afknallen van een Texaanse sheriff en dan val jij over mijn taalgebruik?'

Prediker veegde zijn vingers af aan het wapendoekje. Hij volgde de snelle schaduw van een havik over de berghelling.

'Ben je er nog?' vroeg Bobby Lee.

'Waar zou ik anders moeten zijn?'

'Ik was net aan het vertellen dat Holland een levend anachronisme is en een boerenlul die zichzelf met andere losers omringt. Waarom zou je jezelf onnodig problemen op de hals halen?' zei Bobby Lee.

'De man heeft het Navy Cross.'

'Hoera voor onze held! Misschien liep hij in de verkeerde richting.'

'Je hebt een serieus probleem, Bobby Lee.'

'Hoezo?'

'Je trekt conclusies zonder naar de feiten te kijken. Daarna zoek je gronden om je armzalige conclusies te rechtvaardigen. Je bent net iemand die een vierkant wiel heeft uitgevonden en daarna zichzelf wijsmaakt dat hij het wel lekker vindt dat zijn wagen zo hobbelt.'

'Jack, je hebt een ICE-agent koud gemaakt. Wil je nóg een smeris op je kerfstok hebben? In deze staat brengen ze gevangenen niet gewoon ter dood, nee, ze maken er een feestje van met bier en hapjes. Ik stel mijn leven in de waagschaal door met jou samen te werken. We hebben nog een akkefietje met Hugo Cistranos en Artie Rooney. En dan heb je ook nog Vikki Gaddis en dat soldaatje van haar. Wat is de volgende stap? Een waterstofbom op Iran?'

'Ik zorg voor Artie Rooney.'

'Je zou eens een stevige wip moeten maken. Weet je wat Hugo zei? Ik citeer Hugo, het zijn zíjn woorden, niet de mijne. Hij zei: Predikers laatste seksuele ervaring was een bezoek aan zijn proctoloog. Hoe lang is het geleden dat je aan je trekken bent gekomen?'

Prediker zag hoe de keel van de hagedis op de rots opzwol tot een rode bal. De tong van het dier rolde zich bliksemsnel uit en wikkelde zich om een zwarte mier, die in de bek van het reptiel verdween. 'Ik ben blij dat je aan mijn kant staat, Bobby Lee. Trouw zit bij jullie in de genen. Daarom bleef generaal Lee loyaal aan de staat Virginia, of niet soms? Loyaliteit is onvervangbaar. Bloed verloochent zich niet, of wel soms?'

Het bleef een hele tijd stil. 'Waarom moet je altijd de spot met me drijven? Ik ben de enige op wie je kunt bouwen. Het is echt kwetsend wat je doet.'

'Daar heb je gelijk in. Je bent een goeie jongen, Bobby Lee.'

'Dat betekent veel voor me, Jack. Maar je moet geen ruimte reserveren in je hoofd voor sukkels die het niet waard zijn je schoenen te poetsen.'

'Artie Rooney gaat me een half miljoen dollar betalen. Tien procent daarvan is voor jou'

'Dat is gul van je. Je hebt een hart van goud.'

'Ondertussen zal Artie die Joden met rust moeten laten. En zeker die vrouw.'

'Maak je je nog steeds zorgen om die Joden na wat mevrouw Dolan je heeft geflikt? En hoe zit het met dat loeder van een Gaddis en dat soldaatje?

'Ze staan op de nominatie.'

'Op de nominatie?'

'Je hebt me gehoord.'

'En hoe zit het met Holland?'

'Ik zal erover nadenken.'

'Volgens mij heeft hij me gezien. Ik verliet de hoofdweg en stopte om de plek waar hij woont te verkennen. Hij kwam naar buiten en zag mijn auto. Maar het was te donker voor hem om mijn kenteken of mijn gezicht te zien. Als we hem met rust laten, vergeet hij het wel.'

'Dat had je me niet verteld.'

'Dus heb ik dat zojuist gedaan. Gebruik je verstand, Jack. Artie Rooney heeft Josef Sholokoffs hoeren weggekaapt. Op wie denk je dat Rooney dat zal afschuiven? Je hebt een reputatie van L.A. tot Miami. Mexicaanse smerissen denken dat je dwars door muren loopt. Artie pakt de telefoon, vertelt Sholokoff dat je een psychopaat bent, vertelt dat je werkt voor Nick Dolan en is definitief van je verlost. Je hebt me geleerd om luistervink te zijn, Jack.'

'Verklaar je nader?'

'Die smeris die je hebt omgelegd was niet zomaar een federale agent. Hij was van de ICE. Dat zijn fanatiekelingen, nog erger dan fiscale opsporingsambtenaren. Besef je wel hoe hoog je op hun verdachtenlijst staat?'

'Je zei "je".'

'Oké, wij dan.'

'Bel me wanneer je Vikki Gaddis hebt gevonden.'

'Loont het wel de moeite om dat meisje koud te maken? Een serveerster in een truckerscafé?'

'Heb je mij iets horen zeggen?'

'Nee.'

'Zoek uit waar ze is, maar blijf met je vingers van haar af.'

'Waarom zou ik aan haar willen zitten? Ík ben het niet die…'

'Die wat?'

'Die een obsessie heeft. Als een tumor in de hersenen. Ter grootte van een winterwortel.'

Weer liet Prediker de stilte voor zich spreken. Het was een wapen waar Bobby niet van terug had.

'Ben je er nog?'

'Ik ben er nog,' zei Prediker.

'Je bent de beste die er is, Jack. Wat jij daar achter die kerk hebt gedaan, doet niemand je na. Daar was lef voor nodig.'

'Wil je dat nog eens zeggen?'

'Om op zo'n manier een grens te overschrijden. Om ze allemaal neer
te knallen, het hele magazijn leeg te schieten, zand over ze heen te storten en de zaak zo te laten liggen. Voor zo'n massaslachting heb je een
maximum aan kloten nodig, Jack. Dat maakt jou tot wie je bent.'

Deze keer was Predikers stilte onvrijwillig. Hij haalde de mobiel van
zijn oor en sperde zijn mond open om een blokkade in zijn gehoorgang
te verwijderen. De zijkant van zijn gezicht voelde verdoofd en warm
aan, alsof hij gestoken was door een bij. Hij keek naar de grijze rots. De
hagedis was verdwenen en aan de voet ervan zag hij een waas van kleine paarsrode bloempjes die eruitzagen als viooltjes. Hij vroeg zich af
hoe dergelijke mooie en tere bloemen in de woestijn konden groeien.

'Ben je er nog? Praat met me, man,' hoorde hij Bobby Lee zeggen.
Prediker klapte zijn mobiel dicht zonder te antwoorden. Hij pakte de
Thompson, haalde een reinigingsborstel door de loop en behandelde
het wapen met een schoon oliedoekje. Hij vouwde een stukje wit papier en plaatste het in de open kamer, terwijl het zonlicht weerkaatste
op de spiraalvormige groeven. De binnenkant van de loop was onbe-
rispelijk, de spiralen van licht waren een bevestiging van de mechani-
sche volmaaktheid en betrouwbaarheid van het vuurwapen. Hij pakte
de patronentrommel, klikte hem zorgvuldig vast onder de loop en legde het wapen over zijn schoot, met zijn handpalmen op de houten geweerlade en het stalen frame. Hij hoorde het gonzen in zijn hoofd, als
wind die door een grot blaast – of misschien waren het de stemmen
van vrouwen die door de grond tegen hem fluisterden, die fluisterden
in de wilde bloemen.

Op datzelfde ogenblik reden honderdzestig kilometer verderop drie bikers volgas over een tweebaansweg. Hun armen waren bedekt met ge-
vangenistatoeages en hun schouders waren verbrand door de zon. Uit
verveling slalomden ze af en toe over de ononderbroken gele streep,
stopten bij een onooglijke tent aan de kant van de weg voor een biertje en een vettige hamburger of luisterden naar een hillbillyband in een
plattelandsnachtclub of steakhouse. Knallend vervolgden ze daarna
hun weg door het Amerikaanse Zuidwesten, met de vastberadenheid
van Visigoten. De crystal meth in hun aderen, het geronk en geknet-

ter van hun uitlaten, de staaljagerachtige snelheid van de wind op hun huid, het opstijgen van de power van de motoren in hun genitaliën, dat alles vermengde zich voor hen tot een lofzang op het leven.

Ze bereikten de top van een heuveltje en reden een zandweg op, tot ze het hoogste punt bereikten van een glooiende vallei met alluviaal gruis, alkali en groen mesquitegras. Ze stopten tussen twee muisgrijze steile rotswanden. Zittend op zijn motor raadpleegde hun leider een topografische kaart en pakte toen zijn verrekijker om een klein gepleisterd huis te bestuderen dat tegen een berg lag. In de bergwand bevond zich een door schaduwen verduisterde opening. 'Bingo,' zei hij.

De drie mannen stapten af en sloegen triomfantelijk elkaars vuisten tegen elkaar. Vervolgens parkeerden ze hun Harley Davidsons in een geul, legden een kampvuur aan en kookten hun avondmaal erop. Toen ze klaar waren met eten, pisten ze op de vlammen in de ondergaande zon, rolden hun slaapzakken uit, rookten wiet en keken, alsof ze bezoekers van een exotische dierentuin waren, stil toe hoe een prairiewolf met een stijve achterpoot probeerde de roedel bij te houden die een heuvel op liep. Daarna vielen ze in slaap.

In het gepleisterde huis aan de lichte kant van de vallei was het stil. Een eenzame figuur zat op een metalen stoel voor de opening van een gestutte grot en staarde naar de gloed van het gouden licht op de heuvels. De uitdrukking op zijn gezicht was even vrij van aardse zorgen als die van een man wiens afgehouwen hoofd zojuist op een schotel was gezet.

# 17

Maar de volgende ochtend was de man die zo nu en dan in het gepleisterde huis woonde nergens te bekennen. Toen de zon zich nog achter de bergrand bevond en het licht zo zwak was dat hun lichamen geen schaduwen wierpen, waren de bikers de woning van drie kanten te voet genaderd. Twintig meter van het huis stond een middelgrote auto geparkeerd. De deuren zaten niet op slot en de sleutel zat in het startslot. De bikers trapten de voor- en achterdeuren van het huis open, smeten het bed omver, trokken de kleren uit de wandkasten en scheurden het board uit het plafond om te kijken of Prediker zich verborg op een vliering of in een kruipruimte.

'De mijnschacht,' zei een van hen.

'Waar?' zei een ander.

'Op de berghelling. Ergens anders kan hij niet zijn. Josef zei dat hij op krukken loopt.'

'Hoe wist hij dat we zouden komen?'

'De Mexicanen beweren dat hij door muren loopt.'

De bikers verspreidden zich en naderden de opening in de berghelling. Hun wapens hingen losjes langs hun lichaam. Ze droegen cowboylaarzen met puntige neuzen en met ijzer beslagen hakken en tenen, jeans die stijf stonden van het gruis en wegvuil en shirts waarvan de mouwen waren weggesneden bij de oksels. Hun haar was gebleekt door de zon en groeide in lokken in hun nek; hun lichamen hadden het pezige en afgetrainde van mannen die dagelijks aan gewichtheffen doen en voor wie narcisme een deugd is en geen karakterstoornis.

Hun leider heette Tim. Hij stak vijf centimeter boven zijn metgezellen uit, had in één oor een gouden ringetje en droeg een baard die langs zijn kaak liep als een stroom zwarte mieren. In zijn rechterhand hield hij een halfautomatisch Glock-machinepistool. Hij bleef staan voor de opening van de grot en stak het wapen achter zijn riem, alsof hij een persoonlijk ritueel opvoerde dat losstond van wat iedereen van hem dacht. Hij haalde diep adem en ging de grot binnen. Vervolgens haalde hij een penlight uit de zak van zijn spijkerbroek, klikte die aan en scheen in het duister.

'Is het een mijn?' vroeg een van zijn makkers.

'Ik voel een tochtstroom. Er moet een tweede opening zijn.'

'Kun je die vent zien?'

'Nee, daarom zei ik ook dat er een tweede opening moet zijn. Misschien is hij er aan de andere kant weer uit gegaan.'

'Waar loopt de gang heen?'

Tim liep verder de grot in. De straal van zijn penlight bescheen de wanden met een zwak en diffuus licht. 'Kom eens kijken.'

'Waarnaar?'

'Heb je *Snakes on a plane!* gezien?'

De twee bikers die buiten waren gebleven, liepen de donkere grot in. Tim richtte zijn penlight op een gang voor zich die kronkelend de berg in liep.

'Jezus,' zei een van hen.

'Ze komen waar voedsel en water is. Misschien heeft een poema zijn prooi hier naar binnen gesleept,' zei Tim. 'Heb je er ooit zoveel op één plaats gezien?'

'Misschien is Collins een lijken etende geest. Misschien dumpt hij zijn slachtoffers hier.'

'Ga maar naar beneden en probeer het uit. Ze ratelen voor ze toeslaan. Als ze niet ratelen is er niets aan de hand.'

'En hoe zit het met die op de richel achter je?'

De andere twee bikers wachtten met een grijns op hun gezicht, in de verwachting dat Tim zou wegspringen van schrik. In plaats daarvan draaide hij zich om en scheen in de ogen van een diamantratelslang. Hij pakte een stuk versplinterd hout dat van de zoldering was gevallen, prikte ermee naar de kop van de slang, kwelde hem door hem in zijn maag te porren, tilde hem ten slotte op in een lus en smeet hem met een snelle, korte beweging de duisternis in.

'Ben je niet bang voor slangen?'

'Ik ben bang voor tendentieuze informatie. Ik denk dat Josef belazerd wordt door dat Texaanse zootje. Die Collins is een huurmoordenaar, geen pooier. Huurmoordenaars stelen andermans hoeren niet.'

'Waar is hij volgens jou gebleven?'

'Eén ding is zeker, hij is niet weggegaan via de andere kant.'

'Maar waar is hij dan?'

'Waarschijnlijk slaat hij ons gade.'

'Onmogelijk. Vanwaar?'

'Ik weet het niet. Die vent vermoordt al twintig jaar mensen en is nooit de bak in gedraaid.'

'Dit is zwaar klote, Tim.'

Ze waren nu weer uit de grot. Het gepleisterde huis bevond zich nog in de schaduw, de morgen was koel en de wind deed het mesquitegras golven. De drie mannen staarden naar de omringende heuvels, op zoek naar de glinstering van een verrekijker of de lens van een telescoopvizier.

'Met wie moesten we contact opnemen?'

'Met de man die de autoriteiten heeft ingelicht over Collins. Hugo Cistranos.'

'Wat gaan we doen?'

Tim trok de Glock vanachter zijn riem vandaan en liep over het grindpad van de grot naar Predikers auto. Hij liep om de auto heen en schoot alle vier de banden aan flarden. Hij ging het huis binnen en sloot alle ramen, zoals een man die zijn woning beschermt tegen een naderende storm. In de keukenla vond hij een kaars. Hij stak hem aan en maakte een plasje kaarsvet, zodat hij hem kon vastzetten. Vervolgens deed hij de voordeur dicht, draaide de propaangaskachel open en trok de keukendeur achter zich dicht.

'Laten we wat xtc nemen,' zei hij.


Sheriff Hackberry Holland had net Danny Boy Lorca opgepakt voor openbare dronkenschap en hem opgesloten in een cel op de bovenverdieping toen Maydeen hem kwam zeggen dat hij Ethan Riser aan de lijn had.

Hackberry pakte de hoorn van zijn bureau. 'Hoe staat het leven, meneer Riser?' zei hij.

'Waarom noem je me geen Ethan?'

'Het zal mijn zuidelijke geremdheid zijn.'

'Je had gelijk wat de roots van je mysterybeller betreft. Volgens ons heet hij Nick Dolan. Hij was vóór Katrina invalkracht in een casino in New Orleans.'

'Hoe hebben jullie zijn identiteit kunnen achterhalen?'

'Zijn naam bevond zich in Isaac Clawsons aantekeningen. Clawson dacht dat de Thaise moordslachtoffers prostituees waren en dat iemand ze het land binnensmokkelde, dus begon hij iedereen na te trekken die sterke banden met escortbureaus had. Clawson had bijzondere aandacht voor Arthur Rooney en hij besloot om ook maar meteen onderzoek te doen naar Nick Dolan. Klaarblijkelijk heeft hij Dolan ondervraagd op zijn vakantieadres in New Braunfels.'

'Waarom komen jullie hier nu pas achter?'

'Dat heb ik je toch gezegd? Clawson vond het prettig om alleen te werken. Niet alles wat hij deed kwam in het officiële dossier terecht.'

'Maar je bent er nog niet honderd procent zeker van dat Dolan de man is die me heeft gebeld?'

'Dolan kent Rooney. Hij was de afgelopen twee jaar betrokken bij prostitutie. Clawson had hem in het vizier. Bovendien heeft Dolan zojuist zijn deelgenootschap in de escortbureaus beëindigd en alle strippers in zijn nachtclub ontslagen. Van tweeën één: of Clawson heeft hem de stuipen op het lijf gejaagd, of Dolan heeft last van zijn geweten gekregen.'

'Heb je hem nog niet ondervraagd?'

'Nee.'

'In plaats daarvan tappen jullie zijn telefoon af?'

'Hoor je me dat zeggen?'

'Volgens mij bel je me omdat je niet wil dat ik op eigen houtje achter Dolan aan ga.'

'Sommige mensen hebben er een handje van om midden in een onweersbui terecht te komen.'

'Ik denk niet dat het aan mij ligt. Je collega's willen dat Collins hen naar die Rus aan de westkust leidt. Ik denk dat ze Dolan als lokaas willen gebruiken. Ondertussen ben ik een blok aan jullie been.'

Deze keer bleef Ethan Riser stil.

'Je gaat me toch niet vertellen dat ik ook als lokaas fungeer?' zei Hackberry.

'Ik kan niet spreken namens anderen. Maar ík slaap 's nachts. En dat doe ik omdat ik de mensen altijd zo eerlijk mogelijk behandel. Pas goed op jezelf, sheriff. Wij zijn mensen van de oude stempel. En die zijn er niet meer zoveel.'

Een paar minuten later vulde Hackberry een piepschuimen beker met zwarte koffie, deed er drie suikerklontjes in en pakte een doos met houten damschijven uit de onderste la van zijn bureau. Vervolgens liep hij de oude stalen trap naar de eerste verdieping op en schoof een stoel voor Danny Boy Lorca's cel. Hij ging erop zitten, zette het bekertje en het damspel door de tralies heen in de cel en klapte het bord open op de betonnen vloer. 'Zet maar op.'

'Ik had weer een terugval,' zei Danny Boy. Hij zat op de rand van zijn brits en wreef over zijn gezicht. Zijn huid was donker als gerookt leer; zijn ogen waren leeg, als kooltjes die waren verteerd door hun eigen vuur.

'Ooit komt het moment dat je kapt met drinken. Maak je je er in de tussentijd niet te sappel over,' zei Hackberry.

'Ik droomde dat het regende. Ik zag uitgedroogde mais op een akker rechtop in de regen staan. Drie avonden geleden had ik dezelfde droom.'

Hackberry's ooghoeken rimpelden.

'Jij besteedt geen aandacht aan dromen, hè?' zei Danny Boy.

'En of ik dat doe. Jij bent aan zet,' zei Hackberry.

De drie bikers namen hun intrek in een motel naast een truckerscafé en nachtclub, deels omdat het verplaatsbare bord voor de nachtclub vermeldde: DAMES GRATIS VANAVOND – VAN 5 TOT 8 ENTREE VOOR DE HALVE PRIJS. Ze douchten, trokken schone kleren aan, dronken Mexicaans bier aan de bar en pikten een vrouw op die zei dat ze werkte in een stripclub in de stad. Ze pikten ook haar vriendin op, die nors en wantrouwig was en beweerde dat ze een zoontje van tien jaar had dat alleen thuis was en op haar wachtte.

Maar toen Tim de vrouw zijn Altoids-blikje liet zien, dat tot de rand gevuld was met heerlijke witte neusvreugd, veranderde ze van gedachten en sloot zich bij hem, haar vriendin en de twee andere bikers aan voor een paar lijntjes, wat wiet met een hoog octaangehalte en een bezorgpizza in het motel.

Tim had een kamer aan het einde van de gang geboekt, en terwijl zijn twee makkers er lustig op los wipten op twee bedden, dronk hij buiten mineraalwater, drukte het blikje met één hand in elkaar en mikte het in de vuilnisbak. Hij ging zitten op een bankje onder een boom met sjirpende krekels en klapte zijn mobiel open. Hij hoorde het ledikant tegen de motelmuur bonken en het kakofonische gelach van de twee domme gansjes die door zijn vrienden waren opgepikt, alsof hun gelach buiten hen om ging en niets te maken had met iets wat leuk was. Hij stak een sigaret in zijn mond, zonder hem aan te steken, en probeerde zich te concentreren. Wat was wijsheid in een geval als dit? Je verknalde geen huurmoord voor Josef Sholokoff. Maar het was ook geen afgang. Niet wanneer je het opnam tegen iemand als Jack Collins, als hij zo goed was als ze zeiden tenminste.

De dakranden van het motel waren verlicht met roze neonbuizen. Het licht aan de hemel was aan het verdwijnen en de lucht was donker-rood, zwaar en vochtig, met een geur van stof die duidde op een teruglopen van de barometer. Misschien was er zelfs een buitje op komst. De waaiervormige bladeren van een palmboom bij de ingang van het motel rechtten zich en klepperden in de wind. Hij dacht erover om weer naar binnen te gaan en een van die twee mutsen te proberen. Nee, wat het zwaarst was, moest het zwaarst wegen. Hij toetste een nummer in op zijn mobiel. Terwijl hij naar de wektoon luisterde, vroeg hij zich af waar de pizzakoerier bleef met hun bestelling.

'Hugo?'

'Ja, met wie spreek ik?'

'Met Tim.'

'Tim wie?'

'Met de Tim die voor Josef werkt. Hou op met die spelletjes. Wil je weten hoe het ervoor staat of niet?'

'Heb je Prediker?'

'We zijn er nog mee bezig.'

'Verklaar je nader.'

'We hadden hem ingesloten, maar hij verdween. Ik weet niet hoe hij het hem gelapt heeft.'

'Prediker kan geen kant meer op, maar hij weet te ontsnappen. Besef je wel wat je me daar vertelt?'

'Je klinkt of je te veel laxeermiddel hebt genomen.'

'Nou moet je eens goed luisteren, eikel...'

'Nee, jij moet luisteren. De man heeft geen auto en geen huis meer om naar terug te keren. We vinden hem wel. Ondertussen...'

'Wat bedoel je met "hij heeft geen huis"...'

'Een ongelukje met propaangas in zijn keuken. En op hetzelfde moment schoten een paar vandalen de banden van zijn auto aan flarden. Alles is onder controle. En nu het goede nieuws. Je zei dat je op zoek was naar een lekker wijf.'

'Nee, ik zei dat Prediker op zoek was naar een wijf. Hij is geobsedeerd door haar. Zei je dat je zijn banden hebt lekgeschoten? Waar ben je verdomme mee bezig? Denk je soms dat dit Halloween is?'

'Man, je hoort gewoon niet wat ik zeg, of wel soms?'

'Waarover?'

'Over dat wijf en die soldaat naar wie je op zoek bent. Heeft ze kastanjebruin haar en groene ogen, is ze een lekker stuk, zingt ze Gomer Pyle-spirituals voor bier drinkende idioten die geen idee hebben waar de liedjes over gaan? Zo ja, dan weet ik waar je haar kunt vinden.'

'Heb je Vikki Gaddis gevonden?'

'Nee, Michelle Obama. Heb je een pen bij de hand?'

'Er moet er hier ergens een liggen. Blijf aan de lijn.'

'Jullie moeten me toch een keer uitleggen hoe jullie in de misdaad verzeild zijn geraakt.'

In de motelkamer stonden de vrouwen op en kleedden zich aan in de badkamer. De vrouw uit de striptent kwam het eerst naar buiten, terwijl ze haar gezicht afdroogde met een handdoek en haar haren uit haar gezicht veegde. Ze was te zwaar, had een kromme rug en haar armen waren zo omvangrijk als de armen van een boerenvrouw; zonder haar make-up was haar gezicht zo vlak als een taartvorm. 'Waar blijft de pizza?' vroeg ze.

'De bezorger zal hem verloren hebben,' zei de ene biker.

De andere biker wilde naar de wc, maar de tweede vrouw had de deur op slot gedaan. 'Wat spook je daar uit?' vroeg hij, en rammelde aan de deurkruk.

'Ik bel mijn zoon. Hou het nog even op,' zei ze door de deur.

'Het gezin is de hoeksteen van de samenleving,' zei hij.

De tweede vrouw kwam de badkamer uit. Anders dan bij haar vriendin zag haar botstructuur eruit alsof die was geconstrueerd met meccano-onderdelen. Haar gezicht was driehoekig, ze had een slechte huid en haar ogen leken vonken te schieten zonder dat er enige reden tot boosheid was.

'Is alles goed met je kind?' vroeg een van de bikers.

'Denk je dat ik anders hier zou zijn?' was haar reactie.

'Niet elke vrouw is zo'n goede moeder.'

De twee vrouwen liepen de deur uit. Om de schouder van de te zware vrouw hing een hemelsblauwe damestas versierd met kralen en lovertjes. Ze keek eenmaal achterom en glimlachte, alsof ze goedenacht wenste.

Tim kwam de kamer in en ging op een stoel bij het raam zitten. Hij trok zijn met ijzer beslagen laarzen uit, legde zijn handen op zijn dijen en staarde naar de vloer. 'We moeten het karwei afmaken, en nu goed.'

'Heb je met Josef gepraat?'

'Nee, met Hugo, zijn domme kracht. Hij zegt dat we in de bek van de tijger gespuugd hebben.'

'Een vent op krukken, zonder auto en huis? Ik denk dat die vent een soort broodje aap is.'

'Kan zijn.'

'Ik heb honger. Wil je dat ik die pizzatent weer bel of gaan we ergens iets eten?'

'Ik wil dat je even je mond houdt, zodat ik kan nadenken.'

'Je had van bil moeten gaan, Tim.'

Tim keek naar het modieuze meubilair, de gele gordijnen voor het raam, het beddengoed dat op een hoop op de vloer lag. Op de stoel bij de televisie stond een grijze handtas van vinyl, waarvan de koperkleurige rits helemaal dicht was. 'Er klopt iets niet,' zei hij.

'Ja, we lopen rond in een reusachtige braadpan. Is deze hele staat zo?'

'Wie heeft de pizza's besteld?'

'Dat scharminkel.'

'Wat zei ze?'

'Ik wil graag twee pizza's met salami en champignons.'

'Pak de telefoon en druk op REDIAL.'

'Volgens mij ben je de kluts kwijt.'

'Zeur niet, doe wat ik zeg.'

'Deze telefoon heeft geen REDIAL'

'Vraag dan de receptie om het nummer van de pizzabezorger en bel ze.'

'Oké, Tim. En kan het misschien een beetje minder opgefokt?'

Iemand klopte op de deur. De biker die de telefoon had gepakt, legde de hoorn weer op de haak. Hij stond al op om naar de deur te lopen.

Tims hand ging omhoog. 'Wacht!' zei hij. Hij stond op van zijn stoel en deed op zijn sokken het licht uit. Toen trok hij het gordijn net ver genoeg open om de gang te kunnen overzien.

'Wie is het?' vroeg de andere biker.

'Ik weet het niet,' zei Tim. Hij haalde de Glock uit zijn weekendtas. 'Wat kom je doen?' vroeg hij door de deur.

'Uw pizza's bezorgen,' klonk een stem.

'Waar bleef je zo lang?'

'Er was een ongeluk gebeurd op de hoofdweg.'

'Zet het eten in de gang.'

'Het zit in de warmhouder.'

'Als je het neerzet, dan zit het niet meer in de warmhouder, hè?'

'Ik krijg tweeëndertig dollar van u.'

Nick sloot de deurketting en pakte zijn portefeuille. Hij deed behoedzaam de deur open, tot de ketting strak trok tegen het messing slot. De pizzabezorger was ouder dan hij had gedacht. Hij had een scherp gezicht en een neus die verbrand was door de zon. Een pet van zwarte en oranje stof hing diep over zijn voorhoofd.

'Hoeveel zei je ook alweer dat je van me kreeg?'

'Tweeëndertig dollar precies.'

'Ik heb alleen honderd.'

'Dan moet ik even naar de auto om te wisselen.'

Tim hield de honderd dollar bij zich, sloot de deur en wachtte. Een paar ogenblikken later kwam de bezorger terug en klopte opnieuw. Tim deed de deur op een kier en gaf hem de honderd dollar. 'Tel het wisselgeld uit op de bovenkant van de doos. Hou vijf dollar af voor jezelf.'

'Dank u, meneer.'

'Hoe heet je?'

'Doug.'

'Wie zit er bij jou in de auto, Doug?'

'Mijn vrouw. Wanneer ik klaar ben met mijn werk, gaan we naar mijn moeder in het ziekenhuis.'

'Dus je neemt je vrouw mee bij het bezorgen, zodat jullie samen naar het ziekenhuis kunnen gaan?'

De pizzabezorger begon onzeker met zijn ogen te knipperen.

'Het was gewoon maar een vraag,' zei Tim. Hij sloot de deur en wachtte. Vervolgens liep hij naar de hoek van het raam en trok het gordijn een stukje opzij. Hij zag hoe de pizzaman zijn auto keerde en weer de hoofdweg op reed. Hij opende de deur, hurkte neer en tilde de twee kartonnen pizzadozen op van de betonnen vloer. Ze voelden zwaar en warm aan en verspreidden een heerlijke geur van salami, uien, champignons en gesmolten kaas. Hij zag de achterlichten van de bestelauto verdwijnen in de verte, trok de deur dicht en deed de ketting er weer voor. 'Wat staan jullie daar te kijken?' zei hij tegen zijn maten.

'Tjonge, jij bent wel erg voorzichtig. Kom, aanvallen!'

Ze lieten bier komen uit de nachtclub en het daaropvolgende uur aten en dronken ze, keken televisie en draaiden joints uit Tims geheime voorraad. Tim moest zelf stiekem een beetje lachen om zijn bezorgdheid over de pizzaman. Hij gaapte en ging op het bed liggen, met een kussen onder zijn hoofd. Toen viel hem de handtas van vinyl weer op, die een van de vrouwen had laten liggen. Hij was van de stoel gevallen en achter de televisietafel terechtgekomen. 'Wie van die twee wijven had een grijze damestas bij zich?' vroeg hij.

'Die magere.'

'Kijk wat erin zit.'

Maar voor de andere biker de handtas kon pakken, werd er weer geklopt. 'We hebben hier een draaihek nodig,' zei Tim.

Hij stond op van het bed en liep naar het raam. Ditmaal schoof hij het gordijn helemaal open om een goed zicht op de gang te hebben. Hij ging naar de deur en opende hem, met de ketting ervoor. 'Ben je je tas kwijt?' zei hij.

'Ik heb hem hier of in de club laten liggen. Hij lag niet in de club, dus moet hij hier zijn,' zei de vrouw. 'Al mijn spullen zitten erin.'

'Een momentje.' Hij deed de deur dicht en bracht zijn hand omhoog om de ketting los te maken.

'Laat haar er niet in, man. Als er ooit een vrouw een stijve heeft kunnen krijgen, dan was deze het. Ik pak haar tas wel', zei een van de andere bikers.

Tim schoof de deurketting van het slot.

'Tim, wacht.'

'Wat?' zei Tim, die bezig was de deurknop om te draaien

'Er zit geen portefeuille in de tas. Alleen lipstick, tampons, gebruikte tissues en haarspelden.'

Tim draaide zich om en keek naar zijn kameraad, terwijl de deur uit eigen beweging leek open te zwaaien. De vrouw die had aangeklopt, rende over de parkeerplaats naar een wachtende auto. Op de plaats waar ze gestaan had, stond een man die Tim nooit eerder had gezien. Hij droeg een pak en een wit overhemd zonder das. Zijn haar was gepommadeerd en recht naar achteren gekamd, zijn lichaam was goed verzorgd en zijn schoenen glansden. Hij maakte de indruk van een man die de tradities van een oudere generatie was toegedaan. Zijn gewicht werd overeind gehouden door een wandelstok die hij stevig vasthield in zijn linkerhand. In zijn rechterhand had hij een Thompson-machinepistool, dat rustte tegen zijn zij.

'Hoe wist je…'

'Ik kom overal,' zei Prediker.

De lege hulzen uit het open sluitstuk van zijn wapen kletterden tegen de deurpost, regenden neer op het beton en stuiterden en rolden in het gras. De staccato knallen uit de mond van de loop waren als de zigzag van een vlamboog.

Prediker hompelde naar de gereedstaande auto; uit het naar beneden gerichte silhouet van zijn wapen sijpelde rook. Niet één kamerdeur ging open, geen gezicht liet zich zien voor een raam. Het motel met zijn van roze neonverlichting voorziene dakranden en de palmboom bij de ingang, die zich scherp aftekende tegen de hemel, hadden nu iets van een verlaten filmset. Terwijl Prediker wegreed keek hij door het grote raam van het kantoor. De receptionist was verdwenen, evenals eventuele gasten die zich hadden willen inchecken. Vanaf de hoofdweg wierp hij nog een blik op het motel. Het eilandachtige karakter ervan, de schijnbare verlatenheid, het totaal ontbreken van enig vast te stellen menselijk leven binnen zijn grenzen, deed hem denken aan een sneeuwwind die om een gesloten goederenwagon op een desolaat rangeerterrein blies, terwijl een pan groenten begon aan te branden op een onbewaakt vuur, hoewel hij geen enkele verklaring voor de associatie had.

# 18

Vikki Gaddis was om tien uur 's avonds klaar met haar werk in het steakhouse en liep met een krant uit San Antonio onder haar arm naar het Fiesta-motel. Toen ze de kamer binnenkwam, zat Pete in zijn onderbroek tv te kijken. Het rode littekenweefsel op zijn rug scheen door zijn T-shirt en deed het op kaasdoek lijken. Ze sloeg de krant open en liet hem op zijn schoot vallen. 'Die kerels waren drie avonden geleden in het restaurant,' zei ze. 'Het waren bikers. Ze zagen er verbrand en bestoft uit.'

Pete staarde naar de politiefoto's van drie mannen. Ze waren in de twintig en bezaten het robuuste aantrekkelijke uiterlijk van mannen in de kracht van hun leven. Anders dan op de meeste politieportretten zag geen van de mannen er vermoeid, onder invloed van drugs of opgefokt vrolijk uit. Twee van hen hadden in San Quentin gezeten en een in Folsom. Alle drie waren ze gearresteerd wegens het bezit van drugs met de intentie die door te verkopen. Alle drie waren ze verdachten geweest bij onopgeloste moorden.

'Heb je met ze gepraat?' vroeg Pete.

'Nee, ze hebben met míj gepraat. Ik dacht dat ze met me wilden flirten. Ik had vier nummers gezongen met de band en ze probeerden me zover te krijgen dat ik bij hen kwam zitten. Ik zei dat ik moest werken. Dat ik serveerster was en alleen af en toe met de band zong. Ze vonden het grappig dat ik "Will the Circle Be Unbroken" zong.'

'Waarom heb je me dat niet verteld?'

'Omdat ik het eikels vond, die de moeite van het vermelden niet waard waren.'

Pete begon het artikel opnieuw te lezen. 'Ze zijn neergemaaid met een machinegeweer,' zei hij. Hij beet op een nagel. 'Wat voor dingen zeiden ze tegen je?'

'Ze wilden mijn naam weten. Ze wilden weten waar ik vandaan kwam.'

'Wat heb je tegen ze gezegd?'

'Dat ik weer aan het werk moest. Later stelden ze de barman vragen over mij.'

'Wat wilden ze precies weten?'

'Hoe lang ik daar al werkte. Of ik ooit folkzangeres van beroep was geweest. Of ik vroeger niet in de omgeving van Langtry of Pumpville woonde. Dat soort vragen. Het vreemde was dat die lui Californische nummerborden hadden; hoe konden zij nou iets weten over kleine grensplaatsjes?'

Pete zette de tv af, maar bleef naar het scherm staren.

'Het zijn huurmoordenaars, hè?'

'Ze hebben je niet gevolgd toen je uit je werk kwam. Ze zijn ook niet naar het motel gekomen. Misschien heb je gelijk en waren het gewoon eikels die je probeerden te versieren.'

'Er is nog iets.'

Hij keek haar afwachtend aan.

'Ik maakte vanavond een praatje met de barman vlak voor ik weg-ging. Ik liet hem de krant zien. Hij zei dat een van die bikers het had over een zekere Hugo die gebeld moest worden.'

'En dat alles vertel je me nu pas?' zei Pete.

'Nee, je luister niet. De barman…' Ze gaf het op en ging naast hem op het bed zitten, zonder hem aan te raken. 'Ik kan niet helder denken.' Ze duwde tegen haar voorhoofd met de muis van haar hand. 'Misschien zijn ze me gevolgd en heb ik hen niet gezien. Stel dat ze hebben ont-dekt waar we wonen en die Hugo hebben gebeld om het aan hem door te geven, wat dan?'

'Toch snap ik het niet helemaal. Wie heeft hen vermoord?' zei Pete. 'Het artikel vermeldt niet wat voor soort machinepistool de schutter gebruikte. Er is momenteel een hoop illegaal wapentuig verkrijgbaar: kalasjnikovs, uzi's, halfautomatische wapens met het *Hell-Fire Trigger System*.'

'Wat doet dat ertoe?'

'In het artikel staat dat de plaats delict bezaaid lag met hulzen. Als de man een Thompson met een trommel had…'

'Pete, voor de draad ermee! Wat bedoel je? Je praat in raadsels.'

'De man die achter de kerk al die vrouwen doodschoot, gebruikte een Thompson. Er is moeilijk aan te komen. Ze schieten met kaliber .45-munitie. In de munitietrommel passen vijftig kogels. Misschien dat de man die de vrouwen achter de kerk heeft gedood ook de bikers neermaaide.'

'Dat slaat nergens op. Waarom zouden ze elkáár om zeep helpen?'

'Misschien werken ze niet samen.' Pete las verder en zijn duim schoot

naar de laatste alinea. Hij legde de krant opzij en wreef met zijn handpalmen over zijn knieën.

'Zeg het maar,' zei ze.

'De schutter liep kreupel. Misschien gebruikt hij een wandelstok. Een
trucker zag hem vanaf de grote weg.'

Vikki stond op van het bed. Haar gezicht was bleek en de huid was
strak over het bot gespannen, alsof ze in een koude wind tuurde. 'Hij is
de man die ik heb neergeschoten, hè?'

Pete begon zijn broek aan te trekken.

'Waar ga je heen?'

'Naar buiten?'

'Om wat te doen.'

'Niet om te drinken, als je dat bedoelt.'

Haar ogen bleven hem beschuldigend aankijken.

'Ik ben de oorzaak van dit alles, Vikki. Je hoeft het niet te zeggen.'

'Ga niet weg.'

'Voor meer van hetzelfde koop je niets.'

'Ik ben niet boos op je. Ik ben gewoon moe.'

'Ik kom terug.'

'Wanneer?'

'Wanneer je me weer ziet.'

'Wat ga je doen?'

'Een auto jatten. Ik was niet alleen bemanningslid op een tank. Ik was
monteur. Eens kijken of er positieve kanten zitten aan gefrituurd worden in Bagdad.'

'Loop naar de hel.'

Hugo Cistranos zat in zijn Speedo-zwembroek op een canvasstoel op
het strand. Golven rolden in geel schuim uit over het zand. De lucht
rook naar messing en jodium, naar het korstige zeewier rondom zijn
voeten en de gescheurde luchtzakken van de kwallen die in een onregelmatige lijn aan de rand van het water lagen, en naar de angst die zijn
hart vergiftigde en zich ophoopte in zijn klieren – een geur die zelfs een
overvloedige hoeveelheid zonnebrandcrème niet kon verbergen.

Hij probeerde opnieuw Prediker op zijn mobiel te bellen. Hij had al
zes berichten achtergelaten, en vervolgens had een automatische stem
hem verteld dat Predikers mailbox vol zat. Maar ditmaal ging de mobiel niet alleen over, Prediker nam zelfs op. 'Wat wil je,' zei hij.

'Hallo Jack, waar zat je?' zei Hugo. 'Ik maakte me vreselijke zorgen, man.'

'Waarover?'

'Over wat daar allemaal aan de hand was. Waar zit je?'

'Ik ben op zoek naar een nieuw huis.'

'Een nieuw huis…'

'Ik heb brand gehad, een gasexplosie.'

'Dat meen je niet.'

'En tijdens de brand schoot iemand ook nog de banden van mijn auto aan flarden. Misschien een van de brandweerlieden.'

'Ik las in *de Houston Chronicle* over dat moteldrama. Heeft dat tuig jouw huis in de fik gestoken? Was dat de oorzaak?'

'Motel? Wat bedoel je?'

'Jack, ik ben je vriend. Die kerels werkten voor die Rus aan de westkust. Ik weet niet waarom ze achter jou aan zaten, maar ik ben blij dat ze kapot geschoten zijn. Ik vermoed dat ze hiernaartoe gestuurd zijn om wraak te nemen op Artie en iedereen die voor hem werkt. Ikzelf inbegrepen.'

'Ik denk dat je het doorhebt, Hugo.'

'Luister, ik belde voor een paar andere zaken, ook al maakte ik me zorgen over je omdat ik maar niets van je hoorde.' Een rode frisbee kwam uit het niets aanzeilen en raakte Hugo tegen de zijkant van zijn hoofd. Hij pakte hem en gooide het ding woest in de richting van een klein joch. 'Artie wil schikken. Hij wil dat ik voor de geldoverdracht zorg.'

'Schikken? Dit is geen rechtszaak.'

'Hij biedt je tweehonderdduizend dollar. Meer cash heeft hij niet. Waarom vind je het niet mooi geregeld zo en zet je je er niet overheen?'

'Je zei "een paar zaken". Dat is meervoud.'

'We denken te weten waar dat mokkel is.'

'Probeer de correcte nomina te gebruiken. Wat of wie is waar?'

'Vikki Gaddis. Ik weet niet of die soldaat nog steeds bij haar is. Handel je dit zelf af of wil je dat Bobby Lee en een paar nieuwe jongens haar in de stemming brengen en haar bij je afleveren waar je maar wilt?'

'Jullie blijven met je vingers van haar af.'

'Zoals je wilt.'

'Hoe heb je haar gevonden?'

'Dat is een lang verhaal. Wat wil je dat ik tegen Artie zeg?'

'Ik kom bij je terug met instructies voor een elektronische overschrijving naar een buitenlandse rekening.'

'Dat laat een elektronisch spoor achter, Jack. We moeten wat afspreken.'

'Ik kom wel langs.'

'Nee, we moeten eens met z'n allen om de tafel gaan zitten om een paar dingen uit te praten.'

'Waar is dat meisje, die Gaddis?'

Hugo's brein werkte koortsachtig. Waarom had hij gedacht dat hij listiger was dan een psychopaat? Zijn stalen borstkas ging op en neer alsof hij een heuvel op was gerend. Zweet en zand sijpelden uit zijn oksels; zijn huid voelde korstig aan. Zijn mond was droog en de zon brandde door zijn kruin. 'Jack, we zitten al heel lang samen in de georganiseerde misdaad.'

'Ik wacht.'

'Je krijgt wat je hebben wil. Ik sta aan jouw kant. Geloof me nou maar.'

Hij gaf Prediker de naam van de plaats en van het steakhouse waar Vikki Gaddis gezien was, zonder zijn bron te noemen. Vervolgens veegde hij zijn mond af. 'Je moet me iets vertellen. Hoe is het je gelukt om die bikers te grazen te nemen? Hoe heb je dat voor elkaar gekregen, man?'

'Hoeren verkopen informatie. Ze verkopen ook hun klanten als ze er genoeg voor vangen. Sommigen scheppen er zelfs een waar genoegen in,' zei Prediker.

Terwijl Hugo's hart tot bedaren kwam, besefte hij dat er zich zojuist een gelegenheid had aangediend, één waaraan hij nog niet eerder had gedacht. 'Ik ben je vriend, Jack. Ik heb altijd tegen je opgekeken. Wees voorzichtig wanneer je daar in de buurt van de grens bent. Die sheriff en zijn hulpsheriff waren hier – die lui die Liam hebben neergeschoten.'

'Die Holland?

'Ja, hij praatte met Artie. Over jou. Artie vertelde hem dat hij nog nooit van jou gehoord had, maar die vent verdenkt jou van dat akkefietje achter de kerk. Ik denk dat hij politieke ambities heeft of zoiets. Hij stelde vervelende vragen over je familie, vooral over je moeder. Waarom zou zo'n man zich in godsnaam voor je moeder interesseren?'

Hugo hoorde de wind fluiten tussen zijn oor en de mobiel. Toen was de lijn dood.

*Ik heb je, lijpe klootzak*, zei hij tegen zichzelf.

Hij deed zijn zonnebril op en volgde de rode frisbee van het jonge-tje, die schuin omhoog over de golven zeilde, omringd door hongerig krijsende meeuwen.

Pete liep in het donker de weg af, onder de met rozen beschilderde boog door, langs de gesloten drive-inbioscoop, de ronde kiosk met fastfoodloketten die gebouwd was in de vorm van een dikke ronde cheeseburger en de drie Cadillacs die met de neus naar beneden en de vinnen omhoog half begraven stonden in de harde grond. Er waaide een stevige wind en de combinatie van stof en nattigheid in zijn haar en op zijn huid voelde aan als waterproof schuurpapier. Aan de rand van de stad volgde hij een spoorbaan in noordoostelijke richting tot hij een grote vlakke vallei bereikte waar het hoofdspoor zich mijlenver in de verte uitstrekte onder een nachthemel die glansde op de rails.

Een halfuur later, toen hij door een kom liep, hoorde hij een goe-derentrein met lage snelheid naderen over het spoor. De trein werd getrokken door twee locomotieven, en de goederenwagons met lage bodem en lege graanwagons schommelden op de helling. Hij dook het struikgewas in en bleef daar tot de eerste locomotief gepasseerd was. Vervolgens begon hij te rennen naast de open deur van een lege goede-renwagon. Net voor de wagon langs een seinpaal hobbelde, sprong hij erin, waarbij hij zijn armen als steun gebruikte. Al rollend kwam hij op een houten vloer terecht, die rook naar kaf en de warme, muskusach-tige geur van dierenhuiden.

Hij lag op zijn rug en zag de heuvels en de sterren voorbijglijden door de open deur. Hij kon zich niet herinneren wanneer hij een hele nacht had geslapen zonder te dromen of met een ruk wakker te schie-ten in een kamer die vol flitsen was die niets te maken hadden met kop-lampen op een weg of elektriciteit in de wolken. De dromen werden bevolkt door ongelijksoortige elementen, mensen en gebeurtenissen, die schijnbaar geen verband met elkaar hielden, maar die op de een of andere manier onder één noemer te brengen waren door kleur en de weerzinwekkende beelden die de kleur suggereerde. De natte regen-boog onder een verband dat werd losgetrokken van een geïnfecteerde wond. Een kleverige rode straal die uit de geitenneukers spoot toen ze op een onklaar gemaakte tank waren geklauterd om de luiken open te wrikken en Pete ze onder vuur had genomen met Ma Deuce, een kali-ber vijftig die mensen tot moes kon schieten. Zijn dromen telden vele slachtoffers – soldaten, kinderen, oude vrouwen met ingevallen gezichten en mannen met afzichtelijke gebitten – maar het waren niet noodzakelijkerwijs mensen die hij had gekend of gezien. Paradoxaal genoeg was slapeloosheid niet het probleem voor Pete. Integendeel, het was de oplossing.

Behalve dan dat hij steeds zijn baan verloor. Hij dagdroomde en liet moersleutels in machines vallen, kon zich niet concentreren op wat andere mensen zeiden en was soms niet in staat het wisselgeld te tellen dat hij in zijn hand had. Vikki Gaddis ondersteunde hem niet alleen financieel, maar was ook nog eens het doelwit geworden van een stel moordenaars, allemaal door zijn beroerde mensenkennis en gebrek aan verantwoordelijkheid.

Hij vond een stuk jute op de vloer van de goederenwagon, propte het onder zijn hoofd en viel in slaap. Om een reden die hij niet begreep, voelde hij hoe hij bijna als een foetus in de baarmoeder in slaap gewiegd werd.

Toen hij wakker werd, zag hij de lichten van de buitenwijken van Marathon. Hij wreef de slaap uit zijn ogen en liet zich van de wagonvloer op de grond vallen. Hij wachtte tot de trein gepasseerd was, stak toen de rails over en vond de tweebaansweg die naar de stad leidde, en uiteindelijk naar het terrein met tweedehandsauto's van zijn neef.

Dat bedrijf was heel toepasselijk gelegen in een haveloze buurt, die ontdaan leek te zijn van alle kleur. Het terrein en het verkoopkantoor waren omgeven door een hoog hek met rollen natodraad erop. Pete liep over een zijweg, uit de buurt van de straatlantaarns en de doorgaande weg, en keek over zijn schouder naar de truck met oplegger die terugschakelde bij de kruising. Het terrein stond vol met bovenmaatse pick-ups en suv's, waarvan de handelswaarde gekelderd was door de stijging van de benzineprijs naar bijna negentig dollarcent per liter. Pete inspecteerde de rij onverkochte en afgeprijsde auto's, zich afvragend welke het eenvoudigst aan de praat te krijgen zou zijn. Tussen een Ford Expedition en een Ford Excursion zag hij de oude benzine slurpende rammelkast staan die zijn broer aan hem had verkocht en waarvan de krukas het op de grote weg begeven had. Zijn neef had hem teruggesleept naar het terrein en een bordje met te koop tegen de binnenkant van de voorruit gezet. Wat zei dat wel niet over de kwaliteit van de andere voertuigen die zijn neef te koop aanbood?

Aan de achterkant van het terrein vond Pete een onderbreking in de rollen natodraad. Hij sloeg zijn vingers om het hek om erover te klimmen. Aan het eind van het middenpad tussen twee rijen auto's zag hij de met kettingen afgesloten toegangshekken waar hij hoe dan ook door moest met het voertuig dat hij wist te jatten, of het nu een pick-up, een SUV of een koekblik was. In zijn zak zat een stuk multifunctioneel gereedschap van Schrade. Het inklapbare ding bevatte een buigtang, draadtangen, schroevendraaiers en moersleutels in allerlei maten, maar niets wat ook maar in de verste verte de kracht en de grootte had om er een ketting of hangslot mee door te knippen.

Door het hek aan de voorkant zag hij een surveillancewagen met een sheriff passeren op de doorgaande weg en een drive-inrestaurant bij de kruising binnenrijden. Hoeveel stommiteiten kon iemand begaan in één nacht?

Hij ging op een glibberige bult aarde zitten waarop een bosje dennen groeide en verborg zijn gezicht in zijn handen. Hij zag hoe de surveillancewagen wegreed en richtte toen zijn aandacht op een verlichte telefooncel die zich tussen het restaurant en de hoek van de kruising bevond.

Het was tijd om de hulptroepen te mobiliseren, hoewel hij bang was voor wat die tegen hem zouden zeggen. Hij liep naar de telefooncel en belde collect naar de woning van William Robert Holland in Lolo, Montana.

Pete's intuïtie had hem niet bedrogen. Billy Bob vertelde hem dat hem geen andere uitweg overbleef dan zich over te geven aan zijn neef Hackberry Holland; hij gaf Pete zelfs Hackberry's nummer. Hij vertelde Pete ook dat de FBI vermoedelijk zijn telefoon aftapte en dat de tijd waarschijnlijk drong.

Pete hoorde het verdriet en medelijden in de stem van zijn vriend en hij voelde hoe de moed hem in de schoenen zonk. In zijn herinnering zag hij hen beiden vissen onder een boom aan een groene rivier – jaren geleden – terwijl sandwiches en koude blikjes drinken op een deken in de schaduw lagen.

Nadat Pete had opgehangen, knerpte het zweet in zijn oren; insecten tikten tegen de plexiglazen wanden van de telefooncel. Hij schoof de harmonicadeur hard terug tegen de deurpost en begon de tweebaansweg af te lopen in de richting van het spoor. Een eindje verder zag hij een eenzame, middelgrote auto stoppen voor rood. De bestuurder zat lusteloos achter het stuur, zijn gezicht verlicht door de gloed van een AutoZone-bord. Het verkeerslicht leek maar niet groen te worden, maar de man achter het stuur wachtte geduldig, hoewel er geen andere voertuigen op de weg waren.

De bestuurder had een lange neus en hoge jukbeenderen; zijn haar was naar achteren gekamd en werd in model gehouden met gel of pommade. Zijn gezichtsbouw had je skeletachtig kunnen noemen, ware het niet dat het vlees vol bijensteekachtige bulten zat, iets wat eerder op vleselijkheid en decadentie duidde dan op ontberingen. Zijn blik was gericht op het verkeerslicht, als een moderne parodie van een Byzantijnse heilige die de donkere nacht van de ziel ervaart.

Net toen Pete de kruising overstak, voor de hoge stralen van de koplampen langs, sprong het licht op groen en moest de bestuurder van de auto boven op zijn rem staan. Maar Pete liep niet door. Hij bleef staren in de schittering van de lampen, terwijl rode en geelgroene cirkels brandden in zijn oogkassen. Hij spreidde zijn armen uit tegen de hemel. 'Sorry voor mijn aanwezigheid op deze planeet,' zei hij.

De bestuurder reed langzaam om hem heen, met zijn raam naar beneden. 'Heb je een probleem?'

'Jazeker meneer, dat heb ik. Het licht was namelijk rood toen ik begon met oversteken. Dat het vervolgens op groen springt, betekent nog niet dat een automobilist alles wat zich voor hem bevindt omver kan rijden.'

'Dat is interessant om te weten. Als u nu eens uw hand van mijn dak haalde? Ik vind het niet bijzonder prettig om in iemands oksel te kijken.'

'Leuk die "Steun onze jongens"-lintjes. U hebt er zeker een hele zooi van gekocht. Wat zou u ervan vinden als de dienstplicht weer werd ingevoerd? Dan kan de rest van jullie ook wat van die geitenneukers te grazen nemen daar in de Zandbak.'

'Uit de weg, ventje.'

'Ja meneer, met alle plezier,' zei Pete, en hij begon stenen van het asfalt te rapen. 'Laat me u op weg helpen. Is er straks een pinochle-avondje op de veteranenclub?'

De bestuurder liet zijn blik over Pete's gezicht dwalen. De uitdrukking op zijn gezicht was eerder nieuwsgierig dan angstig of ongerust. 'Zorg dat je hulp krijgt. En waag het niet me nog een keer lastig te vallen.'

'Ik dank u voor de terechtwijzing, meneer. Nog een prettige rit. God zegene u.'

Terwijl de bestuurder wegreed, smeet Pete de ene steen na de andere naar de auto. Ze knalden tegen de portieren, het dak en de kofferbak. Vervolgens pakte hij een halve baksteen, rende achter de auto aan en smeet de steen zo hard hij kon weg. Het projectiel sloeg een gat in de achteruit.

Maar de man achter het stuur gaf geen gas. Ook trapte hij niet op de rem. Hij reed gestaag door in de richting van de doorgaande weg, terwijl Pete vol zelfverachting midden op straat achterbleef, met een machteloze woede die als een doornenkroon op zijn voorhoofd rustte.

Toen Prediker weer op de vierbaansweg was en zijn reis hervatte, keek hij in de achteruitkijkspiegel naar zijn gebroken ruit. Gedrag van gekken of van mensen die onder invloed van drank of drugs verkeerden, was voor hem nooit een bron van zorg geweest. Mensen die niet spoorden, zoals die jongen die zojuist stenen had gegooid naar een auto van een onbekende, waren voor Prediker alleen maar een extra bevestiging dat morele imbecielen zich lang geleden meester hadden gemaakt van de maatschappelijke instituties. Kijk naar het schrikbewind onder Robespierre. Kijk naar de massaal toegestroomde gelovigen bij een bijeenkomst van een televisiedominee. Als ze hun zin kregen, zou er op elke straathoek een elektrische stoel staan en was de halve bevolking nu verwerkt tot zeep.

Hij verhoogde zijn snelheid, waarbij hij ervoor zorgde dat hij net onder de maximumsnelheid bleef. De achterbank lag vol dozen met de bezittingen die hij had gered uit zijn verwoeste huis. Zijn Thompson, waarvoor hij achttienduizend dollar had betaald, lag verborgen tussen de achterbank en de kofferbak. Hij zou zijn gepleisterde huis aan de voet van de berg missen, maar hij wist dat hij er uiteindelijk zou terugkeren. Hij was er zeker van dat de berggrot en de geluiden die de wind maakte in het binnenste ervan een voorteken inhielden – niet alleen voor hem, maar voor de zich afwikkelende rol waar zijn geschiedenis een deel van vormde. Was het een te grote geloofsdaad om te concluderen dat het fluiten van de wind niets minder was dan het ademen van Jahweh in het binnenste der aarde?

Was alles niet reeds beschikt op rollen die we afwikkelden en waarvan de inhoud zich in toenemende mate aan ons openbaarde? Misschien waren verleden, heden en toekomst al geschreven op de wind en werden ze ons toegefluisterd, niet op een vluchtige manier, maar met een feilloze nauwkeurigheid, als we maar de moeite zouden nemen om te luisteren. De drie bikers hadden gemeend hem te kunnen doden in zijn eigen huis, zonder dat ze veel wisten over de bezielende kracht van de omgeving die ze waren binnengedrongen. Hij vroeg zich af wat ze hadden gedacht toen hij in de motelkamer het vuur op hen opende. Er was spijt in hun ogen geweest, en wanhoop en angst, maar voornamelijk spijt. Hij was er zeker van dat ze, als ze hadden kunnen spreken, alles in hun leven zouden hebben opgegeven voor vijf extra seconden om hun zaak te bepleiten en Prediker, of degene die het heelal bestierde, ervan te overtuigen dat ze zich de rest van hun leven aan vroomheid en goede daden zouden wijden. Alles zouden ze ervoor over hebben als hun nog één seizoen beschoren zou zijn.

Prediker zwenkte om een achttienwieler heen en de hoge lichtbundels van de trekker veranderden zijn kapotte raam in een prisma. Was de stenengooier dronken geweest? De man had niet naar drank geroken. Blijkbaar was hij in Irak of Afghanistan geweest. Misschien dumpte het Department of Veteran Affairs zijn halvegaren op straat. Maar er was een bijzonderheid die Prediker niet uit zijn hoofd kon zetten. In zijn obsessie om Vikki Gaddis te vinden, had hij weinig aan haar vriend gedacht, de jongen die Hugo en Bobby Lee altijd 'het soldaatje' noemden wanneer ze over hem spraken. Wat had Bobby Lee ook alweer over hem gezegd? Dat de jongen een litteken op zijn gezicht had dat zo groot was als een pier?

Nee, dat was gewoon toeval. Jahweh maakte geen grappen.

Of toch?

# 19

Om twee uur 's middags stokte de airco-compressor aan de buiten-kant van Hackberry's raam, het maakte een reeks bonkende geluiden als van een colaflesje dat een aantal traptreden af rolt en hield er definitief mee op. Hackberry deed de ramen en deuren open, zette de ventilator in zijn slaapkamer aan en ging weer slapen.

Een dichte massa donderwolken was komen opzetten uit het zuiden. De wolken werden verlicht door bliksemflitsen die zich vertakten over de hele hemel en ver achter de heuvels uitdoofden. Het was koel in de kamer onder de wentelende bladen van de ventilator. Hackberry droomde dat hij in een marinehospitaal op de Filipijnen lag; een hospik, niet ouder dan hijzelf, had hem net een morfine-injectie gegeven en trok de naald uit zijn arm. Terwijl de zon scheen begon het licht te regenen vanuit de baai; op het gazon voor zijn raam stond een orchideebloem in bloei en het gemaaide gras lag bezaaid met lavendelblauw bloemblad. In de verte, waar de baai samenvloeide met water dat de donkerblauwe kleur had van gemorste inkt, kon hij de grijze omtrekken zien van een kolossaal vliegdek-schip, waarvan de harde stalen boorden bevlekt waren door de regen.

Het hospitaal was een veilige plaats en de herinneringen aan het krijgsgevangenkamp ten zuiden van de Jaloe schenen weinig betekenis voor zijn leven te hebben.

Hij hoorde in zijn slaap de donder en de wind, de amarant die tegen de zijkant van zijn huis zwiepte, het geritsel van de bloemen in de bloemperken, draad van de omheining dat 'ploing' zei. Toen rook hij de regen die door de horren blies, in een vlaag over het dak stoof en de kamer vulde met een frisheid die herinneringen opriep aan de lente of aan hete zomers, wanneer de regendruppels verdampten op een gloeiend trottoir en een geur teweegbrachten die je ervan overtuigde dat het seizoen eeuwig was en je jeugd altijd zou voortduren.

De nevel dreef door het raam de kamer binnen, beroerde zijn huid, maakte zijn hoofdkussen vochtig. Hij stond op en deed het raam dicht. In de verte zag hij de bliksem inslaan op een berghelling in een groepje aangetaste eiken die er in het felle licht uitzagen als knokige vingers. Hij ging weer liggen, trok zijn kussen over zijn gezicht en viel opnieuw in slaap.

Buiten passeerde een kleine auto met gedoofde koplampen. In de achterruit zat een eenzaam gat: een kristallijnen oog op het donkere interieur van de auto. Met beide handen aan het stuur zwenkte de bestuurder om een rotsblok dat op de weg was gerold, in één beweging een hekpaal met prikkeldraad vermijdend die overhelde van een berghelling. Hij passeerde een schuur en een weiland waarin paarden en een watertank stonden. Vervolgens draaide hij een akker op, reed over een langgerekt stuk gras en parkeerde zijn auto in een stroombedding naast een berg; droge rots kraakte onder zijn banden. Hij haalde het halfautomatische machinegeweer achter zijn achterbank vandaan, pakte de papieren draagtas met twee munitietrommels en ging op een platte rots zitten, met zijn wandelstok tegen zijn knie. Zijn hoed zat scheef op zijn hoofd en zijn ongestreken tweedehands streepjesoverhemd was bespikkeld door de regen.

De wind blies zijn jas open en plooide de rand van zijn hoed, maar zijn ogen knipperden niet en zijn gezicht toonde geen enkele expressie. Hij staarde lusteloos naar de gebogen halmen en een vuur van boomstronken dat smeulde in de regen. De rook had de geur van smeulend afval; hij moest zijn keel schrapen en spugen. Hij bevestigde de munitietrommel aan de Thompson, trok de grendel aan en liet hem los, zodat er een kogel in de kamer kwam. Hij bleef lang zitten en staarde in de verte met de Thompson op zijn schoot. Zijn handen op de geweerlade en de loop waren zo ontspannen als die van een kind.

Hij wist niet hoe laat het was. Wanneer hij werkte droeg hij geen horloge of sieraden. Hij mat het verstrijken van de tijd niet in minuten of uren, maar in gebeurtenissen. Er was geen verkeer op de doorgaande weg. Er waren geen tekenen van activiteit in het huis dat hij op het punt stond binnen te dringen. Er waren geen lijders aan slapeloosheid of vroege vogels in de omgeving die het licht aandeden. Paarden hinnikten in het donker, maar er brandde een vuur in het gras en de rook verschafte een plausibele verklaring voor hun onrust. De hemel dreunde; de donderende explosies waren niet die van droge bliksem, maar van het soort dat zware regenval beloofde, misschien zelfs wel het soort zondvloed dat een woestijn weer tot leven bracht. Ondanks de zweem van scherpe rook die in de mist hing, was de nacht zo prachtig en normaal als je maar kon verwachten in een late zomer in Zuidwest-Texas.

Prediker stopte zijn broekspijpen in zijn laarzen, nam de Thompson met de loop naar beneden in zijn hand, pakte met de andere hand zijn wandelstok en begon door het struikgewas naar de bungalow in de verte te lopen. Zijn gezicht was zo ondoordringbaar als gegoten plastic, onkwetsbaar voor de doornstruiken en voor de regen.

Wanneer sergeant Kwong Hackberry in zijn dromen bezocht, had de sergeant altijd een machinepistool aan een band om zijn schouders hangen en hield hij in zijn rechterhand een druipende ijspriem. Hackberry kon zelfs de rouwranden van Kwongs nagels zien, en de glans van zijn gewatteerde, met opgedroogde modder besmeurde jas, waarvan de mouwen met snot waren bevlekt op de plaatsen waar hij zijn neus had afgeveegd.

In de steeds terugkerende droom stak Kwong de priem door een van de ijzeren rechthoekige openingen in het rooster boven Hackberry's hoofd en trok hij het ding naar een punt vergeelde sneeuw waar hij gepist had. Hackberry zat met opgetrokken knieën met zijn rug tegen de aarden wand van de kuil, en de helm waarin hij zijn behoefte had gedaan stond aan zijn voeten. Kwongs massieve gestalte tekende zich af tegen een zalmkleurige hemel en zijn gezicht was gehuld in schaduwen onder een stoffen pet met grote oorflappen en korte klep, die vastzat onder zijn kin. Zijn ongeschoren kaak had de omvang van die van een gorilla, zijn neushaar zag wit van de ijskristallen en zijn adem kwam in dampwolkjes uit zijn mond. Hackberry hoorde hoe de andere krijgsgevangenen uit hun kuilen getrokken werden en in een rij werden geduwd, waarbij de bewakers luider, afgebetener en nijdiger dan gewoonlijk praatten en iedereen die niet snel genoeg bewoog een trap gaven.

Kwong liet het ijzeren rooster hard op de sneeuw vallen en schudde de priem los. 'Eruit klimmen, klootzak. Vandaag ben jij aan de beurt,' zei hij.

In zijn droom probeerde Hackberry wanhopig terug te komen in het hospitaal op de Filipijnen, terug naar het moment waarop de hospik hem een morfine-injectie had gegeven en hij zijn hoofd eigenmachtig op het kussen kon leggen, de orchidee kon zien bloeien op het gazon en in de verte de nevelige omtrekken kon zien van het vliegdekschip in de regen.

Aan de noordzijde van het weiland liep Prediker met zekere pas door het gras. Dauw glinsterde op zijn laarzen. De kolf van de Thompson wipte heen en weer tegen zijn heup en de punt van zijn wandelstok boorde zich als een spies in de zachte aarde. De twee ruinen in de paardenwei , de palomino en de vos, liepen nerveus hinnikend rond in de rookflarden van het vuur, met hun oren plat achterover. Hoog boven hem was een vliegtuig met verlichte ramen bezig te landen op een privévliegveld; door de regen en de bliksemflitsen gleed het naar een veilige haven. De buren van de sheriff waren in diepe slaap, vol vertrouwen dat de zon weer zou opgaan en dat hun een goede dag wachtte. Terwijl Prediker aan deze dingen dacht, nam zijn energie in omvang en intensiteit toe, als bijen in een bijenkorf die tot leven komen nadat een jongen het nest met een steen heeft verstoord. Hij gooide zijn wandelstok opzij, klom door de afrastering van de paardenwei en liep verder naar het huis. Het ongemak in zijn been en voet was verdwenen en een muziekkapel schalde in zijn hoofd.

De twee paarden galoppeerden van hem weg in tegengestelde richting, met hun achterhoeven blind trappend in de lucht. Het huis voor hem was donker. De windmolen, die aan het verste uiteinde ervan bevond, was stilgelegd met een ketting en de wieken en de windvaan trilden stijf in de wind.

Hackberry werd met een schok wakker, probeerde overeind te komen in zijn bed, hoorde de klank van metaal en voelde hoe zijn pols strak getrokken werd door een ketting. Hij drukte zichzelf op tegen het ledikant. Zijn blik was onscherp en zijn linkerhand hing een beetje belachelijk in de lucht, alsof er zenuwen waren doorgesneden en hij geen controle meer had over zijn motoriek.

'Ho, paard,' zei Prediker. Hij zat in een stoel in de hoek van de kamer met de Thompson op zijn schoot. Hij had zijn hoed afgezet en hem met de bol naar beneden op het dressoir gelegd. Zijn kleren waren vochtig en besmeurd met as en modder, en zijn laarzen glommen van de regen. 'De teerling is geworpen, jezelf onnodig kwellen is nergens goed voor.'

Hackberry hoorde zichzelf ademen. 'Ben jij degene die ze Prediker noemen?'

'Je wist dat ik zou komen, hè?'

'Nee. Voor mij is het geen persoonlijke kwestie.'

'Iemand vertelde dat je navraag over me had gedaan bij Arthur

Rooney, over mijn privéleven en dat soort dingen.'

'Degene die je dat vertelde is een vervloekte leugenaar.'

'Kan best zijn. Maar niettemin was je naar me op zoek, Holland. Dus heb ik de rollen maar omgedraaid en heb ik jou opgezocht.'

'Ik had mijn deur op slot moeten doen.'

'Denk je dat de airco vanzelf kapot gegaan is?'

'Heb jij dat gedaan?'

'Nee, een mannetje dat voor me werkt.'

'Wat is het doel van je komst, Collins.

'Moet je dat nog vragen?'

'Is Jack Collins je werkelijke naam, de naam die ze je bij je geboorte gegeven hebben?'

'Wat maakt dat uit?'

'Voor het geval je het nog niet weet, bijnamen zijn een soort masker. Er wordt verteld dat je de linkerhand van God bent.'

'Dat heb ik nooit beweerd.'

'Nee, maar je hebt degenen die dat doen ook nooit ontmoedigd.'

'Ik maak geen studie van wat andere mensen zeggen of denken. Waarom blijf je een voorkeur houden voor de andere kant van je bed, Sheriff?'

'Ik heb last van ischias, ik kan niet de hele tijd in één houding liggen.'

'Zoek je deze soms?' zei Prediker. Hij hield Hackberry's revolver in de hoogte.

'Zou kunnen.'

'Als je een vuurwapen binnen handbereik wilt hebben wanneer je slaapt, moet het een klein wapen zijn, een derringer of een Airweight, eentje die je onder je matras of kussen kunt stoppen, zodat een indringer het niet kan vinden zonder je wakker te maken. Vind je dat nou echt prettig om met zo'n duimverwoestende .45 aan je heup te lopen? Zo'n schroothandel?'

Hackberry keek door de hordeur naar de regenvlagen in de wei; naar zijn paarden die erin speelden en steigerend een schijngevecht voerden; naar een vuur dat elke keer dat de wind nieuwe zuurstof aanvoerde vurig oranje opgloeide onder een stronk. 'Doe waarvoor je gekomen bent en rot op,' zei hij.

'Ik zou mijn lot niet versnellen, als ik jou was.'

'En jij leest anderen de les? Iemand die negen ongewapende vrouwen heeft vermoord, sommigen bijna nog kinderen? Jij denkt dat je de gesel Gods bent? Je bent een puist op de schepping. Ik ken jullie soort al mijn hele leven. Jullie zoeken altijd een motief of een valse naam om je achter te verschuilen. Je hoeft geen psycholoog te zijn om te weten hoe jij in elkaar zit, Collins. Je moeder wilde je waarschijnlijk aborteren en heeft de dag vervloekt dat je geboren werd. Volgens mij werd je al veracht in de baarmoeder.'

Predikers mond was als een gestikte naad, alsof hij de maat nam van elk woord dat Hackberry bezigde. Hij blies lucht uit ieder neusgat afzonderlijk. 'Best mogelijk. Ik heb haar nooit echt goed gekend. Je bent drager van het Navy Cross?'

'Nou en?'

'Ik heb me verdiept in je achtergrond, Holland. Je bent niet makkelijk in een hokje te stoppen. Je was een rokkenjager en een dronkaard. Terwijl je getrouwd was en kandidaat stond voor het Congres betaalde je voor de diensten van Mexicaanse meisjes net over de grens. Heb je nooit je vrouw besmet met een ziekte die je daar had opgelopen?'

De munitietrommel van de Thompson lag tussen Predikers knieën en de wijsvinger van zijn rechterhand balanceerde op de buitenkant van de trekkerbeugel. 'Zo moeilijk is mijn vraag niet,' zei hij.

'Je kunt het zo bont niet bedenken, of ik heb het gedaan. Tot ik mijn tweede vrouw ontmoette.'

'Die marxiste?'

'Ze was vakbondsorganisator voor de United Farm Workers en een vriend van Cesar Chavez.'

'En zo raakte je bevriend met de papen?'

'Er zijn ergere groeperingen.'

'Die toestand met die Aziatische vrouwen was niet mijn keuze.'

'Ik heb ze opgegraven. Ik heb met eigen ogen kunnen constateren wat voor werkwijze je erop na houdt. Verkoop die lulkoek maar aan iemand anders.'

'Heb jij ze gevonden?'

'Minstens een van de meisjes hield aarde in de palm van haar hand geklemd. Je weet wat dat zeggen wil?'

Prediker stak zijn wijsvinger omhoog. 'Het is buiten mij om gebeurd.'

'Je gebruikt de lijdende vorm.'

'Huh?'

'Als mensen geen schuld willen bekennen, manipuleren ze de taal.'

'Toe maar, je bent niet alleen oorlogsheld, maar ook taalkundige?'

'Er is niets heldhaftigs aan wat ik gedaan heb. Ik heb inlichtingen verstrekt over twee medegevangenen.'

Prediker leek zijn interesse voor het onderwerp verloren te hebben. Hij krabde werktuiglijk met vier vingers aan zijn wang. 'Ben je bang?'

'Waarvoor?'

'Voor de hel.'

'Daar ben ik al geweest.'

'Kun je dat nog een keer zeggen?'

'Ik keek in de ogen van net zo'n man als jij. Hij droeg een machinepistool van Russische of Chinese makelij. Hij was een wreed mens. Ik vermoed dat zijn wreedheid zijn aangeboren lafheid verborg. Ik ben nooit een sadist of een beul tegengekomen die geen lafaard was.'

Prediker maakte een gebaar met zijn hand dat hij stil moest zijn.

Eerst dacht Hackberry dat zijn woorden Predikers afweermechanisme waren binnengedrongen, maar toen besefte hij dat die waarneming ijdele hoop was. Prediker was opgestaan uit zijn stoel en had zijn aandacht gericht op de weg. Met zijn Thompson schuin omlaag, liep hij behoedzaam naar het raam. 'Ze heeft het buskruit niet uitgevonden, hè?'

'Wie?'

'Die hulpsheriff van je die Liam heeft doodgeschoten. Ze heeft net het binnenlicht van haar auto aangeknipt om iets in haar logboek te schrijven.'

'Ze patrouilleert op deze weg wanneer ze haar nachtronde doet. Ze staat hier helemaal buiten, Collins.'

'O nee, dat doet ze niet, vriend.'

'Klootzak. Godverdomde eikel.'

'Hoe noemde je me daar?'

'Ík ben degene die achter je aan zit. Niet mijn hulpsheriff. Ze voert mijn opdrachten uit. Ze doet niets op eigen houtje.'

'Je hebt mijn moeder beledigd, en nu vraag je een vrijgeleide voor je vriendin? Jij bent verantwoordelijk voor haar lot. Denk maar eens terug: die opengemaakte deuren, het feit dat je me achtervolgde buiten je rechtsgebied, het doodschieten van Liam. Jij hebt dit bewerkstelligd. Sheriff, kijk in mijn gezicht. Kijk in mijn binnenste. Dan zie je jezelf.'

Prediker had zich gebukt om te praten; zijn adem rook zuur en in zijn mondhoek zat een kloddertje schuimig speeksel. Hackberry greep met één hand Prediker stevig bij zijn shirt, trok hem naar zich toe en spuugde hem vol in zijn gezicht. Daarna verzamelde hij opnieuw speeksel en bleef spugen tot zijn mond volkomen droog was.

Prediker rukte zich los en pakte de kolf van de Thompson met twee handen vast en ramde hem op de brug van Hackberry's neus. Vervolgens sloeg hij hem nog een keer, ditmaal op zijn hoofd; Hackberry's hoofdhuid barstte open en de stalen kolfplaat schampte zijn oor.

Daarna pakte Prediker zijn hoed van het dressoir en liep naar de zijdeur. 'Ik reken straks wel met je af. Ik ben de laatste die je nog te zien krijgt. Je zult tot smekens toe bereid zijn om elk woord terug te nemen dat je over mijn moeder hebt gezegd.'

Bloed lekte uit Hackberry's haar in zijn ogen. Machteloos keek hij toe hoe Prediker de tuin in liep, waarbij de omlaag gerichte Thompson zijn silhouet een donker uitroeptken gaf tegen het schijnsel van de koplampen van de surveillanceauto.

Hackberry vormde zijn vingers tot een kegel en probeerde uit alle macht de rug van zijn hand door de stalen opening van de handboei te wurmen, die om zijn linkerpols zat. Bloed stroomde in straaltjes langs zijn duim. Hij stond op en rukte met uitgestrekte armen aan de ketting, die met de andere handboei aan de stang van het ledikant vastzat. Door het raam zag hij hoe Prediker de oprit af liep en Pam Tibbs' surveillanceauto naderde. De regen wervelde als gesponnen glas om hem heen en de donder rolde uit over de hemel.

Hackberry zag Pams hand omhooggaan en het binnenlicht uitdoen. Daarna ging het licht om de een of andere raadselachtige reden weer aan. Hij schreeuwde zo hard hij kon, precies op het moment dat het bed in brokstukken uit elkaar viel. Prediker zette de Thompson aan zijn schouder, met zijn rechterelleboog als een kippenvleugel naar buiten gericht, en richtte door het ijzeren vizier.

De eruptie van vuur uit de loop was als de gekartelde en grillige kronkelingen van een elektrische boog. De kaliber 45-kogels knalden het glas uit de achterruit en de zijruiten, doorzeefden de portieren, scheurden de bekleding van de stoelen, versplinterden een zijspiegel, teisterden de motorkap en perforeerden een band, en dat alles in minder dan een seconde.

Hackberry rukte de handboeien los van het vernielde ledikant en vond zijn geholsterde revolver op de vloer, waar Prediker hem had neergelegd. Hij rende op blote voeten de zijtuin in, net op het moment dat Prediker een nieuw salvo afvuurde met de Thompson, ditmaal vanuit zijn heup, en de politieauto over de hele lengte met kogels doorzeefde. Een vlammetje flakkerde op onder de motorkap, leek van de motor op het asfalt te druipen en verplaatste zich razendsnel naar achteren. Het had de benzinetank nog niet bereikt, of er volgde een hevige explosie. Meteen stond de auto in lichterlaaie. Een verzengend vuur verwoestte het interieur en veroorzaakte een roodzwarte pluim die rook naar de uitstoot van een destructiebedrijf. Hackberry voelde hoe een krachtige hittestroom zich over het grasveld verplaatste en zijn gezicht raakte.

'Collins!' schreeuwde hij. Prediker draaide zich om; zijn silhouet tekende zich af tegen de brandende auto. Hackberry bracht zijn revolver omhoog, mikte met beide handen en schoot eenmaal. Een oorverdovende schot klonk en de terugslag leek op die van een pneumatische hamer. Hij bracht het korrelvizier in balans en vuurde nog tweemaal, maar hij was te ver van zijn doelwit en hoorde hoe de kogels gesteente of de top van een helling raakten, gierend in de duisternis met een geluid als het vibrato van een gebroken banjosnaar.

Hij zag hoe Prediker wegstapte uit het licht en op zijn gemak naar het noordelijke weiland liep. Hij had de Thompson vast bij de pistoolgreep en de loop wees naar de hemel. Slechts eenmaal keek hij even over zijn schouder naar Hackberry.

De regen verdampte op de smeulende resten van de politieauto. De vlammen in het gras verspreidden zich cirkelvormig; de mesquitebomen vatten vlam en flikkerden als vuurvliegjes. Bij de surveillanceauto was alles doodstil. De airbags aan de voorkant hadden zichzelf opgeblazen en waren in de hitte uit elkaar geploft. Als gordijnen van as hingen ze over het stuur, de verkoolde stoelen en het dashboard. Hackberry voelde hoe zijn ogen zich vulden met water. Terwijl de regen zijn gezicht striemde, volgde hij Prediker het weiland in; zijn twee ruinen waren helemaal in paniek. Een bliksemflits doorkliefde de wolken en hij dacht dat hij Prediker door de afrastering van het noordelijke hek zag klimmen. Hij schoot één keer – of waren het twee schoten? – maar zonder resultaat.

Hij stapte op een hekklem en voelde de aluminium punt in de bal van zijn voet dringen. Op dat moment bevond Prediker zich al in de wei, voorbij het boomstronkvuur, uit de schaduw. Hackberry bleef staan bij het hek en schoot opnieuw. Dit keer zag hij Predikers jas opwippen, alsof een windvlaag die had gegrepen. Hackberry klom door de omheining en liep verder de sorghum in, in de richting van een kreupelbosje waar een kleine personenauto stond geparkeerd.

Prediker opende het portier van de auto. Bijna als bij nadere overweging draaide hij zich om en keek in het gezicht van Hackberry; zijn Thompson wees omlaag. Zijn mondhoek plooide zich tot een glimlach. 'Je bent een vasthoudend man, Holland.'

Hackberry bracht zijn revolver met beide handen omhoog, spande de haan en richtte op Predikers gezicht. 'Stuur me een kaartje uit de hel met je bevindingen,' zei hij. Hij haalde de trekker over, maar de hamer sloeg tegen een lege huls.

'Je verliest, ouwe jongen,' zei Prediker.

'Maak er een einde aan.'

'Voor mij ligt het anders. Ik ben sterker dan jij. Ik zal de rest van je leven in je gedachten zijn. De vrouw die ik zojuist heb gedood, zal mijn kameraad worden en jou achtervolgen in je slaap. Welkom bij de grote schaduw.'

Prediker stapte in zijn auto, startte de motor en reed langzaam de akker af. Nadat hij het uitgebrande karkas van de surveillanceauto was gepasseerd, deed hij zijn koplampen aan en reed over de doorgaande weg naar de stad. In zijn achterruit glinsterde het gat als een kristallen oog.

Hackberry verliet de akker en liep het asfalt op. Het bloed in zijn haar vermengde zich met regenwater en liep door zijn wenkbrauwen over zijn gezicht. Op de manier waarop dromen slechts dromen blijken te zijn, zag hij een verschijning in de mist die niet logisch was, die er qua plaats en qua tijd niet kon zijn, die veel weg had van een omkeerfilm waarvan de diapositieven materiaal bevatten dat onacceptabel was en gecorrigeerd moest worden.

Pam Tibbs klauterde uit de regengreppel die parallel liep aan de andere kant van de weg. Haar kleren zaten vol roetvlokken, en de regen had vuile strepen getrokken op haar gezicht.

'Pam!' zei hij.

Ze stapte de weg op; haar ogen traanden van de zwarte rook van de banden die in haar gezicht werd geblazen door de wind. Ze leek gedesoriënteerd, alsof de aarde van plaats veranderde onder haar voeten. Ze keek hem met een wezenloze blik aan. 'Ik was uit de auto gestapt. Ik dacht dat ik een hert had geraakt. Een hinde met twee reekalfjes. Een van de reekalfjes maakte een geluid alsof het gewond was, of bang.

Maar ik zie ze nergens meer. Ik denk dat ik door de explosie buiten westen ben geraakt.'

'Ik dacht dat je dood was.'

'Ben je gewond?' vroeg ze.

'Met mij is alles goed.'

'Is Collins nog hier?'

'Hij is weg. Heb je je mobiele telefoon bij je?'

Hij zag dat ze hem al in haar hand had. Hij nam de mobiel van haar over, maar zijn vingers trilden zo dat zij 911 voor hem moest bellen.

# 20

Pete kreeg een lift van een truck met pluimvee. Weer in het motel sliep hij een gat in de dag, in een poging om zijn herinneringen aan de vorige avond te verdringen: zijn ruzie met Vikki; zijn mislukte poging om een auto te jatten; zijn bekentenis aan Billy Bob in Montana dat hij bang was en voelde dat hij tekortschoot; zijn woede op de bestuurder van een kleine personenauto bij het stoplicht en de stenen die hij naar het voertuig had gesmeten.

Hoe was het mogelijk dat een mens er in zo'n korte tijd zo vaak zo'n puinhoop van maakte? Toen hij tegen het middaguur wakker werd, was het of zich een akelige lusteloosheid van zijn lichaam én zijn geest had meester gemaakt – alsof hij twee dagen aan de zuip was geweest en een zware wissel op de toekomst had getrokken. Zou een storm het motel wegblazen en hem hier achterlaten, dan was hij er zeker van dat hij zou ontdekken dat de schepping een onmetelijk leeg omhulsel was, een farce, een toneeldecor dat geen geheimen bevatte, en dat hij een onbetekenende nul was te midden van dit alles.

Vikki was nergens te bekennen. Zijn enige metgezel was een kakkerlak ter grootte van een sigarenstompje die het gordijn bij de televisie op kroop. Hij trok zijn shirt aan, zonder de moeite te nemen de knoopjes dicht te doen, ging op de rand van het bed zitten en vroeg zich af wat zijn volgende stap zou zijn.

Billy Bob had gezegd dat hij zijn neef, de sheriff, moest vertrouwen. Maar hoe zat het met de mensen van de fbi? Soms brachten ze getuigen in de problemen. Pete had verhalen gehoord over zaken die justitie toch niet kon winnen en waarin ze de namen van vertrouwelijke informanten aan strafpleiters hadden gegeven. Die hadden de namen vervolgens weer doorgegeven aan hun cliënten, daarmee de informanten blootstellend aan vergelding.

Zijn naam en die van Vikki zouden in de krant komen. Vikki had Prediker twee kogels in zijn donder geschoten toen hij haar wilde dwingen om bij hem in de auto te stappen. Pete had zijn gezicht nooit gezien en wist niets van zijn verleden of achtergrond, maar hij had weinig twijfels over wat er met Vikki zou gebeuren als de man haar te pakken kreeg.

Maar wat zou er gebeuren als Pete doorging met nietsdoen? Tot nu toe hadden Vikki en hij mazzel gehad. Hadden ze maar geld, paspoorten of een auto. Of een wapen. Maar ze hadden niets van dat alles, en om alles nog erger te maken, had hij ruzie met Vikki gemaakt.

Toen hij naar buiten ging, was de regen weggetrokken, maar de lucht was van horizon tot horizon bedekt met wolken die zo zwaar en grijs waren als lood en als een reusachtig deksel de vochtigheid en de hitte terugduwden naar de aarde. In de buurtwinkel, die tweemaal zo groot was als een Greyhound-bushokje, kocht hij een pak watercrackers en een blikje frankfurterworstjes. Ook kocht hij een sombrero van een Mexicaan die vanaf de laadbak van een pick-up hoeden en poncho's verkocht en bonte, fluweelachtige schilderijtjes van de kruisiging en het Heilig Hart. Vervolgens trok hij een fles cola uit de buitenautomaat. Terwijl de zon door het wolkendek brak en met zijn stralen de woestijn verlichtte, hurkte hij neer in de schaduw van de winkel en begon hij zijn worstjes te eten, die hij tussen de crackers stopte. De crackers waren droog, maar met wat cola waren ze wel naar binnen te krijgen.

Hij wist niet goed waarom hij de hoed, die zes dollar kostte, had gekocht. Hij kon eigenlijk maar één reden bedenken: dat het feit dat hij hier op zijn hurken zat te lunchen in de hete schaduw van een buurtwinkel aan de uiterste grens van de Great American Desert, met zijn kale cowboylaarzen vol haarscheurtjes en zijn hoed schuin op zijn voorhoofd, hem terugvoerde naar een tijd waarin hij de wereld had beschouwd in termen van beelden in plaats van als gebeurtenissen. Vissen in een groene rivier, anguskoeien grazend in de rode klaver, zonverlichte buien die kletterden op de blauwe lupine in de lente, een vollemaan in de herfst, zo groot, bruin en door stof versluierd als een uit zijn baan geraakte planeet. Pick-ups, countrymuziek en dansen op de 'Bandera Walz' onder Japanse lantaarns in een biertuin aan de oever van de Frio. Vlees- en visbarbecues, leerlingen van de middelbare school op een janplezier en weer andere kinderen die op paarden zaten voor de International Gateway Academy. Picknicks, raadspelletjes, doop door onderdompeling, openluchtpredikers die vol vervoering oreerden met ogen die rolden in hun kassen. Kon hij maar een aantal jaren terug gaan in de tijd, zijn hand op dat alles leggen en het vasthouden.

Dat was het geheim: vasthouden aan de dingen waarvan je hield en ze onder geen beding opgeven. Je nooit door iemand laten vermurwen om ze op te geven.

Hij liep de straat uit naar het enige blok met winkels en kantoren dat de plaats rijk was en stapte een verhoogd trottoir op. In het beton zaten nog de ringen om de paarden aan vast te leggen. Hij liep langs een failliete bank die opgericht was in 1891, een kapperszaak met een draaiende gestreepte paal in een plastic behuizing, een winkel met tweedehands huishoudelijke apparatuur, een eethuis dat op het raam bizonburgers aanprees met witte waterverfletters, een bar die zo lang, nauw en donker was als een gesloten goederenwagon.

De plaatselijke bibliotheek was efficiënt ondergebracht in een geheel gelijkvloers gelegen kalkstenen gebouw waar ze ooit autobanden verkochten. Op de afdeling naslagwerken vond hij een stapel telefoonboeken met alle districten van Zuidwest-Texas. Het kostte hem maar vijf minuten om het nummer te vinden. Hij leende een pen van de bibliothecaresse en schreef het nummer op een papiertje. Het haar van de vrouw was bijna blauw, haar ogen stonden klein en helder achter haar brillenglazen en haar gezicht had diepe, donkerroze plooien. 'U komt hier niet vandaan, hè?' vroeg ze.

'Ja mevrouw. Ik ben hier op bezoek.'

'U mag hier altijd terugkomen wanneer u dat wilt.'

'Dat zal ik zeker doen.'

'U bent een wellevend jongmens.'

'Dank u. Maar waar ziet u dat aan?'

U zette uw hoed af toen u het gebouw binnenkwam. U zette hem af, ook al dacht u dat er niemand keek. Uw manieren zijn die van een voorkomend en respectvol mens.'

Pete liep terug naar het motel, liet een briefje voor Vikki achter op haar hoofdkussen en liftte naar een verlaten kruising vijftig kilometer ten westen van de stad, die hem deed denken aan de plek waar de Aziatische vrouwen waren vermoord, aan de plek waar zijn leven voor altijd was veranderd. Hij ging een telefooncel binnen, haalde diep adem en toetste het nummer in. Aan de horizon zag hij een lange trein zinderend van de hitte als een zwarte duizendpoot over een alkalivlakte kruipen.

'Met het bureau van de sheriff,' zei een vrouw. Het was een stem die hij eerder had gehoord.

'Spreek ik met de meldkamer?' vroeg hij.

'Ja. Wilt u een incident melden?'

'Ik wil met sheriff Holland praten.'

'Hij is er op het moment niet. Met wie spreek ik?'

'Wanneer is hij er weer?'

'Dat is moeilijk te zeggen. Kan ik u misschien helpen?'

'Ja, door me door te verbinden. Dat kunt u toch?'

'Dan moet u me uw naam geven. Is er een reden dat u me uw naam niet wilt geven?'

Hij voelde zijn oksels nat worden, rook zijn eigen penetrante zweet. Hij klapte de deur van de telefooncel open en stapte met de hoorn tegen zijn oor naar buiten.

'Bent u er nog, meneer?' vroeg de vrouw. 'We hebben elkaar al eerder gesproken, hè? Herinnert u me nog? Uw naam is Pete, als ik het goed heb?'

'Ja mevrouw, dat is mijn roepnaam.'

'We willen graag dat je langskomt op het bureau, Pete. Samen met mevrouw Gaddis.'

'Dat is precies de reden dat ik de sheriff wil spreken.'

'De sheriff is in het ziekenhuis. Een man heeft gisteravond geprobeerd hem en hulpsheriff Tibbs te vermoorden. Ik denk dat je de man kent over wie we het hebben.'

'Prediker? Nee, ik ken hem niet. Ik ken alleen zijn naam. Ik weet dat hij Vikki probeerde te ontvoeren en misschien wilde doden. Maar ik ken hem niet.'

'We proberen je te helpen, soldaat. Vooral sheriff Holland.'

'Daar heb ik hem niet om gevraagd.' Hij hoorde het zweet tussen zijn oor en de hoorn knerpen. Hij hield de hoorn een eindje van zijn hoofd en veegde zijn oor af met zijn schouder. 'Hallo?'

'Ik ben er nog.'

'Zijn de sheriff en de hulpsheriff er ernstig aan toe?'

'Er worden een paar röntgenfoto's van de sheriff gemaakt. Je bent geen misdadiger, Pete. Maar je bent ook niet erg verstandig bezig.'

'Wat is uw naam, mevrouw?'

'Maydeen Stolz.'

Pete keek op zijn horloge. Hoeveel tijd kostte het om een telefoongesprek te lokaliseren? 'Oké, mevrouw Stolz, als u nu eens met uw luie reet uit die stoel kwam en me het mobiele nummer van de sheriff gaf? Dan zult u van mij geen last meer hebben.'

Hij dacht dat hij haar met een balpen op de bureauonderlegger hoorde tikken.

'Ik geef je zijn nummer en vertel hem dat hij de komende paar minuten een telefoontje van je kan verwachten. Maar knoop dit goed in je oren, wijsneus. Afgelopen nacht hebben we bijna twee van onze beste mensen verloren. Besef dat wel. En als je nog eens een dergelijke toon tegen me aanslaat, en ik krijg je in mijn handen, dan zul je ervan lusten.'

Ze gaf hem het mobiele nummer, maar hij had geen pen en moest het nummer op de stoffige richel onder het telefoontoestel schrijven.

Hij liep de kleine kruidenierswinkel bij de kruising binnen. De lucht van kaas, vleeswaren, insectenspray, verschaalde sigarettenrook en overrijp fruit was om te stikken. Achter in de winkel staarde hij met zijn armen over elkaar naar de beslagen glazen deuren van de koelkasten, alsof hij zich beschermde tegen een vijand. Achter één deur waren flesjes Dr Pepper, limonade en cola blikjes in rekken gezet. Achter de volgende deur stond sixpack op sixpack gestapeld, van elk biermerk dat in Texas verkocht werd. De door de kou beparelde amberkeurige flesjes zaten in vochtige en slap geworden draagkartonnetjes, die erop wachtten om uiterst behoedzaam opgepakt te worden door zorgzame handen.

Eén sixpack met halve liters, dacht hij. Hij kon ze verdelen over de middag, wat net genoeg was om de kronkels uit zijn zenuwstelsel te halen. Soms had je een parachute nodig. Was het niet beter om langzaam te ontwennen dan dat je in één keer kapte met de drank?

'Al gevonden wat u hebben wilt?' vroeg de vrouw achter de toonbank. Ze woog op zijn minst honderddertig kilo en dijde onder haar middel uit als een omgekeerde wastobbe. Ze rookte een sigaret en tikte de as af in een kroonkurk. Haar lipstick tekende zich helder af op het filter en tussen haar vingers bevond zich een geelbruine V-vormige vlek.

'Waar is het herentoilet?' vroeg hij.

Ze inhaleerde en blies de rook langzaam uit, terwijl ze hem opnam. 'Ongeveer anderhalve meter achter je, de deur met het bordje MEN's ROOM'

Hij ging naar de wc en kwam naar buiten met een papieren handdoekje, waarmee hij het water van zijn gezicht veegde. Hij deed de deur van de koelkast open, pakte er een sixpack Budweiser uit en liet het steunen op zijn hand. De blikjes waren bedekt met waterdruppeltjes en stootten tegen elkaar aan in de plastic houder. De kassière had een verse sigaret opgestoken en blies de rook door haar vingers terwijl ze de sigaret bij haar mond hield. Hij zette het bier op de toonbank en tastte naar zijn portefeuille. Maar ze sloeg de aankoop niet aan.

'Mevrouw?'

'Wat?'

'Is er iets waarom u zo verdomde vreemd tegen me doet.'

'Vreemd? Hoezo?'

'Om te beginnen zit u me aan te staren alsof ik zojuist uit een ruimteschip ben gestapt.'

Ze mikte haar sigaret in een emmer met water onder de toonbank. 'Ik heb geen enkele reden om naar u te staren.'

'Dus...'

'Híj misschien wel.'

Haar blik ging naar het voorraam van de winkel en gleed langs de benzinepompen onder de overkapping naar de telefooncel. Ernaast stond een politieauto. Een man in een kaki uniform zat met een zonnebril op achter het stuur. De motor liep niet en de portieren stonden open om de verkoelende wind binnen te laten, terwijl hij schreef op een klembord.

'Dat is Howard. Hij vroeg me wie zojuist de telefoon had gebruikt,' zei de vrouw.

'Ik neem aan dat ik dat geweest ben.'

'Ik zag u bij de AA-bijeenkomst in de kerk.'

'Ook dat zou heel goed kunnen.'

'Wilt u dat bier nog steeds?'

'Wat ik zou willen is een flinke afstand tussen mij en uw winkel.'

'Ik ben bang dat ik daar niet voor kan zorgen.'

'Mevrouw, ik zit hopeloos in de knoei, maar ik heb niemand kwaad gedaan. Niet bewust in elk geval.'

'Daar zie ik u ook niet voor aan.'

Haar ogen waren vol medelijden, hetzelfde soort medelijden en verdriet dat hij in de stem van zijn vriend Billy Bob had bespeurd. Pete zag hoe de politieagent uit zijn auto kwam, onder de overkapping door liep en de voordeur van de winkel opentrok. Opnieuw sloeg hij zijn armen over elkaar voor zijn borst. In die paar seconden had hij het gevoel of zich een hele reeks hechtingen vormden op zijn hart en meteen daarop weer knapten.

'Hebt u daarnet gebeld in die telefooncel?' vroeg de agent. Zijn huid was gebruind, zijn huid rook penetrant naar zweet en zijn ogen gingen verborgen achter een zonnebril.

'Ja agent, een aantal minuten geleden.'

'U hebt niet opgelegd. En de telefoniste roept dat u nog vijfennegentig cent moet betalen.'

'Ik zal het meteen in orde maken. Ik had niet in de gaten dat ik te lang gebeld had.'

'Wilt u het bier nog?' vroeg de verkoopster.

'Jazeker.'

Pete nam de blikjes onder zijn arm, kreeg zijn wisselgeld, wisselde nog drie dollar in munten en liep terug naar de telefooncel. De zon scheen onbarmhartig op de harde grond en de tweebaansasfaltweg en zette de heuvels, de alkalivlakte en de spoorlijn in de verte in een heiig licht. De vrachttrein was gestopt en stond te bakken in de hitte.

Hij trok het lipje van een halve liter open, zette het blikje op het plankje onder de telefoon en toetste het mobiele nummer van sheriff Holland in. Terwijl de telefoon overging, greep hij het zweetachtig koude blikje met zijn linkerhand.

'Sheriff Holland.'

'Uw neef Bob...'

'Hij heeft me al gebeld. Ben je van plan ons een bezoek te brengen, Pete?'

'Ja meneer, dat ben ik inderdaad van plan.'

'Wat weerhoudt je ervan?'

'Ik wil niet naar Huntsville Prison. Ik wil niet dat die Prediker en zijn vriendjes achter Vikki aan gaan.'

'Waar zijn ze volgens jou nu mee bezig, jongen?'

Ik ben geen jongen, zei een stem in zijn hoofd. 'U weet wat ik bedoel.'

'Hoe word je over het algemeen behandeld?'

'Hoezo?'

'Hoe word je behandeld, sinds je terugkeer uit Irak? Door de doorsneeburger? Behandelen ze je goed?'

'Ik mag niet klagen.'

'Geef antwoord op mijn vraag.'

'Ze hebben me goed behandeld.'

'Maar je vertrouwt ze niet, hè? Je denkt dat ze eropuit zijn je te belazeren.'

'Misschien dat ik in tegenstelling tot anderen me niet kan permitteren om fouten te maken.'

'Ik heb zo'n donkerbruin vermoeden waar je zou kunnen zijn, Pete. Maar ik ben niet van plan om de sheriff daar te bellen. Ik wil dat mevrouw Gaddis en jij uit eigen beweging komen. Ik wil dat jullie me helpen om die lui die die arme Aziatische vrouwen hebben vermoord achter slot en grendel te krijgen. Jij vocht voor je land, makker. En nu moet je er opnieuw voor vechten.'

'Ik hou er niet van als mensen de vlag gebruiken om me voor hun karretje te spannen.'

'Ben je aan de zuip?'

'Hoezo?'

'Je was aangeschoten toen je de eerste keer 911 belde bij de kerk. Als ik jou was zou ik kappen met die troep tot dit achter de rug is.'

'U zou dat doen, hè?'

'Ik praat uit ervaring, ik heb mijn portie gehad. Billy Bob zegt dat je een goed mens bent. Ik geloof hem.'

'Wat moeten we doen? Gewoon uw bureau binnenlopen?' zei Pete. Hij keek naar het dampwolkje aan de bovenkant van het blikje. Zijn luchtpijp voelde roestig aan toen hij probeerde te slikken.

'Als je wilt, stuur ik een politieauto.'

Pete pakte de halve liter en drukte het koude blikje tegen zijn wang. Hij zag hoe de trein in beweging kwam. De zwarte, open goederenwagons sloegen met een metalig geluid tegen hun koppelingen, alsof ze zich verzetten tegen hun eigen massa.

Hij liet zich op de vloer van de telefooncel zakken, waarbij hij de hoorn met zijn met metaal omwikkelde koord meetrok en de blikjes zich verspreidden over het beton. Hij had het gevoel of hij was afgedaald naar de bodem van een put, waar geen zonlicht, geen hoop meer was. Waar hij nooit meer de wind in zijn gezicht zou voelen, nooit meer bloemen in de ochtend zou ruiken, nooit meer deel zou hebben aan het grote menselijke drama dat de meeste mensen als vanzelfsprekend beschouwen – hij, Pete, een man met een rode alligatorhuid die voor mensenhuid moest doorgaan en met een grote hoeveelheid zonden die nooit vergeven zouden worden. Hij trok zijn knieën op naar zijn gezicht, zijn hoofd boog naar voren en hij begon zachtjes te huilen.

'Ben je er nog, maat?'

'Zeg maar tegen mevrouw Maydeen dat het me spijt dat ik zo'n grote mond tegen haar heb opgezet. Ook spijt het me dat u en uw hulpsheriff gewond zijn geraakt. En gisteren heb ik een man aangevallen bij een stoplicht. Ook hem bied ik mijn excuses aan.'

'Je hebt iemand aangevallen?'

'Ik heb stenen naar zijn auto gegooid. Er is een baksteen door zijn achterruit gegaan.'

'Waar was dat?'

Pete vertelde het hem.

'Weet je het merk nog?'

'Een geelbruine Honda.'

'Was het een groot gat?'

'Iets kleiner dan een softbal. Het gat was een beetje ellipsvormig. Het leek op het oog van een Chinees die uit het raam kijkt.'

'Het kenteken weet je zeker niet meer?'

Pete hield nog steeds de halve liter vast. Hij zette het blikje op de grond voor de deur van de telefooncel en duwde het om met de zool van zijn laars. 'Eén letter en misschien twee cijfers, dat is alles. Hebben jullie nu al een aangifte binnen?'

'Laten we zeggen dat we contact met de bestuurder hebben gehad.'

Een paar minuten later raapte Pete de blikjes op die hij had laten vallen, ging de winkel in en zette ze op de toonbank. 'Kan ik mijn geld terugkrijgen?'

'Als je heel lief bent.'

'Huh?'

'Dat is een grapje.' Ze opende de kassalade en telde zijn geld uit. 'Er zijn douches achterin. Maak er gerust gebruik van als je zin hebt.'

'Er wacht iemand op me.'

Ze knikte.

'U bent een aardige vrouw,' zei hij.

'Dat zeggen ze wel vaker,' zei ze. Ze plantte een verse filtersigaret tussen haar lippen, stak hem aan met een bic, blies de rook schuin naar boven uit en keek door het raam naar de tweebaansweg die scheeftrok in de hitte en oploste in een zwart meer aan de horizon.

'Ik bedoelde er niets mee, mevrouw.'

'Zie ik eruit als een mevrouw? Het is juffrouw,' zei ze.

Twee dagen nadat Jack Collins zijn woning was binnengedrongen, vlogen Hackberry Holland en Pam Tibbs in het eenmotorige vliegtuigje van het bureau naar San Antonio. Daar leenden ze een auto met een burgerkenteken van het kantoor van de sheriff van Bexar County en reden naar de wijk waar Nick Dolan woonde. De enclave-achtige sfeer, de afmetingen van de huizen, de palmlelies, hibiscusstruiken, palmbomen, magnolia's, lagerstoemia en bougainville in de tuinen en het aantal tuinlieden deden Hackberry denken aan een buitenlands land, in de tropen misschien, of aan de rand van de Stille Oceaan.

Behalve dan dat deze wijk een soort paradox was. De donkere werknemers – dienstmeisjes die de lege vuilnisemmers weghaalden bij het trottoir, tuinlieden met oorbeschermers die op maaiers zaten of met bladblazers in de weer waren, opperlui en ambachtslieden die een uitbouw aan het maken waren – waren allemaal buitenlanders; maar het was niet de onderdrukte inheemse bevolking die Somerset Maugham, George Orwell en Graham Greene hadden beschreven in hun boeken over het leven in de nadagen van de koloniale Europese rijken en het British Empire. De bezitters en bewoners van de grote huizen in Nick Dolans wijk waren vermoedelijk allemaal autochtonen, maar ze waren erin geslaagd om kolonialen in eigen land te worden.

Toen Hackberry naar Nick Dolans restaurant belde en zei dat hij hem wilde ondervragen, had Dolan duidelijk gespannen geklonken. Hij had zijn stem geschraapt en beweerd dat hij het druk had en de staat uit moest voor zaken. 'Ik heb geen idee waar dit over gaat. Ik ben verbaasd.'

'Arthur Rooney.'

'Artie Rooney is een Ierse bastaard. Ik zou nog niet in zijn mond pissen als hij lag te creperen van de dorst. Herstel: ik zou de straat niet oversteken als ik zag hoe een pitbull zijn keel openreet.'

'Heeft de FBI met u gesproken, meneer Dolan?'

'Nee. Wat heeft de FBI met dit alles te maken?'

'Maar u heeft toch met Isaac Clawson gesproken, de ICE-agent?'

'Die naam komt me vaag bekend voor.'

'Ik waardeer uw bereidwilligheid. Dan zien we elkaar vanavond.'

'Wacht eens even...'

Het was al laat toen Hackberry en Pam bij Nicks huis arriveerden; schaduwen spreidden zich uit over het gazon en in de bomen flitsten vuurvliegjes in rookachtige patronen. Nick Dolan leidde hen rechtstreeks door het huis naar zijn achtertuin, waar hij hen liet plaatsnemen op rotanstoelen naast een tafel met een glazen blad waarop al een karaf met citroenlimonade met geschaafd ijs, een schaal met rivierkreeft en een schaal vol gebak stonden. Maar er was geen enkele twijfel bij Hackberry dat Nick Dolan geestelijk een wrak was.

Nick begon over de wijnstok te praten die zich om het latwerk en klimplantenrek boven hun hoofd vlocht. 'Deze wijnstokken komen nog van de woning van mijn grootvader,' zei hij. 'Mijn opa woonde in New Orleans, in de bovenstad, in een zijstraat van Saint Charles Avenue. Hij was een vriend van Tennessee Willams. Hij was een groot man. Weet u wat een groot man is? Een man die dingen op zich neemt die moeilijk zijn, doet alsof het niet veel voorstelt en nooit klaagt. Waar is uw wapen?'

'In de auto,' antwoordde Hackberry.

'Ik dacht dat politiemensen altijd een wapen moesten dragen. Wilt u limonade? Neem wat van die rivierkreeft. Ik heb ze levend meegenomen uit Louisiana. Ik heb ze zelf gekookt en gepeld. De saus heb ik ook zelf gemaakt. Ik pureer mijn eigen pepers. Ga uw gang. Steek een kreeftje aan een prikker, haal hem door de saus en zeg wat u ervan vindt. Hier, houdt u van chocolade-pindakaasbrownies? Die zijn de specialiteit van mijn vrouw.'

Pam en Hackberry keken Nick strak aan en zwegen. 'Jullie zorgen ervoor dat ik me ongemakkelijk voel. Ik heb een hoge bloeddruk. Ik pas hiervoor,' zei Nick.

'Ik denk dat u de anonieme beller bent die me waarschuwde voor Jack Collins, meneer Dolan. Ik wilde dat ik uw waarschuwing meer ter harte genomen had. Hij heeft een paar deuken in mijn hoofd geslagen en bijna hulpsheriff Tibbs vermoord.'

'Ik begrijp niet waar u het over hebt.'

'En ik denk ook dat u degene bent die de FBI heeft gebeld met de mededeling dat Vikki Gaddis en Pete Flores in gevaar waren.'

Nog voor Hackberry zijn laatste zin had afgemaakt, begon Nick Dolan heftig met zijn hoofd te schudden. 'Nee, nee, nee, u hebt de verkeerde voor u. U moet twee personen verwisselen of zoiets.'

'U hebt me verteld dat Arthur Rooney u en uw gezin wilde vermoorden.'

Nick Dolans kleine, ronde handen gingen voortdurend open en dicht op het glazen blad van de tafel. Zijn buik rees en daalde, zijn wangen waren vuurrood. 'Ik heb me in de nesten gewerkt,' zei hij. 'Ik wilde Artie een paar dingetjes betaald zetten die hij me heeft geflikt. Ik liet me in met slechte mensen, het soort dat nergens voor terugdeinst.'

'Heet een van hen soms Hugo Cistranos?'

'Hugo werkte voor Artie toen Artie een beveiligingsbedrijf runde in New Orleans. We werden allemaal door Katrina New Orleans uit gedreven en kwamen zo'n beetje tegelijkertijd in Texas terecht. Meer heb ik hierover niet te zeggen.'

'Ik zal en moet Jack Collins vinden, meneer Dolan. Als het kan met uw hulp. U zult er in de toekomst veel baat bij hebben.'

'U bedoelt als "kroongetuige" of zoiets?'

'Dat is een mogelijkheid.'

'Stop dat "kroongetuige"- gedoe, maar in uw... u weet wel. Die godverdomde gek van een Collins, sorry voor mijn taalgebruik, is de enige die ervoor zorgt dat we nog leven.'

'Ik kan niet zeggen dat ik erg met u meevoel.'

'Heeft u geen vrouw en kinderen?'

'Ik heb Collins in het gezicht gekeken. Ik zag hoe hij de surveillance-auto van mijn hulpsheriff doorzeefde.'

'Mijn vrouw gaf hem er van langs met een pan. Hij had ons beiden kunnen doodschieten, maar hij deed het niet.'

'Heeft je vrouw Jack Collins een pak rammel gegeven?'

'Is er iets mis met mijn taalgebruik, dat u me niet begrijpt? Echoot het te veel in mijn tuin?'

'Ik wil met haar praten.'

'Ik weet niet of ze wel thuis is.'

'U weet wat belemmering van de rechtsgang is?' vroeg Pam Tibbs.

'Ja, die flauwekul waar ze het in die politieseries over hebben.'

'Verklaar dit dan eens?' Pam nam een brownie van de schaal en legde hem weer terug. 'Hij is nog warm. Zeg tegen je vrouw dat ze hier moet komen.'

Nick Dolan staarde in de ruimte en kneep met zijn ene hand in zijn kin. Zijn ogen bewogen niet synchroon. 'Alles is mijn schuld.'

'Wat is er allemaal uw schuld?'

'Alles.'

'Waar is uw vrouw, meneer Dolan?' vroeg Pam.

'Ze was het zat. Ze heeft de auto gepakt en is weggereden. Met de kinderen.'

'En ze komt niet terug?' vroeg ze.

'Ik weet het niet. Vikki Gaddis kwam naar mijn club; ze wilde een baantje als zangeres. Had ik haar maar aangenomen. Ik had het leven van die twee jonge mensen een andere wending kunnen geven. Ik heb het allemaal aan Esther verteld. Best mogelijk dat ze nu denkt dat ik haar bedrogen heb.'

'Misschien kunt u nog steeds alles een andere wending geven,' zei Hackberry.

'Ik heb er genoeg van met u te praten. Ik wou dat ik nooit was weggegaan uit New Orleans. Ik wou dat ik had meegeholpen met de wederopbouw van de Ninth Ward. Ik wou dat ik iets positiefs gedaan had met mijn leven.'

Pam blies haar adem omhoog in haar gezicht en keek naar Hackberry.

Die nacht trok een onweer over Zuidwest-Texas met nauwelijks regen, maar met harde wind, stof en witte bliksem, en Hackberry besloot om pas de volgende ochtend terug te vliegen. Pam en hij aten bij een Mexicaan aan de Riverwalk, vlak bij de Alamo. Hun tafeltje in de openlucht stond op tuintegels en werd verlicht door gaslampen. Een gondel met een mariachi-orkest dreef langs hen over het water en alle musici bogen alsof ze zich onder een van de gewelfde voetgangersbruggen bevonden. Langs de oevers van de rivier stonden bloembedden en witgepleisterde gebouwen met balkons die waren voorzien van Spaans traliewerk. Bomen waren terrasgewijs geplant en wekten de suggestie van een beboste heuvelhelling midden in de stad.

Pam had weinig gezegd tijdens de vlucht naar San Antonio, en nadat ze de tuin van Nick Dolan verlaten hadden nog minder.

'Een beetje moe?' vroeg Hackberry.

'Nee.'

'Wat dan?'

'Uitgehongerd. Misschien wel zin me te bezatten. Of om Jack Collins op te zoeken en dingen met hem te doen die hem slapeloze nachten bezorgen.'

'Mensen als Collins hebben geen nachtmerries.'

'Ik denk dat je hem verkeerd inschat.'

'Hij is een psychopaat, Pam. Wat valt er in te schatten?'

'Waarom schoot Collins je niet neer toen er geen kogel meer in je revolver bleek te zitten?'

'Weet jij het?'

'Omdat hij jou wil aanstellen.'

'Aanstellen? Als wat?'

'Als zijn scherprechter.'

Hackberry had net zijn vork naar zijn mond gebracht. Zijn ogen werden uitdrukkingsloos, en heel even aarzelde hij. Toen stak hij de hap in zijn mond. Hij zag hoe een gondel onder een stenen brug door gleed en de musici stompzinnig grijnsden, terwijl bloemen van een boom neerdwarrelden op hun sombrero's en met brokaat versierde pakken. 'Ik zou maar niet te veel tijd steken in het analyseren van deze figuur,' zei hij.

'Ze willen allemaal hetzelfde. Ze willen dood en ze willen dat hun scherprechter hun waardig is. Ze willen ook zo veel mogelijk schuldgevoel, angst en depressiviteit bij anderen veroorzaken. Het is zijn bedoeling om je de vernieling in te helpen, Hack. Daarom probeerde hij eerst mij te grazen te nemen. Hij wilde dat je het zou zien. Vervolgens wilde hij dat je hem zou neerschieten.'

'Ik zal proberen om zijn wensen te honoreren. Wil je niet een glaasje wijn of een biertje?'

'Nee.'

'Ik heb er geen problemen mee.'

'Dat heb ik ook niet gezegd. Ik hoef gewoon geen drank.' Ze veegde haar mond af aan haar servet, wendde geërgerd haar blik af en keek toen weer naar hem. Haar blik dwaalde over de hechtingen in zijn schedelhuid, het verband over de brug van zijn neus en de halvemaantjes van blauwe en gele bloeduitstortingen onder zijn ogen.

'Hou daarmee op, wil je?' zei hij.

'Ik zal het die schoft betaald zetten.'

'Geef dat soort mensen niet te veel macht, Pam.'

'Is er nog iets wat ik verkeerd doe?'

'Ik zal erover nadenken.'

Ze legde haar mes en haar vork neer en bleef hem strak aankijken, tot ze hem zover had dat hij haar aankeek. 'Schei uit met dat hooghartige gedoe, chef. Collins zal nog lange tijd bij ons zijn.'

'Ik hoop het.'

'Je begrijpt het nog steeds niet. De FBI gebruikt Nick Dolan als lokaas. Dat betekent dat ze ons waarschijnlijk ook gebruiken. Ondertussen behandelen ze ons als bedelaars.'

'Het is niet anders. Soms zijn die FBI-lui...'

'Eikels?'

'Niemand is volmaakt.'

'Weet je wat jij moet doen? Met een flinke stapel Optimist Club-boeken op de hoek van een straat gaan staan.'

'Geen slecht idee.'

Ze trok aan haar oorlelletje. 'Ik denk dat ik toch maar een biertje neem.'

Hij probeerde een gaap te onderdrukken.

'Eigenlijk wil ik een biertje met een glas tequila met een gezouten schijfje limoen op de rand.'

'Prima,' zei hij, en hij propte een tortilla in zijn mond, met zijn aandacht gericht op de mariachi-band, die het Pancho Villa-marslied 'La Cucaracha' zong.

'Wat vind je, zou ik terug naar de politieschool moeten gaan, daar misschien een diploma halen, en dan bij het bureau van de United States Marshals Service moeten gaan werken?'

'Ik zou het ellendig vinden je kwijt te raken.'

'Ga door.'

'Je moet doen wat goed voor je is.'

Ze balde haar handen op haar knieën en staarde naar haar bord. Toen ademde ze uit en begon weer te eten, met haar ogen gesluierd met een bijzonder soort droefheid.

'Pam,' zei hij.

'Ik kan maar beter mijn bord leeg eten en dan gaan pitten. Morgen is er weer een dag. Toch?'

Hackberry werd om één uur 's nachts wakker in zijn motelkamer op de tweede verdieping. Hij lag in het donker; zijn gedachten waren verward door dromen waarvan hij zich de details niet meer kon herinneren; zijn huid voelde koud en gevoelloos aan. Door een kier in de gordijnen zag hij koplampen over een viaduct schijnen; een tweemotorig vliegtuig met helder verlichte ramen naderde het vliegveld. Op een of andere manier waren het vliegtuig en de auto's geruststellend: een bewijs dat de wereld normaal was, het zegevieren van het licht over de duisternis, het vermogen van de mensheid om zelfs de zwaartekrachtversnelling te boven te komen.

Maar hoe lang kon een mens zijn eigen lichtdrager zijn, kon iemand de greep om zijn enkels weerstaan die elke dag steviger werd en hem met grotere kracht naar beneden trok?

Hackberry wist niet precies wat een alcoholist was. Hij wist dat hij niet meer dronk en geen hoerenloper meer was. Dat hij geen dingen meer deed die in strijd met de wet waren of zich omwille van persoonlijk gewin inliet met corrupte politici. Ook hing hij zijn cynisme en verbitterdheid niet als een haveloze vlag over zijn schouder. Maar er was één karakterzwakte of psychische onvolkomenheid waar hij zich al die jaren niet van had kunnen bevrijden: hij herinnerde zich elke bijzonderheid van alles wat hij had gedaan, gezegd, gehoord, gelezen of gezien had, vooral gebeurtenissen die betrekking hadden op een moreel bankroet van zijn kant.

De meeste van die verwerpelijke zaken waren gebeurd tijdens zijn eerste huwelijk. Verisa was verkwistend geweest, heerszuchtig tegenover mensen die minder rijk waren dan zij, en narcistisch, zowel in haar gedrag als in haar seksleven. Ze was dat in een mate die hem met verachting en walging vervulde in de schaarse momenten dat hij aan haar terugdacht.

Zijn drankzucht en voortdurende wroeging hadden hem afhankelijk van haar gemaakt, en om zichzelf niet te hoeven verafschuwen voor zijn afhankelijkheid, was hij Verisa gaan idealiseren. Hij had zichzelf overgegeven aan zelfbedrog en op die manier elk greintje zelfrespect verloren dat hij nog had. Zuiderlingen hadden een naam voor het syndroom, maar het was een term die hij niet gebruikte, waar hij zelfs niet aan wilde denken.

Hij had het Verisa betaald gezet door de grens over te steken en de lichamen van arme boerenmeisjes te kopen die hun gezichten wegdraaiden van het testosteron en het bier dat hij uitwalmde als hij boven op hen lag.

Waarom was hem, de meest verachtelijke en onwaardige van alle mensen, het lot bespaard gebleven dat hij zichzelf had toebedacht?

Hij had geen antwoord.

Hij knipte het nachtlampje aan en probeerde een tijdschrift te lezen. Vervolgens schoot hij zijn broek aan, liep naar de frisdrankenautomaat, kocht een flesje sinas en dronk het op in zijn kamer. Hij deed het gordijn open, zodat hij het nachtelijk uitspansel kon zien, de autolichten op de hoger gelegen snelweg en de palmen op het grasveld die bolden in de wind.

Vlakbij waren honderdachtentachtig mannen en jongens gestorven binnen de muren van Alamo, de Spaanse missiepost. Bij zonsopgang op de dertiende dag van de belegering hadden duizenden Mexicaanse soldaten de missiepost aangevallen en waren via hun eigen doden over de muren geklommen. Ze stapelden de lijken van de Amerikanen op en staken ze in brand, en niets van hen, zelf geen verkoold bot, werd ooit teruggevonden. De regering weigerde de enige blanke overlevenden, Susanna Dickinson en haar kindje van achttien maanden, een tegemoetkoming van vijfhonderd dollar, zodat ze gedwongen waren om in een bordeel in San Antonio te leven.

Pam Tibbs had de kamer naast de zijne genomen. Onder de deur die hun kamers verbond zag hij het licht aangaan. Ze klopte zachtjes op de deur. Hij stond op van zijn stoel en liep naar de deur. Daar bleef hij zwijgend staan.

'Hack?' zei ze.

'Met mij is alles prima.'

'Kijk eens naar buiten naar het parkeerterrein.'

'Waarnaar?'

'Kijk nou maar.'

Hij ging naar het raam en staarde naar de rijen geparkeerde auto's, de palmbomen op het gazon en de tunnels van rookachtig licht onder het oppervlak van het zwembad. Hij zag niets bijzonders op de parkeerplaats. Maar heel even meende hij iets waar te nemen op het pas gemaaide gras tussen de twee palmbomen: een dunne lichtbundel over de bladeren en een schaduw, die verdween door een puntig hek aan de achterkant van het zwembad.

Hij ging terug naar de tussendeur en schoof de grendel terug. 'Doe de deur aan jouw kant open,' zei hij.

'Een momentje.'

Een paar seconden later trok ze de deur open. Ze had een spijkerbroek aan en haar overhemdblouse hing over haar riem. Haar borstel lag op de beddensprei.

'Wat heb je gezien?'

'Een man met een hoge hoed, zoals die van de Gekke Hoedenmaker. Hij stond bij onze auto. Hij keek omhoog naar het motel.'

'Zat hij aan de auto te rommelen?'

'Voor zover ik kon zien niet.'

'We zullen de wagen morgenochtend wel inspecteren.'

'Kon je niet slapen?' vroeg ze.

'Ongeveer om de drie nachten houdt een commissie een vergadering in mijn hoofd.'

Ze ging voor hem zitten op de gecapitonneerde stoel. Ze droeg instappers zonder sokken en had geen make-up op. In de zijkant van haar gezicht zag je de afdruk van haar kussen. 'Ik wil je iets vertellen. Ik moet dat doen omdat het iets betreft wat je tegenover jezelf niet wilt bekennen. Collins maakte je met handboeien aan je bed vast, maar je trok het finaal uit elkaar om te voorkomen dat hij me zou doden. Je ging achter hem aan met alleen een revolver, terwijl hij een Thompson-machinepistool had. Hij had je aan flarden kunnen schieten, maar je ging toch achter hem aan.'

'Jij zou hetzelfde hebben gedaan.'

'Dat doet niet ter zake. Jij deed het. Een vrouw vergeet zoiets niet.'

Hij glimlachte in het donker maar gaf geen antwoord.

'Voel je je fysiek niet tot me aangetrokken? Vind je me niet aantrekkelijk? Is dat het?'

'Het heeft niets met jou te maken, Pam. Het ligt aan mij. Ik heb misbruik van vrouwen gemaakt toen ik jong was. Ze waren arm en analfabeet en woonden in krotten langs de rivier. Mijn vader was hoogleraar. Ik was advocaat en kandidaat voor het Congres. En een oorlogsheld. Maar ik gebruikte die vrouwen om mijn eigen falen te verbergen.'

'Wat heeft dat met mij te maken?'

'Ik wil niemand gebruiken.'

'En dat zou het zijn? Je zou me gebruiken?'

'Zullen we een eind maken aan dit gesprek?'

Ze stond op en liep langs zijn stoel, buiten zijn gezichtsveld. Hij voelde haar vingers zijn boord aanraken en de haren in zijn nek. 'Iedereen is verschillend. Je hebt homoseksuelen. Jonge vrouwen die op zoek zijn naar een vaderfiguur. Mannen die niet zonder hun moeder kunnen. Dikke vrouwen die een slanke man willen die hun vertelt dat ze mooi zijn. Maar ik hou van je om wie je bent en niet uit een of andere drang. Ook leg ik nooit druk op een relatie.' Ze liet de palm van haar hand op zijn schouder rusten. 'Ik heb nog nooit zo'n bewondering voor iemand gehad. Denk ervan wat je wilt.'

'Welterusten Pam,' zei hij.

'Ja, welterusten,' zei ze. Ze boog zich over hem heen, sloeg haar armen om zijn borstkas, met haar kin op zijn hoofd, en drukte haar borsten tegen hem aan. 'Ontsla me hiervoor, als je dat wilt. Je was bereid om je leven voor me te geven. God hebbe je lief, Hack. Maar wat kun jij iemand pijn doen.'

# 21

Bobby Lee had de hele nacht doorgereden. De zon kwam achter hem op en een vloed van licht en warme lucht spreidde zich voor hem uit over de vlakte en verjoeg de diepe schaduwen, waardoor tafelgebergte en rotsstapels weer zichtbaar werden. Maar niets ervan kon zijn ziel enige verlichting geven.

Hij had zijn geld gezet op Prediker omdat Prediker slim was en Art Rooney niet. Hij bedroog Hugo omdat Hugo een adder was, iemand die zich van je ontdeed zodra de wind uit een andere richting waaide. Maar wat was hij ermee opgeschoten? Hij had zich aangesloten bij een vent die intelligent was, die grote sommen geld op buitenlandse rekeningen had staan en die vermoedelijk meer boeken had gelezen dan de meeste hoogleraren. Maar dat betekende niet noodzakelijkerwijs dat Prediker de slimheid had die je moet hebben om te overleven. Eigenlijk was Bobby Lee er niet zo zeker van of Prediker wel wilde overleven. En of hij, Bobby Lee, het wel zo'n aantrekkelijk vooruitzicht vond om copiloot te zijn van iemand met kamikazeneigingen.

Hij reed over een wildrooster Predikers terrein op en staarde vol ongeloof naar de restanten van het huis dat door de bikers in de as was gelegd en dat daarna met de grond gelijk was gemaakt door een bulldozer die Prediker had laten komen. Van het gepleisterde huis met zijn ene verdieping restte nog slechts geblakerd puin. Prediker woonde nu aan de voet van de berg in een tent van polyethyleen, achter de betonnen fundering die de bulldozer had schoon geschraapt. Zijn houtkachel stond buiten, met ernaast een ouderwetse ijskast met een eikenhouten deur, koperen scharnieren en een koperen hendel. Onder in de ijskast zat een lade voor geschaafde of fijngehakte ijsblokken. Achter de tent en tegen de berg stond een chemisch toilet.

Wolken waren voor de zon geschoven en er stond een stevige wind toen Bobby Lee de tent in ging; voor hij de flap weer dicht kon maken, werd deze uit zijn handen gerukt. Hij ging op Predikers veldbed zitten en luisterde naar de korte stilte toen de wind even afnam. 'Waarom blijf je hier buiten wonen, Jack?'

'Waarom niet?'

'Is de politie niet nieuwsgierig naar je verwoeste woning?'

'De oorzaak is kortsluiting. Ik bezorg niemand moeilijkheden. Ik ben iemand die hier af en toe woont en boeken raadpleegt in de bibliotheek. Dit zijn vrome mensen. Behandel je hun totems niet met eerbied, dan zul je hun toorn voelen. Maar een beleefd en rustig mens leggen ze geen strobreed in de weg.'

Prediker zat op een canvasstoel achter een schrijftafel. Hij droeg een smoezelig wit overhemd met lange mouwen, een onopvallende leesbril, een ongestreken donkere streepjesbroek en een bruine riem die in zijn ribbenkast sneed. Op de tafel stond een pan met een ei en een geblakerd frankfurterworstje. Ernaast lag een opengeslagen bijbel met stugge, gerimpelde theekleurige bladzijden, alsof ze in beekwater waren ondergedompeld en daarna in de zon gedroogd.

'Je bent afgevallen,' zei Bobby Lee.

'Wat hou je voor me achter?'

De onuitgesproken kritiek kwam aan alsof er een gloeiende sigaret op Bobby Lees huid gedrukt werd en er verscheen een frons op zijn voorhoofd. 'Holland was bij Dolan. Daarna is hij naar een motel gereden met de vrouw die Liam heeft doodgeschoten. Dat is alles wat ik weet. Jack, laat die familie Dolan voor wat ze is. Als we dan zo nodig met Vikki Gaddis af moeten rekenen, laten we dan spijkers met koppen slaan. Hugo heeft je verteld waar ze werkt. We grijpen haar en die soldaat, en jij doet met ze wat je vindt dat je moet doen.'

'Waarom denk je dat Hugo ons heeft verteld waar ze werkte?'

'Als we Hugo of een van zijn spetters tegenkomen, dan maken we korte metten met ze. Die truc die je met die bikers hebt uitgehaald, was te gek, man. Een hoer die ze verlinkte nadat ze een nummertje met hen had gemaakt? Je kent interessante wijven. Help me eraan herinneren dat ik niet met een van hen de koffer in duik.'

'Mijn moeder ligt hier begraven.'

Bobby Lee zag het verband niet zo gauw. Maar dat deed hij zelden wanneer Prediker plotseling teruggreep op iets wat eerder was gezegd. De wind blies harder tegen de tent; de aluminium tentpalen trilden en de lijnen die vastzaten aan de stalen haringen stonden strak als snaren. Een kluwen amarant smakte tegen de tent, bleef even roerloos liggen en rolde toen verder.

'Je vroeg waarom ik hier woonde. Mijn moeder trouwde met een treinbeambte die dit land bezat. Hij stierf aan een ptomaïnevergiftiging,' zei Prediker.

'Heb je dit land geërfd?'

'Ik heb het gekocht bij een executieveiling.'

'Had je moeder geen testament?'

'Gaat dat jou wat aan?'

'Sorry, Jack,' zei Bobby Lee. 'Die kerels in die motelkamer met wie je een appeltje te schillen had, waren dat mensen van Josef Sholokoff?'

'Ze hadden de tijd niet om zich voor te stellen.'

'Ik moet je iets vertellen. Over Liam. Het vreet aan me. Ik heb hem erin geluisd in dat café. Ik belde hem met mijn mobiel en zei dat Holland hem verdacht. Ik smeerde hem en liet hem ervoor opdraaien.'

Prediker sloeg zijn benen over elkaar en liet zijn polsen van de leuningen van zijn stoel naar beneden hangen. Hij keek Bobby Lee strak aan. 'Waarom vertel je me dit, jongen?'

'Je zei dat ik als een zoon voor je was. Meende je dat?'

Prediker legde zijn hand op zijn hart, zonder iets te zeggen.

'Ik heb een angstig voorgevoel. Ik denk dat de kans groot is dat we samen voor de bijl gaan. Maar ik zie niet dat ik veel keus heb. Als we het loodje leggen wil ik niet dat er sprake is van een leugen tussen ons.'

'Je bent een rare vogel, Bobby Lee.'

'Ik probeer gewoon eerlijk tegen je te zijn. Je bent een purist. Mensen zoals jij zijn er niet zoveel meer. Maar dat wil niet zeggen dat ik het prettig vind om een kogel in mijn donder te krijgen.'

'Waarom denk je dat we het loodje zullen leggen?'

'Je probeerde een hulpsheriff met kogels te doorzeven. Daarna had je de kans om een sheriff koud te maken en dat deed je niet. Volgens mij heb je een doodswens.'

'Dat denkt sheriff Holland vermoedelijk ook. Maar jullie hebben het beiden mis. In dit metier herken je de grote duisternis in jezelf; je gaat die binnen en je sterft daar, en dan hoef je niet opnieuw te sterven. Waarom denk je dat de gebroeders Earp Doc Holliday met zich meenamen naar de OK Corral? Het antwoord is simpel: als iemand bloed opgeeft in zijn zakdoek, maar desondanks rugdekking geeft met een kaliber tien-dubbelloopsgeweer in zijn vrije hand, dan laat diegene je nooit in de steek. Dus je gooide die goeie ouwe Liam voor de leeuwen?'

Bobby Lee keek weg van Prediker. Toen veranderde de uitdrukking op zijn gezicht en keek hij Prediker recht aan. 'Liam dreef de spot met me, nadat ik voor hem in de bres was gesprongen. Hij zei dat ik een heleboel dingen was, maar dat ik nooit een soldaat zou worden. Wat zei je zo-even over een grote duisternis in ons?'

Als Bobby Lees vraag al bij Prediker binnenkwam, dan besloot deze hem te negeren. 'Ik ben van plan mijn huis te herbouwen, Bobby Lee. Ik zou het prettig vinden als je daaraan meewerkte. Ik zou het prettig vinden wanneer je je hier thuisvoelde.'

'Dat vervult me met trots, Jack.'

'Je kijkt alsof je me iets wilt vragen.'

'Misschien kunnen we bloemen leggen op je moeders graf. Waar is ze begraven?'

De wind beukte zo hard tegen de tent dat Bobby Lee niet goed kon horen wat Prediker zei. Hij vroeg of deze zijn opmerking wilde herhalen.

'Niets van wat ik zeg dringt ooit echt tot je door,' schreeuwde Prediker.

'De wind giert zo.'

'Ze ligt onder je voeten! Daar waar ik haar begraven heb!'

Aan het einde van dezelfde verzengende, winderige dag – een dag waarop de moessonachtige stortbuien in de bovengrond verdampt waren en zich uit het niets kleine zandhozen vormden, die over de vlakte wervelden en een ogenblik later tegen rotspiramiden sloegen en uit elkaar vielen – liep Vikki van het Fiesta-motel naar het steakhouse waar ze bediende en af en toe zong met de band. In het westen daalde de zon als een oranje plas tussen de regenwolken en met het verdwijnen van de hitte had de hemel een gele kleur gekregen. Ondanks de vochtigheid en het stof had ze het gevoel dat er iets aan het veranderen was in de wereld om haar heen. Misschien was haar optimistische stemming gebaseerd op de erkenning dat elke situatie uiteindelijk moest veranderen, ten goede of ten kwade. Misschien dat voor Pete en voor haar verandering op komst was. Een waas van groen lag over het land, alsof het was besprenkeld met nieuw leven. Ze rook de nevel van de sproeiers op het centrale grasveld en de bloemen die bloeiden in de bloembakken van het motel bij de kruising: een soort bewaterde dadelpalmoase midden in een woestijn, een zachte wenk dat iemand altijd keuzes had.

Pete had haar verteld over zijn gesprek met de sheriff, die Hackberry Holland heette, en over de bescherming die deze had aangeboden. Dat aanbod was een mogelijkheid, een uitvoerbaar alternatief. Maar de stap zetten en je begeven in een wereld van juridische hindernissen en processen die onomkeerbaar waren, was makkelijker gezegd dan gedaan. Ze zouden hun hele toekomst, zelfs hun leven, in de waagschaal stellen voor het woord van een man die ze niet kenden. Pete bleef haar maar verzekeren dat Billy Bob hem Hackberry's naam niet gegeven zou hebben als deze geen goed mens was geweest, maar Pete had een rotsvast vertrouwen in zijn medemens, hoe vaak hij ook bedrogen uit was gekomen, in zo'n mate zelfs dat zijn geloof misschien meer een ondeugd dan een deugd was.

Ze herinnerde zich een voorval uit de tijd toen ze nog een klein meisje was. Haar vader was om twee uur 's nachts gewekt door het hoofd van de politie van Medicine Lodge met de opdracht om een achttienjarige zwarte te arresteren die was ontsnapt uit een districtsgevangenis in Oklahoma. De jongen, die zat voor diefstal, was op een januaridag door een verwarmingskanaal gekropen en bijna geroosterd voordat hij een luchtrooster had opengetrapt dat stomtoevallig uitkwam op een niet-beveiligd deel van het gebouw. Hij was in een goederentrein naar Kansas gereden met twee verzwikte enkels en had zich verborgen in het huis van zijn tante. Daar zou hij naar alle waarschijnlijkheid zijn vergeten, want zijn strafblad was marginaal, zodat het de moeite niet loonde hem op te sporen en terug te brengen.

Maar de ontsnapte had het IQ van een zevenjarige. Hij belde collect de districtsgevangenis en vroeg de gevangenbewaarder zijn bezittingen naar Medicine Lodge te sturen. Hij vergewiste zich ervan dat de beambte het juiste adres van zijn tante noteerde. Het gevolg was dat boven op de gevangenisstraf van negentig dagen nog eens een verplicht minimum van één jaar detentie in de McAlster-gevangenis kwam.

Drie dagen later zag Vikki hoe haar vader en een hulpsheriff uit Oklahoma de ontsnapte in een oranje overall en met kettingen om zijn middel en benen naar de achterkant van een gevangenisauto voerden en hem vastmaakten aan een ring in de vloer. De ontsnapte kreupelde en woog amper vijftig kilo. Zijn armen waren net stokjes en zijn huid leek aangetast door een ziekte die er alle kleur aan had onttrokken. Zijn haar was zo kortgeknipt dat het leek of er roetig staalwol op zijn schedel zat vastgelijmd.

'Wat gaat er met hem gebeuren, papa?' had Vikki gevraagd.

'Ze zullen zijn leven tot een hel maken.'

'Wat betekent dat?'

'Schatje, dat betekent dat je vader op een dag als deze graag zou willen dat hij beroepsmuzikant was.'

Wat zou haar vader gezegd hebben van de situatie waarin Pete en zij zich bevonden? Ze had haar vader altijd meer met zijn muziek vereenzelvigd dan met zijn loopbaan als politieman. Hij was altijd vrolijk, had lachplooitjes om zijn ogen en liet zich niet gauw kwetsen door zijn omgeving. Hij leende geld aan mensen die dat niet terug konden betalen, ontfermde zich over dronkaards en allochtonen en liet zich niet meeslepen door de politiek en door georganiseerde religie. Hij had alle muziek uit de beginjaren van de Carter Family verzameld – 'Keep on the Sunny Side of Life' was zijn lievelingssong – en was heel trots dat hij Alvin Pleasant Carter had leren kennen, de patriarch van de familie, die hem op een ansichtkaart een collega-muzikant had genoemd.

Waar ben je nu papa? In de hemel? Daarginds, omgeven door tafelgebergte of in de vlagerige wolken van stof en regen? Maar je moet ergens zijn, toch? zei ze tegen zichzelf. Je hebt altijd gezegd dat muziek onsterfelijk is; muziek reist op de passaatwinden en gaat de hele wereld door.

Ze moest een traan wegvegen uit haar oog voor ze het steakhuis binnenging.

'Een paar beroemde jongens hebben naar je gevraagd,' zei de barman.

'Wat versta je onder beroemd?'

De barman was een voormalig rodeoruiter. Zijn bijnaam was Stub, vanwege een vinger die was afgeknepen bij het met een lasso vangen van een stierkalf tijdens de Calgary Stampede. Hij was lang en had een buik die de vorm had van een met water gevulde klysmafles. Zijn haar was zo glanzend en zwart als lakleer. Hij droeg een zwarte broek, een wit overhemd met lange mouwen en een zwarte stropdas. Onder het praten droogde hij champagneglazen af en zette die ondersteboven op een witte vaatdoek. 'Ze waren hier gisteravond en wilden kennis met je maken, maar je was druk bezig.'

'Stub, als je nu eens gewoon antwoord op mijn vraag gaf?'

'Ze zeiden dat ze van de Nitty Gritty Dirt Band waren.'

'Houden ze zo van het weer hier in eind augustus dat ze zich liever in San Antonio ophouden dan in Malibu?'

'Dat zeiden ze niet.'

'Heb je hun mijn naam gegeven?'

'Ik heb gezegd dat je Vikki heette.'

'Heb je ze mijn achternaam gegeven of mijn adres?'

'Ik heb niet gezegd waar je woont.'

'Hoe heten ze?'

'Ze hebben een kaartje achtergelaten. Als ik me tenminste niet vergis.' Hij keek achter zich naar een kartonnen doos onder de kassa met tientallen naamkaartjes. 'Ze vonden je erg goed zingen. Een van hen zei dat je stem leek op Mother... Mother nog wat.'

'Maybelle?'

'Wat?'

'Mother Maybelle?'

'Ik zou het niet meer weten.'

'Stub...'

'Misschien komen ze vanavond wel.'

'Praat met niemand over me. Met niemand, onder geen beding. Heb je het begrepen?'

Stub schudde zijn hoofd en droogde een glas af, met zijn rug naar haar toe.

'Heb je me gehoord?'

Hij zuchtte luid, alsof een zware last onrechtvaardig op zijn schouders was gelegd. Ze had wel een bord op zijn hoofd te barsten kunnen slaan.

Tot negen uur serveerde ze maaltijden en drankjes aan toeristen die op weg waren naar Big Bend en aan vaders en technici die ver van huis waren en het steakhuis bezochten om een pilsje te drinken en naar muziek te luisteren. Toen ze klaar was pakte ze haar gitaar uit een afgesloten bergruimte achter in het restaurant, haalde het instrument uit zijn kist en stemde de snaren die ze er pas de afgelopen week op gezet had.

De Gibson was waarschijnlijk meer dan zestig jaar geleden gemaakt en was de grootste westerngitaar die de firma had gebouwd. Hij had een bovenblad van rood sparrenhout met dubbele bruggen en een rozenhouten zij- en achterblad. Het was het favoriete instrument van Elvis en Emmylou Harris – eigenlijk van iedere rockabilly-muzikant die hield van de warme, hese klank van de vroege akoestische gitaren. Het was of de gitaar met zijn stralende afwerking, zijn inlegwerk – een parel- en bloempatroon –, zijn donkerkleurige hals en zijn zilveren fretten licht en schaduw tegelijk wist te vangen en door die contrasten een kunstwerk op zichzelf was.

Toen ze het E-akkoord aansloeg en het plectrum tegen de snaren tikte, was de weergalm door het hout magisch. Ze zong 'You Are My Flower', 'Jimmy Brown the Newsboy' en 'The Western Hobo', maar ze kon zich nauwelijks concentreren op de tekst. Haar blik bleef maar heen en weer gaan: over de gasten aan de tafels, over de technici aan de bar, over een groep Europese fietsers die zwetend en ongeschoren binnenkwamen met rugzakken die van hun schouders hingen. Waar was Pete? Hij zou om tien uur komen, wanneer de keuken sloot en ze meestal de tafels ging schoonmaken als voorbereiding op haar vertrek.

Een man die in zijn eentje aan een tafeltje voorin zat en naar haar keek terwijl ze zong, liet zijn hoed voortdurend op zijn vinger draaien. De ene helft van zijn gezicht grijnsde. Hij had overdreven boerse bakkebaarden, cowboylaarzen, een bedrukt shirt dat een gestreken indruk maakte op zijn gebruinde huid, een spijkerbroek die zo strak om zijn dijen zat dat hij er elk moment uit kon barsten en een grote glimmende koperen gesp met in reliëf de Stars and Stripes. Toen ze even naar hem keek, gaf hij haar een knipoog.

Over de hoofden van de vele bezoekers heen zag ze Stub de telefoon opnemen, de hoorn weer op de haak leggen en iets tegen een serveerster zeggen. Deze kwam naar haar toe en zei: 'Ik moest van Pete zeggen dat hij niet komt eten. Hij gaat naar de winkel en flanst zelf iets voor jullie beiden in elkaar.'

'Hij gaat naar de winkel? Om tien uur?'

'Ze zijn tot elf uur open. Wees blij! Mijn vent zit bij z'n moeder thuis naar gehuurde porno te kijken.'

Vikki legde haar gitaar in zijn kist, deed de knippen dicht en borg hem weer veilig op in de berging. Tegen sluitingstijd was Pete er nog steeds niet. Ze liep naar de bar en ging zitten. Haar voeten deden zeer en haar gezicht was stijf van het gedwongen glimlachen.

'Moe?' klonk een stem bij haar hoofd.

Het was de cowboy met de gesp met het embleem van de Geconfedereerde Staten. Hij was niet gaan zitten, maar hij stond zo dichtbij dat ze zijn adem kon ruiken, die naar pruimtabak en groene munt stonk. Hij had zijn hoed met beide handen vast, boog de rand recht, duwde een deuk uit de bol en wreef een vlekje op het vilt weg. Hij zette hem op zijn hoofd, nam hem toen weer af. Zijn aandacht was op Vikki gericht. 'Ben je vrij?' vroeg hij.

'Vrij?'

'Kan ik je een lift geven? Het lijkt wel een zandstorm buiten. Ik breng je thuis in een wip.'

Stub frommelde een kleine witte doek samen in zijn hand en liet hem voor de cowboy op de bar vallen. 'Tijd voor de laatste ronde,' zei hij.

'Sla mij maar over.'

'Prima, want dit is het soort buurtrestaurant, dat vroeg sluit. Daarna helpt Vikki me met opruimen en loop ik even met haar mee om haar thuis te brengen.'

'Dat is mooi,' zei de cowboy. Hij stopte een ademfris-muntsnoepje in zijn mond en beet het met een krak stuk, grijnzend.

Stubs zag de man de zaak uit lopen en zette toen een kop koffie voor Vikki neer. 'Zijn die lui nog geweest?' vroeg hij.

'Die gasten die beweren dat ze leden van de Nitty Gritty Dirt Band zijn?'

'Je gelooft niet dat ze het echt zijn, hè?'

Ze was te moe om te praten. Ze tilde haar koffiekopje op, zette het toen weer terug op het schoteltje, zonder te drinken. 'Ik doe straks geen oog dicht van vermoeidheid,' zei ze.

'Zal ik je naar huis brengen?'

'Dat is niet nodig, ik voel me verder goed. Bedankt voor het aanbod, Stub.'

Hij haalde een naamkaartje onder de kassa vandaan. 'Ik vond het in de doos,' zei hij. Hij legde het kaartje voor haar neer.

Ze pakte het en las wat er op de voorkant stond. 'De Nitty Gritty Dirt Band' stond er. 'Die man schreef wat op de achterkant, ik heb het niet gelezen.'

Ze draaide het kaartje om op haar hand. 'Hij vindt dat ik geweldig zing.'

'Wie?'

'Jeff Hanna. Zijn naam staat eronder.'

'Wie is Jeff Hanna?'

'Dat is de man die de band heeft opgericht.'

Ze liep terug naar het motel. Er twinkelden nu sterren, en het onderste deel van de hemel was nog steeds verlicht door een gloed – alsof er een vuur flakkerde in een groene nevel. Maar ze vond geen troost in de schoonheid van de sterren en in het late zomerlicht op de woestijnvlakte. Elke keer dat er een auto of truck passeerde stapte ze onwillekeurig weg van het asfalt, wendde haar gezicht af en zocht naar een vluchtweg:

een stoep die naar een gebouw leidde, een oprit van een huis, een greppel voor een tankstation.

Zou dit voortaan hun leven zijn?

Ze draaide de sleutel om en ging haar motelkamer binnen. De airco stond op de hoogste stand; vocht liep langs de zijkant ervan en drupte op het tapijt. Pete was nog niet terug van de winkel en ze was uitgeput, hongerig en bang, niet in staat om aan de volgende vierentwintig uur te denken. Het was typisch iets voor Pete om uitgebreid te koken op de avond dat ze een besluit moesten nemen of ze hun status van permanente vluchteling wilden voortzetten, of zich aan de hoede zouden toevertrouwen van een rechtssysteem dat ze níét vertrouwden.

Ze kleedde zich uit, ging de douche in en draaide de warme kraan open. Een enorme wolk waterdamp ontstond. De spiegel besloeg en de gepleisterde wanden van de cabine glinsterden. Wasem verspreidde zich door de gedeeltelijk open deur de kamer in.

Toen ze nog een tiener was, had haar vader haar altijd geplaagd met haar zwak voor zwerfdieren. 'Als je niet uitkijkt, vind je straks een vent die net zo is als een van die honden of katten, en loop je met hem weg,' had hij gezegd.

En wie had ze gevonden?

Pete, die met open ogen zijn hoofd in de muil van massamoordenaars stak.

Terwijl ze door een klein gat in de beslagen wandspiegel naar haar spiegelbeeld keek, werd ze overmand door schaamte en schuldgevoel. Vandaag was ze jarig. Zelf was ze het vergeten, maar Pete niet.

Een hevige woede ten aanzien van zichzelf en de onbeheersbaarheid van de situatie maakte zich van haar meester. Voor de eerste keer in haar leven begreep ze hoe mensen zich opzettelijk konden verwonden en zelfs doden. Hun wanhoop kwam niet voort uit depressie, maar uit zelfhaat.

Ze stapte onder de douche, waste haar haar, zeepte haar borsten, onderarmen, dijen, billen en onderbenen in, en hield haar gezicht zo dicht bij de hete straal dat haar huid rood als een blaar werd. Hoe konden ze weer de regie over hun leven krijgen? Hoe konden ze zich bevrijden van de angst die elke morgen als een hongerig dier op hen wachtte? Het enige toevluchtsoord dat ze hadden was een motelkamer met een rammelende airconditioning die roestwater op het tapijt lekte, een bed dat was bevlekt door het buitenechtelijk geslachtsverkeer van anderen en gordijnen die ze dicht moesten doen om een weg aan het gezicht te onttrekken die leidde naar een kruising op het platteland en een massagraf, waaraan de gedachte alleen al onverdraaglijk was voor haar.

Ze duwde haar voorhoofd tegen de cabine. De waterstraal ranselde op haar voorhoofd en de waterdamp verspreidde zich door de kamer, waar de nachtketting op de deurstijl hing. Ze was deze avond begonnen met nadenken over keuzes. De regen had het land veranderd en de ondergaande zon had de bergen een nieuwe vorm gegeven en de woestijn doen afkoelen. Maakte Hij die de alfa en de omega was, niet alles nieuw? Dat was de belofte, toch?

Maar wanneer je je in een kamer bevond die geen uitgang leek te hebben, maar alleen valse deuren, geschilderd op de muren, welke keuze had je dan? Hoe kon iemand zo'n wrede grap uithalen met welk mens dan ook, laat staan met degenen die hadden geprobeerd om iets te maken van hun leven?

Ze kneep haar ogen stijf dicht en hield haar hoofd zo hard tegen de douchewand gedrukt dat ze dacht dat het zou splijten.

Pete ging met zijn mandje naar de koeling met de fijne etenswaren en deponeerde er een grillkip, een doos aardappelsalade en een zak koolsla in. Daarna haalde hij een sixpack met ijskoude Dr Pepper uit de ijskast en een tweeliterpak bevroren yoghurt uit de vriezer, en liep naar de bakkerij. Hij pakte een *angel cake* en vond een stokbrood dat nog warm was. De bakster was bezig de boel achter de toonbank met gebak op te ruimen, ondanks het late uur. Pete vroeg haar om 'Happy Birthday, Vikki' op zijn cake te spuiten.

'Een bijzonder meisje, hè?' zei ze.

'Ja, een beter meisje kun je je niet wensen,' antwoordde hij.

Hij betaalde bij de kassa en begon aan de terugweg – een wandeling van twee kilometer – met in iedere hand een boodschappentas. Aan de horizon was het avondrood nu eindelijk verdwenen en hij zag de avondster helder twinkelen boven een rotskam die leek gekerfd uit een verweerd bot. Het was bladstil geworden en onder de overhangende bomen meende hij een herfstlucht te ruiken, gas- en chrysantachtig. Een truck met oplegger passeerde hem met sissende remmen en een hete dieselwalm omhulde hem. Hij stapte weg van de rand van de weg en liep nu over een oneffen oppervlak. Grind knerpte onder zijn voeten en zijn kegelvormige Mexicaanse hoed wipte op en neer op zijn hoofd. Een eindje voor hem stond een Snow-Ball-ijskraam. Boven de toonbank, waarvan de luiken gesloten waren, bevond zich een houten bord dat was beschilderd met vuurrode kersen. Wanneer er een auto naderde, kon hij in de verte vaag de verlaten drive-inbioscoop zien, de met onkruid overgroeide midgetgolfbaan en de silhouetten van de Cadillac-karkassen die met hun neus naar beneden in de harde grond begraven waren. Vikki moest nu al in het motel zijn, dacht hij, en op hem wachten. Ze was vast ongerust. Misschien dat ze het heimelijk betreurde dat ze zich ooit had ingelaten met hem.

Hij spelde in gedachten 'Vikki', zodat het meer een klank in zijn hoofd werd dan een woord. Hij visualiseerde het zó dat het veranderde in een hart waardoor bloed gepompt werd; veranderde in krullend haar en vreemd gekleurde, diepliggende ogen, in adem die zoet was en huid die fris geurde als bloemen in de ochtend. Ze was bijdehand, aantrekkelijk, dapper en getalenteerd, en liet zich daar nooit op voorstaan. Als hij geld had, zouden ze naar Canada kunnen gaan. Hij had verhalen gehoord over Lake Louise en de Blue Canadian Rockies en plaatsen waar je nog als cowboy je boterham kon verdienen en honderd mijl kon rijden zonder iets te zien wat door mensenhand gebouwd was. Vikki had het voortdurend over Woody Guthrie en Cisco Houston en de muziek van de Great American West, over de belofte die het land inhield voor de generaties van de jaren veertig. Montana, British Columbia, Wyoming, de Cascades in Washington, wat maakte het uit? Dat waren de plekken voor een nieuw begin. Hij moest een radicale ommezwaai maken en het goedmaken bij Vikki na alles wat hij gedaan had. Hij moest loskomen van de negen vermoorde Aziatische vrouwen en meisjes die zijn dromen bevolkten. Gingen niet alle doden uiteindelijk naar een wit licht, om de wereld over te laten aan haar illusies?

Ook al kostte het hem zijn leven, hij moest deze dingen voor elkaar krijgen.

Hij verschoof net de papieren zak onder zijn rechteronderarm om de cake niet in elkaar te drukken, toen hij achter zich de banden van een dieselauto hoorde, die van het asfalt het grind op reed.

'Pete, wil je een lift?' zei de bestuurder van de pick-up. Hij grijnsde. Een vilthoed met een slap geworden rand hing aan het geweerrek achter hem. Hij droeg een bedrukt shirt dat even strak om zijn lijf zat als zijn gebruinde huid.

'Het is maar een klein eindje,' antwoordde Pete, die geen idee had wie de bestuurder was.

'Ik werk samen met Vikki. Ze zei dat je vanavond nog een hele maaltijd ging bereiden. Is het voor een speciale gelegenheid?'

'Zoiets,' zei Pete, die doorliep en recht voor zich uit bleef kijken.

'Die papieren zak ziet eruit of hij elk moment kan scheuren.' De man stuurde met één hand en bleef in zijn vrij op de wegberm rijden, bijremmend om te voorkomen dat zijn voertuig Pete voorbij reed.

'Herken je me niet? Nou, dat zal wel komen omdat ik in de keuken werk. De meeste tijd sta ik boven de gootsteen.'

'Ik hoef geen lift. Alles is onder controle. Bedankt.'

'Doe wat je wilt. Ik hoop dat Vikki zich weer wat beter voelt,' zei de bestuurder, die aanstalten maakte om het asfalt op te rijden, met zijn schouders gebogen over het stuur en zijn hoofd half uit het raampje om te kijken of de weg vrij was.

'Wacht. Wat is er aan de hand met Vikki?' vroeg Pete.

Maar de bestuurder schonk geen aandacht aan hem en wachtte tot een kerkbus was gepasseerd.

Pete begon harder te lopen. 'Hé, stop!' Terwijl hij dat zei begon een van de zakken te scheuren onder het gewicht van het vochtige sixpack Dr Pepper. De bodem begaf het en het sixpack, een pak cornflakes, een literpak melk en een bakje bosbessen vielen als een waterval op het grind.

De bestuurder reed weer naar de kant, hield stil op de veilige berm, boog zich naar voren en wachtte op wat Pete te zeggen had.

'Is Vikki ziek?'

'Ze hield haar handen tegen haar maag en leek een beetje misselijk. Er heerst een nogal vervelende griep. Je bent een paar dagen flink aan de schijterij.'

'Zet je auto even daarginds neer,' zei Pete. 'Ik ben zo klaar.'

De bestuurder deed geen poging om zijn irritatie te verbergen. Hij keek op zijn horloge, parkeerde zijn auto onder een Indische sering, deed de lichten uit en wachtte tot Pete zijn boodschappen had opgeraapt. Hij kwam niet uit zijn auto om te helpen. Pete legde de losse boodschappen in de laadbak en liep toen terug om de zak te halen die nog heel was. Het achterraam van de truck was donker onder het bladerdak van de boom en de motorkap maakte tikkend geluiden door de hitte. De bestuurder liet zijn arm nonchalant op zijn portierraam rusten, terwijl hij een luciferhoutje tussen zijn tanden bewoog.

Pete liep naar de passagierskant en stapte in. Aan de binnenspiegel hingen een paar handboeien.

'Die zijn maar van plastic', zei de bestuurder. Hij grinnikte, zijn opgewekte stemming was weer terug. Hij droeg een riem met een koperen gesp die de kleur van gebruinde boter had en waarop in reliëf de Stars and Stripes waren aangebracht. 'Heb je een mes?'

'Waarvoor?'

'Mijn gaspedaal blijft steken in dit vloerkleed. Het wordt nog een keer mijn dood.'

Pete wurmde zijn Zwitsers zakmes uit zijn broek, opende het en gaf het aan de bestuurder. Die begon aan een stuk rafelig tapijt te zagen. 'Maak je veiligheidsgordel vast. De sluiting zit links van je. Je moet even diep tasten.'

'Als we nu eens voortmaakten, wat vind je daarvan.'

'De wet zegt dat je een gordel om moet hebben. Ik ben geneigd om me aan de wet te houden. Ik heb een postdoctorale cursus katoenplukken gedaan, als je snapt wat ik bedoel?' De bestuurder zag de uitdrukking op Pete's gezicht. 'Negentig dagen op de Pea Farm omdat ik geen alimentatie betaalde. Niet bepaald iets om over op te scheppen bij John Dillinger.'

Pete trok de veiligheidsgordel over zijn borst, drukte de slotlip in de sluiting en hoorde hem stevig vastklikken. Maar de riem zat te strak. Hij duwde ertegen om de lengte aan te passen.

De bestuurder gooide het afgesneden stuk stof uit het raam en drukte het lemmet weer terug met de palm van zijn hand. 'Mijn nicht heeft hem om gehad. Hou nog even vol. We zijn er zo', zei hij. Hij haalde de versnellingspook uit de parkeerstand en zette hem in zijn vooruit.

'Geef me mijn mes terug.'

'Niet zo haastig, man.'

Pete drukte op de knop om de sluiting van de veiligheidsriem los te maken, maar er gebeurde niets. 'Wat is hiervan de bedoeling?'

'Hoezo?'

'De riem zit vast.'

'Ik heb mijn handen vol, broer', antwoordde de bestuurder.

'Wie ben je?'

'Laat me even met rust, wil je? Ik heb een probleem. Het is toch niet te geloven? Wat een eikel!'

Voorbij de Sno-Ball-kraam was een suv aan de kant van de weg gestopt en reed nu achteruit.

'Waar is die goddomme mee bezig?' zei de bestuurder van de pick-up.

De suv maakte een plotseling zwenkbeweging door het grind, maakte vaart en kwam met zijn bumper recht op de pick-up af. De bestuurder van de pick-up gooide zijn versnellingspook in de achteruit en trapte het gaspedaal in, maar het was al te laat. De trekhaak ramde de grille van de pick-up en boorde zich – met stalen bol en driehoekig uiteinde – diep in de radiator. Ventilatorbladen braken af en de auto werd zijwaarts geslingerd.

Pete rukte aan de veiligheidsriem, maar die zat stevig vast. Hij besefte dat hij erin geluisd was. Maar de gebeurtenissen die om hem heen plaatsgrepen waren nog ongerijmder. De bestuurder van de suv had zijn lichten uitgedaan en was het grind op gesprongen met een voorwerp dicht bij zijn dijbeen, zodat het vanaf de weg niet te zien was. De man snelde naar het portier aan de bestuurderskant van de pick-up en rukte het open. Vervolgens greep hij met zijn ene hand de bestuurder bij de keel en dreef met zijn andere de korte loop van een pistool in diens mond. Dat alles gebeurde in één vloeiende beweging. Hij plaatste zijn duim over het geribbelde oppervak van de haan en spande hem. 'Ik knal die hersens van je over het hele dashboard, T-Bone. Je hebt me het eerder zien doen,' zei hij.

T-Bone, zoals de bestuurder van de pick-up blijkbaar heette, was sprakeloos. Zijn ogen puilden uit zijn hoofd; speeksel liep langs beide zijden van zijn mond.

'Knipper met je ogen wanneer je de boodschap hebt begrepen, imbeciel,' zei de man van de suv.

T-Bone liet zijn oogleden zakken en opende ze weer. De bestuurder van de suv trok de loop uit de mond van T-Bone, liet de haan zakken met zijn duim en veegde het speeksel af aan T-Bone's shirt. Toen, zonder een andere aanwijsbare reden dan ongebreidelde woede, sloeg hij hem ermee in het gezicht.

T-Bone drukte zijn handpalm tegen de snee onder zijn oog. 'Hugo heeft me gestuurd. Dat wijf is in het Fiesta-motel,' zei hij. 'We konden het Fiesta niet vinden omdat we op zoek waren naar het Siesta. We hadden de verkeerde naam opgekregen, Bobby Lee.'

'Je rijdt achter me aan tot de volgende hoek en slaat dan rechtsaf. Dan rijd je met die kutwagen van je nog drie huizenblokken verder; daar begint het platteland. En verkloot het niet.' Bobby Lee Motrees ogen keken Pete recht aan. 'Zo'n val heet een Venusvliegenvanger. Verkrachters gebruiken die constructie. Het betekent dat je erin geluisd bent. Maar "erin geluisd" en een "kogel door je kop" zijn niet noodzakelijkerwijs hetzelfde. Heb je dat begrepen, broer? Je hebt me een hoop problemen bezorgd. Je weet niet half hoeveel. En dat betekent dat jouw naam boven aan de zwarte lijst staat. Start je auto, T-Bone.'

T-Bone draaide de contactsleutel om. De motor sputterde en uit de uitlaat kwam een giftige wolk zwarte rook. Er klonk een metalig gerammel en koelvloeistof stroomde over het grind toen de motor aansloeg. Een schroeilucht steeg op van de motorkap, alsof er een slang of rubberen drijfriem lag te smeulen op een heet oppervlak. Pete zat stil en stijf tegen zijn stoel. Hij drukte zich nog steviger tegen de rugleuning, in de hoop dat hij een duim onder de veiligheidsriem zou kunnen krijgen en hem van zijn borst kon wurmen. Zijn Zwitsers legermes lag op de vloer, met het rode heft half onder de voet van de bestuurder. Een auto passeerde, daarna een truck. Het schijnsel van hun koplampen viel net buiten de plas schaduw onder de Indische sering.

'Mijn blaffer ligt onder de zitting.'

'Ga je gang.'

'Ik moet met Hugo praten.'

'Hugo heeft geen onderonsjes met dooien. En dat is je voorland als je niet doet wat ik zeg.'

T-Bone boog zich voorover, met zijn blik recht naar voren, en haalde het .25 automatische pistool onder zijn stoel vandaan. Hij hield het in zijn linkerhand en legde het over zijn schoot, zodat het op Pete's ribbenkast gericht was. Een dun fluitend geluid als van een theeketel zwol aan onder de motorkap. 'Het was niet mijn bedoeling om jou in je vaarwater te zitten, Bobby Lee. Ik deed alleen wat Hugo me had opgedragen.'

'Nog één woord en ik doe je echt iets aan.'

Pete zweeg, terwijl T-Bone de suv van Bobby Lee volgde. Ze reden de stad uit en kwamen op een onverharde weg, omzoomd door weiland waar zwarte angusrunderen op een kluitje bij een drooggevallen beek stonden, en onder een eenzame boom bij een windmolen. Pete's linkerhand gleed naar de sluiting van de veiligheidsriem. Hij tastte met zijn vingers over het rechthoekige oppervlak, drukte de plastic openingsknop in met zijn duim en probeerde zichzelf te bevrijden door genoeg slapte in de riem te krijgen om de lip dieper in de sluiting te drukken in plaats van te trekken.

'Doe geen moeite. Het ding moet aan de binnenkant losgewipt worden met een schroevendraaier,' zei T-Bone. 'Ik ben trouwens geen verkrachter.'

'Was jij bij de kerk?'

'Nee, maar jij wel. Voor zover ik weet heb je niet geprotesteerd. Dus zit niet te smeken. Ik heb het vaker gehoord. Dezelfde woorden van dezelfde mensen. Dat het niet hun fout is. Dat de wereld het altijd op hen heeft gemunt. Dat ze alles zullen doen om het goed te maken.'

'Mijn vriendin is onschuldig. Ze had niets te maken met wat er bij die kerk gebeurde.'

'Een kind is het product van de ontucht van zijn ouders. Niemand van ons is onschuldig.'

'Wat moest je met ons doen?'

'Dat gaat je geen bal aan.'

'Die vent in de suv en jij hebben niet dezelfde plannen, of zie ik dat verkeerd?'

'Dat is iets waar jij je geen zorgen over hoeft te maken.'

'Dat klopt. Ik niet. Maar jij wél,' zei Pete.

Pete zag hoe T-Bone zijn bovenlip bevochtigde. Een bloeddruppel uit de snee onder zijn oog gleed langs zijn wang, alsof daar een rode lijn werd getrokken met een onzichtbare pen. 'Zeg dat nog eens.'

'Waarom zou Hugo jou achter ons aan sturen en dat niet aan Bobby Lee vertellen? Bobby Lee opereert in zijn eentje, hè? Hoe past de man die ze Prediker noemen in het plaatje?'

T-Bone keek even opzij, met angst in zijn ogen. 'Wat weet jij over Prediker?'

'Als Bobby Lee met hem werkt, hoe sta jij er dan voor?'

T-Bone zoog zijn wangen in alsof ze vol vocht zaten. Maar Pete vermoedde dat zijn mond in werkelijkheid zo droog als katoen was. Het stof van de suv wervelde in de koplampen van de pick-up. 'Je bent slim, prima. Maar het moet toch vreemd zijn voor iemand die zo verrekte slim is dat hij zich nu in deze situatie bevindt. En er is nog iets wat ik niet snap: ik heb in het steakhuis met je vriendin gepraat. Hoe is het mogelijk dat een vent die eruitziet als een gefrituurde prairieoester zo'n spetter aan de haak slaat?'

Voor hen lichtten de remlichten van de suv op in het stof als gloeiende kooltjes. In het zuiden tekenden de bergkammen en tafelrotsen die de Rio Grande omsloten purper, grijs, blauw en koud af tegen de nachthemel.

Bobby Lee stapte uit zijn auto en liep naar de pick-up met zijn 9mm-pistool losjes in zijn rechterhand. 'Doof de lichten en zet je motor uit,' zei hij.

'Wat gaan we doen?'

'Niks "wij".' Bobby Lees mobiel hing aan een koord om zijn hals.

'Ik dacht dat we samenwerkten. Bel Hugo. Bel Artie. Zorg dat dit misverstand uit de weg geruimd wordt.'

Bobby Lee drukte de loop van een 9mm tegen T-Bones slaap. De veiligheid was er al af, de haan al gespannen.

'Je wilt je 9mm gebruiken om je…'

'Dat heb je goed gezien,' zei Bobby Lee. Eentje met veertien kogels, nog gemaakt voor de dierenknuffelaars erin slaagden hem te laten verbieden. Geef me je blaffer, met de kolf naar voren.'

T-Bones hand ging omhoog tot ooghoogte, zijn vingers waren om het frame van zijn .25 geklemd. Bobby Lee pakte het en liet het in zijn zak glijden. 'Met wie ben je hier?'

'Met een paar nieuwe mensen. Misschien is Hugo ook in de buurt. Ik weet het niet precies. Misschien…'

'Misschien wat?'

'Er is veel interesse voor Prediker.'

Bobby Lee haalde de loop van de 9mm van T-Bones slaap. Een rode cirkel bleef achter, die leek te gloeien op het been. 'Stap uit.'

T-Bone stapte voorzichtig uit de auto. 'Ik moest het meisje pakken en daarna Hugo bellen. Ik mocht haar niets doen. Toen het mislukte en ik die jongen op de weg met zijn boodschappen zag zeulen, waagde ik de gok.'

Bobby Lee zweeg; hij ging op in gedachten waarin mensen stierven of bleven leven of voor dood achtergelaten werden. Die gedachten namen voortdurend nieuwe vormen aan, waarbij allerlei scenario's de revue passeerden, scenario's die in seconden konden uitlopen op iets wat geen mens wilde ervaren.

'Als je Prediker ziet…' zei T-Bone.

'Ik zie hem.'

'Ik voer gewoon uit wat me opgedragen is.'

'Moet ik dat opschrijven om te kijken of ik het wel goed verstaan heb?'

'Ik verdien dit niet, Bobby Lee.'

'Wat verdien je niet?'

'Wat het ook is.'

'Vertel me wat dat is, "wat het ook is".'

'Waarom doe je me dit aan?'

'Omdat ik van je walg.'

'Wat heb ik dan verkeerd gedaan?'

'Je doet me denken aan een nul. Nee, een nul is nog iets, een cirkel met lucht erin. Jij doet me denken aan iets wat minder is dan een nul.'

T-Bones blik dwaalde over het weiland. Nog meer angusrunderen liepen de drooggevallen beek in. Er stonden bomen omheen en het vee leek op te lossen in de schaduwen ervan en die tegelijkertijd groter en donkerder te maken. 'Er zit regen in de lucht. Ze drommen altijd samen vlak voor het gaat regenen.'

Bobby Lee ademde door zijn neus. Zijn ogen waren ongericht en gespannen alsof iemand er met een zaklantaarn in scheen.

T-Bone sloot zijn ogen en zijn stem maakte een hikkend geluid, maar er kwamen geen woorden uit zijn keel. Toen rochelde hij luid en spuugde een bloederige klonter op de grond. 'Ik heb een maagzweer.'

Bobby Lee zweeg.

'Schiet me niet in mijn gezicht,' zei T-Bone.

'Draai je om.'

'Bobby Lee.'

'Als je achteromkijkt, als je Hugo belt, als je ook maar met iemand hierover praat, dan doe ik met jou wat jij deed met die Mexicaan die je hebt gekneveld in dat huis in Zaragoza. Je pick-up blijft hier staan. Zorg dat ik die rotkop van je nooit meer in deze streek zie.'

'Hoe weet ik dat je niet...'

'Als je na veertig meter nog ademt, dan weet je het.'

Bobby Lee liet zijn onderarm op het raampje van de pick-up rusten en keek toe hoe T-Bone wegliep. Toen richtte hij zijn blik langzaam op Pete. 'Waar kijk je naar?'

'Naar niks.'

'Vind je dit leuk? Denk je dat je grappig bent?'

'Wat ik denk is dat je tot over je oren in de stront zit.'

'Ik ben de beste vriend die je hebt, jongen.'

'Dan heb je gelijk. Ik zit echt in de nesten. Weet je wat? Je snijdt me los uit die riem en ik accepteer je overgave.'

Bobby Lee liep naar de andere kant van de auto en opende het portier. Hij trok een stiletto uit zijn spijkerbroek en liet het mes openspringen. Daarna sneed hij de veiligheidsriem doormidden, met in zijn rechterhand de 9mm, en stapte naar achteren. 'Ga vooroverliggen.'

Pete stapte uit op de grond, knielde en ging op zijn buik liggen. De geur van het gras en de aarde voelde warm aan in zijn gezicht. Hij draaide zijn hoofd naar opzij.

'Naar voren kijken!' zei Bobby Lee, en hij plantte zijn voet tussen Pete's schouderbladen. 'Doe je handen achter je rug.'

'Waar is Vikki?'

Bobby Lee gaf geen antwoord. Hij bukte zich en klikte een handboei om Pete's beide polsen, waarbij hij de tanden van de pallen zo diep mogelijk in het sluitmechanisme drukte. 'Sta op!'

'Bij de AA-bijeenkomst zei je dat je in Irak gezeten had.'

'Nou en?'

'Je hoeft dit soort dingen niet te doen.'

'Hier is een nieuwsflits voor je, jongen. Elke vlag heeft dezelfde kleur. Die kleur is zwart. Geen krijgsgevangenen, geen genade, het wordt "Burn, Motherfucker, Burn". Waag het te zeggen dat ik maar wat lul.'

'Ze hebben je het leger uit gegooid, hè?'

'Hou je mond, jongen.'

'Die kerel, die T-Bone: je herkende jezelf in hem. Daarom wilde je hem aan stukken scheuren.'

'Misschien kan ik jou als plaatsvervanger gebruiken.'

Bobby Lee deed de achterdeur van de suv open en schoof Pete naar binnen. Hij sloeg het portier dicht, haakte de mobiel van het koord om zijn hals, en toetste een snelkeuzetoets in met zijn duim. 'Hebbes,' zei hij.

# 22

Vikki droogde zich af, sloeg de handdoek om haar lichaam en begon haar tanden te poetsen. De spiegel was beslagen en de hitte en het vocht van haar douche ontsnapten door de gedeeltelijk open cabinedeur naar de kamer. Ze dacht dat ze iets hoorde, misschien een deur die dichtging of een onafgemaakte zin die wegstierf. Met de tandenborstel tussen haar lippen drukte ze het hefboompje van de kraan naar beneden. Het water hield op met stromen. Ze zette de borstel in een glas. 'Pete?'

Er kwam geen antwoord. Ze trok de handdoek steviger om zich heen. 'Pete, ben jij dat?'

Ze hoorde elektronisch gelach door de muur en realiseerde zich dat de mensen in de kamer naast hen, een latino-echtpaar met twee kinderen, de volumeknop van hun tv weer eens helemaal hadden opengedraaid.

Ze knoopte een handdoek om haar hoofd, zwaaide de deur open en ging de kamer binnen. Ze had maar één lamp branden, bij de tafel in de hoek aan de andere kant van de kamer. Hij gaf meer schaduw dan licht en verzachtte de armoedigheid van de kamer – de beddensprei, die te vies was om aan te raken, de door de zon verschoten gordijnen, de bruine watervlekken op het plafond, het lijstwerk dat van de raamkozijnen gebarsten was.

Ze voelde zijn aanwezigheid voor ze hem zag, zoals iemand een gezichtloze geest ontmoet in een droom, een proteïsche figuur van onbekende herkomst die door muren en afgesloten deuren kan lopen. In dit geval had die figuur plaatsgenomen op de met stof beklede stoel bij de wandkast tegenover het bed, en de enige telefoon in de kamer bevond zich een halve meter van zijn hand.

Hij had het zich gemakkelijk gemaakt en had één been over zijn knie geslagen. Hij droeg een streepjespak dat wel een strijkbeurt kon gebruiken, een gesteven wit overhemd, glimmende schoenen, een stropdas die niet helemaal goed geknoopt was, en hij had zich geschoren zonder spiegel. Net als een droomgestalte, was hij een studie in tegenstrijdigheid; zijn sjofele elegantie was niet helemaal echt en zijn houding was die van een poseur in een gaarkeuken.

Hij liet zijn ogen niet afdwalen naar haar lichaam, maar bleef haar strak aankijken. Toch kon ze de begeerte zien trillen om zijn mond, in de holtes in zijn wangen, in zijn onderdrukte neiging om met zijn tong zijn onderlip te likken.

'Jij,' zei ze.

'Ja.'

'Ik had gehoopt dat ik je nooit weer zou zien.'

'Slechtere mannen dan ik zijn naar je op zoek, juffie.'

'Doe niet zo neerbuigend.'

'Ben je niet benieuwd hoe ik binnengekomen ben?'

'Dat interesseert me geen zier. Je bent er. En nu moet je weer ophoepelen.'

'Maar dat is niet erg aannemelijk, hè?'

'Bij je voet.'

'Wat?'

'Wat heb je daar bij je voet?'

Hij keek naar het tapijt. 'Dit?'

'Ja.'

'Een derringer, kaliber tweeëntwintig. Maar die is niet voor jou bedoeld. Als ik een ander soort man was geweest, dan misschien wel. Maar nu niet.' Hij tilde zijn been voorzichtig van zijn knie en zette het neer. 'Je had me lelijk te pakken op de grote weg.'

'Ik stopte om je te helpen omdat ik dacht dat je een lekke band had. En jij beantwoordde mijn goede daad met een poging tot ontvoering.'

'Ik ontvoer geen mensen, juffrouw. Of is het mevrouw?'

'Herstel. Je vermoordt ze.'

'Inderdaad. Maar pas toen ze achter mij aan kwamen. Toen ze mij wilden vermoorden. Toen ze deel van een groter plan waren, waar ik geen controle over had. Ga zitten. Wil je je kamerjas?'

'Ik heb geen kamerjas.'

'Ga in elk geval zitten.'

Ze had het gevoel of er een gloeiend stuk kool op haar schedel was gelegd. Vocht lekte uit de handdoek die ze om haar hoofd had gewikkeld. Haar gezicht en haar ogen brandden. Ze voelde zweetdruppels als colonnes mieren langs haar dijen lopen. Zijn ogen gingen naar haar benen, toen keek hij snel weg en deed alsof hij werd afgeleid door het lawaai van de airco. Ze ging aan de kleine tafel tegen de muur zitten, met haar knieën stijf tegen elkaar en met haar armen over haar borst gevouwen. 'Waar is Pete?' vroeg ze.

'Die is gered door een vriend van mij.'

'Gered?' Ze was even stil en herhaalde toen het woord: 'Geréd?' Ze proefde het zuur in haar speeksel toen ze sprak.

'Wil je dat ik vertrek zonder dat ons probleem is opgelost? Wil je dat Pete's situatie onbeslist blijft? Hij is nu ergens op een donkere weggetje en bevindt zich in de handen van een man die denkt dat hij een afstammeling van generaal Lee is.'

'En van wie stam jij af? Wie ben jij godverdomme?'

De vingers van Prediker trilden een beetje. 'Zo spreekt men niet tegen mij.'

'Vind je dat een seriemoordenaar respect verdient?'

'Je kent me niet. Misschien heb ik eigenschappen waar je je niet bewust van bent.'

'Heb jij ooit gevochten voor je land?'

'Ja, dat zou je wel kunnen zeggen; op mijn manier dan. Maar ik loop er niet mee te koop.'

'Pete werd half verbrand in zijn tank. Maar de echte schade werd toegebracht toen hij terugkwam en jou en dat stelletje tuig van je ontmoette.'

'Je vriend is een stommeling, anders zou hij niet in de problemen zitten. En ik ben niet gediend van je grove opmerkingen.'

Opnieuw voelde ze een golf van hitte aanzwellen in haar hoofd, alsof de zon door haar schedel brandde, haar bloed tot koken bracht en haar wegduwde naar de grenzen van een plaats waar ze nooit was geweest. Haar badhanddoek dreigde af te glijden. Ze trok hem strakker om zich heen en hield de vochtige stof met haar armen tegen haar huid gedrukt.

'Ik zou graag willen dat je met me meeging. Ik zou graag alles goedmaken wat ik je heb aangedaan. Nee, niets zeggen, luister,' zei hij. 'Ik heb geld. Ik ben behoorlijk ontwikkeld voor iemand met weinig reguliere scholing. Ik heb goede manieren en ik weet hoe ik voor een echte dame moet zorgen. Ik huur een huis op een bergtop even buiten Guadalajara. Het zal je daar aan niets ontbreken. Je hoeft niets tegen je zin te doen. Ook seksueel niet.'

Ze dacht een trein te horen in de verte: het doffe geluid van een zware locomotief die zich over het spoor ploegde en door de harde grond trillingen verspreidde die deden denken aan het constante kloppen van een ontstoken verstandskies.

'Geef me Pete terug. Doe hem niets,' zei ze.

'Wat krijg ik als tegenprestatie?'

'Mijn leven.'

'Waarom zou ik dat willen?'

'Ik heb je twee kogels in je lijf geschoten.'

'Je kent me blijkbaar niet erg goed.'

'Ga je gang en doe waarvoor je gekomen bent. Ik zal me niet verzetten. Maar laat Pete ongemoeid.' Het was of ze haar blik niet scherp kon stellen; het schemerde haar voor ogen en een donkere vloeistof rees op uit haar maag in haar keel.

'Je beledigt me.'

'Jouw gedachten zijn een belediging. Je weet ze niet erg goed te verbergen.'

'Welke gedachten? Waar heb je het over?' De huid onder zijn linkeroog rimpelde, als plamuur dat opdroogt.

'De gedachten waarvan je niet wilt toegeven dat je ze hebt. De geheime verlangens die je maskeert met je wreedheid. Je doet me denken aan aangetast weefsel waar maden in rondkruipen. Je geslachtsklieren zitten vol paardrift, maar je doet alsof je een heer bent die wil zorgen voor een vrouw, haar wil beschermen. Het is gênant om te kijken naar de begeerte op je gezicht.'

'Begeerte? Naar een vrouw die me beledigt? Die denkt dat ze een donderpreek tegen me kan houden nadat ik haar uit de handen van een man als Hugo Cistranos heb gered? Ja, inderdaad, Hugo is van plan jou en je vriendje te vermoorden. Wil je dat ik de snelkeuzetoets op mijn mobiel intoets? Ik kan je vriend kennis laten maken met een ervaring die geen van jullie beiden zich ook maar kan voorstellen.'

'Ik moet me aankleden. Ik wil niet dat je naar me kijkt.'

'Aankleden? Om waarheen te gaan?'

'Naar buiten. Weg van jou.'

'Denk je dat je de regie hebt over de gebeurtenissen die zich zo meteen rond jou gaan voltrekken? Ben je zo naïef?'

'Mijn kleren liggen in de ladekast. Ik neem ze mee naar de badkamer en kleed me daar aan. Waag het niet daar binnen te komen. En kijk ook niet naar me wanneer ik mijn kleren uit de kast haal. Nadat ik me heb aangekleed, ga ik ergens heen. Waarheen weet ik nog niet precies. Maar het zal niet met jou zijn. Misschien sterf ik hier, in deze kamer, in deze smerige kamer, op deze godverlaten plek aan de rand van de hel. Maar jij zult er geen deel van uitmaken, gore klootzak.'

Zijn gelaatsuitdrukking leek in tweeën gedeeld, alsof zijn motorische zenuwen uitvielen en de spieren aan één kant van zijn gezicht het begaven. Zijn rechterhand trilde. 'Je hebt niet het recht om zulke dingen te zeggen.'

'Vermoord me of donder op. Ik ben je aanwezigheid meer dan zat.'

Hij boog zich voorover en raapte de derringer bij zijn blauwzwart-witte kolf op van het tapijt. Hij ademde snuivend door zijn neus; zijn ogen waren klein en opgewonden onder zijn voorhoofd. Hij naderde haar langzaam. De neonletters aan de andere kant van het raam vielen op zijn witte overhemd en gaven het een roze gloed, die afstraalde op zijn gezicht en het een roze tint gaf dat het van nature niet had. Hij stond voor haar met aangesnoerde riem, zijn buik plat achter zijn overhemd. Uit zijn pak wasemde een geur van opgedroogd zweet. 'Zeg dat laatste zinnetje nog eens.'

'Ik verafschuw het om iemand om me heen te hebben als jij. Jij bent de angst van elke vrouw. Je aanraking roept walging op.'

De loop van de derringer ging naar haar mond. Door de muur hoorde ze het elektronisch gelach van de tv van de buren. Ze hoorde de locomotief, die met een hele rij open en gesloten goederenwagons door de heuvels reed, voelde hoe het galmende gedender het motel op zijn fundamenten deed schudden. Ze hoorde Predikers droge ademhaling net boven haar voorhoofd. Hij bracht zijn linkerhand onder haar kin en kantelde haar hoofd, zodat ze hem wel moest aankijken. Toen ze probeerde om haar hoofd af te wenden, omklemde hij haar kaken en trok haar hoofd met een ruk recht. 'Kijk me aan.'

'Nee.'

'Ben je bang?'

'Nee. Ja.'

'Waarvoor?'

'Voor wat ik daar zal zien. Jij bent het vleesgeworden kwaad. Ik denk dat je de afgrond in je draagt.'

'Dat is een leugen.'

'In je slaap hoor je een wind huilen, of niet soms? Het is het geluid dat de wind 's nachts maakt op de oceaan. Alleen is déze wind in jou. Ooit heb ik eens een gedicht gelezen van William Blake. Het ging over een worm die 's nachts vliegt in de huilende wind. Blake had vast jou voor ogen.'

Hij liet haar los, wierp haar gezicht bijna uit zijn hand. 'Je bele-

zenheid interesseert me geen zier. Jíj bent het werktuig van de duivel. Het is eigen aan jullie soort. Van de Hof van Eden tot de dag van
vandaag.'

Ze hield haar armen nog steeds over elkaar geslagen over haar borst,
haar hoofd was gezakt en haar rug begon te trillen. Hij tastte met zijn
linkerhand in zijn zak. Ze voelde hoe iets haar wang aanraakte. 'Neem
het,' zei hij.

Haar enige reactie was dat ze nog meer ineenkromp, dat ze haar
schouders en haar ruggengraat kromde tot een bol en dat ze haar ogen
strak gericht hield op de uiteinden van haar over elkaar geslagen armen.

Hij duwde een voorwerp tegen haar wang dat zowel prikte als mee-
gaf. Hij porde ermee tegen haar kaakbeen, probeerde haar te dwingen
haar hoofd op te heffen. 'Ik zei: neem het!'

'Nee.'

'Er zit zeshonderd dollar in de klem. Steek over naar Chihuahua,
maar stop pas als je in Durango bent. Hugo Cistrano's mensen zitten
overal. Ten zuiden van Durango zul je veilig zijn.' Hij hielde de geldklem met twee vingers voor haar. 'Pak aan. Er zijn geen voorwaarden.'

Ze spuwde op de geldklem, op de bankbiljetten, op zijn vingers. Toen
begon ze te huilen. In de stilte die daarop volgde was het alsof de roze
gloed op zijn overhemd, de penetrante geur van zijn zweet en de aanwezigheid van zijn lendenen vlak bij haar hoofd alle lucht uit haar longen persten, alsof de enige realiteit in de wereld de gestalte van Prediker
was, die zich enkele centimeters van haar huid ophield. Ze had nooit
gedacht dat stilte zo luid kon zijn. Ze had het idee dat de intensiteit
ervan veel weg had van de dof krakende geluiden die een drenkeling
hoort wanneer hij naar de bodem van een diep meer zinkt.

Hij beschreef met de dubbele loop van de derringer een lijn over haar
slaap, haar haargrens en haar wang. Ze sloot haar ogen en heel even
was het of het elektronische gelach van de tv werd overstemd door een
trein die door een tunnel reed, met zijn fluit weergalmend tegen de
wanden.

Toen ze haar ogen opendeed, zag ze dat er een mobiel in zijn hand
was, zag ze dat zijn duim één bepaalde toets indrukte, zag ze de mobiel
buiten haar gezichtsveld naar zijn oor gaan. 'Snij hem los,' zei hij.

Toen was de kamer weer stil. Ze voelde de hete woestijnwind door
de deur en zag een achttienwieler passeren op de verkeersweg, zijn op-

legger omlijnd door feestelijke lampjes, en daarboven de flonkerende sterren.

Nog voor het eerste zonlicht was doorgebroken aan de einder wist Hackberry Holland al dat het tegen het middaguur zevenendertig graden Celsius zou zijn. De belofte die de stortbui had ingehouden was een illusie gebleken. De hitte die zich had verzameld in steen, beton en in zanderige rivierbeddingen waar het krioelde van de sprinkhanen was de hele de nacht inactief geweest, om bij zonsopgang weer tot leven te komen. Met het rijzen van de zon steeg ook de hitte op, als een warme deken van vocht die glinsterde op de velden en heuvels en die de ogen deed tranen wanneer je te lang naar de horizon tuurde.

Om halfacht hees Hackberry Holland de vlag in de mast voor zijn kantoor, ging daarna naar binnen en probeerde opnieuw Ethan Riser te bereiken. Hij wist niet wat er was gebeurd met Pete Flores, sinds deze vanuit een telefooncel had gebeld en hem had verteld dat hij zich één letter en twee cijfers van Jack Collins' nummerbord herinnerde, of beter gezegd van het nummer van de geelbruine Honda die Flores had bekogeld met stenen. Hackberry had de Dienst Motorvoertuigen van Texas de letter en de twee cijfers gegeven en gevraagd of ze via hun computer elke mogelijke combinatie van deze data wilden nagaan, tot ze een match hadden met een Honda. Ook had hij Riser gebeld en hem verteld over het telefoontje van Flores.

De DMV was gekomen tot honderddrieënzeventig mogelijkheden. Riser had niet alleen verzaakt hem terug te bellen; hij reageerde helemaal niet meer op Hackberry's telefoontjes. Wat een nieuwe vraag opwierp: was Riser – zoals zoveel van zijn collega's – alleen behulpzaam zolang de plaatselijke politie nuttig voor hem was en gaf hij niet thuis als hij had gekregen wat hij hebben moest?

Een andere mogelijkheid was dat Riser van zijn superieuren opdracht had gekregen Hackberry te mijden, zich te concentreren op de uitschakeling van Josef Sholokoff in plaats van zich te zorgen te maken over lokale problemen.

Soms overschreden de prioriteiten die de federale instanties stelden de grens van het pragmatisme en waren ze alleen nog maar cynisch en meedogenloos. Psychopaten werden uit hechtenis ontslagen zonder dat hun slachtoffers of de getuigen van de openbare aanklager daarvan in kennis waren gesteld. Mensen die hun leven hadden toevertrouwd aan het systeem ontdekten dat ze waren gebruikt en dat men zich van hen had ontdaan zoals je een sigarettenpeuk weggooit. De meeste van die mensen hadden de macht en maatschappelijke status van visaas.

Tegen tienen had Hackberry twee berichten voor Riser achtergelaten. Hij opende zijn bureaula en haalde er een dikke bruine envelop uit die de foto's van twintig bij vijfentwintig centimeter bevatte die achter de kerk bij Chapala Crossing waren gemaakt op de plaats delict. Behalve door hun morbide inhoud werden de foto's gekenmerkt door nog een bijzonderheid: geen van de geüniformeerde hulpsheriffs, ambulancebroeders, fbi-mensen, of de leden van het forensisch team uit Austin vertoonde enige expressie. Welke foto hij ook bekeek, steeds waren hun gezichten verstoken van emotie en wezen hun mondhoeken naar beneden, alsof ze in een film speelden waarin het niet de bedoeling was om geluid te maken of gevoelens te tonen. De enige opnamen die je ermee kon vergelijken waren de zwart-witfilms die waren gemaakt van de massagraven toen de vernietigingskampen in het voorjaar van 1945 werden bevrijd door het Amerikaanse leger.

Hij legde de foto's weer terug in de la.

Wat was er gebeurd met Pete Flores en Vikki Gaddis? Wat was de volgende stap die Jack Collins zou ondernemen? Welk soort gevangenis kon het vleesgeworden kwaad beteugelen dat de slachting van Chapala Crossing had aangericht?

Om halfdrie diezelfde middag reed Danny Boy Lorca met zijn dieplader – een omgebouwd voertuig uit de legerdump – over de tweebaansweg die vanaf de Mexicaanse grens Amerika in liep. De wind blies als de vlam van een soldeerlamp door het raam en het ongedempte geronk van de motor deed de cabine schudden. Zijn brandstofmeter stond praktisch op nul. Hij zag de lifters in de verte. Ze stonden aan de kant van de weg, tussen twee heuvels waarvan de flanken verschroeid waren door een verwoestend vuur. Er was geen ander verkeer. De contouren van de lifters waren verwrongen door de hitte en de weg leek te glimmen als een plas teer. Dichterbij gekomen zag hij dat een van de lifters een vrouw was. Een gitaarkoffer stond bij haar voet. Haar denimblouse plakte aan haar huid van het zweet. De man naast haar droeg een strooien sombrero en een shirt waarvan de mouwen waren afgeknipt bij de oksels. Een van zijn bovenarmen was gerimpeld met littekenweefsel dat eruitzag als te heet geworden kunststof van een lampenkap.

Danny Boy stopte aan de kant van de weg en keek behoedzaam in de achteruitkijkspiegel. 'Jullie zijn weer terug,' zei hij door het passagiersraampje.

'Kun je ons een lift geven?'

Danny Boy beantwoordde nooit vragen waarvan het antwoord voor de hand lag.

Pete Flores gooide een plunjezak in de laadbak van de truck en zette Vikki's gitaarkoffer tussen de zak en de cabine. Hij deed de bijrijdersdeur open, blies daarna in zijn hand en liet Vikki instappen. 'Wow,' zei hij, terwijl hij naar zijn hand keek. 'Hoe lang rijdt je truck al in de zon?'

'Het is een honderdzeven,' zei Danny Boy.

'Bedankt dat je voor ons bent gestopt,' zei Vikki.

Pete stapte in en sloot het portier. Hij maakte aanstalten zijn hand uit te steken, maar Danny Boys aandacht was gericht op de groothoekspiegel.

'Weet je dat de smerissen op zoek zijn naar je? FBI-agenten, ambtenaren en ook sheriff Holland. Er is een federale agent vermoord.'

'Ik denk dat ze ons gevonden hebben.'

Danny Boy reed de weg weer op. Zijn open hemd toonde een leerachtige borstkas en zijn hals was bedekt met ringen vuil. 'Misschien is dit niet de beste plek voor jullie.'

'We kunnen nergens anders heen,' zei Pete.

'Als ik in jullie schoenen stond, zou ik een goederentrein nemen en naar Canada gaan, langs de boerenbedrijven waar seizoensarbeiders bezig zijn. Een kok voor al die hongerige magen kan goed geld verdienen. Ik zou een plek zoeken die nog niet vervuild en vernield is en me daar vestigen.'

Pete stak zijn arm uit het raam. Vervolgens draaide hij zijn palm in de richting van de luchtstroom, zodat koele lucht via zijn arm in zijn shirt zou komen. 'We zijn ermee bezig,' zei hij.

'Die mensen met wie je je ingelaten hebt? Ze zijn daarginds.'

'Welke mensen? Wat bedoel je met "daarginds"?'

'Ze zijn daar 's nachts. Het zijn geen illegale Mexicaanse gastarbeiders. Ze trekken langs mijn woning. Ik zie ze in het land.'

'Dat zijn onschuldige landarbeiders,' zei Pete.

'Nee, dat zijn het niet. Kijk naar de hemel. We hadden één nacht met zware regenval, zoals in dit seizoen gebruikelijk is. Meer kregen we niet. De regengoden hebben ons een kans gegeven. Maar ze komen niet terug omdat al die drugsdealers en moordenaars hier zijn. Er is een gat in de aarde en daarbeneden is de plek waar alle mais vandaan kwam. Dat is de plek waar alle macht vandaan komt. Weet niemand meer waar het gat is?'

Vikki keek even opzij naar Pete.

'Vertel het haar,' zei Danny Boy.

'Wat moet ik haar vertellen?'

'Dat ik niet dronken ben.'

'Dat weet ze wel. Danny Boy is oké, Vikki.' Pete tuurde uit het raam. De wind vloog langs zijn blote arm en deed zijn shirt bollen. 'Dat is de woning van Ouzel Flagler. Ik wou dat ik daar niet geweest was toen die slechte *hombres* binnenkwamen.'

'Heb je daar die lui ontmoet?'

'Waarschijnlijk wel. Zeker weten doe ik het niet. Ik had de hele dag een soort black-out. Ik weet nog dat ik die dag mescal van Ouzel had gekocht. Ouzels mescal laat altijd zijn sporen na, alsof er een bulldozer over je hoofd is gewalst.'

De bakstenen bungalow van Ouzel Flagler – met tegen één zijde een getimmerde bar en in het midden een scheur – werd korte tijd versluierd door een wolk stof die over de harde bodem blies en ballen witte amarant over het dak joeg. Onder een witte zon, te midden van verward draad en het vele roestige bouwmaterieel dat Ouzel naar zijn terrein had gesleept, stond een groepje langhoorns met ontstoken ogen bij een poel regenwater, waarvan de aflopende randen bedekt waren met rijen koeienvlaaien.

'Niet kijken,' zei Vikki.

'Waarnaar?'

'Dat huis. Het maakt geen deel meer uit van je leven.'

'Wat ik die nacht heb gedaan is mijn verantwoordelijkheid, niet die van Ouzel.'

'Pete, hou daarover op, wil je?'

Ik moet daarginds diesel tanken,' zei Danny Boy.

'Nee, niet hier,' zei Vikki.

Danny Boy keek naar haar. Zijn ogen waren slaperig en de spieren in zijn hals ontspannen. 'De naald staat in het rood. Het is nog vijf kilometer naar het volgende tankstation.'

'Waarom heb je ons toen we instapten niet gezegd dat je bijna geen diesel meer had?' zei ze.

Danny Boy schakelde terug, boog af van de weg en reed het tankstation binnen, handen op het stuur in de tien-voor-twee-positie, licht voorovergebogen als een leerling die aan zijn eerste solorit begint, zijn gezicht onbewogen. 'Terwijl ik binnen ben, zou je de weg over kunnen steken; misschien dat iemand je meeneemt,' zei hij. 'Ik moet naar de wc. Ik was vergeten jullie dat te vertellen toen jullie instapten, hoewel het mijn truck is. Als jullie nog geen lift hebben tegen de tijd dat ik weer vertrek, dan neem ik jullie weer mee.'

'We wachten wel in de truck. Het spijt me,' zei Vikki.

Danny Boy liep het benzinestation binnen en betaalde tien dollar vooruit.

'Waarom bemoeide je je met zijn zaken?' vroeg Pete.

'Ouzel Flaglers broer is eigenaar van dit tankstation.'

'Nou en?'

'Pete, je leert het ook nooit.'

'Wat moet ik leren? Over Ouzel? Hij heeft de ziekte van Bürger. Hij is een ongelukkig mens. Hij verkoopt wat mescal. Wat is daar zo bijzonder aan? Je hebt je verzet tegen die moordenaar. Ik ben echt trots op je. We hoeven niet meer bang te zijn.'

'Hou alsjeblieft je mond. Hou in 's hemelsnaam een keer je mond.' Ze veegde het zweet uit haar ogen met een tissue en keek naar de weg die voortkronkelde en zich oploste in de witte schittering van de zon. Het verblindende, ruwe en met rotsen bezaaide gebied dat verstoken was van elke schaduw, deed haar denken aan een droge zeebedding, of aan reusachtige mierenhopen, of aan een planeet die al dood was.

Danny Boy trok het tankpistool uit de tank, klikte het weer vast aan de pomp, gebruikte het buitentoilet en stapte toen weer in zijn truck. Zijn gezicht was nog nat van het kraanwater. 'Op een dag als vandaag is er niets dat boven koud water gaat,' zei hij.

Niemand van hen nam notitie van een man aan de andere kant van het donkergetinte raam van het benzinestation. Deze was net achter uit de winkel gekomen en dronk mineraalwater. Hij had het blikje ondersteboven aan zijn lippen. Zijn hals was opgezwollen door een hele reeks tumoren en het leek of zijn hoofd verzonken was in zijn schouders, wat hem iets gaf van een neergestreken aasvogel. Hij nam de laatste slok, gooide het blikje in de afvalemmer en leek een hele tijd na te denken. Toen pakte hij de telefoon.

# 23

Nadat ze uit de cabine van Danny Boy Lorca's truck waren gestapt en de plunjezak en gitaarkoffer uit de laadbak hadden gepakt, gingen Vikki en Pete uitgedroogd, verbrand en onder het gruis het gebouw binnen. Met kleren die stijf stonden van het zout gingen ze voor het bureau van Hackberry zitten alsof zijn door de airconditioning gekoelde kantoor het eindpunt was van een lange reis door de Sahara. Ze vertelden hem over hun ontmoetingen met Prediker Jack Collins, Bobby Lee en de man die T-Bone heette, en over het feit dat Collins hen had laten gaan.

'We hebben vanmorgen vroeg de bus gepakt, maar die kreeg na zo'n veertig kilometer pech. Dus zijn we maar gaan liften,' zei Pete.

'Heeft Collins jullie simpelweg laten gaan? Zonder jullie iets te doen?' Hackberry liet zijn verbaasde blik op Vikki Gaddis rusten.

'Het is precies gebeurd zoals we u verteld hebben,' zei Vikki.

'Enig idee waar Collins heen ging?' vroeg Hackberry.

'Collins is nu helemaal uw pakkie-an. Zeg maar wat u van ons wilt,' zei Pete.

'Daar ben ik nog niet helemaal uit.'

'Kunt u dat nog eens herhalen?' zei Vikki.

'Ik heb twee lege cellen. Loop die ijzeren trap daar achterin maar op en kijk maar wat je ervan vindt.'

'U biedt ons gevangeniscellen aan?' zei ze.

'De deuren blijven open. Je kunt komen en gaan wanneer je wilt.'

'Ik kan het niet geloven,' zei ze.

'Jullie kunnen de wc en de douche hierbeneden gebruiken,' zei Hackberry.

'Pete, wat zeg je ervan?' zei Vikki.

'Misschien is het nog niet zo'n slecht idee,' antwoordde hij.

Pam Tibbs was het kantoor binnengekomen en leunde tegen de deurpost. 'Ik ben het helemaal met je eens, schat.'

'Met een beetje mazzel kunnen we zelf wel een ijzeren trap vinden,' zei Vikki. 'O, sorry, ik vergat je "schat" te noemen.'

'Je doet maar,' zei Pam. Ze wachtte tot ze buiten gehoorsafstand waren voor ze weer sprak. 'Wat maak jij van dat hele verhaal over Collins, Bobby Lee Motree en die snuiter T-Bone?'

'Wie zal het zeggen? Collins heeft waarschijnlijk zijn psychotische momenten.'

'Die Vikki Gaddis is behoorlijk brutaal, vind je niet?'

'Het zijn nog maar kinderen,' zei Hackberry.

'Dat wil nog niet zeggen dat je jezelf door ze in verlegenheid moet laten brengen.'

'Ik pieker er niet over.'

Maydeen Stolz kwam de kamer binnen. 'Ethan Riser is aan de telefoon. Wil je dat ik een boodschap aanneem?'

'Waar belt hij vandaan?' vroeg Hackberry.

'Dat heeft hij niet gezegd.'

'Vraag hem of hij in de stad is.'

'Simpelweg: "Bent u in de stad?" '

'Ja, zeg hem dat ik hem wil uitnodigen voor een etentje. Wil je dat doen, Maydeen?'

Ze ging terug naar de meldkamer en kwam meteen daarna weer terug. 'Hij is in San Antonio.'

'Verbind me door.'

'Ik ga solliciteren naar een baan op een ruimtestation,' zei ze.

Een moment later ging het lampje van Hackberry's telefoon branden, en hij nam de hoorn op. 'Dag Ethan, hoe staat het leven?'

'Je spreekt me aan bij mijn voornaam.'

'Ik probeer een paar zaken in hun juiste verhoudingen te zien. Zit er schot in de ontwikkelingen met betrekking tot Nick Dolan?'

'Niet veel.'

'Hebben jullie hem al ondervraagd?'

'Geen commentaar.'

'Dus hij is nog steeds lokaas?'

'Die term zou ik niet willen gebruiken.'

'Een momentje, blijf aan de lijn.' Hackberry bedekte de hoorn met zijn handpalm. 'Zorg dat de jongelui even niet binnenkomen.'

'Ik heb het nogal druk,' zei Riser. 'Waarmee kan ik je van dienst zijn?'

'Hoe waardevol is Pete Flores voor je?'

'Hij is de zwakke schakel. Hij kan ons de namen geven van iedereen die bij de slachting betrokken was. Je hebt maar één los draadje nodig om een trui uit te rafelen.'

'Ik denk niet dat "zwakke schakel" een goede kwalificatie is voor een jongen als hij.'

'Misschien niet. Maar Flores heeft zich uit eigen vrije wil ingelaten met dat tuig dat die vrouwen en meisjes vermoordde. We kunnen hem gebruiken om tegen de anderen te getuigen. Dat betekent dat hij als kroongetuige in verzekerde bewaring gesteld wordt.'

'In verzekerde bewaring? In de bak?'

'Dat is een ding dat zeker is. Flores heeft het ervandoor gaan tot een kunst verheven.'

'En hoe zit het met getuigenbescherming?'

'Misschien volledig. Maar hij werkt óf mee, óf hij bloedt voor de anderen. Maar laten we eerlijk zijn. Deze lui, die heroïne, methamfetamine en meisjes smokkelen, zijn allemaal aangesloten bij bendes, tot aan Mexico City toe. Onze gevangenissen zitten vol leden van de Mara Salvatrucha en huurmoordenaars van de Mexicaanse maffia. Het kan zijn dat Flores' keel wordt doorgesneden voordat dat hij wordt voorgeleid. De jongen mag dan misschien een oorlogsheld zijn, maar die vrouwen en meisjes die doorzeefd werden door die .45-kogels zouden niet rouwig zijn om zijn dood.'

Hackberry deed de telefoon van zijn oor en opende en sloot zijn mond om een geluid in zijn hoofd kwijt te raken dat leek op kreukelend cellofaan. Buiten klapperde de vlag in een luchtstroom die gele stof meevoerde.

'Hoorde je wat ik zei, sheriff?' zei Riser.

'Ja, en het zou mooi zijn als jij hetzelfde deed. Luister, is Hugo Cistranos niet de sleutel? Vertel me niet dat jullie hem niet in de peiling hebben. Waarom draai je hém niet de duimschroeven aan in plaats van achter Flores en Vikki Gaddis aan te jagen.'

'Ik heb de leiding niet, sheriff.'

Hackberry kon de verandering in Risers stemming voelen. Door de deur van zijn kantoor zag hij hoe Pam Tibbs Flores en Gaddis naar het verhoorkamertje leidde. 'Ik heb begrip voor je situatie,' zei hij.

'Sorry dat ik je niet heb teruggebeld. Ik moest naar Washington en vermoedelijk vlieg ik er morgen ook weer heen. Waar gaat het nou eigenlijk over? Als ik jou was, zou ik het wat kalmer aan doen. Je bent een oorlogsveteraan. Soms moet je een paar mensen opofferen voor de grotere zaak. Dat klinkt misschien een beetje darwinistisch, maar degenen die geloven dat het anders is horen thuis in het klooster.'

'Het gaat om Josef Sholokoff, hè? Jullie willen hém pakken.'

'Wij maken de regels niet.'

'Goede reis naar Washington.'

'Laat me open tegen je zijn. Ik zal proberen je op de hoogte te houden van de stand van zaken. Met de nadruk op "proberen".'

'Het is me volkomen duidelijk, Riser.' Hackberry legde de hoorn op de haak. Pam Tibbs stond in de deuropening. Hij keek uitdrukkingsloos naar haar.

'Ik hoop dat Bonnie en Clyde dit kunnen waarderen.'

'Kom met een surveillancewagen naar de achteruitgang. Bonnie en Clyde zijn hier nooit geweest. Zeg dat tegen Maydeen bij het weggaan.'

'Komt voor elkaar, baas.'

'Wil je me zo niet noemen?'


De thermometer had net het heetste punt van de dag bereikt, 48 graden Celsius, toen Nick Dolan met zijn koffer Phoenix Airport uit kwam en een taxi aanriep, eentje met meer dan het doorsnee-aantal deuken. De chauffeur kwam uit het Midden-Oosten en had het interieur van zijn auto versierd met kralenwerk, foto's van moskeeën en spreuken uit de Koran. Hij had een cassette met Arabische muziek opstaan en op het dashboard brandde wierook. 'Waarheen, meneer?' zei hij.

'Ik weet het niet precies. Waar kun je gepijpt worden in Mekka?'

'Pardon, meneer?'

'Naar de Embassy Suites.'

'In Phoenix?'

'Hoe heet je?'

'Mohammed.'

'Ik ben geschokt. Nee, ik wil naar de Embassy Suites in Istanbul. Deel je ook oordopjes uit tegen die muziek?'

'Oordopjes? Wat voor oordopjes, meneer.'

'De Embassy Suite, een zijstraat van Kamelenrug.'

'Ja meneer. Dank u wel, meneer. Houd u stevig vast, meneer.' De bestuurder gaf plankgas en zwenkte het verkeer in. Nick viel opzij en belandde op zijn bagage.

'Hé, we zijn hier niet bezig met een kaping,' zei Nick. Hij wist dat zijn grapjes ten koste van de chauffeur een masker waren voor de verterende angst die had postgevat in zijn gemoed. Hij had het telefoonnummer van Josef Sholokoff gekregen van zijn oude partner in de escortbranche en had een afspraak met hem gemaakt. Om negen uur die avond zouden ze elkaar ontmoeten bij Sholokoff thuis. Dat Sholokoff hem zo makkelijk toegang had gegeven tot zijn huis maakte alleen maar dat Nick zich nog onveiliger voelde.

'Hé Mohammed, heb je ooit gehoord van een man die Josef Sholokoff heet?' vroeg Nick. Hij staarde uit het raam en wachtte op het antwoord van de chauffeur. Hij zag de palmbomen en de gepleisterde huizen met tuinen vol bloemenpracht aan zich voorbij schieten.

'Hé, jij daar in die wierookwolken, ken je een vent die...'

De ogen van de chauffeur in de binnenspiegel vestigden zich op Nick. 'Ja meneer, Embassy Suites,' zei hij. Hij zette het geluid harder en de klanken van fluiten en sitars vulden de taxi.

Nick checkte in. Zijn suite bevond zich op de vierde verdieping en keek uit over het buitenzwembad van het hotel. Kinderen schreeuwden en spetterden in het water. Hij kleedde zich uit op zijn boxershort en zijn hemd na en maakte aanstalten om de douche in te stappen, maar hij voelde zich zo zwak dat hij dacht dat hij flauw zou vallen. Hij schonk zich een bourbon met ijs uit de minibar in, ging in een stoel zitten en pakte de telefoon. In de spiegel op de badkamerdeur zag hij een kleine pafferige man die in zijn kinderlijke hand een glas geklemd hield; een man in gestreept ondergoed, met bleke benen vol spataderen en een gezicht dat op een witte ballon leek waarop ogen en een mond waren geschilderd. Hij toetste het mobiele nummer van zijn vrouw in.

'Hallo?' zei ze.

'Met mij, Esther.'

'Waar hang jij in 's hemelsnaam uit?'

'In Phoenix.'

'Phoenix Arizona?'

'Ja. Wat ben je aan het doen?'

'Wat ik aan het doen ben? Ik sta onkruid te trekken in het bloemperk. Iets wat eigenlijk jouw werk is. Ben je echt in Arizona? Sta je niet ergens langs de weg met een zenuwinstorting?'

'Ik heb het je niet verteld omdat ik bang was dat het je van streek zou maken. Ik heb een retourvlucht geboekt voor morgenvroeg kwart voor zeven. Dus echt weg ben ik ook weer niet.'

'Je bent meer dan vijftienhonderd kilometer van me verwijderd, en dat noem je niet echt weg?'

'Ik heb een afspraak met die Sholokoff. Ik heb naar zijn huis gebeld.'

'Die man is erger dan Jack Collins.'

'Er zal niets gebeuren. Het is bij hem thuis. Hij zal me heus niets doen in zijn eigen huis.'

'Ik word helemaal licht in mijn hoofd. Wacht, ik ga even in de schaduw staan.'

'Wist je dat Bugsy Siegels vrouw Esther heette?'

'Nou en? Ben je gek geworden, of hoe zit dat?'

'Ik wil alleen maar zeggen dat ik geen Bugsy Siegel ben, Esther.'

Er was een lange stilte aan de andere kant van de lijn.

'Ben je er nog?' vroeg hij. 'Esther, wat is er?'

Toen besefte hij dat ze huilde. 'Toe, wees niet verdrietig,' zei hij. 'Je bent dapper. Ik ben met de dapperste en mooiste vrouw van New Orleans getrouwd. We maken gewoon een nieuwe start. We hebben het restaurant. We hebben elkaar en de kinderen. De rest is onbelangrijk. Hallo?'

'Kom naar huis, Nick,' zei ze.

Nick nam een douche en lag het daaropvolgende halfuur naakt op zijn kingsize bed, met de punten van zijn voeten en zijn handen gespreid in een enorme X, als de aan zijn vurige rad geboeide Ixion. Daarna bette hij zijn gezicht en nek met koud water, trok een lange broek en een schoon overhemd aan, stapte in zijn loafers en bestelde een taxi. Hij liep het hotel uit en stond onder de koetspoort. Zijn hoofd was zo licht als helium. De stad was mooi in de zomerschemering. De lange palmbomen ruisten, de bergtoppen staken scherp af tegen een magenta hemel en de terrassen van de cafés zaten vol met gezinnen en jonge mensen voor wie de dood een abstractie was, iets wat alleen anderen trof.

De gebutste taxi die voor hem stopte, zag er maar al te bekend uit. Nick deed het achterportier open en een weeë zoete wolk wierook, die hij associeerde met geparfumeerde kamelenpoep, spreidde zich uit over zijn huid en kleren. 'Mohammed!' zei hij.

'Zegt u maar waar ik u heen moet brengen, meneer,' zei de chauffeur.

'Naar het huis van Josef Sholokoff,' antwoordde Nick, en hij nam plaats op de achterbank. Hij vroeg zich af of hij het niet zo probeerde te sturen dat Mohammed hem van zijn voornemen zou afbrengen. 'Het adres staat op dit papiertje. Het is ergens in de bergen.'

'Niet goed, meneer.'

'Ik wil dat je op me wacht wanneer we daar zijn.'

'Helemaal niet goed, meneer. Nee, niet goed. Heel slecht, meneer.'

'Jij bent de man die ik nodig heb. Jij moet me ondersteunen.'

De chauffeur had zich helemaal omgedraaid in zijn stoel en keek ontzet naar zijn passagier. 'Ik denk dat u heel slecht advies heeft gekregen over uw bezoek, meneer. Geen aardige man. Vindt u het niet leuk om naar de honkbalwedstrijd te gaan? Of ik kan u naar de dierentuin brengen? Hele mooie dierentuin hier.'

'Jullie blazen jezelf op met bommen. En dan ben je bang voor een of andere Russische eikel die hem waarschijnlijk niet eens omhoog kan krijgen zonder naar een van zijn eigen pornofilms te kijken?

Mohammed drukte de pal van zijn meter in. 'Houd u stevig vast, meneer,' zei hij.

De taxi reed een kronkelende bergweg op die even ten noorden van een golfbaan lag. Uit het raam kon Nick de grote gouden kom van de stad zien, de stroom van koplampen door de straten, de lineaire patronen van de palmbomen langs de boulevards, de betonnen kanalen, tot de rand toe gevuld met water, en de zwembaden die zich kilometers ver uitstrekten door de wijken van de rijken en spiegelden in de zon. De westkant van de stad, waar de blanke paupers en de arme Hispanics woonden, was een heel ander verhaal.

'Kijk je wel eens naar pulp, Mohammed?' vroeg Nick. '*Jerry Springer*, dat soort shit?'

'Nee meneer.' Mohammed keek in de binnenspiegel. 'Een enkel keertje misschien.'

'Die mensen, de gasten, krijgen er niet voor betaald.'

'Niet?'

'Nee.'

'Maar waarom doen ze het dan?'

'Ze denken dat ze onsterfelijk zullen worden. Ze doen mee aan een film of een tv-programma en denken dat ze dezelfde magie hebben als de celebrity's. Kijk eens naar beneden. Dat is waar het om draait. Het grote geld.'

'U bent een heel slimme man. Daarom begrijp ik u niet.'

'Wat begrijp je niet?'

'Waarom u naar het huis van een man als Josef Sholokoff gaat.'

Mohammed hield stil voor de gesloten toegangshekken van een compound die voor een deel was uitgehouwen in de berg. Binnen de muren was een diep, koel grasveld met gras dat drassig was van de sproeiers. De citrusbomen zaten vol vruchten en de balkons van de bovenverdiepingen van het huis waren versierd met smeedwerk in Spaanse stijl. De elektrische hekken zwaaiden naar binnen open, maar je zag nergens beveiligingspersoneel, zelfs geen tuinlieden. Mohammed reed naar het koetshuis en stopte.

'Jij blijft hier wachten, oké?' zei Nick.

'Ik denk het wel, meneer.'

'Denkt?'

'Ik heb vrouw en kinderen waar ik rekening mee moet houden, meneer.'

'Die man verkoopt vieze films. Hij is Saddam Hussein niet.'

'Ze zeggen dat hij mensen vermoordt.'

Ja, dat ook, zei Nick tegen zichzelf.

Aan de zijkant van het huis was een patio van tegels met een zwembad dat schitterde als diamanten door de onderwaterverlichting. Een stuk of vijf vrouwen lagen op strandstoelen of dobberden op luchtbedden in het zwembad. Vier mannen speelden kaart aan een tafel met een glazen blad. Ze droegen met bloemen of papegaaien bedrukte shirts, golfpantalons en sandalen of instappers. Hun gedrag was dat van mannen die zich nooit bedreigd of slecht op hun gemak voelden wat hun rol in de wereld betrof. Ook voelden ze zich nooit bedrukt door berichten in het avondnieuws over slachtingen, ontberingen of menselijk leed. Nick had veel van dit soort lieden gekend toen hij de pokerzaal runde voor Didoni Giacano in New Orleans. Ze schakelden hun dodelijkheid net zo makkelijk aan en uit als het licht, en ze vonden zichzelf geweld-dadig noch abnormaal. Uiteindelijk was het hun persoonlijke onver-schilligheid tegenover hun daden die hen zo angstaanjagend maakte.

De kaarters werden vanaf een hoge stoel, het soort dat wordt ge-bruikt door een umpire bij een tenniswedstrijd, in de gaten gehouden door een kleine, tengere man met een lange kaak en een smalle schedel. Zijn grijns ontblootte zijn lange, scheve, door de thee bruin geworden tanden, die er broos uitzagen, alsof ze zouden afbreken als hun bezitter ze in iets hards zette. Op zijn neus zaten door acne veroorzaakte litte-kens. Zijn neusgaten zaten vol grijs haar en de vorm van zijn ogen was eerder Aziatisch dan westers. 'Daar is hij, precies op tijd,' zei hij.

'Ik ben Nick, als u het over mij heeft. Bent u meneer Sholokoff?'

'Dit is hem, jongens,' zei de man in de stoel tegen de kaarters.

'Ik dacht dat we elkaar misschien onder vier ogen zouden kunnen spreken.'

'Zeg maar Josef. Wil je iets drinken? Bevallen mijn dames je? Je ogen dwalen voortdurend af naar mijn dames.'

'Ik heb het gevoel alsof ik hier in een publiek zwembad ben.'

'Vertel me wat je wilt. Je hebt een lange reis achter de rug. Misschien wil je eerst wat relaxen in een van mijn huisjes daar achterin? Zie je dat negermeisje aan de ondiepe kant? Ze begint pas aan haar filmcarrière. Wil je kennis met haar maken?'

'Ik heb niets te maken met de moord op die vrouwen die je bezig was het land in te smokkelen.'

Sholokoff leek nauwelijks in staat zijn vrolijkheid te onderdrukken. 'Dus je denkt dat ik een mensensmokkelaar ben? En je bent hiernaartoe gekomen om me te vertellen dat je me nooit op enigerlei wijze benadeeld hebt? Misschien heb je een verborgen microfoon. Of heb je een zendertje. Werk je voor de FBI?'

'Hugo Cistranos heeft die vrouwen vermoord. In New Orleans pleegde hij altijd huurmoorden voor Artie Rooney. Ik wilde een oude rekening met Artie vereffenen. Ik dacht dat hij degene was die de vrouwen het land in smokkelde. Ik wilde ze voor me aan het werk zetten. Ik kwam tot dat soort besluiten omdat ik een domme eikel was die zich had moeten houden bij de horeca- en nachtclubbranche. Ik wil niet dat mijn gezin iets overkomt. Het kan me niet schelen wat jullie met mij doen. Zeg, ik krijg een stijve nek van dat omhoogkijken naar je.'

'Geef hem een stoel,' zei Sholokoff. 'En breng me ook het beeldmateriaal.'

Een van de kaarters haalde een wit geverfde ijzeren stoel van het gazon voor Nick. Een andere liep het huis in en keerde terug met een map van manillapapier.

Sholokoff maakte de map open op zijn schoot en bekeek vluchtig een aantal foto's van twintig bij vijfentwintig centimeter, waarbij hij bij elke foto waarderend knikte, met een grijns die zijn gezicht niet verliet.

'Die mensen zijn geen Russen, hè?' vroeg Nick. Hij maakte een hoofdbeweging in de richting van de kaarters.

'Als het Russen waren, mijn kleine Joodse vriend, dan zouden ze je rauw lusten, met teennagels en al.'

'Hoe weet je dat ik Joods ben?'

'We weten alles van je. Je achternaam was Dolinski. Hier, kijk zelf maar,' zei Sholokoff. Hij wierp de map in Nicks schoot.

De foto's vlogen door Nicks handen: zijn zoon Jesse, die de openbare bibliotheek van San Antonio binnenliep, de tweelingzusjes die een drukke straat overstaken, Esther die boodschappen uitlaadde op de oprit.

'De familie van je vrouw komt oorspronkelijk van de Zuid-Siberische toendra, hè?' zei Sholokoff.

'Wie heeft deze foto's genomen?'

'Er wordt gezegd dat Siberische vrouwen de broek aanhebben. Klopt dat?

'Laat mijn gezin erbuiten.'

Sholokoff liet zijn ellebogen op de armleuningen van zijn stoel steunen en trok zijn nek tussen zijn schouders; op zijn gezicht lag nog steeds de vette grijns. 'Ik heb een deal voor je. En als die je niet aanstaat, heb ik misschien nog wel een andere. Maar de deals zijn dun gezaaid. Denk heel goed na over je keuzes, meneer Dolinski.'

'Ik kwam hier om je de waarheid te vertellen. Iedereen zegt dat je een goede zakenman bent, de beste als het gaat om het verkopen van het product waar je op dat moment in handelt. Een goede zakenman wil zekerheid. Hij wil geen gebakken lucht. En dat is wat Artie Rooney en Hugo Cistranos verkopen, honderd procent gebakken lucht. Als je de feiten over die vrouwen niet wil hebben, dan ben ik hier weg.'

'Je zei dat je een rekening met Artie Rooney wilde vereffenen. Wat heeft Artie Rooney je geflikt?'

Nick keek even uit zijn ooghoeken naar de kaarters en naar de vrouwen die op luchtbedden in het zwembad dreven of op ligstoelen lagen. 'Toen we nog kinderen waren, hebben hij en zijn vrienden een keer zwabbertje met me gespeeld in de bioscoop.'

'Leg eens uit hoe dat "zwabbertje" in zijn werk ging.'

'Ze gebruikten mijn haar om de wc-pot schoon te wrijven. Die zat vol pis toen ze het deden.'

Sholokoffs gelach veroorzaakte een kramp in zijn wangspieren; zijn mond sperde zich open tot een grijns, zoals bij een lijk. Hij hield een hand stijf tegen zijn mond om er een eind aan te maken. Toen begonnen zijn mannen ook te lachen. 'Je hebt het iemand betaald gezet omdat hij je haar had gewassen in pis? En nu ben je in Phoenix om Josef Sholokoff een grote waarheid te openbaren over het runnen van zijn zaken? Een captain of industry noemen ze zo iemand. Hier komen de deals, meneer Dolinski. Ben je er klaar voor?

Je kunt me je restaurant en je vakantiehuis aan de rivier geven. Dan zullen Artie Rooney en Hugo geen "zwabbertjes" meer met je doen. Of je kunt voor de andere deal kiezen. Die is interessanter, en het is er een die me veel meer aanstaat. Je vrouw heeft alle eigenschappen van een Siberische: een krachtig gezicht, grote tieten en een breed achterwerk. Maar ik wil haar eerst uitproberen. Kun je haar hiernaartoe laten vliegen?'

De mannen aan de kaarttafel keken niet op van hun spel, maar lachten zachtjes. De hete wind die langs de bergwand blies deed de palmen en de yucca's ritselen; blaadjes dwarrelden neer op het water van het zwembad. De lichamen van de vrouwen zagen er net zo robuust en gestroomlijnd uit als die van zeehonden.

Nick stond op van zijn stoel. Zijn voeten waren zweterig en voelden als moes in zijn sokken. 'Ik heb een paar van je hoeren ontmoet toen ik een escortservice runde in Houston. Ze hadden het vaak over je. Ze gebruikten voortdurend woorden als "knaagdier" en "fret". Maar ze hadden het niet alleen over je gezicht. Ze zeiden dat je lul eruitzag als een punaise. Volgens hen was dat de reden dat je in de porno-industrie terechtgekomen was. Je hebt de geheime wens om een menselijke tampon te zijn.'

Sholokoff begon opnieuw te lachen, maar veel beheerster en lang niet zo overtuigend. Een van zijn ogen leek bevroren, alsof erachter een geïsoleerde en gemene gedachte school.

'En hier is mijn deal voor jóú, lelijke kozak,' vervolgde Nick. 'Als je ooit in de buurt van mij of mijn gezin komt, zal ik mijn restaurant verhypothekeren of verkopen – wat maar het snelst gaat – en elke dollar gebruiken om de wereld te verlossen van zo'n waardeloos stuk vreten als jij. Ondertussen mag je die sletten van je wel eens op geslachtsziekten laten testen. En ontsmet dan meteen je zwembad met lysol. Als ik me niet vergis heb ik een paar van hen in de rij zien staan bij de gratis herpeskliniek in West Phoenix.'

Nick liep over het grasveld terug naar het koetshuis. Hij hoorde achter zich stoelen schrapen en de stem van Josef Sholokoff die zich verhief, de stem van een man die verstrikt zat in zijn eigen geprikkeldheid en zijn onwil om de oorzaken ervan toe te geven.

Laat me niet in de steek, Mohammed! dacht Nick.

Maar Mohammed had zo zijn eigen sores. Hij had de taxi van het koetshuis naar de hoek van het gebouw verplaatst – vermoedelijk, dacht Nick, om de vrouwen niet te hoeven zien, die alleen een bikini aan hadden. Maar twee van Sholokoffs mannen waren de voordeur uit gekomen en blokkeerden de oprit. Nick ging linea recta naar de elektrische hekken. Achter zich hoorde hij Mohammed vol gas geven en daarna het geluid van gierende banden op een glad oppervlak.

Nick keek over zijn schouder en zag Sholokoffs kaarters om de zijkant van het huis komen. Hij begon te draven, en toen te rennen.

De taxi slingerde over het grasveld. Fonteinen van zwarte aarde, water en stukken graszoden spoten op van onder de spatborden; een vogelbad knalde kapot tegen de grille en een bloemperk moest eraan geloven voor hij weer de oprit bereikte. Mohammed zwenkte langs Nick en trapte op de rem. 'U kunt maar beter instappen, meneer. Ik denk dat we diep in de stront zitten,' zei hij.

Nick stortte zich op de achterbank en Mohammed gaf plankgas. De neus van de taxi knalde tegen de hekken net voor ze konden sluiten, wat beide koplampen kostte. De hekken schoten naar achteren in hun scharnieren en de taxi raasde de straat op. Een wieldop stuiterde over de tegenoverliggende stoeprand en rolde als een zilveren wiel langs de berghelling naar beneden.

Nick leunde naar achteren. Zijn longen schreeuwden om lucht, zweet sijpelde van zijn wenkbrauwen, zijn hart was uitgezet en had de omvang van een grote trom. 'Hé, Mohammed, het is ons gelukt!' schreeuwde hij.

'Wat is ons gelukt, meneer?'

'Ik weet het niet precies!'

'Waarom schreeuwt u zo, meneer?'

'Ook dat weet ik niet precies! Kan ik je een drankje aanbieden?'

'Ik drink geen alcohol, meneer.'

'Een etentje dan?'

'Mijn oren doen zeer, meneer.'

'Sorry!' schreeuwde Nick.

'Mijn gezin wacht op me met eten, meneer. Ik heb een vrouw en vier kinderen die op me wachten. Ik heb een heel leuk gezin.'

'Als ik jullie nu eens allemaal mee uit eten nam, wat vind je daarvan?'

'Dat is heel aardig van u, meneer. Mijn gezin en ik zouden dat geweldig vinden,' zei Mohammed, die zijn handpalm tegen zijn oor drukte en nu zelf begon te schreeuwen. 'Ik kon u horen praten met die mannen. Dat zijn heel gevaarlijke mensen. Maar u sprak tegen ze als een held. U bent een heel aardige en moedige man. Houd u stevig vast, meneer.'

# 24

De dag ervoor had Hackberry Holland Vikki Gaddis en Pete Flores de beschikking over de achterslaapkamer en de wc met fonteintje gegeven. Toen de volgende morgen de eerste zilverkleurige gloed aan de hemel verscheen, kon hij geen plausibele verklaring bedenken voor wat hij had gedaan. Hij was Flores en Gaddis niets verschuldigd. Hij liep een juridisch en politiek risico, en kon er op zijn minst van verzekerd zijn dat hij zich de blijvende vijandigheid van de immigratie- en douanedienst en de FBI op de hals haalde. Naarmate je ouder werd zou je naar beweerd werd steeds minder bezig zijn met jezelf te evalueren, maar volgens hem was dat een leugen, zoals de meeste wijsheden die betrekking hadden op het ouder worden.

Hij douchte en schoor zich, kleedde zich aan en ging naar de paardenwei om de bovenkant van het waterreservoir schoon te maken en het te vullen met vers water voor zijn foxtrotters. Op de rand van de tank had hij een soort veiligheidsladder van kippengaas gemaakt tegen veldmuizen en eekhoorns, die anders tijdens perioden van droogte of extreme hitte via de waterleidingbuis op de rand zouden klauteren om te drinken en er dan in zouden vallen en verdrinken. Het kippengaas was over de aluminium rand gevouwen en reikte tot het water, zodat kleinere dieren er weer uit konden klimmen. Terwijl Hackberry vogelveren en stukjes hooi van het water schepte, besnuffelden zijn twee foxtrotters hem, ademden warm in zijn nek en hapten naar zijn shirt toen hij ze geen aandacht gaf.

'Willen jullie een tik?' zei hij.

Geen reactie.

'Waarom zouden we deze kinderen naar ons huis brengen, jongens?'

Nog steeds geen antwoord.

Hij ging de schuur in en pakte een bezem om het betonpad dat langs de stallen liep schoon te vegen. Het stof van hooi en droge mest zweefde in het licht. Door de schuurdeuren kon hij de brede gebogen lijn van het land zien en heuvels die rond waren als vrouwenborsten, met in het zuiden, aan de overkant van de Rio Grande, de bergen waar John Pershings Afro-Amerikaanse *buffalo soldiers* tevergeefs de troepen van Pancho Villa hadden achtervolgd. Toen realiseerde hij zich dat deze ochtend anders was. Dauw glinsterde op de windmolen en de hekken. Anders dan gisteren was er een zachtheid in de opkomende zon. De lucht was zowaar koel, gezegend door een briesje uit het noorden, alsof de zomer zich erbij neerlegde dat zijn seizoen eindigde en capituleerde voor de naderende herfst. Waarom kon hij niet berusten in de natuur van de dingen en ophouden met vechten tegen zijn sterfelijkheid? Hoe luidde dat vers uit Prediker ook alweer? 'Het ene geslacht gaat, en het andere geslacht komt; maar de aarde staat in der eeuwigheid.'

Elfduizend jaar geleden leefden er mensen, misschien indianen, in deze heuvels die zich begaven naar dezelfde rivierbeddingen en canyons, en die pijlpunten achterlieten die gelijkenis vertoonden met de punten uit de Folsomcultuur. Nomadische jagers achtervolgden de buffels hierheen, primitieve boeren verbouwden mais en bonen in de alluviale waaierdelta van de Rio Grande en conquistadores die het kruis en het zwaard droegen en met hun kanonnen de indiaanse dorpen met ijzeren ballen bestookten, hadden hun wagenwielen, wapenrusting en botten achtergelaten onder de cactussen, waarvan de bloemen niet toevallig rood waren.

Op déze plaats had hij de achtergrond van de hele menselijke komedie gevonden. En welke les viel eruit te trekken? Hackberry's vader, de hoogleraar in de geschiedenis, had altijd beweerd dat de sleutel tot het beter begrip van onze cultuur lag in de namen Shiloh en Antietam. Slechts in de nasleep van die slagen konden we ontdekken hoeveel van onze medelandgenoten – die dezelfde taal spraken, dezelfde godsdienst beleden en op dezelfde tapijtachtige groene, golvende, met kalkstenen bergkammen omgeven landbouwgrond woonden – we wetens en willens zouden ombrengen ter ondersteuning van doelen die niet alleen onverdedigbaar waren, maar ook weinig te maken hadden met ons leven.

Om zes uur zag Hackberry Pam Tibbs surveillanceauto de asfaltweg af komen en via de toegangspoort zijn oprit op rijden. Ze parkeerde de auto, maakte het hek naar de paardenwei open en liep naar hem toe met een grote bruine zak in haar rechterhand.

'Zijn Gaddis en Flores al op?' vroeg ze.

'Heb ik niet op gelet.'

'Heb je al gegeten?'

'Nee.'

'Ik heb wat sandwiches voor je meegenomen, gesmolten kaas en ei en ham. Plus nog een paar appelbeignets en koffie.'

'Ik heb zo'n donkerbruin vermoeden dat je me iets komt vertellen.'

'Praat met de officier van justitie. Zorg dat je iemand aan je kant hebt.'

'Oorlogen van grote importantie worden meestal uitgevochten op plaatsen waar niemand iets om geeft. Dit is ons thuis. Het is aan onze hoede toevertrouwd.'

'De buitenwereld is over de vestinggracht gekomen. Dat is waar het hier om gaat, hè?'

Hackberry zette de bezem tegen een stal, haalde twee stoeltjes uit de zadelkamer en vouwde ze uit op het betonpad. Hij nam de papieren zak van Pam over en wachtte tot ze zat. Vervolgens ging hij zitten. Hij deed de zak open, maar haalde er niets uit.

'Sommige van die Aziatische vrouwen hadden acht schotwonden. In mijn slaap zie ik hun ogen naar me staren. Ik wil Collins, en niet levend maar dood. En dat geldt ook voor Rooney en die Cistranos. De FBI zit achter een Rus in Phoenix aan. Hun taak is breder dan die van ons en ze hebben andere prioriteiten. Zo eenvoudig is het.'

'Ik betwijfel of ze erg begripvol zullen zijn.'

'Dat is dan hun probleem.'

'Flores lijkt een aardige jongen, maar hij is een klungel eersteklas.'

'Heb je het over mij?' zei Pete.

Pam Tibbs kreeg een kop als een boei. Pete stond afgetekend tegen het zonlicht in de deuropening en glimlachte. Hij droeg een T-shirt en een schone spijkerbroek waarvan hij de pijpen in zijn laarzen had gestopt.

'We vroegen ons af of Vikki en jij het prettig zouden vinden om samen met ons te ontbijten,' zei Hackberry.

'Er is iets wat ik gisteren niet verteld heb,' zei Pete. 'Volgens mij is het niet zo belangrijk, maar Vikki denkt daar anders over. Nadat Danny Boy ons had meegenomen, moest hij tanken bij dat benzinestation dat gerund wordt door de broer van Ouzel Flagler. Ik dacht ik meld het toch maar even.'

Pam Tibbs keek naar Hackberry; haar lippen waren getuit en haar ogen stonden waakzaam.

'Sommigen zeggen dat Ouzel banden heeft met Mexicaanse drugsmokkelaars en dat soort lieden, maar ik hecht daar niet veel geloof aan. Hij lijkt me een tamelijk onschuldig iemand. Wat denken jullie ervan?' zei Pete.

De eerste ochtend dat hij wakker werd in Predikers tent, kon Bobby Lee het temperatuurverschil merken. Hij sloeg de flap van de tent open en voelde een dikke laag koele lucht die opsteeg van de aarde en het tafelland, de rotspiramiden, de creosootstruiken en het kreupelhout deed glinsteren van de dauw – die zelfs de grond kleurde met donkere vochtplekken, alsof een verdwaalde regenbui die nacht over het land was getrokken.

Prediker lag nog te slapen op zijn veldbed, met zijn hoofd diep weggezakt in een gestreept kussen zonder sloop dat vuil was van zijn vettige haar. Bobby Lee ging naar buiten, maakte gebruik van het chemisch toilet en begon vuur te maken in de houtkachel. Hij vulde een ketel met tuit met water uit een 450-litervat, dat Prediker voor wat dollars door vier Mexicanen op tweeënhalve meter hoge palen had laten zetten. Hij voegde gemalen koffie toe aan het water en zette de ketel op de kachel. Toen de zon boven de horizon kwam, tekende het nieuwe huis van Prediker – gebouwd door dezelfde Mexicanen, allemaal illegalen die geen Engels spraken – zich skeletachtig af tegen het weidse landschap, alsof het daar niet hoorde, of als dat wel zo was, het begin markeerde van een grote sociale en ecologische verandering die elk moment kon plaatsvinden. De wind stak op en hij zag hoe de verbrande boeken, die door de bulldozer met het puin op een hoop geschoven waren, uit elkaar gerukt werden en als grijze en zwarte papierresten door de lucht vlogen. Vond er een verandering plaats voor zijn ogen? Was hij getuige van gebeurtenissen, die zoals Prediker bleef beweren, duizenden jaren geleden voorzegd waren?

Prediker had hem verteld dat hij deel zou uitmaken van de nieuwe woning. Ook als zijn naam niet in de akte stond, zou hij met het terrein en het huis verbonden zijn door Predikers woorden. Was het mogelijk voor Prediker en voor hem om het dood en verderf zaaien eraan te geven en hun problemen met Hugo Cistranos, Artie Rooney en die Rus Sholokoff op te lossen? Het kwam voor. Hij kende gepensioneerde maffiasoldaten in Miami en Hallandale die dertig à veertig huurmoorden in New York en Boston hadden gepleegd, nooit de bak in waren gedraaid vanwege een serieuze aanklacht, en nu in alle rust leefden. De moordenaars van Jimmy Hoffa en Johnny Roselli, mannen die misschien wel betrokken waren bij de moord op John Kennedy, hadden nooit in hechtenis gezeten. Als die lui overal tussendoor laveerden, kon iedereen het.

Toen de koffie kookte, gebruikte hij een theedoek om een blikken kroes vol te schenken uit de ketel en zette de beker vervolgens aan zijn lippen. De gloeiend hete koffie kwam met drab en al op zijn maagvlies terecht, als een kopje zuur.

Hij ging weer de tent in. Prediker was al op; hij was bezig zijn broek aan te trekken. 'Je ziet eruit alsof je last hebt van een ongemak, Bobby Lee,' zei hij.

'Ik denk dat ik een maagzweer heb.'

'Heb je koffie daar?'

'Ik schenk wel een beker voor je in.' *Bedankt voor je bezorgdheid*, zei Bobby Lee bij zichzelf. Hij ging naar buiten en schonk nog een tinnen kroes vol. Hij opende de houten koelkast en nam er een doos suikerklontjes en een blikje gecondenseerde melk waarin twee gaatjes geprikt waren uit. 'Gebruik je suiker?' riep hij.

'Weet je dat niet meer?' vroeg Prediker door de flap.

'Ik haal de dingen soms door elkaar.'

'Twee klontjes en een halve theelepel melk.'

Bobby Lee ging met de kroes de tent in en reikte hem Prediker aan. 'Je hebt geen diabetes?'

'Nee, dat heb ik je toch verteld?'

'Dus je drinkt uit principe geen alcohol? Niet om gezondheidsredenen?'

'Vanwaar die belangstelling, Bobby Lee?'

'Ach, gewoon. Liam en ik hadden het een keer over medische problemen die je zou hebben.'

Prediker stond op van zijn schrijftafel. Hij had zich niet geschoren en droeg een ongestreken wit overhemd. Hij dronk uit zijn beker, ervoor zorgend dat hij met zijn lippen nauwelijks de rand aanraakte. 'Wat kan de reden zijn dat Liam en jij over mijn gezondheid praatten?'

'Ik herinner me de omstandigheden niet.'

'Denk je dat ik een gezondheidsprobleem heb dat anderen behoren te weten?'

'Nee Jack, ik weet dat je prima voor jezelf kunt zorgen. Liam en ik maakten gewoon een praatje.'

'En een vent als Liam Eriksson maakte zich ernstige zorgen over mijn welzijn?'

'Ik wou dat ik er nooit over begonnen was.'

'Was het Liam die erover begon?'

'Misschien, dat weet ik niet meer.'

Prediker ging op zijn onopgemaakte bed zitten en zette zijn koffie op de schrijftafel. Voor hij naar bed ging had hij blackjack tegen zichzelf gespeeld. Het spel kaarten lag met de speelzijde naar beneden op de tafel. Twee kaarten waren met de speelzijde naar boven aan de denkbeeldige tegenstander gegeven. De gever had één gesloten kaart liggen. De tweede kaart van de gever was nog niet gedeeld. 'Enig idee waar je die maagzweer aan te danken hebt?' vroeg hij.

'Alles is misgegaan door de Aziatische vrouwen. Het was gewoon een vergissing. Jij en ik zouden daar niet de tol voor moeten betalen. Dat is niet eerlijk.'

'Je bent nog steeds een groentje.'

'Hoezo?'

'We wilden die vrouwen niet ontvoeren. We wilden de heroïne in hun maag. Ze begonnen helemaal door te draaien. Hugo besloot toen om het hele stel koud te maken en ze te dumpen op het terrein achter de kerk. Hij was van plan ze later weer op te graven.'

'Dat is ziek.'

'Maar die Holland kwam langs en gooide roet in het eten. Wat ik je wil zeggen is dat er geen toeval bestaat.'

Bobby Lee was niet van plan zich te verplaatsen in Predikers psychotische denkkader. 'Als we eens voor een tijdje het land uit gingen, zodat iedereen een beetje tot bedaren kan komen, hoe lijkt je dat?'

'Je stelt me teleur.'

'Zeg, praat niet op zo'n manier tegen me, man.'

'We hebben nog een appeltje te schillen met Artie Rooney en Hugo. Sholokoff zal een nieuw stel huurmoordenaars achter ons aan sturen. Verder heb ik de hele FBI op mijn hielen vanwege die vent van de ICE. Ook ben ik nog niet klaar met sheriff Holland. Hij heeft me in mijn gezicht gespuugd. En die vrouw ook.'

'Jezus, Jack.'

'En ik heb ook nog mijn verplichtingen ten opzichte van dat Joodse gezin.'

'Dat laatste wil er bij mij niet in. Ik vat dat niet, man. Dat gaat mijn verstand volstrekt te boven.'

'Dat ik niet geïrriteerd ben omdat mevrouw Dolan van streek raakte en me aanviel?'

'Precies!'

'Mevrouw Dolan is een Joodse vrouw van koninklijke bloede. Voor sommige mannen is een vrouw niet meer dan een paar dijen en borsten, iets waar ze hun kwakje in kunnen deponeren. Maar ik denk niet dat jij tot dat soort behoort, Bobby Lee.'

De uitdrukking op Bobby Lees gezicht maakte meteen plaats voor een andere. 'Ik moet je iets vragen.'

'Over mijn moeder? Of ze echt begraven ligt onder deze tent?'

'Ja, en iets wat ermee verband houdt.'

'En dat is?'

'Hoe is ze aan haar eind gekomen?'

'Dat is een ingewikkelde vraag. Kijk, ik ben er niet zeker van of ze onder deze tent ligt. Misschien is het slechts een deel van haar. Ik begroef haar nadat het een aantal dagen streng gevroren had. Ik moest eerst een vuur maken op die plek en toen een graf delven met een pikhouweel. Erg diep ben ik dus niet gekomen. Ook wist ik in die tijd niet veel van roofdieren en dergelijke. Ik had het graf natuurlijk moeten bedekken met stenen. Toen ik een jaar later terugkwam, hadden beesten haar opgegraven. Veertig à vijftig meter in de rondte lagen botten. Ik heb alles wat ik kon vinden weer in de kuil gelegd en de aarde goed aangestampt, maar eerlijk gezegd weet ik niet zeker hoeveel van haar er daar ligt. Er lagen ook een heleboel andere botten om het graf.'

'Jack, heb je...'

'Wat?'

'Slechte dingen gebeuren nu eenmaal, daar doe je niets aan. Dat je je moeder iets aan moest doen, zoiets?'

'Ja, slechte dingen gebeuren. Geef me nog een bak koffie, wil je. Mijn been doet zeer.'

Net toen Bobby Lee naar buiten ging met de kroes van Prediker kwamen de Mexicaanse timmerlieden om verder te gaan met de bouw van Predikers huis. Bobby Lee ging de tent weer binnen en vergat suiker en gecondenseerde melk in de koffie te doen. Prediker staarde in de ruimte met een gelaatsuitdrukking die leek op een bot bijlblad. Hij pakte de kroes van Bobby Lee aan. De koffie was nog heter dan de eerste beker.

'Geef antwoord op mijn vraag, Jack.'

'Of ik mijn eigen moeder vermoordde? Goeie genade jongen, waar zie je me voor aan? Kom, ik zal je iets laten zien.' Prediker verzamelde de kaarten die op de schrijftafel lagen en ordende ze tussen zijn handen tot een spel. Hij draaide de gesloten kaart van de gever om en keek er

uitdrukkingsloos naar. Het was schoppenaas. De kaarten van de denkbeeldige speler waren een tien en aas van harten. Prediker duwde de
bovenste kaart met zijn duim van het spel en liet het boven op de aas
van de gever vallen. 'Een man moet gewoon geduld hebben, dan komt
zijn koningin vanzelf.'

'Heb je je echt door dat meisje Gaddis laten bespugen?'

Prediker bracht zijn tinnen kroes naar zijn mond, Terwijl zijn lippen
verkleurden door de intense hitte dronk hij hem zonder ook maar een
spier te vertrekken leeg. Hij dacht lang na en trok aan zijn ooghoek. 'Ze
deed het omdat ze bang was. Ik neem het haar niet kwalijk. Bovendien
is het geen vrouw die ik wil of die ik zou moeten hebben.'

'Ik krijg maar geen hoogte van je.'

'Het leven is één grote puzzel, toch?' zei Prediker.

'Kun je een paardenhoef kappen?' vroeg Hackberry.

Pete was bezig een stal achter in de schuur uit te mesten met een brede kolenschop. Hij rechtte zijn rug; zijn huid en haren glommen van
het zweet in het halfduister. 'Wat zei u, meneer?'

Hackberry herhaalde de vraag.

'Ik heb het een paar keer gedaan,' zei Pete.

'Mooi, dan kun je me nu helpen. Heb je ooit een paard zijn penis-
beurt gegeven?'

'Niet dat ik me herinner.'

'Zoiets vergeet je niet.'

Ze deden de jonge hengsten hoofdstellen om, tuiden er een aan de
paal voor de schuur en leidden de palomino, Love heette hij, om de zijkant naar een plekje in de schaduw.

'Santa Fe houdt er niet van dat mensen klooien met zijn achterhoeven, dus heeft hij de neiging om schrikachtig te reageren,' zei Hackberry

'Ja meneer.'

'Hou de lijn vast.'

'Ja meneer, ik heb hem.'

'Hoorde ik je zeggen dat je dit vaker hebt gedaan?'

'Jazeker.'

'Wanneer je de lijn vasthebt en de hoefsmid achter aan het werk is,
sta dan niet diagonaal ten opzichte van hem. Als het paard schrikt,
deinst het terug en valt het achterwaarts op de hoefsmid.'

'Ik zie het probleem.'

'Dat is mooi.' Hackberry boog zich, klemde de linkerhoef van het paard tegen zijn dijen en begon de randen van de hoef te kappen; sikkelvormige krullen hoorn vielen in het stof. Hij voelde Santa Fe dringen, aan de lijn trekken, pogingen ondernemen zijn been te strekken. 'Hou hem stevig vast,' zei Hackberry.

'Ik sta hier nou niet bepaald met mezelf te spelen,' zei Pete.

Hackberry maakte de randen en de onderkant van de hoef glad met een vijl, nog steeds vechtend tegen een tegenstribbelende driejarige jonge hengst van bijna vijfhonderd kilo. 'Jezus, jongen, hou hem vast.'

'Wat zou ik graag bij u op het bureau werken. Het is vast heel leuk,' zei Pete.

Hackberry liet de hoef van Santa Fe op de grond zakken, rechtte zich, sloot zijn ogen en wachtte tot de pijn in zijn onderrug zich verplaatste naar de gebruikelijke plek.

'Hebt u ischias?'

'Haal de stoelen weer uit de zadelkamer, wil je?'

'Ja meneer.'

Hackberry drukte zijn handen tegen de schuurmuur en strekte eerst zijn linkerbeen en toen zijn rechter, als iemand die probeert een gebouw om te duwen. Hij hoorde hoe Pete de stoelen uitvouwde en ze op de grond zette. Hackberry ging zitten, zette zijn hoed af en veegde met de rug van zijn hand zijn voorhoofd af. Het was aangenaam in de schaduw; de hitte zat opgesloten in het zonlicht en de wind blies in de moerbeiboom.

'Wie was de schutter bij de kerk?' vroeg Hackberry.

'Degene die daadwerkelijk geschoten heeft?'

'Ja. Wie was dat?'

'Die Prediker, vermoed ik.'

'Vermoed je?'

'Ik heb het niet zien gebeuren. Ik stapte uit de truck om te pissen en maakte dat ik wegkwam toen het schieten begon.'

'Wie had de Thompson?'

'Die Hugo. Het wapen zat met de ammunitietrommel in een canvas tas. Hij zei dat het van de gevaarlijkste man van Texas was.'

'Heb je Prediker ooit gezien?'

'Nee, nooit. De enige die ik van dichtbij heb gezien, was Hugo. Dat was bij het dashboardlicht van de truck. Buiten in het donker waren andere mannen, maar ik weet niet wie ze waren. Eén man had een baard, denk ik. Ik zag hem heel even in het licht van de koplampen. Het kan zijn dat de baard rood of oranje was.'

'Heette hij misschien Liam, of Eriksson?'

'Ik weet het niet, meneer.'

'Wie heeft je ingehuurd voor die klus?'

'Een blanke zuiderling met wie ik zat te drinken. Maar hij kwam niet opdagen bij het escorte.'

'Escorte?'

'Er was één truck. Daarnaast waren er nog een suv en een paar auto's.'

'Waar was je aan het drinken toen je de man ontmoette die jou inhuurde?'

'Bij Ouzel thuis. Dat denk ik tenminste.'

'Hoe heette die zuiderling?'

'Ik weet het niet. Ik was dronken.'

'Dus op grond van wat jij weet zou Hugo de schutter geweest kunnen zijn en niet Prediker?'

'Het kan iedereen geweest zijn. Ik heb u toch gezegd dat ik me uit de voeten maakte.'

'Heb je de vrouwen gezien?'

'Ja meneer.'

Pete zat in een van de twee stoelen die hij had uitgevouwen. Zijn ogen keken weg en zijn schouders waren gerond als de bovenkant van een vraagteken. Hij sloeg zijn armen over elkaar en liet zijn kin zakken.

'Heb je met de vrouwen gepraat?'

'Een meisje viel toen ze in de truck stapte; ik hielp haar overeind.'

Hackberry hoorde de wind door het gras en de horren aan het andere eind van de schuur waaien. 'En toen wist je dat je geen illegale Mexicaanse gastarbeiders het land binnensmokkelde?'

'Ja meneer.

'Wat voor vrouwen waren het, denk je?'

'Ik had geen enkele behoefte het te weten.'

'Dienstmeisjes?'

'Nee meneer.'

'Landarbeidsters?'

'Nee meneer.'

'Had je het idee dat ze van plan waren om een wasserij te beginnen?'

'Ik dacht dat het prostituees waren. Of dat iemand bezig was prostituees van ze te maken, als ze dat al niet waren.' Pete keek even opzij naar Hackberry; zijn ogen glansden.

'Vind je dat ik te hard tegen je ben?'

'Nee meneer.'

'Dat is mooi, want die FBI-agenten zullen nog veel harder zijn.'

'Dat kan me niet schelen. Ik zal moeten leven met wat ik heb gedaan. Ze kunnen de klere krijgen.'

'Ze doen gewoon hun werk, Pete. Maar dat betekent nog niet dat wij niet het onze doen.'

'Dat snap ik niet.'

'Het betekent dat ik denk dat je voor justitie niet meer nut hebt dan paardenpis op een hete rots.'

'Is dat goed of slecht?'

'Ik vermoed dat we dat beiden al snel zullen ontdekken.'

Pete staarde in verwarring naar de hemel, naar de wind in de bomen en naar de schittering van het zonlicht op het water dat over de rand van de drinkbak voor de paarden liep. 'Het was beter geweest als ik in Bagdad een kogel van een kalasjnikov in mijn donder had gekregen.'

Hackberry had tegen Pete en Vikki gezegd dat ze dicht bij het huis moesten blijven; daarna was hij in zijn pick-up gestapt om boodschappen te doen. Het was zaterdag. Pete en Vikki zaten op de veranda in de namiddagnevel en dronken citroenlimonade uit een kan die uit de koelkast kwam en was bepareld met druppeltjes. In het westen rezen grote oranje en zachtpaarse wolken op uit de heuvels, alsof een kreupelhoutbrand zich razendsnel verspreidde over de droge beken op de tegenover elkaar liggende hellingen. Vikki stemde haar Gibson, sloeg een E-akkoord aan en streek met het plectrum over de snaren. Noten klonken op uit de klankkast.

Pete droeg zijn strohoed, ook al zaten ze in de schaduw. 'Die grote kudden die de veedrijvers vanuit Mexico over de Chisholm Trail en de Goodnight-Loving Trail dreven, weet je wel? Sommige kwamen door dit gebied. Een heleboel van die koeien gingen rechtstreeks naar Montana.'

'Waar zit je aan te denken?' vroeg ze.

'Aan Montana.'

'Misschien is Montana heel anders dan jij denkt.'

'Ik vermoed dat het daar is wat ik denk, misschien beter nog. Ze zeggen dat British Columbia nog beter is. Ze zeggen dat Lake Louise net zo groen is als de Caraïbische Zee, dat er bij de oorsprong een grote witte gletsjer ligt, dat er overal langs de oevers gele klaprozen staan. Stel je eens voor dat je daar een ranch zou hebben?'

'Jij bent de dromer, Pete.'

'Noem je mij een dromer, jij die helemaal opgaat in je liedjes?'

'Ik zei "de" dromer. Van ons beiden ben jij degene die de echte visionair is.'

'Jij zingt spirituals in biertenten.'

'Het zijn geen echte biertenten. Dus is er niets bijzonders aan wat ik heb gedaan. Jij bent de dichter. Jij hebt vertrouwen in dingen waarin je redelijkerwijs niet kunt geloven.'

'Zullen we een eindje lopen?'

'Sheriff Holland wil dat we dicht bij huis blijven.'

'Het is zaterdagavond en we zitten als ouwe mensen op de voorveranda,' zei hij. 'Wat voor kwaad kan het?'

Ze borg haar Gibson op, knipte de sloten van de gitaarkist dicht en zette hem binnen achter de deur. In de zuidelijke wei hadden de renpaarden de schaduw van de populieren opgezocht. De hemel was goudkleurig en de wind bracht de tanninegeur van dode bladeren mee. Vikki meende op een heuveltop een reflectie te zien, een kortstondige glinstering, als zonlicht dat een stukje aluminiumfolie raakt dat in een tak van een ceder is blijven steken. Toen was het weer weg. 'Ik laat even een briefje achter,' zei ze.

Ze liepen over de weg in de steeds langer wordende schaduw van een heuvel, met de wind in hun rug, terwijl de twee foxtrotters langs het houten hek met hen meeliepen. Ze sloegen een bocht om en zagen een hertenspoor dat zigzaggend een berghelling op liep. Vikki schermde haar ogen af met één hand en keek naar de plek waar het spoor verdween in een drooggevallen beek die was bezaaid met stenen, zo te zien gele hoornkiezel. Ze tuurde naar de berghelling tot haar ogen traanden.

'Waar kijk je naar?' vroeg Pete.

'Ik dacht dat ik iets zag weerkaatsen achter dat rotsblok daar boven ons.'

'Wat voor soort weerkaatsing?'

'Als van zonlicht op glas.'

'Ik zie niets.'

'Ik ook niet. Nu niet tenminste,' zei ze.

'Als ik in Afghanistan was, zou ik bidden om wind.'

'Waarom?'

'Zijn er een heleboel bomen, begint de wind te waaien en is er iets in de bomen wat niet beweegt in de wind, dan komt daar de volgende antitankgranaat vandaan.'

'Pete?'

De verandering in haar stem deed hem omkijken. Vergeten was de weerkaatsing op de helling, vergeten zijn verhaal over Afghanistan.

'Ik ben bang.'

'Je bent nooit ergens bang voor geweest. Je bent dapperder dan ik.'

'Ik denk dat je gelijk hebt wat betreft Montana of British Columbia. Ik ben bang dat we ons zo meteen overleveren aan mensen die we niet kennen en die we niet zouden moeten vertrouwen.'

'Sheriff Holland lijkt eerlijk en open.'

'Hij is een districtssheriff in een plaats waar niemand enige belangstelling voor heeft. Hij is een oude man wiens rug loslaat van zijn botten.'

'Laat het hem niet horen.'

'Het is je innerlijke goedheid die je het meeste deert, Pete.'

'Niets deert me als jij bij me bent.'

Hij sloeg zijn arm om haar schouders. Samen liepen ze langs het laatste hek van Hackberry Hollands terrein en volgden een pad tussen twee heuvels die naar een beek en de achterzijde van een Afro-Amerikaanse kerk leidde, waar de parochianen zich hadden verzameld in de schaduw van drie reusachtige populieren. De beek had een zandrode kleur en was afgedamd met bakstenen en brokken beton. Hij vormde een plas tot in de wortels van de bomen.

De mannen hadden afgedragen pakken en witte overhemden aan, met stropdassen die niet pasten bij de kleur van hun jasjes; de vrouwen droegen of witte of donkere jurken.

'Moet je eens kijken,' zei Vikki.

'Werd jij niet ondergedompeld toen ze je doopten?'

'Ik zie daar helemaal geen blanken. Ik denk dat we storen.'

'Ze schenken totaal geen aandacht aan ons. Het is erger wanneer we weglopen en geluid maken. Laten we even onder die wilgenboom daar gaan zitten.'

De dominee leidde een enorme vrouw de beek in, waarbij de doopjurk die ze droeg om haar knieën opbolde als wit gaas. Hij legde zijn hand in haar nek en liet haar achterwaarts in de beek zakken. Haar borsten waren onder haar jurk zo vol, donker en zwaar als watermeloenen. Het water sloot zich boven haar haar, ogen en mond, en ze greep de arm van de dominee met een krampachtigheid die aangaf hoe bang ze was. Op de oever leken de bladeren van de populieren met een goudgroen kinetisch licht te flikkeren in de wind.

De dominee sloeg zijn ogen op naar zijn parochianen. 'Jezus zei tegen de apostelen dat ze niet naar de ongelovigen moesten gaan. Hij zond ze eerst naar de onderdrukten en de ongelukkigen. En zo, broeders en zusters, werden onze boeien verbroken. Ik doop zuster Dorothea in de naam van de Vader, de Zoon en de Heilige Geest. En we heten onze blanke broeders welkom die naar ons kijken vanaf de andere kant van onze kleine Jordaan.'

Pete en Vikki zaten op een graspol in de schaduw van de wilg. Pete plukte een lange dunne graspriet en stak hem in zijn mond. 'Dag anonimiteit,' zei hij.

Ze maakte een vegende beweging naar een vlieg op de zijkant van zijn gezicht en keek toen op een eigenaardige manier naar de rug van haar hand. 'Wat is dat?' zei ze.

'Wat is wat?' zei Pete. Hij had zijn armen om zijn knieën geslagen en zijn aandacht was gericht op de doop.

'Er zat een rode stip op mijn hand.'

'Zojuist?'

'Ja, hij bewoog over mijn hand. Ik zag hem toen ik je gezicht aanraakte.'

Hij stond op en trok haar overeind, terwijl hij door de bladeren naar de helling van de heuvel keek. Hij duwde haar achter zich, dieper in de schaduw, dieper onder beschutting van de boom.

'Geef me je hand,' zei hij.

'Wat doe je?'

'Kijken of er een insectenbeet zit.'

'Ik ben niet gebeten door een insect.'

Hij keek opnieuw van onder het gebladerte naar de helling. Zijn ogen zweefden over de her en der verspreide rotsblokken, over de pijnbomen en de jeneverbesstruiken die geworteld waren in grond die nauwelijks meer dan grind was, over de schaduwen in een drooggevallen beek en het kreupelhout dat langs de rand ervan groeide en over het leisteen dat als een lawine was neergestort van een ingezakte brandgang. Toen zag hij een glasachtige weerkaatsing op de top van een bergkam en een elektronisch rood stipje dat langs zijn voeten flitste.

Hij deed een paar passen naar achteren. 'Het is een laservizier,' zei hij. 'Ga achter de stam van de boom staan. 'Ze hebben de hoek nog niet.'

'Wie? Welke hoek?'

'Die schoft van een Hugo of wie er ook maar voor hem werkt. Dat is wat Collins zei, toch? Dat Hugo ons allebei koud wil maken. Ze hebben ons nog niet scherp op de korrel.'

'Zit daarboven een sluipschutter?'

'In elk geval iemand met een laservizier.'

Ze haalde diep adem en ademde toen uit. Ze klapte haar mobiel open en staarde ernaar. Haar blauwgroene ogen waren helder in de schaduw en keken recht in de zijne. 'Geen verbinding.'

'We hebben niet veel tijd. 911 bellen zou weinig uithalen.'

'Wat wil je doen?'

Het feit dat haar vraag impliceerde dat er opties waren, leek een bewijs voor de kwaliteit die hij het meest in haar bewonderde: haar weigering anderen de controle over haar leven te laten overnemen, ongeacht het risico dat dat met zich meebracht. Hij wilde haar tegen zich aan drukken. 'Wacht, we kijken wat er gebeurt,' zei hij.

'Stel dat ze de heuvel af komen?'

Zijn hoofd bonsde. Als hij naar de kerkgangers schreeuwde, dan zouden die naar alle kanten wegrennen, en dan zou de schutter op de heuvel geen reden hebben om niet een kogelregen door de takken van de wilg te laten neerdalen.

'Pete, ik ga nog liever dood dan dat we zo nog langer moeten leven.'

'Hoe bedoel je?'

'Je voortdurend verbergen, altijd bang zijn. Niets ter wereld is dat waard.'

'Soms moet je leven om op een dag weer te vechten.'

'Maar dat gebeurt niet. We verbergen ons steeds. Nu ook weer.'

'Je zei tegen Jack Collins dat hij naar de hel kon lopen. Je spuugde op hem.'

'Ik zei tegen hem dat hij me kon verkrachten als hij dat wilde. Ik zei tegen hem dat ik me niet zou verzetten.'

Pete wreef met zijn handpalm over zijn mond. Zijn hand was droog en eeltig en maakte een rasperig geluid op zijn huid. 'Dat heb je me niet verteld.'

'Ik wilde je geen pijn doen.'

'Grote kans dat ik hem vermoord als ik hem te pakken krijg. Je denkt dat ik dat niet doe, maar er is een kant aan me die je niet kent.'

'Praat niet zo.'

'Jij blijft hier. Je mag onder geen beding je plaats verlaten. Je moet het me beloven.'

'Waar ga je heen?'

'Ik zal ze vóór zijn.'

'Dat is krankzinnig.'

'Het is het laatste dat die vent daarboven verwacht.'

'Nee! Je gaat er niet in je eentje heen.'

'Laat me los, Vikki.'

'We doen het samen, Pete.'

Hij probeerde haar handen los te krijgen van zijn armen. 'Als ik eerst dat rotsblok daarginds bereik, dan kan ik vandaar naar de beek rennen.'

'Als je dat doet, volg ik je.'

Er was geen alternatief. 'We steken de beek over en lopen het populierenbosje in. Daarna gaan we door de achterdeur van de kerk naar binnen en er door de voordeur weer uit.'

'En die zwarte mensen dan?'

'We hebben geen andere keuze,' antwoordde hij.

De twee mannen hadden het stel beneden gevolgd door eerst de berg te beklimmen en vervolgens over de kam te lopen, waarbij ze als het nodig was even over de top gluurden. Moeizaam hadden ze hun weg gezocht langs rotsen en verwrongen jeneverstruikstammen, die door de zon grijs gebleekt waren. Een van de mannen droeg een grendelgeweer aan een leren band. Op de kamer was een groot telescoopvizier bevestigd, met op de voorste lens een stofkapje. Beide mannen hijgden, zweetten hevig en probeerden niet in de zon te kijken, die in het westen stond.

Ze konden hun pech niet geloven toen ze naar de rand van de top klauterden en het tweetal onder een wilgenboom zagen lopen.

'We zijn midden in een doopplechtigheid van zwarten beland,' zei de man met het geweer.

'Laat je niet afleiden, T-Bone. Laat die zwarten maar voor zichzelf zorgen,' zei de andere man.

T-Bone tuurde door zijn telescoopvizier en zag huid schemeren tussen de takken. Hij activeerde zijn laser en bewoog hem langs de takken, tot de straal de zijkant van iemands gezicht belichtte. Toen kwam er een windvlaag en het doelwit was verdwenen. Hij pauzeerde even en probeerde het opnieuw, maar het enige wat hij kon zien was de lichtgroene eenvormigheid van het bladerdak van de boom. 'Ik zou ermee kappen als ik jou was, Hugo,' zei hij.

'Je bent mij niet,' zei Hugo. Zijn gebruinde huid was bepoederd met stof, waardoor zijn oogwit er star en theatraal uitzag in zijn gezicht. Hij vouwde een zakdoek tot een vierkant kussentje en legde het op een rots, zodat hij kon knielen zonder zich meer ongemak te bezorgen dan nodig was. Hij trommelde met zijn vingers op een brok vulkanische slak en taxeerde zijn metgezel met nauwelijks bedwongen ongeduld en irritatie. 'Hou je hoofd laag, T-Bone.'

'Dat hebben we de hele tijd gedaan. Mijn rug voelt aan als de veer van een duveltje-uit-een-doosje.'

'Zorg ervoor dat je silhouet zich niet aftekent tegen een heuvel en dat het zonlicht niet reflecteert op je gezicht. Het is alsof ze van beneden naar een vliegtuig kijken. Je zou net zo goed een seinspiegel kunnen zijn. En nog een regel die elke infanterist kent: draag geen sieraden.'

'Bedankt voor de info, Hugo. Maar ik zou wachten tot het donker is en dan naar het huis gaan.'

Hugo gaf geen antwoord. Hij vroeg zich af of ze niet bij de beek konden komen om daar op zijn minst twee goed gerichte schoten af te vuren en dan over de bergkam weer terug te lopen naar hun auto voordat die negers doorhadden wat er in hun midden was gebeurd.

'Hoorde je wat ik zei?' vroeg T-Bone.

'Ja, ik heb je gehoord. We nemen ze nu te grazen.'

'Ik snap niet precies wat er aan de hand is. Waarom zouden Prediker en Bobby Lee zich tegen ons keren? Waarom hebben ze die jongen en zijn vriendinnetje niet afgeknald toen ze de kans hadden?'

'Omdat Prediker een maniak is. En Bobby Lee is een onbetrouwbare kleine etter.'

'Dus we doen dit voor Artie Rooney?'

'Zit daar maar niet over in.'

'En die bikers die Prediker doorzeefde?'

'Nou?'

'Werkten die voor Josef Sholokoff?'

'Best mogelijk, maar dat is onze zorg niet,' zei Hugo, die zijn hand op T-Bones schouder legde. T-Bones zweet was door zijn kleren heen gedrongen en zijn shirt voelde aan als een natte waslap. Hugo veegde zijn hand aan zijn broek af. Hij keek naar beneden naar de top van de wilgenboom, naar de zanderige beek en naar de zwarte dominee en zijn parochianen, die afgeleid leken door iets wat het blanke stel deed.

'Maak je gereed,' zei Hugo.

'Waarvoor?'

'Onze vrienden zijn van plan hem te peren. Stop er beetje meer bezieling in. Die jongen daarbeneden heeft je aardig beetgenomen, of niet soms?'

'Dat heb ik nooit gezegd. Ik zei dat Bobby Lee ons belazerd heeft. Ik heb nooit gezegd dat iemand me had beetgenomen. Mensen nemen mij niet beet.'

'Sorry, ik vergiste me gewoon.'

'Dit bevalt me niet. Deze hele klus deugt niet.'

'We nemen ze nu te grazen. Concentreer je op je schot. De jongen heeft de prioriteit. Schiet het meisje neer als je kunt. Doe het, T-Bone. Dit is nu eens iets waar je echt goed in bent. Ik ben trots op je.'

T-Bone wikkelde de geweerriem om zijn linkeronderarm en haalde de veiligheid van het geweer. Hij bracht zichzelf in een gemakkelijker positie; zijn linkerelleboog lag verankerd in een zanderige plek die vrij was van scherpe rotsen, de ijzeren teenstukken van zijn met schoenspijkers beslagen schoenen waren ingegraven in de helling en de grond kietelde zijn scrotum.

'Daar gaan ze. Schiet!' zei Hugo.

'De dominee loopt met een klein meisje de beek in.'

'Schiet!'

'Flores en die meid houden elkaars handen vast. Ik heb geen goed zicht voor een schot.'

'Waar heb je het over?'

'De dominee en het kleine meisje bevinden zich pal achter hen.'

'Schiet!'

'Schreeuw niet zo.'

'Wil je soms dat ik het doe? Schiet!'

'Overal zijn zwarten. Als je ze omlegt, is het rassenhaat.'

'Een paar meer of minder maakt niets uit. Schiet!'

'Ik probeer het.'

'Geef me het geweer.'

'Ik doe het. Ik moet ze even goed op de korrel hebben.' T-Bone corrigeerde door de loop een beetje omhoog te brengen en mikte op het doelwit, met zijn ongeschoren kin tegen de kolf gedrukt en zijn linkeroog dichtgeknepen. 'Aha, mooi. Ja, ja, ja. Vaarwel, *alligator boy.*'

Maar hij haalde de trekker niet over.

'Wat is er?' zei Hugo.

T-Bone trok zich terug van de bergkam. Zijn gezicht glom en was leeg, als dat van een uitgehongerd mens die men zojuist de toegang tot de tafel ontzegd heeft. 'Ze zijn de treden van de achteringang van de kerk op gegaan. Ik ben ze kwijtgeraakt in het halfduister. Ik had alleen nog maar op goed geluk kunnen schieten.'

Hugo sloeg met de platte kant van zijn vuist op de grond; zijn tanden knarsten.

'Het is niet mijn schuld,' zei T-Bone.

'Van wie dan wel?'

T-Bone ontgrendelde zijn geweer, opende het staartstuk en wipte de niet-afgevuurde kogel eruit. Het was een .30-06 met zachte punt; de koperen huls zag er in de schemering uit als mat goud. Hij drukte de kogel met zijn duim weer in het magazijn, bracht de grendel behoedzaam weer op zijn plaats en sloot hem, zodat de kamer leeg was. Hij rolde zich op zijn rug en keek met half toegeknepen ogen naar Hugo, door oogleden die vochtig waren van het zweet. 'Je ergert me.'

'Ik erger jóú?'

'Ja.'

'Zou je me willen vertellen waarom?'

'Omdat ik je nooit eerder bang heb gezien. Heeft die goeie ouwe Jack Collins je op de korrel? Want als je het mij vraagt, heeft iemand je de stuipen op het lijf gejaagd.'

## 25

Toen Hackberry thuiskwam van het boodschappen doen, was de zon nog slechts een koperkleurige plas achter de heuvels ten westen van zijn land. De wieken van zijn windmolen hadden de vrije loop en wentelden snel in de avondbries, en hij zag hoe in de schaduwen van zijn zuidelijke weide bronwater uit een pijp in de drinkbak voor de paarden stroomde. Opnieuw dacht hij dat hij chrysanten rook, of gas dat lekte uit een gasbron; paddenstoelen misschien of korstmos, het soort dat in de eeuwigdurende schaduw groeit, vaak op graven.

Al jaren waren zaterdagavonden een beproeving voor hem. Na zonsondergang werd hij zich altijd pijnlijk bewust van de afwezigheid van zijn vrouw, van het ontbreken van het geluid en licht dat ze altijd had gemaakt wanneer ze in de keuken het avondeten klaarmaakte, dat ze dan gewoonlijk opaten aan de picknicktafel in de achtertuin. Hun genoegens waren steeds eenvoudig geweest: dingen doen met de kinderen; een bioscoopje pikken in de stad op zaterdagavond, het maakte niet uit wat er draaide – in het theater waar Lash La Rue ooit op het podium had gestaan met zijn koetsierszweep; het bijwonen van de mis in een plattelandskerk waar de preek altijd in het Spaans was; met z'n tweetjes de bloembedden wieden en groenten zaaien uit de pakjes met zaad, waarna ze de lege, knisperige en stijve pakjes altijd aan het eind van elke gezaaide rij in de grond staken.

Wanneer hij te lang bij deze dingen stilstond, werd hij overmand door zo'n intens gevoel van verlies dat hij het uitschreeuwde in de stilte, doordringend en zonder schaamte, uit angst dat hij anders een daad zou begaan die nog dwazer was. Of hij belde dan zijn zoon, de scheepskapitein in Key West, of de andere helft van de tweeling, de oncoloog in Phoenix, en wendde voor dat hij even wilde horen hoe het met ze ging. Of ze hulp nodig hadden bij het kopen van een nieuw huis. Wat ze vonden van het opzetten van een studiefonds voor de kleinkinderen. Of de koningsmakreel goed wilde bijten. Of de kleinkinderen het leuk zouden vinden om naar de Lost Dutchman's-goudmijn in de Superstition Mountains te gaan.

Ze waren goede zonen. Ze nodigden hem uit om te komen logeren en bezochten hem wanneer ze maar konden, maar een zaterdagavond alleen, bleef een zaterdagavond alleen, en de stilte in het huis kon luider zijn dan echo's in een graf.

Hackberry tilde de boodschappentassen en de twee dozen met hete pizza's uit zijn pick-up en droeg ze door de achterdeur naar de keuken.

Pete Flores en Vikki Gaddis zaten op hem te wachten aan de eettafel. Beiden waren duidelijk gespannen. Hun monden en wangen waren zacht, alsof ze onuitgesproken woorden repeteerden met hun tong. In de sfeer van perfectie van formica, kunststof en porselein die Hackberry's keuken uitstraalde, vertoonden ze het gedrag van mensen die van de verkeersweg waren afgedwaald en hun aanwezigheid moesten verklaren. Als ze rokers waren geweest, dan had er voor hen een asbak vol smeulende peuken gestaan, waren hun handen druk bezig geweest met het aansteken van nieuwe sigaretten en het dichtklappen van aanstekers, zouden er stromen rook uit de zijkanten van hun mond zijn gekomen en hadden ze onverschilligheid geveinsd met betrekking tot het probleem dat ze zich op de hals hadden gehaald. In plaats daarvan waren hun onderarmen plat tegen de gele tafel gedrukt en was er een glans in hun ogen die hem deed denken aan kinderen die zo direct van een hardvochtige ouder het bevel krijgen om zelf de roede te snijden waarmee ze gekastijd zullen worden.

Wat hun ook dwarszat, Hackberry kon het niet waarderen dat hij werd behandeld als een gezagdrager tegenover wie ze hun gedrag moesten verantwoorden. Hij zette de boodschappen en de pizzadozen op de tafel. 'Wat heb ik allemaal gemist?'

'Iemand probeerde op ons te schieten,' zei Pete.

'Waar?'

'Voorbij uw noordelijke weide. Aan de andere kant van de berg. Daar staat een kerk bij een beek.'

'Je zei "probeerde". Heb je de schutter gezien?'

'We zagen het stipje van een laservizier.'

'Wat deden jullie bij de kerk?'

'We maakten een wandelingetje,' zei Vikki.

'Jullie zijn gewoon de weg op gewandeld?'

'Daar komt het wel op neer,' antwoordde Pete.

'Ondanks dat ik jullie had gezegd dicht bij huis te blijven?'

'We keken naar mensen die gedoopt werden. We zaten onder een wilg. Vikki zag de rode stip op mijn gezicht en op haar hand, en daarna zag ik hem op de grond,' zei Pete.

'Waarom schoot de schutter dan niet?'

'Misschien was hij bang dat hij een zwarte zou raken,' zei Pete.

'De lui met wie we te maken hebben, hebben dat soort scrupules niet,' zei Hackberry.

'Denkt u dat we dit verzinnen?' zei Vikki. 'Denkt u dat we het hier naar onze zin hebben?'

Hackberry ging naar de gootsteen om zijn handen te wassen. Hij zeepte zijn huid in tot zijn bovenarmen, spoelde tot alle schuim verdwenen was en droogde ze met twee stevige papieren handdoekjes, dat alles met zijn rug naar zijn gasten gekeerd, zodat ze zijn gezicht niet konden zien. Toen hij zich weer omdraaide, had hij zijn neutrale houding hervonden. Zijn blik ging naar Pete's broekspijpen. 'Ben je door de beek gerend?' vroeg hij.

'Ja meneer. En toen de kerk in. Je kunt wel zeggen dat we niet wisten hoe snel we weg moesten komen.'

'Denken jullie dat het Jack Collins was?'

'Nee,' zei Vikki. 'Hij is klaar met ons.'

'Hoe weet je wat er in het hoofd van een psychopaat omgaat?'

'Collins liet ons leven, dus voelt hij zich nu sterker dan wij. Hij zal zichzelf niet nog een keer op de proef stellen,' zei ze. 'Hij probeerde me geld te geven. Ik spuugde op zijn geld, en ik spuugde op hem. Hij is geen gek. Alles bij hem draait om trots. Hij zal geen risico nemen die opnieuw te verliezen.'

'Oké, maar wie was dan de man met het laservizier?' zei Hackberry.

'Het moet Hugo Cistranos zijn,' zei Pete.

'Ik denk dat je gelijk hebt,' zei Hackberry. Hij opende een van de pizzadozen. 'Heb je Jack Collins bespuugd?'

'Vindt u dat soms leuk?'

'Nee, ik heb hetzelfde gedaan. Misschien raakt hij eraan gewend.'

'Wat gaat u doen, sheriff?' vroeg Pete.

'Telefoneren.' Hackberry liep door de gang naar de kleine kamer aan de achterkant, die hij gebruikte als kantoortje. Achter zich hoorde hij voetstappen.

'Sorry dat ik zo grof was,' zei Vikki. 'U bent erg aardig voor ons. Mijn vader was politieman. Ik ben me er heel goed van bewust dat u uw nek uitsteekt.'

*In godsnaam, zorg dat je haar niet verliest, Pete,* dacht Hackberry. Hij ging achter zijn bureau zitten, belde naar zijn kantoor en zei tegen

Maydeen dat ze bij zijn huis moesten patrouilleren. Vervolgens liet hij berichten achter bij de beide telefoonnummers die hij van Ethan Riser had. Door het zijraam had hij een fraai uitzicht op zijn zuidelijke weide. De populieren, de windmolen en zijn renpaarden tekenden zich af als vage tegenlichtcomponenten in een gewassen tekening. Maar het verdwijnen van het licht en de grijze waas die leek op te rijzen uit het gras gaven hem een gevoel van eindigheid dat als een lemmet in zijn borst stak. Als de jonge mensen niet bij hem hadden gelogeerd, was hij naar de stad gereden om het graf van zijn vrouw te bezoeken, ondanks het late tijdstip.

In sommige opzichten deden Vikki Gaddis en Pam Tibbs hem aan Rie denken. Ries vijanden hadden haar een communist genoemd, hadden haar en haar vrienden opgesloten in de gevangenis, hadden een oogje dichtgeknepen bij het geweld dat hun in en buiten de gevangenis was aangedaan, maar ze had zichzelf nooit ook maar één keer toegestaan bang te zijn.

Hackberry knipte zijn bureaulamp uit en keek door het raam het duister in dat zich leek uit te spreiden over het land. Was het een suggestie van de grote Schaduw die we allemaal vrezen? vroeg hij zich af. Of een visuele voorbode van wat sommigen de eindtijd noemden, die ziekelijke apocalyptische obsessie van fanaten die behagen leken te scheppen in een mogelijke ondergang van de wereld?

Maar de belangrijker vraag, de vraag die hem moedeloos maakte, was of hij zijn vrouw ooit nog terug zou zien aan gene zijde. Zou ze door het licht naar zijn hand reiken en hem voorzichtig binnenleiden?

De telefoon deed hem opschrikken. Het was Ethan Riser.

'Je stond op mijn voicemail. Wat is er aan de hand?' vroeg Riser.

'Het kan zijn dat Hugo Cistranos hier rondzwerft,' zei Hackberry. 'Aan wat voor soort lijn heb je die vent vast?'

'Vraag je me of hij onder bewaking staat?'

'Ik weet dat jullie zijn telefoon aftappen. Waar is hij?'

'Ik weet het niet. Heeft iemand hem gezien?'

'Misschien dat we hier een vent met een laservizier in de buurt hebben, maar ik kan dat niet bevestigen. Heb je nog iets gehoord over die kentekengegevens die van Jack Collins' auto zouden kunnen zijn?'

'Ik ben momenteel op de huwelijksreceptie van mijn kleindochter. Ik belde terug uit collegiale hoffelijkheid. Zeg me wat je precies op je lever hebt of bel me maandag tijdens kantooruren.'

'Ik wil garanties met betrekking tot Pete Flores.'

'Garanties waarvoor?'

'Dat je hem niet door de hakmachine haalt als ik hem opbreng.'

'Wij halen geen mensen door de hakmachine.'

'Maak dat je grootje wijs.' Aan de andere kant van de lijn bleef het stil. Hackberry voelde een toeloop van bloed in zijn hoofd, wat hem duizelig maakte. Hij slikte tot zijn mond weer droog was en wachtte tot de spanning uit zijn keel was verdwenen voor hij sprak. 'Flores heeft de slachting niet gezien. Het enige wat hij kan doen, is verklaren dat Cistranos op de plaats delict was. Jullie weten al dat Cistranos betrokken is bij die meervoudige moord. Die taps moeten nu toch al het nodige bewijs hebben opgeleverd. Je moet inmiddels informatie van vertrouwelijke informanten hebben. Misschien hebben jullie Arthur Rooney al zover gekregen dat hij is doorgeslagen. Volgens mij is er maar één reden waarom jullie Cistranos niet hebben opgepakt, en dat is dat hij lokaas is. Je hebt de jongen helemaal niet nodig, of vind je van wel?'

'Als je Pete Flores spreekt, zeg hem dan dat hij zich als de sodemieter bij de FBI moet melden.'

'Die jongen werd praktisch gebarbecued in een tank omdat hij in zijn land geloofde. Vind je dat hij in een federale gevangenis thuishoort, of in een penitentiaire inrichting als Huntsville?'

'Ik zou graag zeggen dat het me een genoegen was je gesproken te hebben. Maar in plaats daarvan houd ik het toch maar op "tot de volgende keer".'

'Doe niet net of ik lucht ben, agent Riser. Jullie zijn vastbesloten om Josef Sholokoff aan een vleeshaak te hangen en het kan jullie geen moer schelen op wat voor manier dat gebeurt.'

Maar Hackberry praatte al tegen een dode lijn.

Zondagochtend, toen de zon nauwelijks boven de heuvels was verschenen, reed Pam Tibbs met Hackberry naast zich het erf van Ouzel Flagler op. Ze denderden over het veerooster en de stofwolk van de surveillanceauto dreef terug tussen de afgedankte tractoren, het bouwmateriaal en de wirwar van afrasteringsdraad waarmee het terrein bezaaid lag. De zondagochtendstilte was tastbaar, bijna onwezenlijk, vooral omdat deze in schril contrast stond met de zichtbare herinneringen aan het zaterdagavondplezier van Ouzels klanten in de clandestiene kroeg die hij dreef: bierblikjes, rode plastic bekers, fastfooddozen en asbakken die over het hele erf verspreid lagen, een platgereden condoom en een poepluier.

Hackberry tuurde door de voorruit. 'We zijn geen seconde te vroeg,' zei hij.

Ouzel, zijn vrouw en twee kleinkinderen kwamen de zijdeur van hun huis uit. Allemaal waren ze gekleed om naar de kerk te gaan. Ouzel droeg bruine schoenen, een blauwe met witte sterretjes bespikkelde stropdas en een donkere polyester broek die glom als brillantine.

'Wil je hem inrekenen?' vroeg Pam.

Maar Hackberry's aandacht was gericht op het verlaten materieel.

'Heb je gehoord wat ik zei?'

'Ik denk dat ik Ouzel heb onderschat,' antwoordde hij. 'Zet je auto voor de zijne. En hou zijn vrouw bij de telefoon vandaan terwijl ik met hem praat.'

'Je ziet eruit alsof iemand punaises in je cornflakes heeft gedaan.'

'Deze plek is echt een belediging voor het oog, vind je niet? Waarom staan we in vredesnaam toe dat zoiets bestaat?'

Ze keek hem verwonderd aan. Bij het uitstappen pakte ze haar wapenstok tussen de stoelen vandaan en haakte hem aan de ring van haar riem. Hackberry versperde Ouzel de weg. 'Niet zo snel maat. De ochtendpreek haal je toch niet,' zei hij.

'Wat is er aan de hand?' vroeg Ouzel.

'Zeg tegen je familie dat ze naar binnen moeten gaan. Mijn hulpsheriff zal bij ze blijven.'

'Hebben we gisteravond te veel herrie gemaakt?'

'Hulpsheriff Tibbs, mag ik je wapenstok?' zei Hackberry.

Ze keek hem opnieuw enigszins bevreemd aan, schoof toen de stok van de ring en gaf hem aan haar superieur. Haar ogen bleven oplettend op die van hem rusten.

'Ik heb geen idee wat dit allemaal te betekenen heeft,' zei Ouzel.

Pam legde haar handen op de schouders van de twee kleine kinderen en maakte aanstalten om met hen naar de zijdeur te lopen. Maar de vrouw, een plompe verschijning met een grof gezicht die bekendstond om haar slechte humeur, bleef stokstijf staan en keek Hackberry recht in zijn gezicht. Haar donkere ogen waren als kooltjes die niet in staat waren lang warmte af te geven. 'Dit zijn onze kleinkinderen,' zei ze.

'En?'

'We nemen ze mee naar de kerk, omdat hun moeder dat vertikt,' zei ze. 'Het zijn goede kinderen. Dit verdienen ze niet.'

'Mevrouw Flagler, uw man en u zijn geen slachtoffers,' zei Hackberry. 'Als u om deze kinderen gaf, zou u zich niet inlaten met criminelen die via uw terrein heroïne en methamfetamine smokkelen. Ga nu rustig naar binnen en kom pas weer naar buiten wanneer ik u daarvoor toestemming geef.'

'U hebt gehoord wat hij zegt, mevrouw,' zei Pam. Voor ze het huis van de Flaglers binnenging, keek ze over haar schouder naar Hackberry, ditmaal oprecht bezorgd.

Ouzels Lexus stond slordig geparkeerd onder een populier en de getinte ramen en de in de was gezette carrosserie van de auto glansden donker in de schaduw.

'Ben je niet bang dat de vogelpoep je lak zal ruïneren?' vroeg Hackberry.

'Ik heb mijn auto daar een paar minuten geleden neergezet. Anders is het binnen bloedheet als we instappen,' zei Ouzel.

'Er zwerft hier een man rond met een geweer met een laservizier. Ik denk dat jij hem hierheen gebracht hebt,' zei Hackberry.

'Dat is volkomen nieuw voor mij. Nee meneer, ik weet niets van geweren. Ik heb nooit iets met wapens gehad.' Ouzels blik dwaalde over het grootse panorama van vlakten en bergen in het zuiden, alsof hij met iemand over koetjes en kalfjes praatte.

Hackberry legde zijn hand op de motorkap van de Lexus. Vervolgens pakte hij een blaadje van een ventilatoropening en liet het wegwaaien in de wind. 'Wat heeft hij je gekost? Zestigduizend dollar, zoiets?'

'Nee, niet zoveel. Ik heb hem voor een zacht prijsje gekregen.' Ouzel keek om naar het huis vanuit de schaduwen van de boom. Toen hij zijn hals draaide, schuurden de builvormige gezwellen op zijn keel langs zijn gesteven boord en verkleinden zijn kleine ogen zich tot zwarte stippen; Hackberry meende een geur te bespeuren die deed denken aan een geschonden graf of aan de stank van een destructieoven. Hij vroeg zich af of hij een onzichtbare grens overschreed.

'Waarom staat u zo naar me te staren?'

'We lieten je je gang gaan met het verkopen van clandestiene drank omdat het gemakkelijker was om een oogje te houden op jou dan om een handjevol kopers te controleren die we niet konden volgen. Maar dat was een grote fout van ons. Je liet je in met drugshandelaren aan de andere kant van de rivier en sinds die tijd gebruiken ze de achterkant van je land als corridor. Hoeveel van je materieel is gebruiksklaar?'

'Helemaal niets. Het is oud roest. Ik verkoop onderdelen ervan.'

'Wanneer heb je Hugo Cistranos voor het laatst gezien, Ouzel?'

'Ik kan niet zeggen dat er een lampje gaat branden bij die naam.'

Hackberry legde Pam Tibbs aluminium wapenstok op de motorkap van de auto. Hij rolde eraf, stuiterde op de bumper en viel met een pingachtig geluid op de grond. Hij pakte hem en legde hem weer op de motorkap, stopte hem toen hij weer begon te rollen en hield hem op zijn plaats tot hij in balans lag. In de lak waren kleine krasjes te zien die eruitzagen als de snorharen van een kat. Hij keek peinzend naar de stok en bewoog hem opnieuw door hem hoorbaar over de kap te schuiven. 'Twee jonge mensen zijn gisteren bijna vermoord. Jij hebt de schutter ertoe aangezet. En nu ben je met je kleinkinderen op weg naar je kerk. Je bent een apart stuk vreten, Ouzel.' Hackberry liet de wapenstok horizontaal tollen op de kap, zoals je een fles laat tollen. 'Wat zouden we daar volgens jou aan moeten doen?'

Ouzels ogen schoten heen en weer tussen de stok en Hackberry's gezicht. 'Waaraan?' vroeg hij.

'Ik ben van plan om een forensisch team hiernaartoe te laten komen. Ze zullen iedere grondverzetmachine, bulldozer en shovel hier onderzoeken. Ze zullen grondmonsters van de schoepen, grijpers en rupsbanden nemen om te kijken of er een match is met de grond achter de kerk bij Chapala Crossing. Als jouw materieel werd gebruikt bij het maken van het massagraf, zal het DNA van de doden nog steeds aan het metaal zitten. In dat geval ben jij medeplichtig aan massamoord. Krijg je geen dodelijke injectie, dan wordt het wel levenslang. En dan heb ik het over Huntsville, Ouzel. Besef je wel wat voor oord Huntsville is?'

'Ik wist niets over die Aziatische vrouwen, tot ik het op tv zag.'

'Wie hebben er gebruikgemaakt van je materieel?'

'Ik oefen geen toezicht uit op wat hier gebeurt. Soms zie ik lichten in het donker aan de zuidgrens van mijn land. Misschien dat iemand een van de bulldozers op een dieplader heeft gezet en ermee is weggereden. Ik heb de luiken niet opengedaan. De volgende ochtend stond hij er weer. Anderen hebben sleutels van alles wat ik hier bezit.'

'Welke anderen?'

'Ze zitten in Mexico. En misschien komen er een paar uit Arizona. Ze vertellen me niets. Toen de bulldozer weer terug was, kwamen een paar kerels me opzoeken.' Ouzel raakte zijn pols en de rug van zijn linkerhand aan; zijn blik stond treurig. 'Ze...'

'Wat ze?'

'Ze namen me mee naar mijn schuur en klemden mijn hand in mijn eigen bankschroef.'

'Was Hugo Cistranos een van hen?'

'Ik ken zijn achternaam niet. Maar zijn voornaam was Hugo.'

'Wie heb je gebeld over mijn jonge vrienden?'

'Ik heb alleen een telefoonnummer. De naam bij het nummer heb ik niet. Wanneer er iets gebeurt, wanneer ik iets zie wat belangrijk is, moet ik dat nummer bellen. Soms neemt Hugo op. Soms een vrouw. Soms andere mannen.'

'Geef me het nummer.'

Met trillende handen haalde Ouzel een balpen uit zijn zak en een stuk papier uit zijn portefeuille. Hij maakte aanstalten om te schrijven op de motorkap, maar bedacht zich. Hij zette zijn voet op de bumper, streek het papiertje glad op zijn been en schreef het nummer erop, zodat hij niet het risico liep de lak van zijn auto te beschadigen.

'Wanneer heb je dit nummer voor het laatst gebeld?'

'Vrijdag.'

'Toen je Vikki Gaddis en Pete Flores zag?'

'Ik was in het tankstation van mijn broer. Ze reden mee in Danny Boy Lorca's truck. Ze kwamen tanken.' Ouzels blik ging naar de wapenstok. 'Zou je dat ding van mijn auto willen halen?'

'Heb je enig idee van alle leed waar je medeveroorzaker van bent?'

'Ik heb niemand leed bezorgd. Ik heb gewoon geprobeerd mijn gezin te ondersteunen. Denk je dat ik wil dat deze beesten mijn leven bepalen? Ik heb te doen met die vrouwen die stierven. Maar vertel me eens: hadden ze niet kunnen weten wat er gebeurt wanneer je prostituee wordt en je je iemand anders land laat binnensmokkelen? En mijn hand dan, wat vindt u daarvan? En de problemen waar ik in zit. Ik wilde gewoon vanochtend met mijn kleinkinderen naar de kerk gaan.'

Hackberry moest een hele tijd wachten voor hij antwoordde. 'Is er nog iets wat je me wilt vertellen, Ouzel?'

'Ik krijg dan enige vorm van strafrechtelijke immuniteit, hè?'

'Ik ben er niet zeker van of je me wel iets hebt verteld waar ik echt iets aan heb. Het ene moment herinner je je dingen, het volgende moment laat je geheugen je weer in de steek, en veel van wat je zegt is onbegrijpelijk. Ik heb ook de indruk dat je op één waarheid vijf leugens vertelt.'

'En wat vindt u dan hiervan? Over die man die ze Prediker noemen. Die naam kent u toch?'

'Wat is er met hem?'

'Hij was hier.'

'Wanneer?'

'Gisteren. Hij was op zoek naar die Hugo. Ik gaf hem dat telefoonnummer, net als ik het u heb gegeven. Het is van een recreatieoord. Op de achtergrond hoorde ik mensen praten over het schieten van poema's en van Afrikaanse dieren, van die beesten met gedraaide hoorns op hun kop. Ik gaf het aan Prediker. Hij keek ernaar en zei: "Dus daar zit dat kereltje." Als u me arresteert, doe me dan geen handboeien om voor de ogen van mijn kleinkinderen. Ik ga zonder verzet mee.'

Hackberry pakte de wapenstok van de motorkap en hield hem schuin in zijn rechterhand. De stok was warm én licht. Hij voelde de aangename solide warmte van het metaal in zijn handpalm, voelde het bloed dat in zijn pols klopte. Voor zijn geestesoog zag hij beelden van dingen die braken: glas, chroom, lampen.

'Sheriff? Dat doet u niet, hè, me boeien waar de kinderen bij zijn?'

'Verdwijn uit mijn ogen,' zei Hackberry.

Op de terugweg naar het bureau begon het te stormen. Pam Tibbs reed. Pal naar het noorden rezen reusachtige gele wolken naar de top van de hemel en deden het tafelgebergte, de heuvels en de boerderijen vervagen op dezelfde manier als een fijne gele nevel dat zou doen. Hackberry liet zijn raam zakken en hield zijn hand in de windstroom. De temperatuur was op zijn minst vijf graden gedaald; spatjes regen raakten de binnenkant van zijn hand als zandkristallen.

'Toen ik een jaar of twaalf was en in Victoria woonde, hadden we op een zonnige dag zo'n stortbui dat het letterlijk vis regende in de straten,' zei hij tegen Pam.

'Vis?' zei ze.

'Echt waar. Ik verzin het niet. Er lagen kleine visjes in de goten. Volgens mijn vader had een trechterwolk waarschijnlijk een lading water uit een meer of uit de Golf opgezogen en het op onze hoofden laten neerdalen.'

'Waarom moet je daar nu aan denken?'

'Zomaar. Het was gewoon een mooie tijd, ook al was het toen oorlog.'

Ze zette haar zonnebril af en bestudeerde zijn profiel. 'Je gedraagt je deze ochtend een beetje eigenaardig.'

'Je kunt beter je ogen op de weg houden,' zei hij.

'Wat wil je doen met het nummer dat Ouzel je heeft gegeven?'

'Proberen te achterhalen van wie het is, en daarna alles te weten zien te komen over de locatie.'

'Wat ben je van plan te doen, Hack?'

'Om een hoek kijken is niet mijn sterkste punt,' antwoordde hij. Hij hoorde haar met haar vingers op het stuur trommelen.

Op het bureau vertelde Maydeen Stolz hem dat Danny Boy Lorca was opgepakt voor openbare dronkenschap en nu zijn roes uitsliep in een arrestantencel boven. 'Waarom heeft iemand hem niet gewoon thuisgebracht?' vroeg Hackberry.

'Hij zwaaide wild met zijn armen, midden op straat,' antwoordde ze. 'Het scheelde weinig of de greyhound was over hem heen gereden.'

Hackberry liep de ijzeren wenteltrap aan de achterkant van het gebouw op en ging naar de cel aan het andere eind van de gang, waar dronkaards werden vastgehouden tot ze er de volgende morgen weer uitgegooid werden, meestal zonder boete. Danny Boy lag op de betonnen vloer te slapen; zijn mond en neusgaten fungeerden als vliegenvanger, zijn haar zat onder de as en zijn hele lichaam wasemde de penetrante lucht van alcohol en tabak uit.

Hackberry ging op zijn hurken zitten. Hij voelde een vlammende scheut door zijn ruggengraat gaan die via zijn billen uitstraalde naar zijn dijen. 'Hoe gaat het, maat?' vroeg hij.

Danny Boys antwoord bestond uit een lange uitademing; om zijn mondhoeken verschenen kleine belletjes spuug.

'We hebben beiden hetzelfde probleem, jongen. We leven in de verkeerde tijd,' zei Hackberry. Meteen voelde hij zich beschaamd over zijn pathos en zelfverheerlijking. Was er een grotere dwaas denkbaar dan degene die geloofde dat hij de over het hoofd geziene Gilgamesj was? Hij had niet goed geslapen en zijn dromen hadden hem opnieuw teruggevoerd naar Camp Five in de Vallei Zonder Naam, waar hij door een rooster naar de groteske verschijning van sergeant Kwong had gekeken met op de achtergrond een zalmkleurige zonsopgang – Kwong met zijn machinepistool dat aan een band om zijn schouder hing, zijn gewatteerde jack, zijn pet met oorkleppen.

Hackberry haalde een dikke matras uit een voorraadkast, legde hem voor Danny Boys cel en ging er met een arm over zijn ogen op liggen. Zijn benen had hij opgetrokken om de druk op zijn ruggengraat te verlichten. Hij was verbaasd hoe snel de slaap hem overmande.

Het was geen diepe slaap, maar wel een slaap van totale rust en bevrijding, wellicht veroorzaakt door zijn onverschilligheid ten opzichte van de buitenissige aard van zijn gedrag. Maar zijn iconoclasme, als je het zo zou mogen noemen, was gebaseerd op een les die hij had geleerd tijdens een zomervakantie op de ranch van zijn oom Sidney even ten zuidoosten van San Antonio. Het was in 1947. Een Californische vakbond probeerde de plaatselijke landarbeiders te organiseren. Omdat hij was bedreigd door zijn buren had oom Sidney uit kwaadaardigheid een handjevol vakbondsarbeiders ingehuurd om zijn groentebedden te wieden. Iemand had een kruis verbrand op zijn gazon en zelfs stukken autoband op de balken genageld, zodat de vlammen goed heet zouden worden en extra lang zouden branden. In plaats van een einde te maken aan zijn vete met de terroristen van eigen bodem had oom Sidney tegen Hackberry en Billy Haskell – een aan de alcohol verslaafde plukker die voor de oorlog pitcher was geweest voor Waco – gezegd dat ze het verkoolde kruis tegen het dak van de pick-up moesten zetten, met de onderkant vastgebonden aan de laadbak. Vervolgens was oom Sydney, met Billy Haskel en Hackberry het hele district door gereden om elke man van wie hij vermoedde dat hij iets te maken had met het verbranden van het kruis te confronteren met zijn daad.

Aan het einde van de dag had oom Sydney Hackberry opdracht gegeven om het kruis te dumpen in een beekbedding. Maar Hackberry had zijn eigen sores. Hij werd gemeden door zijn collega's omdat hij een afspraakje had gemaakt met een Mexicaans meisje met wie hij tomaten plukte. Hij had zijn oom gevraagd of hij het kruis nog een paar dagen mocht houden. Die zaterdagavond had hij zijn Mexicaanse vriendinnetje mee uit genomen naar dezelfde drive-in-bioscoop waar hij al een bloedig vuistgevecht had verloren toen hij had geprobeerd te beweren dat de huidskleurbarrière ten opzichte van zwarten niet gold voor Mexicanen.

Terwijl de schemering plaatsmaakte voor de duisternis en de vaste bioscoopgasten zich langzaam begaven naar de kraam met snacks voor de voorfilms zouden beginnen, hadden Hackberry's middelbareschoolvrienden zich verzameld rond de pick-up, leunden ertegen, drinkend uit bierblikjes, zaten aan de houtketting om het kruis, raakten het verkoolde skeletachtige hout aan en praatten steeds luider. Hun aantal zwol aan tot een vernietigend symbool van afkeuring en werd een bron van verheffing voor allen die in de aanwezigheid ervan mochten vertoeven. Dat moment en de implicaties ervan zou Hackberry de rest van zijn leven bijblijven.

Er was misschien een kwartier verstreken toen hij zijn ogen opende en merkte dat hij recht in de ogen van Danny Boy Lorca keek.

'Waarom stond je midden op straat met je armen te zwaaien?' vroeg Hackberry.

'Omdat al mijn visioenen niets betekenen. Omdat alles om ons heen wacht tot het in brand vliegt. Een dronkenman kan een brandende lucifer in het onkruid aan de kant van de weg gooien en de wereld in brand zetten. Dat soort dingen denk ik, en daarom ga ik daar altijd met mijn armen in de wind staan.'

Danny Boy zei niet waar 'daar' was en Hackberry vroeg het niet. In plaats daarvan zei hij: 'Maar jij hebt gedaan wat je moest doen. Als we niet luisteren naar kerels zoals jij, is dat onze zorg.'

'Hoe komt het dan dat ik dit cadeautje gekregen heb? Dat ik hier gewoon als een zuiplap in de cel van een blanke zit?'

'Bekijk het eens zo: wat heb je liever, de nacht doorbrengen in mijn cel of een van die mensen zijn die geen oren hebben om te horen?'

Danny Boy ging overeind zitten. Zijn dikke haar zat als een helm op zijn hoofd en zijn blik was nog even beneveld als daarvoor. Hij keek naar het plafond, toen naar de gang en daarna naar de wolken gele stof die langs het dakraam joegen. Vervolgens draaide hij zijn hoofd om en concentreerde hij zich op Hackberry's gezicht. Zijn ogen leken de matblauwe blindheid te hebben van een man met ernstige grauwe staar. 'U zult de man vinden die u zoekt.'

'Een man die ze Prediker noemen?'

'Nee, het is een Chinees. Of een soort Chinees. De man die u, zonder het te willen toegeven, altijd hebt willen doden.'

'We hebben het nummer gelokaliseerd,' zei Pam. Ze stond boven aan de stalen trap. 'Het is een wildfarm vlak bij de Glass Mountains.' Haar blik dwaalde over Hackberry's gezicht. 'Heb je geslapen?'

'Een hazenslaapje,' zei hij.

'Wil je contact opnemen met de sheriff in Pecos of met die van Brewster?'

'Kijk wie een patrouilleauto beschikbaar wil stellen bij het vliegveld.'

'We weten niet zeker of Cistranos op de wildfarm is.'

'Er zijn daar mensen. Laten we uitzoeken wie het zijn.'

'Er is nog iets. Maydeen heeft een telefoontje gehad van een man die niet wilde zeggen wie hij was. Hij wilde alleen met jou praten. Zijn nummer was afgeschermd. Ze zei hem dat hij aan de lijn moest blijven, zodat ze een blocnote kon pakken om zijn opmerkingen te noteren. Hij verbrak de verbinding.'

'Wie denk je dat hij was?'

'Hij zei dat hij en jij nog een kwestie moesten regelen. Hij zei dat jullie de keerzijden van dezelfde munt waren. Dat je wel zou weten wat hij bedoelde.'

'Collins?'

'Ken je iemand anders die dergelijke gesprekken voert?'

'Laat het vliegtuig klaarmaken.'

Een uur later stegen ze op in slecht weer, met windstromingen die de vleugels en de romp van het eenmotorige vliegtuigje deden schudden en alle wijzers op het instrumentenpaneel deden trillen. Een tijd later ontwaarde Hackberry de scherpe kristallijnen pieken die de toepasselijke naam Glass Mountains droegen en het zuilenachtige tafelgebergte, dat rood en ruig opsteeg uit vulkanisch puin of alluviale uiterwaard dat zacht, buigzaam en golvend was geworden – zo geelbruin als landbouwgrond langs de Nijl – en bezaaid was met groen struikgewas. En dat alles werd belegerd door een storm die de verf van een watertoren kon zandstralen.

Vervolgens vlogen ze over een uitgestrekt omheind gebied waar zowel inheemse als exotische dieren rondzwierven tussen de mesquitebomen, de zwarte eiken en de populieren, een gebied dat eruitzag als een kopie van een door een ecologisch georiënteerde filantroop geschapen savanne uit het Midden-Oosten.

'Hoe sta jij tegenover wildfarms?' vroeg Pam.

'Het zijn ware lustoorden voor het leidinggevend personeel van ondernemingen, voor lulhannesen van verenigingen en voor mensen die het leuk vinden om te doden, maar dat niet klaarspelen zonder hun chequeboek.'

'Je weet me elke keer weer te schokken,' zei ze.

# 26

Nick Dolan was gestopt met het denken over tijd in termen van kalendereenheden of perioden van vierentwintig of twaalf uur. Ook dacht hij niet meer in termen van gebeurtenissen, oud zeer, afgunst of succes in zaken. Hij gaf zich niet langer over aan geheime fantasieën over wraak op zijn kwelgeesten, Ierse eikels als Artie Rooney in het bijzonder. Terwijl zijn banksaldo en de waarde van zijn aandelen- en obligatieportefeuille met de dag afkalfde en de fiscus zijn belastingaangiften uit het verleden onder de loep nam, herinnerde Nick zich hoe zijn vader over het leven in Amerika tijdens de Grote Depressie praatte, toen de Dolinski's pas aangekomen waren met een schip waarop ze zich in Hamburg tegen onderhandse betaling hadden kunnen inschepen.

Nicks vader had eerder met nostalgie over die tijd gesproken dan dat hij uitweidde over de ontberingen en de hardheid die het gezin had ervaren tijdens de jaren dat ze aan de Lower East Side woonden en – later – bij het Industrial Canal in New Orleans. Toen Nick klaagde over het feit dat hij naar een school moest waar pestkoppen voordrongen in de rij of zijn lunchgeld inpikten, had zijn vader met warmte gesproken over zowel de sociale huurwoningen in New York als de gesubsidieerde lagere scholen in New Orleans, omdat ze stoomverwarming hadden gehad en omdat ze hulp, onderwijs en kansen hadden geboden in een tijd waarin mensen stierven in Hitlers concentratiekampen. Nick was altijd jaloers geweest op zijn vaders ervaring en bewogenheid.

Nu zijn bezittingen en zijn geld als sneeuw voor de zon verdwenen, begon Nick te begrijpen dat de warme herinneringen van zijn vader niet een gave waren, maar dat ze in het verlengde lagen van de persoonlijke kracht die zijn karakter bepaalde. Of het nu op de Bowery was of op een blauweboordenschool van het Iberville Project, Nicks vader moest op dezelfde jodenkwellers zijn gestuit die Nick hadden gesard in de Ninth Ward. Maar zijn vader had hun kwaad niet met zich meegedragen in zijn leven als volwassene; dat genoegen had hij hun niet gegund.

Het meten van de tijd en het verstrijken ervan geschiedde voor Nick momenteel eerder door middel van mentale foto's dan door datums: zijn kinderen die op binnenbanden met de stroom mee op de

Comalrivier dreven terwijl het zonlicht over hun gebruinde lichamen gleed; Esthers verbijsterde en liefhebbende blikken na zijn terugkeer uit Phoenix en zijn verbale overwinning op Josef Sholokoff (waarover hij haar niets vertelde en niemand ooit iets zou vertellen, tenzij hij het nieuw ontdekte gevoel van trots verloor dat het incident hem had geschonken); de glimlach van zijn werknemers, vooral de zwarten, die in zijn restaurant werkten en, last but not least, het ongeopende pakje sigaretten dat hij met petroleum had overgoten en in de fik had gestoken in zijn barbecuekuil, waarbij hij de volgende woorden had gesproken tot de wolken of tot wie daar ook mocht wonen: *raad eens wie zojuist zijn laatste sigaret heeft gerookt?*

Hij was zelfs opgehouden zich zorgen te maken over Hugo Cistranos. Nick had het hoofd geboden aan Josef Sholokoff – op diens eigen terrein, voor het oog van al zijn vechtersbazen, met als valscherm alleen een Pakistaanse taxichauffeur die niet eens een vergunning had mogen krijgen om een stockcarrace te rijden. Wie waren de echte gladiatoren? Dat waren onopvallende, stuntelige mensen zonder macht, mensen die hadden standgehouden terwijl de Hugo Cistranos-brigade niet wist hoe snel ze in de schuilkelder moest komen.

Nick had nog een reden om zich veilig te voelen. Die gek die ze Prediker noemden had zijn beschermende mantel om zijn familie heen geslagen. Weliswaar had Esther hem met een pan geslagen, maar het grote voordeel van een maffe blanke zuiderling aan jouw kant , was dat zijn beweegredenen niets van doen hadden met rationaliteit. Collins joeg de slechteriken de stuipen op het lijf. Wat kon je je nog meer wensen?

Zoals Esther altijd zei: een goede daad blijft een goede daad, zelfs als hij wordt verricht door een Kozak.

Nick was begonnen met gewichtheffen op een sportschool. In het begin had hij last van spierpijn, maar daarna was hij verbaasd over de veerkracht die zijn lichaam nog steeds bezat. In minder dan twee weken kon hij verschil zien in de spiegel. Althans, dat meende hij. Zijn kleren stonden hem goed. Zijn schouders waren recht, zijn ogen stonden helder, zijn wangen werden minder kwabbig. Kon het zo eenvoudig zijn? Waarom ook niet? Hij kwam uit een arbeidersmilieu. Zijn grootvader had zich nooit laten afschrikken door welke lichamelijke arbeid dan ook en had gouden handen gehad. Hij had zijn eigen huis gebouwd en een florerende moestuin gecreëerd tussen alle stedelijke verval. Nicks vader was een kleine, pezige schoenmaker geweest, maar met een paar Everlast-bokshandschoenen aan kon hij een leren wandboksbal in een wazige vlek veranderen. Zelfs Nicks dikke dwangmatige mama, die hem volstopte, beschermde en soms behandelde als een menselijke poedel, schrobde haar vloeren tweemaal in de week op handen en knieën, van de veranda tot de achterstoep. De familie Dolan, dat was hun Amerikaanse achternaam geworden, bleef in beweging.

Terwijl Nick naar zijn volledige profiel in de spiegel keek, zijn buik introk, zijn kin naar voren stak – zijn armen plezierig stijf en een beetje pijnlijk door het borstdrukken van een halter met twee gewichten van vijfentwintig kilo, dacht hij: niet slecht voor Mighty Mouse.

Ook al vond hij het niet prettig bloed te zien lekken uit elke opening in zijn portefeuille, toch bezaten zijn financiën in de kern een aanzienlijke mate van soliditeit. Het restaurant was nog steeds zijn eigendom – een gezonde zaak met prima eten en mariachi-muziek – en niemand zou het van hem afnemen, Josef Sholokoff en Hugo Cistranos in elk geval niet. Er rustte nog steeds een last op het huis in San Antonio, maar zijn weekendhuis aan de Conal in New Braunfels was vrij van hypotheek, en hij was vastbesloten het te behouden voor zijn kinderen. Esther en hij waren met praktisch niets begonnen. De eerste vijf jaar van hun huwelijk had ze fulltime moeten werken als kassière bij de Pearl; haar studie aan de universiteit van New Orleans had ze op moeten geven. Nick runde toen Didoni Giacano's pokerzaal. Tot vijf uur 's morgens was hij in de weer en zorgde hij voor drankjes, koffie en sandwiches voor Texaanse oliebaronnen die in zijn aanwezigheid negermoppen, antisemitische moppen en bordeelmoppen vertelden alsof hij doof was. Vervolgens moest hij hun pis en kots wegboenen in de wc, terwijl de zon opkwam en een vettige afzuigventilator boven zijn hoofd een teringherrie maakte.

Maar die dagen lagen achter hem. Esther was Esther weer en zijn kinderen waren zijn kinderen. Ze waren niet alleen een gezin. Ze waren vrienden, en belangrijker nog, ze hielden van elkaar en hielden ervan bij elkaar te zijn. Wat hij bezat, daar had hij voor gewerkt. De mensen konden de klere krijgen. De fiscus kon de klere krijgen. Nick Dolinski, de grote rotzak, had het gemaakt.

Het was zaterdagavond. Nick ontspande zich op de open veranda van zijn weekendhuis aan de Comal met een gin-tonic en de krant. Vuurvliegjes lichtten op in de bomen en de lucht rook naar bloemen, aanmaakblokjes die opflakkerden op een barbecue en de damp van vlees die tussen de dichte groene schaduwen op de rivier bleef hangen.

Esther had de kinderen meegenomen om een doos met haar chocolade-pindakaasbrownies te brengen naar een ziek vriendje in een buitenwijk van San Antonio; ze had gezegd dat ze uiterlijk halfzeven terug zou zijn met een koud avondmaal van de delicatessenwinkel, dat ze zouden opeten op de met glas omgeven veranda op de zonkant. Hij keek op zijn horloge. Het was over zevenen. Maar soms besloot ze impulsief om met de kinderen naar de middagfilm te gaan. Hij klapte zijn mobiel open om te kijken of hij misschien een telefoontje had gemist, hoewel hij er zeker van was dat de telefoon niet was overgegaan. Hij legde zijn krant weg en belde haar mobiele nummer. Uiteindelijk kreeg hij haar voicemail.

'Esther, waar zit je?' vroeg hij. 'Ik ga bijna denken dat je ontvoerd bent door buitenaardse wezens.'

Hij ging het huis binnen en controleerde de telefoon in de keuken. Er waren geen nieuwe telefoontjes. Hij liep een kringetje. Hij ging de woonkamer in en liep nog een kringetje. Daarna belde hij opnieuw naar Esthers mobiel. 'Met Nick, de man die met je onder één dak woont. Dit is niet leuk meer. Waar zit je?'

Hij probeerde Jesses nummer en kreeg zijn voicemail. Maar Jesse was een van die tieners die weinig interesse hebben voor computers en mobieltjes – voor technologie in het algemeen. Hij liet soms dagenlang zijn mobiel uit. Wat betreft zijn zoon was er een meer wezenlijke vraag: had Jesse überhaupt wel interesse in iets? Meisjes en sport hadden zeker niet zijn belangstelling. De jongen had een IQ van 160 en bracht zijn tijd door met het luisteren naar oude opnamen van Dave Brubeck, het in zijn eentje darten in de achtertuin of rondhangen bij zijn vier man tellende schaakclub.

Nick besefte dat hij andere dingen verzon om zich zorgen over te maken, om maar niet te hoeven denken aan het feit dat Esther hem niet gebeld had. Hij liep weer de schemering in en pakte zijn gin-tonic van de leuning van de sequoiahouten stoel. Met één hand in zijn heup en zijn ogen gericht op de stroomversnellingen en de draaikolk verder stroomafwaarts op de rivier dronk hij zijn glas staande leeg, vermaalde het ijs tussen zijn kiezen, kauwde op het partje limoen en slikte het door. Toen hij zijn wenkbrauw aanraakte, voelde die zo strak en hard als een wasbord.

Binnen ging de telefoon. Hij brak bijna een teen op de achtertrap in zijn poging om de telefoon te halen voor het antwoordapparaat aansprong. 'Ja!' zei hij hijgend.

'Papa?'

'Wie verwachtte je dan?' zei hij, en hij vroeg zich af waarom hij uitgerekend dit moment koos om ongeduldig en bars te klinken tegen zijn zoon.

'Heeft mama gebeld?'

'Nee. Weet je niet waar ze is?'

'Ze verliet ons bij Barnes and Noble. Ze ging terug naar de delicatessenzaak om nog iets te halen. Dat was een uur geleden.'

'Zijn Kate en Ruth bij je? Zijn jullie allemaal in San Antonio?'

'Ja, maar de delicatessenzaak is maar drie huizenblokken vanhier. Waar zou ze heen gegaan kunnen zijn?'

'Is ze misschien teruggegaan naar mevrouw Bernsteins huis?'

'Nee, mevrouw Bernstein ging met haar dochter naar Houston. Reden we dat hele stuk om die brownies te brengen, was ze niet thuis.'

'Hebben jullie vreemde mannen in de buurt gezien? Iemand die naar jullie keek of jullie volgde bijvoorbeeld?'

'Nee, wat voor vreemde mannen? Ik dacht dat al die dingen waar je je zorgen over maakte voorbij waren. Waar is mama?'


Pam Tibbs en Hackberry Holland reden in hun geleende surveillanceauto op een kronkelige tweebaansweg die langs een droge, door populieren omzoomde beekbedding heenslingerde. De bomen bogen sterk door in de wind en de afgerukte bladeren vlogen hoog in de lucht. In het oosten zagen ze geïrrigeerd boerenland en een lange kalksteenformatie die de voet van een heuvel doorsneed en veel weg had van een Romeinse muur. De auto werd heen en weer geslingerd door de wind; gruis en de naaldachtige bladeren van de jeneverbes tikten tegen de voorruit. Ze kwamen nu in wat een ander gebied leek. Het was dor en vol struikgewas, puntige planten en dicht kreupelhout, een gebied dat leek overgelaten aan darwiniaanse krachten. Het terrein werd omgeven door reusachtige wildhekken van draadgaas, het soort hekken dat je ziet langs de verkeerswegen in de Canadese Rocky Mountains.

'Jezus, wat was dat?' zei Pam. Haar hoofd schoot opzij, naar iets wat ze zojuist waren gepasseerd.

Terwijl Pam verder reed, keek Hackberry door de achterruit. 'Volgens mij was dat een oryx of zoiets. Ik krijg altijd de wildste fantasieën bij dit soort oorden. Stel dat de klanten op elkáár zouden mogen jagen? De hekken kunnen onder stroom gezet worden en die knapen zouden een *license to kill* voor drie dagen kunnen krijgen om elkaar binnen de omheining door het kreupelhout achterna te mogen zitten en neer te paffen. Ik vind dat er veel te zeggen valt voor dat idee.' Hij hoorde haar zachtjes lachen. 'Nou?' zei hij.

'Godallemachtig, je bent me er eentje,' zei ze.

'Ik word verondersteld je meerdere te zijn, Pam. Hoe komt het dat ik dit simpele denkbeeld niet goed kan overbrengen?'

'Joost mag het weten, baas.'

Hij deed er het zwijgen toe terwijl ze hun weg vervolgden. De populieren en de met kiezel bezaaide beekbedding waren verdwenen; het gebied bestond uit kronkelig tafelgebergte, met struikgewas bedekte heuvels en uitgestrekte stenige vlakten, waar heel diverse trofeedieren graasden, zoals bizons, wapiti's, gazelles en elandantilopen. Het was een surreëel oord dat omsloten was door bergen die het licht leken te absorberen en overdekt werden door gele wolken die eruitzagen als ruwe zwavel.

'Ik moet je iets zeggen,' zei Pam.

Hij bleef uit het raam kijken zonder te antwoorden.

'Ik heb soms het idee dat je jezelf opsluit op een plek die niet goed voor je is. En dat je dat op dit moment doet. Dat je dat al de hele dag doet.'

'En welke plaats mag dat dan wel zijn?'

'Hoe kan iemand dat nu weten? Je vertrouwt het niemand toe, en mij wel in de laatste plaats.'

Hij staarde een hele tijd naar haar profiel, op de een of andere manier denkend dat hij haar kon dwingen hem recht in de ogen te zien, haar kon dwingen de aard van haar aanval op zijn kwetsbare plek te erkennen. Maar ze bleef haar aandacht vast op de weg houden, met haar beide handen aan het stuur in de tien-voor-twee-positie.

'Wanneer dit achter de rug is...' zei hij.

'Wat dan?'

'Dan neem ik je mee uit eten. Of ik geef je een paar dagen vrij. Zoiets.'

Ze sloot even haar ogen en opende ze toen weer, alsof ze uit een trance ontwaakte. 'Het enige wat ik kan zeggen, is dat ik nooit in mijn leven iemand zoals jij heb ontmoet,' zei ze. 'Helemaal nooit.'

Ze maakten een bocht en zagen een poort boven een wildrooster en, aan het eind van een geasfalteerde oprit, een houten gebouw met één verdieping en een groen metalen puntdak. De niet-ontschorste stammen waren in de loop der tijd door regenwater en de rook van bosbranden donker geworden en hadden het gebouw het rustieke aanzien gegeven dat zo kenmerkend is voor de casino's en bars langs de verkeerswegen van het westen. De Amerikaanse en de Texaanse vlag wapperden aan afzonderlijke masten op dezelfde hoogte voor het gebouw. Een stapel van hertengeweien en iets wat eruitzag als runderbotten lag als een grafheuvel bij de poort. Uit de oogkas van een koeienschedel fladderde een rood lint misplaatst in de wind. Een SUV en twee nieuwe pick-uptrucks met vergrote cabines en oversized banden stonden voor de veranda van het gebouw. De lak was pas in de was gezet en zat onder het stof door de storm. Alles hier, elke bijzonderheid, leek een verhaal te vertellen. Maar er waren geen mensen te zien en zoals wel vaker moest Hackberry denken aan de schilderijen van Adolf Hitler, die elk detail in een stedelijke omgeving kon weergeven, behalve mensen.

'Langzamer,' zei Hackberry.

'Wat is er?'

'Stop!'

Pam remde voorzichtig en haar ogen gingen speurend over de voorkant van het gebouw, de veranda aan de zijkant en de tuintafels met een parasol erin. Hackberry liet zijn raam zakken. Behalve de wind was er niets te horen. Op een lamp diep in de hal na brandde er geen licht in het gebouw. Niet een van de tafelparasols was omver gewaaid; drie waren er binnenstebuiten geblazen, en de stof fladderde om de aluminium baleinen. Een gezadeld paard graasde op het achtergazon en sleepte zijn teugels achter zich aan. Verse paardenvijgen glansden in het gras. Een stijgbeugel lag over de voorste zadelboog, alsof iemand hem uit de weg had geduwd om de zadelriem aan te trekken en was gestoord bij zijn arbeid.

'Kijk eens naar die houtstapel bij de poort,' zei hij. 'Iemand was hout aan het kloven en heeft zijn bijl op de grond laten vallen. Dat gazon is net een golfgreen, maar iemand laat er zijn paard op kakken.'

'Het is zondag. Misschien zijn ze dronken.'

'Parkeer de auto bij de deur,' zei hij.

'Wil je dat ik om ondersteuning bel? We kunnen het ook afblazen als dat nodig is.'

'Nee, jij gaat achterlangs. Ik ga via de voorkant. Ga pas naar binnen als hun aandacht op mij gericht is.'

'Waarom?'

'Omdat ik het zeg.'

Ze zette de motor uit en liep om de zijkant van het huis, met haar kaki shirt in haar spijkerbroek en haar rechterhand om de kolf van de .357. Op dat moment viel zijn oog op details waar hij zich nooit eerder in die mate bewust van was geweest: haar broek die spande om haar achterste, de vetrolletjes rond haar heupen, de dikte van haar schouders, de volmaakte symmetrie van haar bovenarmen, haar ronde borsten die haar shirt deden bollen, en haar mahoniekleurige haar met de krullerige uiteinden die opwaaiden in de wind, waardoor haar wangen zichtbaar werden.

*Pam*, dacht hij zichzelf te horen zeggen. Maar als hij haar naam al gezegd had, dan was die verloren gegaan in de wind.

De voordeur stond op een kier. Hij legde zijn hand op zijn revolver en duwde voorzichtig de deur open. Hij bevond zich in een donkere hal met een kapstok met koperen haken waaraan geen jassen hingen. Verderop zag hij een grote zitkamer met zware eikenhouten tafels, donkere gecapitonneerde leren stoelen, een stenen open haard en een van slakkenbeton vervaardigde schoorsteen. Aan de achterkant bevond zich een eetkamer waarin een lange tafel stond, die was gedekt met bestek, borden en glazen. Ook was er een keuken, die zich vulde met rook en de stank van verbrand vlees.

Rechts van de hal was een loungebar waarvan de openslaande toegangsdeuren een beetje kierden. Door het glas zag hij de koppen van trofeedieren hangen aan de muren. Het barblad was schoongeveegd en glimmend gewreven; de flessen bourbon, scotch, gin en vermout glinsterden door de veelkleurige reflectie van het licht van een oude Wurlitzer-jukebox.

Hij trok een van de openslaande deuren naar achteren en stapte de zaal binnen. Ergens in de schaduw, uit een hoek van de zaal, hoorde hij een onregelmatig geluid, alsof een hard voorwerp aan een koord tegen een stuk hout sloeg. Hij trok zijn .45 uit zijn holster en spande de haan, met de loop nog steeds naar de grond gericht.

Een lichtstraal verscheen plotseling vanuit een gang achter in het gebouw en Hackberry realiseerde zich dat Pam Tibbs zojuist was binnengekomen via de achterdeur en in de richting van de loungebar liep met haar .357 in beide handen. Hij hief zijn hand omhoog zodat ze het licht kon zien weerspiegelen van zijn huid. Ze bleef staan, met haar wapen omhoog gericht in een hoek van vijfenveertig graden.

Rook uit de keuken drong langzaam de bar binnen. De stank van verbrand vlees was anders dan hij ooit geroken had. Toen zag hij de hulzen op de grond liggen, allemaal kaliber 45, in zo'n hoeveelheid en zo dicht bij elkaar dat ze wel uitgeworpen moesten zijn door hetzelfde wapen.

Met zijn revolver in de aanslag liep hij om de tafeltjes heen en ging toen in een hoek naar de bar. Steeds dichter naderde hij de plek van de zaal waar het onregelmatige geluid nog altijd te horen was. Nu zag hij de gaten in het vinyl van de gecapitonneerde zitjes, de pinnen die uit de sierlijst waren geschoten, en nog een hele rij gaten in de muren. Hij zag de uit elkaar gespatte glazen bierpullen en flesjes op de tafels. En hij zag de mannen. Sommigen waren volkomen verrast geweest door het eerste salvo. Anderen waren samengedreven tegen een muur en neergemaaid; vermoedelijk waren ze vol ongeloof en doodsbang geweest en hadden ze tot het eind toe geprobeerd te onderhandelen.

'Mijn god,' klonk Pams stem achter hem. Ze hield haar wapen nog steeds met beide handen in de aanslag. Ze keek naar rechts en naar links, draaide zich naar alle kanten om en stak toen pas haar pistool terug in zijn holster. 'Wie zijn deze lui?'

'Geen idee. Bel. Bel het alarmnummer. Zeg tegen de dienstdoende beambte dat hij al het medische personeel moet sturen dat beschikbaar is.'

Drie mannen waren gestorven in een zithoek. De achterkanten van hun hoofden waren uiteengespat over de grenenhouten balken waarmee de muur gelambriseerd was. Twee andere mannen lagen achter een pokertafel op de grond. Hun fiches stonden nog in rechte stapeltjes en hun *five-card-studs* lagen nog open op het vilt. De uitschotwonden in hun rug hadden anderhalve meter lange strepen op de muur achtergelaten, helemaal tot de vloer.

'Wat is dat voor geklop?' vroeg Pam.

Hackberry liep naar het eind van de bar. Een man lag op zijn rug in de schaduw. Er zat een kogelgat in zijn dij, één in zijn maag en één in zijn hals. Zijn ogen waren gesloten en zijn lippen waren samengeperst tot een kegel, alsof hij op een snoepje zoog of probeerde om te gaan met een gemene pijn die zich voortplantte door zijn inwendige organen. Bloed vloeide aan weerskanten van zijn lichaam uit over de houten vloer. Zijn gezicht was rond en wit en vormde een scherp contrast met zijn zwarte, vlerkerige bakkebaarden en met zijn ogen, die glinsterden als obsidiaan en schuilgingen in de plooien van zijn huid.

Hij droeg puntige, struisvogelleren cowboylaarzen en zijn linkervoet raakte af en toe spastisch de zijkant van de bar. Hackberry stak zijn revolver in de holster en knielde naast hem neer. 'Wie heeft jou dit geflikt, makker?' vroeg hij.

De binnenkant van de mond van de man was rood van het bloed en zijn stem was nauwelijks meer dan een gefluister. 'Collins. De Prediker. Hij en Bobby Lee.'

'Bobby Lee Motree?'

De man deed zijn ogen open en dicht bij wijze van antwoord. 'Ja,' zei hij toen.

'Hoe heet je?'

'T-Bone Simmons.'

'Waarom schoot Collins op je?'

'Hij kwam tweehonderdduizend dollar van Hugo ophalen. Maar hij wilde Hugo ook meenemen.'

Hackberry keek naar de plek waar de andere lichamen lagen. 'Hugo Cistranos?'

'Ja.'

'Heeft Collins Cistranos gekidnapt?'

T-Bone stikte bijna in zijn eigen bloed en speeksel en deed geen poging te antwoorden.

Pam gaf Hackberry een handdoek die ze had gevonden achter de bar. Hackberry begon het ding onder T-Bone's hoofd te wurmen. 'Ik zal je hoofd naar opzij draaien om je mond leeg te maken. Hou vol. Er is een ziekenauto onderweg. Waar zijn Prediker en Bobby Lee heen gegaan?'

'Dat weet ik niet. Ze hadden een…'

'Neem de tijd, makker.'

'… een vrouw bij zich in hun auto.'

'Was er een vrouw bij Prediker en Bobby Lee?'

'De vrouw van die Jood. Wij zouden haar neerschieten. Ze zou een kogel door haar mond krijgen.'

'Heb je het over de vrouw van Nick Dolan?'

T-Bone antwoordde niet. Een ijzerachtige geur steeg op uit zijn mond.

'Je verliest een heleboel bloed,' zei Hackberry. Ik zal je op je zij rollen en dan stoppen we dat gat in je rug dicht. Akkoord?'

'Mijn ruggengraat is doorgesneden. Ik voel daaronder niets meer.'

'Waar heeft Prediker Cistranos en mevrouw Dolan mee naartoe genomen?'

'Ik hoop naar de hel.'

'Kom op, vriend. Laat Prediker en Bobby Lee hier niet ongestraft mee wegkomen. Waar kunnen ze heen gegaan zijn?'

'Prediker kan dingen die niemand anders kan.'

Het was zinloos. In T-Bones ogen begon zich een vreemde verandering te voltrekken. Hackberry had dergelijke veranderingen gezien in bataljonslazaretten, bij de triage en in een krijgsgevangenenbarak, waar mannen met ijskristallen in hun baard en de dood in hun kelen aandachtig staarden naar alles om hen heen, alsof ze alles en iedereen de maat namen terwijl ze in werkelijkheid niets zagen, of beter gezegd, niets waar ze ooit de wereld van in kennis zouden stellen.

'Mijn braadstuk,' zei T-Bone.

'Sorry, kun je dat nog een keer zeggen.'

'Mijn braadstuk is aan het verbranden. Het is addaxvlees. Het kostte me vijfduizend dollar om het beest te mogen schieten.'

Hackberry keek naar Pam Tibbs. 'Maak je maar geen zorgen, daar ontfermen wij ons wel over,' zei hij.

'Ik ben een goede kok. Altijd geweest,' zei T-Bone. Toen stierf hij.

Pam Tibbs liep weg, met haar handen op haar heupen. Ze bleef staan met haar rug naar Hackberry toe en keek naar de grond.

'Wat is er?' vroeg hij.

'Ik zag een bewakingscamera op de hoek van het gebouw. De lens staat op het parkeerterrein gericht,' zei ze.

Hij keek even naar de tv boven de bar. Eronder stond een videorecorder. 'Kijk of er een band in zit.'


Bobby Lee Motree legde zijn hand op Hugo Cistranos' schouder en liep met hem naar de rand van de steile rots, als twee vrienden die genieten van het panorama van een topografie die nog even jong leek als op de eerste dag van de schepping. Beneden zich kon Hugo Cistranos de toppen van populieren langs een stroombedding zien die in de nazomer drooggevallen was en waarvan beide oevers bezaaid waren met autoschroot dat uit de grond stak als roestige scheermessen. Verder weg van de rots was een groepje bomen waarvan de takken nog in bloei stonden. Achter het stroombed en de bomen bevond zich een lange vlakte waar de wind de lucht bepleisterde met dik, klonterig, geel stof. Het vergezicht dat zich voor Hugo Cistranos' blik ontvouwde was met geen ander te vergelijken, alsof deze ruimte en de gebeurtenissen die zich erin voordeden speciaal voor dit ogenblik waren bedacht, unfair, en zonder zijn toestemming als deelnemer. Hij schraapte zijn keel en spuugde met de wind mee, waarbij hij zich afwendde van Bobby Lee, bang om zijn onderwerping en bezorgdheid te tonen. 'Ik leverde alleen het geld af,' zei hij.

'Uiteraard, Hugo. We zijn ook heel blij dat je dat deed,' antwoordde Bobby Lee.

Het plateau bestond uit kalksteen en was bedekt met een zacht tapijt van aarde en gras dat verrassend groen was. De wind was koel, met spetters regen, en rook naar vochtige bladeren en misschien het begin van een nieuw seizoen. Twintig meter verderop praatte Prediker met twee Mexicaanse moordenaars die hem een gewillig oor leenden en elk woord in zich opnamen, zonder hem tegen te spreken of hem adviezen te geven. Hun zwijgzaamheid was een bevestiging van zijn gezag.

Hun pick-up stond naast Predikers Honda, waarvan de achterruit een gat vertoonde dat de vorm had van een kristallijnen oog. De Joodse vrouw zat op de achterbank met een uitdrukking op haar gezicht die eerder peinzend dan boos leek. Een damestas en een doos met brownies lagen naast haar. Wat was Prediker van plan met haar? Hij zou haar vast niets aandoen. En als Prediker haar niets zou doen, misschien zou hij dan ook hem niets doen, althans niet in haar aanwezigheid, zei Hugo bij zichzelf.

'Mooi, hè?' zei Bobby Lee. 'Het doet me denken aan de Shenandoah Valley, zonder dat groen en zo.'

'Ja, ik weet wat je bedoelt,' zei Hugo. Hij dempte zijn stem. 'Bobby Lee, ik ben net als jij een soldaat. Ik voer soms orders uit die me niet bevallen. We hebben samen heel wat klussen opgeknapt. Hoor je wat ik zeg, makker?'

Bobby Lee gaf een geruststellend kneepje in Hugo's schouder, 'Kijk! Zie je die herten daarginds rennen in de wind? Ze spelen. Ze weten dat de herfst in de lucht hangt. Je kunt het ruiken. Natte bladeren, ik hou van die geur.'

Terwijl Hugo in het gezicht van Bobby Lee keek, realiseerde hij zich voor de eerste keer in zijn leven het verschil tussen degenen die een stevige greep hebben op de dag – voor wie er het vooruitzicht van de dag van morgen is – en hen voor wie dat niet geldt.

Prediker beëindigde zijn gesprek met de Mexicanen en liep naar de steile rots. 'Kun je me Hugo's mobiel even geven?' zei hij tegen Bobby Lee.

Prediker droeg het jasje van een pak, een verfomfaaide gleufhoed en een broek die geen vouw had. Eén omslag was in een laars gestopt. Hij toetste het nummer in en de wind deed zijn jasje opwaaien. 'Wanneer Arthur Rooney opneemt, zeg je: "Ik heb gedaan wat je me vroeg, Artie. Alles ging volgens plan." Daarna geef je de mobiel weer aan mij.'

'Jack, Artie zal verbaasd zijn. Waarom zou ik zeggen: "Alles ging volgens plan"?' zei Hugo. 'Ik kwam alleen maar het geld brengen. Artie zou van alles kunnen zeggen, omdat hij niet weet wat ik bedoel. En dan krijg je misschien een verkeerde indruk. Snap je?'

Prediker haalde een blikje Altoids uit zijn zak, klikte het open en legde een muntpastille op zijn tong. Hij gaf er een aan Bobby Lee en bood Hugo er ook een aan, maar Hugo schudde van nee.

'Zie je die bomen daar met die bloemen in hun takken?' zei Prediker. 'Sommigen noemen ze regenbomen. Anderen zeggen dat het acacia's zijn. Maar een heleboel mensen noemen ze judasbomen. Weet je waarom?'

'Jack, ik heb geen verstand van dat gelul, dat weet je toch.' En heel even overtuigde het zelfvertrouwen en de vertrouwelijkheid in zijn stem Hugo er bijna van dat de dingen als vanouds waren, dat Jack Collins en hij nog steeds zakenpartners waren, en zelfs wapenbroeders.

'Het verhaal is als volgt: Judas was wanhopig toen hij Jezus verraden had. Voor hij zichzelf verhing, ging hij naar een steile rots in de woestijn en gooide zijn dertig zilverlingen in de duisternis. Op elke plaats waar een munt viel, ontsproot een boom. Aan elke boom groeiden deze rode bloemen. Die bloemen stellen het bloed van Jezus voor. Zo is de judasboom ontstaan. Heb je het koud? Wil je een jas?'

Jack knipoogde naar Hugo, drukte toen op de verbindingstoets en duwde Hugo de mobiel in zijn hand.

Hugo schokschouderde met een onverschillige uitdrukking op zijn gezicht, alsof hij een onredelijke vriend gunstig wilde stemmen. De vijf wektonen, die hem naar hij hoopte zouden verbinden met de voicemail, waren de langste van zijn leven. Net toen hij dacht dat hij mazzelde, nam Artie Rooney op.

'Ben jij dat, Hugo?' vroeg Artie.

'Ja, ik…'

'Waar zit je? Ik hoorde dat die klootzak de vrouw van Nick Dolan gekidnapt heeft.'

'Ik heb gedaan wat je me vroeg. Alles ging volgens plan.'

Prediker griste de mobiel uit Hugo's hand en drukte hem tegen zijn oor.

'Ik hoop dat hij is gecrepeerd, sidderend als een hond die gebroken glas op zijn weg vindt,' zei Rooney. 'Vertel me dat mevrouw Dolan bij hem was. Maak dat mijn dag niet meer stuk kan. Hou niets voor me achter, Hugo. Ik wil elke bijzonderheid. Je hebt haar een blauwe boon door haar bek gejaagd, hè. Alleen bij de gedachte krijg ik al een stijve.'

Prediker klapte de mobiel in zijn hand dicht en liet hem in zijn broekzak glijden. Hij staarde peinzend naar het stof en de nevel die over de canyon waaiden; zijn mond zag eruit als een gehechte wond. Hij stak zijn pink in zijn oor en haalde iets uit zijn gehoorgang. Vervolgens glimlachte hij naar Hugo.

'Alles in orde?' vroeg Hugo.

'Volmaakt in orde,' zei Prediker.

'Want woorden kunnen niet goed over komen via de telefoon, of mensen kunnen elkaar verkeerd begrijpen.'

'Geen probleem, Hugo. Kom, we gaan we een wandelingetje maken.'

'Een wandelingetje? Waarheen?'

'Een mens moet altijd keuzes hebben. Heb je wel eens wat van Hemingway gelezen? Hij zei dat de dood alleen slecht is wanneer hij gerekt wordt en vernederend is. Wanneer ik pieker over dit soort dingen, maak ik altijd een wandelingetje.'

'Ik begrijp niet wat je bedoelt. Waar gaan we heen?'

'Dat is nu net de vraag. De keuze is aan jou. Pancho Villa gaf zijn gevangenen altijd de keus. Ze konden tegen de muur gaan staan met een blinddoek voor, of ze konden het op een hollen zetten. Als ik voor die keus stond, zou ik er denk ik niet vandoor gaan. Ik zou zeggen "krijg de klere". Ik zou me laten doorzeven door een van die mausers. Winchesters en mausers behoorden tot de standaarduitrusting van Villa's troepen. Wist je dat?'

'Jack, we moeten even praten. Ik weet niet wat Artie precies heeft gezegd, maar hij wordt soms emotioneel. Ik bedoel, je snapt toch wel dat die tweehonderdduizend dollar die ik je bracht een hele aderlating voor hem was. En hij gaat altijd tekeer over wat je met zijn hand hebt gedaan, alsof hij het niet over zichzelf heeft afgeroepen, zoals iedereen weet. Vooruit Jack, doe niets overijlds. Je moet de dingen in hun perspectief zien. Neem die dame in je auto daar, ik weet dat je je om haar wilt bekommeren, en iedereen weet dat je altijd een heer bent en dat je een gedragscode hebt die de meeste mensen niet hebben, wacht, het is helemaal niet nodig dat we ergens heen lopen, laten we gewoon hier even blijven, ik bedoel hier, waar we nu staan, ik ben nou niet bepaald een held wat hoogte betreft, dat ben ik nooit geweest, ik ben niet bang, maar ik wil gewoon redelijk zijn en ervoor zorgen dat je begrijpt dat ik er nooit aan heb getwijfeld dat jij en Bobby Lee eerlijk waren, en moet je eens kijken man, je hebt je tweehonderdduizend en ik zal met geen woord reppen van deze poen, hand op mijn hart, en wil je dat ik de staat verlaat, of wil je mijn appartement in Galveston, dan hoef je maar te kikken, hé Jack, vooruit, stop, ik vertel je de waarheid, ik word duizelig, mijn hart kan dit niet aan.'

'Maak jezelf geen verwijten, Hugo. Je hebt een keus gemaakt. Bobby Lee en ik respecteren dat,' zei Prediker. 'Blijf naar me kijken. Zo is het goed, je bent een flinke vent. Zie je wel, er is niets om bang voor te zijn.'

Hugo Cistranos stapte achteruit op een richel van lucht, met zijn ogen dicht en zijn vingers uitgestrekt voor zich, als een blindeman die rondtast in het duister. Toen stortte hij honderd meter loodrecht naar beneden, door de kruin van een populier, in de stroombedding vol rotsblokken die de kleur van vuile sneeuw hadden.

# 27

Hackberry was die avond pas tegen tienen thuis. Toen hij probeerde te slapen, voelde de binnenkant van zijn oogleden droog en ruw aan, alsof er zand in zat, alsof zijn hoornvliezen waren verbrand door de steekvlam van een vlambooglasapparaat. Elke keer dat hij dacht dat het eindelijk ging lukken om in slaap te vallen, werd hij met een schok wakker door de beelden van de dode mannen in de wildfarm of, minder dramatisch, door de banaliteit van een slechte man die, terwijl hij lag te sterven, had getreurd over een verbrand braadstuk afkomstig van een exotisch dier waarvoor hij vijfduizend dollar had betaald om het te mogen schieten.

De tape die Pam Tibbs uit de bewakingscamera had gehaald, had het volgende opgeleverd. Op de band was de komst te zien van een Honda en een Ford pick-uptruck; de rug van een man met een jasje, een broek die plat tegen zijn lichaam werd geblazen door de wind en een gleufhoed; twee lange, ongeschoren mannen die kleurige western-shirts droegen en gebleekte strakke spijkerbroeken die hun genitaliën duidelijk deden uitkomen. Een van de lange mannen droeg een langwerpig voorwerp dat losjes in een regenjas was gewikkeld. Ook toonde de tape nog een man in een gesteven en gestreken overall. Hij droeg een ingedeukte hoge hoed met een ring van zweet; zijn gezicht was beschaduwd.

Helaas stond het kenteken van de pick-up er niet op en was er van de Honda maar één letter en één cijfer te zien: een S en het cijfer 2. De waarde van de tape was bescheiden, behalve dat de S en de 2 bevestigden dat Jack Collins de bestuurder was geweest van het voertuig dat door Pete Flores met stenen was bekogeld.

Misschien dat het combineren van de letters en cijfers de lijst zou reduceren die de Dienst Motorvoertuigen van Texas eerder had verstrekt. Morgenochtend zou hij weer naar Austin bellen en opnieuw beginnen. Ondertussen moest hij wat zien te slapen. Lang geleden had hij als hospik bij de marine geleerd dat Morpheus zijn geschenken niet gemakkelijk of goedkoop geeft. De slaap waar de meeste mensen zo hevig naar verlangden, kwam bijna nooit van deze zijde van het graf, behalve misschien voor de heel onschuldigen of voor degenen die bereid waren de ochtend met een hypotheek te bezwaren om de nacht goed door te komen. Een ader afbinden en een shot zetten, een beker met geschaafd ijs plus vier vingers Black Jack Daniel's, het werkte allemaal prima. Maar de prijs was hoog: je kwam in een gebied terecht waar geen weldenkend mens ooit zou willen binnengaan.

De hele nacht door hoorde hij de wind rukken aan de haken van de stormluiken en aanzwellen onder zijn huis. Hij zag bliksemschichten in de wolken; de windmolen in zijn zuidelijke wei tekende zich even trillend af tegen de duisternis en zijn paarden renden in het gras en sloegen tegen het houten hek. Hij hoorde een schicht de hemel splijten, alsof een blikken dak langzaam uit elkaar werd gescheurd door de handen van God. Hij ging op de rand van zijn bed zitten in zijn onderbroek, met zijn zware blauwzwarte revolver met witte kolf in zijn hand geklemd.

Hij dacht aan Pam Tibbs, Aan de manier waarop ze altijd voor hem in de bres was gesprongen. Aan het feit dat ze hem voortdurend eten bracht. Aan de manier waarop haar billen haar broek deden bollen. De dapperheid waarmee ze zich handhaafde en omging met haar veranderlijke stemmingen, die varieerden van een krijgshaftige oogopslag tot een zich verspreidende warmte die maakte dat hij van haar weg stapte en zijn handen in zijn achterzakken stopte.

Waarom moest hij nu aan haar denken, op dit moment, nu hij op de rand van zijn bed zat met een koud pistool op zijn blote dij, als een oude dwaas die nog steeds dacht dat hij de gever van dood kon zijn in plaats van de ontvanger ervan?

Antwoord: omdat hij alleen was en zijn zoons ver weg waren, en omdat elke ongebruikte seconde die wegtikte op de klok diefstal was waaraan hij zich schuldig maakte.

Maandagmorgen ging hij om zeven uur naar kantoor, hing zijn duifgrijze hoed aan een houten kapstok aan de muur en haalde uit zijn bureaula de fax van de Dienst Motorvoertuigen, die de honderddrieënzeventig mogelijke geregistreerde eigenaren bevatte van de Honda die werd bestuurd door Prediker Jack Collins. Hij streek de pagina's glad op zijn onderlegger, legde een liniaal onder de eerste geregistreerde eigenaar en begon de lijst af te werken. Na zes namen ging de telefoon. De beller was niet direct iemand op wie hij zat te wachten.

'Ethan,' zei Hackberry die probeerde de berusting in zijn stem te verbergen.

'Ik hoorde dat je gisteren een slechte dag had op de wildfarm,' zei Riser.

'Niet zo slecht als de kerels die door Jack Collins naar de andere wereld zijn geholpen.'

'Een paar collega's van me zeiden dat het een ware slachting was. Ze waren blij met je hulp.'

'Dat is vreemd. Ik kan me niet herinneren dat ze dat gezegd hebben.'

'Dus je weet het van Nick Dolans vrouw?'

'Nee, niet de bijzonderheden. Alleen wat ik van die T-Bone Simmons heb gehoord.' Hackberry boog zich naar voren op zijn bureau; zijn rug werd stijf. 'Wat is er met haar?'

'Ze is door een carjacker overvallen achter het stuur of ze is ontvoerd. Het is maar net hoe je het wilt formuleren. Haar auto is gevonden op een zijweg van de I-10, even ten westen van Segovia.'

'Wanneer wist je dat?'

'Op de dag dat het gebeurde, zaterdagmiddag. Meneer Dolan maakt zich wat zorgen. Ik dacht dat hij je inmiddels wel gebeld zou hebben.'

'Vertel me dat nog eens. Je wist dat mevrouw Dolan zaterdagmiddag ontvoerd werd, maar ik moest het een dag later van een stervende crimineel horen? Je dacht dat de man van het slachtoffer me wel op de hoogte zou hebben gesteld!'

'Of dat mijn collega's dat gedaan hadden,' zei Riser verveeld. 'Luister, sheriff, dit is niet de reden dat ik je bel. We hebben informatie dat Vikki Gaddis en Pete Flores hun toevlucht hebben gevonden bij jou.'

'Ik weet niet waar je dat vandaan hebt en het interesseert me ook geen moer. Weet je waarom die rechtse idioten hier de regering niet vertrouwen?'

'Nee.'

'Dat is het probleem. Je weet het niet. Dat is nou net het probleem.'

Hackberry hing op. Een halve minuut later ging de telefoon weer. Hij wierp een blik op nummerherkenning, nam op en verbrak zonder iets te zeggen nogmaals de verbinding. Vervolgens concentreerde hij zich weer op de fax met namen van de Dienst Motorvoertuigen.

Pam Tibbs kwam zijn werkkamer binnen en keek over zijn schouder. 'Zo te horen had je een gesprek met Ethan Riser,' zei ze.

'Bij Riser kun je niet spreken van een gesprek. De twee stemmen die je hoort zijn een pratende Riser en de echo van zijn stem.'

'Heb je voldoende slaap gehad gisternacht?'

Hij keek op. Haar silhouet tekende zich af tegen het licht van het raam en de uiteinden van haar haar werden verlicht door de ochtendzon. Achter Pam kon hij de zilverkleurige vlaggenmast met de vlag zien, die wapperde in de wind. 'Ik heb nog niet ontbeten. Laten we naar de cafetaria gaan.'

'Ik heb een heleboel post in mijn postbakje,' zei ze.

'Nee, dat heb je niet.' Hij pakte zijn hoed van de houten kapstok.

In de cafetaria bestelde hij een steak, drie roereieren, maiskorrels, rösti en jus, gebakken tomaten, geroosterd brood, marmelade, sinaasappelsap en koffie.

'Denk je dat je het redt tot de lunch?' Haar vingers lagen ineengevouwen op het tafelblad. Haar nagels waren schoon, niet gelakt en kortgeknipt. Haar haar had de glans van glimmend gewreven mahonie. Achter haar tuimelde de amarant door de straten, het blikken dak van een gereedschapsschuurtje rammelde en zigzagbliksem sloeg in op de heuvels in het zuiden. 'Probeer je me een onbehaaglijk gevoel te geven?' zei ze.

'Waarom zeg je dat?'

'Omdat je op een bepaalde manier naar me kijkt.'

'Op wat voor manier?'

Ze wendde haar ogen af en richtte ze toen weer op hem. 'Denk je dat ik je dochter ben?'

'Nee.'

'Nou...'

'Nou, wat?' zei hij.

'God allemachtig!' antwoordde ze.

Een kalender hing aan een paal niet ver van hun zitje. Sinds juni had niemand een blad omgeslagen. De dagen van juni waren met een zwarte viltpen gemarkeerd tot en met de eenentwintigste. Hij vroeg zich af welke gebeurtenis in juni zo belangrijk was geweest dat iemand in feite had aangegeven dat alle voorgaande dagen wel overgeslagen en verwijderd konden worden. Vervolgens vroeg hij zich af waarom de gebeurtenissen na 21 juni zo onbelangrijk waren dat niemand de moeite had genomen om het kalenderblad om te slaan naar de volgende maand.

'Weet je waarom gevangenen de uitdrukking "tijdverdrijf" gebruiken?' vroeg hij.

'Omdat het slim klinkt uit de mond van een stel idioten?'

'Nee, het maakt ze juist normaal. De meesten proberen tijd uit de weg te gaan. Dat heb ik geleerd in de Vallei zonder Naam onder dat rooster. Ik telde de draden in mijn trui om maar niet te hoeven denken aan de tijd die van mijn leven werd gestolen.'

Pam draaide aan een zegelring van de universiteit van Houston die ze droeg. De serveerster bracht koffie en liep weer weg. Ze zag hoe een kerkbus met zijn koplampen aan passeerde in een mengeling van regen en opdwarrelend stof. 'Je bent de meest uitzonderlijke man die ik ooit heb ontmoet, maar niet om redenen die je wellicht denkt,' zei ze.

Hij probeerde te glimlachen, maar de manier waarop ze het zei, verontrustte hem.

'Je bent gezegend met een natuurlijke goedheid die de communisten niet van je af hebben kunnen nemen. Maar ik denk dat Jack Collins psychologisch gezien de gevangenbewaarder is geworden die jou kwelde in Noord-Korea. Collins wil jou veranderen in zijn evenbeeld. Als je dat toelaat, dan wint hij. En dan wint die gevangenbewaarder van het kamp alsnog.'

'Dat zie je verkeerd. Collins is een geestelijk onvolwaardige amoebe. Hij is het niet waard dat er aandacht aan hem besteed wordt.'

'Lieg tegen God, lieg tegen je vrienden, maar lieg niet tegen jezelf.'

'Als je zo nodig die psychologie van de koude grond op me los wilt laten, zou je dan wat zachter willen praten?'

'Er zit niemand in de buurt.'

Hij keek opzij en antwoordde niet.

'Doe niet zo neerbuigend, Hack.' Ze duwde haar rechterhand over de tafel en stootte de toppen van haar gestrekte vingers hard tegen de zijne.

'Denk je dat ik dat zou doen? Denk je dat er een intelligente man is die een vrouw als jij ooit oneerbiedig zou behandelen?'

Ze beet aan een nijnagel aan haar duim en keek hem op een eigenaardige manier aan.

Hackberry stond voor zijn kantoor. Hij keek naar de lucht, haakte het kettinkje los aan de vlaggenmast en liet de vlag zakken voor de storm los zou breken. Hij vouwde hem netjes op en legde hem in de la van zijn bureau. Daarna ging hij weer verder met de lijst van de Dienst Motorvoertuigen. Hij nam hem twee keer grondig door tot het hem begon te schemeren voor de ogen. Wat had het voor zin? Als de FBI Collins niet kon lokaliseren, hoe zou híj dat dan wel kunnen? Beschikte Collins werkelijk over toverkracht? Was hij een griffioen die losgelaten was uit de hel, een herinnering aan het slechte zaad dat blijkbaar bestond in de genenpool? Het was altijd makkelijker om het kwaad te beschouwen als het werk van individuen dan als de succesvolle en goedgeplande verrichtingen van samenlevingen en organisaties die werkten met een mandaat. Mensen als Collins werden niet simpelweg gemaakt door hun omgeving. Auschwitz en het bloedbad van Nanking hadden niet plaatsgevonden in een vacuüm.

Zijn telefoon ging weer. De nummerherkenning was geblokkeerd. 'Kijk even of het Ethan Riser is,' riep Hackberry door de deuropening. Hij hoorde hoe Maydeen opnam in de andere kamer. Een ogenblik later stond ze in de deuropening. 'Het lijkt me beter dat je zelf het gesprek voert,' zei ze.

'Wie is het?'

'Dezelfde eikel – sorry – dezelfde vent die gisteren belde en zei dat jullie twee kanten van dezelfde medaille waren.'

Hackberry nam de hoorn op en bracht hem naar zijn oor. 'Collins?' zei hij.

'Goedemorgen,' zei een stem.

'Ik begin je behoorlijk zat te worden.'

'Ik heb je gistermiddag gadegeslagen door mijn verrekijker.'

'Weer aan het moorden geslagen, hè?'

'Ik vrees dat je denkvermogen weer in de war is, sheriff. Ik heb niemand vermoord. Ze probeerden me te belazeren. Bovendien was het zelfverdediging. Ik was niet eens gewapend. Een compagnon droeg mijn wapen voor me.'

'Een compagnon? Dat is een duur woord. De man met de regenjas over zijn arm?'

'Heeft de bewakingscamera dat opgenomen?'

'Je hebt de camera bewust intact gelaten, hè?'

'Ik heb me er niet echt om bekommerd.'

'Waarom heb je mevrouw Dolan gekidnapt?'

'Hoe kom je daarbij?'

'Je hebt een getuige achtergelaten.'

Hackberry hoorde Collins inademen, alsof deze de lucht tussen zijn tanden door zoog en nadacht over een slim antwoord.

'Ik denk niet dat ik dat gedaan heb,' zei hij.

'Dan heb je verkeerd gedacht. Je krijgt hem wel te zien in de recht-zaal. Ik moet je iets vragen, maat.'

'Maat?'

Hackberry boog zich voorover in zijn stoel, liet een elleboog op de onderlegger steunen en wreef met zijn vingers over zijn slaap. Maydeen en Pam keken toe vanuit de deuropening. 'Ik ken je niet heel goed, maar je lijkt me een man met een gedragscode. Op jouw manier ben je misschien een man van eer. Waarom mevrouw Dolan zoveel leed toe-brengen? Ze heeft drie kinderen en een man, die haar nodig hebben. Laat haar vrij, maat. Als je een appeltje met mij te schillen hebt, prima. Maar straf geen onschuldige mensen.'

'Wie ben jij om mij de les te lezen?'

'Een dronkaard en een hoerenloper zonder enig moreel gezag, Collins. Ziedaar de man met wie je praat. Laat Esther Dolan gaan. Ze is geen Bijbelse figuur. Ze is een mens van vlees en bloed, en waarschijn-lijk is ze bang dat ze haar man en kinderen nooit meer zal zien. Wil je dat op je geweten hebben?'

'Esther weet dat ze bij mij veilig is.'

'Waar is Hugo Cistranos?'

'O, die vind je wel. Kijk gewoon naar de hemel. Het duurt twee of drie dagen en dan zie je ze wel cirkelen.'

'En jij denkt dat ze niet bang is.'

Er volgde een lange pauze.'

'Knap geprobeerd. Ze hebben me altijd verteld dat het aanpraten van schuldgevoel een typisch paaps trekje is.'

'Ik heb een envelop vol foto's van de negen doodsbange vrouwen en meisjes die je hebt neergemaaid en begraven. Schreeuwden ze toen ze stierven? Smeekten ze je in een taal die je niet verstond? Verdwenen ze in een bloederige nevel toen je ze doorzeefde met je Thompson? Be-schrijf ik het gebeurde correct? Verbeter me gerust als het niet zo is. Kom op, vertel me in je eigen woorden hoe het was om negen weerlo-ze mensen neer te schieten die zo wanhopig naar een nieuw leven ver-langden dat ze hun magen lieten vullen met bolletjes heroïne.'

Hij hoorde Collins zwaar ademen. Toen was de verbinding verbro-ken.

Maydeen schonk in de andere kamer koffie in en bracht hem de kop op een schoteltje. Pam en zij keken naar hem zonder iets te zeggen.

'Hebben jullie niets te doen?' vroeg hij.

'We krijgen hem wel,' zei Pam.

'Dat geloof ik pas wanneer het zover is,' zei hij. Hij pakte de faxblaadjes weer van zijn onderlegger. Zijn duimen kreukelden de randen van het papier zo sterk dat het bijna scheurde.

Naarmate de ochtend verstreek, had een schijnbaar betekenisloze bijzonderheid uit zijn gesprek met Jack Collins zich steeds vaster gezet in zijn geheugen. Die bijzonderheid liet hem niet met rust. Het was het geluid van Collins' ademhaling. Nee, dat was het niet. Het was de manier waarop Collins ademde en het beeld van het Hollywood uit vervlogen jaren dat het geluid opriep. Het was of Collins ademde door zijn tanden. Zijn mond werd een spleet, zijn gezicht uitdrukkingsloos, en zijn manier van spreken was kort en afgemeten, als van een man die niet tegen andere mensen sprak, maar tegen een personage dat in hem leefde. Misschien dat hij sprak als een man met een zenuwtrek, als iemand die in oorlog was met de schikgodinnen.

Een man met droge lippen en een stem die raspte alsof zijn strottenhoofd was geëtst door sigaretten en whisky, of bedekt was met roest. Een man die zijn haar recht achteroverkamde, maar de zijkanten liet kortwieken. Een man die een hoed en kleren droeg uit een ander tijdperk, met zijn riem strak om zijn ribbenkast en met zijn ongestreken broek in zijn cowboylaarzen, misschien zoals een goudzoeker uit het verleden. Een man wiens hele houding vergane kolonistenglorie uitstraalde.

Hackberry sorteerde de faxblaadjes opnieuw en vond de derde pagina. Hij staarde naar één item van de lijst alsof hij dat voor de eerste keer zag. Hoe kon een politieman zo stom zijn, en zeker iemand die zich als een kenner van zijn eigen tijd beschouwde. 'Pam, kom eens,' zei hij.

Ze stond in de deuropening. 'Wat is er?'

'Kijk eens naar de namen op deze pagina.'

'Wat is ermee?'

'Welke naam springt er voor je uit?'

'Niet een.'

'Kijk nog eens.'

'Ze zeggen me allemaal niets.'

Hij zette zijn duim naast een naam. Ze stond achter hem en boog zich voorover met een arm leunend op zijn bureau, terwijl haar andere zijn schouder aanraakte.

'F.C. Dobbs. Wat is daar nu voor bijzonders aan?' zei ze.

'Gaat er geen lampje branden bij de naam Fred C. Dobbs?'

'Nee.'

'Heb je *The Treasure of the Sierra Madre* gezien?'

'Heel lang geleden.'

'Humphrey Bogart speelt de rol van een waardeloze schooier, een complete loser, gekleed in lompen en met lippen die zo droog zijn dat ze elk moment kunnen springen. Wanneer hij het idee heeft dat ze hem belazeren, grijnst hij in de camera en zegt hij: "Niemand naait Fred C. Dobbs een oor aan." '

'Denkt Collins dat hij een rol in een film speelt?'

'Nee. Collins is een kameleon en een clown. Hij is een autodidact die gelooft dat een bibliotheekkaart hem tot een intelligenter mens maakt dan iemand die is afgestudeerd aan het Massachusetts Institute of Technology. Hij schept er genoegen in de rest van de mensheid uit te lachen.'

'Misschien is F.C. Dobbs wel een werkelijk bestaand persoon. Misschien is het gewoon toeval.'

'Bij iemand als Jack Collins is er geen sprake van toevalligheden. Hij is wat er mis is met de rest van ons. Alleen is het bij hem oneindig veel sterker en kan hij het nergens kwijt.'

'Is er van die Dobbs alleen een postbusnummer in Presidio County?' vroeg ze. 'Heb je geen echt adres?'

'Nog niet.'

'Geef Maydeen en mij een paar minuten,' zei ze.

'Maar het was al bijna tijd om naar huis te gaan toen Pam en Maydeen klaar waren met hun telefoontjes. Ondertussen had Hackberry zijn handen vol aan Nick Dolan, die drie keer belde, iedere keer bozer en onredelijker.

'Meneer Dolan, ik beloof het u. Zodra ik iets weet over uw vrouw, bent u de eerste die ik bel,' zei Hackberry.

'Ja, dat zegt de FBI ook. Zie ik eruit als een zielige eikel? Klink ik als een zielige eikel? Ben ik een pathetische eikel? Wie is er hier nou dom? Zeg het me maar,' zei Nick.

'We vinden haar wel.'

'Overal hebben ze me gevolgd. Ze luisterden mijn telefoons af. Maar mijn vrouw konden ze niet beschermen.'

'Dat is een zaak tussen u en de FBI, meneer.'

'Waar zit u?'

'Ik zit in mijn kantoor, de plek die u net voor de derde keer belde.'

'Nee, hoe kan ik u vinden?'

'Het is nergens voor nodig dat u hierheen komt, meneer Dolan.'

'Dus ik moet maar wat met mijn jongeheer spelen terwijl die psychopaat mijn vrouw ontvoert?'

'Blijf gewoon thuis, meneer.'

'Ik stap nu in mijn auto. Ik kom eraan.'

'Nee, daar komt niets van in. U...'

Er was al opgehangen.

Pam Tibbs klopte op de deurpost. Ze had een opengeslagen blocnote in haar linkerhand. 'Dit is de informatie die we hebben weten te verzamelen. Een man die de naam F.C. Dobbs gebruikte, had twee jaar geleden een Texaans rijbewijs, maar heeft er nu geen meer. En de postbus in Presidio wordt niet meer door hem gehuurd. Tien jaar geleden kocht een zekere Fred Dobbs – zonder middeninitiaal – tweehonderd hectare land in de omgeving van Big Bend bij een executieverkoop van de belastingdienst. Er waren vier grote kavels die zich uitstrekten over het hele gebied. Hij verkocht ze een halfjaar later.'

Harry friemelde aan zijn oor. 'Wie was vóór Dobbs de eigenaar van het land?'

Pam keek weer in haar aantekeningen. 'Een vrouw, Edna Wilcox. Ik heb de sheriff van Brewster gesproken. Hij vertelde dat de mevrouw Wilcox getrouwd was geweest met een spoorwegarbeider die was gestorven aan voedselvergiftiging. Hij zei dat ze door een val om het leven was gekomen en geen erfgenamen had achtergelaten.'

'Wat is er gebeurd met Dobbs?'

'De griffier bij de rechtbank wist het niet, en de sheriff ook niet.'

'Dus we zitten op een dood spoor?' zei Hackberry.

'De overheidskantoren sluiten nu. We kunnen morgen opnieuw beginnen. Was dat Nick Dolan weer die belde?'

'Ja, hij zei dat hij eraan kwam.' Hackberry leunde achterover in zijn draaistoel. De regen kletterde tegen het raam en de heuvels die de stad omringden verdwenen in de grauwheid van de middag. 'Aan wie heeft Fred Dobbs, zonder middeninitiaal, zijn land verkocht?'

Pam sloeg de bladzijde van haar blocnote om en raadpleegde haar aantekeningen. 'Ik weet niet of ik het genoteerd heb. Een momentje. Ja, ik heb het gevonden. De koper was Bee Travis.'

Hackberry schoof zijn vingers in elkaar achter zijn nek. 'T-R-A-V-I-S.

Weet je zeker dat dat de juiste spelling is?'

'Ik denk het. Er was ruis op de lijn.'

Hackberry tikte met zijn nagels op de onderlegger en keek op zijn horloge. 'Bel die griffier nog een keer voordat de rechtbank sluit.'

'Heeft iemand het ooit met je gehad over een obsessief compulsieve stoornis?' Ze keek naar de uitdrukking op zijn gezicht. 'Oké, sorry, ik doe het al.'

Twee minuten later was ze terug in zijn werkkamer. 'De voornaam moet de initiaal *B* zijn, niet *Bee* met dubbel *e*. En de achternaam is Traven, niet Travis. Ik heb het verkeerd opgeschreven.' Ze wendde even haar ogen af, richtte toen weer haar blik op hem en bleef hem aankijken. Haar borstkas ging op en neer.

Maar hij was niet geïrriteerd. 'Collins heeft het land aan zichzelf verkocht,' zei hij. 'Hij verdoezelde zijn naam en verdoezelde de daad.'

'Ik kan je helemaal niet meer volgen.'

'B. Traven was een mysterieuze excentriekeling die de roman *The Treasure of the Sierra Madre* schreef.'

'Verkoop dat maar eens aan Ethan Riser.'

'Ik probeer het niet eens. Schrijf in het logboek dat we met de patrouilleauto weg zijn en pak je weekendtas.'

Ze ging naar de deur, deed hem dicht en liep terug naar zijn bureau. Ze steunde op haar handpalmen; haar borsten hingen zwaar in haar blouse. 'Denk goed na over wat je doet. Als iemand Collins' aliassen kon uitvogelen, dan ben jij het wel met je brede algemene ontwikkeling. Denk je dat hij dat niet weet? Als hij daar op het ogenblik is, dan is het omdat hij wíl dat je hem vindt.'

'Misschien dat zijn wens vervuld wordt.'

# 28

'Dat is hagel,' zei Prediker tegen de vrouw die op het veldbed tegenover hem zat. 'Hoor je het? Het is vroeg dit jaar, maar op deze hoogte weet je het nooit. Hier, ik zal de flap openmaken. Kijk naar buiten. Kijk hoe ze neerkomen en over de woestijngrond stuiteren, als mottenballen.'

Het gezicht van de vrouw was grauw; ze had donkere ogen die boos keken en haar zwarte haar was strak naar achteren gekamd. In het halfduister van de tent zag ze er eerder Andalusisch dan semitisch uit. Ze droeg een beige zonnejurk en Romeinse sandalen; haar gezicht, schouders en onderarmen waren nog vochtig van de natte waslap waarmee ze zich had gewassen.

'Morgen komt er een vliegtuig. Er staat vandaag te veel wind om te landen,' zei hij. 'De piloot komt aanvliegen over die steile rotsen. Dat is bijna niet te doen wanneer de wind uit het noorden komt.'

'Je zult me moeten drogeren,' zei ze.

'Ik vraag je me één jaar te geven. Is dat te veel gevraagd, als je bedenkt dat ik je gezin heb beschermd en je man het leven heb gered toen Arthur Rooney hem dood wilde maken? Weet je waar Arthur Rooney nu is, misschien op ditzelfde moment?'

Hij wachtte tot ze zou antwoorden, maar het enige geluid in de tent was het tikken van de hagelstenen buiten.

'Meneer Rooney ligt onder de golven,' zei hij. 'Niet helemaal bij het continentaal plat, maar veel schelen zal het niet.'

'Ik zou je mijn afgeknipte nagels niet eens geven. Ik snij nog liever mijn polsen door dan dat ik me door jou laat aanraken. Zodra je in slaap valt, snij ik je strot door.'

'Kijk, wanneer je dat soort dingen zegt, weet ik dat jij de ware bent.'

'De ware?'

'Zoals je naamgenote in het boek Esther. Ze werd geboren als koningin, maar er was een Ahasveros voor nodig om een koningin van haar te maken.'

'Je bent niet alleen een misdadiger, je bent ook nog eens een idioot. Jij zou het boek Esther niet van een telefoonboek kunnen onderscheiden.'

Bobby Lee Motree stak zijn hoofd door de open tentflap. Hij droeg een spijkerjasje en om zijn hoge hoed zat een sjaal geknoopt. Hij hield in beide handen een tinnen bord. Op elk bord lag één sandwich, een schep blikspinazie en een beetje vruchtencocktail, ook uit blik.

'Molo heeft wat dingen gekocht in de buurtwinkel. Ik heb de spinazie op smaak gebracht met tabasco en stukjes bacon. Ik hoop dat jullie het lekker vinden.'

Prediker keek naar zijn bord. 'Wat is dat in godsnaam?' vroeg hij.

'Zoals het eruitziet, Jack. Fruitcocktail, spinazie en een dubbele boterham met pindakaas en vruchtengelei,' zei Bobby Lee.

Prediker smeet zijn bord door de opening van de tent in de modder. 'Rij naar de stad en koop fatsoenlijk eten. En haal die vuiligheid uit de koelkast en begraaf het.'

'Je eet elke dag sandwiches. Je eet in cafetaria's waar de keuken onhygiënischer is dan de wc's. Waarom zit je me altijd te bekritiseren, man?'

'Omdat ik niet van brood met pindakaas en gelei hou. Is dat nou zo moeilijk te begrijpen?'

'Hé Molo, Prediker vindt je voer niet te vreten!' riep Bobby Lee.

'Denk je soms dat dit een grap is?'

'Nee, Jack. Ik wil er alleen maar op wijzen dat je misschien niet weet wie je vrienden zijn. Wat moet ik doen om mezelf te bewijzen?'

'Schotel me om te beginnen geen shit voor.'

'Haal dan verdomme je eigen eten. Ik ben het zat iemands slaaf te zijn.'

'Ik heb je toch gezegd dat ik niet wil dat je dat soort taal gebruikt in mijn aanwezigheid.'

Bobby sloeg de tentflap dicht en liep weg zonder hem weer vast te maken aan de tentpaal; hagelstenen knerpten onder zijn beslagen laarzen. Prediker hoorde hem praten met de Mexicaanse moordenaars, maar de meeste woorden gingen verloren in de wind. Een flard van één zin kwam echter luid en duidelijk door: 'Zijne Kinderlijke Hoogheid daarbinnen...'

Eerst had Esther Dolan haar bord op de tafel gezet; ze was duidelijk van plan niet te eten. Maar terwijl ze luisterde naar de woordenwisseling tussen Bobby Lee en de man die ze Prediker noemden, waren haar donkere ogen stilaan bedachtzamer geworden, alsof ze met een sluier waren bedekt. Ze pakte het bord, zette het op haar schoot en gebruikte het plastic mes om haar sandwich in vieren te snijden. Ze beet een hoek van een vierkant stuk, kauwde er langzaam op en staarde in de ruimte, alsof ze volkomen losstond van de gebeurtenissen die om haar heen plaatsvonden.

Prediker bevestigde de flap aan de tentpaal en plofte neer op het veldbed. Hij dronk van zijn koffie. Zijn gleufhoed hing laag op zijn voorhoofd; de bol was geëtst met een dunne ring ingedroogd zout.

'Je moet iets eten,' zei ze.

'Ik eet altijd 's avonds. En dan een halve portie. Weet je waarom?'

'Omdat je op dieet bent?'

'Een man eet zich altijd halfvol. Dan heeft hij genoeg brandstof in zijn maag om zijn vijanden aan te pakken of aan ze te ontkomen, maar niet zoveel dat hij er traag door wordt.'

Ze deed alsof ze luisterde, maar ze had er duidelijk haar aandacht niet bij. Bobby Lee had een papieren servet onder haar bord gelegd. Ze trok het eronder weg en legde één helft van de sandwich erop. 'Neem dit. Er zitten veel proteïnes en suikers in.'

'Ik hoef het niet.'

'Heeft je moeder je te veel pindakaas-geleisandwiches gegeven toen je klein was? Komt het misschien daardoor dat je je steeds kregelig voelt?'

'Mijn moeder maakte klaar wat een spoorwegarbeider meebracht naar de gesloten goederenwagon waarin we woonden. Dat was ook de plek waar zij haar geld verdiende. Achter een deken die over een touw hing.'

'Wat is er met haar gebeurd?'

'Ze viel van een rots.'

Toen Esther niet reageerde, zei hij: 'Dat gebeurde nadat ze haar man had vergiftigd. Of hem opzettelijk bedorven voedsel had voorgezet. Het was een langzame dood.'

'Dat verzin je.' Voor hij kon antwoorden, wikkelde ze het stuk van de sandwich in het servet en legde het op zijn knie.

'Ze zeggen altijd dat Joodse vrouwen je dwangmatig volstoppen. Erg aardig van je, maar toch maar niet,' zei hij, en hij legde het stuk sandwich op de tafel.

Ze at gewoon door, met licht gebogen schouders, wat haar iets ingetogens gaf dat hem leek te intrigeren en op te winden.

'Een vrouw als jij ontmoet je maar één keer in je leven,' zei hij.

'Dat is heel vriendelijk van je,' zei ze, en ze sloeg haar ogen neer.

Het werd al donker en het zat Hackberry Holland en Pam Tibbs niet mee in hun zoektocht naar het huis waar misschien de man verbleef die zich B. Traven noemde. Op achterafweggetjes, te midden van slagregen en tuimelende amaranten, konden ze weinig mijlpalen, genummerde plattelandsbrievenbussen of huizen waar licht brandde ontdekken. Van een chauffeur en een bijrijder van een open bestelwagen hoorden ze dat er een grote stroomstoring was van Fort Stockton tot aan de grens. Niemand kon hun iets vertellen over een man met de naam B. Traven, ook de mensen op het bureau van de sheriff niet. Een hulpsheriff die vroeger op het belastingkantoor had gewerkt meldde uit eigen beweging dat Traven zijn eigendom verhuurde aan hippies, seizoenarbeiders en mensen die liever zonder computer leefden, en dat hij zelf in New Mexico woonde.

Om halftien namen Hackberry en Pam aangrenzende kamers in een motel ten zuiden van Alpine. Het motel had een generator met genoeg vermogen om het motel tijdens de storm goed te laten functioneren. De buitenlichten brandden met de lage lichtsterkte en gele matheid van natriumlampen. Een aantal pretmakers had er zijn toevlucht gezocht; ze praatten luid op het parkeerterrein en op het voorplein, sloegen zo hard met de metalen deuren dat de muren trilden en namen *twelvepacks* en junkfood mee naar hun kamers. Hackberry keek uit het raam in de duisternis, naar het weerlichten in de wolken en de vonken uit een defecte transformator die zich maar niet in serie liet schakelen. Het deed hem denken aan flakkerende grafkaarsen op een kerkhof.

Hij deed het gordijn dicht, ging in het donker op het bed zitten en belde het bureau. Maydeen Stolz nam op.

'Je hebt vandaag geen dienst,' zei hij.

'Dat geldt ook voor Pam en voor jou. Waarom zou ik dan niet werken?'

'We hebben nog steeds geen enkele aanwijzing met betrekking tot B. Traven of die vent die zich Fred C. Dobbs noemt. Heb je nog iets gehoord van Ethan Riser?'

'Niets. Maar Nick Dolan is hier geweest. En hij was nadrukkelijk aanwezig.'

'Wat is er gebeurd?'

'Ik heb oordoppen ingedaan, letterlijk. Die vent heeft een stem als een horde pygmeeën. Hij ging zonder toestemming je werkkamer in; hij zei dat hij zou wachten tot je terug was. En dat is nog niet alles.'

'Vertel op.'

'Had je niet de vlag opgevouwen in je bureaula liggen?'

'Ja.'

'Volgens mij heeft hij hem meegenomen. De la stond open toen hij wegging en de vlag was weg.'

'Wat moet hij nou met onze vlag?'

'Dat moet je hem vragen.'

'Waar is hij nu?'

'Ik weet het niet precies. Hij ging naar jouw huis.'

'Dat meen je niet.'

'Wat zou Dolan bij jouw huis kunnen doen?'

'Ik heb Vikki Gaddis en Pete Flores bij benadering laten weten waar we naartoe gingen. Ik dacht dat Collins aan Gaddis wel eens iets verteld zou kunnen hebben dat ons op het spoor kon zetten van de bezittingen die hij kocht en verkocht onder een schuilnaam.'

'Dat was een juiste beslissing, Hack. Ik zou er maar niet over inzitten.'

'Bel morgen Riser zodra je op kantoor bent.'

'Wat wil je dat ik tegen hem zeg?'

'Geef hem alle informatie die we over Collins hebben. Zeg hem dat hij in actie moet komen óf thuis moet blijven. Nu is hij aan zet.'

'Hack.'

'Ja, wat is er?'

'Pam denkt dat Collins je ziel wil stelen.'

'En?'

'Pam is niet objectief wat haar gevoelens betreft.'

'Wat probeer je daarmee te zeggen?'

'Neem geen risico met Collins.'

'De man heeft een gijzelaar.'

'Dat hebben ze allemaal, op de een of andere manier. Dat is hun meest effectieve wapen tegen ons. Maak korte metten met die schoft.'

'Maydeen, je bent een beste vrouw, maar je hebt een ernstige karakterfout: ik weet nooit helemaal goed welk standpunt je inneemt ten aanzien van een bepaalde kwestie.'

Nadat hij zijn mobiel had dichtgeklapt, bleef hij op de rand van het bed in het donker zitten. De lange dag begon hem parten te spelen. Direct onder Hackberry's raam draaide de motor van een dieselauto stationair. Het geluid deed de muur en de vloer trillen en verpestte de lucht met schadelijke uitlaatgassen en een onophoudelijk gedender, dingen die hij ervoer als een opzettelijke aanslag op zijn zenuwen. Het was het visitekaartje van het moderne equivalent van de klassieke Vandaal – zinloos, dom en in oorlog met de beschaving, vergelijkbaar met het spuiten van graffiti op een pas geschilderde witte muur of het smeren van poep op iemands meubilair.

Nazi's waren geen ideologen. Het waren kwelgeesten en plunderaars van de beschaving. Zo simpel waren hun rede en hun moraliteit. Hackberry had het gevoel dat hij in een tijd was beland waarin zwarte bendeleden, die crack verkochten aan hun eigen mensen en met automatische wapens dood en verderf zaaiden vanuit een auto, werden behandeld als culturele iconen. Op hun beurt voorzagen criminele blanke koeriers op motorfietsen elke stad van de Verenigde Staten van crystal meth. Wanneer het er minder werden, kwam dat alleen omdat ze elkaar uitroeiden. Ze waren de vleesgeworden creaturen uit een Mad Max-script. En net als elke vorm van cognitieve dissonantie in een samenleving, bestonden ze omdat ze erkenning kregen en zelfs op een voetstuk geplaatst werden.

Bij wie lag de schuld? Misschien bij niemand. Of misschien bij iedereen.

Hackberry opende de deur en stapte het plein op. Een helderrode oversized pick-uptruck stond een meter van hem vandaan. Het geluid van de diesel was zo luid dat hij zijn mond open en dicht moest doen om zijn oren vrij te maken. Hij hoorde het lawaai van een feest twee deuren verderop. Hij liep tot hij op het grasveld bij het parkeerterrein was en pakte een baksteen uit de border van een bloementuin. De steen voelde koel en zwaar aan in zijn hand en rook vaag naar vochtige aarde en kunstmest.

Hij liep terug naar de pick-up en sloeg het raampje aan de bestuurderskant in, waardoor het alarm afging. Vervolgens stak hij zijn hand door het gat, opende het portier en gaf een ruk aan de bedrading onder het dashboard. De baksteen gooide hij in een struik.

Een minuut later verscheen de bestuurder bij zijn auto, een ongeschoren man in een vettige spijkerbroek. 'Wat is hier verdomme aan de hand,' zei hij ontsteld.

'Ja, heel vervelend,' zei Hackberry. 'Ik zou een proces-verbaal laten opmaken als ik u was.'

'U hebt het gezien?'

'Een man met een baksteen,' zei Hackberry.

Pam Tibbs had de deur naar haar kamer geopend en dronk een biertje in de deuropening. Ze droeg een spijkerbroek en een kastanjebruin Texas Aggle-T-shirt. 'Ik heb hem zien wegrennen over het grasveld,' zei ze.

'Moet je verdomme mijn truck zien!'

'Ja, je vraagt je wel eens af waar het heen gaat met de wereld,' zei Pam.

Een paar minuten later klopte ze op de vergrendelde deur die haar kamer verbond met die van Hackberry. 'Heb je een zenuwinzinking?' vroeg ze.

'Ik niet,' zei hij.

'Mag ik binnenkomen?'

'Ga je gang.'

'Waarom zit je in het donker?'

'Waarom zou ik nodeloos stroom gebruiken?'

'Zit je te piekeren over Jack Collins?'

'Nee, ik zit te piekeren over alles.' Hij zat aan de kleine houten tafel die tegen de muur stond. Er stond een telefoon op en verder niets. De stoel waarop hij zat, was zo simpel als iets van hout maar kan zijn. Ze stapte in een smalle strook licht door het raam, zodat hij haar gezicht kon zien. 'Denk je dat we op het verkeerde spoor zitten?' vroeg ze.

'Nee, Collins is daarginds. Ik weet het.'

'Wat is "daarginds"?'

'De een of andere plaats die niet zo voor de hand ligt, die niet past in een patroon. Het zal geen plek zijn waar je het eerst kijkt als je op zoek bent naar criminelen. Hij zal niet omringd zijn door hoeren, drugs, gestolen goed of zelfs wapens. Hij zal op een plek zijn die zo gewoon is als rotsen en aarde.'

'Wat wil je eigenlijk zeggen, Hack?'

Hij haalde zijn schouders op en glimlachte. 'Waar is je bier?'

'Op.'

'Maak er gerust nog eentje open. Ik heb er geen moeite mee.'

'Ik had er maar één gekocht.'

Hij stond op en torende boven haar uit. Haar schaduw leek op te lossen tegen zijn lichaam. Ze liet haar hoofd zakken en vouwde haar armen voor haar borst. Hij hoorde haar ademen in het donker.

'Ik begin echt oud te worden,' zei hij.

'Dat zijn jouw woorden.'

'Mijn levenswandel is twijfelachtig, mijn oordeel gebrekkig.'

'Niet in mijn ogen.'

Hij legde zijn handen op haar schouders. Ze haakte haar duimen in haar achterzakken. Hij zag het grijs in de glans van haar haar. Hij boog zich over haar en zijn armen omcirkelden haar rug. Zijn handen beroerden haar ribben en gleden tussen haar schouderbladen omhoog naar het dikke haar achter in haar nek. Vervolgens streken zijn vingers over haar wang en haar ooghoek en veegden een haarlok terug van haar voorhoofd.

Hij voelde hoe ze op zijn voeten ging staan en voor hij er erg in had, was haar mond nog maar een paar centimeter verwijderd van de zijne en raakte de gistige smaak van bier zijn lippen.


Toen Prediker de flap van Bobby Lee's polyethylenen tent openritste, was het noodweer overgetrokken. Het hemelgewelf was weer inktzwart en bezaaid met sterren zover je keek. Het roze tafelgebergte in het oosten kleurde roze en was nauwelijks zichtbaar tegen de paar donderkoppen in de verte, waarin het nog steeds weerlichtte.

Bobby Lee stak zijn hoofd uit de slaapzak; zijn haar was dof en zijn ogen stonden wazig. 'Is het vliegtuig er?'

'Nog niet. Maar ik heb koffie gezet. Sta op. Er is nog iets wat ik wil regelen,' zei Prediker.

'Het is koud.'

'Doe je jas aan en zet je hoed op. Neem mijn handschoenen.'

'Zo koud heb ik het in deze tijd van het jaar nog niet meegemaakt.'

'Ik haal je koffie. Waar zijn je laarzen?'

'Wat is er aan de hand, Jack?'

Prediker dempte zijn stem. 'Ik wil je nu je geld geven. Zorg dat Molo en Angel niet wakker worden. En de vrouw ook niet.'

'Neem je haar echt met ons mee?'

'Wat denk je?'

'Deponeer je kwakje zodat je weer kunt overgaan tot de orde van de dag.'

Prediker hurkte neer en balanceerde op zijn heupen. Hij keek naar het vuur dat opkronkelde en toen vlakker ging branden onder de blikken koffiepot, die op het ventilatorrooster van de koelkast stond, dat rustte op een ring van zwartgeblakerde rotsblokken. Zijn ogen waren zo leeg als glas in het schijnsel van het vuur en zijn schouders staken door zijn jasje. 'Grofheid tegen vrouwen past een man niet, jongen.'

Bobby Lee trok zijn laarzen aan. 'Heb je met haar geslapen in de tent?' vroeg hij.

'Nee, dat zou ik nooit doen, tenzij ze aangeeft dat ze het wil.'

'Wilde ze soms ontvoerd worden? Je verdient het om vermeld te worden in de annalen, Jack.' Bobby Lee stapte uit de tent en trok een met schapenvacht gevoerde zwarte leren jas vol barstjes aan. 'Waar is de pingping...'

Prediker legde een vinger over zijn lippen en begon het verharde voetpad naar de grotopening in de flank van de berg op te lopen. Met zijn rechterhand om het hengsel van een batterijlantaarn liep hij licht voorovergebogen tegen de helling op. Hij wierp een blik over zijn schouder naar de tent waar de twee Mexicaanse moordenaars sliepen; toen glimlachte hij mysterieus naar Bobby Lee. 'De frisheid van het uur voor het aanbreken van de dageraad is met niets te vergelijken,' zei hij. Hij ging de grot in en de duisternis omhulde hem als een mantel.

'Jack?' zei Bobby Lee.

'Hier ben ik,' zei Prediker. Hij deed de lantaarn aan, die een grauw en mat schijnsel verspreidde dat spichtige schaduwen op de muren van de grot wierp.

Bobby Lee ging naast een rotsblok zitten en zag hoe Prediker een koffer achter een houten pallet vandaan haalde waarop hij soms zijn kleren liet drogen.

'Ik heb je tien procent beloofd. Dat is twintigduizend dollar,' zei Prediker, die neerhurkte om het slot van de koffer open te maken. 'Mooie bundeltjes, hè, met dat rubber postelastiek erom? Wat ga je eigenlijk met al dat geld doen, Bobby Lee?'

'Ik denk erover om bedrijfsruimte in Key West te huren en een binnenhuisarchitectenbureau te beginnen. Die plaats stikt van de rijke flikkers met dure appartementen.'

'Ik wil je nog iets vragen,' zei Prediker. 'Weet je nog dat je me vertelde dat jij en Liam over mijn gezondheid hadden gepraat, over wat ik at en niet at, dat soort dingen? Het lukt me maar niet om dat beeld uit mijn hoofd te krijgen. Waarom zouden jullie in vredesnaam nieuwsgierig zijn naar mijn eetgewoonten? Het lijkt een vreemd onderwerp voor jongemannen om zich druk om te maken, toch?'

'Ik kan me niet eens herinneren waar we het precies over hadden.' Bobby Lee gaapte; zijn blik was onscherp van vermoeidheid. Hij wendde zijn gezicht naar de koude lucht die door de ingang van de grot blies. 'De sterren zijn mooi boven die steile rotsen.'

'Ik praat niet over wat jij eet en drinkt, Bobby Lee. Het zal me een worst wezen. Dus waarom zouden jij en Liam het over míjn eetpatroon hebben?'

Bobby Lee schudde zijn hoofd. 'Het is nog te vroeg voor dit soort dingen.'

'Je bent altijd loyaal aan me geweest, Bobby Lee. Toch? Je bent nooit in verzoeking gekomen, om het zo te zeggen?'

'Jij bent altijd een lichtend voorbeeld voor me geweest.'

'Zie je die smalle streep licht in het oosten, daar achter die donder-koppen? Een kleine scheur in al die duisternis. Onze piloot zal ons door dat gat recht het zonlicht in vliegen. Daarna maken we een wijde bocht naar het zuiden, steken over naar Mexico en vliegen helemaal door naar de oceaan. Vanmiddag zullen we ananas en mango's op een strand eten en ruiters op paarden races zien houden in de branding. Maar eerst moet je me de waarheid vertellen, anders loopt de band die we hebben ernstige schade op. Dat mogen we niet laten gebeuren, jon-gen.'

'De waarheid waarover? Hoe zou ik onze band kunnen beschadi-gen?'

'Je spande met Liam samen om me kwaad doen, Bobby Lee. Men-sen zijn zwak. Ze worden bang en verraden hun vrienden. Ik vergeef het je. Je dacht op het goede paard te wedden. Maar je moet het me be-kennen. Anders kan ik alleen maar concluderen dat je vindt dat ik een domme man ben. Denk je dat ik het zal dulden als iemand doet alsof ik een domme man ben?'

'Je bent niet dom, Jack.'

'Wat ben ik dan?'

'Pardon?'

'Als ik niet dom of onwetend ben, wat ben ik dan? Iemand die je kunt bedriegen zonder ervoor te boeten? Iemand zonder eergevoel of zelf-respect die door andere mensen als voetveeg wordt beschouwd? Zeg het maar?'

Bobby Lee liet zijn handen op zijn dijen rusten. Hij staarde naar zijn voeten, naar de opening van de grot, naar het landschap dat grijs be-gon te kleuren door het aanbreken van de dag. 'Iedereen dacht dat je het ging verliezen. Ik ook, een poosje tenminste. Maar je hebt gelijk, ik was zelfzuchtig en dacht alleen aan mezelf. Toen realiseerde ik me dat jij de enige man was die ik bewonderde, dat jij een echte soldaat was en Liam, Artie en Hugo niet.'

'Waren Liam en jij van plan me dood te schieten?'

'Zover ging het niet.'

Prediker glimlachte. 'Vooruit Bobby Lee. Je hebt je fout ruiterlijk toegegeven. Krabbel nu niet terug. Dan doe je het morele niveau en de moed die je hebt laten zien weer teniet.'

'Ja, we hadden het erover je dood te schieten.'

'Jij en Liam?'

'Ik zei tegen Liam dat dat de opdracht van Artie Rooney en Hugo was. Maar ik kwam tot de conclusie dat het een stel strontzakken was en belde jou op mijn mobiel om te zeggen hoeveel respect ik voor je had.'

'Dat was net voordat je Liam van vlakbij liet doodschieten op het damestoilet. Jij kunt bliksemsnel een andere draai aan iets geven en sneller van vorm veranderen dan kwik. Dat moet ik je nageven.'

Bobby Lee begon te praten, maar besefte toen dat Prediker zich al teruggetrokken had uit het gesprek. Met zijn handen op zijn heupen stond hij bij de ingang van de grot en keek naar de tenten die rimpelden in de wind, en naar de geheimzinnige transformatie van de woestijn van duisternis in een tinachtige stilte die leek op een foto die zich aftekent in een bad met ontwikkelaar. Toen zei hij iets tegen Bobby Lee wat deze niet goed verstond.

'Zou je het nog een keer willen zeggen?' vroeg Bobby Lee.

Prediker draaide zich om en stak zijn hand uit naar iets achter de houten pallet. Werktuiglijk maakte Bobby Lee de bovenste knoop van zijn met schapenvacht gevoerde gecraqueleerde leren jas dicht alsof hij zichzelf beschermde tegen een vlaag koude wind.

'Ik heb je altijd gezegd dat ik wilde dat je deel zou uitmaken van dit onroerend goed,' zei Prediker. 'Dat standpunt is nog geen jota veranderd.'

Beneden werden de Mexicaanse moordenaars en Esther wakker van een salvo uit een machinegeweer en een gekletter van koperen hulzen op steen. Maar de aarde nam de geluiden zo snel in zich op dat ze zich afvroegen of ze niet gedroomd hadden.

Bij het ochtendgloren spraken Hackberry Holland en Pam Tibbs op een kruising van twee onverharde wegen met een oudere man en een jongetje, die bezig waren een sloot te hekkelen. Het land was vlak en hard. Vrijwel de enige markering werd gevormd door lange reeksen weiden en hekwerk voor het laden en lossen van vee. De houten palen en planken waren grijs van de rot en zaten vol amarant. Ver naar het oosten, achter een lage bergketen die bedekt was met een laagje rijp dat de kammen de aanblik van glasscherven gaf, was een bleke en waterige zon te zien.

'Traven?' zei de oude man. 'Nee, ik ken hier niemand met die naam.'

'En Fredd Dobbs?' vroeg Hackberry.

'Nee, van hem heb ik ook nog nooit gehoord.' De oude man was erg rijzig voor zijn leeftijd. Zijn handen waren bedekt met eelt, zijn gezicht was hoekig en groot, met groeven zo diep dat er schaduwen in waren. Hij droeg een overall met schouderbanden en een gele canvas jas. Hij had geen pet op. Hij bekeek het districtslogo op het portier van de patrouillewagen en merkte ongetwijfeld op dat Hackberry buiten zijn rechtsgebied opereerde. 'Het is verrekte koud vanmorgen, hè?'

Hackberry liet hem de foto's van Jack Collins, Liam Eriksson, Bobby Lee Motree en Hugo Cistranos zien.

'Nee, als ze hier al in de buurt wonen, dan heb ik ze nooit gezien. Wat hebben deze lieden op hun kerfstok?'

'Te veel om op te noemen,' zei Hackberry vanaf de passagiersstoel. 'Hebt u een vrouw gekend die Edna Wilcox heette?'

'Kwam ze om door een ongeluk of een val?'

'Ik geloof het wel,' zei Hackberry.

'Ze bezat een groot stuk land ongeveer vijftien kilometer verderop naar het oosten. Af en toe werd het gehuurd door mensen, maar het huis brandde af. Er werken daar een paar Mexicanen. Laat uw foto's aan mijn kleinzoon zien. Kijk hem recht aan wanneer u praat. Hij is doof.'

'Hoe heet hij?'

'Roy Rogers.'

Hackberry opende het portier en boog zich, zodat hij op gelijke ooghoogte was met het jongetje. Het haar van het joch was inktzwart, zijn huid was gebruind en zijn ogen hadden de zwarte glans die je soms aantreft bij in zichzelf gekeerde personen.

'Heb je een of meer van deze mannen wel eens gezien, Roy?' vroeg Hackberry.

De ogen van de jongen gleden over de foto's die Ethan Riser naar het bureau van Hackberry had gestuurd. Terwijl de wind zijn haar in de war maakte, bleef hij doodstil staan met een gezicht dat even uitdrukkingsloos was als klei. In de stilte veegde hij zijn neus af met de achterkant van zijn pols. Vervolgens keek hij even naar zijn grootvader.

'Zou u me willen helpen?' vroeg Hackberry aan de grootvader.

'Weinig kans op resultaat. Roy is een pienter ventje.'

'Huh?'

'U wilde me niet vertellen wat deze mannen hebben gedaan, en nu wilt u dat wij u uit de brand helpen. Ik vermoed dat hij dat een te eenzijdige deal vindt.'

Hackberry stapte uit de auto en hurkte neer, waarbij hij de pijn die door zijn lendenen schoot verbeet. 'Deze mannen zijn misdadigers, Roy. Ze hebben heel slechte dingen gedaan. Als het me lukt, gaan ze de gevangenis in. Maar ik heb mensen als jij en je opa nodig om me te vertellen waar deze mannen zouden kunnen zijn. Als je een van hen hebt gezien, wijs hem dan met je vinger aan.'

De jongen keek weer naar zijn grootvader.

'Ga je gang,' zei de grootvader.

De jongen raakte één foto met het topje van zijn vinger aan.

'Waar heb je deze man gezien?' vroeg Hackberry.

'In de winkel, de afgelopen lente,' zei de jongen. Zijn woorden leken op houtblokken die waren afgerond bij de hoeken.

'We hebben een winkel bij de volgende kruising,' zei de grootvader.

Hackberry gaf de jongen een goedkeurend klopje op de schouder en stond op. 'Hoeveel huizen staan er op het voormalige terrein van mevrouw Wilcox?' vroeg hij aan de grootvader.

'Hier en daar een keet, zweethutten en tipi's en zo, van die dingen waar hippies marihuana in roken.'

'U had het daarnet over een huis dat was afgebrand.'

'Dat is de ruïne die de Mexicanen aan het afbreken zijn. Jullie zijn trouwens de tweede vanochtend die naar die lui vragen.'

'Wie waren die anderen?'

'Een kleine dikke man in een Cherokee-jeep met een wapperende Amerikaanse vlag erop. Bij hem in de auto zaten een jongeman en een jonge vrouw. De jongeman had een litteken; het was net of iemand een roze rietje op zijn gezicht geplakt had. Voeden jullie ze niet een beetje vreemd op daar waar jullie vandaan komen?'

'Waar gingen ze heen?'

'Ze volgden de weg. Ik kan jullie uitleggen hoe je er moet komen, maar de Mexicanen zullen waarschijnlijk vluchten wanneer ze jullie zien aankomen.'

'Zijn het illegalen?'

'Allemachtig, nee.'

Hackberry kreeg aanwijzingen hoe hij moest rijden en stapte weer in de auto. Pam zette hem in zijn vooruit en reed langzaam over de weg naar het noorden, wachtend tot hij iets zou zeggen. De maansikkel stond nog laag aan de hemel, als uit ijs gehouwen.

'Die jongen pikte Liam Eriksson eruit, de enige van wie we zeker weten dat hij dood is,' zei hij.

'Wil je met de Mexicanen praten?'

'Waarom ook niet? Het valt te proberen,' antwoordde hij.

Zonder op te scheppen, kon Esther Dolan zeggen dan ze nooit bang was geweest voor de dood. De acceptatie ervan in de vorm die het meest voorkwam – in je slaap, in het ziekenhuis of door een hartstilstand – leek een gemakkelijke schikking, gegeven het feit dat niemand iets deed om zijn geboorte te verdienen. De verhalen van haar ouders – overlevenden van de pogroms in Rusland – over dood en geweld waren een andere zaak.

Het woord 'pogrom' komt van een oud Russisch woord dat 'donder' betekent. Het betekent verwoesting en dood door irrationele krachten – haat en leed dat neerdaalt op hulpeloze mensen zonder oorzaak, motief of reden. En de daders ervan behoren altijd tot dezelfde groep: zij die de wereld willen infecteren met dezelfde zelfverachting die ze vanaf hun geboorte meegekregen hadden toen ze het teken van het beest, 666, ontvingen.

Na het geweervuur had ze stokstijf voor de polyethylenen tent gestaan, terwijl de kou de kracht aan haar lichaam onttrok, de wind de tent deed bollen op zijn stokken en de helling zich zwart aftekende tegen een hemel die verbleekte tot donkerblauw in het oosten.

Ze zag de man die ze Prediker noemden afdalen uit de grot met zijn halfautomatische geweer met één hand tegen de zijkant van zijn lichaam geklemd. Hij had de kraag van zijn jas omhoog gedaan en de rand van zijn gleufhoed neergeslagen. Rook sijpelde uit de loop van zijn wapen. Hij keek naar elke stap die hij op het verharde pad zette, alsof zijn eigen leven, veiligheid en welzijn enorm belangrijk waren, terwijl de man die hij net had gedood een vluchtige herinnering was.

De Mexicaanse moordenaars waren ook uit hun tent gekomen. De rook van het kookvuur had een doordringend zoete geur, als brandende salie of gesloten bloemen die waren verteerd door de vlammen. Prediker boog zich over het vuur, pakte met zijn blote handen de metalen pot die op het ventilatierooster van de koelkast stond te pruttelen en schonk zichzelf koffie in in een blikken kroes, zonder ook maar één moment de Thompson los te laten. Al blazend dronk hij zijn gloeiend hete koffie. Hij staarde naar de rijp op de heuvels. 'Het wordt een mooie dag,' zei hij.

'*¿Dónde está Bobby Lee?*' vroeg Angel.

'De jongen heeft zijn rust gevonden. Maak je geen zorgen over hem.'

'*¿Está muerto?*'

'Als dat niet zo is, vraag ik het geld terug dat ik heb betaald voor dit geweer.'

'*Chingado, hombre.*'

'Molo, kun je wat *huevos rancheros* voor me maken? Ik zou een hele scheepslading van die dingen kunnen eten. Bak ze gewoon op de kolen. Ik heb vanochtend de kookkachel niet aangestoken. Een mens moet niet meer werk doen dan van hem wordt vereist. Het is een vorm van onmatigheid. Ik heb dat soort ideeën nooit duidelijk kunnen maken aan Bobby Lee.'

Tijdens het spreken had Prediker Esther niet aangekeken. Zijn rug was naar haar toe gekeerd. Zijn jasje zat zo stijf om zijn benig lijf dat hij wel een vogelverschrikker leek en de Thompson hing recht naar beneden langs zijn arm. Zijn gezicht had hij naar de hemel gewend en zijn neusgaten waren wijd opengesperd. Nu keerde hij zich langzaam naar haar om en peilde haar stemming. Het was of zijn starende blik doordrong tot in haar hoofd. 'Heb ik u bang gemaakt?'

'Hij was een vriend van je.'

'Wie?'

'De man in de mijn.'

'Het is geen mijn. Het is een grot. Ken je het verhaal van Elia die voor een grot sliep, wachtend op de stem van Jahweh? Gods stem was niet in de stormwind of in een vuur of in een aardbeving. Gods stem klonk bij de ingang van een grot.'

Terwijl ze naar zijn gezicht keek en zijn woorden beluisterde, had ze het idee dat ze eindelijk het morele vacuüm begreep dat schuilging achter zijn ogen. 'Je bent van plan om ons allemaal vermoorden, hè?'

'Nee.'

'Je luisterde niet goed. Ik zei dat je ons allemaal ging vermoorden.'

'Wat wil je daarmee zeggen?'

'Dat je ook van plan bent jezelf te vermoorden. Dat is waar alles om draait. Je wilt dood. Je hebt alleen nog niemand gevonden die het voor je wil doen.'

'Zelfmoord is het handelsmerk van de lafaard, madame. Je zou me met meer respect moeten behandelen.'

'Noem me geen madame. Had de man in de grot een vuurwapen?'

'Ik heb het hem niet gevraagd. Wanneer Molo klaar is met koken, schep me dan op en neem zelf ook een bord. Het vliegtuig zal hier tegen tienen landen.'

'Je eten opscheppen? Ik? Wie denk je wel dat je bent?'

'Je echtgenoot, en dat betekent dat je doet wat ik zeg, en daarmee basta. Ga in de tent en wacht op me.'

'De señora kan beter doen wat hij zegt,' zei Angel, en hij stak een vermanende vinger naar haar op. 'Molo heeft hem al eten gegeven waar hij erg misselijk van wordt. Señor Jack is in een niet al te best humeur.'

Met kloppende slapen ging ze weer de tent in. Ze ging zitten op het veldbed en pakte de doos met de brownies die ze had gemaakt voor mevrouw Bernstein. Ze legde haar hand op haar borststreek en wachtte tot haar hart ophield met bonzen. Ze had sinds de vorige avond niet gegeten; haar hoofd tolde en grijze vlekken dwarrelden voor haar ogen.

Ze schoof het lintje van de doos, pakte een brownie en beet er een hoekje af. Ze wist het niet zeker, maar ze geloofde dat ze een geducht wapen in handen had – als haar intuïtie aangaande Predikers weigering om de pindakaas-geleisandwiches te eten haar tenminste niet bedroog. Ze had het recept van haar oma: een leven van ontberingen had deze vrouw geleerd hoe je culinaire wonderen kon verrichten met de eenvoudigste ingrediënten. Een van oma's grootste successen waren brownies geweest met een heleboel staatspindakaas, en met genoeg chocolade en cacao om er iets bijzonders van te maken.

Esther sloot haar ogen en zag Nick, haar zoon en haar tweelingdochters voor zich, net of ze uit het voorraam van hun huis aan de Comalrivier keek. Nick was een kip aan het grillen op de barbecue en prikte er met een vork in, alsof dat de geblakerde troep beter eetbaar zou maken. Hij stond pal in de wind, zijn ogen traanden en zijn chique hawaïhemd was doortrokken van rook. Op de achtergrond maakten Jesse, Ruth en

Kate koprollen in het gras. De zon scheen door een boom en projecteerde een netpatroon op hun gebruinde lijven, terwijl achter hen de koude rivier met zijn rotsachtige bodem snel stroomde.

Heel even dacht ze dat ze het ging verliezen. Maar dit was niet het moment om je over te geven of de voorwaarden van je vijand te accepteren. Hoe had haar oma het ook alweer gezegd? *We gaven ons leven niet. De Kozakken stalen het. Een Kozak gedijt op zwakheid en zijn bloeddorstigheid wordt versterkt door de angst van zijn slachtoffer.*

Dát had haar grootmoeder haar geleerd. Als Esther Dolan haar zin kreeg, zou de man die ze Prediker noemden zo dadelijk een lesje krijgen van de Zuid-Siberische steppe.

Toen Prediker de flap van de tent opendeed, ving ze een glimp op van het tafelgebergte in de verte met een oranje zonsopgang die een bank van regenwolken kleurde. Prediker sloot de flap achter zich, begon de touwtjes vast te maken aan de aluminium tentpaal, gaf er toen de brui aan en smeet ze neer. Hij droeg geen wapen. Met gespreide knieën ging hij op het veldbed tegenover haar zitten, waarbij de spitse neuzen van zijn laarzen naar buiten stonden als de zwemvliezen van een eend.

'Je hebt altijd in het gezelschap van mannen verkeerd die je respect niet verdienden,' zei hij. 'Dus je gebrek aan respect tegenover mannen is een aangeleerde gewoonte geworden die niet jouw schuld is.'

'Ik ben opgegroeid in New Orleans, niet ver van het Garden District. Ik had geen contact met misdadigers, dus heb ik geen bepaalde manier van omgang met ze ontwikkeld.'

'Je bent met een crimineel getrouwd. En je groeide niet op vlak bij het Garden District. Je groeide op in Tchoupitoulas Street, niet ver van het welzijnsproject.'

'Het huis van Lillian Hellman in Prytania Street was twee straten van ons vandaan, als je het weten wilt.'

'Denk je soms dat ik niet weet wie Lillian Hellman was?'

'Nee, daar twijfel ik niet aan. De openbare bibliotheek geeft een gratis abonnement aan elke schooier of nietsnut die er een wil hebben.'

'Weet je hoeveel vrouwen er geld voor over zouden hebben om te zitten waar jij nu zit?'

'Er zullen tegenwoordig ongetwijfeld heel veel wanhopige stakkers in ons midden zijn.'

Ze zag dat zijn gezicht steeds verhitter werd, zag de randen om zijn neusgaten wit worden, zag de vervormde mond met de samengeknepen lippen en de naar beneden getrokken mondhoeken. Ze nam een klein stukje brownie tussen de toppen van haar vingers en stak het in haar mond. Ze voelde dat hij hongerig naar haar keek. 'Heb je nog niet gegeten?' vroeg ze.

'Molo heeft het eten laten aanbranden.'

'Ik heb deze dingetjes voor mijn vriendin mevrouw Bernstein gemaakt. Vermoedelijk krijg ik nooit de kans om ze haar te geven. Wil je er een?'

'Wat zit er allemaal in?'

'Suiker, chocolade, bloem, boter en soms een beetje cacao. Ben je soms bang dat ik er hasj in heb gedaan? Denk je dat ik spacecake voor mijn vrienden bak?'

'Ik zou er best een lusten.'

Ze hield hem onverschillig de doos voor. Hij stak zijn hand erin, pakte een dik vierkant stuk en bracht het naar zijn mond. Vervolgens wachtte hij even en bestudeerde zorgvuldig haar gezicht. 'Je bent een prachtige vrouw. Heb je ooit het schilderij van Goya's maîtresse gezien? Je lijkt op haar, alleen een beetje ouder, en rijper, zonder het teken van losbandigheid op je mond.'

'Zonder wat?'

'Het teken van een hoer.'

Hij nam een hap van de brownie, kauwde, slikte en nam toen weer een hap, met ogen die wazig waren van hetzij een geheime lust, hetzij een seksuele herinnering, die, dacht ze, elke keer opnieuw werd opgeroepen wanneer hij zijn wapen op een slachtoffer richtte en de trekker overhaalde.

# 29

Pam Tibbs reed de berm van de onverharde weg op en stopte tussen twee steile rotswanden, vanwaar je een adembenemend uitzicht had op een weidse, glooiende vlakte, op heuvels en tafelgebergte. Het was een landschap dat was gevormd gedurende miljarden jaren, maar dat paradoxaal genoeg toch onaangeraakt leek door de tijd. Hackberry stapte uit en richtte zijn verrekijker op de voet van de heuvels in de verte. Hij liet de lenzen over rotsverschuivingen gaan en over bergkloven die waren omzoomd met mesquitebomen en enorme rotsblokken, blokken die van de bergkam waren getuimeld en er hard en getand uitzagen, als gele hoornkiezel. Toen viel zijn oog op een grote stapel puin van een huis, voor het grootste gedeelte pleisterwerk en verbrande balken, vier polyethylenen tenten, een chemisch toilet, een kookkachel en een metalen vat, dat op een verhoging stond en waar waarschijnlijk water in zat. Tussen de tenten stonden een truck en een suv geparkeerd. De ramen waren donker door de schaduw en op de metalen carrosserieën lagen hagelstenen te smelten.

'Wat zie je?' vroeg Pam. Ze stond aan de bestuurderskant van de patrouillewagen en leunde met haar armen op het geopende portier.

'Tenten en voertuigen, maar geen mensen.'

'Misschien wonen die Mexicaanse bouwvakkers daar.'

'Zou kunnen,' zei hij. Hij liet de verrekijker zakken, maar bleef met het blote oog naar de glooiende vlakte turen, naar de kale heuvels, naar de ijsafzetting op de rotsen, daar waar de zon niet was geweest. Hij keek naar het oosten, naar de oranje vlek in de hemel die steeds groter werd, en hij vroeg zich af of het een warme dag zou worden, of de onverwachte kou uit de wind zou verdwijnen, of de grond minder hard onder zijn voeten zou worden. Heel even dacht hij dat hij een hoorn door een kloof hoorde weergalmen.

'Hoorde je dat?'

'Wat?'

'Die oude man van zo-even vertelde dat er hier hippies wonen in tipi's, die wiet roken. Misschien zijn er muzikanten bij.'

'Je gehoor is vast een stuk beter dan het mijne.'

Hij stapte weer in de auto en trok het portier dicht. 'Kom, we gaan.'

'Nog even over gisteravond,' zei ze.

'Ja, wat is daarmee?'

'Je hebt niet veel gezegd, dat is alles.'

Hij keek recht voor zich uit naar de heuvels: naar het mesquitegras dat rimpelde in de wind, naar de oneindige uitgestrektheid van het platteland, afgeschuind, geschulpt en glad uitgesleten door de wind en langdurige droogte, en bestreken met zout door de terugwijkende oceanen, een gebied waar mensen met puntige stokken op dieren hadden gejaagd en elkaars schedels hadden ingeslagen in een conflict over zoiets simpels als een poel bruin water – mensen die er misschien al waren voor de indianen.

'Zit het je dwars, van gisteravond?' vroeg ze.

'Nee.'

'Heb je het gevoel dat je misbruik hebt gemaakt van een ondergeschikte?'

'Nee.'

'Je vindt jezelf gewoon een oude man die niet zou moeten rommelen met een jongere vrouw?'

'Mijn leeftijd is geen punt van discussie. Ik bén oud.'

'Dat was anders niet te merken,' zei ze.

'Hou je ogen op de weg.'

'Weet je wat jij bent? Een verrekte puritein!'

'Christelijk fundamentalisme en het doden van mensen zit bij ons in de familie.'

Voor de eerste keer die ochtend lachte ze.

Maar Hackberry kon de neerslachtigheid die hem beheerste niet van zich afschudden. Die neerslachtigheid had weinig van doen met de gebeurtenissen van de afgelopen nacht in het motel. Na zijn terugkeer uit Korea had hij nauwelijks over zijn ervaringen daar gesproken, behalve bij één gelegenheid, toen hij als getuige moest optreden voor de krijgsraad in verband met een overloper die zijn kameraden had verraden voor een warmere hut en wat extra vis en rijstballetjes. Zelfs toen waren zijn verklaringen formeel, emotieloos en onpersoonlijk van aard geweest. De zes weken die hij hartje winter had doorgebracht onder een rooster waren van weinig belang voor de mensen in de zaal. Ook waren de toehoorders in de rechtzaal niet geïnteresseerd in een historische gebeurtenis die zich had voorgedaan tijdens een ijskoude zonsopgang in de derde week van november van het jaar 1951, op dat moment niet tenminste.

Bij het krieken van de dag was Hackberry in een bevroren sloot wakker geworden van het gierende geluid van straaljagers die het hemelruim boven hem spleten toen een Amerikaanse F-80 twee Russische Migs weer over de Jaloe terugjoeg naar China. De Amerikaanse piloot maakte een wijde bocht en daarna een *victory roll*, waarbij hij ervoor zorgde dat hij het verbod om het Chinese luchtruim te betreden niet overtrad en de hele tijd ten zuiden van de rivier bleef. Tijdens de nacht kwam van de overkant van een met sneeuw bedekt rijstveld, bespikkeld met bruin onkruid, het geluid van hoorns over de heuvels, bergkammen en ravijnen aangezweefd. Van sommige werd het geluid versterkt met behulp van megafoons, met als gevolg dat niemand een oog dichtdeed.

Bij zonsopgang waren er geruchten dat een patrouille was teruggekomen met twee Chinese gevangenen. Vervolgens had iemand gezegd dat de Koreaanse tolk geen moer verstand had van lokale dialecten en dat de twee gevangenen onontwikkelde rijstboeren waren die waren geronseld door de communisten.

Een uur later begon een vuurwals die voor Hackberry altijd dé ervaring zou blijven die naar aardse maatstaven het dichtst bij de hel kwam. Het spervuur werd gevolgd door een massale frontale aanval van de ene divisie Chinese beroepssoldaten na de andere, voorafgegaan door burgers die dienden als menselijk schild en bij bosjes sneuvelden in de sneeuw. Sommigen van hen droegen gympen.

De mariniers drukten sneeuw op de lopen van hun kaliber .30-machinegeweren en schoven die met hun wanten heen en weer over het oververhitte staal. Wanneer de lopen uitgebrand waren, moesten ze ze soms met hun blote handen losschroeven en verwisselen, waarbij hun huid aan het metaal bleef plakken.

De sloot lag bezaaid met lege hulzen. De man met de automatische browning zocht in de sneeuw naar zijn laatste magazijn. Om Hackberry heen sprong het staartstuk van elke M-1 open, waarna de lege patroonhouder van de Garand werd uitgeworpen met een luide 'ping'. Hij herinnerde zich de grote stilte die volgde toen de mariniers geen munitie meer hadden; het fluiten van de scherven na het exploderen van granaten in de sneeuw; daarna de hoorns die weer bliezen.

Nu was hij, terwijl hij door de voorruit van de politieauto keek, weer terug in de sloot en was het weer 1951. En heel even dacht hij een reeks doffe knallen te horen, als van strengen Chinese zevenklappers. Maar toen hij het raampje liet zakken, was het enige geluid dat hij hoorde de wind. 'Stop', zei hij.

'Wat is er?'

'Er klopt iets niet. De oude man zei dat de Mexicanen die hier werkten illegalen waren. Maar de voertuigen zijn nieuw en duur. En mensen zonder papieren slaan ook geen permanent kamp op op de plaats waar ze werken.'

'Je denkt dat Collins daar zit?'

'Hij duikt op waar je hem het minst verwacht. Hij voelt zich niet schuldig. Volgens hem ligt het probleem bij ons, niet bij hem.'

'Wat wil je doen?'

'Bel de plaatselijke politie om ondersteuning en bel dan Ethan Riser.'

'Ik zou de FBI erbuiten laten. Ze hebben ons van het begin af aan dwars gezeten en verneukt. Waar ga je heen?'

'Doe nou maar wat ik je gezegd heb, Pam.'

Hij liep twintig meter de zandweg op. De wind was krachtiger geworden en had kouder moeten aanvoelen, maar zijn huid was gevoelloos. Zijn ogen traanden een beetje en zijn handen waren zo stijf en droog dat het leek of ze zouden barsten als hij ze samenkneep. Hij zag een waas van witte rook hangen op de grond naast de tenten. Een roodkoppige kalkoengier vloog recht over Hackberry's hoofd en zweefde zo snel op zijn uitgestrekte vleugels dat zijn schaduw in stukken brak op een stapel rotsblokken en was verdwenen voor Hackberry met zijn ogen kon knipperen.

Was het een voorteken in een vallei die een graf van botten kon zijn geweest, het soort knekelhuis dat je associeerde met dode beschavingen? Of was het allemaal gewoon het soort uitgeputte waardeloze grond waar niemand zich voor interesseerde, grond die geen factor van betekenis was in de botsing der culturen of van keizerrijken?

Hij had het gevoel alsof er een knellende band om zijn hoofd zat en een koude damp zijn hart omhulde. Op welk moment in zijn leven had een mens niet meer te maken met zulke primitieve gevoelens als angst? Bevrijdde het accepteren van de dood en van de mogelijkheid van vergetelheid of zonder routekaart de kosmos in gaan je niet van de oerangst die het bloed vergiftigde en mensen reduceerde tot kinderen die om hun moeder riepen in hun stervensuur? Waarom bracht het ouder worden geen rust?

Maar hij had niet langer de tijd of luxe om te peinzen over abstracties. Waar waren de mannen die woonden in die tenten? Wie was eten aan het bereiden op een vuurplaats die niet verschilde van die waarop onze voorouders meer dan elfduizend jaar geleden kookten in deze zelfde vallei?

De grot die zich een eindje van het kamp in de berghelling bevond, zag eruit als een zwarte mond, nee, als een mond vol zwemgoten met groene, oranje en grijze restanten van mijnbouw of van rotsen die simpelweg gespleten en naar beneden gevallen waren door de voortdurende blootstelling aan hitte en temperaturen onder het vriespunt.

Het was het soort plek waar lang geleden iets vreselijk fout was gegaan, het soort plek dat zijn doden vasthield én de geestelijke sporen van de ergste mensen die er hadden gewoond.

Hackberry vroeg zich af wat Old Hack gezegd zou hebben van een plek als deze. Hij hoorde bijna de sonore stem van zijn grootvader en de cynische humor waar deze zo berucht om was, alsof Old Hack had besloten om tot hem te spreken in de wind: 'Ach, het zal wel wat hebben, Satchel Ass, maar om eerlijk te zijn, het is het soort onderkomen waar een immorele imbeciel als John Wesley Harding helemaal verrukt van geweest zou zijn.'

Hackberry glimlachte in zichzelf en haakte zijn jas vast achter de kolf van zijn geholsterde revolver. Hij liep terug naar de auto, waar Pam Tibbs nog achter het stuur zat. Ze beëindigde net haar gesprek met Ethan Riser.

Maar iets in de achteruitkijkspiegel had haar aandacht getrokken. Ze legde de mobiel neer, draaide zich om in haar stoel en keek naar de twee rotsen. Vervolgens pakte ze de verrekijker, stapte uit en richtte hem op een voertuig dat tot stilstand was gekomen bij de tweelingrotsen. 'Vlug, moet je eens kijken,' zei ze.

'Waarnaar?'

'Naar die Grand Cherokee daar,' zei ze. 'Op de achterbumper is een stok bevestigd waaraan een Amerikaanse vlag wappert.'

'Nick Dolan?'

'Dat kan ik niet zien. Het lijkt of hij de weg kwijt is.'

'Zet hem uit je hoofd.'

'Flores en Gaddis zijn waarschijnlijk bij hem.'

'We gaan eropaf, meisje. Onder een zwarte vlag. Als je begrijpt wat ik bedoel.'

'Nee, dat heb ik niet gehoord.'

'Ja, dat heb je wel. Collins heeft tientallen mensen vermoord in zijn leven. Wat voor munitie zit er in het halfautomatische geweer?'

'Grove hagel,' zei Pam.

'Stop je zakken ook maar vol.'

Prediker was zijn tweede brownie aan het eten toen hij werd getroffen door de eerste krampaanval. Hij had niet onmiddellijk in de gaten wat hem overkwam en wat de draagwijdte ervan was. Eerst voelde hij alleen een lichte krampachtige samentrekking, vergelijkbaar met een irriterende stof die onverwacht het maagslijmvlies treft. Daarna werd de pijn scherper en verspreidde zich in de richting van de karteldarm, als een splinter blik die het lichaam uit moet. Hij kneep zijn billen samen, nog steeds onzeker over wat er gebeurde, zich generend voor de vrouw, terwijl hij het ongemak probeerde te verbergen dat zijn gezicht deed vertrekken.

Bij de volgende krampscheut zakte zijn kaak naar beneden en trok het bloed weg uit zijn hoofd. Hij boog zich voorover en probeerde zijn adem in te houden; zweet parelde op zijn bovenlip. Zijn maag kwam in opstand en alles in de tent werd wazig. Hij slikte droog en probeerde de vrouw scherper te zien.

'Voel je je niet goed?' zei ze.

'Of ik me niet goed voel? Wat een vraag. Ik ben vergiftigd. Wat zit er in die brownies?'

'Wat ik al zei: chocolade, bloem en…'

Een galachtige metalige smaak welde op in zijn mond. De beklemming in zijn ingewanden verspreidde zich opwaarts naar het onderste deel van zijn borstkas, wikkelde zich als kettingen om zijn ribben en zijn borstbeen, perste de lucht uit zijn longen. 'Lieg niet,' zei hij.

'Ik heb ze ook gegeten. Er is niets mis met die brownies.'

Hij kreeg een hevige hoestbui, alsof hij een stuk staal had gegeten. 'Er moet pindakaas in zitten.'

'Kun je niet goed tegen pindakaas?'

'Jij hoer.' Hij trok de tentflap open om koude lucht binnen te laten. 'Valse hoer die je bent.'

'Je zou jezelf moeten zien. Een volwassen man die anderen verwenst omdat hij maagpijn heeft. Een man die vrouwen en meisjes vermoordt, scheldt anderen uit omdat een brownie verkeerd valt. Je moeder zou zich doodschamen voor je. Waar ben jij opgegroeid? Op een boerenerf?'

Prediker stond op en hield zich met één hand vast aan de tentpaal tot de aarde niet meer zo golfde onder zijn voeten. 'Waar haal je het recht vandaan om over mijn moeder te praten?'

'Welk recht? En dat vraag jíj? Ik ben de moeder die je hebt weggenomen van haar man en kinderen. De moeder die je hebt meegenomen om haar tot je concubine te maken. Dat ben ik, ellendige gangster die je bent.'

Hij strompelde de wind en koude lucht in, met een hand tegen zijn maag geklemd. Zijn haar onder zijn hoed was doornat van het zweet en zijn huid brandde alsof hij in zuur was gedoopt. Hij liep naar zijn tent, waar op zijn schrijftafel de Thompson lag met de munitietrommel barstensvol patronen. Een tweede trommel – ook vol patronen – lag ernaast. Op dat moment zag hij een politieauto naderen over de onverharde weg en, in de verte, nog een voertuig dat deel leek uit te maken van een optische illusie die werd teweeggebracht door de anafylactische reactie die zijn zenuwstelsel ruïneerde. De tweede auto was een kastanjebruine suv met een Amerikaanse vlag die wapperde aan een stok die was bevestigd op de achterbumper. Wie waren deze mensen? Wat gaf hun het recht zijn land te betreden? Zijn woede ver- ergerde de brand in zijn ingewanden alleen maar en beklemde zijn longen alsof zijn borstkas was aangeraakt door de tentakels van een kwal.

'Angel! Molo!' riep hij met schorre stem.

'*¿Qué pasa, señor Collins?*'

'*¡Mátenlos!*' zei hij.

'*¿Quiénes?*'

'*Todos que están en los dos vehículos.*'

De twee Mexicaanse huurmoordenaars stonden voor hun tent. Ze draaiden zich om en zagen de naderende politieauto. '*¿Nosotros los matamos a todos? Hombre está es una pila de mierda*,' zei Angel. '*Chingado, son of a beech*, weet u zeker dat u geen *marijuanista* bent, señor Collins? Sorry, *lo siento mucho, solamento estoy bromeando.*'

Maar Prediker was niet geïnteresseerd in wat de Mexicanen te zeggen hadden. Hij was al in zijn tent, pakte de Thompson en klemde de extra munitietrommel onder zijn arm, ervan overtuigd dat de stem die hij had gezocht in de wind, in het vuur en zelfs in een aardbeving nu tot hem zou spreken – mét de Joodse vrouw, in de grot.

'Er kwam zojuist een man uit een van de tenten,' zei Pam, die haar voet van het gaspedaal haalde en zich over het stuur boog. 'Shit, nu zie ik hem niet meer. Die stapel puin zit in de weg. Hé, wacht eens even, twee mannen praten met hem.'

De gezichtshoek vanaf de passagiersstoel was slecht. Hackberry gaf haar de verrekijker. Ze bracht hem naar haar ogen en stelde hem scherp. Ze ademde hoorbaar en haar borst rees en daalde onregelmatig. 'Zo te zien zijn het latino's,' zei ze. 'Misschien zijn het bouwvakkers, Hack.'

'Wie is de andere man?'

'Ik weet het niet. Hij is verdwenen. Hij moet weer een tent binnengegaan zijn. Ik denk dat we een beetje te hard van stapel lopen.'

'Nee, het is Collins.'

Ze liet de verrekijker zakken en keek hem strak en indringend aan. 'Je dacht dat je een hoorn hoorde. Volgens mij zie en hoor je dingen die er niet zijn. We kunnen het ons niet permitteren fouten te maken.'

Hij drukte het dashboardkastje open, haalde er een Beretta 9mm uit, trok de slede naar achteren, laadde door en zette het hendeltje op 'veilig'. 'Ik heb het niet bij het verkeerde eind. Parkeer de auto aan de achterkant van de stapel puin. We stappen tegelijk uit, jij aan jouw kant ik aan de mijne, en verspreiden ons. Als je Collins ziet, dan schiet je hem dood.'

'Luister naar me, Hack...'

'Nee, Collins mag niet de kans krijgen zijn Thompson te gebruiken. Dat wapen heeft een onvoorstelbare vuurkracht. We schieten hem zonder waarschuwing neer; de formaliteiten zijn van latere zorg.'

'Ik kan en mag een dergelijk bevel niet opvolgen.'

'Ja, dat kan en mag je wel.'

'Ik ken je, Hack. Ik ken je gedachten al voor ze hun vorm hebben gekregen. Je wilt dat ik mezelf tot elke prijs bescherm, maar je hebt je eigen agenda wat deze vent betreft.'

'We hebben doctor Freud even hiervoor achtergelaten aan de kant van de weg,' zei hij. Net toen hij uitstapte op de stenige bodem verscheen de zon boven de heuvel en verspreidde zijn gouden naalden. De voet van de heuvel bleef nog in diepe schaduw gehuld.

Pam Tibbs en hij liepen naar de stapel puin en namen elk een kant, met hun blik strak op de vier tenten gericht. Hun ogen traanden door de wind en door de rook van een vuur dat stonk naar verbrand eten of afval.

Door de hoek waren ze de twee latino's uit het oog verloren, die óf teruggegaan waren naar hun tent, óf zich achter de auto's bevonden. Terwijl Hackberry dieper de schaduw in liep, verdween het zonlicht dat brak op de bergkam en kon hij de tenten, de pick-uptruck en de bergflank pas goed zien. Nu besefte hij de fout die hij had gemaakt: je moet er altijd voor zorgen dat je vijand zich niet verschanst. En nog belangrijker: je moet ervoor zorgen dat je vijand zich niet verschanst met een gijzelaar.

Pam Tibbs bevond zich links van hem. De kolf van haar halfautomatische .12 Remington-geweer met afgezaagde loop rustte tegen haar schouder, haar ogen bewogen zich zonder ook maar één keer te knipperen van rechts naar links en van links naar rechts. Haar gezicht was langer geworden, alsof ze in een ijsregen staarde. Hij hoorde haar pas op de plaats maken en wist dat ze – op hetzelfde moment als hij – Collins had gezien, die een vrouw voor zich uit duwde op een voetpad dat naar de opening van een grot leidde.

Collins hield een pluk stof van de jurk van de vrouw in zijn linkervuist geklemd en had de pistoolgreep van de Thompson in zijn rechterhand, met de loop schuin naar beneden. Hij keek één keer over zijn schouder naar Pam en Hackberry, met een gezicht dat bleek, klein en gespannen was onder zijn hoed. Toen duwde hij de vrouw de grot in, volgde haar en was verdwenen.

'Hij heeft op dit moment de beste positie. We moeten zorgen dat we een van de voertuigen tussen ons en hem in krijgen,' zei Hackberry.

De tent die de twee latino's gebruikten, was de grootste van de vier. De suv was niet ver van de tentflap geparkeerd; de pick-up stond tussen de twee andere tenten. De enige geluiden die je hoorde waren het geroffel van de wind op het polyethylenen tentzeil, een steen die van de bergkam rolde en de motor van de kastanjebruine suv die vanaf de twee rotsen naderde over de onverharde weg.

Hackberry draaide zich om en stak een vuist in de lucht, in de hoop dat Pete Flores het universele militaire teken om te stoppen zou herkennen. Maar óf Flores zag hem niet, óf de bestuurder, en dat was vast en zeker Nick Dolan, verkoos om door te rijden.

Hackberry veranderde van richting en liep achter Pam Tibbs langs. De haan van zijn .45-revolver was gespannen en de Beretta zat onder de achterkant van zijn wapengordel gestoken. 'Ik ga de eerste tent zuiveren. Dek me,' zei hij.

Hij trok met zijn tanden zijn Queen-zakmes open en liep met grote passen snel naar de achterkant van de tent, waarbij hij de andere tenten en de twee geparkeerde auto's met hun getinte ramen in het oog hield. Met het lemmet van het mes kon hij de haartjes van zijn armen scheren. Hij sneed de koorden door die aan de steunpalen en de stalen tentharingen waren bevestigd en keek toe hoe de tent in elkaar zakte tot een vormeloze hoop.

Niets bewoog onder de plooien. Hij liep weer achter Pam Tibbs langs en keek omhoog naar de grotingang in de bergflank. De stapel met slooppuin bevond zich nu achter hem; het pleisterwerk was aan het verpulveren en de brokjes asbest dwarrelden in de wind. Als Collins het vuur op hen opende, zou de enige aanwezige dekking de pick-uptruck of de SUV zijn, en hij kon er niet zeker van zijn dat ze onbezet waren.

Hij voelde zich naakt, zoals iemand zich naakt kan voelen in een droom, in een openbare ruimte, voor een groot publiek. Maar het gevoel van naaktheid in de omstandigheden waarin Pam en hij nu verkeerden ging verder. Het was het soort sensatie dat een vooruitgeschoven artillerieverkenner ervaart wanneer het eerste salvo dat hij heeft aangevraagd om indruk te maken doel treft en zijn positie verraadt. Het was het soort naaktheid dat een hospik voelt, wanneer hij door een spervuur rent om een gewonde marinier te redden. Het was het gevoel alsof je huid in reepjes van je lijf wordt getrokken met een combinatietang, zoiets.

Toen realiseerde hij zich dat, niettegenstaande de criminele achtergrond van zijn tegenstanders, ten minste een van hen de fout van elke amateur had gemaakt: zijn ijdelheid, zijn libido of welke megalomane passie zijn gedrag ook maar bepaalde was belangrijker voor hem dan de praktische eenvoud die een ijskoude moordenaar en overlever als Jack Collins kenmerkte.

Een van de mannen droeg cowboylaarzen van hagedissenleer, met verchroomd beslag op de hakken en de neuzen. Ze glansden met een mat zilverkleurig licht onder de treeplank aan de andere kant van de pick-uptruck.

'Drie uur, Pam!' zei Hackberry.

Op dat ogenblik schoot de man achter de truck over de motorkap met een uzi of een MAC-10 en dook daarna weer snel achter de cabine. Maar hij mikte slordig met één hand: kogels raakten de stapel puin, doorboorden het watervat, sneden voren in de harde grond, waarbij de aarde door de lucht vloog, ketsten af op rotsblokken en gierden weg met het wegstervende geluid van een gesprongen beddenveer.

Hackberry richtte zijn .45 met beide handen en schoot door het getinte raam aan de bestuurderskant. Een waterval van glas daalde neer op de zittingen en het raam aan de passagierskant vloog eruit. Hij vuurde nog twee keer kogels af, de ene door het raam van de vergrote cabine, de andere door de achterdeur, waarin een gat achterbleef zo groot als een kwartje. Maar de drie afgevuurde kogels sorteerden weinig effect. De man met het automatische wapen ging achter de achterzijde van de cabine staan en vuurde blindelings een regen van kogels af, waarschijnlijk om hem af te leiden van de andere latino, die nergens te zien was, of van Jack Collins in de grot.

Het schieten hield op. Hackberry had zich teruggetrokken naar de rand van de stapel puin; Pam bevond zich ergens links van hem, in de schaduw of achter de betonnen fundering van het verwoeste huis. Hoogstwaarschijnlijk was de schutter bezig de magazijnen te verwisselen. Hackberry ging op handen en knieën zitten en vervolgens op zijn buik liggen. Hij hoorde een metalige klik, als een knipslot dat sluit. Steunend op zijn ellebogen in de aarde hield hij zijn .45 met beide handen voor zich uitgestrekt, terwijl de pijn door zijn ribben vlamde.

Hackberry zag de hagedisleren en met verchroomd metaal beslagen laarzen van de schutter bewegen bij de achterband. Hij richtte de lange loop van zijn .45 op de plek waar de rechterpijp van de spijkerbroek van de schutter de bovenkant van zijn voet raakte. Vervolgens haalde hij de trekker over.

De schutter schreeuwde het uit toen de kogel van 230 grein dwars door zijn laars drong. Hij viel op de grond, greep zijn kapotte voet en enkel vast en gilde het nog een keer uit. Bloed stroomde door zijn vingers. Met zijn andere hand hield hij nog steeds het wapen vast.

Pam Tibbs rende naar de truck. Ze hield haar automatische geweer voor zich met de veiligheid eraf en bracht de loop omhoog. Ze bewoog zich zijwaarts in een boog om de motorkap van de auto heen, bijna als een kwikzilverige danseres, tot ze in positie was en oog in oog met de schutter stond. Al die tijd schreeuwde ze, alsof ze het tegen een man had die doofstom was: 'Leg je wapen neer! Leg het neer! Leg het neer!

Nu meteen! Nu! Gooi het weg! Leg je handen plat op de grond! Nu meteen! Nee, je luistert niet! Beide handen plat op de grond. Heb je me gehoord?'

Toen haalde ze de trekker over. De man die zijn wapen niet wilde loslaten kreeg van korte afstand een lading hagel in zijn lijf zo breed als zijn hand. Zijn hersenen spatten over het zijpaneel van de truck.

Toen Hackberry bij haar was, had ze de lege huls al uit de kamer verwijderd en was ze bezig om met haar duim een nieuw patroon in het magazijn te schuiven. Haar handen trilden nog.

'Heb je de andere man gezien?' zei hij.

'Nee, waar is hij?' vroeg ze. Haar ogen waren rond als knikkers en bewogen nerveus in hun kassen.

'Ik heb hem niet gezien. We vormen hier een makkelijk doelwit. Zoek dekking achter de truck.'

'Waar is Collins?'

'Die zit in de grot. Maak dat je achter die truck komt. Heb je me gehoord?'

'Wat is dat voor geluid?'

'Geluid?' zei hij. Zijn oren tuitten nog van de .45-kogels die hij had afgevuurd en hij begreep niet wat ze bedoelde.

'Het is die imbeciel van een Dolan,' zei ze.

Ze konden hun ogen niet geloven bij wat ze vervolgens zagen. Nick Dolans suv was plotseling de onverharde weg af geschoten, reed met een grote boog om de betonnen fundering heen waarop het gepleisterde huis eens had gestaan en kwam nu vol gas aangereden over de stenige bodem; stenen en modder vlogen op tegen het onderstel en het chassis bonkte op de schokbrekers.

'Is hij gek geworden?' zei Pam.

Nick Dolan doorploegde de tent die het dichtst bij de berg stond, scheurde hem los van zijn tentharingen, waarbij de polyethylenen stof en de verbogen aluminium tentpalen bleven vastzitten om de grille en de motorkap. Maar te midden van al die geluiden – de tent die scheurde, de touwen die braken, de stalen tentharingen die tegen de suv sloegen – had Hackberry de misselijkmakende dreun gehoord van een zwaar lichaam dat tegen de motorkap sloeg.

Nick ging op de rem staan en de wirwar van stof, tentpalen en een gebroken veldbed met het lijk van de latino erin rolde van de auto op de grond.

'Ik zag hem de tent in gaan. Hij had een wapen,' zei Nick uit het raam. Een verrekijker hing om zijn hals.

'Uw vrouw had in die tent kunnen zijn,' zei Pam.

'Nee, we zagen dat Collins haar mee de grot in nam. Laten we de berg op gaan,' zei Nick.

Vikki Gaddis zat op de passagiersstoel; Pete Flores zat achterin en boog zich naar voren.

'Jullie blijven waar jullie zijn,' zei Hackberry.

'Ik ga met u mee naar de grot,' zei Nick.

'Nee, daar komt niets van in,' zei Hackberry.

Nick opende het portier. 'Het is mijn vrouw.'

'Nog even en ik sla u in de boeien, meneer Dolan,' zei Pam.

Hackberry liet de lege hulzen uit de cilinder van zijn revolver in zijn hand vallen en herlaadde de lege kamers. Hij gaf Pam Tibbs een wenk en begon met haar naar de berg te lopen zonder nog aandacht te schenken aan de drie zojuist gearriveerden, in de hoop dat zijn woorden indruk gemaakt hadden.

'Wil je niet wachten op de plaatselijke politie?' vroeg ze.

'Dat was een verkeerde zet. Ik ga rechtstreeks over het pad naar de grot. En ik wil dat jij er via de zijkant naartoe gaat en net buiten de ingang blijft staan.'

'Waarom?'

'Collins zal niet op me schieten als hij denkt dat ik alleen ben.'

'Hoezo?'

'Daar is hij te trots voor. Bij Collins gaat het niet om geld of seks. Hij denkt dat het de godenschemering is en dat hij daarin een hoofdrol speelt.'

Nick Dolan, Vikki Gaddis en Pete Flores stapten alle drie uit de suv.

'En jullie drieën stappen weer in de auto, rijden naar de weg en blijven daar,' zei Hackberry.

'Vergeet het maar,' zei Nick.

'Sheriff, geef me een wapen en laat me met u meegaan,' zei Pete.

'Dat mag ik niet doen, maat. Einde discussie. Mevrouw Gaddis, zorg dat deze twee mannen hier blijven. Als jullie willen dat mevrouw Dolan levend uit die grot komt, bemoei je dan niet met wat er staat te gebeuren.'

Hackberry begon in zijn eentje het pad op te lopen, terwijl Pam Tibbs met haar geweer onder haar arm een kortere weg nam door het groene, oranje en grijze mijnafval dat in slierten langs de helling lag.

Bij de ingang van de grot pauzeerde hij. Zijn .45 zat nog in de holster, de Beretta stak nog achter zijn wapengordel. Hij rook een bedompte lucht die deed denken aan muizenkeutels, vleermuizenguano of stilstaand water in een uitgeholde steen. Hij voelde de wind over zijn huid de grot in stromen. 'Kun je me horen, Collins?' riep hij.

Er kwam geen antwoord. Hackberry stapte het donker van de grot in, alsof hij van de wereld van licht in de wereld van eeuwige duisternis gleed.

Achter een rotsblok lag het lijk van een man. In zijn borst, maag en benen zaten verschrikkelijke wonden. De hoeveelheid bloed die om hem heen lag en die zijn met schapenvacht gevoerde leren jas en oranje werkbroek had doorweekt, leek groter dan een lichaam bevat kon hebben.

'Je kunt een goede daad verrichten, Jack,' riep Hackberry.

Toen de echo was weggestorven, dacht hij geratel te horen in de duisternis, verderop in de grot.

'Heb je me gehoord, Jack?'

'Je staat in het tegenlicht, sheriff,' klonk een stem diep in het inwendige van de grot.

'Dat klopt. Je kunt me zo neerschieten als je wilt.' Hackberry zweeg een paar ogenblikken. 'Je vindt het toch niet beneden je waardigheid om een goede daad te verrichten?'

'En wat mag die goede daad dan wel inhouden?'

'Mevrouw Dolan heeft kinderen. Ze willen hun moeder terug. Wat vind je daarvan?'

'Ik zal het in overweging nemen.'

'Volgens mij ben je niet het type man dat een vrouw als schild gebruikt.'

'Ik hoef me achter niemand te verbergen. Hoor je dat geluid? Waarom kom je niet wat dichterbij? Dan kun je meteen de omgeving wat nader bekijken.'

'Zijn er hier ratelslangen?'

'Ach, waarschijnlijk niet meer dan een stuk of tien. Druk je gewoon tegen de muur.'

'Je stem klinkt een beetje vreemd, Jack.'

'Hij heeft een allergische reactie op pindakaas gehad. Zoiets kan fataal zijn,' klonk een vrouwenstem.

'Hou je mond,' zei Collins.

'Is dat echt zo, Jack? Moet ik een ambulance bellen?' vroeg Hackberry.

Maar er kwam geen antwoord.

'Ik ben hospik bij de marine geweest,' zei Hackberry. 'Ernstige anafylaxie kan een adem- of hartstilstand veroorzaken, makker. Het is een akelige dood. Stikken in je eigen speeksel, een sluitspier die niet meer werkt, dat soort dingen.'

'Ik kan de trekker overhalen, dan ben je een rotsschildering.'

'Maar dat is niet waar het je om gaat, hè, Jack? Die vrouwen en meisjes die je hebt vermoord laten je niet los, niet omdat je ze van het leven hebt beroofd, maar omdat het een laffe daad was. Je wilt geen verlossing, Jack. Je wilt bevestiging, je zoekt rechtvaardiging voor een daad waarvan je weet dat hij niet te rechtvaardigen is.'

'Sheriff Holland, provoceer deze man niet en doe ook geen pogingen hem op andere gedachten te brengen. Dood hem, zodat hij geen anderen meer kan doden. Ik ben niet bang,' zei de vrouw.

Waarom bemoeide Esther Dolan zich ertegenaan? Hackberry knarsetandde van frustratie. 'Dat is niet de reden waarom ik hier ben, Jack. Ik ben niet je beul. Ik ben je niet waardig. Ik ben een zatlap en iemand die arme vrouwen uit de derde wereld uitbuit, je zei het zelf al. Ik moet het je hoe dan ook nageven: je bent het soort man dat legendarisch is. Je maakte er achter die kerk een puinhoop van, maar ik denk dat het bevel van Hugo Cistranos kwam, dat het niet jouw idee was. Dat is belangrijk om te onthouden, Jack. Je bent geen lafaard. Dat kun je deze ochtend bewijzen. Laat mevrouw Dolan vrij en waag het erop met mij. Dit is waar het bij een vent met ballen om draait. Je zegt volgas, stik de moord en je zeilt over de afgrond.'

Het bleef een hele tijd stil. Hackberry voelde de wind om zich heen, die koud in zijn nek en tegen de achterkant van zijn oren blies. Weer hoorde hij het ratelende geluid, als rammelende zaadjes in een gedroogde papaverbol.

'Ik wil iets weten,' zei Collins.

'Wat?'

'Die nacht toen ik je huis was binnengedrongen, zei je dat mijn moeder me had willen aborteren, dat ze me al in de baarmoeder verachtte. Wat was de reden dat je me met zoveel verachting en haat bejegende?'

'Mijn opmerking was niet tegen jou persoonlijk gericht.'

'Tegen wie dan wel?'

Hackberry zweeg even. 'We hebben onze ouders niet voor het kiezen.'

'Mijn moeder was niet zo. Ze was heel anders dan jij zei.'

'Misschien was ze inderdaad anders. Misschien zat ik er helemaal naast.'

'Zeg dat dan.'

'Dat heb ik net gedaan.'

'Denk je dat je woorden me milder stemmen?'

'Waarschijnlijk niet. Misschien ben ik gewoon bezig om op de rotsen te ploegen.'

'Maak dat u wegkomt, mevrouw Dolan. Ga terug naar uw gezin.'

Vol ongeloof zag Hackberry hoe Esther Dolan aan kwam rennen uit de duisternis, met haar schouder dicht bij de rechterwand, haar armen gevouwen voor haar borst en haar gezicht afgewend van iets aan de linkerkant van de grot.

Hackberry greep haar vast en duwde haar voor zich uit naar buiten, het licht in. Hij trok zijn revolver, draaide zich om en verdween weer in de grot. 'Ben je daar nog, Jack?'

'Ik sta tot je beschikking.'

'Moet ik achter je aan komen?'

'Je zou simpelweg kunnen wachten tot ik naar buiten kom, sheriff. Dat je anders hebt besloten verraadt dat jij degene bent die verlossing zoekt, en niet ik. Is er in Korea soms iets gebeurd wat je niet aan veel mensen vertelt?'

'Zou kunnen.'

'Ik wil je graag helpen. Ik heb vijftig kogels in mijn patronentrommel. Enig idee hoe je eruitziet wanneer ik klaar ben?'

'Wat maakt het uit? Ik ben oud. Ik heb een goed leven gehad. Loop naar de hel, Jack.'

Maar er gebeurde niets. Hackberry hoorde in het donker kleine rotskeien roetsjen alsof ze van een helling gleden.

'Wie weet komen we elkaar in de toekomst nog tegen,' zei Collins.

Plotseling vlamde er diep in de grot een noodfakkel op. Collins slingerde het noodsein weg en het ding belandde tuimelend op een rotsrichel waar diamantratelslangen zo dik als Hackberry's polsen door elkaar kronkelden en met hun ratels een gonzend geluid maakten dat leek op dat van sambaballen.

Hackberry schoot zijn .45 leeg door de schacht van de grot, trok toen zijn Beretta uit de achterkant van zijn wapenriem en vuurde alle veertien kogels af. De kogels schoten vonken op de grotwanden, kwamen met een plof neer in dikke lagen vleermuizenguano en schimmel of ketsten diep onder de grond ergens op af.

Toen hij klaar was met schieten, waren zijn trommelvliezen zo ongevoelig als roosjes bloemkool en was hij praktisch doof. In de grot hing een dichte rook en het rook er penetrant naar cordiet, naar uitwerpselen van dieren en naar de muskusachtige lucht van verstoorde vogel- en rattennesten. Hij kon de slangen lussen zien maken en zien kronkelen met ogen die schitterden als speldenpunten in de felle gloed van de noodfakkel. Vogelspinnen met de doorsnede van een honkbal lieten zich op zwarte bontachtige poten langs de zijkanten van de richel neer op de grotbodem. Hackberry opende en sloot zijn mond en slikte om zijn oren vrij te maken. 'Heb ik je, Jack?' riep hij.

Met zijn hoofd licht gebogen luisterde hij of er antwoord kwam. Maar het enige wat hij hoorde waren voetstappen die verder de schacht in gingen, dieper de berg in, en de stem van een verzwakte man die riep: 'Mama, ben jij het? Ik ben het, Jack, je zoon.'

# Epiloog

De weken gingen voorbij, werden maanden, en Hackberry Hollands leven nam weer zijn gewone gang. Onderzoeksteams en speleologen kropen diep de onderaardse gang in waar Jack Collins was verdwenen. Een geoloog met veel gevoel voor poëzie, die was ingehuurd van de universiteit van Texas, beschreef de tunnel als: 'Slangvormig en op sommige plaatsen zo smal als een baringskanaal, met een vloer en een plafond vol scherpe uitsteeksels die handpalmen, knieën en rug openrijten, en met een verpestende atmosfeer die doet denken aan een put waarin een koeienkadaver ligt'.

Iedereen die de grot binnenging, was het erover eens dat ergens aan de andere kant van de berg een luchtgat moest zijn, wellicht een kleine opening achter het struikgewas dat uit de rots groeide – een opening waardoor kleine dieren, water en licht het inwendige van de berg konden bereiken. Want daar waar de onderaardse gang zijn diepste punt bereikte en vervolgens in een hoek van vijfenveertig graden omhoogging, lagen zaden van de Pinyon-den, die van boven waren neergedwarreld, en in een platte rots bevond zich een holte die vermoedelijk door indianen als vijzel was gebruikt.

De officiële verklaring van een justitiewoordvoerder luidde dat Jack Collins waarschijnlijk door kogels was geraakt en in het inwendige van de berg was gestorven, en dat de kans dat zijn stoffelijke resten werden gevonden minimaal waren. Maar onder de lokale bevolking deden verhalen de ronde over een uitgemergelde man die in vuilnishopen en afvalcontainers naar voedsel zocht, gekleed in vodden die zwart waren van het vuil. Een man met een stuk touw bij wijze van riem en een baard die reikte tot halverwege zijn borst. De uitgemergelde man zou ook cowboylaarzen dragen, waarvan de zolen bij elkaar gehouden werden door isolatieband, en een gleufhoed met gaten erin.

Toen een journalist Hackberry Holland vroeg naar zijn speculaties over het lot van Jack Collins, dacht de sheriff even na en zei: 'Wat maakt het allemaal uit?'

'Hoe bedoelt u?' zei de journalist.

'Het slag mensen als Prediker is onuitroeibaar. Is Jack niet meer actief, dan is zijn opvolger dat wel.'

'Het klinkt of u een persoonlijke relatie met hem had,' zei de journalist.

'Ik denk dat je kunt zeggen dat ik hem in Noord-Korea heb leren kennen.'

'Dat ontgaat me,' zei de journalist. 'Korea? Wilt u daarmee zeggen dat de man een terrorist is of zoiets?'

'Een kop koffie in de cafetaria hier verderop, hoe lijkt je dat?' zei Hackberry. 'Ik betaal.'

Pete Flores werd nooit iets ten laste gelegd, grotendeels omdat aangenomen werd dat de daders van de slachtpartij achter de kerk dood waren en omdat geen lokale of federale overheidsfunctionaris er iets voor voelde om een in wezen onschuldige en fatsoenlijke man in een proces te verwikkelen, dat, eenmaal begonnen, onomkeerbaar wordt en uiteindelijk zonder enig praktisch nut levens ruïneert. Als er al sprake was van enig drama, direct na de gebeurtenissen die plaatsvonden op de berghelling boven Jack Collins' verbrande en met de grond gelijk gemaakte villa, dan gebeurde het op een rustig moment toen Vikki Gaddis haar tasje op de keukentafel aan het ordenen was en een adreskaartje vond dat ze had opgeborgen en daarna vergeten was.

'Wat is dat?' vroeg Pete. Hij was de vaat aan het afdrogen en keek naar haar vanaf het aanrecht.

'Een lid van de Nitty Gritty Dirt Band gaf het me in het steakhuis. Hij vond mijn muziek mooi.'

'Heb je hem gebeld?'

'Nee.'

'Waarom niet?'

'Waarom zou ik?'

Daar had hij geen antwoord op. Een paar minuten later pakte hij het visitekaartje van de tafel en liep naar buiten, een kaal heuveltje op met bosjes stekelige peercactus. Vanaf de top zag hij een tiental jaknikkers methodisch olie oppompen in een golvende vlakte die leek te bloeden in de ondergaande zon. De lucht rook naar aardgas, creosoot en oude banden die iemand had verbrand. Achter hem werd het altijd aanwezige stof door een windvlaag van de weg geblazen en zweefde in een grijze wolk over het huis van overnaadse planken dat Vikki en hij hadden gehuurd. Hij klapte zijn mobiel open en toetste het nummer op het kaartje in.

Zes weken later nam Vikki haar eerste cd op in de Blackbird-studio van Martina en John McBride in Nashville.

Voor Hackberry Holland vormde niet het lot van Jack Collins of van Hugo Cistranos en hun lakeien de eigenlijke afsluiting van de geschiedenis. En ook niet het feit dat Pete Flores recht was gedaan en dat het talent van zijn vrouw was erkend door haar collega-muzikanten, of dat Vikki en Pete later een ranch kochten aan de voet van de Canadese Rocky Mountains. Nee, het werkelijke slot van Hackberry's zwerftocht van Camp Five in de Vallei zonder Naam naar een alluviale uiterwaard ten noorden van de Chisos-bergen was een bizarre gebeurtenis die, voor hem in elk geval, een symbolisch moment bleef dat het verhaal dat eraan vastzat oversteeg.

Het betrof het onverwachte verschijnen van Nick Dolan – de voormalige directeur van een escortservice – op het terrein van Collins achter het stuur van een suv die glom als een kastanjebruine ijslolly. Op de achterbumper rees een bezemsteel op die als mast diende voor een gestolen Amerikaanse vlag. De passagiers waren een blauweboordenstudente aan een *community college* die het volkomen normaal vond om Carter Family-spirituals te zingen in een café en een ex-soldaat die zo dapper was dat hij niet meer wist wat angst was.

Ze vormden een onwaarschijnlijke cast, deze drie helden. Misschien dat ze – net als een Romein die toekeek hoe de Vesuvius rood en doorschijnend werd, tot de berg explodeerde en er een vonkenregen neerdaalde op een donkere zee – het belang van de gebeurtenissen niet beseften die plaatsvonden om hen heen, of misschien beseften ze niet dat ze spelers waren in een groot historisch drama. Ze zouden de laatsten zijn om te beweren dat de inval over harde rotsachtige bodem in Jack Collins kamp gepland was. Maar dat was de sleutel om hen te begrijpen: hun nederigheid, hun ongelijke achtergrond, de moed die ze in zichzelf niet erkenden, de keuzen die ze eerder instinctmatig maakten dan verstandelijk, deze eigenschappen vormden de lijm die hen samenhield als individuen en als volk. Wereldrijken kwamen en gingen ten onder. De ontembare natuur van de menselijke geest deed dat niet.

Dat waren althans de lessen die Hackberry Holland en Pam Tibbs probeerden te trekken uit hun eigen geschiedenis.